TRUDI CANAVAN

Das Zeitalter der Fünf 3

Das Buch

Erneut steuern zwei Völker unaufhaltsam auf eine kriegerische Auseinandersetzung zu. Und auch in ihrer neuen Rolle als Beschützerin kann Auraya die Siyee nicht davor bewahren, in die Schlacht ziehen zu müssen.

Mittlerweile hat sie Kunde von einer geheimnisvollen Fremden erhalten, die durch das Bergland Si ziehen soll. Als Auraya sich daran macht, diesen Gerüchten auf den Grund zu gehen, begegnet sie der rätselhaften Emerahl, einer der letzten der unsterblichen Magier. Sie behauptet, eine Freundin von Leiard zu sein, und sie macht Auraya ein Angebot, das diese kaum zurückweisen kann – doch es anzunehmen würde bedeuten, den Zorn oder gar die Vergeltung der Götter heraufzubeschwören …

Die Autorin

Trudi Canavan wurde 1969 im australischen Melbourne geboren. Sie arbeitete als Grafikerin und Designerin für verschiedene Verlage und begann nebenbei zu schreiben. 1999 gewann sie den Aurealis Award für die beste Fantasy-Kurzgeschichte. Ihr Erstlingswerk, der Auftakt zur Trilogie »Die Gilde der Schwarzen Magier«, erschien 2001 in Australien und wurde weltweit ein riesiger Erfolg. Seither stürmt sie mit jedem neuen Roman die internationalen Bestsellerlisten.

Von Trudi Canavan bereits erschienen

Die Gilde der Schwarzen Magier · Magie · Sonea ·
Das Zeitalter der Fünf · Die Magie der Tausend Welten

TRUDI
CANAVAN

Das Zeitalter der Fünf

ROMAN

GÖTTER

Deutsch von Michaela Link

blanvalet

Die Originalausgabe erschien 2006 unter dem Titel
»Voice of the Wilds. Age of the Five Trilogy Book Three«
bei Voyager/HarperCollins Australia, Sydney.

MIX
Papier aus verantwortungsvollen Quellen
FSC® C014496
FSC
www.fsc.org

Verlagsgruppe Random House FSC® N001967

1. Auflage

Neumarkter Str. 28, 81673 München
Redaktion: Alexander Groß
Umschlaggestaltung- und Illustration: © Melanie Korte, Inkcraft
JaB · Herstellung: sam
Satz: Uhl + Massopust, Aalen
Druck und Bindung: GGP Media GmbH, Pößneck
Printed in Germany
ISBN 978-3-7341-6177-3

www.blanvalet.de

Für meinen Pa, »Wink« Dauncey,
der so gern bastelte

Prolog

Der Mann, der durch die Tür des Hospitals stolperte, war voller Blut. Es überzog sein Gesicht und seine Kleidung und quoll zwischen seinen Fingern hervor, die er sich auf die Stirn drückte. Als die Menschen in der Begrüßungshalle ihn sahen, verfielen sie einen Moment lang in Schweigen, dann kehrte die Normalität zurück und mit ihr der Lärm und die Geschäftigkeit. Irgendjemand würde sich schon um ihn kümmern.

Sieht so aus, als wäre ich diesmal dieser Jemand, dachte Priesterin Ellareen, nachdem sie zu den anderen Heilern hinübergeblickt hatte. Alle Priester, Priesterinnen und Traumweber waren beschäftigt, obwohl Traumweber Fareeh, der gerade den Arm eines Patienten verband, sich sichtlich beeilte.

Als der Neuankömmling sie näher kommen sah, wirkte er erleichtert.

»Willkommen im Hospital«, sagte sie. »Wie heißt du?«

»Mal Werkzeugmacher.«

»Was ist mit dir passiert?«

»Ich bin ausgeraubt worden.«

»Lass mal sehen.« Er gestattete ihr widerstrebend, seine Hand von seiner Stirn zu lösen. Aus einer Schnittwunde, die bis auf den Knochen reichte, drang weiteres Blut. Sie drückte seine Hand wieder auf die Verletzung. »Das muss genäht werden.«

Sein Blick wanderte zu dem Traumweber hinüber, der ihnen am nächsten stand. »Wirst du es machen?«

Sie unterdrückte einen Seufzer und bedeutete ihm, ihr den Flur hinunterzufolgen. »Ja. Komm mit.«

Es kam durchaus vor, dass Besucher des Hospitals um einen zirklischen Heiler baten, aber es war eher ungewöhnlich. Die meisten, die hierherkamen, waren bereit, jedwede Hilfe anzunehmen. Diejenigen, die die Traumweber nicht mochten oder ihnen nicht vertrauten, gingen anderswohin.

Die Traumweber arbeiteten bereitwillig mit zirklischen Priestern und Priesterinnen zusammen, und das Gleiche galt umgekehrt. Sie alle wussten, dass sie viele Menschen heilten, denen früher niemand geholfen hätte. Aber ein Jahrhundert der Vorurteile gegen die Traumweber ließ sich nicht binnen weniger Monate auslöschen. Ella hatte das auch nicht erwartet. Ebenso wenig wie sie es sich gewünscht hätte. Die Traumweber huldigten nicht den Göttern, daher starben ihre Seelen, wenn ihre Körper starben. Sie hatte großen Respekt vor ihnen als Heilern – niemand, der mit ihnen zusammenarbeitete, konnte leugnen, dass ihr Wissen und ihre Fähigkeiten beeindruckend waren –, aber ihre abschätzige, misstrauische Einstellung den Göttern gegenüber ärgerte Ella.

Ich billige auch keine blinde Intoleranz. Die Neigung einiger Menschen, jene zu fürchten, die anders waren als sie selbst, bis sie ihnen schließlich mit unvernünftigem Hass entgegentraten, verstörte sie mehr als die gewöhnliche Gewalt und die elende Armut, die die meisten Patienten in das Hospital führten.

In jüngster Zeit hatte eine neue Gruppe, die sich »wahre Zirkler« nannte, begonnen, die Helfer des Krankenhauses zu schikanieren. Ihre arrogante Überzeugung, dass ihre Huldigung der Götter würdiger war als die Ellareens und anderer, die den Traumwebern aufgeschlossener gegenüberstanden, erzürnte sie mehr als die Gleichgültigkeit der Traumweber. Das einzige Thema, bei dem sie mit ihnen übereinstimmte, waren die Pentadrianer. Im Gegensatz zu den Pentadrianern hatten die Traumweber niemals behauptet, Göttern zu folgen – Göttern, die nicht existierten –, oder diesen Betrug benutzt, um einen ganzen Kontinent davon zu überzeugen, dass die Zirkler Heiden waren und vernichtet zu werden verdienten.

Zumindest ist dieser Mann nicht zu stolz, unsere Hilfe zu suchen, dachte sie, während sie ihn den Flur hinunter in einen freien Behandlungsraum führte und ihn anwies, sich auf eine Bank zu setzen. Sie goss aus einem Trog Wasser in eine Schale und wärmte es mit Magie. Dann nahm sie ein Tuch aus einem Korb, gab einige Tropfen eines Wundreinigungsöls darauf, tauchte es in das Wasser und säuberte das Gesicht des Mannes. Dann machte sie sich daran, die Schnittwunde zu nähen.

Als sie fast fertig war, trat ein junger Priester, Naen, in die Tür.

»Deine Mutter ist soeben angekommen, Priesterin Ella.«

Sie runzelte die Stirn. »Sag ihr, dass ich zu ihr kommen werde, sobald ich mit diesem Patienten fertig bin.« *Yranna, gib, dass sie bleibt, wo sie ist, bis ich Zeit für sie habe. Und dass sie nicht eine ihrer Launen hat.*

Naen wird dafür sorgen, dass sie dich nicht stört, Ellareen, versicherte ihr eine Stimme.

Ella richtete sich auf und blickte sich um. Von der Frau, die sie gehört hatte, war nichts zu sehen. *Höre ich etwa Stimmen wie dieser verrückte alte Mann, der ständig hierherkommt?*

Nein, du bist nicht verrückt. Du bist so vernünftig wie die meisten Sterblichen. Vernünftiger sogar. Selbst wenn du ständig zu mir sprichst.

Wenn ich zu dir spreche … Bist du … Yranna?

Ja.

Das kann nicht sein.

Warum nicht?

Nun … du bist ein Gott. Eine Göttin. Warum solltest du mit mir reden?

Ich habe eine Aufgabe für dich.

Ein Schaudern, das eine Mischung aus Erregung und Furcht war, lief Ella über den Rücken. Gleichzeitig hörte sie, wie einer der Priester im Begrüßungsraum die Stimme hob.

»Vor dem Haus haben sich Menschen versammelt, die die Straße blockieren. Sie erlauben uns nicht, das Hospital zu verlassen … nein, wir können nicht … am besten, wir warten ab, bis sie wieder gehen.«

Nicht schon wieder die »wahren Zirkler«, dachte sie, während sie den letzten Stich zusammenzog.

Doch. Sie haben das Hospital umstellt.

Ella seufzte, dann schauderte sie, als sie mit einem Mal begriff.

Aber … diese Blockade muss anders sein als die früheren, sonst würdest du mich nicht bitten, eine Aufgabe für dich zu übernehmen.

Das ist richtig.

Worum geht es?

Ich möchte, dass du den Mann, den du behandelst, bewegungsunfähig machst. Benutze Magie, Drogen – was immer dazu erforderlich ist.

Ella erstarrte und sah den Mann an, der vor ihr saß. Mit geweiteten Pupillen erwiderte er ihren Blick. Es war nicht nur der Schmerz, der ihn unruhig machte, begriff sie. Es war Furcht.

Ihr Mund wurde trocken, und ihr Herz begann zu rasen. Er verfügte vielleicht über größere Gaben als sie. Auf jeden Fall war er ihr körperlich überlegen. Wenn dies hier schiefging …

Denk nicht darüber nach, sagte sie sich. *Wenn die Götter ver-*

langen, dass etwas geschehen soll, kann ich nur mein Bestes geben und ihnen gehorchen.

Die Wucht ihrer Magie warf ihn gegen die Wand und trieb die Luft aus seiner Lunge. Ella drückte ihn auf die Bank hinunter, hielt ihn dort fest und hoffte, dass er zu sehr damit beschäftigt war, nach Luft zu ringen, um die Gaben einzusetzen, die er vielleicht besaß.

Aber er wird nur allzu bald wieder klar denken können. Yranna hat Drogen vorgeschlagen …

Sie griff nach einer Flasche Schlafdunstöl, goss etwas davon auf ein Tuch und hielt es dem Mann gegen die Nase, bis seine Augen glasig wurden. Die Droge würde ihn für einige Minuten benommen machen, aber was dann? Die Blockade könnte Stunden dauern.

Ich brauche ein schlafförderndes Mittel. Sie machte sich auf die Suche und fand einen fast leeren Krug mit Schlafleichtpulver. Sie rührte aus den Überresten einen dünnen Trank an und goss ihn dem Mann vorsichtig in den Mund. Die Prozedur weckte ihn für einen Moment; er hustete, dann schluckte er die Mixtur, bevor er wieder in einen Zustand der Bewusstlosigkeit hinüberglitt.

Sie trat zurück, um ihr Werk zu begutachten, und plötzlich wurde ihr klar, dass sie keine Ahnung hatte, wie lange eine so geringe Dosis der Droge wirken würde. Eine halbe Tasse bescherte einem Menschen für eine volle Nacht Schlaf. Die Dosis, die sie ihm verabreicht hatte, würde vielleicht eine Stunde anhalten, wenn sie Glück hatte. Sie würde irgendwo gewiss noch mehr Schlafleicht finden, aber es war schwierig, den Trank einem vollkommen bewusstlosen Patienten zu verabreichen, schwierig und obendrein gefährlich, da die Mixtur in seine Lunge geraten könnte. Sie blickte auf den Mann hinab.

Yranna hat gesagt, ich soll dich bewegungsunfähig machen,

dachte sie, *nicht dich töten. Was hattest du überhaupt vor, Mal Werkzeugmacher?*

Einem Impuls folgend griff sie nach einigen Streifen Verbandszeug, fesselte ihn an Händen und Füßen und knebelte ihn. Um ihr Tun zu verbergen, breitete sie eine Decke über den Mann, bis man nur noch den oberen Teil seines Kopfes sehen konnte.

Aber das würde ihn nicht daran hindern, Aufmerksamkeit auf sich zu lenken, sobald er aufwachte. *Die anderen werden wissen wollen, warum ich das getan habe. Was soll ich ihnen erzählen?* Sie war sich nicht sicher, ob sie ihr glauben würden, wenn sie berichtete, die Göttin habe ihr den Befehl dazu gegeben. *Nun, irgendwann werden sie mir vielleicht glauben, aber in der Zwischenzeit werden sie ihn wahrscheinlich freilassen, so dass er tun kann, was immer er plant.*

Er hatte einen Schlag auf den Kopf bekommen, daher wäre es plausibel zu behaupten, er habe an Schwindel und Verwirrtheit gelitten. Schlafdrogen waren in solchen Fällen jedoch nicht die übliche Behandlung. Um die zu erklären, würde sie sich etwas anderes einfallen lassen müssen.

»Ella!«, rief eine vertraute Stimme aus dem Flur.

Ella fuhr herum. Ihre Mutter musste Priester Naen entschlüpft sein. Sie eilte aus dem Raum, bevor sie sie mit einem gefesselten und geknebelten Patienten entdecken konnte.

Im Flur kam ihr eine dünne ergrauende Frau entgegen, die ein sauberes, gut geschneidertes Kapas aus feinem Tuch trug. Als sie Ella sah, runzelte sie missbilligend die Stirn.

»Ella. Endlich. Ich muss ein kleines *Gespräch* mit dir führen.«

»Solange es nur klein ist«, erwiderte Ella geschäftsmäßig. »Lass uns zurück in die Begrüßungshalle gehen.«

»Du musst aufhören, hier zu arbeiten«, sagte ihre Mutter mit leiser Stimme, während sie Ella folgte. »Es ist zu gefährlich. Es ist schon schlimm genug zu wissen, dass du ständig dem Einfluss dieser Heiden ausgesetzt bist, aber jetzt ist alles noch schlimmer geworden. Die Gerüchte haben sich überall in der Stadt ausgebreitet. Es überrascht mich, dass du nicht von dir aus vernünftig genug gewesen bist, um fortzugehen aus diesem …«

»Mutter«, unterbrach Ella sie. »Wovon redest du eigentlich?«

»Mirar ist zurück«, antwortete ihre Mutter. »Oder hast du das noch nicht gehört?«

»Offenkundig nicht«, sagte Ella.

»Er war – ist – der Anführer der Traumweber. Ein Wilder, musst du wissen. Es heißt, er sei vor einem Jahrhundert doch nicht getötet worden; er habe überlebt. Er hat sich versteckt, und jetzt ist er zurückgekommen.«

»Wer sagt das?«, fragte Ella und versuchte, nicht allzu skeptisch zu klingen.

»Alle – und du brauchst mich gar nicht so anzuschauen. Viele Leute haben ihn gesehen. Und die Weißen bestreiten es nicht.«

»Haben sie denn überhaupt die Chance gehabt, das zu tun?«

»Natürlich haben sie die gehabt. Und du hörst mir jetzt zu. Du kannst hier nicht länger arbeiten. Du musst aufhören!«

»Ich werde nicht wegen eines Gerüchts Menschen im Stich lassen, die meine Hilfe brauchen.«

»Es ist kein Gerücht!«, rief ihre Mutter und vergaß dabei ganz, dass sie die Berichte über Mirars Rückkehr bereits selbst als Gerücht bezeichnet hatte. »Es ist die Wahrheit! Was ist, wenn er hierherkommt? Überleg doch nur, was er dir antun könnte! Du wirst ihn vielleicht nicht einmal erkennen. Er könnte in diesem Moment hier arbeiten, in Verkleidung! Er könnte dich *verführen*!«

Ella konnte nur mit Mühe ein Lächeln unterdrücken. *Sie verführen, wahrhaftig!* »Die Traumweber interessieren mich nicht, Mutter.«

Aber die Frau hörte nicht zu. Während die möglichen Gefahren für Ellas Person immer ungeheuerlicher wurden, führte Ella ihre Mutter zu einer Bank in der Begrüßungshalle.

»Und jetzt sieh dir nur an, was passiert ist«, sagte ihre Mutter abrupt, während sie sich hinsetzte. »Weil *er* zurückgekommen ist, sitzen *wir* hier fest. Hat dieses Haus keine Hintertür? Können wir nicht …«

»Nein. Wenn so etwas passiert, stehen draußen vor dem Hintereingang immer schon Unruhestifter bereit.«

»Wenn du eine Hohepriesterin wärst, würden sie das nicht wagen.«

Ella unterdrückte ein Seufzen. *Verrat mir eins, Yranna, sind alle Mütter so? Sind sie mit ihren Sprösslingen jemals zufrieden? Wenn es mir gelänge, eine Hohepriesterin zu werden, würde sie dann auf die Idee kommen, dass ich eine Weiße sein sollte? Und wenn ich durch ein Wunder zu einer Weißen würde, würde sie dann anfangen, an mir herumzunörgeln, dass ich eine Göttin werden solle?*

Sie gab ihrer Mutter die gewohnte Antwort. »Wenn ich eine Hohepriesterin wäre, hätte ich überhaupt keine Zeit mehr, dich zu sehen.«

Ihre Mutter zuckte die Achseln und wandte sich ab. »Wir bekommen dich ohnehin kaum noch zu sehen.«

Nur jeden zweiten oder dritten Tag, dachte Ella. *Wie nachlässig ich doch bin. Wie schwer meine Eltern es haben. Wenn ich je so werden sollte,* dachte sie, *bitte, Yranna, sorg dafür, dass jemand mich umbringt.*

»Hast du schon gehört, wer Auraya ersetzen wird?«, erkundigte sich ihre Mutter.

»Nein.«

»Du musst inzwischen doch *irgendetwas* gehört haben.«

Wie schafft sie es nur, dass selbst das so klingt, als sei es meine Schuld?

»Wie du schon so viele Male bemerkt hast, ich bin nur eine niedere Priesterin, die weder Beachtung noch Respekt verdient oder auch nur eine Einweihung in die tiefsten Geheimnisse der Zirkler«, erwiderte Ella trocken und vollauf darauf gefasst, für ihren Sarkasmus ausgescholten zu werden.

Aber ihre Mutter hörte ihr nicht zu. »Es wird einer der Hohepriester sein«, sagte ihre Mutter, wobei sie im Wesentlichen mit sich selbst sprach. »Wir brauchen jemanden, der stark ist – kein frivoles junges Mädchen mit einer Vorliebe für Heiden. Die Götter haben recht daran getan, diese Auraya hinauszuwerfen.«

»Sie ist nicht hinausgeworfen worden. Sie ist zurückgetreten, um den Siyee zu helfen.«

»Da habe *ich* aber etwas anderes gehört.« Das Gerücht, in das sie eingeweiht war, ließ die Augen ihrer Mutter triumphierend aufleuchten. »Mir ist zu Ohren gekommen, dass sie sich geweigert habe zu tun, was die Götter von ihr verlangten, und dass sie ihr deshalb ihre Kräfte genommen hätten.«

Ella knirschte mit den Zähnen. »Nun, ich unterhalte mich ständig mit Yranna, und sie hat nichts dergleichen erwähnt. Außerdem verbringt eine gute Heilerin ihre Arbeitszeit nicht damit zu schwatzen.«

Ihre Mutter kniff die Augen zusammen und reckte das Kinn vor. Bevor sie jedoch etwas sagen konnte, hörte Ella jemanden ihren Namen rufen. Sie blickte auf, und ihr Magen krampfte sich zusammen, als sie Priester Naen und Priester Kleven näher kommen sah. Beide wirkten beunruhigt.

»Was ist mit dem Mann mit dem Schnitt auf der Stirn geschehen, Ella?«, fragte Kleven.

»Er … er ist wütend geworden, als er hörte, dass wir hier in der Falle sitzen.«

»Also hast du ihn betäubt?«

Sie ließ ihre Mutter auf der Bank sitzen, erhob sich und eilte zu Kleven hinüber, bevor sie mit leiser Stimme erklärte: »Ja. Er war … *sehr* wütend. Ich habe Schlafdunst benutzt, und als ich keine abträglichen Nebenwirkungen bei ihm bemerken konnte, habe ich ihm eine winzige Dosis Schlafleicht gegeben.«

»Schlafleicht? Bei einem Mann, der einen Schlag auf den Kopf bekommen hat?«, rief Kleven aus. Er schüttelte den Kopf und ging auf den Flur zu. Ellas Herz setzte einen Schlag aus, und sie eilte hinter ihm her.

»Jeder, der eine Kopfverletzung hat und ein seltsames Benehmen an den Tag legt, sollte genau beobachtet werden«, erklärte Kleven ihr, während er in den Raum trat. Er zog die Decke von Mal Werkzeugmachers Kopf und entblößte den Knebel.

»Was ist das?«, fragte er. Er zog die Decke ganz weg und stieß einen leisen Schrei aus, als die Verbände, mit denen die Hände und Füße des Mannes gefesselt waren, sichtbar wurden.

»Er hat mich angegriffen«, erklärte sie ihm.

Er sah sie scharf an. »Ist alles in Ordnung mit dir?«

Sie zuckte die Achseln. »Ja. Er hat mich nicht angerührt.«

»Du hättest mir davon erzählen sollen.«

»Das wollte ich auch tun, aber … Meine Mutter hat mich abgelenkt.«

Er nickte, dann wandte er sich wieder dem bewusstlosen Mann zu. Als er sich daranmachte, die Verbände zu lösen, überlief sie ein Frösteln. »Ist das klug?«, fragte sie zögernd.

»Naen wird ihn im Auge behalten. Wie viel Schlafleicht hast du ihm verabreicht?«

»Nicht viel. Etwa einen Löffel voll.«

Bei Klevens Berührung flackerten die Augenlider des Mannes. Er war noch nicht aufgewacht, würde es aber bald tun.

»Halt«, sagte sie, ohne nachzudenken. »Du darfst ihn nicht aufwachen lassen. Du musst ihn noch einmal betäuben.«

Kleven musterte sie forschend. »Warum?«

Sie seufzte. »Es ist unfassbar, aber du musst mir glauben. Ich bin vor ihm gewarnt worden und habe den Befehl erhalten, ihn festzusetzen. Es war ...« Sie verzog das Gesicht. »Ich weiß, es wird dir schwerfallen, das zu glauben – aber der Befehl kam von Yranna.«

Kleven zog die Augenbrauen hoch. »Von der Göttin?«

»Ja. Sie hat zu mir gesprochen. In meinen Gedanken. Und nein, normalerweise höre ich keine Stimmen im Kopf.«

Der Priester betrachtete sie nachdenklich. Sie sah den Zweifel in seinen Augen, konnte aber nicht erkennen, ob er zögerte, ihr zu glauben oder das Risiko einzugehen, gegen den Befehl eines Gottes zu verstoßen.

»Woher soll ich wissen, ob du das nicht erfunden hast?«

»Ich kann es nicht beweisen, wenn es das ist, was du meinst. Aber ich kann darauf hinweisen, dass ich bisher niemals unvernünftig gehandelt habe – ebenso wenig wie ich irgendwelche Anzeichen von Wahnsinn gezeigt habe.«

»Das ist wahr«, stimmte Kleven ihr zu. »Aber es ergibt keinen Sinn, dass Yranna zu dir sprechen sollte, ohne sich auch an uns Übrige zu wenden. Falls dieser Mann eine Gefahr für das Hospital darstellt, müssen wir alle es wissen.«

»Das hat mich ebenfalls verwirrt«, gestand sie. »Vielleicht ist die Gefahr vorüber ... Aber ich bin nicht bereit, dieses Risiko einzugehen. Was ist mit dir?«

Kleven blickte zweifelnd auf den schlafenden Mann hinab.

»Kann ich irgendwie helfen?«

Sie drehten sich um und sahen Traumweber Fareeh in der Tür stehen. Ella unterdrückte ein Stöhnen. Kleven war noch nicht fertig mit dem Aufbinden der Fesseln, und als der Traumweber sie bemerkte, hob er die Brauen.

»Ein schwieriger Patient?«

Kleven sah Ella an. »In mehr als nur einer Hinsicht.«

Der Traumweber betrachtete den Schlafenden, dann wandte er sich ihnen beiden zu und nickte. Als er Anstalten machte, sich zu entfernen, seufzte Kleven. »Ella sagt, Yranna habe ihr aufgetragen, ihn bewegungsunfähig zu machen.«

Ella starrte den Priester überrascht an.

»Ah«, war alles, was Fareeh sagte.

Warum hat Kleven ihm das erzählt? Langsam dämmerte ihr der Grund für sein Verhalten. *Wenn er es nicht getan hätte, würde Fareeh wissen, dass wir etwas vor ihm verbergen. Das könnte sich auf seine Einstellung uns gegenüber auswirken.* Sie schüttelte den Kopf. *Das Gleichgewicht von Vertrauen und Misstrauen zwischen unseren Leuten ist so leicht zu erschüttern.*

»Glaubst du ihr?«, fragte Kleven.

Der Traumweber zuckte die Achseln. »Ich glaube nichts, wofür ich nicht mit meinen eigenen Sinnen Bestätigung finden kann, daher spielt die Frage des Glaubens keine Rolle. Entweder sie irrt sich, oder sie hat recht. So oder so ist die Situation beunruhigend. Ich kann nur vorschlagen, dass du sowohl den Patienten als auch die Priesterin in die Begrüßungshalle bringst, damit wir alle zugegen sind und uns darum kümmern können, sollte diese Angelegenheit zu irgendwelchen Problemen führen.«

Der ältere Priester nickte. »Ein guter Rat.«

Ella sah besorgt zu, während Kleven den bewusstlosen Mann mit Magie anhob und in den Flur hinaustrug. Besucher und Heiler, gleichermaßen gelangweilt und erpicht auf jedwede Abwechslung, beobachteten neugierig, wie dieser Fremde auf eine Bank gelegt wurde. Aber als die Zeit verstrich und der Mann nichts weiter tat, als zu schlafen, richteten sie ihre Aufmerksamkeit bald wieder auf andere Dinge.

Ella behielt den Fremden im Auge und fragte sich, was er vorgehabt haben mochte. *Wolltest du uns angreifen? Wolltest du aus dem Raum schlüpfen, während wir anderweitig beschäftigt waren, und die Hintertür öffnen, um deine Leute hereinzulassen?* Wann immer der Mann sich bewegte, machte Ellas Herz einen Satz.

Als seine Lider sich schließlich flatternd öffneten, erhob sie sich, gewappnet, jedweden Angriff mit Magie zu parieren.

»Setz dich, Priesterin Ella«, sagte Kleven gelassen, aber entschieden. Sie gehorchte.

Der Fremde stemmte sich mühsam auf den Ellbogen hoch und sah sich benommen um. Als sein Blick auf Ella fiel, schauderte er.

»Was ist passiert?«, fragte er nuschelnd. »Sie… sie hat mich angegriffen.«

»Bleib ruhig. Dir droht keine Gefahr«, erwiderte Kleven besänftigend. »Lass dir einen Moment Zeit, um dich zu sammeln.«

Der Blick des Mannes streifte im Raum umher. »Immer noch hier … Bin ich ein Gefangener?«

»Nein.«

Er rappelte sich hoch. Kleven trat zu ihm und stützte ihn.

»Lass mich gehen.«

»Alles zu seiner Zeit. Du hast eine kleine Dosis von einer Schlafdroge bekommen. Warte, bis die Wirkung sich legt.«

»Schlaf… Warum habt ihr mich betäubt?«

»Eine von uns glaubte, du wolltest uns Böses. Ist das wahr?«

Bei dem Ausdruck, der jetzt über die Züge des Mannes

huschte, überlief Ella ein Schauer. *Schuld!*, dachte sie. *Er hatte tatsächlich etwas geplant.*

»Nein. Ich bin nur hergekommen, um …« Er griff sich an die Stirn und zuckte zusammen, als seine Finger die Naht ertasteten. Er holte tief Luft, straffte sich und stand auf. Einen Moment lang schwankte er, dann machte er einige Schritte. Die Wirkung der Droge ließ schnell nach, und niemand machte Anstalten, den Mann aufzuhalten, als er mit wachsender Zuversicht im Raum auf und ab ging.

»Mit mir ist alles in Ordnung«, sagte er. »Kann ich jetzt gehen?«

Kleven zuckte die Achseln und nickte. »Ich sehe keinen Grund, warum wir dich hier festhalten sollten … abgesehen davon, dass sich dort draußen eine feindselige Menge versammelt hat. Wenn du fortzugehen versuchst, wirst du dir noch eine solche Verletzung einhandeln, wenn nicht sogar Schlimmeres.«

Der Mann sah Ella vielsagend an. »Das Risiko gehe ich ein.«

Kleven hob die Hände. »Wir werden dich nicht aufhalten, wir können dich nur warnen. Ich werde die Tür entriegeln.«

Niemand rührte sich, als der Mann auf die Tür zuging. Ella runzelte die Stirn. Sie sollte froh sein, dass er das Hospital verließ, nachdem sein Plan vereitelt worden war. Aber irgendetwas nagte an ihr. Warum sollte Yranna diesen Mann ziehen lassen, wenn er das Hospital bedroht hatte? Yranna hatte gesagt…

Dann wurde ihr plötzlich klar, was sie zuvor nicht hatte in Worte fassen können.

»Halt!«, rief sie und sprang auf. Der Mann beachtete sie nicht.

»Ella …«, begann Kleven.

Als der Mann eine Hand an die Tür legte, zog Ella Magie

in sich hinein und sandte eine Barriere aus, um ihn aufzuhalten. Er stieß gegen den unsichtbaren Schild und drehte sich um, um sie wütend anzufunkeln.

»Ella!«, blaffte Kleven. »Lass ihn gehen!«

»Nein«, erwiderte sie gelassen. »Yranna hat mir aufgetragen, ihn festzuhalten. Sie hat nicht gesagt, warum. Vielleicht wollte sie verhindern, dass er uns Schaden zufügt. Aber vielleicht wollte sie auch verhindern, dass er das Hospital verlässt.«

Der Mann entfernte sich rückwärts von der Tür und starrte Ella an, das Gesicht verzerrt vor Zorn. Sie spürte Klevens Hand auf ihrem Arm.

»Ella. Wir können nicht …«

Seine Stimme verklang, und sie hörte, wie er hastig Luft holte. Von der Tür ertönte ein Klopfen. Kleven ließ sie los.

»Lass deine Barriere sinken, Ella«, murmelte er. »Rian von den Weißen ist hier.«

Sie tat wie geheißen. Die Tür schwang auf. Ein Mann, der einen schmucklosen Zirk trug, trat über die Schwelle. Rian, der rothaarige Weiße, betrachtete den Fremden mit uralten Augen.

»Du hast uns eine hübsche Jagd beschert, Lemarn Schiffsmacher.«

Während der Fremde mit bleichem Gesicht zurückwich, trat eine Hohepriesterin in die Halle. Auf ein Nicken von Rian deutete sie mit der Hand auf den Mann und vollführte einige knappe Bewegungen. Im nächsten Moment ging er steif an ihr vorbei und durch die Tür, offensichtlich geführt von einer unsichtbaren Kraft.

Rian wandte sich den Menschen im Hospital zu. »Die Unruhestifter sind klugerweise weitergezogen. Ihr könnt jetzt gefahrlos fortgehen. Oder hierbleiben und eure Arbeit fortsetzen, ganz wie ihr wünscht.«

Überall im Raum wurden Seufzer der Erleichterung laut. Kleven trat vor und machte das formelle, beidhändige Zeichen des Kreises.

»Ich danke dir, Rian von den Weißen.«

Rian nickte und sah dann zu Ella hinüber. »Gut gemacht, Priesterin Ellareen. Wir suchen schon seit Monaten nach diesem Mann. Die Götter sind beeindruckt von deiner Ergebenheit und deinem Gehorsam. Es würde mich nicht überraschen, wenn mir zu Ohren käme, dass man dir gerade noch rechtzeitig eine Position als Hohepriesterin anbieten würde.«

Sie starrte ihn erstaunt an. Er erwartete offensichtlich keine Antwort, denn er wandte sich ab und trat hinaus.

»… gerade noch rechtzeitig …« Er will doch nicht etwa andeuten, dass … nein, das ist unmöglich.

Aber bis zur Erwählungszeremonie für den nächsten Weißen blieb nur noch ein Monat Zeit. Welchen anderen Grund könnte es für eine rechtzeitige Ernennung zur Hohepriesterin geben?

Ich brauche nur abzuwarten.

Benommen kehrte sie in das Hospital zurück und machte sich wieder an die Arbeit.

TEIL 1

1

Das stete Rauschen des in die Tiefe stürzenden Wassers hallte zwischen den Felswänden wider. Während Emerahl tiefer in den Tunnel hinabstieg, verebbte der Lärm, aber das Gleiche galt für das Licht. Sie zog ein wenig Magie in sich hinein und schuf einen Funken, dann sandte sie ihn voraus zum Ende des Tunnels.

Alles war noch so, wie sie es zurückgelassen hatte: die primitiven Betten in der Mitte der Höhle, die aus zusammengebundenen Baumstämmen und groben, zu einem straffen Netz gewobenen Streifen Borke gemacht waren; die steinernen Schalen, die Mirar hergestellt hatte, als er im letzten Sommer hier hatte ausharren müssen, bis er die Fähigkeit gemeistert hatte, seinen Geist vor den Göttern zu verbergen; die Krüge, Kisten und Taschen mit getrocknetem oder eingelegtem Essen und Heilmitteln, die an einer der Wände aufgestapelt waren, allesamt Dinge, die sie während ihrer gemeinsamen Monate hier gesammelt hatten.

Nur einen wesentlichen Teil der Höhle konnte man nicht sehen. Emerahl ging langsam weiter und spürte, wie die Magie, die die Welt um sie herum durchströmte, verebbte, bis nichts mehr übrig war, und sie lächelte zufrieden. Mithilfe der Magie, die sie in sich gesammelt hatte, ließ sie ihr Licht weiterbrennen und trat in die Mitte der Höhle, wo sie wieder von Magie umgeben war. Sie befand sich im Leeren Raum.

Seufzend setzte sie sich auf eins der Betten. Als sie im vergangenen Frühjahr hierher zurückgekehrt war, hatte sie sofort eine Veränderung wahrgenommen: Der Raum, in dem es keine Magie gab, war seit ihrem letzten Besuch ein Jahrhundert zuvor zusammengeschrumpft. Langsam drang die Magie der Welt wieder dorthin vor. Das ließ darauf schließen, dass der ursprüngliche Leere Raum noch größer gewesen sein musste, bevor sie ihn entdeckt hatte, und dass er irgendwann aufhören würde zu existieren.

Für den Augenblick würde er jedoch genügen. Sie war durch das wilde Land von Si gewandert, eine Reise, bei der sie häufiger klettern als gehen musste, um diesen Ort zu erreichen. Bei jedem zweiten Schritt hatte sie Mirar, der ihr Freund und ebenfalls ein Unsterblicher war, dafür verflucht, dass er sie überredet hatte, Auraya zu unterrichten. Bei jedem dritten Schritt hatte sie die Zwillinge verflucht, Unsterbliche, die noch älter waren als sie und Mirar und denen sie vor einigen Monaten zum ersten Mal begegnet war. Ihnen warf sie vor, dass sie sich Mirars Meinung angeschlossen hatten.

Wir müssen wissen, was Auraya ist, hatte ihr Tamun in der Nacht, nachdem Mirar seine Bitte vorgebracht hatte, in einer Traumvernetzung gesagt. *Wenn sie eine Unsterbliche wird, könnte sie damit auch zu einer kostbaren Verbündeten für uns werden.*

Und was ist, wenn sie es nicht schafft?

Dann muss sie trotzdem eine mächtige Zauberin sein, hatte Surim mit untypischem Ernst erwidert. *Vergiss nicht, die Götter mögen unabhängige Zauberer ebenso wenig, wie sie uns Unsterbliche mögen. Wenn wir ihr nicht helfen, werden sie sie töten.*

Ach ja? Nur weil sie die Weißen verlassen hat, heißt das nicht, dass sie sich gegen sie gestellt hat, hatte Emerahl bemerkt. *Auraya ist nach wie vor eine Priesterin. Sie dient immer noch den Göttern.*

Ihr Geist ist voller Zweifel, hatte Tamun gesagt. *Der Befehl der Götter, Mirar ohne eine Verhandlung zu töten, hat Aurayas Wertschätzung für sie geschwächt.*

Emerahl nickte. Das wusste sie selbst. Sobald Auraya den Ring der Götter abgestreift hatte, war ihr Geist nicht länger abgeschirmt gewesen. Mithilfe der Zwillinge hatte Emerahl gelernt, Gedanken abzuschöpfen, und gelegentlich hatte sie in Aurayas Geist geblickt.

Das Problem ist, dass Aurayas Ergebenheit gegenüber einigen Göttern zwar schwächer geworden sein mag, dass sie aber das Bedürfnis hat, sich mit einem von ihnen nach wie vor gutzustellen. Wenn sie herausfindet, wer ich bin, wird sie wissen, dass die Götter meinen Tod wollen. Und anders als bei Mirar verbindet sie mit mir keine frühere Freundschaft, die sie daran hindern würde, mich anzugreifen.

Dennoch glaubte Emerahl nicht, dass Auraya sie töten würde, es sei denn, die Götter gäben ihr den Befehl dazu. Sie hatte genug von Aurayas Geist gesehen, um zu wissen, dass die frühere Weiße das Töten nicht mochte. Wenn ihre Begegnung gut verlief, würden die Götter nicht einmal erfahren, dass Emerahl hier war. Sie sah sich abermals in der Höhle um. Die Götter waren Wesen aus Magie und konnten daher nur dort existieren, wo es Magie gab. Diese seltenen, unerklärlichen Leeren Räume konnten sie nicht betreten, ebenso wenig wie sie sehen konnten, was darin lag, es sei denn, sie betrachteten es durch die Augen von Menschen, die sich außerhalb dieser Räume befanden. Sobald Auraya hier war, würden die Götter ihre Gedanken nicht mehr lesen können.

Es bestand trotzdem eine hohe Wahrscheinlichkeit, dass Emerahl ganz umsonst durch den halben Kontinent gereist war. Sie konnte Auraya nicht dazu zwingen, etwas zu lernen. Außerdem würde sie sehr vorsichtig sein müssen mit dem, was sie der Frau erzählte. Wenn Auraya den Leeren Raum verließ, bevor sie lernte, ihre Gedanken zu verbergen, würden die Götter alles erfahren, was sie wusste.

Emerahl schüttelte den Kopf und seufzte erneut. *Es ist ein so großes Risiko. Für die Zwillinge, die sicher verborgen in den Roten Höhlen im fernen Sennon sitzen, und für Mirar in Südithania ist das alles ja gut und schön. Sie braucht es nicht zu beunruhigen, ob Auraya vielleicht ihre Meinung ändern und zu dem Schluss kommen könnte, es sei annehmbar, Unsterbliche auch ohne triftigen Grund zu töten.*

Aber die Hilfe der Zwillinge war von unschätzbarem Wert. Jeden Tag und jede Nacht drangen sie in den Geist von Menschen überall auf den Kontinenten ein, schöpften Gedanken ab und gewannen auf diese Weise Kenntnis von den Absichten und den Taten mächtiger Leute. Die beiden hatten diese Fähigkeiten über tausende von Jahren hinweg verfeinert. Sie kannten die Sterblichen so gut, dass sie deren Verhalten mit geradezu unheimlicher Genauigkeit voraussagen konnten.

Mirar hatte immer behauptet, die Wilden – oder die Unsterblichen, wie die Zwillinge sie nannten – besäßen jeder eine angeborene Gabe. Emerahls Gabe war ihre Fähigkeit, ihr Alter zu verändern, Mirars bestand in seiner unübertroffenen Fähigkeit zu heilen. Die Zwillinge verfügten über die Gabe des Gedankenabschöpfens. Die Möwe … sie war sich nicht sicher, worin seine Gabe bestand, aber sie war davon überzeugt, dass sie etwas mit dem Meer zu tun haben musste.

Und Aurayas Gabe, so behauptete Mirar, sei ihre Fähigkeit zu fliegen. Ein Anflug von Interesse beschwichtigte Emerahls Ärger darüber, sich an diesem Ort aufhalten zu müssen. *Ich frage mich, ob sie es anderen beibringen kann. Mirar hat mich gelehrt zu heilen, obwohl ich nicht so gut darin bin wie er. Vielleicht werde ich auch nicht so gut fliegen können, wie Auraya es vermag … Genau genommen scheint mir das Fliegen keine Fähigkeit zu sein, bei der man Abstriche am eigenen Können machen darf. Jede Ungeschicklichkeit könnte tödlich sein.*

Sie schnaubte. *Aber einen Versuch wäre es wert. Irgendei-*

nen Nutzen muss diese ganze Angelegenheit für mich haben. Ich könnte mich eher für die Idee erwärmen, dieses Mädchen zu unterrichten, wenn ich dafür entschädigt würde, dass ich meine Suche nach der Schriftrolle der Götter aufgeschoben habe.

Die Zwillinge hatten ihr erzählt, dass sie Gerüchte über ein Artefakt aufgeschnappt hätten, das den Krieg der Götter aus der Sicht einer lange verstorbenen Göttin beschrieb. Emerahl hatte beschlossen, es zu finden. Ein solcher Bericht enthielt vielleicht Informationen, die den Sterblichen von Nutzen sein könnten. Informationen, die ihnen möglicherweise halfen, der Aufmerksamkeit der Götter zu entgehen oder zu überleben, sollten sie scheitern. Es würde ihnen vielleicht sogar die Möglichkeit geben, gegen die Götter zu kämpfen.

Den Zwillingen zufolge suchten Gelehrte in Südithania schon seit Jahrzehnten nach der Schriftrolle. In letzter Zeit hatten sie zwar Fortschritte gemacht, aber sie besaßen noch immer nicht genug Informationen, um den Verbleib der Schriftrolle enträtseln zu können. Die Zwillinge hatten ihr versichert, dass diese Gelehrten sie nicht allzu bald finden würden. Sie hatte noch Zeit genug, um Auraya zu unterrichten.

Sie ging zu den Krügen und Töpfen hinüber und verschaffte sich einen Überblick über den Vorrat an Heilmitteln und eingelegtem Essen.

Aber zuerst muss ich Nahrung sammeln. Und dann muss ich eine Möglichkeit ersinnen, wie ich Auraya hierherlocken und sie überreden kann, für eine Weile zu bleiben, und das alles, ohne den Argwohn der Götter zu erregen.

Das Schiff stieg ein ums andere Mal auf einer Seite einer Welle empor, verweilte für einen Moment auf deren Kamm und schoss dann auf der anderen Seite hinab. Mirar umklammerte die Reling, halb angstvoll, halb jubilierend. Die Gischt durchnässte immer wieder seine Kleidung, aber er würde sich dennoch nicht unter Deck zurückziehen. Der Wind und das Wasser waren eine willkommene Erleichterung nach der Wärme in der kleinen Passagierkajüte.

Und der alte Mann braucht mich nicht in seiner Nähe, um ihn daran zu erinnern, dass er stirbt, sagte sich Mirar.

Er hatte Rikken in einem der kleinen Häfen entlang der avvenschen Küste behandelt. Zäh und drahtig, wie er war, hatte der alte Kaufmann angesichts von Mirars Einschätzung seines sich verschlechternden Zustands Angst bekommen. Es war nicht die Nachricht, dass er starb, die ihm zusetzte, sondern die Möglichkeit, dass er sein Leben vielleicht nicht in seinem Heimatland aushauchen würde.

Daher hatte er Mirar gebeten, ihn auf seiner letzten Reise heim nach Dekkar zu begleiten, erfüllt von der Hoffnung, dass ein Heiler es ihm ermöglichen würde, noch lebend zurückzukehren. Mirar hatte aus Rastlosigkeit und Neugier zugestimmt. In Avven war ihm keine Feindseligkeit gegenüber Traumwebern begegnet, aber die nimmer endende Eintönigkeit der Städte, die er durchreiste, hatte ihn zu langweilen begonnen. Die Häuser waren aus mit Schlamm überzogenem Stein erbaut wie jene in Sennon, boten jedoch keinerlei Abwechslung, was Farbe oder Stil betraf. Die Menschen trugen, Männer wie Frauen gleichermaßen, triste Kleidung und verbargen die Gesichter hinter Schleiern. Selbst ihre Musik war eintönig.

Ich suche keinen Ärger, sagte er sich und dachte an Emerahls Anschuldigung während ihrer letzten Traumvernetzung. *Ich liebe es einfach, zu reisen und neue Dinge zu entdecken. Es ist lange her, seit ich das letzte Mal die Freiheit hatte, das zu tun.* Ein Mitglied der Mannschaft eilte an Mirar vorbei und nickte ihm lächelnd zu, als ihre Blicke sich trafen. *Und diese*

Südländer sind freundliche Menschen, fügte Mirar hinzu und erwiderte den Gruß des Mannes.

Dann blickte er wieder zur Küste hinüber. Am Tag zuvor war eine niedrige Felswand in Sicht gekommen, die inzwischen höher aufragte als die Klippen von Toren. Ihre Silhouette endete an einer Stelle abrupt, und er begann zu begreifen, warum das so war.

Die Zeit verstrich langsam, und einzig vom Kamm einer jeden Welle aus hatte man einen Blick auf die Küste. Mirar wartete geduldig. Dann, zwischen einer Welle und der nächsten, kam das Ende des Kliffs in Sicht.

Die hohe Felswand bog abrupt landeinwärts ab, und zu ihren Füßen lag flaches Waldland mit sanften Küsten. Die Veränderung war wahrhaft außerordentlich: von nacktem Felsen zu üppiger Vegetation. Die Felskette zog sich weiter nach Osten, schlängelte sich in die Ferne und schien dort ihre Umgebung noch höher zu überragen als an der Küste.

Es war ein bemerkenswerter Anblick, denn nun sah es so aus, als sei das Land im Westen wie eine große Platte angehoben und über das Land im Osten geschoben worden.

Ist das natürlich?, fragte sich Mirar. *Oder hat irgendein Wesen – sei es ein Gott oder etwas von anderer Art – das Land vor langer Zeit anschwellen lassen?*

»Traumweber?«

Mirar hielt nach dem Ursprung der Stimme Ausschau und entdeckte den Seemann in der Nähe. Er hielt ein Seil in einer Hand und deutete mit der anderen auf das bewaldete Land.

»Dekkar«, erklärte der Mann. Mirar nickte, und der Matrose machte sich mit der Schnelligkeit langer Übung wieder an die Arbeit.

Dies war also Rikkens Heimatland. Dekkar, das südlichste aller Länder, war berühmt für seinen Dschungel. Die Felskette stellte eine natürliche Barriere dar und bildete die

Grenze zu Avven, dem Nachbarn im Norden. Als folge sie irgendeinem freundlichen Geist dieses Landes, hatte die See sich beruhigt. Die Mannschaft setzte weitere Segel, und ihr Tempo beschleunigte sich.

Während der nächsten Stunden lauschte Mirar dem Gespräch der Männer und versuchte, die Bedeutung ihrer Worte zu erraten. Eine unvertraute Sprache war eine Schwierigkeit, die er seit tausend Jahren nicht mehr hatte überwinden müssen. Die Dialekte Südithanias stammten von einem Sprachzweig ab, der weit älter war als Mirar, und deshalb enthielten sie nur wenige Worte, die auf offenkundige Weise verwandt mit dem auf dem Hauptkontinent gebräuchlichen waren. Bisher hatte er sich einen ausreichenden Grundwortschatz des Avvenschen angeeignet, um zurechtzukommen, und die Traumweber, denen er begegnet war, hatten ihm das meiste von dem beigebracht, was er für seine Arbeit als Heiler benötigte.

Seine eigenen Leute waren hier stärker vertreten als im Norden. Sie waren nicht mehr so zahlreich wie früher einmal, wurden aber von der Bevölkerung ebenso akzeptiert wie die Anhänger anderer »Kulte«. Trotzdem war er den wenigen pentadrianischen Götterdienern, die er gesehen hatte, aus dem Weg gegangen. Obwohl einheimische Traumweber ihm versicherten, dass die Götterdiener Heiden tolerierten, war er doch überdies auch ein Nordländer. Die kranken Pentadrianer, die erfahren hatten, woher er kam, hatten seine Hilfe entweder abgelehnt oder sie nur widerstrebend angenommen, wenn er in Begleitung einheimischer Traumweber gewesen war. Er erwartete nicht, dass die Priester und Priesterinnen ihrer Religion anders empfinden würden.

Die Felsenkette, die Avven nach Norden hin begrenzte, ragte über dem Wald des Landes auf wie eine riesige Welle, die Dekkar jeden Augenblick unter sich zu begraben drohte.

Als sie weiter nach Süden segelten, wich sie langsam zurück und verwandelte sich in einen bläulichen Schatten, der sich wie ein zweiter Horizont durch das Blickfeld zog. Immer wieder erschienen nun auch Gebäude an der Küste. Erbaut auf hohen Pfählen, bestanden sie größtenteils aus Holz und waren durch erhöhte Gehwege miteinander verbunden, obwohl hier und da – zumeist in der Mitte einer Stadt – ein steinernes Gebilde herausragte. Auf diesen Bauwerken prangte deutlich sichtbar in Weiß auf schwarzem Hintergrund gemalt das Sternensymbol der Fünf Götter.

Die Sonne stand bereits tief am Horizont, als das Schiff endlich das Ufer ansteuerte. Der Kapitän lavierte es in eine Bucht, in der sich bereits viele andere Boote drängten und die von der größten Masse an Gebäuden umgeben war, die Mirar bisher gesehen hatte. Die breiten Plattformen, auf denen die Häuser gebaut waren, waren durch einfache Hängebrücken aus Seilen und Stegbrettern oder hell angestrichene Holzbrücken verbunden.

Als Mirar den Blick des redseligen Seemanns auffing, deutete er fragend auf die Stadt.

»Kave«, erklärte der Mann.

Dies war Dekkars Hauptstadt und Rikkens Heimat. Mirar ging auf den Frachtraum zu. Der alte Kaufmann wurde ebenso von seiner eigenen Entschlossenheit am Leben erhalten wie von Mirars Hilfe. Jetzt, da er zu Hause war, würde seine Entschlossenheit vielleicht zu schnell schwinden, um ihn noch ans Ufer zu bringen.

Daher hielt er überrascht inne, als Rikken auf wackeligen Beinen aus dem Frachtraum stieg. Yuri, sein Kammerdiener und ständiger Begleiter, stützte ihn an einem Arm. Mirar trat vor, um den anderen Arm zu ergreifen.

Der Blick des alten Mannes suchte die Stadt, und er stieß einen leisen Seufzer aus.

»Das Sanktuarium von Kave«, sagte er. Mirar erkannte das Wort »Sanktuarium«, konnte, was das nachfolgende Gemurmel betraf, jedoch nur raten. Yuri runzelte die Stirn, sagte aber nichts, während Rikken zur Reling hinüberging. Ein Seemann holte von irgendwoher einen Hocker herbei, und Rikken ließ sich darauf niedersinken, um zu warten.

Das Schiff fuhr langsam in die Bucht ein und ließ dort Anker fallen. Dann wurde Rikken vorsichtig in ein Boot hinuntergelassen. Mirar holte seine Tasche aus dem Frachtraum und gesellte sich zu dem alten Mann.

Nachdem das Boot mit Ruderern bemannt worden war, glitt es in flotter Fahrt auf die Stadt zu. Am Kai halfen Mirar und Yuri Rikken an Land. Mirar bemerkte, dass die Pfähle, auf denen die Häuser standen, aus ganzen Baumstämmen bestanden, die in ihrer Vielzahl den Eindruck eines kräftigen, blattlosen Waldes erweckten.

Yuri traf Vorkehrungen, um Rikken von zwei Matrosen eine Treppe hinauf zu der darüber gelegenen Plattform tragen zu lassen. Zwei andere hoben eine Sänfte an, die im Boot verstaut gewesen war. Sobald sie die miteinander verbundenen Plattformen der Stadt erreicht hatten, ließ Rikken sich in die Sänfte sinken, und die vier Seeleute griffen nach den Tragestangen. Mirar sah zu, wie sie sich in Richtung des Sanktuariums auf den Weg machten, und entbot dem alten Mann ein wortloses Lebewohl.

Als hätte er Mirars Gedanken gehört, drehte der alte Mann sich nach ihm um und runzelte die Stirn. Er krächzte etwas, und die Männer blieben stehen.

»Du kommst mit uns«, erklärte Yuri.

Mirar zögerte, dann nickte er. *Ich werde ihn bis zum Sanktuarium begleiten*, sagte er sich. *Danach werde ich mich verabschieden und das Traumweberhaus des Ortes aufsuchen.* Während die Seeleute Rikken unter den Augen der Bewohner Kaves von der Veranda eines Hauses zur nächsten trugen, schloss Mirar sich der kleinen Gruppe an. Ein Labyrinth von Veranden und Brücken folgte. Die Matrosen konnten die Sänfte nicht über die weniger stabilen Seilbrücken tragen, daher blieb ihnen nichts anderes übrig, als einen größeren Umweg über die nicht so zahlreichen Holzbrücken zu nehmen. Mehr als eine Stunde verstrich, bis sie das Sanktuarium erreichten.

Es war eine gewaltige Stufenpyramide, die sich aus der schlammigen Erde erhob. Trotz seiner Klobigkeit wirkte das Gebäude auf eindringliche Weise ernst, so dass die Holzhäuser daneben klein und vergänglich erschienen. Vor dem Sanktuarium standen mehrere Götterdiener. Mirar trat näher an die Sänfte heran.

»Es war mir eine Ehre …«, begann er.

Rikken wandte sich zu Mirar um. Sein Gesicht war totenbleich und glänzte von Schweiß. Als Mirar klar wurde, dass der alte Mann kurz vor einem neuerlichen Anfall stand, erstarben ihm die Abschiedsworte in der Kehle. Yuri stöhnte leise auf und drängte die Seeleute zur Eile.

Als die Gruppe hastigen Schrittes auf den Eingang des Sanktuariums zustrebte, stieß Mirar einen Seufzer aus und folgte ihnen. *Ich schätze, es wird Zeit herauszufinden, wie diese pentadrianischen Götterdiener auf einen Traumweber aus dem Norden reagieren.*

Die Götterdiener kamen herbei, um den Kaufmann ins Sanktuarium zu geleiten. Sobald sie in dem kühlen Innenraum angelangt waren, wurde die Sänfte zu Boden gelassen. Der alte Mann umklammerte jetzt seine Brust. Yuri sah Mirar erwartungsvoll an.

Mirar ging neben Rikken in die Hocke und griff nach seiner Hand. Nachdem er seinen Geist ausgesandt hatte, spürte er, dass das Herz des Mannes zu versagen drohte. Normalerweise hätte er ihn sterben lassen; seine einzige Krankheit war das hohe Alter. Aber man hatte ihn gebeten, dafür Sorge zu tragen, dass der Mann seine Heimat erreichte, und Mirar war sich im Klaren darüber, dass viele schwarzgewandete Männer und Frauen ihn beobachteten.

Er zog Magie in sich hinein und benutzte sie, um das Herz ein wenig zu stärken. Rikkens Gesicht bekam wieder Farbe, und der gequälte Ausdruck wich aus seinen Zügen. Er holte einige Male tief Luft, dann nickte er Mirar zu.

»Danke.«

Als Mirar aufblickte, sah er sich einem Ring von Götterdienern gegenüber, die ihn und Rikken neugierig beobachteten. Dann trat ein älterer Götterdiener zwischen den anderen hervor und lächelte den Kaufmann an. Er sprach sehr schnell und auf Dekkarisch, und Rikken murmelte eine mürrische Antwort. Der Götterdiener lachte, dann begann er, die anderen Götterdiener herumzukommandieren.

Er hat hier offensichtlich das Sagen, überlegte Mirar.

Ein Stuhl wurde gebracht, und jemand half Rikken, darauf Platz zu nehmen. Aus dem freundlichen Gebaren des alten Götterdieners dem Kaufmann gegenüber entnahm Mirar, dass die beiden einander gut kannten. Er trat zurück und sah sich in dem Raum um.

Während er das tat, stieg unwillkürlich ein Staunen der Anerkennung in ihm auf. Die Wände waren bedeckt mit Bildern, die aus winzigen Bruchstücken glasierten Tons gefertigt und so kunstvoll arrangiert waren, dass sie größeren Detailreichtum zu zeigen schienen, als sie tatsächlich enthielten. Der Raum hatte fünf Wände, und auf jeder davon war einer der pentadrianischen Götter abgebildet.

Sheyr, Hrun, Alor, Ranah und Sraal. Mirar hatte die Namen von den Traumwebern gelernt, denen er begegnet war. Anders als die zirklischen Götter zogen diese es vor, unter sich zu bleiben, und erschienen nur zu wirklich bedeutenden Anlässen. Sie ließen ihre Anhänger ihre Belange selbst regeln, solange sie sich nicht allzu weit von den zentralen Lehren ihrer Religion entfernten.

Was die Frage aufwirft, warum die Pentadrianer Nordithania überfallen haben. Haben sie diese Entscheidung selbst getroffen, oder ist das Führen von Kriegen eine dieser zentralen Lehren? Sie bilden ihre Priester tatsächlich in der Kriegskunst aus, daher ist Letzteres nicht auszuschließen.

Er runzelte die Stirn. *Wenn das wahr ist, dann bedeutet das nichts Gutes für die Zukunft Nordithanias.*

»Traumweber«, rief Yuri.

Mirar blickte auf und stellte fest, dass der alte Götterdiener ihn ansah. Der Mann begann zu sprechen, aber Yuri unterbrach ihn entschuldigend. Der Götterdiener lauschte, dann zog er die Augenbrauen hoch und schaute wieder zu Mirar hinüber.

»Du aus Nordithania?«, fragte er auf Hanianisch.

Als er den Mann in der nördlichen Sprache sprechen hörte, blinzelte Mirar überrascht, dann nickte er. »Ja.«

»Wie lange du in Südithania gewesen?«

»Einige Monate.«

»Dir gefallen?«

Mirar lächelte. Wie konnte irgendein Besucher in einem fremden Land diese Frage anders als mit einem Ja beantworten?

»Ja. Dein Volk ist freundlich und gastlich.«

Der Priester nickte. »Traumweber im Norden nicht willkommen, höre ich. Jetzt noch schlimmer als früher.« Er sah Rikken an und lächelte. »Hier sind wir nicht solche Narren.«

»Das ist wahr«, pflichtete Mirar ihm bei. *Noch schlimmer? Vielleicht sollte ich mich heute Nacht mit der Traumweberältesten Arleej in Verbindung setzen und fragen, ob das wahr ist – und warum.*

»Du machen gute Arbeit bei diesem Mann. Danke.«

Mirar neigte den Kopf. Als der Priester sich wieder zu Rikken umwandte, wurde seine Miene ernst. Er sprach in der Mundart der Einheimischen, dann zeichnete er die Gestalt eines Sterns in die Luft. Rikken senkte wie ein getadeltes Kind den Kopf und nickte fügsam.

Mirar holte tief Luft und stieß sie langsam wieder aus. Der Götterdiener war freundlich, sogar respektvoll gewesen, obwohl er wusste, dass Mirar aus dem Norden kam. Vielleicht war seine Zugehörigkeit zu den Traumwebern Ausgleich genug für die Tatsache, dass er ein Fremder aus einem verfeindeten Land war. Vielleicht waren die Götterdiener in diesen Belangen vernünftiger als gewöhnliche Pentadrianer.

Höchstwahrscheinlich gibt es genauso viele Götterdiener, die mir mit Argwohn begegnen werden, wie es gewöhnliche Pentadrianer tun. Ich kann mich glücklich schätzen, einem Götterdiener begegnet zu sein, der anders denkt. Er lächelte grimmig. *Und je länger ich in Südithania bleibe, umso größer ist die Wahrscheinlichkeit, dass ich auch einem Götterdiener begegnen werde, der das nicht tut.*

2

Auf den höchsten Gipfeln von Si lag noch immer Schnee, aber überall sonst war die Wirkung des warmen Wetters deutlich zu sehen. Der Wald war ein üppiges Meer neuer Triebe und Blumen. In engen Tälern und auf den natürlichen Stufen der Berghänge grünte und gedieh das Getreide.

Die letzten Tage waren die heißesten gewesen, die Auraya je hatte ertragen müssen. In der Vergangenheit hatte sie Si während der kühleren Monate des Jahres besucht. Si kannte sowohl wärmere als auch kühlere Jahreszeiten, als sie sie bisher erlebt hatte – kältere, weil es überwiegend gebirgiges Land war, wärmere, weil es weiter südlich lag als Hania, auf demselben Breitengrad wie das Wüstenland Sennon.

Das Fliegen konnte ein wenig Erleichterung bringen. Die Luft hoch oben war immer kühl. Aber heute flog sie tief. Die Siyee, die sie begleiteten, konnten nicht lange im kalten Wind fliegen. Die Kälte kostete sie viel Kraft.

Sie betrachtete den Mann, der neben ihr flog. Obwohl erwachsen, brachte er es nur auf die Hälfte ihrer Größe. Seine Brust war breit, und seine Beine waren muskulös. Die Knochen seiner letzten drei Finger bildeten einen Teil des Rahmens seiner Flügelmembran, die sich von dort bis zu den beiden Körperseiten erstreckte. Auraya war nun schon so lange bei den Siyee, dass sie sich die Unterschiede zwischen ihnen und ihr selbst immer wieder bewusst vor Augen führen musste. Wenn sie das tat, erstaunte es sie jedes Mal, dass sie ihr, einer »Landgeherin«, ein dauerhaftes Zuhause in ihrem Land angeboten hatten.

Nicht dass sie ihnen keine Gegenleistung geboten hätte. Die magischen Gaben, die sie sich auch nach ihrem Rücktritt von den Weißen bewahrt hatte, kamen den Siyee immer wieder zunutze, insbesondere ihre Fähigkeit, zu fliegen und zu heilen. Sie kehrte gerade von einer Mission in ein anderes Siyee-Dorf zurück, wo sie ein verletztes Mädchen geheilt hatte. Und wären ihre Gaben nicht gewesen, wären viele Hunderte mehr an der Seuche gestorben.

Vor ihr war jetzt die helle Fläche nackten Felsens zu sehen, auf der sich das Offene Dorf – das Hauptdorf der Siyee – befand. Bei diesem Anblick stieg Freude in Auraya auf. Sie konnte am Rand der Felsfläche die Häuser der Siyee erkennen – Lauben aus Membranen, die sich über elastische Holzrahmen spannten, die ihrerseits am Stamm eines gewaltigen Baumes befestigt waren. Außerdem konnte sie auf dem höchsten Felsvorsprung zwei vertraute Gestalten sehen, die nach ihr und ihren Gefährten Ausschau hielten: Sprecherin Sirri, die Anführerin der Siyee, und Sreil, ihren Sohn.

Auraya ließ sich hinabgleiten und landete einige Schritte entfernt, dicht gefolgt von ihren Reisegefährten. Sirri lächelte.

»Du kommst früh zurück«, sagte sie. »Wie ist es gelaufen?«

»Ich konnte ihren Arm heilen«, erwiderte Auraya.

»Es war unglaublich!«, rief der Jüngste von Aurayas Begleitern. »Das Mädchen konnte gleich anschließend wieder fliegen!«

Auraya verzog das Gesicht. »Wovon ich ihr dringend abgeraten hatte. Es würde mich nicht überraschen, wenn die Verwegenheit dieses Mädchens in der Zukunft zu etwas Schlimmerem als einem gebrochenen Arm führen würde.«

»Ihre Mutter ist eine Trinkerin.«

Auraya blickte erstaunt zu dem Mann hinüber, der gesprochen hatte. Der Sprecher des Stammes, dem das Mädchen angehörte, hatte bisher die meiste Zeit geschwiegen. Jetzt sah er ihr in die Augen und zuckte die Achseln. »Wir versuchen, das Mädchen ein wenig Disziplin zu lehren, aber es ist nicht leicht, wenn die Mutter ihr alles durchgehen lässt.«

Auraya dachte an die hysterische Frau zurück, die dem Kind nicht von der Seite gewichen war. »Vielleicht wird sich das jetzt ändern.«

»Das bezweifle ich«, murmelte der Mann. Dann zuckte er erneut die Achseln. »Mag sein. Ich sollte nicht – was ist das?«

Sie folgte seinem Blick und lächelte, als sie ein kleines Geschöpf auf sich zuspringen sah. Es hatte die spitzen Ohren flach an den Kopf gelegt, und sein buschiger Schwanz flatterte hinter ihm her wie ein Banner. »Das ist ein Veez. Sein Name ist Unfug.«

Sie bückte sich und ließ den Veez ihren Arm hinaufhuschen. Unfug beschnupperte sie, dann rollte er sich um ihre Schultern zusammen.

»Owaya zurück«, sagte er zufrieden.

Der Stammesführer starrte den Veez erstaunt an. »Es hat deinen Namen gesagt. Es kann sprechen?«

»Das kann er, obwohl du keine aufregende Konversation erwarten darfst. Seine Interessen haben im Allgemeinen mit Essen oder Körperpflege zu tun.« Sie kraulte Unfug hinter den Ohren, und er bewies die Wahrheit ihrer Worte, indem er flüsterte: »Kraulen schön.«

Sirri kicherte. »Ich fürchte, das wirst du bald wieder seinem Aufpasser überlassen müssen. Heute Morgen ist ein Bote vom Nordwaldstamm gekommen. Er berichtet, dass er vor einigen Tagen einer kranken Landgeherin begegnet ist. Sie hat darum gebeten, dass du sie behandelst.«

Auraya blinzelte überrascht. »Eine Landgeherin?«

»Ja.« Sirri lächelte grimmig. »Ich habe den Mann gefragt, ob er den Verdacht habe, es könne sich um eine Pentadrianerin handeln. Er ist sich sicher, dass sie es nicht ist. Tatsächlich sagt er, sie habe Si schon früher besucht, um sich in Sicherheit zu bringen, als der Krieg begann. Möchtest du ihn selbst befragen?«

»Ja.«

Die Sprecherin sah Sreil an. »Könntest du ihn herholen? Danke. In der Zwischenzeit …« Sie wandte sich wieder den Siyee zu, die Auraya ins Offene Dorf begleitet hatten. »Ihr seid mir alle in meiner Laube willkommen, um mit mir zu essen.«

Während sie auf Sirris Heim zugingen, dachte Auraya über die Möglichkeit nach, dass diese Landgeherin eine pentadrianische Zauberin sein könnte, die sich nicht zu erkennen gab. Es war wahrscheinlich, dass sich die Neuigkeit von ihrem Rücktritt bis nach Südithania herumgesprochen hatte und dass einer der dortigen fünf Zauberer hergekommen war, um Rache für den Tod ihres früheren Anführers Kuar zu nehmen, den Auraya im Krieg getötet hatte.

Nach ihrem Rücktritt von den Weißen hatte sie sich ihre Fähigkeit, zu fliegen und zu heilen, bewahrt, aber sie hatte bisher keine Gelegenheit gehabt herauszufinden, ob sie noch immer über die Gaben des Kampfes verfügte, die die Götter ihr verliehen hatten, um Nordithania zu verteidigen. *Ich habe keine Ahnung, wie stark meine Gaben jetzt sind, aber bisher macht es nicht den Eindruck, als seien sie deutlich verringert worden. Genaueres werde ich wohl herausfinden, falls diese Frau sich als eine pentadrianische Meuchelmörderin erweist.*

Sie konnte nur vermuten, dass sie nicht länger unsterblich war. Es würde Jahre dauern, bevor die ersten Anzeichen des Alters bestätigten, dass sie diese Gabe verloren hatte. War es das wert gewesen? Sie schaute sich im Offenen Dorf um und nickte. Durch ihre Fähigkeit, schnell von einem Dorf zum nächsten fliegen zu können, gepaart mit der Gabe der Heilung, die Mirar sie gelehrt hatte, hatte sie, während die Herzzehre überall im Land grassierte, den Tod vieler hundert Siyee verhindern können. Sie hatte jedoch nicht alle retten können. Sie war nicht in der Lage, an zwei Orten gleichzeitig zu sein, und auf dem Höhepunkt der Seuche hatte es zu viele kranke Siyee gegeben, als dass sie alle hätte erreichen können.

Obwohl der offizielle Grund für ihren Rücktritt von den Weißen – die Seuche in Si – nicht mehr existierte, stellte sie fest, dass sie ihre frühere Position nicht vermisste. Sie war damit zufrieden, den Rest ihres Lebens darauf zu verwenden, den Siyee zu helfen. Juran hatte ihr gestattet, Priesterin zu bleiben, und er hatte ihr sogar einen Priesterinnenzirk geschickt. Einer der zwei Priester, die sich zu den beiden gesellt hatten, die bereits im Offenen Dorf gewesen waren, hatte diese Dinge mitgebracht.

Juran war der einzige Weiße, der sich noch immer per Gedankenrede mit ihr in Verbindung setzte. Von den anderen hatte sie nichts mehr gehört. Auch die Götter besuchten sie nicht länger, obwohl sie gelegentlich in der Magie um sich herum etwas wahrnahm, das auf Chaias Anwesenheit schließen ließ.

Ich frage mich, ob er mich beobachtet. Er muss wissen, ob diese Landgeherin eine Pentadrianerin ist oder nicht. Ich wüsste gern, ob er mich warnen würde, wenn sie tatsächlich eine ist.

Sie vermisste seine Besuche. Manchmal sehnte sie sich nachts nach seiner Berührung und nach der unbeschreiblichen, wunderbaren Wonne, die er ihr geschenkt hatte, als sie Liebende gewesen waren. Aber das war nur Erregung gewesen, nicht Zuneigung. Was sie am meisten vermisste, war jemand, dem sie sich anvertrauen konnte. Mit dem sie ihre Sorgen teilen konnte.

Selbst wenn dieser Jemand die Quelle meiner Sorgen ist, ging es ihr durch den Kopf.

Am Waldrand angekommen, führte Sirri sie zu ihrer Laube. Sie war ein wenig größer als die anderen und ermöglichte es ihr, dort Versammlungen abzuhalten. Nachdem sie eingetreten waren, setzten sie sich und begannen, das Brot, die Früchte und die Nüsse zu essen, die Sirri vor ihnen auf den Tisch stellte. Nach einigen Minuten kam Sreil mit dem Boten zurück, einem jungen Mann, den er als Tyve vorstellte und der Auraya vertraut erschien.

»Wir sind uns schon einmal begegnet, nicht wahr?«, fragte Auraya.

Der Siyee nickte. »Ja. Ich habe Traumweber Wilar geholfen, als du letztes Jahr in mein Dorf gekommen bist.«

Wilar. Bei dem Namen überlief Auraya ein Schauer, und ein Gesicht blitzte in ihrer Erinnerung auf. Wilar war der Name, den Mirar bei den Siyee benutzt hatte.

Wilar. Mirar. Leiard. Ich frage mich, ob er noch andere Namen benutzt.

Sie war entsetzt gewesen zu entdecken, dass der Mann, der sie als Kind mit Magie und Heilmitteln vertraut gemacht hatte, der Mann, den sie als erwachsene Frau geliebt und dem sie vertraut hatte, in Wirklichkeit der berühmte Mirar war, der unsterbliche Begründer der Traumweber. Der Verrat hatte sie zuerst wütend gemacht, aber sie hatte an ihrem Zorn nicht länger festhalten können, sobald er ihr seinen Geist geöffnet hatte, um ihr die Wahrheit über seine Vergangenheit zu zeigen.

Es war unmöglich, sich vorzustellen, wie es für ihn gewesen sein musste, zerquetscht unter einem Gebäude wieder zu sich zu kommen, um später ohne Erinnerung weiterleben zu müssen, während sein verkrüppelter Körper über viele, viele Jahre hinweg langsam heilte. Er hatte die Persönlichkeit, die Leiard war, erfunden und seine eigene unterdrückt, um seine wahre Identität vor den Göttern zu verbergen.

Es ist ein Wunder, dass er überlebt hat, dachte sie. Ich kann nicht umhin, ihn dafür zu bewundern.

Als sie ihm im Dorf des Nordflussstamms begegnet war, hatte Mirars wahres Ich die Kontrolle zurückerlangt, indem er es mit der Persönlichkeit Leiards vermischte.

Ich hatte gerade angefangen, ihn wieder zu mögen, als die Götter mir den Befehl gaben, ihn zu töten.

»Erinnerst du dich?«, fragte Tyve zaghaft.

Sie lenkte ihre Aufmerksamkeit wieder auf den jungen Siyee. »Ja. Das tue ich. Sirri sagt, du seist dieser Landgeherin schon einmal begegnet?«

Er nickte. »Ja, am selben Ort, an dem wir zum ersten Mal auf Wilar gestoßen sind. Ich glaube, die beiden kennen einander.«

Aurayas Herz setzte einen Schlag aus. Konnte dies die Freundin sein, die sie kurz in Mirars Geist gesehen hatte, als er ihr seine Gedanken öffnete?

»Wie sieht sie aus?«

»Groß, Haare von der Farbe von Blutsaft, aber heller. Bleiche Haut. Grüne Augen.«

Auraya nickte. Die Frau in Mirars Erinnerung hatte rotes Haar gehabt. »Hat sie dir ihren Namen genannt?«

»Ja. Jade Tänzerin.«

»Und woran leidet sie?«

»Sie weiß es nicht. Irgendetwas in ihrem Bauch.«

Wenn die Frau Mirars Freundin war, warum war sie dann nach Si gekommen? Suchte sie nach Mirar? Hatte sie die weite Reise unternommen, weil sie seine Hilfe brauchte, nur um erfahren zu müssen, dass er fort war? Auraya runzelte die Stirn. *Ist die Krankheit real oder ein Betrug, um mich zu ihr zu führen? Warum sollte sie sich mit mir treffen wollen?*

Wenn die Frau Mirars Freundin war, würden die Götter sie wahrscheinlich nicht billigen. *Ob der eine oder andere von ihnen jetzt zuhört?* Sie erspürte die Magie um sich herum, konnte aber keinen Hinweis auf die Anwesenheit der Götter entdecken. *Ich hoffe nur, die Götter werden nicht noch einmal von mir verlangen, jemanden zu töten. Das ist das Letzte, was ich will. Je eher ich diese Frau treffe und sie ihres Weges schicke, desto besser.*

»Wirst du ihr helfen?«, fragte Tyve. »Sie ist nett«, fügte er hinzu.

Auraya nickte. »Ja, ich werde ihr helfen.« *Selbst wenn sie nicht krank ist, möchte ich wissen, warum sie nach Si gekommen ist. Und vielleicht hat sie ja auch Nachrichten von Mirar.*

Im Treppenhaus hallten das leise Scharren und das Klirren von Ketten wider, als der Käfig, in dem Danjin stand, sich aufwärtsbewegte. Er sah zu, wie die vielen Stockwerke des Weißen Turms an ihm vorüberglitten. Manchmal fühlte es sich so an, als stünde der Käfig still, während sich der Turm um ihn herum auf und ab bewegte. Bei solchen Gelegenheiten fragte er sich, ob Auraya den gleichen Eindruck hatte, wenn sie »flog«.

Der Käfig verlangsamte sich und hielt vor einer breiten Stufe in dem dahinterliegenden Treppenhaus an. Die Tür schwang auf, zweifellos geleitet durch die Magie der Frau, die neben ihm stand.

Er sah Dyara von den Weißen an, die zweitälteste und stärkste der zirklischen Anführer. Dyara trat vor und geleitete ihn aus dem Käfig und die Treppe hinauf zu einer hölzernen Tür.

Als sie anklopfte, durchzuckte Danjin ein Stich der Furcht. Dieses Quartier hatte Auraya gehört. Als er ihr Ratgeber gewesen war, hatte er es viele Male aufgesucht. Jetzt gehörte es der Frau, die an ihre Stelle gerückt war, Ellareen von den Weißen.

Seine Tätigkeit als Ratgeber Aurayas war eine große Herausforderung gewesen, aber auch eine, die ihm erleichtert worden war, weil er Auraya gemocht und respektiert hatte. War es zu viel verlangt zu hoffen, dass es ihm mit der neuesten Weißen genauso ergehen würde? Während er sich fragte, ob er sie mögen würde, beschäftigte ihn gleichzeitig die Frage, ob sie *ihn* mögen würde. *Es wird die Sache nicht besser machen, wenn ich sie ständig mit Auraya vergleiche*, sagte er sich. Er wusste, dass er das manchmal nicht würde vermeiden können, ebenso wenig wie Ellareen es würde vermeiden können, solche Erwägungen in seinen Gedanken zu lesen …

Die Tür wurde geöffnet. Eine hochgewachsene, schlanke Frau stand vor ihnen. Ihr Haar war kunstvoll frisiert, und sie trug eine weiße Tunika und einen Zirk von feinster Qualität. Sie wirkte elegant und gelassen, aber sie war nicht schön, wie ihm auffiel, wenngleich auch nicht unattraktiv. Sie schien älter zu sein als Auraya, obwohl nur einige Jahre zwischen den beiden Frauen liegen konnten.

»Ellareen«, sagte Dyara. »Das ist Danjin Speer.«

»Kommt herein«, erwiderte die neue Weiße und trat zurück.

Er beobachtete sie, während sie sie zu Stühlen geleitete und ihnen dann jedem ein Glas Wasser brachte. Seine Nachforschungen hatten ergeben, dass sie ursprünglich aus Somrey stammte. Ihr Vater hatte in Diensten eines wohlhabenden Händlers gestanden, und ihre Familie war nach Jarime gezogen, als man ihn mit der Leitung des hanianischen Geschäftszweigs betraut hatte. Ella war der Priesterschaft mit zwölf Jahren beigetreten und schließlich Heilerin geworden. Seit der Eröffnung des Hospitals hatte sie dort gearbeitet. Und kurz vor der Erwählungszeremonie musste in ebendiesem Hospital etwas geschehen sein, das die Weißen genug beeindruckt hatte, um sie zur Hohepriesterin zu machen.

Und sie musste auch die Götter beeindruckt haben, denn jetzt war sie eine Weiße.

Trotz der Ungeheuerlichkeit der Pflichten, die man ihr plötzlich übertragen hatte, verströmte sie eine ruhige Selbstsicherheit. Das überraschte Danjin. Auraya war, als er sie kennengelernt hatte, ein wenig überwältigt gewesen von ihrer Auserwählung.

Dyara begann, Danjins Fähigkeiten zu rühmen, und er tat so, als bestreite er alles – geradeso wie er es getan hatte, als sie ihn mit Auraya bekannt gemacht hatte. Ellareens Mundwinkel zuckten, dann hob sie die Hand, um das Gespräch zu unterbrechen.

»Ich weiß, dass Danjin Speer der beste Mann für diese Aufgabe ist«, sagte sie und lächelte Dyara an. Dann blickte sie zu ihm hinüber. »Schließlich ist er der Einzige, der von sich sagen kann, dass er bereits Erfahrung bei der Zusammenarbeit mit einer neuen Weißen hat.«

Dyara rutschte auf ihrem Stuhl ein Stück zur Seite, vielleicht ein wenig verärgert über die Unterbrechung. »Das ist eindeutig ein Vorteil.«

»Allerdings.« Ellareen musterte ihn eingehend. »Was war es für ein Gefühl, mit Auraya zusammenzuarbeiten?«

Er stutzte, erstaunt über die offene Frage. Natürlich war sie neugierig, was ihre Vorgängerin betraf, aber er hatte erwartet, dass die neue Weiße das Thema umgehen würde. Er war sich nicht sicher, warum. Vielleicht nur wegen der Gerüchte, die sich um Aurayas Rücktritt rankten.

»Es war harte Arbeit, aber angenehm«, erwiderte er.

»Du mochtest sie«, stellte sie fest.

Er lächelte. »Ja.«

Sie zog die Augenbrauen hoch, um ihn zu ermutigen weiterzusprechen.

»Sie besitzt die Fähigkeit, mit anderen mitzufühlen, obwohl ich denke, dass das ihre Arbeit im gleichen Maße erschwert hat, wie es sie erleichtert hat.«

Ellareen nickte. »Natürlich. Für einen Heiler kann Mitgefühl gleichzeitig eine Schwäche und eine Stärke sein.«

Er lächelte, weil diese Worte ihn daran erinnerten, dass Ellareen zuvor eine Heilerpriesterin gewesen war. Vielleicht hatte diese Arbeit sie gelehrt, in jedweder Situation gelassen zu bleiben. »Was glaubst du, worin deine eigenen Stärken und Schwächen liegen, Ellareen von den Weißen?«

»Nenn mich einfach Ella«, sagte sie, dann schürzte sie die Lippen, während sie über seine Frage nachdachte. »Ich weiß nicht … Mein Glaube an die Götter vielleicht. Wenn es keine offenkundige Antwort gibt, tue ich, was die Götter mir sagen.«

Das klingt wie ein persönliches Mantra. Interessant. »Eine kluge Strategie.«

Sie sah Dyara an, die schwach lächelte, dann wandte sie sich wieder Danjin zu. »Obwohl mir die Götter bis vor kurzem niemals eine Anweisung erteilt haben«, fuhr sie fort, »habe ich ihnen immer eine Gelegenheit dazu gegeben – bevor ich meine Suppe selbst ausgelöffelt habe.«

Er kicherte. »Das haben sie bestimmt zu schätzen gewusst. Nicht dass ich damit andeuten wollte, dass du dir jetzt weitere Suppen einbrocken wirst.« Er blickte zu Dyara hinüber. »Du hast viele erfahrene Helfer, die dir zur Seite stehen.«

»Ja. Dich eingeschlossen. Dyara sagt, du hättest Spione in ganz Ithania.«

»Spione?« Danjin lachte. »Man kann sie wohl kaum als Spione bezeichnen; es sind einfach Leute, die ich an Königshöfen kenne, und alte Geschäftsfreunde.«

»Erzähl mir von ihnen.«

Danjin nahm noch einen Schluck Wasser, dann lehnte er sich auf seinem Stuhl zurück und unterhielt sie mit Geschichten von Menschen, die er kannte, sowohl in hohen als auch in niederen Positionen. Er berichtete ihr, auf welche Weise sie ihm in der Vergangenheit geholfen hatten, und erklärte, dass sie es auch wieder tun würden. Die komischeren seiner Anekdoten schienen sie wirklich zu erheitern. Das war ein gutes Zeichen. Ihr Sinn für Humor war ein guter Ausgleich für die beinahe beunruhigende Zuversicht, die sie verströmte.

Sie wird eine gute Weiße abgeben, befand er. *Hoffen wir, dass sie sich ein wenig länger halten wird als Auraya.*

3

Als Auraya zum Nordflussstamm geflogen war, hatte sie gelegentlich hier und da einen Blick auf den Wasserfall in der Ferne werfen können. Als der junge Siyee, der sie führte, jetzt hinabglitt, sah sie, dass es mehrere Wasserfälle waren, von denen jeder über eine Terrasse im Land in einen Teich stürzte, von dem ein seichter Fluss zum nächsten Wasserfall hinüberströmte.

Tyve ließ sich weiter nach unten sinken, um neben einem der Wasserfälle zu landen, und Auraya setzte neben ihm auf. Das Zischen des herabfallenden Wassers erfüllte die Luft, und Auraya blickte sich um. Es war ein hübscher Ort, aber sie konnte keine Spur von der Landgeherin entdecken.

Tyve deutete auf den Wasserfall. »Sie lebt dort drin, hinter dem Wasser. Man gelangt von der Seite aus hinein.«

Auraya nickte. »Danke, Tyve. Du solltest jetzt besser nach Hause fliegen. Falls ich irgendetwas benötigen sollte, werde ich in dein Dorf kommen.«

Er nickte, nahm Anlauf auf den kahlen Felsen am Flussufer und sprang in die Luft. Während Auraya ihm nachsah, fiel ihr etwas ein, das sie über den Jungen gehört hatte.

Er wollte Traumweber werden. Sie hatte es in seinen Gedanken gelesen, als sie Mirar geholfen hatte, die Kranken in seinem Dorf zu behandeln. Mirar hatte nicht gesagt, dass er den Jungen unterrichten wolle, aber er hatte es auch nicht abgelehnt.

Seine Träume müssen zunichtegemacht worden sein, als Mirar aus Si floh. Aber es ist besser so. Wenn er sich von den Göttern abgewandt hätte, um Traumweber zu werden, wäre seine Seele bei seinem Tod verloren gewesen.

Die Vorstellung, dass Siyee Traumweber werden könnten, beunruhigte sie. Es war eine Ironie des Schicksals, dass ein Siyee auf dem Weg gewesen war, Traumweber zu werden, während Auraya in Jarime das Hospital aufgebaut hatte – das am Ende die Zahl der Traumweber vielleicht verringern würde, weil es mögliche Schüler zur Priesterschaft führte.

Es war beinahe eine Erleichterung, nicht länger die Verantwortung für das Hospital zu tragen. Juran hatte von guten Fortschritten berichtet. Es war schön zu wissen, dass die Einrichtung nach wie vor den Menschen in der Stadt zugutekam, während sie gleichzeitig die Kenntnisse der Zirkler in der Heilkunst vertiefte. Aber sie hatte sich nie wohlgefühlt mit dem Wissen, dass sie auf diese Weise zwar die Seelen jener rettete, die sich sonst vielleicht den Traumwebern angeschlossen hätten, dass sie damit aber gleichzeitig auf den Niedergang der Traumweber hinarbeitete.

Jetzt waren die Siyee ihre einzige Sorge. Sie verbannte das Krankenhaus aus ihren Gedanken und ging auf den Wasserfall zu.

Sein Wasser stürzte von einem Felsüberhang hinab, und Auraya stellte fest, dass sie hinter dem Wasser in eine Höhle gelangen konnte. Während das Wasser genug Licht durchließ, um den vorderen Teil der Höhle zu erhellen, lag der hintere Teil in Dunkelheit. Sie zog Magie in sich hinein, schuf ein Licht, das einen Tunnel enthüllte, und setzte ihren Weg dann fort. Vor ihr erschien ein weiteres Licht, das sie um eine Ecke herum in eine größere Höhle führte. An einer Wand standen Töpfe und Krüge, und in der Mitte des Raums waren einige primitive Möbel angeordnet.

Eine Frau saß mit dem Rücken zu Auraya auf einem von zwei einfachen Betten. Ihre Kleidung war schlicht, aber das

Haar, das sich über ihre Schultern ergoss, war von einem kräftigen Rot. Sie bewegte die Arme, doch Auraya konnte nicht sehen, was sie tat.

»Bist du Jade Tänzerin?«, fragte Auraya in der Sprache der Siyee. Da die Frau einen Boten zu Auraya geschickt hatte, musste sie in der Lage sein, sich mit dem Himmelsvolk zu verständigen.

Die Frau blickte von ihrer Arbeit auf, wandte sich jedoch nicht um. »Ja. Komm herein. Ich mache gerade heiße Maita. Wir haben viel zu besprechen.«

»Ach ja?« Auraya trat vor.

Die Frau kicherte. »Ja.«

Etwas an diesem Ort machte Auraya unruhig. Sie fühlte sich verletzbar, obwohl sie keine Bedrohung in der Höhle erkennen konnte. Nach einigen Schritten blieb sie stehen, zog Magie in sich hinein und schuf eine Barriere um sich herum.

Die Frau drehte sich um und sah Auraya neugierig an. »Warum so argwöhnisch? Ich will dir nichts Böses.«

Auraya erwiderte ihren Blick und hielt Ausschau nach irgendwelchen Hinweisen in den Zügen der Frau. Sie hatte ein schönes Gesicht, aber die Linien um Mund und Augen ließen vermuten, dass sie sich bereits gut in der Mitte ihres Lebens befand. Es waren Linien, die von Lachen rührten, aber auch von Trauer oder Bitterkeit.

»Warum überzeugt mich das nicht?«

Jade kniff die Augen zusammen und musterte Auraya nachdenklich. Dann winkte sie sie heran. »Komm ein paar Schritte näher.«

Auraya zögerte kurz, dann gehorchte sie. Als sie das tat, brach ihre Barriere zusammen. Sie griff nach weiterer Magie, konnte aber keine finden.

Als ihr klar wurde, was ihre Sinne ihr die ganze Zeit über

gesagt hatten, stieg eine Welle der Furcht in ihr auf. Es gab keine Magie um sie herum. Sie war ebenso verletzbar wie jeder Sterbliche, der über keinerlei Gaben verfügte. Sie wich zurück und fand sich wieder umgeben von Magie.

»Was du spürst, ist ein Leerer Raum. Er ist nur einige Schritte tief. Siehst du?« Die Frau machte eine achtlose Handbewegung, und ein Lichtfunke erschien vor ihr. »Du kannst zuerst ein wenig Magie sammeln, um dich zu schützen, wenn du ihn betrittst.«

Auraya betrachtete die Frau. *Wenn sie den Augenblick meiner Verletzbarkeit hätte ausnutzen wollen, hätte sie es getan.* Sie zog Magie in sich hinein, schuf eine weitere Barriere und speiste sie mit Magie, während sie durch die Höhle ging. Jetzt, da ihre Aufmerksamkeit auf den Leeren Raum gelenkt worden war, war er leicht wahrzunehmen. Trotzdem würde sie sich nicht wohlfühlen, bis sie diesen Teil der Höhle wieder verlassen hatte.

Jade sah sie mit einem wissenden Lächeln an und deutete auf das andere Bett.

»Nimm Platz.«

Auraya setzte sich. Zwischen den Betten befand sich ein großer Steinbrocken, in den ein glattes, rundes Loch gehauen war. Die Vertiefung war gefüllt mit kochendem Wasser, von dem Jade nun etwas in eine Schale schöpfte. Die Körner in der Schale lösten sich zu einer dunkelroten Flüssigkeit auf, und der unverkennbare Geruch von Maita drang zu Auraya hinüber. Die Frau goss das Getränk in zwei kleine Becher und reichte einen davon an Auraya weiter.

»Während des vergangenen Jahres hat Mirar auf diesem Bett geschlafen«, sagte sie.

Auraya nickte langsam. »Dann bist du also die Freundin. Das hatte ich mir gedacht.«

»Das war, bevor du versucht hast, ihn zu töten«, fuhr Jade

fort, ohne auf Aurayas Bemerkung einzugehen. »Aber du konntest es nicht tun.« Ihre Augen wurden schmal. »Warum nicht?«

»Ich hatte meine Gründe.«

Der Blick der Frau war offen und direkt. »Er hat dir seinen Geist geöffnet und dir die Wahrheit gezeigt. Deshalb konntest du es nicht tun. Er hat viel riskiert, um dich diese Dinge wissen zu lassen.«

»Oder einfach, um sich zu retten.«

Jade zog die Augenbrauen hoch. »Ist es das, was du glaubst? Ist dir nicht der Gedanke gekommen, er könnte es aus Liebe getan haben?«

Auraya sah die Frau fest an. »Liebe hatte nichts damit zu tun. Er wollte, dass ich die Wahrheit erfahre, aber er hätte sie mir nicht enthüllt, wäre ich nicht im Begriff gewesen, ihn zu töten. Er hätte mich weiterhin getäuscht.«

Die Frau nickte. »Aber du musst wissen, dass er dich liebt. Liebst du ihn ebenfalls?«

Einmal mehr stiegen widerstreitende Gefühle in Auraya auf, Gefühle, die sie alsbald beiseitedrängte. Warum stellte Jade diese Fragen? Warum wollte sie wissen, ob Auraya Mirar liebte? War sie eifersüchtig oder einfach nur eine Freundin, die einen Freund beschützen wollte? Auraya erwog verschiedene Antworten und überlegte, wie Jade darauf reagieren könnte. Ein Leugnen könnte sie erzürnen, und Auraya wollte das Risiko nicht eingehen, womöglich auf weitere Überraschungen in dieser eigenartigen Höhle zu stoßen. Andererseits würde die Frau eine Bestätigung vielleicht hinterfragen.

»Ich weiß es nicht«, erwiderte sie aufrichtig. »Ich bezweifle es, da ich ihn im Grunde nicht kenne – das heißt, ich kenne nur einen Teil von ihm. Liebst du ihn?«

»Als einen Freund.«

»Du hast ihm geholfen, seine Identität zurückzuerlangen.«

»Ja.« Jade blickte auf ihren Becher hinab und runzelte die Stirn. »Ich habe ihn nach der Schlacht hierhergebracht. Er war vollkommen durcheinander, war sich nicht sicher, wer er war. In einem Augenblick war er Leiard, im nächsten Mirar.« Sie verzog das Gesicht. »Er hat seine Probleme schließlich gelöst. Ich dachte, er wäre hier in Si sicher, aber er hat ein Talent dafür, sich in Schwierigkeiten zu bringen. Zuerst hättest du ihn um ein Haar getötet, dann ist er in Sennon nur mit knapper Not den Weißen entkommen, und jetzt …« Sie schüttelte den Kopf.

Auraya sah Jade zweifelnd an. »Da du offensichtlich darauf hinauswillst, dass ich dich frage: Wo ist er jetzt?«

In den Augen der Frau blitzte Erheiterung auf. »Will ich das? Aber ich kann es dir nicht sagen, sonst würden die Götter es in deinem Geist lesen, wenn du den Leeren Raum verlässt.«

»Wenn ich …?« Auraya zog die Brauen zusammen und blickte sich in der Höhle um, obwohl sie nicht erwartete, irgendwelche sichtbaren Hinweise zu finden, die ihren Argwohn bestätigten.

»Der Leere Raum umgibt uns auf allen Seiten. Die Götter sind Wesen aus Magie, daher können sie uns hier nicht erreichen.«

Auraya dachte über diese Neuigkeit nach. Wenn Jade ihr erzählte, wo Mirar war … Aber wenn Jade es wusste, dann könnten die Götter diese Information ohnehin aus ihrem Geist ziehen, sobald sie den Leeren Raum verließ. Es sei denn … es sei denn, Jade konnte ihre Gedanken verbergen, so wie Mirar es vermochte. Auraya widerstand dem Drang, die Frau anzustarren. *Wie mächtig ist sie? Könnte sie ebenfalls eine Unsterbliche sein?*

»Wenn ich fortgehe, werden die Götter wissen, dass du hier bist«, bemerkte sie. »Sie werden auch das aus meinem Geist lesen.«

Jade breitete die Hände aus. »Ja. Aber warum sollte sie das beunruhigen? Ich bin lediglich eine alte Heilerin mit zweifelhaften Freunden.«

»Wenn Mirar fürchtete, deine Existenz zu enthüllen, dann musst du Grund haben, diese Möglichkeit ebenfalls zu fürchten.«

Jade zog die Augenbrauen hoch. »Du bist also nicht dumm. Das ist gut.«

»Wie willst du mich daran hindern fortzugehen?«

»Indem ich dir ein Angebot mache, das zu gut ist, um es abzulehnen.«

»Und wenn ich es doch ablehne und gehe?«

»Dann wirst du mich nie wiedersehen.«

Die Frau klang sehr selbstbewusst. *Wenn sie eine Unsterbliche ist, ist es ihr seit mehr als hundert Jahren gelungen, sich der Aufmerksamkeit der Götter zu entziehen. Es sollte ihr nicht schwerfallen, sich von mir fernzuhalten.*

»Wie sieht dein Angebot aus?«

Jade lächelte. »Ich kann dich lehren, deine Gedanken vor den Göttern zu verbergen.«

Ich hatte also recht. Sie kann ihren Geist abschirmen. Schließlich muss sie in der Lage sein, genau das zu tun, wenn sie mich in dieser Kunst unterrichten kann.

»Warum?«

»Warum ich dich unterrichten sollte oder warum du einwilligen solltest, es zu lernen?«

»Beides.«

Jade beugte sich vor. »Was ist, wenn ich dir erzählte, dass Mirar in Schwierigkeiten steckt? Dass er deine Hilfe braucht? Was würdest du dazu sagen?«

»Ich würde antworten, dass ich ihm nicht helfen kann«, erwiderte Auraya, ohne zu zögern. In ihren Gedanken hörte sie noch einmal Huans Stimme: *Wenn du dich gegen uns oder die Weißen stellst, oder wenn du dich mit unseren Feinden verbündest, werden wir dich ebenfalls als unsere Feindin betrachten.* »Was sind das für Schwierigkeiten, mit denen er zu kämpfen hat?«

»Er ist in Lebensgefahr.«

Aurayas Herz begann zu rasen. Stellte diese Frau sie auf die Probe, oder drohte Mirar wirklich der Tod? *Was ist, wenn es so wäre?* Sie konnte – sie *würde* – ihm nicht helfen, wenn das bedeutete, dass sie sich damit zu einer Feindin der Götter machte. Sie hatte bereits einen hohen Preis dafür bezahlt, dass sie sich geweigert hatte, ihn zu töten.

Jade stand abrupt auf und ging zu den Töpfen an der Wand hinüber.

»Ich bin froh, dass ich keine solche Entscheidung treffen muss«, sagte sie. »Obwohl ich selbst nie eine Wahl hatte. Die Götter haben mich immer verachtet.« Sie griff nach einem Krug und wandte sich dann mit einem Lächeln zu Auraya um. »Mirar ist in Mur, in einer kleinen Küstenstadt namens Bria, wo die Einheimischen die Traumweber aufgrund ihrer großen Fähigkeiten akzeptieren. Ihm droht keine Gefahr.«

Auraya stieß einen Seufzer der Erleichterung aus, aber ihr Argwohn kehrte schnell zurück. »Du lügst, zumindest was seinen Aufenthaltsort betrifft. Du hättest mir nicht anvertraut, wo er sich aufhält, bevor ich nicht zugestimmt hätte zu lernen, wie ich meine Gedanken verbergen kann.«

Jade schnupperte am Inhalt des Kruges. »Meinst du wirklich?« Sie stellte den Krug wieder weg. »Bist du bereit, das Risiko einzugehen, dass es die Wahrheit sein könnte? Bist du bereit hinzunehmen, dass du der Grund für seinen Tod sein könntest?«

Auraya schüttelte den Kopf. »Du hast meine Fragen nicht beantwortet. Warum willst du, dass ich diese Fertigkeit erlerne?«

»Mirar hat mich gebeten, es dir beizubringen. Er glaubt, du seist in Gefahr, und ich fürchte, dass er selbst herkommen wird, wenn ich mich seiner Bitte verschließe.«

»Du nimmst aufgrund einer Laune Mirars das Risiko einer Entdeckung auf dich?«

Jades Gesichtsausdruck wurde ernst. »Ich fürchte, es ist keine Laune.« Sie kehrte zu den Betten zurück. »Du *bist* in Gefahr.«

»Inwiefern?«

»Die Gefahr kommt von den Göttern, du törichtes Mädchen. Du hast ihnen getrotzt. Du bist zu mächtig. Es gibt nur einen einzigen Grund, warum sie dich nicht gleich nach deinem Rücktritt getötet haben: Du warst ihnen immer noch von Nutzen. Jetzt, da die Siyee wieder wohlauf sind, werden die Götter jeden Vorwand nutzen, um sich deiner zu entledigen.«

Auraya dachte an das Gespräch zwischen den Göttern zurück, das sie belauscht hatte, nachdem sie ihre Absicht kundgetan hatte, von den Weißen zurückzutreten.

Gib ihr, was sie will, hatte Saru gesagt. *Dann können wir uns ihrer entledigen.*

Nur wenn sie sich gegen uns wendet, hatte Chaia erwidert.

»Du sagst, jeder Vorwand wäre ihnen recht?«, fragte sie und stand auf. »Zum Beispiel, wenn sie erführen, dass ich lerne, meine Gedanken vor ihnen zu verbergen? Oder dass ich Kontakt zu einer weiteren Wilden aufgenommen habe?« Sie ging um Jade herum auf den Eingang der Höhle zu. »Richte Mirar von mir aus, dass das Beste, was er für mich tun kann, Folgendes ist: Er soll sich von mir fernhalten und aufhören, sich in meine Angelegenheiten einzumischen.«

Sie hörte Jades Schritte hinter sich.

»Mirar ist ein vernarrter Tor. Deshalb hat er dich die Kunst des Heilens gelehrt, obwohl er wusste, dass du am Ende dahinterkommen würdest, dass es dieselbe Gabe ist, die uns Unsterblichkeit verleiht. Er hat dir einen Fluchtweg geliefert.«

Auraya hielt den Atem an und blieb stehen. Wenn Jade die Wahrheit sagte, hatte Mirar sie mit Bedacht etwas gelehrt, das ihr zu Unsterblichkeit verhelfen könnte. Kein Wunder, dass die Götter den Zirklern verboten hatten, die Kunst der magischen Heilung zu erlernen. Andererseits hatten sie ihr erlaubt, sich diese Kunst anzueignen …

»Er hat das Potenzial in dir gesehen – genauso wie die Götter«, fuhr Jade fort. »Warum, glaubst du, haben sie dich vor derart unmögliche Entscheidungen gestellt? Sie kannten deine Schwächen. Sie haben dich geschickt manipuliert und dich dazu gebracht, die Weißen zu verlassen und ihre Anhänger glauben zu machen, du hättest alles für die Siyee geopfert. Jetzt kannst du eines tragischen Todes sterben, und niemand wird Fragen stellen.«

Auraya drehte sich um und starrte die Frau an. Sie schüttelte den Kopf. »Du lügst.« *Sie musste lügen.*

Jade lachte. »Wenn es doch nur so wäre. Kannst du dieses Risiko eingehen?«

In Aurayas Gedächtnis stieg Chaias Gesicht auf. Selbst wenn Jade recht hatte, so hatte sie doch nur zum Teil recht. *Nicht alle Götter wollen meinen Tod.*

Wenn sie Jades Hilfe ablehnte, lief sie Gefahr, dass Huan und ihre Verbündeten sie auch gegen Chaias Willen töteten.

Wenn sie das Angebot annahm, ging sie das Risiko ein, Chaias Unterstützung zu verlieren – falls sie sie noch hatte.

Auraya wandte sich ab. Als sie ihren Weg in Richtung Höhleneingang fortsetzte, erwartete sie, dass Jade ihr folgen würde. Stattdessen rief die Frau ihr nach.

»Du bist eine Wilde, Auraya. Die Götter wissen es. Sie warten nur auf den richtigen Augenblick, um dich zu töten.«

»Ich bin noch keine Unsterbliche«, rief Auraya über die Schulter gewandt. Sie spürte, dass sie sich dem Leeren Raum näherte, und zog Magie in sich hinein, um ihre Barriere aufrechtzuerhalten. »Ich brauche keine Unsterbliche zu werden, selbst wenn ich das Potenzial dazu habe.«

»Du brauchst auch deine Gedanken nicht zu verbergen. Aber wenn du weißt, wie du das bewerkstelligen kannst, dann könnte sich diese Gabe als sehr nützlich erweisen, sollten Mirars Sorgen sich bewahrheiten.«

Auraya verlangsamte ihre Schritte und blieb in dem Leeren Raum stehen, bevor sie sich umdrehte und wieder in die Mitte der Höhle zurücktrat. Jade betrachtete sie ernst.

Wenn es kein Vergehen ist, über Wissen zu verfügen, das Unsterblichkeit verleihen kann, dann ist es auch kein Vergehen zu wissen, wie ich meine Gedanken verbergen kann, überlegte sie. *Und wenn Mirar zurückkehrt, weil ich mich geweigert habe, von Jade zu lernen, wird das alle möglichen Schwierigkeiten aufwerfen.*

»Wie lange wird es dauern?«, fragte sie.

Jades Miene wurde weicher. »Einige Wochen. Weniger, wenn du schnell lernst.«

»Die Siyee werden nach mir suchen.«

»Wir werden ihnen erzählen, dass du nur so lange bleiben wirst, bis du dir sicher sein kannst, dass ich wieder genesen bin.«

»Ah, ja. Die sagenumwobene Krankheit.« Auraya trat vor die Frau hin. »Rechne damit, dass deine Genesung schnell vonstattengehen wird, Jade Tänzerin, da ich nicht die Absicht habe, länger als nötig hierzubleiben.«

Die Frau schnaubte. »Sei versichert, dass es mir nicht anders geht.«

Ganz gleich, wie oft Reivan in einer Sänfte getragen wurde, sie konnte sich niemals an die Bewegungen gewöhnen, erst recht nicht, wenn die Träger rannten. Oder war ihr Unbehagen in der Tatsache zu suchen, dass die vier Sklaven ihre Würde und ihr Wohlergehen in Händen hielten? Wie alle Sklaven waren sie Verbrecher, aber diese waren von den Götterdienern aufgrund ihrer Verlässlichkeit, ihrer Körperbeherrschung und ihrer willigen Mitarbeit für diese Aufgabe ausgewählt worden.

Doch wer immer sie ausgewählt hat, ist wahrscheinlich davon ausgegangen, dass jeder Götterdiener, der in einer Sänfte reist, auf Befähigungen würde zurückgreifen können, sollte er sich jemals verteidigen müssen oder sollten die Sklaven die Sänfte fallen lassen. Sie war nicht einmal befähigt genug, um die reglose heiße Luft zu bewegen und sich ein wenig Abkühlung zu verschaffen. Im Allgemeinen konnte man nur dann Götterdiener werden, wenn man Befähigungen besaß, aber sie war eine Ausnahme gewesen. Ihre Weihe zur Götterdienerin war Reivans Belohnung dafür gewesen, dass sie die pentadrianische Armee davor bewahrt hatte, sich in den Minen Sennons zu verirren… War das wirklich nicht einmal ein Jahr her?

Sie seufzte und versuchte, den Schweiß, der den Sklaven den Rücken hinunterlief, zu übersehen. Die Hinweise auf das Unbehagen der Männer verschlimmerten ihr eigenes Unbehagen noch. *Und diese schwarzen Roben machen die Sache auch nicht besser*, fügte sie im Geiste hinzu und zupfte an ihrem Ausschnitt.

Die Sklaven bogen auf die Promenade ein und bahnten sich einen Weg durch die Menge auf das Sanktuarium zu. Die weitverzweigten Gebäude, die den wichtigsten pentadrianischen Tempel bildeten, sahen aus wie eine riesige Treppe. Imenja hatte Reivan angewiesen, so schnell wie möglich zurückzukehren, und der Gedanke, den größten Teil des Sanktuariums hinaufsteigen zu müssen, um sie zu erreichen, war nicht gerade erbaulich.

An der breiten Treppe des Gebäudes setzten die Sklaven die Sänfte ab. Reivan hielt kurz inne, um dem Sklavenmeister dankend zuzunicken, dann machte sie sich auf den Weg nach oben.

Eine ausladende, überwölbte Fassade hieß Besucher in dem größten pentadrianischen Gebäude in ganz Ithania willkommen. Nachdem sie durch einen der Eingänge gegangen war, gelangte sie in eine große, luftige Halle. Überall standen Götterdiener bereit, um Besucher zu begrüßen. Hinter der Halle lag ein Innenhof, um den Reivan herumging, so dass sie sich im kühlen Schatten halten konnte.

Ein breiter Flur folgte, der sie durch das Untere Sanktuarium führte. Auch hier fanden sich überall Götterdiener, deren schwarze Roben sich vor den weißen Wänden wie Tintenflecken ausnahmen. Auf dem Weg in das Mittlere Sanktuarium verzweigte der Flur sich mehrmals. Während sie den Weg zum Oberen Sanktuarium entlangeilte, wichen ihr mehrere Götterdiener aus, die ihr höflich zunickten.

Ihr Respekt ließ eine selbstgefällige Befriedigung in ihr aufsteigen. *So benehmen sie sich schon, seit Imenja und ich von unseren Vertragsverhandlungen mit den Elai zurückgekehrt sind.* Es hatte keinen Protest gegeben, als Imenja Reivan zu ihrer Gefährtin gemacht hatte. *Trotzdem halte ich immer wieder Ausschau nach Anzeichen dafür, dass die Toleranz der Götterdiener mir gegenüber schwindet.*

Die Flure im Oberen Sanktuarium waren breit und still, die Wände mit Kunstwerken geschmückt und die Böden mit Mosaiken bedeckt. Etliche Türen führten in private Höfe, in denen Springbrunnen die Luft kühl hielten. Reivan bewohnte jetzt eine Zimmerflucht, die in dem gleichen strengen, aber luxuriösen Stil gehalten war, wie die Stimmen ihn schätzten.

Ich nehme an, wenn man die Ewigkeit im Dienst der Götter verbringt, kann man es sich geradeso gut auch bequem machen, überlegte sie. *Ich mag nicht unsterblich sein oder eine ganze Zimmerflucht für mich allein benötigen, aber ich weiß sie zu schätzen, weil sie eine Anerkennung für all die Arbeit ist, die ich hier leiste.*

Hast du es noch weit?, fragte eine vertraute Stimme in Reivans Gedanken hinein.

Möglicherweise bildete Reivan es sich nur ein, aber Imenjas Gedankenruf wirkte angespannt und sorgenvoll. Reivan runzelte die Stirn.

Nein, ich habe nur noch zwei Flure vor mir, antwortete sie.

Jetzt mischte sich Sorge in ihr Unbehagen. Kleine Zwischenfälle und Fingerzeige hatten in Reivan den Argwohn geweckt, dass ihre Herrin und Nekaun, die Erste Stimme, eine Abneigung gegeneinander gefasst hatten. Ihr war aufgefallen, dass Imenja regelmäßig eine andere Meinung vertrat als Nekaun und dass die Erste Stimme Imenjas Entscheidungen häufig verwarf. Und beide befleißigten sich dabei der denkbar höflichsten Ausdrucksweise.

Es gab auch weniger auffällige Anzeichen. Wann immer sie sich im selben Raum aufhielten, sah Imenja Nekaun niemals direkt an. Oft verschränkte sie die Arme vor der Brust oder legte bewusst Abstand zwischen sich und ihn. Er lächelte sie häufig an, aber seine Augen drückten dabei stets ein anderes Gefühl aus als Freundlichkeit. Manchmal war es Ärger, manchmal eine Herausforderung.

Ich deute ihr Verhalten wahrscheinlich einfach falsch, sagte sich Reivan. Aber sie konnte eine gewisse Unruhe nicht unterdrücken. *Sämtliche Anzeichen von Konflikten zwischen den Stimmen, wie klein sie auch sein mögen, würden genügen, um jeden zu beunruhigen. Selbst wenn man die ungeheure magische*

Kraft vergessen könnte, über die sie verfügen, galt es doch, das langfristige Wohlergehen des Volkes zu bedenken. Die Stimmen mussten für die ganze Ewigkeit miteinander auskommen. Es wäre besser, wenn sie sich verstehen würden.

Auf einer persönlichen Ebene setzte ihr die Situation noch mehr zu. Sie mochte Imenja. Die Zweite Stimme behandelte Reivan nicht nur wie eine Gefährtin, sondern auch wie eine Freundin. Aber Reivan mochte auch Nekaun, wenn auch auf eine ganz andere Art und Weise. Er behandelte sie nicht wie eine Freundin, obwohl er tatsächlich freundlich war. Wann immer er ihr mit seinem natürlichen, lässigen Charme entgegentrat, stieg unwillkürlich eine Welle von Hoffnung und Erregung in ihr auf.

Reivan hatte gehofft, dass einige Monate auf See sie von ihrer Vernarrtheit kurieren würden, aber so war es nicht gekommen. Trotzdem hatte die Reise ihr Selbstvertrauen gegeben und ihre Entschlossenheit gefestigt, sich nicht zum Narren zu machen. Sie konnte ihre Arbeit nicht tun, ohne ihm zu begegnen, daher hatte sie sich vorgenommen, das Flattern in ihrem Magen zu ignorieren, ebenso wie die irritierenden Gedanken, die er in ihr weckte. Sie würde einfach warten, bis sie so oft mit ihm zusammen gewesen war, dass er ihr ganz alltäglich und nicht weiter bemerkenswert erschien.

Als sie den Flur erreichte, der zu dem langgestreckten Balkon führte, auf dem die Stimmen gern zusammenkamen, hielt Reivan inne, um Atem zu schöpfen. Sie strich ihre Roben glatt, wischte sich das Gesicht ab, konzentrierte sich auf die vor ihr liegende Aufgabe und machte sich wieder auf den Weg.

Ein leises Gespräch am anderen Ende des Flurs erregte ihre Aufmerksamkeit. An der Stelle, an der man die beste Aussicht auf die Stadt hatte, waren mehrere Stühle aus verwobenem Schilf aufgestellt worden. Alle Stimmen und ihre

Gefährten hatten dort Platz genommen, einzig Nekaun war stehen geblieben. Wie immer lehnte er am Geländer und blickte auf seine Mitregenten und ihre Ratgeber hinab.

Reivan machte das Zeichen des Sterns über der Brust und nickte allen Stimmen respektvoll zu. Die Fünfte Stimme, Shar, nippte an einem Becher mit gewürztem Wasser. Seine bleiche Haut und sein langes helles Haar bildeten einen scharfen Gegensatz zu Genzas warmem braunem Teint und dem kurz geschnittenen Haar. Vervel, die untersetzte Dritte Stimme, wirkte kräftiger und älter als seine Gefährten. Wie immer hatte Genza einen ihrer gezähmten Vögel mitgebracht, und zu Shars Füßen lag ein Worn. Genau genommen lag er *auf* Shars Füßen, wie Reivan bemerkte. Das Tier hechelte in der Hitze des Tages.

Reivan wich Nekauns Blick aus und sah stattdessen Imenja an, die Zweite Stimme. Ihre Herrin war schlank und elegant und erweckte den Eindruck, als sei sie etwa Ende dreißig. Sie lächelte Reivan zu und deutete auf den leeren Stuhl an ihrer Seite.

Das Gespräch war bei Reivans Erscheinen abgebrochen, aber keiner der Anwesenden hatte sich ihr zugewandt. Alle sahen erwartungsvoll zu Nekaun hinüber.

Er lächelte. »Jetzt, da wir alle hier sind, möchte ich euch einen alten Freund von mir vorstellen, Heshema Führer. Er ist soeben aus Nordithania zurückgekehrt, wo er für mich einige Nachforschungen angestellt hat.«

Aus den Augenwinkeln sah Reivan, dass Imenja die Stirn runzelte. Als kurz darauf Schritte im Flur widerhallten, verschwand der Ausdruck der Missbilligung aus ihren Zügen. Reivan drehte sich um und sah einen Mann in mittleren Jahren auf den Balkon treten.

Sie hatte erwartet, dass jemand mit einem so typisch sennonischen Namen den unverkennbaren feingliedrigen Körperbau und die sonnengebräunte Haut dieses Volkes haben würde, aber Heshema war ein wenig beeindruckender Mann. Wenn sie ihn hätte beschreiben müssen, wäre es ihr schwergefallen, ein besonderes Merkmal zu finden, das ihn von anderen hätte unterscheiden können. *Er sieht ziemlich nichtssagend aus*, überlegte sie. *Aber wenn er in Nordithania für Nekaun Informationen gesammelt hat, muss er ein Spion sein, und ein Spion dürfte kaum den Wunsch haben, besonders auffällig oder einprägsam zu sein.*

»Es ist mir eine Ehre, euch alle kennenzulernen«, begrüßte Heshema sie mit tiefer, melodischer Stimme.

Während die Anwesenden auf ähnliche Weise antworteten, lächelte Reivan in sich hinein. *Seine Stimme ist sein besonderes Merkmal*, dachte sie. *Obwohl ich vermute, dass er gelernt hat, wenn nötig, mit unauffälligerer Stimme zu sprechen.*

»Ich habe Heshema gebeten, euch zu erzählen, was er herausgefunden hat«, erklärte Nekaun. »Einige von euch werden einen Teil dieser Geschichte bereits kennen, aber ihr werdet wohl alle etwas Neues erfahren.«

Als die Erste Stimme Heshema erwartungsvoll ansah, nickte der Mann.

»Ich bin gegen Ende des Winters in Jarime angekommen«, begann der Spion. »Die Kälte dort ermuntert die gewöhnlichen Leute, sich in Schanklokalen zu treffen, um die Wärme eines Feuers zu teilen und Klatsch und Tratsch auszutauschen. Die meisten Gespräche drehten sich um den Rücktritt von Auraya der Weißen. Die offizielle Erklärung ist die, dass sie ihren Abschied genommen habe, um sich den Siyee zu widmen, die große Verluste durch eine Seuche erlitten hatten.

Viele Menschen bewunderten sie dafür, dass sie Unsterblichkeit und große magische Macht für eine solch noble Sache geopfert hatte, aber einige zweifelten auch an der Wahrheit der Erklärung und stellten Spekulationen darüber an, dass ihre Götter Auraya von den Weißen wegen irgendeines Verbrechens oder eines Fehlers verbannt hätten. Das Vergehen, das sie für das wahrscheinlichste hielten, war Aurayas Sympathie für die Traumweber. Sie hatte angeregt, dass zirklische Heiler und Traumweber in einem Gebäude im Armenviertel, das sie ›Hospital‹ nannten, Seite an Seite die Bedürftigen behandelten. Es war ein unbeliebter Schritt, den insbesondere die wohlhabenden Bürger missbilligten.

Es machten aber auch andere Ideen die Runde, einschließlich einer Affäre mit einem Traumweber und der Unterstellung, Auraya habe ihre Pflichten als Weiße vernachlässigt, um den Siyee zu helfen. Einige Leute dachten sogar, sie sei vielleicht Pentadrianerin geworden.«

Die Stimmen kicherten, und Heshemas Lippen verzogen sich zu einem Lächeln.

»Auch gab es Spekulationen darüber, dass Auraya die Weißen überhaupt nicht verlassen habe«, fuhr er fort, »und dass dies eine List sei, um uns in eine Schlacht zu locken. Die Vielzahl von Zirklern, die zu Hohepriestern geweiht wurden, sprach für mich eine andere Sprache. Einzig Hohepriestern steht es offen, ein Weißer zu werden. Anscheinend treffen ihre Götter die endgültige Entscheidung, aber die Weißen sorgen dafür, dass es reichlich Kandidaten gibt.«

Reivan fiel auf, dass in seiner Stimme eigenartigerweise keine Skepsis mitschwang.

»Hast du irgendetwas gesehen, das die Frage beantwortete, ob ihre Götter real sind?«, wollte Imenja wissen.

Heshema sah Nekaun an. »Nichts, was jeden Zweifel ausgeräumt hätte.«

»Das ist nicht der Grund, warum ich Heshema in den Norden geschickt habe«, unterbrach Nekaun.

»Nein?« Imenja wandte sich mit einem Lächeln zu Nekaun um. »Natürlich nicht, aber ihm könnte trotzdem etwas aufgefallen sein.« Sie nickte dem Spion zu. »Fahr mit deiner Geschichte fort, Heshema.«

Der Mann neigte den Kopf. »Ich bezweifelte, dass die Weißen es freundlich aufnehmen würden, wenn ich ihnen Fragen stellte, daher suchte ich nach anderen Informationsquellen. Ich gab mich als genrianischer Händler aus, um mich mit Aurayas ehemaligem Ratgeber, Danjin Speer, zu treffen. Er hielt die offizielle Erklärung für wahr. Ihm zufolge hatten die Siyee Aurayas Herz gestohlen, seit sie ihnen das erste Mal begegnet war. Ich bin jedoch davon überzeugt, dass er von irgendeinem Geheimnis um seine frühere Herrin weiß. Es muss etwas Persönliches sein. Mir schien, als hätte sie etwas getan, das ihn enttäuscht hatte.«

»Eine Affäre?«, fragte Genza.

Heshema zuckte die Achseln. »Das wäre möglich.«

»Du sagtest, es habe Gerüchte über eine Affäre mit einem Traumweber gegeben«, warf Vervel ein.

»Ja. Ich hatte ihnen nicht viel Glauben geschenkt, bis ich die Siyee befragte. Mir war zu Ohren gekommen, dass sich eine Handvoll Geflügelter in Jarime aufhielt, einige als Botschafter und andere, um sich zu Priestern und Priesterinnen ausbilden zu lassen. Sie vertragen erstaunlich wenig berauschenden Alkohol, und die beiden Akolythen, mit denen ich sprach, haben mir nur allzu gern von den Gerüchten in Si erzählt, was Aurayas letzte Monate dort als Weiße betrifft.

Sie ist nach Si zurückgekehrt, nachdem eure Götterdiener dort gelandet waren, ist jedoch wegen des Ausbruchs einer Seuche länger geblieben. Als sie das erste Dorf erreichte, in dem die Krankheit grassierte, traf sie auf einen Traumweber, der bereits dort war. Sie kannte diesen Traumweber, und jene, die die beiden gemeinsam beobachtet haben, sagten, es habe offensichtlich Groll zwischen ihnen geherrscht, doch dann hätten sie ihre Streitigkeiten überwunden und standen, als Auraya das Dorf verließ, auf freundschaftlichem Fuß miteinander.

Was anschließend geschah, ist ein Rätsel, das die Siyee liebend gern lösen würden. Der Traumweber verließ Si ohne jedwede Erklärung, und Auraya ging wieder nach Jarime, um von den Weißen zurückzutreten. Die Siyee glauben, dass beide Ereignisse zusammenhängen, wissen aber nicht, wie. Als ich jedoch eine mögliche Affäre andeutete, waren sie davon überzeugt, dass das nicht der Grund sein könne.«

»Für mich klingt das ganz nach einer Affäre«, warf Genza ein.

»Das hört sich an wie die Art von Gerüchten, die in einer solchen Situation unweigerlich aufkommen, daher sollten wir nicht davon ausgehen, dass es wahr ist«, warnte Imenja. »Ist der Traumweber nach Si zurückgekehrt, nachdem Auraya die Weißen verlassen hatte?«

»Das wussten die beiden Akolythen nicht«, antwortete Heshema. »Sie waren schockiert über den Hass, mit dem einige Hanianer den Traumwebern begegnen. Möglich, dass sie deshalb beschlossen haben, die Rückkehr des Traumwebers in ihre Heimat geheim zu halten.

Die Abneigung und die Furcht der Hanianer gegenüber den Traumwebern schienen sich während meines Aufenthalts dort zu verschlimmern. Ihr Wahn war so stark geworden, dass das Gerücht aufkam, der Anführer der Traumweber, Mirar, sei gar nicht tot und sei zurückgekehrt, um Ärger zu machen.«

Shar lachte leise. »Wenn es doch nur so wäre. Dann könnten wir ihn für unsere Sache gewinnen.«

»Traumweber verabscheuen Gewalt«, rief Imenja ihm ins Gedächtnis. »Aber ich nehme an, dass ein Mann von seinen

Befähigungen und seiner Erfahrung den Zirklern viel Ärger machen könnte – wenn er denn *tatsächlich* noch lebte.«

»Die gleichen Gerüchte machen auch hier die Runde«, sagte Nekaun. »Einige meiner Freunde haben nach der Quelle dieser Gerüchte gesucht, und es scheint, als stammten sie von den Traumwebern selbst und seien etwa zur gleichen Zeit überall in Avven, Dekkar und Mur aufgetaucht.«

»Interessant«, murmelte Vervel.

»Ja.«

»Dann sind die Weißen also nur zu viert, und möglicherweise ist einer ihrer früheren Feinde zurückgekehrt«, sagte Genza. »Können wir uns diese Situation zunutze machen?«

»Nein.« Nekauns Antwort war entschieden und seine Miene ernst. »Die Gerüchte, dass Mirar noch lebt, sind lediglich Gerüchte, und unsere Kundschafter in Jarime haben berichtet, dass gestern ein Ersatz für Auraya auserwählt wurde. Ihr Name ist Ellareen Spinner.«

Die anderen schwiegen einen Moment, während sie diese Information verarbeiteten, bis Vervel sich schließlich räusperte. Er sah zuerst Nekaun an, dann den Spion.

Nekaun nickte. »Danke, Heshema. Wir müssen diese Angelegenheit nun unter uns besprechen.«

Der Spion machte das Zeichen des Sterns und verließ den Balkon.

»Also«, sagte Vervel, nachdem die Schritte des Mannes verklungen waren, »wenn Auraya noch immer eine Verbündete der Weißen ist, ist der Vorteil jetzt auf ihrer Seite.«

»Ja.«

»Glaubst du, dass sie uns angreifen werden?«

»Wir können es nicht riskieren, davon auszugehen, dass sie es nicht tun werden«, antwortete Nekaun. »Wir müssen eine Möglichkeit finden, das Gleichgewicht wieder zu unseren Gunsten zu beeinflussen.«

»Wenn Mirar doch nur wirklich zurückgekehrt wäre«, sagte Shar und seufzte.

»Selbst wenn es so wäre, wäre ein Zauberer, der nicht zu töten bereit ist, uns nicht von Nutzen«, erwiderte Imenja. »Nicht wenn Auraya dazu bereit ist, wie sie während der Schlacht so deutlich demonstriert hat.«

»Wir müssen einen anderen Weg finden«, sagte Nekaun – und vertrat damit ausnahmsweise die gleiche Meinung wie Imenja, stellte Reivan fest. »Ich möchte, dass ihr alle gründlich darüber nachdenkt. Meine Spione sammeln so viele Informationen über die neue Weiße wie nur möglich. Ich möchte wissen, welche Befähigungen Auraya zurückbehalten hat und wie groß ihre Macht jetzt ist.«

Die Stimmen und ihre Gefährten nickten. Nach einem wohlbemessenen Schweigen lächelte Nekaun und blickte ohne Vorwarnung zu Reivan hinüber. Ein Beben durchlief ihren Körper, und sie spürte, wie sie errötete.

»Jetzt zu anderen Dingen. Erzähl uns, Reivan, wie viele Plündererschiffe haben unsere Freunde, die Elai, in dieser Woche versenkt?«

4

Mirar blieb vor der Brücke stehen, blickte zu dem zweistöckigen Pfahlbau hinauf und lächelte. Er war seit einem Jahrhundert nicht mehr in einem Traumweberhaus gewesen ... Wenn er dasjenige nicht mitzählte, das er in Somrey besucht hatte, als er Leiard gewesen war. Sie waren aus den Städten Nordithanias schon vor langer Zeit verschwunden, daher war es eine angenehme Überraschung gewesen festzustellen, dass es sie in Südithania noch gab.

Er überquerte die Brücke, ging zur Tür und klopfte.

Auf der anderen Seite wurden Schritte auf einem hölzernen Boden laut, dann wurde die Tür geöffnet, und eine nicht mehr ganz junge Frau in Traumweberroben erschien. Mirar zögerte, überzeugt davon, dass etwas fehlte, dann wurde ihm klar, dass er erwartet hatte, das Klappern eines Schlosses zu hören, das geöffnet wurde.

Die Traumweber in Südithania schließen nicht einmal ihre Türen ab!

»Sei mir gegrüßt. Ich bin Traumweberin Tintel«, sagte die Frau lächelnd und zog die Tür weiter auf. Was sie danach sagte, konnte er nicht verstehen, aber er spürte Freundlichkeit, und ihre Geste machte deutlich, dass sie ihn hereinbat.

»Danke. Ich bin Traumweber Wilar.« Er trat in einen kleinen Raum. An den Rändern standen, säuberlich zu Paaren angeordnet, Sandalen. Es war eine einheimische Sitte, die Schuhe auszuziehen, wenn man sich in einem Haus befand. Von irgendwo jenseits der Wände konnte er den Klang vieler Stimmen hören.

Er griff in seine Tasche und nahm den Beutel mit Münzen heraus, den Rikkens Diener Yuri ihm gegeben hatte. Als Mirar sich geweigert hatte, den üppigen Lohn für seine Dienste anzunehmen, hatte Yuri ihm geraten, das Geld stattdessen dem Traumweberhaus zu geben.

»Für das Haus«, erklärte Mirar in avvenscher Sprache, während er Tintel den Beutel überreichte. Er hoffte, dass sie ihn verstand.

Die Frau nahm den Beutel und blickte hinein. Dann zog sie die Augenbrauen hoch und sagte etwas, das er nicht verstand. Als er stirnrunzelnd den Kopf schüttelte, musterte sie ihn, und er sah Begreifen in ihren Augen aufscheinen.

»Du bist ein Fremdländer?«, fragte sie auf Avvensch.

»Ja. Aus dem Norden.«

»Wir haben nicht oft Besucher von dort.«

Das überrascht mich nicht, dachte er und beugte sich vor, um seine Schuhe auszuziehen. Als er fertig war, öffnete seine Gastgeberin eine weitere Tür, hinter der ein viel größerer Raum zum Vorschein kam. Lange Tische standen dort, und auf vielen der Stühle saßen Traumweber.

»Wir werden gleich zu Abend essen. Schließe dich uns an.«

Er folgte ihr in den Raum. Tintel begann mit lauter Stimme zu sprechen, und die Traumweber wandten sich ihr und Mirar zu. Er vermutete, dass sie ihn vorstellte, und machte das formelle Zeichen der Traumweber, indem er Herz, Mund und Stirn berührte. Alle Anwesenden lächelten, und einige begrüßten ihn, aber niemand erwiderte die Geste. Nachdem Tintel ihn zu einem Stuhl geführt hatte, wandten die Traumweber sich wieder ihrem Gespräch zu.

Die Atmosphäre war entspannt, und obwohl Mirar die anderen nicht verstehen konnte, fand er ihr Gelächter beruhigend. Diener brachten eine Mahlzeit, bestehend aus dünnem, geröstetem Brot, das auf Schalen mit einem würzigen Eintopf lag, und einem milchigen Getränk, das zu Mirars Erleichterung das Brennen der Gewürze linderte. Die meisten der Traumweber waren jung, wie ihm auffiel. Während ihre Mägen sich langsam füllten, wurde die Unterhaltung ruhiger und ernster. Als das Essen aufgetragen worden war, hatte Tintel sich zu ihnen gesellt, und jetzt sah sie Mirar an.

»Weißt du von den Problemen in Jarime, Wilar?«, fragte sie auf Avvensch.

Er runzelte die Stirn. »Ich weiß, dass sich viele Zirkler zusammengetan haben, um gegen das … das Hospital zu protestieren.« Er benutzte das hanianische Wort, da ihm der avvensche Begriff nicht einfiel.

Tintel verzog das Gesicht. »Es ist viel schlimmer. Viele Traumweber sind verprügelt worden. Getötet. Ein Traumweberhaus wurde niedergebrannt.«

»Es gibt keine …« Mirar brach ab, als ihm klar wurde, was sie meinte. Es gab keine Traumweberhäuser in Jarime, aber es gab einige Schutzhäuser – Häuser von Menschen, die den Traumwebern wohlwollend gegenüberstanden und ihnen Quartiere anboten.

Menschen wie Millo und Tanara Bäcker. Ein Frösteln überlief ihn, als er an das Ehepaar dachte, bei dem er in Jarime gewohnt hatte. *Nur Freunde wussten, dass ihr Heim ein Schutzhaus war – bis ich kam. Dann wurde ich Traumweberratgeber der Weißen, und von da an müssen viel mehr Leute vom Schutzhaus der Bäckers gewusst haben. Ich hoffe nur, es war nicht ihr Haus, das niedergebrannt worden ist.*

»Davon hatte ich noch nicht gehört«, sagte er. »Ich werde mich heute Nacht mit den nördlichen Traumwebern vernetzen, um möglichst viel über meine Freunde dort in Erfahrung zu bringen.«

»Was führt dich nach Dekkar?«, fragte ein junger Mann.

Mirar zuckte die Achseln. »Ich reise gern. Ich wollte den Süden sehen.«

»Du bist nicht fortgegangen, um dem Morden zu entkommen?«

Tintel schnalzte warnend mit der Zunge und warf dem Mann einen missbilligenden Blick zu. Mirar lächelte.

»Es ist eine durchaus angebrachte Frage«, erklärte er. »Ich wusste nicht, dass es dort so schnell derart schlimm werden würde. Ich bin froh, dass die Situation hier so gut ist, aber ich wünschte, ich könnte meinen Freunden helfen.«

Die Männer und Frauen am Tisch nickten mitfühlend.

»Das Leben ist gut hier für die Traumweber«, sagte einer der jungen Männer.

Mirar nickte. »Ich habe festgestellt, dass die Götterdiener …« Er suchte nach dem richtigen Wort. »… dass sie freundlich sind.«

»Sie verstehen sich nicht auf die Heilkunst, wie wir es tun«, erklärte eine junge Frau. »Und sie zahlen gut.«

»Die Götterdiener erlauben euch, sie zu heilen?«, fragte er überrascht.

Die Traumweber nickten.

»Ich habe gehört, im Norden seien Vernetzungen verboten. Ist das wahr?«, fragte die junge Frau.

»Ja.« Als Mirar sie ansah, lächelte sie. Etwas an ihrem Lächeln trieb ihn dazu, genauer hinzuschauen. Als er die unterschwelligen Botschaften in ihrer Körpersprache erkannte, beschleunigte sich sein Pulsschlag.

Ah. Sie weiß genau, was ihr an einem Mann gefällt, und sie hat keine Angst, es sich zu nehmen, dachte er. Es würde ihn nicht überraschen, wenn sie später zu ihm kam. Die Frage war, was würde er dann tun?

»Die Traumweber im Norden vernetzen sich überhaupt nicht?«, fragte jemand.

Er nickte dem jungen Mann zu. »Wir tun es durchaus, aber wir binden es den Zirklern nicht auf die Nase.«

Ein erheitertes Gemurmel wurde laut. Die junge Frau lächelte ihn immer noch an.

»Wenn du viel auf Reisen bist, hast du sicher nicht oft Gelegenheit, dich zu vernetzen. Wir könnten heute Nacht zusammenkommen.«

Es ist kein Zusammenkommen in Gedanken, *was sie meint,* ging es ihm durch den Kopf. *Aber eine Gedankenvernetzung wäre ein großes Risiko. Ich habe zu viel zu verbergen … Obwohl ich ihnen jetzt, da Emerahl mir geholfen hat, die Fähigkeit zurückzugewinnen, meinen Geist abzuschirmen, zuhören können sollte, ohne mich zu offenbaren. Allerdings nicht heute Nacht.*

»Danke, aber ich brauche unbedingt etwas mehr Schlaf«, erwiderte er.

Die anderen wirkten keineswegs gekränkt. Stattdessen musterte Tintel die junge Frau mit einem Stirnrunzeln, bevor sie sich mit entschuldigender Miene zu ihm umwandte, als mache sie sich Sorgen, dass *er* an dem Angebot Anstoß genommen haben könnte.

»Du musst Dardel verzeihen, sie ist oft etwas voreilig. Du kannst an einer Vernetzung teilnehmen, wenn du es wünschst, aber wenn du es nicht tust, werden wir dir deshalb keine Fragen stellen. Der Norden und der Süden sind Feinde, und vielleicht weißt du etwas, das Konflikte oder einen Krieg heraufbeschwören könnte, sollte es sich durch eine Vernetzung verbreiten und die falschen Leute erreichen.«

Überrascht von ihrem Scharfsinn dankte Mirar ihr für ihre Rücksichtnahme. Die übrigen Traumweber wandten sich wieder anderen Dingen zu, und er versuchte, ihrem Gespräch zu folgen, obwohl sie wieder in die einheimische Mundart verfallen waren. Schließlich erhoben sie sich vom Tisch und begannen, das Geschirr abzuräumen.

»Ich werde dich auf dein Zimmer bringen«, erbot sich Tintel. Sie führte ihn in einen Flur und dann eine Treppe hinauf. »Wenn du morgen Abend noch da bist, bist du herzlich eingeladen, dich nach dem Essen zu uns zu gesellen.«

»Vielen Dank. Ich werde vielleicht nicht viel zu sagen haben. Ein großer Teil der avvenschen Sprache ist mir immer noch unverständlich, und das Dekkarische ist für mich Neuland.«

»Wie lange willst du in Kave bleiben?«

»Das weiß ich nicht. Wie viel Zeit sollte ich für die Erkundung der Stadt einplanen?«

Sie lächelte. »Manche Leute meinen, man müsse ein volles Jahr bleiben, um Kave wirklich kennenzulernen, andere sagen, eine Stunde genüge. Wenn du die Zeit hast, darfst du bleiben, solange du willst.« Sie hielt vor einer geöffneten Tür inne. »Das ist dein Zimmer. Schlaf gut.«

Er dankte ihr noch einmal, dann trat er ein und zog die Tür hinter sich zu. Der Raum war schmal und enthielt nur ein Bett, einige Regale und einen kleinen Tisch. Er stellte seine Tasche neben die Regale, dann setzte er sich ans Fußende des Bettes. Es war noch zu früh, um zu schlafen, aber er verspürte den verzweifelten Wunsch, sich mit Arleej in Verbindung zu setzen. Sie würde wissen, was in Jarime geschah.

Schließlich stand er wieder auf und begann, sich auszuziehen. Er hatte gerade das Wams abgelegt, als es an der Tür klopfte.

Nachdem er die Tür geöffnet hatte, lächelte er, als er Dardel draußen stehen sah.

Sie war nicht schön, aber auch nicht unattraktiv. Einige Frauen waren einfach *reizvoll*. Es war eine Mischung aus ehrlichem, kühnem Interesse an Sex und einem kurvenreichen, weiblichen Körper, der Vergnügen verhieß. *Man muss eine*

Frau einfach mögen, die weiß, was sie will und wie sie darum bitten muss.

Sie hielt eine große Schale und einen Krug mit Wasser in Händen. »Für dich«, sagte sie. »Um den Reisestaub abzuwaschen.«

»Danke.« Er nahm die Schüssel und den Krug entgegen und wandte sich ab, um wieder hineinzugehen.

»Wenn du Hilfe brauchst …?«

Hilfe beim Waschen? Er unterdrückte ein Lachen und drehte sich wieder um, um sie anzusehen. Sie lehnte jetzt am Türrahmen, die Arme unter ihren üppigen Brüsten verschränkt. Ein verschlagenes Lächeln umspielte ihre Lippen.

Ich muss mit Arleej reden, rief er sich ins Gedächtnis. *Ich muss herausfinden, ob Tanara und Millo Bäcker noch leben und unverletzt sind.*

»Ich werde zurechtkommen, danke«, antwortete er.

Ihr Lächeln verblasste. »Wir reden dann morgen«, sagte sie und trat einen Schritt zurück. Irgendwie brachte sie es fertig, ihre Worte wie ein Versprechen klingen zu lassen. »Schlaf gut.«

Als sich die Tür mit einem Klicken schloss, sog er tief den Atem ein und stieß ihn langsam wieder aus. *Wie kann ich mich für diese Frau interessieren, obwohl …? Nein. Wie kann ich mir eine so dumme Frage stellen? Ich lebe. Ich mag Frauen. Leiard ist fort und kann mich nicht aufhalten. Warum sollte ich diese Frau Aurayas wegen abweisen?*

Und doch hatte er es getan. Er war keineswegs *so* müde, und er hätte sich später mit Arleej in Verbindung setzen können. *Das ist doch einfach dumm. Ich liebe Auraya, und ich könnte um ihretwillen alle anderen Frauen ignorieren, aber ich kann sie nicht haben. Ich bin mir nicht einmal sicher, ob sie meine Liebe erwidert. Zumindest hat sie außer mir noch einen weiteren Geliebten gehabt. Was hindert mich also?*

Er schüttelte den Kopf. *Was mich hindert, ist die Hure, mit der sie mich nach der Schlacht gesehen hat. Damals erschien mir ihr Verhalten ungerechtfertigt, aber jetzt weiß ich, wie weh es ihr getan hat. Das möchte ich nicht noch einmal riskieren. Sollte es uns jemals gelingen zusammenzukommen, ohne dass die Götter einen von uns oder uns beide töten wollen, wäre es eine Ironie des Schicksals und ausgesprochen ärgerlich, wenn ich feststellen müsste, dass ich wieder alles verdorben habe.*

Emerahl hatte erwartet, dass es schwierig sein würde, Auraya zu unterrichten. Eine ehemalige Weiße sollte ein aufgeblähtes Selbstbewusstsein haben und zu stolz sein, Befehle von einem anderen – und erst recht von einem Wilden – anzunehmen. Aber Auraya hatte jede einzelne Anweisung ohne Widerspruch ausgeführt, und die einzigen Fragen, die sie gestellt hatte, waren vernünftig und nachvollziehbar gewesen.

Ich sollte erleichtert sein, aber stattdessen finde ich ihr Verhalten irritierend. Die Versuchung, Auraya auf die Probe zu stellen, indem sie von ihr verlangte, etwas Lächerliches und Demütigendes zu tun, war sehr stark. Auch das beunruhigte Emerahl. Ihr gefiel der Gedanke nicht, dass sie vielleicht in der Lage wäre, eine solche Tyrannin zu sein.

Auraya saß im Schneidersitz auf dem Bett, das früher einmal Mirar benutzt hatte. Ihre Augen waren geschlossen, die Hände lagen entspannt im Schoß. An ihrem Finger steckte ein Priesterring, und an einem Wandschirm in der Nähe hing ein Priesterinnenzirk. Emerahl hätte nie erwartet, dass sie einmal eine zirklische Priesterin unterrichten würde, geschweige denn eine ehemalige Weiße. Die Ironie, dass sie eine Priesterin darin unterwies, wie sie ihre Gedanken vor den Göttern verbergen konnte, war ihr vollauf bewusst.

Während sie Auraya beobachtete, konnte sie nicht leugnen, dass die Frau attraktiv war. In körperlicher Hinsicht hätte Auraya sich von Emerahl nicht deutlicher unterscheiden können. Ihr Gesicht war schmal und kantig, das Emerahls eher breit. Sie war hochgewachsen und schlank, Emerahl klein und üppig. Aurayas Haar war glatt und von einem glänzenden Braun, Emerahls Haar rot und lockig.

Wenn es das ist, was Mirar gefällt…, ging es ihr durch den Kopf, dann hätte sie um ein Haar laut aufgelacht. *Bin ich eifersüchtig? Ist das der Grund, warum ich ihr Verhalten so ärgerlich finde?* Sie unterdrückte ein Seufzen. *Ich habe schöne Zeiten mit Mirar gehabt, wir waren ein Liebespaar, aber ich war nie in ihn verliebt. Nicht so, wie normale Menschen sich verlieben und ein »Paar werden« und all das. Ich war nie eifersüchtig auf die Frauen, mit denen er geschlafen hat. Mirar und ich waren einfach nur Freunde.*

Warum also der Groll? Vielleicht entsprang er einfach dem Bedürfnis, Mirar zu beschützen. Mirar hatte sie mehr als einmal gerettet, sowohl vor anderen als auch vor sich selbst. Würde er es wieder tun, wenn es eines Tages so weit käme, dass er sich zwischen ihr und Auraya würde entscheiden müssen?

Er würde wahrscheinlich Auraya wählen, dachte sie. *Und dann würde sie ihn töten. Sie ist nach wie vor eine Anhängerin der Götter. Das ist doch Wahnsinn! Warum bin ich hier und gehe solche Risiken ein?*

Weil Mirar sie darum gebeten hatte und weil die Zwillinge seiner Meinung gewesen waren. Auraya war imstande, eine Unsterbliche zu werden. Sie würde diesen Schritt vielleicht niemals tun, weil sie fürchtete, die Götter könnten sie dann zurückweisen, aber es bestand eine Chance, dass irgendetwas – oder irgendjemand – ihre Meinung ändern würde. Wenn sie zu einer Verbündeten wurde, würden sich alle Risiken auszahlen.

Ich sollte sie mir also besser nicht zur Feindin machen, überlegte Emerahl weiter.

Aurayas Atem ging jetzt schon seit einiger Zeit langsam und regelmäßig. Zu Emerahls Überraschung hatte sich herausgestellt, dass die junge Frau wusste, wie man sich in eine Traumtrance versetzte – indem man sich bewusst in den geistigen Zustand sinken ließ, in dem man sich durch Träume mit anderen vernetzen konnte –, obwohl sie zugab, dass die Prozedur ihr manchmal schwerfiel. Zirklern waren alle geistigen Vernetzungen verboten, aber Auraya hielt dies für ein untaugliches Gesetz, das nur wenige Leute ernst nahmen. Sie und Leiard hatten während ihrer Affäre regelmäßig Traumvernetzungen benutzt, um sich miteinander in Verbindung zu setzen.

Emerahl schloss die Augen, verlangsamte ihre Atmung und sank nach und nach in einen Traumzustand. Als sie bereit war, rief sie Aurayas Namen.

Jade?, antwortete Auraya.

Ja, ich bin es.

Emerahl spürte Erleichterung von der anderen Frau und vermutete, dass sie froh war, die Traumtrance zuwege gebracht zu haben.

In einer Traumvernetzung können wir uns miteinander in Verbindung setzen, erklärte sie Auraya, *aber nur wenn wir beide in Trance sind oder aus dem Schlaf in einen Traumzustand hinübergeglitten sind. Ich werde dir beibringen, wie du nach dem Geist anderer Menschen greifen kannst. Es wird kein Austausch zwischen dir und ihnen möglich sein, aber du wirst sehen können, was sie denken.*

Dann können Wilde also Gedanken lesen?

Ja, aber nur dann, wenn sie in Trance sind. Es erfordert Konzentration und Übung und kann sehr anstrengend sein. Die Gedanken, die du auffängst, sind zuerst oft unverständlich, aber mit der Zeit lernst du, sie zu deuten. Wir nennen das »Gedanken abschöpfen«.

Dann ist dies also keine Lektion, um mir zu zeigen, wie ich meinen Geist verbergen kann?

Nein, aber es wird dir helfen, ebendiese Prozedur zu verstehen. Strecke deinen Geist nach links aus. Es ist gleichzeitig ein Vorteil und ein Nachteil, in Si zu sein. Es gibt hier weniger Leute, deren Geist wir abschöpfen können, aber diese wenigen sind aufgrund ihrer Isolation leicht zu finden.

Auraya brauchte mehrere lange Minuten, um überhaupt etwas wahrzunehmen.

Ich spüre etwas … ah. Es ist ein Siyee. Er ist auf der Jagd.

Gut. Ich sehe ihn auch. Du kannst erkennen, dass seine Gedanken nicht geordnet sind, wie es der Fall wäre, wenn er sprechen würde. Es sind nur Bruchstücke, ebenso sehr Bilder wie Gedanken.

Ja. Das ist genauso wie das Gedankenlesen.

Ein Stich des Ärgers durchzuckte Emerahl. *Wie konnte ich vergessen, dass sie früher in der Lage war, Gedanken zu lesen? Sie weiß bereits, wie Gedanken funktionieren.*

Suche nach einem anderen Geist.

Auraya brauchte nur einen Augenblick, bevor sie wieder antwortete.

Ich sehe Tyve. Er nähert sich dem Wasserfall – er hat eine Nachricht für mich. Ich …

Die Verbindung brach ab, als Aurayas Konzentration ins Wanken geriet. Emerahl erwachte aus der Traumtrance und war nicht überrascht zu sehen, dass Auraya sich von dem Bett erhob.

»Bleib dort«, murmelte Emerahl warnend. »Du darfst den Leeren Raum nicht verlassen. Tyve wird hereinkommen müssen, um mit dir zu reden.«

Auraya setzte sich wieder hin. Sie sah Emerahl an. »Du tust am besten so, als seist du krank«, erwiderte sie.

Wieder fühlte Emerahl Ärger in sich aufsteigen. Sie legte

sich hin und zog sich eine Decke über den Leib. Aus dem Tunnel war jetzt das Echo von Schritten zu hören, und kurz darauf trat ein junger Siyee in den Eingang der Höhle.

»Tyve«, sagte Auraya, stand auf und winkte ihn herbei. »Komm rein. Was führt dich hierher?«

Sein Blick wanderte zu Emerahl hinüber. »Ich habe eine Nachricht für dich.«

Auraya bedeutete ihm abermals, näher zu kommen, und der Junge gehorchte. Er lächelte Emerahl an. »Wie geht es dir, Jade? Fühlst du dich schon besser?«

»Ja«, sagte sie. »Dank Aurayas Hilfe.«

Der Junge trat näher an Auraya heran und murmelte etwas. Auraya blickte auf ihren Priesterring hinab, dann zuckte sie die Achseln und antwortete mit leiser Stimme. Worüber sprachen die beiden, das Emerahl nicht hören sollte?

Als Auraya Tyve dankte, hob sie die Stimme wieder.

»Sag Sprecherin Sirri, dass ich hierbleiben und über Jade wachen muss, aber ich werde bald zurückkehren. Fliege sicher, fliege schnell.«

Der Junge nickte, dann verabschiedete er sich und eilte davon. Als seine Schritte verklungen waren, sah Emerahl zu Auraya auf, die die Stirn runzelte.

»Was hatte er zu sagen?«

Auraya seufzte und setzte sich wieder. »Ich glaube, Sirri ist überrascht, dass ich dich nicht einfach geheilt habe und zurückgekehrt bin.«

»Wie viel Zeit haben wir, bis sie Verdacht schöpfen?«

Auraya hob die Schultern. »Eine Woche. Wir können sie für eine Weile hinhalten, aber wenn irgendetwas passiert, bei dem sie meine Hilfe brauchen, und ich mich weigere, von hier fortzugehen …«

»Dann stehen wir mit unserer Tarnung da wie eine Hure mit leerer Börse«, vollendete Emerahl den Satz.

Aurayas Augenbrauen zuckten vor Erheiterung, dann wurde ihre Miene wieder ernst.

»Wenn die Götter uns durch Tyve beobachtet haben, werden sie uns beide bei seinem Eintritt in die Höhle gesehen haben. Außerdem werden sie den Kontakt zu ihm verloren haben, als er in den Leeren Raum kam.«

Emerahl nickte. »Ja. Wenn du vom Rand des Leeren Raums aus mit ihm gesprochen hättest, hätten die Götter wahrscheinlich nichts von dem Phänomen bemerkt, aber sie hätten uns trotzdem gesehen, ohne unsere Gedanken lesen zu können, und dann hätten sie deshalb Verdacht geschöpft.«

»Vielleicht haben sie uns auch gar nicht beobachtet.«

»Glaubst du, dass sie es getan haben?«

»Ich weiß es nicht. Sie haben mich seit Monaten nicht mehr aufgesucht, aber das heißt nicht, dass sie mich nicht beobachten.« Entschlossen sah sie zu Emerahl hinüber. »Wollen wir in die Traumtrance zurückkehren?«

Emerahl lachte leise über ihre Unbeirrbarkeit. »Lass uns zuerst zu Mittag essen.«

5

Ella stand am Fenster, als Danjin hereinkam. Er unterdrückte ein Schaudern und versuchte, nicht an die schwindelerregende Entfernung zum Boden tief unter ihnen zu denken. Die neueste Weiße trat einen Schritt vom Fenster zurück und wandte sich zu ihm um. Etwas in ihren Zügen erregte seine Aufmerksamkeit, eine gewisse Wildheit in ihren Augen, als sie seinem Blick begegnete. Sie lächelte schief, und plötzlich verstand er, was es war. Ein Stich des Mitgefühls für seine Leidensgenossin durchzuckte ihn.

Auch sie fand keinen Gefallen an der Höhe. Wahrscheinlich litt sie nicht solche Todesqualen wie er selbst, aber sie war stark beunruhigt.

»Danke, dass du einen Besuch so kurzfristig einrichten konntest«, sagte sie und deutete auf einen Stuhl.

Er setzte sich. »Du brauchst mir nicht zu danken. Das ist ein Teil meiner Aufgaben.«

Sie lächelte abermals. »Das ist kein Grund für mich, dir nicht dankbar zu sein.«

»Wie kann ich helfen?«

Das Lächeln verblasste. »Die anderen Weißen und ich werden uns heute am Altar treffen. Juran hat mir meine erste Aufgabe zugewiesen. Sie ist gering, aber nicht einfach, und ich hätte gern deinen Rat dazu.« Sie runzelte die Stirn. »Er möchte, dass ich die Menschen daran hindere, weiterhin das Hospital und die Traumweber anzugreifen.«

Danjin nickte langsam. »Es ist vernünftig, dass er dir diese Aufgabe zugewiesen hat. Du hast im Hospital gearbeitet. Du hattest schon früher mit Traumwebern und ihren Gegnern zu tun.«

»Juran sagt, die Angriffe auf das Krankenhaus seien seit meiner Erwählung seltener geworden«, erwiderte sie. »Andererseits hat sich die Zahl der Angriffe auf Traumweber erhöht.«

Danjin nickte. »Durch die Erwählung einer Heilerin aus dem Hospital haben die Götter angedeutet, dass sie die Einrichtung billigen.«

»Ich bezweifle, dass das der einzige Grund ist, warum sie mich erwählt haben, sonst wäre meine Nützlichkeit erschöpft, sobald dem Hospital keine Gefahr mehr droht.«

»Natürlich ist das nicht der einzige Grund.« Er lächelte. »Aber das ist die Art von Schlussfolgerung, zu der durchschnittliche Sterbliche bei dergleichen Dingen gelangen.«

»Und sind einige von ihnen zu der Schlussfolgerung gelangt, dass meine Erwählung Gewalttätigkeiten gegen Traumweber rechtfertigt?«

»Ich kann mir nicht vorstellen, warum das so sein sollte. Nein, ich denke, es müssen da noch andere Gründe eine Rolle spielen, obwohl ich dir nicht sagen kann, welche Gründe das sind. Das ist etwas, das wir herausfinden müssen.«

»Was könnte Menschen dazu bringen, Traumwebern etwas anzutun, obwohl es ein Verbrechen ist? Scheren sie sich überhaupt noch um unsere Gesetze?«

Sie klang aufrichtig bekümmert, obwohl er sich nicht sicher war, ob die Ursache dafür die Angriffe auf Traumweber waren oder die Verletzung der Gesetze. »Es wird immer Menschen geben, die glauben, es besser zu wissen, Menschen, die denken, die Gesetze hätten für sie keine Gültigkeit. Oder solche, die die Bedeutung der Beschlüsse der Götter und der Weißen so lange verdrehen, bis sie ihren Bedürfnissen besser entsprechen, so dass sie sich immer noch einreden können, sie würden mit dem, was sie tun wollen, zum Wohl der Götter wirken.«

Ella seufzte und wandte den Kopf. Als Danjin ihrem Blick folgte, sah er zu seiner Überraschung eine Spindel und einen Korb mit Schur auf einem kleinen Tisch.

Ihre Arbeit?, fragte er sich. *Nach ihrem Gesichtsausdruck zu schließen, würde ich sagen, dass ich mit meiner Vermutung richtig liege.*

Es schien eine so lächerlich häusliche Arbeit für eine der Auserwählten der Götter zu sein, aber Ellas ganze Haltung verriet, dass sie ihre jetzige Aufgabe liebend gern gegen eine Stunde an der Spindel eingetauscht hätte. Vielleicht war dies eine Verbindung zu ihrer Vergangenheit, eine Arbeit, die ihr half, im Angesicht des Ruhms, der Macht und der Verantwortung ihrer neuen Position nicht die Demut zu verlieren. Als sie sich wieder zu ihm umwandte, wirkte sie plötzlich sehr entschlossen.

»Was soll ich deiner Meinung nach tun, um der Gewalt ein Ende zu machen?«

Er dachte über das Problem nach und sagte dann: »Zunächst einmal solltest du deinen Gegner verstehen. Wenn diese Menschen die Traumweber schon immer gehasst haben, warum haben sie dann gerade jetzt begonnen, sie anzugreifen?«

»Aurayas Rücktritt? Geben sie den Traumwebern die Schuld daran?«

»Das bezweifle ich.« Er musterte sie eingehend. »Ich kann keine Verbindung erkennen, obwohl das nicht bedeutet, dass andere das nicht vielleicht tun werden. Hast du in den Gedanken der Menschen eine solche Verbindung gesehen?«

Sie runzelte die Stirn. »Wenn das Hospital das nächste Mal angegriffen wird, sollte ich mir die Leute einmal vornehmen und mich ein wenig im Gedankenlesen üben.«

»Ja, aber das wird dir nicht zwangsläufig helfen, deinen Gegner zu verstehen. Du musst die Gedanken jener lesen, die hinter den Protesten stecken oder einen Traumweber zu ermorden planen. Da weithin bekannt ist, dass die Weißen Gedanken lesen können, werden die Leute, nach denen du Ausschau hältst, wohl kaum unter den Angreifern des Hospitals zu finden sein.«

»Wie kann ich sie dann finden?«

»Sie müssen von Zeit zu Zeit das Gebiet um das Hospital herum aufsuchen oder jemand anderen schicken, der sich dort umsieht und Opfer auswählt. Wenn du dort wärst und das Geschehen aus einem Versteck heraus beobachten würdest, könntest du sie vielleicht zu fassen bekommen.«

Sie nickte langsam. »Ja. Obwohl… es wird viel Zeit kosten.« Sie seufzte. »Ich wünschte, gewöhnliche Priester und Priesterinnen könnten ebenfalls Gedanken lesen. Wenn mehr von uns suchten, würden wir die Mörder und Verschwörer schneller finden.«

»Wenn das Gedankenlesen eine Gabe wäre, über die Priester und Priesterinnen gebieten könnten, dann stünde diese Fähigkeit auch mit Gaben gesegneten Nichtzirklern offen, und diese würden damit vielleicht großes Unheil anrichten.«

Sie sah ihn anerkennend an. »Ja. Du hast recht. Hast du noch einen anderen Rat für mich?«

Er nickte. »Im Gefängnis von Jarime sitzt ein Mann, der vor einem Monat einen Traumweber ermordet hat. Ich glaube, Dyara hat seine Gedanken gelesen, um seine Schuld zu bestätigen. Wenn du seine Gedanken lesen würdest, würdest du vielleicht lernen, den Geist eines Mörders leichter von dem Unschuldiger zu unterscheiden.«

Ihre Augen weiteten sich. »Ich soll die Gedanken eines Mörders lesen? Ich… auf diese Idee bin ich noch nicht gekommen.«

»Möchtest du, dass ich dich begleite?«, erbot er sich.

»Willst du das wirklich tun? Es könnte unerfreulich sein.«

Er zuckte die Achseln. »Ich habe Auraya einmal bei einem ähnlichen Besuch begleitet.«

Ella zog die Augenbrauen hoch. »Warum hat Auraya das Gefängnis aufgesucht?«

»Einem Traumweber wurde vorgeworfen, er habe die Träume eines anderen Menschen manipuliert.« Ella beobachtete ihn ohne einen Wimpernschlag, während er sprach. Verwirrt von ihrem plötzlichen Interesse, erwog er einen Moment lang die Möglichkeit, es könnte die Geschichte des Traumwebers sein, die ihre Neugier geweckt hatte. Aber dann besann er sich eines anderen. *Nein*, dachte er, *ihr Interesse gilt Auraya.* »Sie hat festgestellt, dass er unschuldig war«, fügte er hinzu.

Sie richtete sich abrupt auf und wirkte mit einem Mal vollkommen gelassen. »Könntest du dafür sorgen, dass ich diesen Mörder aufsuchen kann?«, fragte sie.

»Natürlich«, antwortete er. »Möchtest du, dass ich das sofort erledige?«

»Ja.« Sie nickte, dann erhob sie sich und rieb ihre Hände.

Er stand ebenfalls auf und folgte ihr zur Tür. »Welche Zeit wäre dir gelegen?«

Sie überlegte kurz. »Morgen früh?«

»Ich werde sehen, was ich tun kann.« Er machte das Zeichen des Kreises. »Ich wünsche dir noch einen schönen Tag, Ellareen von den Weißen.«

Er verließ den Raum und ging die Treppe hinab. Auf dem Weg nach unten dachte er über Ellas Interesse an Auraya nach. Ihr Verhalten hatte mehr offenbart als bloße Neugier.

Vielleicht Eifersucht, ging es ihm durch den Kopf. *Aber welchen Grund hätte sie, Auraya zu beneiden? Sie hat alles, was Auraya hatte … bis auf die Fähigkeit zu fliegen.* Bei der Erinnerung an ihr offenkundiges Unbehagen angesichts des Ausblicks aus dem Turmfenster glitt ein Lächeln über seine Züge. *Ich bezweifle, dass sie diese Fähigkeit begehrt.*

Wenn es nicht Eifersucht war, was war es dann? Sie hatte die Stirn gerunzelt. Gewiss war es nicht Missbilligung gewesen. Welchen Grund hätte sie auch, Auraya zu missbilligen?

Er schüttelte den Kopf. *Jetzt deute ich zu viel in ihr Verhalten hinein. Wenn ich anfange, in diese Richtung zu denken, werde ich wie die Klatschtanten der Stadt enden und jedes skandalöse Gerücht glauben, das sich um Auraya rankt.*

Ellareen war lediglich neugierig auf ihre Vorgängerin, das war alles.

»Das ist alles?«

Auraya sah Jade ungläubig an. Die Frau lächelte, und ihre grünen Augen leuchteten vor Erheiterung.

»Was hattest du erwartet?«

»Ich dachte, du würdest mich auf die gleiche Weise unterrichten, wie Mirar mich in der Heilkunst unterwiesen hat – durch eine Gedankenvernetzung.«

Jade lachte. »Wenn das doch nur möglich wäre. Unglücklicherweise kann man nicht in einen beschirmten Geist hineinsehen, daher kann ich dir nicht zeigen, was ich tue, um den meinen abzuschirmen.«

»Also muss ich es einfach selbst herausfinden? Ich brauche niemanden, der mir hilft?« Auraya runzelte die Stirn. »Warum bin ich dann hier?«

»Du brauchst jemanden, der in der Lage ist, deine Gedanken zu erspüren. Nur so kannst du feststellen, ob sie verborgen sind oder nicht.«

Auraya nickte. »Aber du kannst meine Gedanken nur lesen, während du meinen Geist abschöpfst. Hast du vor, die ganze Zeit in einer Traumtrance zu verbringen?«

»Alle Unsterblichen können Gefühle erspüren«, erwiderte Jade. »Wenn ich deine Gefühle nicht länger spüren kann, werde ich versuchen, deinen Geist abzuschöpfen.«

Dies war eine neue und interessante Information. Mirar musste ebenfalls in der Lage sein, Gefühle zu erspüren. Er hatte ihre Gefühle nicht spüren können, als sie eine Weiße gewesen war, aber er würde es jetzt tun können. Und sie konnte nicht länger seine Gedanken lesen.

Wie sehr sich das Blatt doch gewendet hat, überlegte sie. *Nur gut, dass er nicht hier ist.*

»Wie ich schon sagte«, fuhr Jade fort, »stell dir vor, du würdest einen Schleier über deinen Geist legen. Du kannst hinausschauen, aber niemand kann hineinschauen.«

Auraya versuchte es. Sie stellte sich wieder und wieder einen Schleier vor, stellte sich sogar vor, sie trüge einen schweren Sack über dem Kopf, aber was sie auch tat, Jade konnte ihre Gefühle immer noch spüren.

Schon bald war sie erfüllt von so starker Frustration, dass selbst ein nicht mit Gaben gesegneter Sterblicher sie hätte wahrnehmen können. Die Stunden schleppten sich dahin. Schließlich stieß Jade einen Seufzer aus und legte den Korb beiseite, den sie geflochten hatte.

»Das ist genug für heute Nacht. Es ist schon spät. Du solltest etwas schlafen.«

Auraya hätte beinahe gelächelt über die abschätzige Haltung der Frau. Sie legte sich auf ihr Bett und lauschte, während Jade in den hinteren Teil der Höhle ging und sich an den Vorräten zu schaffen machte.

Für eine Weile verharrte sie so, gequält von Sorgen. Tyve hatte ihr erzählt, dass die Priester im Offenen Dorf vergeblich versucht hätten, sie durch ihren Priesterring zu erreichen. Sie hatte erklärt, er funktioniere nicht richtig, hatte ihm aber nicht erzählt, dass der Leere Raum der Grund dafür war.

Ich kann nur hoffen, dass keiner der Weißen versucht, mich zu erreichen, dachte sie. *Je früher ich von hier fortgehen kann, umso besser.*

Also … ein Schleier über meinem Geist, überlegte sie weiter. *Der Schlaf wird manchmal so beschrieben. Dann ist es also so, als schliefe ich ein?* Sie schloss die Augen und ließ ihre Gedanken schweifen. Langsam verebbte die Anstrengung, ihren Geist beherrschen zu müssen. *Ich bin müder, als ich gedacht hatte. Es tut so gut, meinem Geist einfach ein wenig Ruhe zu gönnen.*

Auraya.

Die Stimme zwang sie, widerstrebend ins Bewusstsein zurückzukehren. Einen Moment lang verspürte sie nur Ärger, dann wurde ihr klar, dass sie die Stimme kannte.

Mirar?

Es folgte eine Pause.

Wie geht es dir?

Du hast eine Traumvernetzung hergestellt … Wie ist das möglich? Mein Priesterring funktioniert im Leeren Raum nicht.

Ich weiß es nicht, aber ich vermute, dass der Ring ungebrochene Magie zwischen ihm und einem anderen Ring erfordert. Oder vielleicht benötigt der Ring eine Verbindung zu den Göttern, um zu funktionieren.

Dann braucht man für Traumvernetzung und das Gedankenabschöpfen keine ungebrochene Magie?

Nein. Also, wie kommst du zurecht?

Wenn du mich fragst, wie weit ich in der Lage bin, meinen Geist zu beschirmen, dann muss ich gestehen, dass ich überhaupt nicht zurechtkomme. Ich weiß nicht, wie ich es bewerkstelligen soll, binnen weniger Tage selbst über die Lösung zu stolpern. Sie spürte, wie die Frustration des Tages sich in Ärger verwandelte. *Ist dir eigentlich klar, welches Risiko du mich einzugehen gezwungen hast? In welche Situation du mich gebracht hast? Die Götter haben mir gestattet, zurückzutreten und Priesterin zu bleiben, aber nur unter der Bedingung, dass ich sie nicht behindere oder mich mit ihren Feinden verbünde. Es ist ziemlich klar, dass sie dich als Feind betrachten. Ich hätte von hier fortgehen sollen, sobald ich erfuhr, dass Jade deine Freundin ist, selbst wenn die Götter sie dann entdeckt hätten, selbst wenn die Götter dich entdeckt hätten.*

Aber du hast es nicht getan.

Nein. Ihr habt mich beide ausgenutzt. Ihr habt mich gezwungen zu lernen, wie ich meine Gedanken verbergen kann, um euch zu schützen.

Wir haben dich gezwungen, etwas zu lernen, das dir das Leben retten könnte.

Oder es beenden.

Du glaubst also, dass die Götter dich töten werden, wenn sie deine Gedanken nicht lesen können?

Auraya stutzte. Ärger und Erschöpfung trieben sie dazu, unlogische Dinge zu sagen.

Nein. Es wird unser Verhältnis lediglich verschlechtern. Ist das deine Art, Rache zu üben? Bestrafst du mich oder versuchst du, mich dazu zu zwingen, mich von den Göttern abzuwenden?

Weder noch! Ich möchte dir helfen, indem ich dir zeige, wie du dich schützen kannst. Ich möchte, dass du all das wirst, was zu sein dir bestimmt ist – was zu sein du verdient hast! Eine mächtige Zauberin. Eine Unsterbliche. Er hielt inne. *Möchtest du nicht unsterblich sein?*

Ein Frösteln überlief Auraya. *Möchte ich das? Natürlich tue ich das. Aber ich möchte nicht unsterblich sein, wenn das bedeutet, dass ich mich von den Göttern abwenden muss. Ich möchte keine Wilde sein, gehetzt und verhasst.*

Ihre Wut vertiefte sich, aber diesmal richtete sie sich gegen die Götter. *Warum muss es so sein? Ich kann unsterblich sein und trotzdem den Göttern huldigen. Warum müssen sie mich daran hindern, all das zu werden, was ich sein kann, obwohl es keine Gefahr für sie darstellt?*

Vielleicht würde Chaia ihr diese Freiheit gestatten, aber Huan würde es niemals tun. Huan verlangte von ihren Anhängern bedingungslosen Gehorsam. *Ich habe ihre Wertschätzung bereits verloren, indem ich mich als unwürdig erwiesen habe,* dachte sie. *Vielleicht wird sie mir irgendwann verzeihen. In der Zwischenzeit wäre ich gut beraten, der Göttin keinen weiteren Grund zu liefern, mir zu misstrauen.*

Als du mich in der Heilkunst unterwiesen hast, hast du mich Jade zufolge genug gelehrt, um mich in die Lage zu versetzen, das Geheimnis der Unsterblichkeit selbst zu entdecken, sagte sie zu Mirar. *Vielleicht werde ich eines Tages in der Position sein, es zu versuchen, ohne den Unwillen der Götter zu erregen. Aber für den Augenblick ist es sinnlos. Was du Unsterblichkeit nennst, ist keine wahre Unsterblichkeit. Ich kann trotzdem getötet werden. Ich werde getötet werden, wenn ich den Göttern noch einmal trotze.*

Mirar schwieg lange, bevor er antwortete.

Die Götter können sehr lange an einem Groll festhalten, Auraya. Sie werden vielleicht keine Magie benutzen, um dich zu töten, aber sie können dafür sorgen, dass das Alter ihnen diese Arbeit abnimmt. Und vergiss eines nicht: Wenn ich glaubte, die Erlangung von Unsterblichkeit sei der einzige Grund, warum die Götter dich töten könnten, hätte ich es niemals riskiert, dich in der Heilkunst zu unterweisen.

Und mit diesen Worten war er verschwunden.

6

Angeblich sind doch ältere Leute immer die Vorsichtigen, dachte Ranaan, während er Traumweber Fareeh die dunkle Gasse hinunter folgte. *Jüngere Leute sind diejenigen, die sich Hals über Kopf in Gefahren stürzen. Also, was ist los mit uns beiden? Warum ist mein Lehrer derjenige, der bereit ist, Risiken einzugehen, während ich derjenige bin, der halb verrückt ist vor Angst?*

Sie näherten sich dem Ende der Gasse, und Fareeh blieb stehen, um in eine größere Straße zu spähen.

Weil ich ein Feigling bin, sagte sich Ranaan. *Und weil Fareeh keiner ist. Außerdem ist es für ihn einfacher. Er besitzt Gaben, und er ist groß. Ich bin ein magerer Wicht, und ich weiß, dass ich in sechs Monaten nicht einmal genug Gaben erlernt habe, um mich gegen einen Angriff von Pfeilbienen zu verteidigen.*

Der hochgewachsene Mann trat auf die Straße. Ranaan holte tief Luft und zwang sich, ihm zu folgen. Sie gingen zielstrebig weiter, hielten sich aber so weit wie möglich in den Schatten der Gebäude. In diesem Teil der Stadt waren die einzigen Lampen diejenigen, die die Bewohner der Häuser brennen ließen. Der Mond stand allerdings hell und rund am Himmel.

Ranaan heftete seinen Blick auf die vor ihm gehende Gestalt seines Lehrers. Die gelassene Zuversicht des Traumwebers hatte auf die Patienten im Hospital stets eine beruhigende Wirkung. Er war alles, was sie an Traumwebern schätzten: stämmig, ruhig, kenntnisreich und geduldig. Und er unternahm diese Krankenbesuche trotz aller Gefahren, weil er ein netter Mensch war.

Ich wünschte nur, er hätte nicht darauf bestanden, dass ich ihn begleite.

Ranaan verzog das Gesicht. *Ich bin kein netter Mensch. Ich bin ein Feigling, der lieber jemanden sterben lassen würde, als das Risiko einzugehen, verprügelt zu werden. Ich habe einen so guten Lehrer gar nicht verdient.*

Direkt vor ihnen wurde eine Tür geöffnet. Ranaans Herz begann zu rasen, als drei lachende Männer herauskamen. Fareeh hielt nicht einmal inne. Er ging um sie herum, und Ranaan folgte ihm.

Während er und sein Lehrer ihren Weg fortsetzten, zitterten dem jungen Traumweber die Knie. Er spitzte die Ohren und lauschte, um festzustellen, ob sie verfolgt wurden. Hinter ihnen waren Schritte zu hören, die langsam leiser wurden. Lag das daran, dass die Männer sich Mühe gaben, weniger Lärm zu machen?

Er blickte hinter sich. Die Männer gingen in die andere Richtung.

»Wir sind fast da«, murmelte Fareeh.

Ranaan sah seinen Lehrer an und bekam ein wissendes Lächeln zur Antwort. Er spürte, dass sein Gesicht warm wurde, und sagte nichts. Sie bogen in eine Gasse ein. Fareeh blieb stehen und schuf einen Lichtfunken, um die Wegbeschreibung zu beleuchten, die er sich auf einem Stück Papier notiert hatte. Schließlich nickte er, löschte das Licht und ging weiter.

Der Weg führte um den vorspringenden Teil eines Gebäudes herum, dann endete er. Fareeh verlangsamte sein Tempo und blickte zu den Gebäuden um sie herum auf.

»Man hat mir mitgeteilt, sie würden ein Licht im Fenster brennen lassen …«

Seine leisen Worte gingen im Knall einer zugeschlagenen Tür unter. Hinter ihnen wurden Schritte laut. Ranaan drehte sich um, und sein Herz begann aufs Neue zu rasen. Er zählte acht, vielleicht neun Gestalten, die ihn und seinen Lehrer umringten.

»Was hast du hier zu suchen, Traumweber?«

Der Akzent war typisch für das Armenviertel, aber irgendetwas daran klang falsch in Ranaans Ohren.

Fareeh warf noch einmal einen schnellen Blick auf die Fenster der Gebäude in der Nähe.

»Ich stelle gerade fest, dass ich am falschen Ort bin«, antwortete er. »Die Wegbeschreibung, die man mir gegeben hat, scheint falsch zu sein.«

»Da hast du recht«, sagte eine andere Stimme. Ranaan blickte zu dem Sprecher hinüber. Die hohe Stimme des Mannes passte nicht recht zu seinem massigen Körperbau.

»Wir werden euch nicht länger belästigen«, entgegnete Fareeh. Er machte einen Schritt auf die Lücke zwischen zweien der Männer zu, dann blieb er stehen. Die Männer waren enger zusammengerückt, um ihm den Weg zu versperren.

Ranaan unterdrückte ein Stöhnen des Entsetzens und der Furcht. Seine Beine zitterten, und ihm war übel. Er fragte sich, ob sein Herz noch schneller schlagen konnte. Wenn es das tat, würde es ihm vielleicht einfach aus der Kehle springen.

Ein Lichtfunken erschien und beleuchtete die Innenfläche von Fareehs Hand. Der Funke wurde größer, und Ranaan blickte daran vorbei zu den Gesichtern der Männer hinüber. Sein Mund wurde trocken, als er begriff, warum der Akzent des ersten Sprechers so falsch geklungen hatte.

Dies war keine hiesige Straßenbande. Der Akzent war nicht echt gewesen. Obwohl die Kleider der Männer schlicht waren, waren sie doch von guter Qualität – lässige Gewänder, in denen man im Freien Sport trieb. Ihr Lächeln enthüllte beinahe makellose Zähne. Der Mann mit der hohen Stimme war nicht muskulös, sondern trug das Fett eines Menschen, der in Maßlosigkeit lebte.

Jetzt trat einer der Fremden, ein blonder Mann mit tadellos geschnittenem Haar, einen Schritt vor.

»Du hast recht«, sagte er. »Du wirst uns ganz gewiss nicht noch einmal belästigen.«

Dann wurde die Gasse plötzlich von Magie verzerrt. Ranaan hörte Fareeh rufen, dass er innerhalb seines Schildes bleiben solle. Während von allen Seiten Angriffe kamen, kauerte er sich dicht an seinen Lehrer.

Die Angriffe kommen von allen Männern. Sie alle besitzen Gaben. Wie kann das sein? Kaufen die Reichen magische Ausbildung für jene unter ihren Söhnen, die nicht Priester werden?

Fareeh stieß ein leises, verärgertes Brummen aus. Dann griff er hinter sich und packte Ranaan am Arm. Er zog seinen Schüler herum und beugte sich zu ihm vor.

»Ich werde sie aufhalten«, murmelte er. »Du gehst. Geh ins Hospital. Hol Hilfe.«

Ranaan taumelte, als Fareeh ihn wegstieß. Er sah, wie die Fremden sich umdrehten, um ihn anzugreifen, und nackte Angst stieg in ihm auf. Seine Beine fanden ihre Kraft wieder, und er floh. Nichts hielt ihn auf. Niemand trat aus der Dunkelheit, um ihm den Weg zu versperren. Am Ende der Straße stürzte er um die Ecke und rannte los.

Einige Straßen später wurde ihm klar, dass niemand ihm folgte, und die Panik verebbte langsam. Als sein Verstand wieder einsetzte, blieb er stehen und machte sich zwei Dinge klar: Fareeh hätte Ranaan nicht um Hilfe geschickt, wenn er geglaubt hätte, dass er sich allein befreien könnte.

Natürlich. Sie waren zu acht!

Das Hospital war noch einige Straßen entfernt. Fareeh konnte unmöglich acht Zauberer so lange aufhalten, dass Ranaan mit Hilfe zurückkehren konnte.

Ich sollte zurückgehen und ihm helfen, dachte er.

Sei nicht dumm. Was kannst du schon ausrichten? Willst du ihnen Kräuterkuren hersagen?

Die Unentschlossenheit lähmte ihn. Plötzlich konnte er Stimmen hinter sich hören. Gelächter. Hämisches Gekicher. Er erkannte die hohe Stimme des fetten Mannes und schauderte.

Als ihm bewusst wurde, dass er mitten im Lichtschein einer Lampe stand, wirbelte er herum und suchte nach einem Versteck. Das nächstgelegene war die nicht übermäßig tiefe Nische eines Hauseingangs. Er sprang hinein und drückte sich zitternd an den Türrahmen.

Die Stimmen wurden lauter. Worte wie »einfach«, »jämmerlich« und »gute Arbeit« drangen an sein Ohr. Dann befahl einer der Männer den anderen, den Mund zu halten.

Sie wurden still. Ein eindringliches Gespräch folgte, dann erklangen Schritte. Als die Männer sich seinem Versteck näherten, hielt Ranaan den Atem an.

»Beeilt euch!«

Die Schritte wurden schneller. Zwei Männer liefen an Ranaan vorbei und verschwanden am Ende der Straße. Andere Schritte verklangen, während die Männer sich aufteilten und in verschiedene Richtungen gingen.

Dann lauschte Ranaan den Geräuschen der Straße: dem leisen Rascheln, das, wie er hoffte, von Tieren stammte, den schwachen Stimmen eines Streits irgendwo in dem Haus, in dessen Eingang er stand, dem Plätschern von Wasser oder einer Kanalisation irgendwo unter ihm.

Vorsicht und Furcht kämpften gegen das Verlangen zu entdecken, was Fareeh zugestoßen war. Zu guter Letzt, überzeugt davon, dass die Angreifer fort waren, trat er von der Tür weg, schlich an der Mauer entlang bis zur Ecke und spähte in die Gasse. Es gab dort zu viele dunkle Stellen, als dass er hätte sicher sein können, dass niemand auf ihn wartete. Mit hämmerndem Herzen zwang er sich, in die Gasse zu treten.

Sein Atem kam ihm unnatürlich laut vor. Er erreichte das vorspringende Gebäude und blickte darum herum. Die Gasse lag im Dunkeln, aber als er zu Boden sah, erkannte er eine Gestalt mit menschlichen Umrissen.

Fareeh …

Er schluckte heftig, dann ging er langsam auf die Gestalt zu. Es war eindeutig ein Mann, und das Wams war das eines Traumwebers. Ranaans Stiefel machten leise, glucksende Geräusche, als er sich der Gestalt näherte. Er blickte hinab und sah, dass der Boden schwach glänzte. Dann erkannte er den durchdringenden Geruch in der Luft. Blut.

Das Risiko, dass die Angreifer zurückkehren könnten, spielte plötzlich keine Rolle mehr. Er konzentrierte sich und brachte einen Lichtfunken zustande. Der Anblick von Fareehs leeren, weit aufgerissenen Augen und der großen roten Blutpfütze, die sich hinter dem Kopf des Mannes ausbreitete, erschreckte Ranaan so sehr, dass sein Licht erlosch. Er konnte nicht richtig atmen und hörte sich einige Worte hervorstoßen, während er auf das Gesicht seines toten Lehrers hinabstarrte.

»Nein. Nicht Fareeh. Das kann nicht sein.«

Dann berührte ihn jemand sacht an der Schulter. Ranaan zuckte zusammen und fuhr herum; die Angst war plötzlich wieder da. Ein Mann trat einen Schritt zurück. Ranaan hatte den Fremden nicht näher kommen hören, hatte nicht einmal das Licht von dem Funken bemerkt, der über dem Kopf des Fremden schwebte.

Aber das Gesicht des Mannes gehörte nicht zu einem der Angreifer. Es war ein fremdes Gesicht, doch der Ausdruck darauf war voller Mitgefühl. Der Mann blickte über seine Schulter.

»Da kommt jemand. Du begleitest mich am besten.«

Ranaan zögerte und wandte sich wieder zu Fareeh um.

»Nichts kann ihm jetzt noch helfen. Lass ihn liegen, oder du wirst genauso enden wie er.«

Ranaans Beine gehorchten ihm widerstrebend. Der Fremde umfasste seinen Arm und zog ihn zu einer Tür. Gemeinsam gingen sie einen langen Flur hinunter und gelangten in eine andere Gasse.

Ein Labyrinth von Gassen und Durchgängen folgte. Die Zeit verstrich. Ranaan nahm nur am Rande wahr, wohin der Fremde ihn führte. Irgendwann gelang es ihm, sich hinreichend zu fassen, um nach dem Namen seines Retters zu fragen.

»Amli.«

»Dann kommst du also aus Sennon?«

»Aus dem Süden.«

»Warum hilfst du mir?«

»Weil du Hilfe brauchst. Wo ich herkomme, liefern die Menschen ihre Mitsterblichen nicht an Räuber oder Mörder aus – nicht, wenn sie es verhindern können.«

Ranaan zuckte zusammen. »Er hat mir aufgetragen, wegzulaufen und Hilfe zu holen.«

»Ah. Tut mir leid. Ich habe nicht von dir gesprochen, sondern von mir. Du konntest deinen Freund nicht retten. Ich konnte es allerdings auch nicht, muss ich zugeben. Es waren zu viele.«

»Er wusste es. Er wusste, dass ich nicht rechtzeitig würde zurückkehren können.«

»Das ist wahrscheinlich. Es ist auch wahrscheinlich, dass er dich fortgeschickt hat, um dein Leben zu retten.«

Ranaan schüttelte den Kopf. »Ich sollte ins Hospital zurückkehren und den anderen sagen, was geschehen ist.«

Amli blieb stehen und legte ihm eine Hand auf den Arm.

»Diese Banditen werden dort auf dich warten. Es würde mich nicht überraschen, wenn sie auch vor deinem Quartier, wo immer das sein mag, warten würden, wenn du nicht mehr im Hospital auftauchst. Du bist ein Zeuge. Hast du sie richtig sehen können?«

»Ja.«

»Dann darfst du nicht zurückkehren. Sie werden das Risiko nicht eingehen, dass du sie identifizieren kannst.«

Ranaan schauderte. »Glaubst du, der Patient, nach dem wir sehen sollten, war nicht echt? Glaubst du, es war ein Hinterhalt?«

»Wolltet ihr einen Krankenbesuch machen?«

»Ja. Wir hatten eine genaue Wegbeschreibung.«

Amli blickte grimmig drein. »Dann war es wahrscheinlich eine Falle. Je eher ich dich von den Straßen bekomme, umso besser.«

Sie gingen weiter. Ranaan konnte den Gedanken an Fareehs Leiche, die verlassen in der Gasse lag, nicht abschütteln. Er konnte an nichts anderes denken als an dieses Bild. Als Amli stehen blieb und eine Tür öffnete, ließ Ranaan sich widerstandslos in den hell erleuchteten Raum dahinter führen.

Eine Frau in mittleren Jahren stand auf, um Amli zu begrüßen. Er stellte sie als seine Ehefrau vor. Als sie Amlis Geschichte hörte, schnalzte sie voller Sorge mit der Zunge, dann brachte sie Ranaan zu einem Sessel und drückte ihm einen Becher in die Hand. Das Getränk war unvertraut und alkoholisch, aber es schmeckte süß und brachte eine wohltuende Wärme mit sich, die den Schmerz in seinem Innern so weit linderte, dass er wieder klar zu denken vermochte.

»Danke«, sagte er ein wenig verspätet. »Ich danke euch beiden.«

Amli und seine Frau lächelten. »Ich werde dir ein Bett

zurechtmachen«, sagte die Frau und verschwand dann eine Treppe hinauf.

Ranaan sah sich in dem schmalen Raum um. An einer Seite brannte ein Kohleofen, um den einige Bänke standen, ein Hinweis darauf, dass hier von Zeit zu Zeit Menschen zusammenkamen. Er vermutete, dass sich oben ein oder zwei Schlafzimmer befanden. Es war ein kleines Haus, aber sauber und ordentlich.

»Wie lange lebt ihr schon hier?«, fragte er.

Amli füllte einen weiteren Becher mit dem Getränk. »Seit fast einem Jahr. Ich habe einen Stand auf dem Hauptmarkt. Wir führen Gewürze und Töpferwaren ein.«

Einige seltsame Zierstücke schmückten die Wände. Sie wirkten fehl am Platze. Auch manche der Töpfe, die in der Nähe des Kohleofens standen, hatten merkwürdige Formen. Ranaan betrachtete den Becher, aus dem er trank. Das Zeichen des Töpfers auf der Unterseite war ein Bild von einem dieser fremdartigen Töpfe, und am Rand war ein Stern zu sehen.

Ein Stern. Ein Kribbeln überlief Ranaan, als ihm eine mögliche Erklärung dafür dämmerte. Sein Blick fiel auf Amlis Hals. Unter dem Kragen seiner Tunika hing eine silberne Kette – eine schwere Kette für einen schweren Anhänger.

»Du hast gesagt, du kommst aus dem Süden?«, fragte Ranaan.

»Ja.«

»Seid ihr Pentadrianer?«

Amli antwortete nicht sofort, sondern sah Ranaan ernst an, bevor er ihm den Becher abnahm.

»Was bringt dich auf diese Idee?«

»Ihr hegt keinen Hass gegen Traumweber.«

Amli lachte leise. »Also können wir keine Zirkler sein. Daher müssen wir Pentadrianer sein.«

»Fareeh pflegte zu sagen, dass man einen Sennoner von einem Südländer unterscheiden könne, weil die Sennoner andere Religionen zwar dulden, aber dennoch gern so tun, als existierten sie nicht.«

»Nicht alle Sennoner sind so.«

»Welche sind es denn nicht?«

Amli lächelte. »Die sennonischen Traumweber. Und die sennonischen Pentadrianer.« Amli füllte Ranaans Becher nach. »Wir wissen beide, wie es ist, wenn man wegen seines Glaubens verfolgt wird.«

»Aber in eurem eigenen Land werdet ihr nicht verfolgt.«

Wieder lächelte Amli. »Nein.«

Also ist *er ein Pentadrianer*, dachte Ranaan. Dann stellte er fest, dass ihn das überhaupt nicht kümmerte. Er war überrascht, aber nicht entsetzt.

Amli gab Ranaan seinen Becher zurück. »Als wir hier ankamen, haben neidische Händler das Gerücht in Umlauf gesetzt, wir seien Pentadrianer, damit die Leute nichts von uns kauften. Das hat uns davon überzeugt, dass wir recht daran taten zu behaupten, wir stammten aus Sennon.« Er schüttelte den Kopf. »Das ist nichts im Vergleich zu dem, was sie hier Traumwebern antun. Die Zirkler sind durch und durch böse.«

»Und die Pentadrianer sind es nicht? Ist es nicht etwas Böses, ein anderes Land zu überfallen?«

»Ja«, stimmte Amli ihm zu, dann wandte er den Blick ab und seufzte. »Es war falsch. Unsere Götter hatten die bösen Taten der Zirkler gesehen und gaben uns den Befehl, sie aufzuhalten. Wir haben angenommen, der Krieg sei die beste und schnellste Möglichkeit, das zu erreichen, aber am Ende haben wir nur jene getötet, die wir retten wollten. Und wir haben den Preis dafür mit unseren eigenen Toten bezahlt.«

Er wirkte mit einem Mal furchtbar traurig. Ranaans Gedanken kehrten zu Fareeh zurück, und sein Herz krampfte sich vor Schmerz zusammen. Sein Lehrer war nicht von Pentadrianern getötet worden, sondern von Banditen. Von zirklischen Banditen. Die Zirkler waren in der Tat böse.

»Erzähl mir mehr über die Pentadrianer. Wie sind eure Götter?«

Amli sah auf, und sein Blick klärte sich. Er lächelte. »Was möchtest du denn wissen?«

Die Wurzeln, die Auraya schälte, färbten ihre Haut orange. Jade hatte Auraya nicht gebeten, diese Aufgabe zu übernehmen, sie hatte ihr lediglich die Wurzeln gegeben und im Tonfall eines Menschen, der Gehorsam erwartete, gesagt: »Schälen.« Auraya sah keinen Sinn darin, sich zu weigern; auf diese Weise hatten ihre Hände zu tun, während sie herauszufinden versuchte, wie sie ihren Geist abschirmen konnte.

Zumindest war Jade bereit, ihr zu erklären, wozu die Wurzeln dienten. Man benutzte sie sowohl als Farbe als auch als Kur bei Kopfhauterkrankungen, obwohl sie in letzterem Fall besser funktionierten, wenn der Saft frisch aufgetragen wurde, statt in Form eines mit Wasser gemischten Pulvers.

Zu den anderen »Kuren«, die Jade zubereitet hatte, gehörten ein aus Insektengift hergestellter Trank, der ein träges Herz kräftigte, Borke, die eine ähnlich anregende Wirkung hatte wie die, mit der Leiard sie früher bekannt gemacht hatte, und Pilze, über deren entspannende und aufbauende Wirkung sich Jade nicht weiter auslassen mochte.

Es war auf seltsame Weise logisch zu erfahren, dass Mirars Freundin sich auf die Herstellung von Heilmitteln und die Heilkunst selbst ebenso gut verstand wie er. Die Vorbereitung der verschiedenen Zutaten weckte in Auraya Erinnerungen an ihre Kindheit, an die vielen Stunden, in denen sie Leiard geholfen und von ihm gelernt hatte. Ein Stich des Bedauerns durchzuckte sie. Damals war alles so viel einfacher gewesen.

»Ist dir eigentlich bewusst, wie viel Zeit du darauf vergeudest, über Dinge nachzugrübeln, die du bedauerst oder die dir Sorgen machen?«, bemerkte Jade plötzlich. »Ich weiß nicht, ob du noch an deinem Weggang von den Weißen zu kauen hast, ob du dich mit der Furcht quälst, du könntest die Götter gegen dich aufbringen, ob du wegen deiner großen, verlorenen Liebe in Gefühlsduselei verfallen bist – oder alle drei Dinge gleichzeitig –, aber du beschäftigst dich ziemlich viel damit.«

Auraya blickte auf und brachte ein schiefes Lächeln zustande. Jade sagte ihr ständig, was sie gerade empfand, um sie wissen zu lassen, dass ihre Versuche, ihren Geist zu verbergen, scheiterten. »Es gibt nicht viel anderes zu tun, während man Wurzeln schält.«

»Ich muss zugeben, Selbstmitleid gehörte nicht zu den Dingen, die ich so oft von einer ehemaligen Weißen aufzufangen erwartet hatte.«

»Nein? Was hattest du denn erwartet?«

Die Frau schürzte die Lippen. »Arroganz. Eine selbstgerechte, die Götter liebende junge Frau mit aufgeblähten Vorstellungen, was ihre eigene Wichtigkeit betrifft.«

»Und das ist nicht das, was du gefunden hast?«

»Nein. Damit hätte ich leben können. Stattdessen muss ich mich mit Undankbarkeit und Selbstmitleid herumschlagen.«

Auraya blinzelte überrascht. »Undankbarkeit?«

»Ja. Vergiss nicht, ich kann deine Gefühle spüren. Es hat nur wenig Dankbarkeit gegeben.«

»Dankbarkeit lässt sich nicht erzwingen. Und sie ist schwer zu empfinden, wenn der Lehrer versucht, ein so unangenehmer Gefährte zu sein wie nur möglich.«

»Du hast bisher auch nicht viel getan, das mir geholfen hätte, dich liebzugewinnen«, entgegnete Jade.

»Was nur beweist, dass deine Erwartungen falsch waren. Obwohl ich glaube, dass du in einem Punkt richtig gelegen hast.«

»Oh?«

»Ich liebe die Götter tatsächlich.«

Jade hielt in der Arbeit inne und sah Auraya mit undeutbarer Miene an. »Also habe ich mich geirrt. Nett von dir, mich darauf hinzuweisen.« Ihre Stimme klang tonlos, aber Auraya konnte den unterdrückten Ärger und die Furcht dahinter hören.

»Und du hasst sie«, stellte sie fest. »Warum?«

Jade zog die Brauen zusammen, und die Schnitte ihres Messers wurden aggressiver. »Ich könnte den ganzen Tag darauf verwenden, die Gründe dafür aufzuzählen. Ich hatte tausend Jahre Zeit, sie aufzulisten. Aber welchen Sinn hätte es, dir das zu erzählen? Du wirst mir nicht glauben, und selbst wenn du es tätest, würdest du die Götter immer noch lieben. Liebe ist blind, ob sie nun einem Geliebten gilt, der Familie oder den Göttern.«

»Ich weiß, dass es im Zeitalter der Vielen reichlich Hassenswertes an den Göttern gab. Deshalb hat der Zirkel gegen die anderen Götter gekämpft. Es muss dich gefreut haben, als so viele von ihnen getötet wurden.«

Jade zuckte die Achseln. »In den meisten Fällen, ja. Aber nicht alle Götter waren schlecht.«

»Der Zirkel?«

»Die Übelsten von allen.«

»Vor oder nach dem Krieg?«

»Sowohl als auch.«

»Was haben sie nach dem Krieg getan, das schlecht war?«

»Sie haben Mirar hingerichtet.«

»Ist das alles?«

»Nein.« Jades Miene verdüsterte sich. »Sie haben andere Unsterbliche getötet. Sie haben die Traumweber verfolgt.«

»Hat der Umstand, dass Mirar überlebt hat, deinen Zorn auch nur im Geringsten vermindert?«

Die Augen der anderen Frau wurden schmal. »Nein. Sie haben seine Ermordung befohlen. Dass sie gescheitert sind, ändert nichts daran. Tatsächlich ist es sogar noch schlimmer, um die Qualen zu wissen, die er danach durchgemacht hat, während er sich erholte.«

Auraya nickte. »Warum, glaubst du, haben sie seine Ermordung und die Ermordung der anderen Wilden befohlen?«

Jade blickte auf ihr Messer hinab und ließ den Finger über die Klinge gleiten. »Mirar hat aktiv gegen ihre Herrschaft über die Sterblichen gearbeitet, ebenso wie einige andere Unsterbliche. Wir Übrigen … sie wussten, dass wir sie gehasst haben. Wir wussten, wie sie vor dem Krieg waren. Wenn wir der Welt von ihrem wahren Wesen berichtet hätten, wären die Sterblichen ihnen nicht so bereitwillig gefolgt.«

»Was haben die Götter getan, das so schrecklich war?«

Jade starrte auf das Schneidbrett hinab, obwohl ihr Blick auf etwas gerichtet war, das weit jenseits davon lag.

»Sie haben Menschen und Völker versklavt oder ganz ausgelöscht, um sich für eine kleine Kränkung in der fernen Vergangenheit zu rächen. Sie haben aus ihren Anhängerinnen Huren gemacht und Kinder geopfert. Sie haben Sterbliche in Ungeheuer verwandelt, nur um festzustellen, ob sie sie dazu bringen könnten, zu fliegen oder Feuer zu atmen oder zu unnormaler Körpergröße heranzuwachsen.«

Auraya sog erschrocken die Luft ein. »Die Siyee? Aber sie haben sich freiwillig von Huan verändern lassen.«

»Huan hat sie ausgenutzt«, sagte Jade. »Sie hat sich für

ihre Arbeit die Leichtgläubigsten ihrer Anhänger genommen, jene, die bereit waren, alles für sie zu tun. Sie konnten nicht wissen, welche Folgen es für sie haben würde.« Sie schnaubte angewidert. »Aber wenn es darum ging, Unschuldige zu verführen, war Chaia der Begabteste unter ihnen. Er machte schöne junge Frauen zu seinen Geliebten, und wenn sie zu alt wurden oder ihn nicht mehr rückhaltlos bewunderten, warf er sie beiseite. Es hieß, die Wonne, die er ihnen bereitete, habe sie auf eine Weise ruiniert, wie kein sterblicher Mann das vermocht hätte.«

Auraya sah Jade an. *Die Wonne, die er ihnen bereitete…* Schaudernd dachte sie an die Nächte, in denen sie sich nach Chaias Berührung gesehnt hatte. Sie hatte seither nicht mehr versucht, bei einem anderen zu liegen. War der Grund dafür, dass kein anderer sie interessierte, oder hatte sie sich so verhalten, weil sie wusste, dass kein anderer Mann sie interessieren *konnte*? *Hat er auch mich ruiniert?*

Jade beobachtete sie eingehend. Auraya zwang sich zu nicken. »Du hast recht; es fällt mir schwer, dir zu glauben.«

»Nimm dir Zeit«, sagte Jade und legte ihr Messer fort. »Ich muss mich… um etwas kümmern. Ich bin bald wieder da.«

Während die andere Frau die Höhle verließ, griff Auraya nach der nächsten Wurzel und begann sie zu schälen. Sie bemerkte kaum, was sie tat. Stattdessen kehrten ihre Gedanken zu dem zurück, was Jade ihr über die Götter erzählt hatte.

Als sie Mirar in der Absicht, ihn zu töten, zur Rede gestellt hatte, hatte er behauptet, die Götter hätten schreckliche Dinge getan. Er hatte diese Taten nicht näher beschrieben, aber Huan hatte praktisch zugegeben, dass die Götter in irgendeiner Weise Schuld auf sich geladen hatten.

»Das Zeitalter der Vielen ist schon lange vergangen«, hatte Huan gesagt. *»Die Exzesse jener Zeiten sind vergessen.«*

Sie wusste nicht, was Huan ihren Anhängern angetan hatte, um die Siyee zu erschaffen. Es war schwer, ihre Schöpfung als etwas Schreckliches anzusehen, da das Ergebnis kaum eine Rasse von Gräueln war.

Aber Feuer atmen? Anormale Körpergrößen? Hat Huan neben den Siyee und den Elai noch andere Rassen zu schaffen versucht?

Sie schüttelte den Kopf. Wie konnte sie die Götter für Dinge verurteilen, die sie vor so langer Zeit getan hatten? Sie hatte nichts von alledem miterlebt. Sie konnte die Wahrheit nicht kennen … Es sei denn, Jade oder Mirar fänden sich bereit, ihr ihre Erinnerungen zu zeigen.

Mirar würde es wahrscheinlich tun, aber er war weit fort. Würde Jade einem solchen Ansinnen zustimmen? *Ich glaube nicht. Sie behält ihre Gedanken gern für sich. Woraus man ihr eigentlich keinen Vorwurf machen kann. Ich würde auch niemanden ohne guten Grund in meinen Geist blicken lassen. Ganz gewiss würde ich nicht wollen, dass sie von Chaia und mir erfährt.*

Jades Geschichte über Chaia hatte Auraya zutiefst verstört. Hatten die Nächte, die sie mit ihm geteilt hatte, sie auf irgendeine Weise geschädigt? Hatte er versucht, sie durch körperliche Wonne an sich zu binden? Vielleicht war es klug von ihr gewesen, der Affäre rechtzeitig ein Ende zu machen.

Meine Güte. Das hat Mut verlangt.

Auraya zuckte zusammen und ließ das Schälmesser fallen. Die Stimme in ihren Gedanken war schwach gewesen, aber vertraut.

Wie kann ich Jades Gedanken hören? Als ihr die Antwort klar wurde, stiegen Ärger und Verlegenheit in ihr auf. *Sie schöpft Gedanken ab! Ist das die Angelegenheit, um die sie sich kümmern wollte? Wollte sie in meinen Geist blicken?* Sie zuckte innerlich zurück und wünschte, es gäbe einen Nebel oder irgendetwas in der Art, das ihren Geist zumindest trüben würde.

Auraya stand auf. Sie wäre am liebsten aus der Höhle gestürmt, aber sie konnte den Leeren Raum nicht verlassen. Stattdessen lief sie im Kreis um die Betten herum.

»Ich habe projiziert.« Auraya fuhr herum und funkelte Jade wütend an, als diese die Höhle betrat.

»Wie kannst du es w…«

»Ich habe mich zuerst gefragt, ob du meinen Gedankenschild durchdringen kannst, aber dann wurde mir klar, dass ich meine Worte aussandte, wie man das in einer Traumtrance automatisch tut. Ich hatte nicht erwartet, dass du mich hören kannst, denn niemand kann die Gedanken eines Geistabschöpfers wahrnehmen. Niemand außer dir. Du hast es übrigens geschafft.«

»Was geschafft?«

»Dein Geist ist verschleiert. Kannst du spüren, was du getan hast?«

Sie sah Jade an, hin- und hergerissen zwischen dem Verlangen, ihrem Ärger Luft zu machen, und dem Wissen, dass sie jetzt vielleicht in der Lage sein würde, von dem Leeren Raum und Jade fortzukommen. Sie holte tief Atem, konzentrierte sich und erkannte langsam, dass sie den Nebel geschaffen hatte, den sie hatte schaffen wollen. *Kein Schleier, ein Nebel.*

»Ja«, sagte sie.

»Gut. Nun, das war eine unerwartete Dreingabe. Ich hatte nur nach etwas gesucht, das ich benutzen konnte, um dich dazu zu bewegen, dir mehr Mühe zu geben. Jetzt brauchst du nur noch zu lernen, deinen Gedankenschild ständig aufrechtzuerhalten, bis du dir dessen nicht einmal mehr bewusst bist – es muss so selbstverständlich für dich sein wie das Atmen. Ich werde Ablenkungen schaffen, um deine Konzentration auf die Probe zu stellen.« Sie setzte sich, wischte das Messer ab und griff nach einem Stein. Dann spuckte sie darauf und machte sich daran, die Klinge zu schärfen. »Du bist noch nicht fertig«, bemerkte sie und deutete mit dem Kopf auf den Eimer mit Wurzeln.

»Kann ich jetzt nicht gehen?«

»Noch nicht.«

Auraya holte abermals tief Luft und unterdrückte ihren Ärger. Sie setzte sich wieder, nahm das Schälmesser zur Hand und fuhr mit ihrer Arbeit fort.

»Also war Chaia dein anderer Geliebter«, sagte Jade in beiläufigem Tonfall.

Als Wut in ihr aufstieg, spürte Auraya, wie der Nebel, der ihren Geist umgab, dünner wurde. Sie konzentrierte sich und war erleichtert, als er sich wieder verfestigte.

Jade lächelte verschlagen. »Du hast gesagt, dass du die Götter liebst. Mir war nur nicht bewusst, dass du es so wörtlich gemeint hast. Ich bin beeindruckt – und ich bin nicht leicht zu beeindrucken. Also, verrate mir eins: Sind die Götter so gute Liebhaber, wie die Legenden es behaupten?«

»Das weiß ich nicht«, erwiderte Auraya. »Ich kann es nicht beurteilen.«

Jade zog die Augenbrauen hoch. »Ich habe alles ganz deutlich gesehen, Auraya. Du kannst mich nicht belügen.«

»Ich habe nicht gelogen«, sagte Auraya. *Es hat keinen Sinn, es abzustreiten, also kann ich geradeso gut das Beste daraus machen.*

»Oh doch, das hast du getan.«

»Nein, das ist nicht wahr«, entgegnete Auraya. »Ich habe keine Ahnung, was die Legenden zu diesem Thema sagen.«

Jade sah sie fragend an, dann warf sie den Kopf in den Nacken und lachte.

Die Nacht war warm und kündete von dem bevorstehenden Sommer. Reivan konnte ihn riechen. Obwohl sie früh aufstand, um ihre Pflichten zu versehen, fiel es ihr in Nächten wie dieser schwer zu schlafen. Es lag eine gewisse Spannung in der Luft, ein Gefühl von Erwartung und Furcht. Schon bald würde die Sonne auf das Land herabbrennen, und die Nächte würden zu heiß sein, um sich wohlzufühlen.

Heute Nacht hatte sie sich im Bett hin und her geworfen, bis die Rastlosigkeit sie auf den Balkon hinaustrieb. Dort verschaffte ihr die nächtliche Brise ein wenig Abkühlung. Sie blickte auf eine Stadt hinab, die in Mondlicht getaucht war. Helle Lichtpunkte säumten die Hauptdurchgangsstraßen, die die Stadt durchzogen, und die Lampen des Sanktuariums markierten die Grenzen der Innenhöfe.

Und in dem Innenhof direkt unter ihrem Zimmer schlenderte eine Gestalt ohne Hast vorbei. Eine vertraute, männliche Gestalt. Reivan hielt den Atem an und fragte sich, ob er sie gesehen hatte; sie hoffte, dass er die Erregung, die sie bei seinem Anblick durchströmte, nicht gespürt hatte.

Dann machte ihr Herz einen Satz, als er zu ihr aufsah und lächelte. Sie hob die Hand zum Gruß.

Ihr Götter, ich hoffe, er denkt nicht, ich hätte ihn beobachtet. Dann schnaubte sie leise. *Nun, natürlich tut er das. Er kann meine Gedanken lesen. Oh nein.*

Er hatte die Richtung geändert und kam jetzt auf sie zu. Sie zwang sich, weiterzulächeln und das Hämmern ihres Herzens zu ignorieren. Schließlich blieb er unter ihrem Balkon stehen und blickte zu ihr auf.

»Das Mondlicht steht dir gut, Reivan«, sagte er leise.

Ihr Herz sprang ihr in die Kehle und machte es ihr unmöglich zu antworten. *Er will einfach nur nett sein*, sagte sie sich. *Er flirtet ein wenig mit mir.*

Sein Lächeln verblasste. »Ich hoffe, du wirst nicht zulassen, dass Imenja und unsere Meinungsverschiedenheiten unsere Freundschaft zerstören.«

Freundschaft? Welche Freundschaft? Ich begehre ihn, ein Ge-

fühl, das er vollkommen zu Recht ignoriert. Reivans ironische Erheiterung linderte die Anspannung in ihrer Kehle ein wenig.

»Natürlich nicht«, antwortete sie, dann fügte sie impulsiv hinzu: »Ich bin einfach nicht an Schmeichelei gewöhnt.«

Sein Lächeln wurde wieder breiter. »Dann müssen wir etwas an diesem Zustand ändern.«

Sie verschränkte die Arme vor der Brust. »Und welchen Eindruck würde das den Leuten vermitteln?«

»Den richtigen Eindruck. Du bist eine bewundernswerte Frau.«

Hitze stieg ihr in die Wangen, und Hoffnung ließ ihr Herz abermals schneller schlagen.

»Du darfst mich nicht aufziehen«, sagte sie und zuckte dann zusammen, als sie den verzweifelten Tonfall in ihrer Stimme hörte. Verlegen trat sie zurück, um ihr Gesicht zu verbergen.

»Verzeih mir.« Seine Stimme wehte zu ihr empor. »Ich wollte dich nicht verärgern.«

Ärger? Ich bin nicht ärgerlich, ich schäme mich. Das muss er doch sehen. Natürlich tut er das! Sie spähte abermals wachsam über den Balkon, aber Nekaun war weitergegangen. *Wo ist er jetzt?* Sie trat an das Geländer und blickte suchend in den Innenhof hinunter.

Er war fort.

Mit dem Gefühl, etwas Falsches gesagt zu haben, kehrte sie in ihr Bett zurück, um sich abermals hin und her zu wälzen.

7

Tyve war in der vergangenen Woche noch zweimal in die Höhle gekommen, offenbar nur, um festzustellen, ob Auraya und Jade etwas zu essen benötigten oder Hilfe brauchten. Jade hatte ihm höflich gedankt und ihn mit den Heilmitteln, die sie für die Leute in seinem Dorf hergestellt hatte, seiner Wege geschickt.

Die wir hergestellt haben, korrigierte sich Auraya, während sie weiter die getrockneten Blätter zermahlte, die Jade für sie dagelassen hatte. Während Jade jeden Tag für mehrere Stunden die Höhle verließ, um die Zutaten zu sammeln, hatte Auraya einen großen Teil ihrer Zeit darauf verwandt, die Heilmittel zuzubereiten. Auch jetzt war die andere Frau wieder auf der Suche nach Kräutern und Wurzeln. Manchmal fragte sich Auraya, ob es einen besonderen Grund für den wachsenden Vorrat an Heilmitteln im hinteren Teil der Höhle gab oder ob Jade es einfach nicht ertragen konnte, müßig zu sein.

Ich wüsste gern, ob sie zögert, wann immer sie in die Höhle zurückkehrt, und versucht, sich nicht auszumalen, dass ich sie verraten habe und einer der Weißen hier auf sie wartet…

Auraya lächelte, dann wurde sie wieder ernst. Vielleicht war das der Grund, warum Jade ihre Gedanken abgeschöpft hatte. Vielleicht hatte sie es jedes Mal getan, bevor sie in die Höhle zurückkehrte, um sich davon zu überzeugen, dass ihre Schülerin sie nicht verraten hatte.

Es war unmöglich, nicht voller Sorge darüber nachzugrübeln, was Jade aus ihren Gedanken erfahren haben mochte.

Auraya hatte Jade nicht das Versprechen abringen können, nicht wieder in ihre Gedanken einzudringen, daher war sie entschlossen, so schnell wie möglich einen starken, stabilen Gedankenschild zuwege zu bringen. Es fiel ihr inzwischen bereits leichter, den Schild aufrechtzuerhalten, und manchmal vergaß sie sogar, dass er da war. Schon bald würde sie fortgehen können.

Aber bevor sie das tat, hatte sie noch einige Fragen an Jade.

Als Jade zurückkehrte, war der Krug mit gemahlenen Blättern fast voll. Die andere Frau sprach kein Wort, während sie ihre Eimer neben dem Bett abstellte und sich setzte. Dann nahm sie aus einem Eimer einen Klumpen, der aussah wie ein Stein, und machte sich daran, Bröckchen von einer weißlichen Substanz in einen Krug zu kratzen.

»Was ist das?«

»Gift«, antwortete Jade. »Zumindest wenn man mehr als eine winzige Dosis davon nimmt.«

»Hast du oft Verwendung für Gifte?«

»Überraschend selten. Ich habe während der letzten tausend Jahre nur dreimal Gift benutzt. Es ist die Art von Tod, die man ausschließlich für wahrhaft unangenehme Menschen reserviert.«

Die andere Frau sprach so unbefangen, dass Auraya sich nicht sicher war, ob sie scherzte oder nicht. Sie hielt inne, dann kam sie zu dem Schluss, dass sie es überhaupt nicht wissen wollte.

»Du lebst also schon tausend Jahre?«, fragte sie stattdessen.

»Mindestens.«

»Du weißt es nicht mit Bestimmtheit?«

»Nein. Früher habe ich mitgezählt, aber nach einer Weile wurde es schmerzhaft offenkundig, dass die Kalender, mit deren Hilfe die Menschen die Jahre zählten, falsch waren, und dann haben sie die Neuberechnung gründlich verpfuscht. Ich bin so viel umhergezogen, dass ich den Überblick verlor, aber zu dem Zeitpunkt schien es mir auch keine Rolle mehr zu spielen.«

»Wie ist es denn so, wenn man so lange lebt?«

Jade blickte zu Auraya auf und zuckte die Achseln. »Nicht so aufregend, wie du vielleicht glaubst«, sagte sie. »Die meiste Zeit denkst du gar nicht darüber nach. Deine Gedanken drehen sich um unmittelbare Belange: was du heute essen wirst, wo du schlafen wirst. Du nimmst das Wissen, das du über die Jahre gesammelt hast, für selbstverständlich. Wenn du es brauchst, ist es da, und oft überlegst du gar nicht, wann du dieses Wissen erworben hast. Ab und zu geschieht etwas, das dich innehalten und über die Vergangenheit nachsinnen lässt, und das sind die Augenblicke, in denen du dir deines Alters am deutlichsten bewusst bist. Du nimmst Veränderungen wahr, die niemandem sonst auffallen, nicht einmal den Geschichtsschreibern. Außerdem siehst du, dass manche Dinge sich niemals ändern. Die Menschen werden sich immer verlieben und ihre Liebe wieder verlieren. Ehrgeizige Männer und Frauen werden immer nach Macht streben. Habgierige Männer und Frauen werden immer Reichtum horten. Sterbliche werden Sterbliche sein.«

»Dann können Unsterbliche sich also auf eine Art und Weise ändern, wie sie Sterblichen nicht offensteht?«

Jade blickte versonnen drein. »Ja und nein. Unsterblichkeit macht uns nicht klüger. Erfahrung dagegen durchaus. Wir versuchen, den gleichen Fehler nicht zweimal zu machen, aber Erinnerungen verblassen, und manche Erinnerungen verblassen schneller als andere. Und es gibt immer neue Fehler, die man machen kann.« Sie verzog das Gesicht. »Manchmal wollen wir den gleichen Fehler machen. Liebe zum Beispiel. Indem sie sich verlieben, riskieren Sterbliche immer großen Schmerz; für Unsterbliche ist dieser Schmerz eine Gewissheit. Entweder die Liebe stirbt, oder derjenige, den du liebst, tut es.«

Ein Anflug von Bitterkeit hatte sich in Jades Stimme geschlichen. Auraya sah sie mitfühlend an.

»Lohnt es sich, den Schmerz zu ertragen?«

Jade lächelte freudlos. »Ja, solange du nicht allzu oft leidest. Ich habe Kinder geboren und sterben sehen. Das war noch schmerzlicher, und doch habe ich es mehr als einmal getan.«

»Dann können Unsterbliche also Kinder bekommen?«

»Natürlich.« Jade runzelte die Stirn. »Warum auch nicht?« Dann weiteten sich ihre Augen, als sie plötzlich begriff. »Während du eine Weiße warst, haben die Götter dafür gesorgt, dass du nicht empfangen konntest, nicht wahr?«

Auraya zuckte die Achseln. »Wir könnten uns nicht ganz und gar unserer Arbeit widmen, wenn wir Kinder bekommen und großziehen würden.«

»Die Götter halten nicht viel von Freizeit, wie? Aber wie dem auch sei, Kinder würden dich verletzbar machen. Glaub mir, ich weiß, wie verletzbar Kinder dich machen können, wenn man sie gegen dich benutzt.«

»Was ist passiert?«

Jade schüttelte den Kopf. »Ich möchte lieber nicht darüber sprechen. Manche Erinnerungen bleiben besser begraben.«

Auraya nickte und überlegte, wie sie das Thema wechseln konnte. »Waren deine Kinder Zauberer?«

»Einige. Manche von ihnen hatten so gut wie gar keine Gaben. Keines ist unsterblich geworden. Sie waren nicht stark genug. Ich glaube nicht, dass jemals ein Unsterblicher ein unsterbliches Kind hervorgebracht hat.«

»Nicht einmal dann, wenn beide Eltern unsterblich waren?«

»Ich habe von keinem Kind gehört, auf das das zugetroffen hätte.«

»Vielleicht würde das einen Unterschied machen.«

Jade zuckte die Achseln, dann starrte sie Auraya an. »Hast du die Absicht, ein solches Experiment in naher Zukunft zu wagen? Ich hatte den Eindruck, dass du Mirar keine zärtlichen Gefühle entgegenbringst.«

Auraya musterte die Frau stirnrunzelnd und fragte sich, weshalb ihre Stimmung so plötzlich umgeschlagen war.

»Nein.«

»Weiß Mirar über dich und Chaia Bescheid?«, fragte Jade.

»Natürlich nicht.«

»Hast du vor, es ihm zu erzählen?«

»Wirst du es tun?«

Jade legte ihre Arbeit nieder. »Ja. Ich wusste, dass du es nicht tun würdest, aber Mirar verdient zu wissen, dass du seine Gefühle nicht erwiderst.«

»Das weiß er bereits«, antwortete sie Jade.

»Wenn dir nichts an ihm liegt, warum ist es dir dann nicht gleichgültig, ob er weiß, wer dein Geliebter ist?«

»War«, verbesserte Auraya sie. »Weil diese Information niemanden etwas angeht.«

»Ob zum Guten oder zum Schlechten, es ist kein Geheimnis mehr. Ich kann es ihm geradeso gut erzählen, bevor ihm eine weitere Torheit einfällt, die er aus Liebe zu dir vollbringen könnte.«

Auraya seufzte. »Dann erzähl es ihm. Es wäre mir schrecklich, wenn ich die Verantwortung für seine Schwierigkeiten übernehmen müsste – wieder einmal.«

Jades Augen wurden schmal. »Dir liegt wirklich nichts an ihm, nicht wahr?«

»Ich habe Leiard geliebt, nicht Mirar.«

»Er *ist* Leiard. Leiard ist ein Teil von ihm.«

Auraya zwang sich, Jades Blick standzuhalten. »Leiard war niemals real. Ich kann das wenige, was mir von meinem Leben geblieben ist, nicht für ein erfundenes Bruchstück einer Person opfern, das irgendwo in einem Mann vergraben ist, den ich nicht kenne. Und nach allem, was du über die Liebe gesagt hast – dass sie ein Fehler ist –, verstehe ich nicht, warum du von mir erwartest, anders zu empfinden.«

Jade sah Auraya lange an, dann wandte sie den Blick ab.

»Ich glaube, was mich erzürnt, ist der Umstand, dass ich deiner Meinung bin«, sagte sie mit einer grimmigen, leisen Stimme. »Ich würde das Gleiche tun. Ich will wahrscheinlich nur deshalb, dass du ihn liebst, weil ich meine Ängste auf diese Weise mildern könnte. Wenn du ihn liebtest, würdest du uns keinen Schaden zufügen. Stattdessen muss ich Mirar Glauben schenken. Er schwört, dass uns von dir keine Gefahr droht. Narr, der er ist, hat er doch in der Vergangenheit niemals einen Menschen falsch beurteilt – nicht einmal dann, wenn er von Liebe geblendet war.« Sie hob warnend einen Finger. »Liefere uns keinen Beweis dafür, dass er sich in dir geirrt hat.«

Auraya sagte nichts. Jade warf ihren Stein wieder in den Eimer und versiegelte den Krug mit dem weißen Pulver. Dann erhob sie sich, stellte den Krug zu ihren Vorräten und wandte sich schließlich wieder zu Auraya um.

»Ich gehe noch einmal fort, um uns etwas zu essen zu suchen.«

Nachdem die andere Frau gegangen war, breitete sich eine bedrückende Stille in der Höhle aus. Auraya konnte sich des Gefühls nicht erwehren, dass sie Jade irgendwie enttäuscht hatte. *Sie ist lediglich bekümmert darüber, dass ich Mirar nicht liebe*, dachte sie. *Und es gibt keinen Grund, warum ich mich deswegen schuldig fühlen sollte.*

Sie sah sich in der Höhle um und seufzte. *Ich fühle mich einsam*, begriff sie mit einem Mal. *Ich frage mich, wie es Unfug gehen mag.* Sie vermisste seine Gesellschaft, seine fraglose Ergebenheit. *Warum sind Veez so, wie sie sind? Dabei ist es nicht einmal ein Vorteil für sie, sich auf solche Weise an Menschen zu binden … vielleicht einmal abgesehen von der Tatsache, dass sie nicht jagen müssen, um Nahrung zu finden, und eine gute Chance auf ein sicheres Heim und ein warmes Bett haben … Ich denke, diese Frage habe ich mir gerade selbst beantwortet.*

Es gefiel ihm nie, wenn sie fortging. Wenn sie sich doch nur irgendwie mit ihm in Verbindung setzen könnte.

Ich frage mich … ob ich ihn wohl mithilfe des Gedankenabschöpfens finden könnte?

Es war einen Versuch wert. Sie legte sich aufs Bett, schloss die Augen und ließ sich langsam in eine Traumtrance sinken. Als sie glaubte, so weit zu sein, sandte sie ihren Geist in die Richtung aus, in der das Offene Dorf lag.

Einige Zeit später fand sie den Geist dreier Siyee, die nach einer erfolgreichen Jagd auf dem Rückweg in ihr Dorf waren. Danach fand sie ein Dorf und hielt inne, um den Geist einer Siyee abzuschöpfen, die gerade eine komplizierte Mahlzeit zubereitete. Der Hunger der Frau machte Auraya bewusst, dass auch ihr der Magen knurrte.

Sie entdeckte einige weitere Siyee und war erleichtert, als sie durch die Augen eines Mannes das Offene Dorf erkannte. Es würde allerdings nicht leicht sein, in der Vielzahl der dort lebenden Leute Unfug zu finden. Irgendwann sah sie durch die Augen eines Kindes ihre eigene Laube, und das war der Fingerzeig, den sie gebraucht hatte, um den Veez aufzuspüren.

Sie streckte ihren Geist nach der Laube aus und konzentrierte sich in der festen Erwartung, dass die Gedanken eines so winzigen Geschöpfes wie Unfug irgendwie kleiner und schwächer sein würden. Sie spürte den Geist eines Tieres, das sich irgendeiner Aufgabe mit großer Eindringlichkeit widmete. Fasziniert beobachtete sie, wie der Veez Magie in sich hineinzog – ebenso mühelos, wie er seine Lunge mit Atem füllte – und sie benutzte, um irgendeinen Mechanismus zu bewegen, dann spürte sie die gierige Befriedigung des Tieres, als es Erfolg hatte. Der Veez griff nach etwas Essbarem, zerrte es aus dem Behälter, in dem es verschlossen gewesen war, und begann zu fressen.

Wie es aussieht, hat Unfug gerade etwas aus einem Essensbehälter geräubert, dachte sie erheitert. *Ich habe ihn noch nie Magie benutzen sehen …*

Dann erregte etwas anderes ihre Aufmerksamkeit. Etwas viel Näheres. Eine Stimme sprach, und Auraya wurde schwindlig, als weit stärkere Geister ihre Sinne überwältigten und sie mit einem Ruck auf einen Ort irgendwo im Umkreis der Höhle richteten.

… schicke einen der Siyee-Wächter mit dem Befehl zu ihr, mich im Tempel zu treffen. Wenn Chaia recht hat, wird sie es nicht wagen, uns den Gehorsam zu versagen.

Und wenn sie es doch tut?

Dann werden wir alle wissen, dass Chaia sich irrt.

Die erste Sprecherin war Huan, das erkannte Auraya sofort. Sie brauchte ein wenig länger, um zu begreifen, mit wem sie sich unterhielt. Als er ein zweites Mal sprach, wurde ihr klar, dass die Stimme Saru gehörte.

Und er kann uns nicht daran hindern, sie töten zu lassen.

Auraya spürte, wie ihr das Blut in den Adern gefror. Sprachen sie von ihr?

Er würde es trotzdem versuchen, sagte Huan.

Ja. Warum, glaubst du, will er sie am Leben erhalten?

Begierde. Sie ist eine von seinen kleinen Launen.

Wenn es so wäre, würde er sich nichts dabei denken, sie fortzuwerfen, wie er die anderen fortgeworfen hat. Dies ist etwas anderes.

Auf die schlimmstmögliche Weise. Sie ist keine hübsche Puppe, mit der er spielen will, wie die anderen Mädchen. Sie ist zu mächtig. Huans Stimme nahm einen düsteren Klang an. *Er muss Pläne mit ihr haben.*

Zu mächtig, um sie zu töten?

Noch nicht. Nicht solange sie keine Ahnung von ihrer wahren Stärke hat. Was genau der Grund ist, warum es mir nicht gefällt, dass sie in dem Leeren Raum verschwunden ist, um diese Frau zu behandeln. Wenn mein Verdacht korrekt ist, ist diese Frau keine bloße Heilerin. Auraya könnte all das lernen, was sie nicht lernen soll.

Du hast sie dazu ermutigt, indem du ihr gestattet hast, die magische Heilung zu erlernen.

Das habe ich nur getan, um die anderen davon zu überzeugen, dass sie zu gefährlich ist.

Mich hast du überzeugt. Was glaubst du, könnte Lore und Yranna umstimmen?

Huan schwieg einen Moment lang.

Die Bestätigung meines Verdachts. Wenn sie aus diesem Leeren Raum kommt und Dinge weiß, die sie nicht wissen sollte, wird nur noch Chaia gegen ihren Tod protestieren.

Dann wird er endlich überstimmt sein.

Ja.

Und wenn sie herauskommt und nichts weiß?

Dann werden wir eine andere Möglichkeit finden, Lore und Yranna auf unsere Seite zu ziehen. Irgendwann wird Auraya uns abermals trotzen. Es ist nur eine Frage der Zeit.

Und ihre Henker?

Mal sehen …

Mit schwindelerregender Geschwindigkeit verschwanden die Geister der beiden Götter aus Aurayas Sinnen. Der kurze Kontakt mit ihnen hatte sie benommen gemacht, und sie schüttelte die Traumtrance eilends ab. Sie blieb noch eine Weile auf dem Bett liegen und hörte im Geiste noch einmal die Worte der Götter …

Huan will meinen Tod, dachte Auraya. *Das wollte sie schon, bevor ich mich geweigert habe, Mirar zu töten! Sie ist so entschlossen, mich zu töten, dass sie zu diesem Zweck sogar die anderen Götter manipulieren wird.*

Eine Woge der Übelkeit schlug über ihr zusammen. *Es spielt keine Rolle, dass Chaia ihr widerspricht. Die anderen werden ihn am Ende überstimmen.* Sie richtete sich auf und starrte auf die Wand der Höhle.

Das soeben Gehörte ließ die Gedanken in ihrem Kopf durcheinanderwirbeln. Es würde nicht lange dauern, bis die anderen Götter Chaia überstimmt hatten, denn sobald sie den Leeren Raum verließ, würden sie wissen, dass sie gelernt hatte, ihren Geist zu beschirmen, ob sie es nun wirklich tat oder nicht. Es spielte keine Rolle, dass sie nie die Absicht gehabt hatte, ihren Geist vor *ihnen* zu verbergen. Allein die Tatsache, dass sie etwas Derartiges gelernt hatte, verurteilte sie.

Warum? Neugier und Verbitterung stiegen in ihr auf. *Weil ich zu mächtig bin? Wie mächtig bin ich eigentlich?*

Mächtig genug, um den Göttern Angst zu machen.

Ein Schauder der Erregung überlief sie, doch das Gefühl verblasste schnell wieder. *Ich mag mächtig genug sein, um ihnen Kopfzerbrechen zu bereiten, aber ich bezweifle, dass ich mächtig genug bin, um zu überleben, wenn sie beschließen, dass ich sterben muss.*

Nur dass Mirar und Jade überlebt hatten. Wenn die beiden es konnten, dann konnte sie es auch.

Sie stand auf, ging im Leeren Raum auf und ab und dachte über ihre Situation nach. *Ich habe zwei Möglichkeiten,* befand sie schließlich. *Entweder ich unterwerfe mich dem Urteil der Götter und erlaube ihnen, mich zu töten, oder ich widersetze mich ihnen. Ich bezweifle, dass Huan oder die anderen meine Seele aufnehmen würden, wenn ich sterbe, aber Chaia wird es tun. Würde er meine Seele auch dann aufnehmen, wenn ich mich den anderen Göttern widersetzte und dabei scheiterte? Gewiss würde er nicht zulassen, dass meine Seele einfach erlischt. Wie viel Aufbegehren meinerseits würde er mir verzeihen?*

Konnte sie gegen Huan und die anderen Götter kämpfen, ohne gleichzeitig gegen Chaia zu kämpfen?

Ich will Chaia nicht trotzen, dachte sie. *Dann muss ich diese Entscheidung in seine Hände geben. Ich werde gegen die anderen kämpfen oder mich mit dem Tod abfinden, je nachdem, was sein Wille ist.*

Die Entscheidung brachte Erleichterung, konnte die Angst aber nicht ganz auslöschen. Konnte sie sich wirklich mit einer Hinrichtung abfinden, wenn Chaia es so wollte? *Er wird es nicht wollen.* Und diese Überlegung warf eine neue Frage auf. Wer waren die Henker, von denen Saru und Huan gesprochen hatten?

Die Antwort war schmerzhaft augenfällig: die Weißen.

Ein Geräusch unterbrach sie in ihren Gedanken. Sie blickte auf und sah Jade mit zwei Girri in die Höhle kommen. Die andere Frau hob die Vögel hoch.

»Wir werden heute Abend gut essen«, sagte sie.

Auraya brachte ein Lächeln zustande. Sie hatte keinen Hunger mehr. Ihr Magen hatte sich wie zu einer Faust zusammengekrampft. Jade warf ihr einen seltsamen Blick zu.

»Du siehst so aus, als hättest du gerade schlechte Nachrichten bekommen.«

Auraya wandte den Blick ab. »Das Gedankenabschöpfen

ist ganz ähnlich wie das Gedankenlesen. Manchmal erfährt man Dinge, die man lieber nicht gewusst hätte.«

»Ah.« Jade warf die Vögel auf den Kochstein zwischen den Betten. »Glaub mir, das Zuviel an Wissen ist ein vertrauter Fluch für uns Unsterbliche.«

»Ebenso wie die Kenntnis des Geheimnisses der Unsterblichkeit?«

Jade sah Auraya mit zusammengekniffenen Augen an. »Nein, das ist ein Wissen, das zu haben ich nicht bedaure.« Sie spitzte die Lippen. »Und es ist ein Wissen, an dem du ebenfalls Anteil hast. Du musst lediglich ein wenig Zeit darauf verwenden, darüber nachzudenken.«

Jade hatte recht. In den Augen der Götter war der Umstand, dass sie sich auf die magische Heilung verstand, beinahe ebenso vernichtend wie das Wissen um die Unsterblichkeit. Und Huan hatte Auraya gestattet, das Heilen mit Magie zu erlernen, um die anderen Götter davon zu überzeugen, dass man sie töten sollte.

»Ich brauche Zeit zum Nachdenken? Das ist alles, was dazu erforderlich ist?«

»Ja.« Jade lächelte. »Betrachte alles, was Mirar dich über das Heilen eines Körpers durch Magie gelehrt hat. Dann brauchst du dieses Wissen nur noch auf deinen eigenen Körper anzuwenden. Tritt in einen dauerhaften Zustand der Erneuerung ein, und du brauchst niemals zu altern oder zu sterben. Mirar sagte, du hättest das Heilen mühelos erlernt; dies hier sollte genauso selbstverständlich für dich sein. Aber denk nicht jetzt darüber nach«, fügte sie mit plötzlich nüchternem Tonfall hinzu. »Du musst nämlich diese gefiederten Lieblinge rupfen und ausnehmen, während ich ein wenig Gemüse holen gehe.«

Das Haus roch schwach nach schalem Schweiß und Moder, ein Geruch, der sich in den Duft von reinigenden Kräutern mischte. Danjin ging die Treppe hinauf und versuchte, nicht allzu tief einzuatmen.

Ella hatte einige Räume in einem Haus gegenüber dem Hospital gemietet. An dem Zustand, in dem die Räume waren, ließ sich nichts ändern. Man sollte von dort aus die Menschen sehen können, die am Hospital vorbeigingen, und da das Hospital nun einmal im Armenviertel lag, waren die meisten Gebäude dort ausgesprochen schmutzig. Ella schien der Gestank nichts auszumachen. Das Essen, das die Frau des Hausbesitzers ihr brachte, rührte sie jedoch nicht an, und Danjin ließ sich das zur Warnung gereichen. Wenn jemand, der Gedanken lesen konnte, eine Mahlzeit lieber stehen ließ, dann war es immer klug, seinem Beispiel zu folgen.

Ella hatte Danjin versichert, dass der Hausbesitzer und seine Frau nicht über ihre Gäste reden würden. Nachdem sie die wütenden Menschenmengen, die sich vor dem Hospital versammelten, gesehen und von den Morden an Traumwebern gehört hatten, würden ihre Gastgeber nicht das Risiko eingehen, Aufmerksamkeit auf sich zu lenken.

Die Gasse hinter dem Haus wurde von Obdachlosen und Tagedieben freigehalten. Ella und Danjin kamen jeden Tag in einem gewöhnlichen Plattan dort an und gingen durch den Hintereingang ins Haus, und Ella saß dann einige Stunden am Fenster und beobachtete die Menschen auf der Straße unter ihnen. Sie hatte gestern in den Gedanken eines Mannes den Plan gelesen, den Eingang des Hospitals zu blockieren, und sie hatte diese Absicht durchkreuzen können, indem sie verhinderte, dass Botschaften zwischen den Unruhestiftern überbracht werden konnten.

Die Nachricht von dem jüngsten Mord an einem Traumweber und vom Verschwinden seines Schülers hatte sie enttäuscht und wütend gemacht. Sie hatte den Traumweber gekannt und respektiert, obwohl sie sich an seinen Schüler kaum erinnern konnte. Danjin wusste, wie sehr ihr dieses Ereignis zusetzte. Sie hatten gehofft, solche Verbrechen in Zukunft verhindern zu können, indem sie die Menschen in der Nähe des Hospitals beobachteten. Seit der Ermordung des Traumwebers versah Ella ihre Pflicht mit noch größerem Ingrimm.

Als Danjin die Treppe erklommen hatte, ging er zu der letzten Tür im Flur hinüber und klopfte an. Ein leises Klicken war zu hören, dann schwang die Tür nach innen auf. Ella saß wie gewöhnlich am Fenster.

»Komm herein, Danjin Speer«, sagte sie.

Danjin schloss die Tür hinter sich und blickte zu Ella hinüber, die sich gerade die Schläfen rieb.

»Du wirkst gequält, Ellareen von den Weißen.«

Sie verzog das Gesicht. »Die vielen Stunden des Gedankenlesens kosten Kraft.« Sie richtete sich auf. »Ich bin zu einigen Schlussfolgerungen gelangt. Nimm Platz und sag mir, was du davon hältst.«

Er ließ sich auf einem klobigen Holzstuhl nieder, dessen Unbequemlichkeit von einigen abgewetzten Kissen nur geringfügig gemildert wurde. Ella blickte wieder aus dem Fenster, und ihre Augen wurden schmal. »Ich habe bereits einmal erwähnt, dass der Mörder, den wir befragt haben, die Traumweber nicht nur hasste, sondern sie auch fürchtete. Du erinnerst dich? Ich habe nach dem Grund geforscht, aus dem die Menschen die Traumweber fürchten. Es war sehr interessant. Sie fürchten keine einzelnen Traumweber, und ebenso wenig fürchten sie die Traumweber im Allgemeinen. Die Traumweber waren schon immer zu gering an Zahl, um eine Bedrohung darzustellen; auch gebrach es ihnen an Einfluss und Ehrgeiz. Was die Menschen fürchten, ist, dass dies sich verändern wird.« Sie sah Danjin an. »Sie fürchten, dass Mirars Rückkehr die Traumweber gefährlich machen wird.«

»Also wird das Hospital wieder sicher sein, sobald dieses Gerücht stirbt.«

Ella schüttelte den Kopf. »Es wird nicht sterben. Mirar *ist* zurückgekehrt.«

Er starrte sie entsetzt an. Mirar, der unsterbliche Anführer der Traumweber, *lebte*? Jetzt verstand er, was jene, die das Gerücht glaubten, empfinden mussten. Wer würde keine Furcht empfinden angesichts des Wissens, dass der legendäre, unsterbliche Feind der Götter noch lebte? Um unsterblich zu sein, musste ein Zauberer über ungeheure Gaben verfügen. Juran, der mächtigste der Auserwählten der Götter, hatte seinerzeit den Auftrag bekommen, Mirar hinzurichten. Alle glaubten, dass er seine Aufgabe mit Erfolg erfüllt hatte. War das eine Lüge gewesen, oder war Juran getäuscht worden?

»Wie konnte er überleben?«, fragte er Ella.

»Mirar wurde begraben und sein Körper zerschmettert, aber mit seiner heilenden Magie konnte er genug von sich selbst bewahren, um sich später zu erholen. Er unterdrückte sein eigenes Wissen um seine wahre Identität und konnte sich auf diese Weise vor den Göttern verstecken.«

Er hatte sich ein Jahrhundert versteckt. Hatte auf seine Chance gewartet, um … um was zu tun?

»Warum hat er sich jetzt offenbart?«, fragte Danjin, wobei er ebenso zu sich selbst sprach wie zu Ella. »Hat er es absichtlich getan?«

Ella lächelte. »Nein.«

»Was ist geschehen?«

Sie wandte den Blick ab. »Es steht mir nicht frei, dir das zu erzählen. Noch nicht.«

Danjin lächelte und nickte. »Aber es gibt noch mehr zu erzählen.« Über diesen Umstand würde er später nachdenken. Fürs Erste konnte er ihr nur aufgrund der Informationen, die sie ihm gegeben hatte, einen Rat erteilen. »Die meisten Menschen werden sich nicht sicher sein, ob das Gerücht der Wahrheit entspricht oder nicht«, überlegte er laut. »Deine Sorge gilt jenen, die es glauben und denen der Gedanke so zuwider ist, dass sie Traumweber und das Hospital angreifen.«

Sie nickte. »Die Angst der Menschen vor Mirar sitzt tief. Einige von ihnen wagen es sogar nicht einmal mehr, sich von einem Traumweber helfen zu lassen, aus Furcht, der Betreffende könnte Mirar sein. Vielleicht könnten wir Bilder von ihm malen lassen, damit die Leute wissen, dass der Traumweber, den sie zu Rate ziehen, ein ganz gewöhnlicher Mann ist.«

»Die Leute, die ins Hospital kommen, sind nicht diejenigen, um die du dir Sorgen machen musst«, bemerkte er. »Ich bezweifle, dass die Unruhestifter auch nur erwägen würden, die Hilfe von Traumwebern zu suchen. Du sagtest, die Menschen fürchteten, dass die Traumweber sich unter Mirars Einfluss verändern könnten. Das ist die Furcht, die sie dazu treibt zu töten.«

»Wie kann ich dagegen ankämpfen?«, fragte sie stirnrunzelnd. »Ich könnte ihnen sagen, dass wir die Traumweber mühelos aufhalten werden, sollten sie sich gegen uns stellen, aber warum sollten die Menschen mir glauben? Wenn sie auch nur das geringste Zutrauen in uns hätten, würden sie jetzt niemanden angreifen.«

»Manchmal hilft es, die Menschen daran zu erinnern, dass ihnen keine Gefahr droht. Eine kleine diesbezügliche Beruhigung ab und zu kann nie schaden.«

Ihre sorgenvolle Miene glättete sich, und sie wirkte nachdenklich. »Wird es nicht den Anschein haben, als erwarteten wir, dass die Traumweber sich gegen uns wenden werden, wenn wir erklären, dass wir dagegen gewappnet sind?«

»Mag sein. Vielleicht ist es gar nicht schlecht, dass sie Traumwebern gegenüber argwöhnischer werden. Ich hätte möglicherweise vorgeschlagen, dass du die Menschen zu überzeugen versuchst, dass Mirar die Traumweber nicht beeinflussen kann oder wird, aber ich fürchte, das wäre töricht. Ich gehe davon aus, dass Mirar tatsächlich wieder die Kontrolle über seine Leute übernehmen wird.«

Ella zog die Brauen zusammen. »Er wird nicht lange genug leben.«

Ihre Zuversicht war ebenso tröstlich wie beunruhigend. »Ich freue mich, das zu hören.« Er hielt inne. »Und vielleicht ist es genau das, was die Menschen hören müssen… Es sei denn, es besteht die Gefahr, dass seine Hinrichtung abermals scheitern wird.«

Sie sah ihn an, und ihre Augen wirkten dunkler als sonst. »Das wird nicht passieren. Es sei denn, er könnte seinen Körper aus Asche neu entstehen lassen.« Ihre Mundwinkel zuckten. »Aber wir müssen ihn zuerst finden, daher sprechen wir lieber nicht jetzt schon davon, ihn zu töten.«

8

Draußen vor der Höhle waren die Baumwipfel in die letzten Strahlen der Sonne getaucht. Emerahl lehnte sich mit dem Rücken an die Felswand, weit genug vom Wasserfall entfernt, dass ihre Kleider nicht von der Gischt durchnässt wurden.

An ebendieser Stelle hatten sie und Mirar einst Rast gemacht und über ihre Zukunft gesprochen. Damals war sie voller Optimismus gewesen, was die Suche nach anderen Unsterblichen betraf. Mirar hatte damit gerungen, sich eingestehen zu müssen, dass ein Teil von ihm Leiard war. Der Teil, der Auraya liebte.

Nur gut, dass er damals nicht wusste, dass sie seine Liebe nicht erwidert, dachte Emerahl. *Das hätte es ihm viel schwerer gemacht, das Bruchstück seiner Persönlichkeit zu akzeptieren, das er erschaffen hatte. Warum hätte er auch Leiard akzeptieren sollen, wenn das bedeutete, dass ihm das Herz brechen würde?*

Er war jetzt wieder eine einzige Persönlichkeit. Stärker als zuvor. Er konnte mit der schlechten Nachricht, dass Chaia Aurayas Geliebter gewesen war, fertigwerden. Zumindest hoffte sie das. Es bestand eine geringe Gefahr, dass er abermals eine Persönlichkeitsspaltung durchmachte.

Diese Möglichkeit hatte Auraya wahrscheinlich nicht erwogen. Oder vielleicht hatte sie es doch getan. Vielleicht war das der Grund, warum es ihr widerstrebte, Mirar davon zu erzählen.

Emerahl seufzte. Es war ihr ernst gewesen mit dem, was sie zu Auraya gesagt hatte. Wäre sie in der gleichen Situation gewesen, hätte Emerahl wahrscheinlich genauso für Mirar empfunden. Sie würde allen verbliebenen Gefühlen für den Mann, der am Ende nicht derjenige war, für den sie ihn gehalten hatte, misstrauen. Allein die Aussicht, diesem Mann zu begegnen, würde sie argwöhnisch machen. Was würde sich sonst noch als unwahr erweisen?

Während Leiard ein Teil von Mirar war, würde er doch nie wieder als der Mann existieren, den Auraya gekannt hatte. *Sie trauert um Leiard. Für sie ist er tot. Und sie fühlt sich überlistet und betrogen, weil sie sich in eine Illusion verliebt hat. Warum habe ich das nicht schon früher begriffen?*

Das Ganze hatte sich zu einem gewaltigen Schlamassel entwickelt, der weder Auraya noch Mirar guttat. Selbst ohne all diese Komplikationen waren die Chancen, dass Auraya und Mirar gemeinsam hätten glücklich sein können, nicht groß. Auraya war den Göttern noch immer treu ergeben (und obwohl Emerahl nicht viel davon hielt, musste sie doch einräumen, dass die junge Frau das Recht hatte, den Göttern zu folgen, wenn das ihr Wille war). Mirar hasste sie, und das Gefühl beruhte auf Gegenseitigkeit.

Je eher die beiden von der Quelle ihres Unglücks befreit wurden, desto besser. Es würde Mirar sehr verletzen, aber er war schon viele Male über eine unerwiderte Liebe hinweggekommen. Auraya würde sich leichter von ihrer Trauer um Leiard erholen, wenn Mirar nicht in ihrer Nähe war und sie daran erinnerte, was sie verloren hatte.

Emerahl seufzte. *Ich hatte gehofft, dass Auraya etwas für Mirar empfindet, so dass wir Unsterblichen uns ein wenig sicherer hätten fühlen können.* Sie kicherte. *Wenn ich ihren Hass auf mich lenke, wird uns das gewiss nicht weiterbringen. Ich sollte mitfühlender sein.*

Sie nahm eine bequemere Position ein. Dann schloss sie die Augen und ließ sich dem Schlaf entgegensinken. Der

Drang, sich einem Zustand vollkommener Bewusstlosigkeit zu überlassen, war stark, aber sie widerstand.

Mirar, rief sie.

Es kam keine Antwort. Dort, wo er war, war jetzt früher Abend, und er lag wahrscheinlich noch nicht im Bett. Sie wandte ihre Gedanken dem Geist anderer Menschen zu.

Tamun. Surim.

Ja, Emerahl?

Manchmal sprachen die Zwillinge während einer Traumvernetzung mit einer Stimme.

Es war beunruhigend. Die beiden waren so unterschiedlich in ihrem Wesen. Der Eindruck, den sie vermittelten, wenn sie auf solche Weise eins waren, spiegelte eine Persönlichkeit, die komplizierter war als die eines gewöhnlichen Menschen. Sie waren dann etwas Größeres als ein bloßer Mensch. Etwas Unmenschliches.

In Zeiten wie dieser wusste sie, warum die beiden zu ihrer Zeit so verehrt wurden.

Wie ist es euch ergangen?

So gut wie immer, erwiderte Tamun. *Surim schmachtet wieder einmal ein Mädchen aus den Sümpfen an, und ich bemühe mich, mich damit abzufinden.*

Tamun erwartet von mir, dass ich Essen beschaffe und Materialien für ihre Webarbeiten, aber sie erlaubt mir nicht, dass ich im Zuge dieser Arbeit auch ein wenig Vergnügen finde, beklagte sich Surim. *Es ist nicht gerecht und …*

Wie macht sich Auraya?, wollte Tamun wissen.

Tamuns plötzlicher Themenwechsel erheiterte Emerahl.

Sie hat den Schild um ihre Gedanken nur ein- oder zweimal sinken lassen, seit sie herausgefunden hat, wie sie ihn bilden muss.

Mirar hat auch gesagt, dass sie schnell lerne, erwiderte Tamun. *Vielleicht liegt das an ihrer Jugend. Sie hatte noch keine Zeit, eingefahrene Denkweisen auszubilden.*

Mag sein, stimmte Surim zu.

Gestern Nacht ist etwas geschehen, erzählte Emerahl den beiden. *Während sie Gedanken abschöpfte, hat sie etwas gesehen, das sie beunruhigte.*

Sie hat dir nicht erzählt, was es war?

Nein. Ich glaube, ich sollte nicht mehr allzu lange hierbleiben.

Aber du hast sie noch nicht in die Geheimnisse der Unsterblichkeit eingeweiht.

Ich werde es ihr anbieten, allerdings bin ich mir sicher, dass sie ablehnen wird – und wenn sie so klug ist, wie Mirar behauptet, wird sie selbst dahinterkommen.

Du hast recht, sagte Tamun, *aber das war der Grund, warum Mirar dich dorthin geschickt hat. Er wird vielleicht enttäuscht sein.*

Damit wird er leben müssen. Ich werde sie nicht zwingen zu lernen, wenn sie es nicht will.

Wirst du sie lehren, ihr Alter zu verändern, wenn sie es will?

Mirar meint, das sei meine angeborene Gabe, und kein anderer könne sie erlernen.

Mirar könnte sich irren, was angeborene Gaben betrifft. Seine Gabe ist das magische Heilen, und doch hat er sie auch andere gelehrt.

Aber niemand beherrscht diese Gabe so gut wie er. Ich hätte nicht überleben können, wäre ich so wie er zerschmettert worden.

Das weißt du nicht. Aber wenn eine angeborene Gabe etwas ist, das ein Unsterblicher besser beherrscht als andere, wird Auraya vielleicht in der Lage sein, ihr Alter zu verändern, auch wenn sie es nicht so gut macht wie du. Vielleicht kannst du lernen zu fliegen, aber nicht so gut wie sie.

Das Fliegen ist keine Gabe, die man nur mit mäßigem Erfolg meistern darf. Ein Scheitern wäre schmerzhaft oder tödlich. Ich werde wohl kaum meine Suche nach der Schriftrolle wiederaufnehmen können, wenn ich in Si festsitze und warten muss, bis etliche Knochenbrüche heilen.

Das ist wahr. Was glaubst du, was Auraya tun wird, wenn du fort bist?

Sie wird ins Offene Dorf zurückkehren. So weitermachen, als sei nichts geschehen.

Ob sie das tun kann, werden wohl die Götter entscheiden, sagte Surim mit plötzlichem Ernst. *Es wird ihnen nicht leichtfallen, sie zu töten, aber sie könnten ihr Vertrauen in sie benutzen, um sie in eine Falle zu locken.*

Wenn sie scheitern, fuhr Tamun fort, *sind wir die Einzigen, an die sie sich um Hilfe wenden kann.*

Sie wird eine mächtige Verbündete sein, ergänzte Surim.

Wenn man bedenkt, dass ihr behauptet, die Zukunft lasse sich nicht voraussehen, redet ihr zwei doch gern so, als könntet ihr genau das tun, bemerkte Emerahl.

Für mich gilt das nicht, wandte Tamun ein. *Aber wenn Surim sich so dramatisch gebärdet, habe ich immer das Gefühl, ihn unterstützen zu müssen.*

Du tust es genauso gern wie ich, beschied Surim seiner Schwester. *Mach schon. Gib es zu.*

Ich finde keinen Gefallen an unbegründeten Übertreibungen oder theatralischen Gesten, erklärte Tamun. *Aber es wäre …*

Seid ihr euch sicher, dass die Götter sich gegen Auraya wenden werden?, unterbrach Emerahl das Geplänkel der beiden. *Ihr habt nicht den geringsten Zweifel daran?*

Zweifel gibt es immer, gestand Surim. *Die Zukunft lässt sich nicht voraussehen, nur erahnen. Die Götter haben die Angewohnheit, Unsterbliche zu töten, aber es besteht immer die Chance, dass sie sich bei einem ihrer Anhänger mäßigen.*

Vor allem wenn es sich bei der betreffenden Person um eine von Chaias Geliebten handelt, warf Emerahl ein.

Eine Exgeliebte, korrigierte Tamun sie.

Ich denke, es ist an der Zeit, dass Mirar davon erfährt, bemerkte Emerahl. *Dass er begreift, was er für Auraya bedeutet.*

Die Zwillinge schwiegen einen Moment lang.

Ja. Erzähl es ihm. Er ist unter guten Menschen. Sie werden ihm zur Seite stehen, sagte Tamun.

Und einer der Menschen dort ist durchaus willens, ihm Trost zu spenden, wenn er darum bittet, fügte Surim hinzu.

Trost?, dachte Emerahl erheitert. Die Zwillinge schöpften regelmäßig die Gedanken aller Menschen ab, die sich in der Nähe von Emerahl und Mirar aufhielten, stets auf der Hut vor irgendjemandem, der ihnen vielleicht Böses wollte. Emerahl hatte bisher nicht darüber nachgedacht, was den beiden sonst noch alles auffallen könnte. *Also hat Mirar eine Bewunderin im Traumweberhaus. Das kommt zu einem günstigen Zeitpunkt,* überlegte sie.

Ich werde es ihm heute Nacht sagen, erklärte sie.

Bring es ihm schonend bei, riet ihr Tamun.

Natürlich. Wofür hältst du mich?

Für jemanden, der ihn seit langer Zeit kennt. Du hast ihn gekannt, als er aus einem härteren Holz war. Er ist nicht mehr derselbe wie damals. Vergiss das nicht.

Ich werde daran denken, versicherte ihr Emerahl.

Schön. Gute Nacht. Und reise wohl.

Als der Geist der Zwillinge in Emerahls Bewusstsein verblasste, wandte sie ihre Gedanken ihrem alten Freund zu.

Mirar, rief sie.

Es kam keine Antwort. Sie löste sich weit genug aus der Traumtrance, um ein Auge zu öffnen. Der Himmel war dunkel, aber dort, wo die Sonne untergegangen war, war noch ein schwacher Schimmer zu erkennen. Es war noch zu früh.

Schlaf ein, Mirar, dachte sie. *Weißt du nicht, wie unangenehm es ist, wenn man darauf warten muss, jemandem schlechte Neuigkeiten zu überbringen?*

Der Speisesaal des Traumweberhauses war an diesem Abend bis auf den letzten Platz besetzt gewesen. Mirar hatte sich als Helfer in der Küche anwerben lassen. Er hatte dem unablässigen Geplauder der Traumweber dort und im Speisesaal gelauscht und die entspannte, sorglose Stimmung des Hauses genossen – und sich darauf konzentriert, mehr von der Sprache der Einheimischen zu lernen.

Seine Fähigkeit, Gefühle aufzufangen, erleichterte es ihm, diese Menschen zu verstehen, aber sie war ebenso ein Hindernis wie ein Segen, wenn es darum ging, die Sprache zu erlernen, die sie benutzten. Manchmal konnte er aufgrund dessen, was er spürte, mehr erraten als aus den eigentlichen Worten, die sie sagten. Er musste sich dazu zwingen, die Worte zu verfolgen und herauszufinden, was sie bedeuteten.

Eine Hilfe war auch der Umstand, dass am Abend zuvor ein anderer Traumweber aus Nordithania angekommen war, der über einige Kenntnis der südlichen Sprachen verfügte. Traumweber Moore war in Dekkar, um Heilmittel zu sammeln oder zu kaufen.

»Die Genrianer hängen der verrückten Idee an, dass Heilmittel dann besonders gut sein müssen, wenn sie exotisch sind und von einem weit entfernten Ort stammen«, hatte er Mirar erzählt. »Sie bezahlen uns eine Menge Geld, das wir dafür nutzen, vollkommen ausreichende einheimische Heilmittel für weniger wohlhabende Patienten zu kaufen. Es gibt viele Heilmittel, die man ausschließlich im Dschungel von Dekkar findet, obwohl es bei meinem letzten Besuch noch mehr davon gab. Diese Leute scheinen entschlossen zu sein, den ganzen Dschungel urbar zu machen.«

Unter den Traumwebern herrschte eine erwartungsvolle Stimmung. Mirar hatte vermutet, dass ein Ritual oder ein Fest stattfinden würde. Nach dem Essen half er, den Tisch abzuräumen und das Geschirr zu spülen. Als alles fertig war, folgten die Traumweber Tintel einen Flur hinunter und auf einen Balkon. Tintel hatte Mirar diesen Balkon am Morgen nach seiner Ankunft gezeigt. Er war wie ein hölzerner Innenhof, aber über den Boden erhoben. In der Mitte bildeten Topfpflanzen und niedrige Wälle einen großen Kreis, und die vom Kreis ausgesparten Flächen in den Ecken des Gevierts waren zur Anlage kleiner Gärten genutzt worden, die eine gewisse Abgeschiedenheit boten.

In der feuchten Luft hing der Duft von Blumen, und das unablässige Sirren und Zirpen der Insekten war so stark, dass er es beinahe als Vibration wahrnehmen konnte. Mirar hatte sich an die Hitze noch nicht gewöhnt: Sie machte ihn tagsüber schläfrig und raubte ihm in der Nacht die Ruhe. Die einheimischen Traumweber waren ebenfalls davon betroffen, wenn auch nicht so sehr wie er.

Sie bildeten einen Kreis. Als er die Vorbereitungen zu einer Vernetzungszeremonie erkannte, erwog er noch einmal die Möglichkeit, dass sein Gedankenschirm es ihm vielleicht gestatten würde, an einer Vernetzung teilzunehmen, ohne etwas von sich selbst preiszugeben. Er würde es erst wissen, wenn er es ausprobiert hatte, aber wenn er scheiterte, würde seine Identität vielleicht offenbar werden.

Die Traumweber hielten sich an den Händen und verneigten sich. Ein Stich der Frustration und der Sehnsucht durchzuckte Mirar. Abgesehen von der Vernetzung, an der er in Somrey teilgenommen hatte, war viel Zeit vergangen, seit er das letzte Mal das Gefühl der Zusammengehörigkeit erlebt hatte, das eine Vernetzung mit sich bringen konnte.

Es ist eine grausame Ironie, dass ich, der Mann, der dieses Ritual erfunden und die Lebensweise dieser Menschen begründet hat, jetzt zögere, mich ihnen anzuschließen, dachte er. *Aber es gibt vieles, was ich von ihnen lernen kann und was mir Aufschluss über die Menschen Südithanias geben würde. Es ist das Risiko wert.*

Der Griff des Mannes, der seine rechte Hand hielt, wurde jetzt kräftiger, dann begann die Hand zu seiner Linken zu zucken. Vorsichtig und darauf bedacht, den Schild um seine Gedanken stark zu halten, suchte er nach dem Geist der Menschen um sich herum. Schon bald konnte er Stimmen hören und Bruchstücke von Erinnerungen sehen.

Er sah die Erinnerung eines Traumwebers, der ein krankes Baby untersucht hatte. Der Säugling hatte unterentwickelte und deformierte Organe, und kein gewöhnlicher Traumweber konnte ihn heilen. Der Vater war ein pentadrianischer Götterdiener, wie Mirar zu seinem Erschrecken erkannte. Der Traumweber hatte dem Mann die schlimmen Neuigkeiten überbracht. Der Pentadrianer hatte seine Worte akzeptiert und gesagt, dass niemand dem Kind helfen könne, wenn ein Traumweber es nicht vermochte …

… Steuern wurden in diesem Jahr erhoben, wahrscheinlich, um den Bau der Brücke zu bezahlen. Ein Diener der Götter hatte die Rechnungsbücher des Traumweberhauses in Augenschein genommen und war mit dem Ergebnis zufrieden, und er hatte nur eine kleine Bestechung gefordert. Er war trotzdem dankbar für den Rat gewesen, den man ihm und seiner Frau gegeben hatte, was ihre Eheprobleme betraf, nicht ahnend, dass es sich dabei um etwas höchst Alltägliches handelte …

… Wasser plätscherte über die Ränder der Plattform, auf der das Traumweberhaus erbaut war. Die Flut hatte letztes Jahr gedroht, bis in das Gebäude vorzudringen. Wie würde es dieses Jahr werden …

… wo einst riesige Bäume gestanden hatten, waren jetzt nur noch verkohlte Stämme inmitten der Ernten übrig geblieben. Erinnerungen an den früheren Wald und die neuen

Felder überlappten einander. Schockierend, aber die Einheimischen mussten leben. Das Problem war, dass er diese kleine Pflanze mit den rosafarbenen Blüten nicht hatte wiederfinden können. Hoffentlich war das nicht der einzige Ort, an dem sie …

… sie ist so schön. Das Bild eines nackten Körpers schien auf und wurde hastig wieder unterdrückt …

… wohin würde er dann gehen? Nach Norden, den Golf hinauf? Unwahrscheinlich. Zurück nach Westen? Eher nicht. Was, wenn er nach Süden ging? Was, wenn er irgendwo hier in der Nähe ist? Er könnte gerade jetzt in ebendiesem Innenhof sein …

… diese Geschichten, nach denen Mirar zurückgekehrt sei, gründlich überdenken. Ich bin nicht einmal sicher, ob ich sie glaube. Wenn Mirar wieder da ist, warum hat ihn dann keiner von uns gesehen? Nein …

Mirar unterdrückte den Drang, laut aufzulachen. Selbst während einer Gedankenvernetzung tratschten die Traumweber noch über seine Rückkehr. Aber dann wurde er wieder ernst. Sie hielten nach ihm Ausschau. Er musste vorsichtig sein.

Oder vielleicht nicht? Wäre es wirklich so schlecht, wenn er seine Identität bekannt werden ließe?

Während die Vernetzung ihren Gang nahm, hörte er zu und beobachtete. Wie immer erregten die Erinnerungen einer Person die Aufmerksamkeit der anderen. Ratschläge wurden erteilt, Trost zugesprochen. An einer Stelle tauchte ein Traumweber in Erinnerungen an ein Fest in der Stadt ein, das vor kurzem stattgefunden hatte, und die anderen sahen voller Interesse zu. Niemand schien auf Mirars eigene Gedanken einzugehen, und dann hörte er Tintel bemerken, dass er sich der Vernetzung nicht angeschlossen habe. *Es hat funktioniert,* überlegte er voller Erleichterung.

Eine Weile später läutete Tintel das Ende der Vernetzung

ein. Die Traumweber zogen ihren Geist zurück, lenkten ihr Bewusstsein wieder auf die eigene Person und versicherten sich dabei ihrer Identität. Mirar öffnete die Augen und ließ die Hände, die er gehalten hatte, los. Die Traumweber um ihn herum taten dasselbe. Er bemerkte, dass eine Frau ihn beobachtete.

Dardel. Sie lächelte und zwinkerte ihm zu, so auffällig wie eh und je. Er erwiderte ihr Lächeln, bis etwas an seinen Gedanken zupfte. Er suchte danach, aber es war bereits fort.

Vermutlich versucht irgendjemand, sich über eine Traumvernetzung mit mir in Verbindung zu setzen.

Einige Traumweber blieben zurück und fanden sich zu kleinen Gruppen zusammen, um miteinander zu reden. Andere verabschiedeten sich. Mirar schlüpfte davon, ging in sein Zimmer und schloss die Tür hinter sich. Als es einigermaßen still um ihn herum wurde, spürte er wieder die Berührung in seinem Geist.

Er legte sich auf sein Bett und ließ sich in eine Traumtrance sinken. Dort verweilte er für einige Minuten. Gerade als er sich zu fragen begann, ob er sich geirrt hatte, erklang am Rand seiner Gedanken eine vertraute Stimme.

Mirar?

Emerahl.

Endlich! Was hat dich so lange aufgehalten?

In ihrem Tonfall lag ein Anflug von Hinterhältigkeit, und er ertappte sich dabei, dass er an Dardel dachte. Gewissensbisse stiegen in ihm auf.

Eine Vernetzungszeremonie, antwortete er.

Eine Vernetzungszeremonie? Ich dachte, du wolltest sie vermeiden?

Ich habe nur teilgenommen. Ich konnte den Gedanken der anderen lauschen.

Hast du etwas Nützliches in Erfahrung gebracht?

Vielleicht. Wie geht es Auraya?

Ein guter Freund würde zuerst fragen, wie es mir *geht.*

Ich bin kein guter Freund. Wie geht es dir?

Besser. Ich werde bald von hier fortgehen.

Du hast sie in das Geheimnis der Unsterblichkeit eingeweiht?

Ja und nein. Ich habe es ihr erklärt, *aber ich habe sie nicht* unterrichtet. *Ich kann sie nicht dazu zwingen, es zu lernen, wenn sie es nicht will. Und sie will es nicht.*

Das kann ich mir vorstellen. Die Enttäuschung traf ihn stärker, als er gedacht hätte.

Sie wird es wahrscheinlich selbst herausfinden, sollte sie jemals ihre Meinung ändern.

Das wird sie tun. Und es wird ihr mühelos gelingen.

Davon bin ich überzeugt, stimmte Emerahl ihm zu.

Dann hast du deine Meinung über sie also geändert?

Ich habe nie behauptet, dass sie nicht klug sei.

Aber du magst sie jetzt ein wenig mehr.

Was bringt dich auf diese Idee?

Du hast aufgehört, im Zusammenhang mit ihr Worte zu benutzen wie »in die Götter vernarrt« und »voller Selbstmitleid«.

Ach ja? Vielleicht bin ich es leid, mich zu wiederholen. Ich sollte mir bessere Schmähungen einfallen lassen.

Das solltest du wirklich.

Oder vielleicht ist die Reihe jetzt an dir. Ich habe schlechte Neuigkeiten für dich. Ich habe den Zwillingen versprochen, sie dir schonend beizubringen, aber ich bin mir nicht sicher, wie ich das tun soll.

Er stutzte. Es war schwer zu sagen, ob sie sich einen Scherz mit ihm erlauben wollte oder ob sie es ernst meinte.

Ich bin an deine Direktheit gewöhnt, Emerahl. Welche Neuigkeiten hast du für mich, die so schrecklich sind?

Sie schwieg einen Moment lang, und als sie weitersprach, tat sie es mit leiser Stimme.

Auraya liebt dich nicht, Mirar. Sie hat Leiard geliebt. Obwohl sie weiß, dass er ein Teil von dir ist, ist das nicht genug. Du bist ein Fremder für sie, und sie vertraut dir nicht. Ich kann ihr keinen Vorwurf daraus machen. Ich würde genauso empfinden.

Er sagte nichts. In Emerahls Worten schwang nichts von einer Lüge mit. Es war unmöglich, irgendetwas von dem, was sie gesagt hatte, falsch zu verstehen. Er fühlte sich plötzlich leer. Dort, wo zuvor etwas Wunderbares und Strahlendes gewesen war, war jetzt nur noch ein hohler Raum. Ein Rauchfaden, wo zuvor ein Feuer geschwelt hatte …

Oh, was faselst du da nur?, schoss es ihm durch den Kopf. *Dein Herz ist also einmal mehr gebrochen worden. Wirst du dich jetzt wieder als Dichter versuchen? Ich bin mir nicht sicher, ob die Welt das überleben würde. Obwohl es vielleicht eine hübsche Idee wäre, um die Götter zu quälen.*

Aber Sarkasmus und Selbstironie halfen nicht. Das hatten sie noch nie getan. Dies war etwas, das er für den Augenblick einfach würde ertragen müssen. Und irgendwann würde er Auraya vergessen.

Obwohl das vielleicht ein wenig schwierig werden könnte, wenn sie unsterblich ist. Wenn ich jedes Mal, wenn ich sie sehe oder etwas über sie höre, all die Hoffnung und den Schmerz noch einmal durchmachen müsste. Und wenn …

Mirar?

Oh. Emerahl. Entschuldige.

Ist alles in Ordnung mit dir?

Natürlich nicht. Aber ich werde mich auch nicht aus dem Fenster stürzen. Wenn Auraya und ich irgendwann in Zukunft ein wenig Zeit miteinander verbringen und einander neu kennenlernen, glaubst du, dass dann eine Chance besteht, dass sie …?

Ich würde mir an deiner Stelle keine allzu großen Hoffnungen machen. Es gibt noch etwas, das du wissen musst. Sie hatte in der Zwischenzeit einen anderen Geliebten.

Ich weiß. Das habe ich aus ihren Gedanken gelesen, als ich sie zu heilen lehrte.

Hast du herausgefunden, wer es war?

Nein. Ein Gefühl böser Vorahnung schloss sich um Mirar. *War es Juran? Das wäre verständlich. Das könnte ich akzeptieren.*

Es war nicht Juran. Sie hielt inne. Während das Schweigen sich in die Länge zog, wurde Mirar ungeduldig. Dramatisierte sie das Ganze, oder widerstrebte es ihr tatsächlich, es ihm zu erzählen?

Es war Chaia.

Er spürte, wie sein ganzes Wesen vor Kälte erstarrte. Eine Erinnerung an hilflose Eltern und ein dünnes, ausgezehrtes Mädchen stieg in ihm auf. Man hatte noch Spuren der Schönheit sehen können, die das Gesicht der jungen Frau einst besessen hatte, aber in ihren Augen hatte Wahnsinn gestanden. Sie war ans Bett gefesselt gewesen, denn wenn sie frei war, kratzte und kniff sie sich ständig, am häufigsten zwischen den Beinen und an den Brüsten.

In jenen Zeiten hatte es keine Gesetze gegeben, die Traumheilungen untersagten. Er hatte sich mit dem Geist des Mädchens vernetzt. Er hatte erwartet, mit etwas Unangenehmem konfrontiert zu werden. Aber was er sah, hatte seinen Hass auf die Götter um ein Zehnfaches gesteigert.

Chaia.

Der Gott hatte dieses Mädchen zu seiner Geliebten gemacht und Magie auf eine Weise genutzt, die exquisite Wonnen bereitete. Was er von ihr als Gegenleistung erhalten hatte, hatte Mirar nie herausfinden können. Als Chaia ihrer müde geworden war, hatte er sie in diesem Zustand sich selbst überlassen, erfüllt vom wilden Verlangen nach einer Lust, die ihr Körper ihr auf natürliche Weise nie wieder verschaffen konnte.

Mirar hatte sie nur vor dem Wahnsinn bewahren können, indem er einen Teil ihrer Erinnerungen blockierte. Von da an aß sie widerstrebend und fand nie wieder Interesse am Geschlechtsakt, und sie lebte in einem Zustand ständiger Langeweile. Es war ihr unmöglich, Freude irgendeiner Art zu empfinden. Er hatte beinahe gewünscht, er hätte sie sterben lassen.

Es ist Vergangenheit, versicherte Emerahl ihm. *Sie scheint unter keiner der üblichen Folgen zu leiden.*

Er hatte keinen Hinweis auf Wahnsinn gefunden, als er Auraya in Si zu heilen gelehrt hatte. Aber andererseits hatten Chaias Opfer nicht alle den Verstand verloren – lediglich ihre Fähigkeit, das Leben und den Sex zu genießen.

Kein Wunder, dass Auraya nichts empfindet …

Mirar? Geht es dir gut?

Natürlich nicht, entgegnete er ein wenig zu scharf. *Tut mir leid, Emerahl. Ich werde später mit dir reden.*

Er zog sich aus ihrem Geist zurück, öffnete die Augen und starrte an die Wand vor ihm.

Chaia. Von allen Geliebten, die sie hätte erwählen können … falls sie überhaupt eine Wahl hatte …

Es klopfte leise an der Tür.

Er blickte langsam auf. Das gleiche hoffnungsvolle Klopfen war jede Nacht ertönt. Leise, um ihn nicht zu erschrecken. Es wurde niemals wiederholt, als diene es nur dazu, ihm klarzumachen, dass sie noch immer Interesse hatte.

Dardel.

Er sollte das Klopfen ignorieren. Aber welche Alternative hatte er, abgesehen davon, dass er die ganze Nacht wach liegen und grübeln konnte? Was würde das nützen?

Er erhob sich vom Bett. Als seine Hand auf dem Türknauf lag, hielt er inne, aber sein Gewissen blieb still. Stattdessen kehrten seine Gedanken unweigerlich dorthin zurück, wo er sie nicht haben wollte.

Chaia.

Er öffnete die Tür und zog die lächelnde, angenehm überraschte Dardel in sein Zimmer.

9

Es war so einfach.

Auraya lief im Leeren Raum auf und ab. Während der letzten Stunde war sie immer wieder im Kreis gegangen und hatte langsam den Rand des Bereichs abgeschritten, in dem es keine Magie gab. Obwohl ihr Gedankenschild zu einer ständigen Angewohnheit geworden war, über die sie sich kaum noch den Kopf zerbrach, wollte sie den Leeren Raum nicht verlassen, bevor Jade ihr bestätigte, dass sie es ohne Gefahr tun konnte.

So einfach. Ich kann nicht fassen, dass es so einfach war. Und man braucht dazu praktisch keine Magie.

Nachdem Jade am Morgen aufgebrochen war, hatte Auraya den Rat der älteren Frau befolgt: Sie hatte einige Zeit damit verbracht, über magische Heilung nachzudenken und wie sie sie auf sich selbst anwenden konnte. Die Neugier hatte sie dazu getrieben, sich auf ihren Körper zu konzentrieren und vorsichtige Experimente anzustellen. Binnen weniger Augenblicke war ihr die Logik dessen, was Jade ihr erklärt hatte, bewusst geworden.

Andere Überlegungen hatten sie veranlasst, den nächsten Schritt zu tun und das Wissen anzuwenden. Wenn sie in den Augen der Götter verdammt war, nur weil sie *wusste,* wie sie unsterblich werden konnte, dann konnte sie auch geradeso gut zu einer Unsterblichen werden.

Es war überraschend einfach gewesen.

Die Erkenntnis, dass sie dieselbe Gabe benutzen konnte, um sich von fast jeder Verletzung zu heilen, hatte ihr geholfen, diesen Entschluss zu fassen. Diese Gabe hatte es Mirar ermöglicht, zerschmettert unter einem Gebäude zu überleben. Wenn sie Huan trotzte, würde sie vielleicht etwas Ähnliches tun müssen.

Der Gedanke, so zu enden wie Mirar, als gejagte Feindin der Göttin, entsetzte sie, aber sie klammerte sich an die Hoffnung, dass sie Chaias Anhängerin bleiben würde.

Er wird mir verzeihen, wenn er erfährt, dass Huan mir die magische Heilung zu erlernen gestattet hat, um den anderen Göttern die Erlaubnis abzuringen, mich zu töten.

»Wir verschaffen uns ein wenig Bewegung, wie?«

Auraya drehte sich um und sah Jade mit zwei Eimern in die Höhle treten. Sie zuckte die Achseln, dann folgte sie Jade zu den Betten hinüber, neugierig zu sehen, was die Frau diesmal gefunden hatte. Jade stellte die Eimer neben dem Kochstein ab.

»Es wird dich freuen zu hören, dass du den Leeren Raum jetzt verlassen kannst«, sagte sie. »Ich habe deine Gefühle und Gedanken seit Tagen nicht mehr wahrnehmen können.«

»Ich hatte schon vermutet, dass es bald so weit sein würde«, erwiderte Auraya. Beide Eimer waren gefüllt mit klarem Wasser, aber in einem schwammen eigenartige Geschöpfe. »Was sind das für Tiere?«

»Shrimmi. Sie sind schwer zu fangen, aber köstlich. Ich dachte, wir könnten uns ein schönes Abschiedsessen gönnen, bevor ich aufbreche.«

»Wann gehst du fort?«

»Morgen.«

Auraya ging zu ihrem Bett und setzte sich. Es juckte sie in den Fingern, Jade zu erzählen, dass sie Unsterblichkeit erreicht hatte. Außer Mirar gab es niemanden, der ihr dazu gratulieren würde, statt entsetzt zu sein. Und Jade hatte gewollt, dass sie das Geheimnis entschlüsselte.

Dennoch war gerade das der Grund, warum Auraya zögerte. Was war, wenn Jade einen geheimen, boshaften Grund hatte, Auraya dazu zu verleiten, diese Gabe zu erlernen?

Ich weiß nicht, wie weit ich dieser Frau vertrauen kann. Sie behauptet, sie habe mir auf Mirars Bitte hin geholfen, aber es könnte noch einen anderen Grund dafür geben, einen Grund, den ich nicht kenne.

Eines lag auf der Hand: Indem Jade einer der Anhängerinnen der Götter geholfen hatte, Gaben zu erlernen, die sie missbilligten, hatte sie einen kleinen Schlag gegen sie geführt. Aber falls es Jades Absicht war, Zwistigkeiten zwischen den Göttern und einer ihrer Anhängerinnen zu stiften, hatte sie einen Konflikt, der ohnehin bereits schwelte, nur geringfügig verschärft. Trotzdem, falls das tatsächlich Jades Ziel gewesen war, wäre es besser, Gewissheit zu haben.

Und Auraya konnte keine andere Möglichkeit erkennen, wie man ihre neu gewonnene Unsterblichkeit gegen sie verwenden konnte. Doch wenn es eine solche Möglichkeit gab, sollte sie davon erfahren.

»Ich bin deinem Rat gefolgt und habe gründlich nachgedacht«, begann Auraya.

Jade blickte auf und zog die Augenbrauen hoch. »Ach ja? Was hast du herausgefunden?«

»Du hattest recht. Es war einfach.«

»Einfach, wie?« Jade schüttelte den Kopf. »Ein einziger Versuch. Ich habe noch nie von jemandem gehört, der so schnell lernt.« Sie kniff die Augen zusammen. »Bist du dir sicher?«

Auraya lächelte, erheitert über den Argwohn der anderen Frau. »Ganz sicher. Aber andererseits wusste ich bereits, wie man heilt.«

Jade nickte und wandte den Blick ab. Dann griff sie nach dem Eimer und goss klares Wasser in die Aushöhlung des Kochsteins.

»Gibt es noch andere Dinge, für die man diese Gabe benutzen kann?«, fragte Auraya.

Die Frau sah sie scharf an. »Was zum Beispiel?«

»Mir ist der Gedanke gekommen, dass man sie benutzen könnte, um das Aussehen einer Person zu verändern.«

Jade musterte Auraya versonnen. »Möchtest du dein Aussehen verändern?«

»Ich?« Auraya lachte leise. »Wenn ich etwas aus meiner Fähigkeit, Gedanken zu lesen, gelernt habe, dann dies: Die Menschen sind nie zufrieden mit ihrem Aussehen. Ich würde gern einige Dinge korrigieren. Ich habe sogar erwogen, es zu versuchen, aber ich hatte keinen Spiegel, und ich dachte, ich sollte dich vielleicht vorher fragen, für den Fall, dass ich etwas Dauerhaftes tue.«

»Das war klug.«

»Dann habe ich mich gefragt, ob ich mich anders fühlen würde, wenn ich mein Aussehen veränderte«, fuhr Auraya fort. »Wenn ich mich anders *fühlen* würde, würde das bedeuten, dass ich ein anderer Mensch wäre? Und wenn ich erst einmal angefangen hätte, würde ich dann in Versuchung geraten, immer wieder etwas verändern zu wollen? Könnte ich mich sogar in eine Siyee verwandeln?« Sie schüttelte den Kopf. »Daraufhin kamen mir weitere Möglichkeiten in den Sinn. Könnte ein Mensch sein körperliches Alter oder sein Geschlecht verändern? Könnte er sich klüger machen? Also, ist es möglich, solche Veränderungen vorzunehmen?«

Jade lächelte. »Du kannst dein Aussehen verändern, aber was den Rest betrifft… Ich weiß es nicht. Es ist klug von dir zu zögern. Das Aussehen hat tatsächlich Einfluss auf die Identität eines Menschen, und Mirar ist ein gutes Beispiel dafür, was geschehen kann, wenn man an seiner eigenen Identität herumpfuscht.«

Auraya nickte. »Kann ich dich als Gegenleistung für das, was du mir beigebracht hast, ebenfalls etwas lehren?«

Jade wirkte erheitert. »Ich bitte dich nur darum, uns nicht an die Götter zu verraten.«

»Das ist annehmbar. Mit ›uns‹ meinst du dich und Mirar?«

Jade zögerte. »Ja.«

»Es würde dich also nicht interessieren zu lernen, wie man fliegt?«

Jade musterte Auraya mit undeutbarer Miene. »Das würdest du mir beibringen?«

»Ja. Ich bin neugierig – ich wüsste gern, ob auch ein anderer dazu in der Lage wäre.«

Jade blickte auf die Shrimmi hinab, dann sah sie wieder zu Auraya auf. »Ich schätze, ich könnte noch einen Tag länger bleiben.«

Dardel öffnete die Augen und war einen Moment lang verwirrt. Die Möbel in ihrem Zimmer standen falsch. Einige Dinge fehlten. Dann sah sie den Mann, der auf dem Stuhl am Fenster saß, und sie lächelte, als ihr wieder einfiel, dass sie im Zimmer von Traumweber Wilar war.

Wilar beobachtete sie. Er hatte noch immer diesen gehetzten Ausdruck in den Augen, aber als er bemerkte, dass sie wach war, verzogen sich seine Lippen zu einem schiefen Lächeln.

»Tintel hat nach dir gesucht«, bemerkte er.

Sie blickte zum Fenster hinüber. Aufgrund des Winkels, in dem das Sonnenlicht einfiel, vermutete sie, dass es später Vormittag sein musste. Sie reckte sich und kostete die Berührung des Lakens auf ihrer nackten Haut aus. »Ich habe mich gestern Nacht gefragt, ob ich überhaupt etwas Schlaf bekommen würde.«

»Ich hatte nicht den Eindruck, dass es dir etwas ausgemacht hätte.«

»Nicht das Geringste.« Sie richtete sich auf, hüllte sich in die Decke und suchte nach ihren Kleidern. Sie lagen auf dem Boden neben dem Bett. »Tatsächlich«, sagte sie, »ist mir noch nie ein Mann mit solcher Durchhaltekraft begegnet. Und ich staune auch über meine eigene Ausdauer. Ich sollte mich buchstäblich ausgelaugt fühlen, aber das ist nicht der Fall.« Sie las ihre Kleider auf, dann hielt sie inne und blickte zu ihm hinüber. »War das eine einmalige Angelegenheit?«

Seine Mundwinkel zuckten vor Erheiterung. »Es ist eine vorübergehende Angelegenheit, aber wie vorübergehend, das hängt davon ab, wie lange ich hierbleibe und ob unser beiderseitiges Interesse erhalten bleibt.«

Sie kicherte. »Ich glaube nicht, dass ich deiner müde werde. Ich glaube sogar, dass ich von jetzt an viel wählerischer sein werde, mit wem ich ins Bett gehe. Seit gestern Nacht habe ich höhere Erwartungen an einen Mann.« Sie sah ihn mit gespieltem Zorn an. »Du hast mich wahrscheinlich für alle anderen Männer ruiniert.«

Alle Erheiterung wich aus seinen Zügen, und er zuckte sichtlich zusammen. Sie bedauerte ihre Worte sofort. Zweifellos gab es einen Grund für diesen gehetzten Ausdruck, und sie hatte ihn offensichtlich daran erinnert. Eine frühere Geliebte vielleicht? Das würde sein anfängliches Zögern erklären.

Sie ließ die Bettdecke fallen. Sein Blick wanderte zu ihren Brüsten hinab, und der gequälte Ausdruck in seinen Augen verschwand. »Wenn ich jemanden fände, der bereit wäre zu lernen, könnte ich ihm natürlich ein wenig von dem beibringen, was du mir gezeigt hast«, sagte sie, während sie begann, sich anzuziehen.

Ihre Worte brachten ein Lächeln auf sein Gesicht. Gut.

Während sie sich ankleidete, verlor sie sich in Erinnerungen. Wie konnte ein Mann nur ein so guter Liebhaber sein? Bisweilen war es ihr fast so vorgekommen, als könne er ihre Gedanken lesen. Offenkundig verstand er eine Menge vom Körper einer Frau. Mehr als der durchschnittliche Traumweber, der seinerseits mehr davon verstehen musste als der durchschnittliche Mann, weil er kranke Frauen behandelte. Wilar wusste vielleicht mehr über ihren Körper als sie selbst, eine Erkenntnis, die sie beunruhigend fand.

Offenkundig hatte er viele Frauen gekannt. Eine andere Erklärung gab es nicht. Wer hätte gedacht, dass dieser stille, zurückhaltende Traumweber eine solche Vergangenheit hatte?

Sie schaute zu ihm hinüber. Er blickte wieder aus dem Fenster, und auf seinem Gesicht lag ein geistesabwesender Ausdruck. Jetzt sah er alt und traurig aus. Manchmal wirkte er ein wenig verloren, aber das war verständlich. Er war weit fort von zu Hause.

Hatte er irgendwann einmal erklärt, warum er hier war? Sie konnte sich nicht daran erinnern. Fest stand, dass ihn etwas Rätselhaftes umgab. Aber für sie, die ihr ganzes Leben in dieser Stadt verbracht hatte, schien jeder Fremde aufregend und rätselhaft zu sein.

Er ist mir gleichzeitig seltsam vertraut. Wie ein Freund, den ich seit meiner Kindheit nicht mehr gesehen habe. Er hat irgendetwas an sich …

Als sie ihr Traumweberwams über ihre Tunika zog, sah sie wieder zu ihm hinüber. »Soll ich heute Nacht herkommen?«

Er lächelte. »Lass uns abwarten, wie wir uns heute Abend fühlen. Vielleicht willst du lieber den verlorenen Schlaf nachholen.«

»Unwahrscheinlich.« Augenzwinkernd wandte sie sich ab und ging zur Tür. Als sie sich noch einmal umdrehte, bevor sie die Tür schloss, blickte er wieder aus dem Fenster, und ein schwaches Lächeln lag auf seinen Zügen. Ein seltsames, geheimnistuerisches Lächeln.

Als sie leise vor sich hin summend in ihr Zimmer ging, kam sie an Nirnel und Teiwen vorbei, einem jungen Traumweberpaar. Beide betrachteten ihre zerdrückten Kleider, und sie musterte sie mit einem selbstgefälligen Lächeln.

»Dann hat der neue Traumweber also endlich nachgegeben, wie?«, fragte Nirnel.

»Das hat aber länger gedauert als sonst«, bemerkte Teiwen. »Du lässt nach, Dardel.«

»Du hast ganz recht«, erwiderte sie. »Es hat länger gedauert als sonst. Genau genommen hat es die ganze Nacht gedauert.«

Die beiden verdrehten die Augen. Dardel ging kichernd weiter. Wilar entsprach genau dem Bild, das sie immer von Mirar gehabt hatte. Kenntnisreich, mit mächtigen Gaben gesegnet (sie wusste, dass das auf Wilar zutraf – sie hatte Tintels Geschichten gehört), nicht zu jung, nicht zu alt und ein guter Liebhaber. Alles, was sie überhaupt zu den Traumwebern hingezogen hatte.

Auf halbem Weg zu ihrem Zimmer verlangsamte sie ihren Schritt, als ihr plötzlich eine Idee kam.

Was ist, wenn er Mirar ist? Die jüngeren Traumweber haben gesagt, Mirar sei in den Süden gekommen. Was, wenn es so wäre und er hier ist und sich als Reisender ausgibt?

Bei dem Gedanken beschleunigte sich ihr Puls. Selbst wenn es nicht wahr war, was konnte es schaden, sich eine kleine Phantasie zu gönnen?

Bei formellen Essenseinladungen der Stimmen gab es immer eine unterschwellige Anspannung, die niemals nachließ, obwohl ihr Gast, der sennonische Botschafter und Neffe des sennonischen Kaisers, es nicht bemerkt zu haben schien. Reivan nahm noch ein Stück kandierte Gewürzwurzel und kaute langsam, während sie dem müßigen Geplauder lauschte. Genza gab ein witziges Gerücht zum Besten, das in der Stadt die Runde machte, und ihr Gefährte, Vilvan, bewies gelegentlich seinen trockenen Humor.

Wenn die anderen lachten, lächelte Imenja nur. Falls dem Botschafter aufgefallen war, dass sie und Nekaun nicht ein einziges Wort gewechselt hatten, so ließ er sich nichts davon anmerken. Imenja nahm gelegentlich an Gesprächen teil, aber Reivan wusste, dass ihre Herrin das nur tat, um zu beweisen, dass sie zuhörte. Sie war der Inbegriff eines höflichen Gastes, obwohl sie sich eigentlich wie eine Gastgeberin hätte benehmen sollen. Oder wie eine Matriarchin. Oder zumindest wie jemand, der ein Wort mitzureden hatte.

Nekaun lachte über das Ende der Geschichte, und beim Klang seiner Stimme lief Reivan ein Schauer über den Rücken. Sie zwang sich entschlossen, nicht darüber nachzudenken, warum das so war. Stattdessen griff sie nach ihrem Glas und trank das Wasser aus.

Es ist schon spät, überlegte sie. *Und es sieht nicht so aus, als würden wir bald aufbrechen. Manchmal kommen mir diese Essenseinladungen so vor, als würden sie nie ein Ende finden.*

Plötzlich stand Nekaun auf. »Es ist schon spät«, sagte er, »und unser Gast hat eine weite Reise hinter sich. Er muss müde sein, und ich weiß, dass wir«, er sah zuerst Imenja an, dann die anderen Stimmen, »morgen viel zu tun haben. Wir sollten uns für die Nacht zurückziehen.«

Ist das Erleichterung auf Imenjas Gesicht?, fragte sich Reivan. Sie rückte ihren Stuhl zurecht und stand auf, dann wartete sie, bis sie an die Reihe kam, dem Botschafter eine gute Nacht zu wünschen. Als der junge Mann gegangen war, folgte Reivan Imenja aus dem Raum.

»Brauchst du heute Abend noch etwas von mir?«, fragte sie.

Imenja sah Reivan an und lächelte, und diesmal war es ein warmes, aufrichtiges Lächeln.

»Nein. Es gibt da nur noch eine Kleinigkeit, um die ich mich kümmern muss, aber dafür werde ich dich nicht brauchen. Geh zu Bett, Reivan. Du siehst müde aus.«

Reivan machte das Zeichen des Sterns. »Gute Nacht.«

»Gute Nacht.«

Reivan drehte sich um und ging in ihr Quartier. Die Wärme der vergangenen Nächte hatte ihren Schlaf rastlos gemacht. Obwohl sie es kaum erwarten konnte, ins Bett zu kommen, bezweifelte sie, dass sie heute Nacht besser ruhen würde.

Ihre Zweifel erwiesen sich als begründet. Sobald sie im Bett lag, wusste sie, dass der Schlaf weder bald noch leicht kommen würde. Seufzend ging sie im Geiste noch einmal die Arbeit des Tages durch und vergegenwärtigte sich, welche Aufgaben am Morgen auf sie warteten.

Dann rief jemand ihren Namen.

Es war eine Männerstimme. Sie war kaum lauter als ein Flüstern und kam vom Balkon. Sie wusste sofort, wer es war.

Ich sollte es ignorieren, dachte sie. *Wenn ich das tue, wird er wieder gehen.*

Aber sie wollte nicht, dass er ging. Außerdem war er die Erste Stimme. Man ignorierte den Anführer der Pentadrianer und den höchsten Diener der Götter nicht.

Also stand sie auf, ging auf den Balkon und blickte hinab. In der Dunkelheit darunter stand, kaum sichtbar, eine Gestalt.

Nekaun.

»Guten Abend, Reivan.«

»Erste Stimme.«

»Förmlichkeiten sind jetzt nicht notwendig.«

»Nein?«

»Nein. Es ist niemand hier, außer uns beiden. Ich würde es vorziehen, wenn du mich Nekaun nennst, wenn wir unter uns sind. Würdest du das für mich tun?«

»Wenn du es so wünschst.«

»Ich wünsche es.«

»Dann werde ich es tun, Nekaun.«

Er neigte den Kopf zur Seite. »Du bist so schön, Reivan.«

Ihr Herz tat etwas, von dem sie wusste, dass es körperlich unmöglich war. Sie stellte fest, dass sie unwillkürlich eine Hand auf die Brust gepresst hatte.

»Findest du mich attraktiv, Reivan?«

Was für eine lächerliche Frage, dachte sie. *Jeder, der so gut aussieht,* weiß, *dass andere ihn attraktiv finden, ganz gleich ob er Gedanken lesen kann oder nicht. Und er kann Gedanken lesen.*

Warum wollte er also, dass sie es aussprach?

»Manchmal und wenn es von der richtigen Person kommt, wirkt es realer, so etwas ausgesprochen zu hören.« Er seufzte. »Irgendwie bedeutet es mehr.«

Sie spürte, wie ihr Herz sich zusammenzog. »Ja, Nekaun. Ich finde dich attraktiv. Zu attraktiv.«

Er zog die Augenbrauen hoch. »Warum ›zu‹ attraktiv?«

»Es ist … es ist peinlich. Ich bin Imenjas Gefährtin.«

»Das bist du. Das bedeutet jedoch nicht, dass wir nicht … Freunde sein können.«

»Nein. Aber es ist trotzdem peinlich.«

»Zerbrich dir deswegen nicht den Kopf. Es ist nichts Unrechtes daran, wenn wir zusammen sind. Als Freunde. Es wäre nicht einmal Unrecht, wenn wir mehr als Freunde wären.«

Mehr als Freunde. Sie stellte fest, dass sie nicht sprechen konnte.

»Reivan?«

»Ja?« Ihre Stimme klang dünn und atemlos.

»Würdest du mich hereinbitten, wenn ich an deine Tür käme?«

Sie holte mehrmals tief Luft. »Ich würde dich nicht abweisen.«

Er verschwand aus ihrem Blickfeld. Sie konnte kaum atmen, und ihr Herz raste. *Was tue ich hier? Ich habe ihn tatsächlich hereingebeten. Seine Bemerkung gerade eben war ganz und gar nicht zweideutig. Ich bin keine Närrin. Ich weiß, dass es nicht nur mein Zimmer ist, in das er eingeladen zu werden wünscht.*

Seine Schritte verklangen. Sie kehrte in ihr Zimmer zurück und hielt inne. *Er kommt zur Tür. Jetzt.*

Das ist eine ganz schlechte Idee. Was ist mit Imenja? Sie wird nicht glücklich darüber sein. Ich weiß es. Reivan sah sich hastig um, dann eilte sie aus dem Schlafzimmer. Die Haupttür zu ihren Gemächern war nur wenige Schritte entfernt. Mit hämmerndem Herzen starrte sie sie an.

Ich muss ihn abweisen. Ich werde … ich werde ihm sagen, dass ich meine Meinung geändert hätte. Gewiss wird er es verstehen. Ich kann das unmöglich tun.

Er wird wissen, dass ich lüge.

Das Klopfen ließ sie zusammenfahren, obwohl sie es erwartet hatte. Sie schluckte heftig und zwang sich, zur Tür zu gehen. Dann legte sie eine Hand auf den Knauf, holte tief Luft und öffnete.

Er kam in den Raum wie ein Schwall warmer Luft. Sein Geruch umhüllte ihre Sinne. Er trat näher, und warme Hände umfassten ihr Kinn. Sie blickte ihm ins Gesicht, außerstande zu glauben, dass dieser leidenschaftliche Ausdruck des Begehrens ihr galt.

»Ich …«, begann sie.

Er runzelte besorgt die Stirn. »Was ist los?«, fragte er sanft.

»Ich … habe das noch nie getan«, antwortete sie schwach.

Er lächelte. »Dann wird es Zeit, dass sich daran etwas ändert«, sagte er. »Und ich wüsste keinen besseren Lehrer als den ehemaligen Obersten Götterdiener des Tempels von Hrun.«

Als diese Worte in ihrem Kopf widerhallten, war sie nicht länger in der Lage, ihre Gedanken hinreichend zu sammeln, um zu protestieren. Allerdings brachte sie ein Lachen zustande, als er sie hochhob, geradeso wie die Männer es in den dummen, romantischen Geschichten taten, die manche Frauen so gern lasen. Dann trug er sie ins Schlafzimmer.

Ich werde es bereuen, dachte sie, während er seine Roben abstreifte und sie zögernd aus ihrem Nachthemd schlüpfte. Eine Weile später, als seine Lippen und seine Zunge sich zu ihren Brustwarzen hinunterbewegten und seine Finger sanft über ihren Bauch strichen, änderte sie ihre Meinung.

Nein, ich werde es nicht bereuen. Nichts davon.

10

Emerahl beobachtete Aurayas Gesicht, als sie hinter dem Wasserfall hervor ins Sonnenlicht traten. Die Miene der ehemaligen Weißen glättete sich, und sie blieb stehen, um tief und voller Freude die frische Luft einzuatmen. Als sie bemerkte, dass Emerahl sie ansah, lächelte sie.

»Es tut gut, wieder draußen zu sein«, sagte sie, stieg auf einen Felsbrocken und reckte sich. »Es kommt mir so vor, als sei ich monatelang nicht mehr geflogen.«

»Dann macht es dir also Spaß?«

Auraya grinste. »Ja. Es ist so … hemmungslos. Wenn ich fliege, fühle ich mich ungebunden. Frei.«

Als die jüngere Frau wieder heruntersprang, kicherte Emerahl. »So fühle ich mich, wenn ich segle. Nur ich und ein Boot und keine andere Sorge als das Wetter.«

»Ah. Das Wetter. Man ist gut beraten, bei Sturm nicht zu fliegen. Da wären nicht nur die Kälte und der Regen, sondern auch das Risiko, dass man von einem Blitz getroffen wird oder gegen einen Berg fliegt, der in den Wolken verborgen war.«

»Das klingt genauso gefährlich wie das Segeln in einem Sturm«, bemerkte Emerahl trocken.

Auraya blickte versonnen drein und nickte dann. »Also, wie wollen wir den Flugunterricht beginnen?«

»Ich habe keine Ahnung. Du bist diesmal diejenige, die unterrichtet.«

»Das ist wahr.« Auraya sah sich um, dann ging sie auf einen flachen, freien Bereich ein kleines Stück weiter flussabwärts zu. »Ich weiß nicht, wie ich dir das beibringen soll. Die anderen Weißen konnten es nicht lernen, aber ich weiß nicht, ob es daran lag, dass sie unfähig waren oder dass ich eine schlechte Lehrerin bin.«

»Ich schlage vor, du unterrichtest es, indem du deine Schülerin in die gleiche Situation versetzt, in der du warst – nur dass Mirar mir erzählt hat, du hättest deine Gabe bei einem Sturz von einer Klippe entdeckt.«

Auraya sah Emerahl mit ernster Miene an. »Das könnten wir tun.«

Emerahl musterte sie streng. »Lass uns das als letztes Mittel in Betracht ziehen.«

»Es wäre nicht so gefährlich, wie es klingt«, fuhr Auraya fort. »Allerdings müssten wir uns höhere Klippen als diese hier suchen. Der Sturz muss ein wenig länger dauern, damit sich der anfängliche Schock legen kann. Anschließend musst du es selbst herausfinden und dann Magie anwenden, um …«

»Genau genommen sollten wir diese Methode nicht in Betracht ziehen.«

»Ich würde dich auffangen, wenn es nicht funktioniert. Dir könnte nichts passieren.«

Emerahl beschloss, darauf nicht zu antworten. Sie war sich nicht sicher, ob sie Auraya *so* sehr vertraute. »Wie hast du versucht, es den Weißen beizubringen? Haben sie sich vom Turm gestürzt?«

»Nein, sie haben versucht, sich vom Boden zu erheben.« Als sie die freie Fläche erreichten, blieb Auraya stehen.

»Dann werde ich es genauso machen.« Emerahl drehte sich zu ihr um. »Erklär mir, was du tust.«

»Kannst du die Magie um dich herum spüren?«

»Natürlich.« Emerahl ließ ihre Sinne die Energie berühren, die sie umgab.

»Kannst du die Welt um dich herum spüren? Es ist ein ähnliches Gefühl.«

»Die Welt?«

»Ja. Mir fällt es leichter, wenn ich mich bewege. Dann verändert sich meine Position in Bezug zur Welt. Deshalb war der Sturz so nützlich. Die Welt jagte an mir vorbei, oder ich jagte an der Welt vorbei, daher ist mir die Veränderung meiner Position bewusst geworden.«

Emerahl ging einige Schritte, während sie versuchte, ihre Umgebung nicht nur mit Augen und Ohren wahrzunehmen. Sie wanderte im Kreis um Auraya herum.

»Ich kann nichts spüren.«

»Es ist so, als erspürtest du die Magie um dich herum.«

Während Emerahl Auraya abermals umkreiste, konnte sie nichts von dem fühlen, was Auraya beschrieben hatte. Sie schüttelte den Kopf.

Auraya runzelte die Stirn und sah sich um. »Vielleicht bewegst du dich nicht schnell oder nicht weit genug. Wenn du von einem Felsbrocken springst, würdest du dich schneller bewegen. Du würdest nur für kurze Zeit fallen, daher müsstest du dich konzentrieren.«

»Ich werde es versuchen.«

Sie gingen zum Fluss hinüber. Emerahl wählte einen Felsbrocken in Schulterhöhe aus und stieg hinauf. Von oben betrachtet erschien er ihr höher als vom Boden aus.

Auraya trat zurück, um Emerahl reichlich Raum zu geben. »Konzentrier dich«, sagte sie.

Emerahl holte tief Luft und zwang sich, zu Boden zu springen. Beim Aufprall verlor sie das Gleichgewicht und taumelte. Auraya hielt sie an den Schultern fest.

»Hast du irgendetwas gespürt?«

Emerahl schüttelte den Kopf. »Ich hatte zu viel mit der Frage zu tun, wie hart der Boden wohl sein würde.«

»Versuch es noch einmal. Wenn du es oft genug tust, wirst du den Boden vielleicht vergessen.«

Du meinst, ich werde vergessen, Angst zu haben, dachte Emerahl. Sie stieg wieder hinauf und zwang sich abermals zu springen. Bevor Auraya eine Frage stellen konnte, drehte sie sich um und kletterte erneut auf den Felsbrocken.

Nach zwanzig Sprüngen brachte Emerahl eine anmutige Landung zustande. Es gelang ihr sogar, daran zu denken, sich während des Fallens auf »die Welt um sie herum« zu konzentrieren. Aber sie spürte immer noch nichts.

»Was geschieht als Nächstes?«, fragte sie, mehr um sich eine Ruhepause zu verschaffen, als weil sie wirklich bereit war weiterzumachen.

Aurayas Augen leuchteten auf. »Du *veränderst* deine Position in Bezug zur Welt. Mit Hilfe von Magie.«

Emerahl starrte Auraya an; sie wusste, dass ihr Gesicht absolutes Unverständnis ausdrückte, aber es war ihr gleichgültig. In Aurayas Zügen zeichnete sich Enttäuschung ab.

»Die Klippe könnte die einzige Möglichkeit sein. Vielleicht musst du dich nur über einen gewissen Zeitraum hinweg sehr schnell bewegen, um dich …«

»Ich werde es weiter versuchen«, erwiderte Emerahl.

Eine Weile später hörte sie auf. Ihre Knie und Knöchel schmerzten. Ihr Körper sagte ihr, dass Stunden verstrichen waren, aber die Welt, die sie immer noch nicht zu spüren vermochte, hielt irgendwie die Illusion aufrecht, es sei noch früh am Morgen.

»Es funktioniert nicht«, murmelte sie vor sich hin. »Es muss einen anderen Weg geben.«

»Wenn wir einen steilen Hang fänden, könnten wir eine Rutschbahn für dich hineinkerben«, schlug Auraya vor. »Das wäre beinahe wie ein Sturz.«

Ein *Sturz*? Emerahls Haut begann zu kribbeln, als ihr

plötzlich eine Idee kam. Sie drehte sich um und betrachtete den Wasserfall. Der Teich darunter war tief. Als Kind war sie mit großer Begeisterung in den Ozean gesprungen …

»Es wird kalt sein«, warnte Auraya, die Emerahls Absicht erraten hatte.

»Wenn ich den Ozean im Winter aushalten kann, werde ich mit dieser kühlen kleinen Pfütze ebenfalls fertig«, erwiderte Emerahl.

Sie holte ein Seil aus der Höhle. Der Aufstieg zu den Felsen über dem Wasserfall war nicht einfach. In den Ritzen war in der feuchten Umgebung reichlich Moos gewachsen, so dass man sich nur mit Mühe festhalten konnte. Oben angekommen, band Emerahl das Seil an einen Baum, dann knotete sie Schlaufen hinein, um es wie eine Strickleiter benutzen zu können.

Sie ging zum Fluss hinüber und trat in das Wasser. Die Strömung zog an ihren Beinen, als wolle sie sie aus dem Gleichgewicht bringen. Am Rand des Wasserfalls war der Sog besonders beharrlich und gab sich alle Mühe, sie davon zu überzeugen, dass sie in keine andere Richtung gehen konnte als über den Rand.

Beim ersten Mal werde ich mich einfach darauf konzentrieren, den Sprung richtig hinzubekommen – ohne auf den Grund des Teichs zu schlagen und dabei das Bewusstsein zu verlieren.

Sie schloss die Augen und sandte ihren Geist zurück in eine Zeit, als sie jünger gewesen war – viel jünger –, und da hatten die eingebildeten Ungeheuer, die in den dunklen Ecken ihres Elternhauses lauerten, ihr mehr Angst gemacht als die Vorstellung, sich von einer Klippe in den wilden Ozean zu stürzen.

Schließlich öffnete sie die Augen, beugte die Knie, ließ sich nach vorn fallen und sprang in die gischterfüllte Luft.

Der Teich schoss ihr entgegen und traf sie mit schockierender Kälte. Als das kühle Wasser sie umgab, wölbte sie instinktiv den Körper vor, um den Sprung zu verkürzen. Ihre Knie schlugen auf dem Grund des Teiches auf.

Dann schwamm sie zur Oberfläche empor. Ihre durchweichten Sandalen klebten an ihren Füßen, als sie zum Ufer watete. Sie zog Magie in sich hinein und erwärmte die Luft um sich herum.

Auraya saß auf einem Felsbrocken in der Nähe. Sie lächelte und zog eine Augenbraue hoch.

»Ich hab's nicht mal versucht«, erklärte Emerahl. »Ich wollte zuerst den Sprung richtig hinbekommen.«

Auraya betrachtete das Seil, das an der Klippe herabhing. Sie öffnete den Mund, dann schloss sie ihn wieder und zuckte die Achseln.

Emerahl, die sich jetzt wärmer fühlte und den Rausch ihres Sprungs noch immer auskostete, schleuderte die Sandalen von den Füßen und ging auf ihre provisorische Leiter zu.

Wenn ich schon von Klippen springen muss, um das zu lernen, dachte sie, *kann ich genauso gut meinen Spaß dabei haben.*

Danjin öffnete die Tür und zögerte. Auf dem Haar und den Kleidern der beiden Traumweber glänzten Regentropfen, und um ihre Stiefel herum bildeten sich Pfützen. Raeli folgte seinem Blick und lächelte schwach.

Eine warme Brise berührte Danjins Haut. Von den Kleidern der Traumweber stieg Dampf auf, und einen Moment später waren beide trocken.

»Wir sind hier, weil Ellareen von den Weißen uns darum gebeten hat«, sagte Raeli. »Dies ist Traumweber Kyn, der Ersatz für Traumweber Fareeh.«

»Willkommen«, erwiderte er. »Ellareen von den Weißen erwartet euch.«

Danjin geleitete die Traumweber hinein. Ella stand neben

dem Tisch, wenige Schritte entfernt von dem Sitzmöbel, das sie voller Zuneigung ihren »Spionierstuhl« getauft hatte. Einen Moment lang sah er sie, wie diese Traumweber sie sehen mussten: eine junge zirklische Heilerin, die sie kannten und mit der sie zusammengearbeitet hatten, durch schmucklose weiße Roben, elegant frisiertes Haar und die Gunst der Götter in eine beeindruckende, mächtige Frau verwandelt.

»Traumweberratgeberin der Weißen, Raeli«, stellte Danjin die Frau in seiner Begleitung vor. »Und Traumweber Kyn. Dies ist Ellareen von den Weißen.«

Ella lächelte die beiden an. »Danke, dass ihr hergekommen seid. Ich entschuldige mich für die bescheidene Umgebung. Nehmt Platz, wenn ihr wollt.«

Als die Traumweber sich auf den Stühlen niederließen, setzte Ella sich auf ihren Platz am Fenster. Weitere Stühle gab es in dem Raum nicht, daher blieb Danjin stehen.

Die Traumweber wirkten gelassen und entspannt. Er hatte Raeli seit Aurayas Rücktritt nicht häufig gesehen, nicht einmal im Vorbeigehen im Turm. Der Traumweber, der mit ihr gekommen war, war ein Mann in mittleren Jahren mit magerem Gesicht und kurzem Bart. Er erinnerte Danjin ein wenig an Leiard.

»Wie können wir dir helfen, Ellareen von den Weißen?«, fragte Raeli.

Ella lächelte. »Ich hatte gehofft, dass ich vielleicht euch helfen könnte. Vor einigen Wochen wurde ich mit der Aufgabe betraut, eine Möglichkeit zu finden, den Gewalttaten gegen Traumweber und das Hospital ein Ende zu machen.« Falls diese Neuigkeit die beiden Gäste freute, ließen sie sich nichts davon anmerken, wie Danjin feststellte. »Auf Anraten meines Ratgebers, Danjin Speer, habe ich mich mit den Gründen beschäftigt, warum die Menschen euch und dem Hospital Böses wollen. Deshalb habe ich diesen Raum benutzt.« Sie blickte zum Fenster hinüber. »Um die Gedanken derer zu beobachten, die am Hospital vorbeigehen.«

Die beiden Traumweber zogen die Augenbrauen hoch.

»Hast du dabei etwas Nützliches entdeckt?«, fragte Raeli.

»Allerdings. Ich brauche euch nicht darauf hinzuweisen, dass einige Bewohner dieser Stadt eine überaus unvernünftige Abneigung gegen Traumweber hegen.« Ellas Gesichtsausdruck war jetzt ernst. »Diese Abneigung gibt es schon seit langer Zeit und liefert keine Erklärung für die jüngsten Angriffe. Ich vermute, dass vor einigen Monaten etwas geschehen sein muss, das die Meinung der Menschen geändert hat.« Sie hielt inne und blickte von einem Traumweber zum anderen. »Ich glaube, der Grund dafür ist die Neuigkeit, dass Mirar noch lebt.«

Raeli sah sie scharf an. »Ein Gerücht«, sagte sie. »Mehr nicht.«

Ella nickte. »Ein Gerücht, dem einige Leute so viel Glauben schenken, dass sie anfangen, Traumweber zu töten.«

»Möchtest du, dass wir das Gerücht bestreiten?«, wollte Kyn wissen. »Sie werden uns nicht glauben.«

»Das ist wahr«, gab Ella ihm recht. »Manche Menschen werden immer nur das glauben, was sie glauben wollen. Die meisten sind jedoch lediglich Mitläufer, die sich ohne weiteres dazu hinreißen lassen, gegen das Gesetz zu verstoßen. Genauso leicht kann man sie jedoch wieder auf den Boden des Gesetzes zurückholen. Wir müssen die Anführer finden, uns aber gleichzeitig darum bemühen, ihre Anhänger wieder auf unsere Seite zu ziehen. Um das zu erreichen …« Ella hielt inne und blickte zum Fenster hinüber. Dann runzelte sie die Stirn und wandte sich wieder zu den Traumwebern um. »Um das zu erreichen, müssen wir ihre Ängste lindern. Und diese Ängste gelten, wie ich erfahren habe, der Frage, was geschehen wird, wenn Mirar seinen Einfluss auf die

Traumweber zurückgewinnt. Die Menschen befürchten, dass die Traumweber unter seiner Führung zu einer gefährlichen Größe werden könnten.«

Raeli schürzte die Lippen, während sie über Ellas Worte nachdachte. Schließlich sah sie zu Kyn hinüber, der besorgt die Stirn runzelte.

»Du möchtest, dass wir die Menschen vom Gegenteil überzeugen?«, fragte er. »Aber auch das werden sie uns nicht glauben.«

Danjin erwartete, dass Ella dies bestreiten würde, aber sie sagte nichts. Er sah sie an und stellte fest, dass sie wieder aus dem Fenster starrte. Als sie sich umdrehte, lag ein geistesabwesender Ausdruck auf ihrem Gesicht, der jedoch schnell wieder verschwand.

»Nein«, erwiderte sie und sah Kyn dabei fest in die Augen. »Ihr sollt deutlich machen, dass ihr nichts mit Mirar zu tun haben wollt. Dass die Traumweber hundert Jahre lang ohne ihn zurechtgekommen sind und dies auch in Zukunft tun werden.« Sie wandte sich an Raeli, die den Mund geöffnet hatte, um zu protestieren. »Habt ihr diesen verschwundenen Traumweberschüler bereits gefunden?«

Raeli schloss den Mund, dann schüttelte sie den Kopf. »Wir glauben, dass er tot ist.«

Ella verzog das Gesicht. »Armer Ranaan.« Sie seufzte. »Ich weiß, mein Vorschlag erzürnt euch, aber ich frage euch: Was ist wichtiger, das Leben eurer Anhänger oder eure Ergebenheit einem Mann gegenüber, der euch über hundert Jahre lang euch selbst überlassen hat und der jetzt nicht hier sein kann, um euch zu helfen, gegen die Gewalttätigkeiten zu kämpfen, die seine Rückkehr … entschuldigt mich bitte.« Ihre Augen weiteten sich, und sie stand auf und wandte sich gleichzeitig zum Fenster, dann wirbelte sie herum, ging mit langen Schritten auf die Tür zu und verließ den Raum.

Die beiden Traumweber sahen Danjin fragend an. Er zuckte die Achseln, um zu zeigen, dass er keine Erklärung für Ellas Verhalten habe, dann eilte er ihr nach.

Sie stand bereits am Fuß der Treppe. Als er die Stufen hinunterging, hielt sie inne und blickte zu ihm auf.

»Bleib hier, Danjin.«

Dann war sie fort. Er kehrte widerstrebend in den Raum zurück. Raeli war ans Fenster getreten und schaute auf die Straße hinunter.

»Ich sehe nichts Ungewöhnliches«, sagte sie.

Als Danjin sich zu ihr gesellte, sah sie ihn an und machte ihm Platz. Er blickte nach draußen und sog hastig die Luft ein. Ella war auf die Straße getreten. Die Passanten blieben stehen und musterten sie überrascht, aber sie ignorierte sie. Stattdessen ging sie zu einem Brotverkäufer hinüber, der an seinem Karren lehnte. Als dem Mann klar wurde, dass sie auf ihn zukam, richtete er sich auf und sah sich nach beiden Seiten um, als halte er Ausschau nach einem Fluchtweg. Dann wandte er sich ihr zu, wobei er den Blick auf den Boden gerichtet hielt.

Sie richtete einige Worte an ihn, und mit einem Mal stand ein Ausdruck des Entsetzens auf seinen Zügen. Dann drehte sie sich um und ging davon. Der junge Mann zögerte und sah sich noch einmal um. Ella blickte hinter sich und begann abermals zu sprechen. Die Schultern des Brotverkäufers sackten herab, und er schlurfte hinter ihr her.

Als die beiden aus seinem Blickfeld verschwanden, trat Danjin vom Fenster zurück. *Sie muss einige seiner Gedanken aufgefangen und etwas Wichtiges darin gelesen haben. Etwas* sehr *Wichtiges. Aus keinem geringeren Grund wäre sie das Risiko eingegangen zu offenbaren, dass sie den Menschen vor dem Hospital heimlich nachspioniert hatte.*

Die Stille im Raum wurde zunehmend peinlich. Danjin begann, den beiden Traumwebern höfliche Fragen zu stellen. Wie es Raeli seit dem Krieg ergangen war? Wo Kyn geboren worden war? Der Traumweber stammte aus Dunwegen, wie sein Name vermuten ließ, aber seine Mutter war Genrianerin. Es war eine ungewöhnliche Abstammung, und Danjin vermutete, dass sich der Mann, indem er sich den Traumwebern anschloss, den Respekt erworben hatte, den man einem Mischling wie ihm andernfalls weder in Dunwegen noch in Genria je entgegengebracht hätte.

Als das Geräusch einer zufallenden Tür durch das Haus hallte, hielt Danjin inne, um zu lauschen. Er hörte ferne Stimmen, konnte aber nicht verstehen, was gesprochen wurde. Dann näherten sich Schritte.

Die Tür wurde geöffnet, und Ella trat ein.

»Bitte entschuldigt, dass ich euch so abrupt allein gelassen habe«, sagte sie. »Ich habe nur gerade jemanden gefunden, nach dem ich gesucht hatte, und konnte nicht riskieren, dass er weiterging, bevor ich eine Gelegenheit hatte, mit ihm zu reden.« Sie setzte sich und strich ihren Zirk glatt. »Und nun … ich habe euch gebeten hierherzukommen, um euch über die Ergebnisse meiner Nachforschungen in Kenntnis zu setzen.« Ihre Miene wurde ernst. »Ich hoffe, ihr werdet meinen Rat annehmen, aber ich würde es auch verstehen, wenn ihr es nicht tut. Es ist gewiss nicht leicht. Ihr könnt euch mit Mirar in Verbindung setzen, wenn ihr euch dafür entscheidet, meinen Rat anzunehmen, und ihm erklären, dass es notwendig ist – und nur eine vorübergehende Maßnahme.«

Sie lächelte und sah die beiden Traumweber erwartungsvoll an. Raeli und Kyn tauschten einen Blick, dann wandte Raeli sich wieder Ella zu.

»Danke, dass du uns diese Information gegeben hast. Es ist beruhigend zu wissen, dass den Weißen unser Wohlergehen so sehr am Herzen liegt. Ich werde deinen Rat an Traumweberälteste Arleej weitergeben und dich wissen lassen, wie sie sich entschieden hat.«

Ella nickte und stand auf. »Gebt mir Bescheid, wenn ihr irgendetwas von uns brauchen solltet.«

Die Traumweber erhoben sich, und Danjin geleitete sie hinaus. Als er zurückkam, stand Ella oben an der Treppe.

»Jemand, nach dem du gesucht hast?«, fragte er.

Sie lächelte grimmig. »Ja.« Sie verschränkte die Arme vor der Brust und trommelte mit den Fingern auf ihren Ärmel. »Gleich werden unsere Gäste draußen auf der Gasse sein … Da sind sie schon. Komm mit, Danjin. Wir gehen zurück in den Weißen Turm.«

Er folgte ihr die Treppe hinunter und hinaus auf die Gasse zu dem alten geschlossenen Plattan, mit dem sie immer fuhren. Als Ella nach der Türlasche griff, hielt sie inne und legte einen Finger auf seine Lippen, bevor sie ihm bedeutete einzutreten.

Es saß bereits jemand im Wagen, begriff er. Zwei Menschen. Langsam und vorsichtig stieg er ein. Einer der Männer war der Fahrer. Der andere war der Brotverkäufer, der gefesselt und geknebelt dasaß und verängstigt dreinblickte.

Die ganze Szene hatte etwas Beunruhigendes. Danjin stellte sich vor, was geschehen war, nachdem Ella und der Brotverkäufer aus seinem Blickfeld verschwunden waren. Hatte sie den Mann gezwungen, in den Plattan zu steigen? Hatte sie ihn gefesselt? *Nein, das muss der Fahrer für sie getan haben.*

Ella stieg nun ebenfalls ein. Ihre Miene war grimmig, während sie den Gefangenen musterte. Sie nickte dem Fahrer zu, und er stieg aus. Der Plattan schwankte, als der Mann auf den Fahrersitz kletterte und das Arem sich in Bewegung setzte.

»Bagem«, begann Ella und zeigte auf ihren Gefangenen, »ist dafür bezahlt worden, das Hospital zu beobachten. Er sollte vor allem nach Traumwebern Ausschau halten und ihnen folgen, wenn es möglich war.«

Und sie töten?, dachte Danjin und musterte den jungen Mann nachdenklich. Obwohl der Brotverkäufer restlos eingeschüchtert wirkte, konnte das seinen Grund einfach darin haben, dass eine der Weißen ihn gefangen genommen hatte.

»Er sollte ihnen nicht persönlich Schaden zufügen«, sagte Ella. »Aber er wusste, dass seine Informationen wahrscheinlich zur Ermordung weiterer Traumweber führen würden. Er kann seinen Auftraggeber und andere, die an dem Spiel beteiligt waren, identifizieren. Ich denke, die anderen Weißen werden ebenfalls sehen wollen, was ich in seinen Gedanken gesehen habe.« Sie wandte sich zu Danjin um, und ihre Augen waren geweitet vor Sorge. »Denn wenn die Männer, die Bagem bezahlt haben, nicht eine Verkleidung trugen, müssen es Priester gewesen sein.«

11

Wenn Reivans Gehilfe, Kikarn, ihr Verhalten an diesem Morgen verwirrend fand, so ließ er sich nichts davon anmerken. Sie hatte ihn gebeten, alle Dinge aufzulisten, um die sie sich kümmern konnte, bis er ihr eine Angelegenheit präsentierte, die sie für den ganzen Tag vom Sanktuarium wegführen würde. Die Gelassenheit, mit der er diese Abweichung von ihrem normalen Tagesablauf aufnahm, war beinahe beängstigend gewesen.

Vielleicht versteht er einfach, dass man ab und zu aus dem Sanktuarium heraus muss, um nicht den Verstand zu verlieren, überlegte sie.

Es war Reivan gelungen, sich mit ihrer erwählten Aufgabe fast den ganzen Tag lang abzulenken. Nur gelegentlich wanderten ihre Gedanken in die vergangene Nacht zurück, und dann erschien es ihr eher ein Traum zu sein denn eine Erinnerung. Diese Augenblicke waren angenehm, wurden ihr aber jedes Mal verdorben, wenn sie sich darum sorgte, was Imenja denken würde. Oder sagen. Oder tun.

Sie könnte mich zum Beispiel entlassen, dachte Reivan. *Oder mich als unbefähigte Götterdienerin an einen entlegenen Ort schicken, wo ich den Rest meiner Tage damit zubringen werde, Schriftrollen zu übersetzen. Nein, das Übersetzen von Schriftrollen wäre zu vergnüglich. Sie würde mir wohl eher irgendeine unangenehme niedere Arbeit oder eine langweilige Aufgabe in der Verwaltung zuweisen.*

Es war kindisch und überdies nutzlos gewesen, dass sie Imenja den ganzen Tag aus dem Weg gegangen war, und es hatte ihr nur einige zusätzliche, angsterfüllte Stunden bis zu der unausweichlichen Konfrontation verschafft. Als sie ihre Arbeit beendet hatte und die Schatten begannen, die Stadt einzuhüllen, schleppte sie sich zurück ins Sanktuarium.

Alles war still, als sie die Treppe erreichte, über die sie zu ihren Räumen gelangen würde. Sie hielt inne und blickte durch einen Bogengang in den dahinterliegenden Innenhof. Das Zwielicht hatte den Hof in einen bläulichen Schein getaucht, nur an einigen Stellen warfen Lampen orangefarbene Seen auf das Pflaster.

Wird Nekaun heute Nacht wieder zu mir kommen?, fragte sie sich. Ihr Herzschlag beschleunigte sich. *Ich hoffe es, aber … ich bin müde.* Sie trat in den Bogengang und lehnte sich an die Wand. Es war so friedlich hier. Ganz allmählich lösten sich die Knoten der Anspannung in ihr.

Vielleicht wird es Imenja ja nichts ausmachen, überlegte sie. *Vielleicht wird es sie und Nekaun sogar veranlassen, ihre Meinungsverschiedenheiten beizulegen. Ich könnte diejenige sein, die unbeabsichtigterweise Frieden zwischen der Ersten und der Zweiten Stimme stiftet.*

Sie schnaubte leise.

Höchst unwahrscheinlich! Was weiß ich schon davon, wie man Meinungsverschiedenheiten beilegt oder Frieden stiftet? Es war schon schwer genug, die Denker dazu zu bringen, meine bloße Existenz wahrzunehmen, und sie haben mich bei der ersten Gelegenheit hinausgeworfen. Die Reaktion der Götterdiener auf mich, als ich seinerzeit hierherkam, ließ keinen Zweifel daran, dass sie fanden, ich würde nicht zu ihnen gehören. Ich habe noch immer nicht einmal Freunde, welche Chance habe ich also, die Kluft zwischen mir und den anderen zu überwinden?

»Eine Freundin hast du«, erklang eine vertraute Stimme hinter Reivan.

Sie drehte sich um und sah Imenja entschuldigend an.

»Zweite Stimme. Ich … äh … ich … ich entschuldige mich dafür, dass …«

Imenja legte zwei Finger auf die Lippen, dann bedeutete sie Reivan, ihr in den Innenhof zu folgen. Sie betrachtete einen der Teiche. Das Wasser kräuselte sich, dann bildete sich eine Fontäne, und Tropfen fielen durch die Luft. Das Geräusch hallte im Hof wider. Imenja setzte sich auf eine der Bänke in der Nähe.

»So. Ein klein wenig Ungestörtheit. Ich würde dir allerdings davon abraten, die Stimme zu erheben.«

Reivan nickte, und Imenja klopfte auf die Bank.

»Setz dich. Wie du weißt, müssen wir reden.« Als Reivan gehorchte, lächelte Imenja. »Wofür willst du dich entschuldigen?«

»Dafür … dafür, dass ich mich vor dir versteckt habe.«

»Es war albern von dir, aber ich sehe, dass du das weißt. Du brauchst kein schlechtes Gewissen zu haben, weil du Nekaun in dein Bett gelassen hast, Reivan. Es ist kaum etwas, wofür man sich schämen müsste.«

»Ich weiß, aber …«

»Aber?«

»Du und er …«

Imenja rümpfte die Nase. »Wir waren in letzter Zeit nur selten einer Meinung.« Sie hob die Schultern. »Das ist eine Angelegenheit zwischen uns beiden und sollte dich nicht daran hindern, dein Vergnügen zu suchen, wann immer du es finden kannst. Vergnügen ist etwas, das einem Menschen nicht so oft begegnet, wie es das tun sollte.«

»Da kommt noch ein ›Aber‹«, sprudelte Reivan hervor. »Ich kann es in deiner Stimme hören.«

Imenja lachte leise. »Ja, es gibt ein ›Aber‹.« Sie holte tief Luft, und alle Heiterkeit verschwand aus ihren Zügen. »Es ist möglich, dass Nekaun dir tatsächlich Zuneigung entgegenbringt. Ich möchte in diesem Punkt deine Hoffnungen nicht zunichtemachen. Es besteht jedoch auch die Möglichkeit, dass er dich lediglich benutzt.«

»Nun, es ist nicht so, als könnten wir heiraten. Das erwarte ich nicht.«

Imenja schüttelte den Kopf. »Du musst politisch denken, Reivan. Du bist mir nicht deshalb den ganzen Tag aus dem Weg gegangen, weil du dachtest, ich könnte es missbilligen, dass du ein wenig Spaß hast.«

»Du glaubst, er benutzt mich, um dich zu kränken?«

»Ich muss es als eine Möglichkeit betrachten. Und du auch.«

Reivan blickte auf das Pflaster hinab. Wenn Nekaun dachte, Imenja hätte Einwände dagegen, dass er das Bett mit ihrer Gefährtin teilte, wäre dies eine Möglichkeit, sie zu treffen. Es war schäbig und niederträchtig, und es hatte keinen anderen Sinn, als jemanden zu verärgern, den man eigentlich als einen seiner engsten Verbündeten betrachten sollte.

»Gewiss nicht. Er würde nichts damit gewinnen.«

Imenja seufzte. »Nichts, als mich ein klein wenig mehr zu schwächen.«

Als Reivan die Zweite Stimme betrachtete, sah sie eine Resignation in den Zügen der Frau, die ihr dort noch nie aufgefallen war. Ein Stich der Sorge durchzuckte sie. Was war geschehen, dass ihre Herrin Nekaun solches Misstrauen entgegenbrachte? Wie konnte eine mächtige Frau so niedergeschlagen wirken?

Imenja richtete sich auf und wandte sich zu Reivan um. »Wenn seine Absichten boshafter Natur sein sollten, wird er feststellen, dass ich aus härterem Holz bin, als er erwartet«, sagte sie. »Du bist es, um die ich mir Sorgen mache, Reivan. Würdest du damit fertigwerden, gedemütigt und manipuliert zu werden? Bist du stark genug, um ein gebrochenes

Herz zu ertragen? Falls Nekauns Absichten böse sind, könnte das für dich sehr unerfreulich werden.«

Reivan starrte sie an. »Glaubst du, er könnte so grausam sein?«

Imenja seufzte. »Ob ich glaube, dass er zu niederträchtigen, unmoralischen Taktiken fähig ist? Ja. Ich weiß, dass es so ist. Ob ich glaube, dass er dir wirklich tiefste Zuneigung entgegenbringt?« Sie lächelte und zuckte die Achseln. »Du bist eine attraktive Frau. Nicht schön, aber du hast einen scharfen Verstand und einen guten Sinn für Humor, und beide Dinge sind mehr als nur eine Entschädigung für mangelnde Schönheit. Es gibt vieles an dir, was man lieben kann. Also empfindet er vielleicht wirklich etwas für dich.«

Reivans Mund verzog sich unwillkürlich zu einem Lächeln, und sie versuchte erfolglos, es zu verhindern.

»Ich würde dich niemals einer Chance auf Liebe und Vergnügen berauben«, fuhr Imenja fort. »Aber wenn Schlimmes daraus entsteht, vergiss nicht, dass ich deine Freundin bin. Wenn du das Bedürfnis hast, mit jemandem zu reden, werde ich zuhören. Wenn du das Bedürfnis hast, von ihm fortzukommen, werde ich dich hinschicken, wo immer du hingehen möchtest. Ich werde alles in meiner Macht Stehende tun, um zu verhindern, dass du zu Schaden kommst, aber ich kann dich nicht vor verletzten Gefühlen retten. Auch du musst stark sein.«

»Das werde ich«, versprach Reivan.

»Gut.«

Imenja stand auf. »Und nun muss ich an einer Versammlung teilnehmen, daher sollte ich langsam aufbrechen.«

»Brauchst du meine Hilfe?«

»Nein. Ich werde morgen mit dir sprechen. Schlaf gut.«

Reivan lächelte. »Du auch.«

Als die Zweite Stimme im Bogengang verschwand, tröpfelte der Springbrunnen langsam aus und erstarb dann ganz. Reivan sog tief die Luft ein, gähnte und ging auf ihre Räume zu, wobei sie sich besser fühlte, als sie es den ganzen Tag getan hatte.

Die Sonne hing direkt über den Bäumen, als schicke sie sich an hineinzutauchen. Auraya blickte zu dem Seil auf. Sie hatte es von dem Felsen zu den Zweigen der Bäume darunter gespannt und dann einen Gleitsitz aus Holz und weiteren Seilen gemacht. Es war eine grobe Nachahmung des Systems, das Mirar benutzt hatte, um von einer Plattform zur nächsten zu gelangen, als sie ihn vor einigen Monaten in dem inmitten von Bäumen gelegenen Dorf der Siyee gefunden hatte. Plötzlich stieg Ärger in ihr auf, und sie ballte die Fäuste.

Was hatte er als Gegenleistung dafür bekommen, dass er den Siyee im Kampf gegen die Seuche geholfen hatte?, dachte sie. *Einen Henker. Und jetzt will Huan mir ebenfalls einen Henker schicken.* Sie holte tief Luft und stieß den Atem langsam wieder aus, als sie ihren Ärger beiseiteschob. Während der letzten Tage hatte sie oft über das Gespräch zwischen Huan und Saru nachgegrübelt. Zu oft. Nachts lag sie wach, hin- und hergerissen zwischen Zorn auf die Götter, die sie verraten hatten, und einer nagenden, zermürbenden Furcht, dass einer der Weißen – wahrscheinlich Rian – in die Höhle kommen und sie und Jade töten würde.

»Hier.«

Auraya riss sich aus ihren Gedanken los und nahm den dampfenden Becher Maita von Jade entgegen. Sie nippte daran und stieß einen anerkennenden Seufzer aus, als die heiße Flüssigkeit sie wärmte.

Jade setzte sich neben sie und betrachtete die Schlinge. Sie hatte sie viele Male sicher zu Boden getragen, aber es war ihr noch immer nicht gelungen, ihre Position in der Welt um sie herum zu spüren. Aber schließlich war es auch keine besonders hohe Klippe.

»Wir könnten uns eine höhere Klippe suchen und ein längeres Seil machen«, begann Auraya.

Jade schüttelte den Kopf. »Nein. Ich denke, es ist ziemlich klar, dass ich diese Fähigkeit, die Welt so wahrzunehmen wie du, nicht besitze. Außerdem muss ich mich langsam auf den Weg machen.«

»Du willst einfach aufgeben? Nach nur einem einzigen Tag?«

Die Frau kicherte. »Ja, das will ich. Vielleicht werde ich eines Tages das Missgeschick haben, von einer Klippe zu stürzen. Wenn das passiert, werde ich mich an deine Anweisungen erinnern und es noch einmal versuchen. Für den Augenblick bin ich damit zufrieden, meine Füße fest auf dem Boden zu wissen.«

Auraya lächelte. »Wir könnten es immer noch mit dem Sprung von der Klippe versuchen. Vielleicht funktioniert es ja.«

»Und vielleicht auch nicht.«

»Ich würde dich auffangen.«

»Es ist nicht so, dass ich dir nicht vertrauen würde …«

Auraya zog die Augenbrauen hoch.

»Hm, ja, du hast recht«, gestand Jade. »So weit reicht mein Vertrauen zu dir dann doch nicht. Aber wie dem auch sei, mein gesunder Menschenverstand sagt mir, dass es eine schlechte Idee wäre, von einer Klippe zu springen. Und die Logik sagt mir noch etwas anderes: Wenn ich mich bewegen muss, um zu lernen, ein Gefühl für meine Position in der Welt zu entwickeln, müsste es genauso gut funktionieren, wenn ich mich horizontal bewege statt vertikal. Wenn ich in der Lage wäre, das Fliegen zu erlernen, hätte ich diese Wahrnehmung der Welt, die du beschreibst, inzwischen selbst entdeckt.«

»Du hast wahrscheinlich recht.« Auraya seufzte. »Oder aber ich bin eine miserable Lehrerin. Oder vielleicht hat ja auch Mirar recht. Er beharrt darauf, dass dies meine angeborene Gabe sei.«

Jade sah Auraya forschend an. »Wie oft sprichst du mit ihm?«

»Wir haben uns einige Male bei Traumvernetzungen unterhalten.«

»Du redest mit ihm? Ich dachte, du magst ihn nicht.«

Auraya lächelte. »Ich habe nie gesagt, dass ich ihn nicht mag.«

Jade runzelte die Stirn, dann wandte sie den Blick ab. Alles um sie herum wirkte gedämpft, als müssten die Geschöpfe des Waldes auf die Dunkelheit warten, bevor sie den Mut fanden, die Stimme zu erheben. Auraya lauschte mit ihren anderen Sinnen und achtete auf Dinge, die sie normalerweise nur während des Fliegens wahrnahm: die Magie um sie herum, das Gefühl für ihren Platz innerhalb der Welt. Ihre Sinne waren schärfer geworden, seit sie hierhergekommen war.

Ein schwaches Flüstern oder eine Vibration erregte ihre Aufmerksamkeit. Sie konzentrierte sich darauf und stellte fest, dass es der Geist eines Siyee war. Jemand flog in ihre Richtung. Es war Tyve.

Ich werde ihnen nur schnell einen kurzen Besuch abstatten, bevor es zu dunkel wird, dachte er.

»Du solltest das wohl besser abnehmen«, bemerkte Jade, die von dem näher kommenden Siyee anscheinend nichts wusste.

Das Seil! Tyve könnte hineinfliegen. Auraya stellte ihren Becher beiseite und sprang auf. Dann zog sie Magie in sich hinein und sandte einen Hitzestrom zu dem Ende des Seils aus, das auf der Klippe befestigt war. Die Fasern brachen in Flammen aus, als die Hitze sich durch sie hindurchfraß. Das Seil fiel zu Boden, und ein Teil davon versank im Fluss.

»Es ist gut zu wissen, dass du mir so gründlich zustimmst«, bemerkte Jade trocken.

»Tyve ist auf dem Weg hierher. Er könnte das Seil übersehen.«

»Tyve? Woher weißt du das?«

»Ich habe seine Gedanken …« Auraya erschrak, als ihr klar wurde, was sie hatte sagen wollen. Sie konzentrierte sich auf Tyves Geist. Zu ihrer Überraschung waren seine Gedanken ganz deutlich. Sie sah Jade an.

»Ich kann wieder Gedanken lesen.«

Die andere Frau starrte sie an, dann blickte sie in die Richtung, aus der sich der Siyee näherte. »Ich kann Erregung und Eile wahrnehmen. Warum kommt er hierher?«

»Nur um nach uns zu sehen.«

Auraya runzelte die Stirn. Ein Gefühl des Argwohns überlagerte Tyves Müdigkeit und seinen Wunsch, nach Hause zurückzukehren. Dieser Zwiespalt in seinen Gedanken war eigenartig.

Sie ist endlich aufgetaucht. Jetzt werden wir erfahren, was sie dort drin getrieben hat und ob diese Frau mit dem verborgenen Geist diejenige ist, für die ich sie halte …

Der Gedanke endete abrupt, und plötzlich konnte Auraya nur noch Tyves Müdigkeit spüren. Etwas anderes näherte sich ihr. Etwas ohne Gestalt, das mit unglaublicher Geschwindigkeit heranstürmte.

Huan.

Die Göttin schoss an ihr vorbei, und sie war nicht allein. Auraya wich zurück. Der zweite Gott war Saru. Sie waren hinter ihr und suchten …

Wo ist sie? Ich kann sie nicht sehen!

»Was ist los?«, hörte sie Jade fragen.

Ich sollte meinen Gedankenschild fallen lassen, um zu beweisen, dass ich vertrauenswürdig bin, überlegte Auraya. *Aber ich vertraue* ihnen *nicht.*

Huan wandte sich in Blitzesschnelle Tyve zu. Der Junge bemerkte nicht, dass der Geist der Göttin sich mit seinem verband. Er konzentrierte sich darauf, langsam zu Boden zu schweben und eine Stelle zum Landen zu suchen.

Ich kann sie nicht sehen! Ihr Geist ist verborgen!

Dann waren die Götter fort; sie hatten sich schneller entfernt, als Auraya ihnen folgen konnte.

Damit ist es entschieden, dachte sie. *Sie wissen jetzt Bescheid. Ich frage mich, ob das der Vorwand ist, den Huan benötigt, um mich zu töten.*

»Was ist los, Auraya?«, zischte Jade.

Auraya schüttelte den Kopf und überlegte, wie sie erklären sollte, was soeben geschehen war. »Tyve war einen Moment lang nicht allein. Huan war bei ihm und hat uns durch Tyves Augen beobachtet.«

»Huan?« Jades Augen weiteten sich. »Hier? Um uns zu beobachten?«

»Jetzt nicht mehr«, versicherte Auraya ihr hastig. »Sie – Saru war bei ihr – haben sich zurückgezogen, um den anderen zu berichten, dass mein Geist beschirmt ist.«

Jade starrte sie an. »In all meinen Jahren«, murmelte sie, »bin ich niemals *irgendjemandem* begegnet, der die Götter spüren konnte. Wissen die Götter von deiner Fähigkeit?«

»Ja, aber sie wissen nicht, wie weit diese Fähigkeit reicht. Früher konnte ich sie nur spüren, wenn sie ganz in der Nähe waren.«

»Und wann hat sich das geändert?«

»Nachdem du mich gelehrt hast, Gedanken abzuschöpfen.«

Jade nickte. »Sieh zu, dass sie es nicht erfahren. Ehemalige Weiße hin oder her, sie werden dich töten, wenn sie herausfinden, dass du ihnen nachspionieren kannst. Du solltest es nicht einmal Chaia erzählen.«

Auraya öffnete den Mund, um zu beteuern, dass Chaia ihr nichts Böses wolle, dann schloss sie ihn wieder, denn Tyve war in diesem Moment gelandet. Jade warf ihr einen vielsagenden Blick zu, dann wandte sie sich um, um den Siyee zu begrüßen.

12

Kalen brauchte einige Augenblicke, um zu begreifen, dass er wach war, und dann noch ein Weilchen länger, um sich daran zu erinnern, wo er war und warum.

Das Haus der Pentadrianer. Warm. Satt. Sie werden mich zu einem Götterdiener machen.

Das Erwachen war nicht länger mit der quälenden Sorge verbunden, was der Tag ihm bringen mochte. Nicht mehr, seit er versucht hatte, einen Mann zu bestehlen, und sich unversehens mit seinem erwählten Opfer in ein Gespräch über Religion verstrickt gefunden hatte. Der Mann hatte ihm ein Angebot gemacht, das zu gut gewesen war, um es abzulehnen: Essen und ein Dach überm Kopf als Gegenleistung dafür, dass er etwas über dessen Volk zu lernen bereit war.

Ein voller Magen und ein sicheres, warmes Nachtquartier wogen einige langweilige Lektionen durchaus auf, und darüber hinaus fand Kalen es seltsam berauschend, zu diesen heimlichen Anhängern des verbotenen Kults der Pentadrianer zu gehören. Es hatte ihn überrascht, dass er Seite an Seite mit Menschen aus allen möglichen Schichten unterrichtet und von diesen als ebenbürtig akzeptiert wurde. Wie zum Beispiel von dem jungen Mann, der auf der Pritsche neben seiner schlief. Er hieß Ranaan und war früher Traumweber gewesen.

Jetzt ging sein Atem sehr schnell, als hätte er sich soeben erschreckt.

»Ein Albtraum?«, fragte Kalen.

Ranaan bestätigte seinen Verdacht mit einem leisen Grunzen.

Kalen wusste, dass es half, wenn man nach einem Albtraum reden konnte. *Ich schätze, es ist fast Morgen. Ich werde ohnehin nicht mehr einschlafen, also kann ich genauso gut reden.*

»Ranaan?«

Er hörte, wie der junge Mann sich auf seinem Lager zu ihm umdrehte.

»Ja?«

»Warst du wirklich Traumweber?«

»Ja.«

»Warum hast du dich den Pentadrianern angeschlossen?«

Ranaan seufzte. »Nachdem mein Lehrer getötet wurde, hat Amli mir bei der Flucht geholfen. Amli hat mir das Leben gerettet und mir Unterschlupf gewährt, bis es sicher war zurückzukehren…« Er hielt inne. »Aber es wird niemals mehr sicher sein. Fareehs Mörder wissen, dass ich sie identifizieren kann. Sie würden mich ebenfalls töten.«

»Ist das der Grund, warum du Pentadrianer geworden bist?«

»Es ist zu gefährlich, Traumweber zu sein.«

»Und ist es nicht gefährlich, Pentadrianer zu sein?«

»Nicht ganz so gefährlich. Zumindest nicht für mich. Ich… mir gefällt, was Amli lehrt. Ihre Götter zwingen sie nicht, Traumweber zu töten.«

»Das spielt keine Rolle mehr für dich. Du bist kein Traumweber mehr.«

»Nur weil ich kein Traumweber bin, heißt das nicht, dass mir gleichgültig wäre, was mit ihnen geschieht. Amli sagt, das sei die Einstellung der Pentadrianer. Die Traumweber verdienen nicht, was die Zirkler ihnen antun.« Er hielt inne. »Warum bist *du* hierhergekommen?«

Kalen lachte leise. »Sie geben mir zu essen. Ich habe ein warmes Quartier für die Nacht. Ich denke, es lohnt sich, all diese langweiligen Lektionen über sich ergehen zu lassen, wenn wir dafür am Ende ab und zu an einer Orgie teilnehmen dürfen.«

Ranaan brach in Gelächter aus. »Tut mir leid, deine Hoffnungen zu zerstören, Kalen, aber sie veranstalten keine Orgien.«

»Oh doch. Das weiß jeder.«

»Es ist nur ein Gerücht, das die Zirkler erfunden haben. Die Pentadrianer haben besondere Riten für verheiratete Paare, die ihnen helfen, Kinder zu empfangen, aber Orgien veranstalten sie nicht.«

»Das hat Amli dir vielleicht nur erzählt, damit du keinen Anstoß an seiner Religion nimmst.«

»Die Traumweber wissen das schon seit langer Zeit, Kalen. Vergiss nicht, es gibt auch in Südithania Traumweber.«

»Oh.« Kalen fluchte leise. »Das ist die zweite schlechte Neuigkeit, die ich heute bekommen habe.«

»Tut mir leid.« Ranaan kicherte. »Was war die erste?«

»Dass sie Menschen, die ohne Gaben geboren wurden, keine Gaben geben können.«

»Niemand kann seine Gaben stärker machen, als sie sind«, stimmte Ranaan ihm zu.

»Die Zirkler würden mich niemals zum Priester machen, aber diese Pentadrianer kümmert es nicht, wenn ich keine Gaben besitze.«

»Glaubst du, ihre Götter sind real?«

»Nach Amlis Geschichten zu urteilen sind sie es.«

»Ja. Das ist wahr. Was ist das für ein Geräusch?«

Die beiden Jungen verhielten sich ganz still und lauschten. Sie konnten leise Schritte hören, die über, unter und hinter der Mauer erklangen, die sie von der Gasse draußen trennte. Dann folgte ein Ausruf des Erschreckens, der sofort wieder erstickt wurde. Kalens Herz begann zu rasen. Er stand auf und schlich auf Zehenspitzen zum Fenster hinüber. Irgendetwas ging vor. Etwas Schlimmes.

»Was machst du da?«, fragte Ranaan benommen.

Er schläft tatsächlich wieder ein! Kalen schüttelte den Kopf. *Er mag Gaben besitzen, aber er hat keinen Überlebensinstinkt.* Kalen blickte wieder aus dem Fenster und bemerkte eine Bewegung in der Dunkelheit. Die Geräusche wurden lauter.

»Was ist los?« Ranaan, der jetzt vollkommen wach war, richtete sich auf.

»Ich weiß es nicht, aber ich habe nicht die Absicht zu warten, bis ich es herausfinde«, antwortete Kalen. »Draußen auf der Gasse sind Leute. So wie es sich anhört, sind sie auch über uns. Es muss einen anderen Weg hinaus geben. Amli hat wahrscheinlich irgendwo einen geheimen Ausgang.« Er bewegte sich auf die Tür zu.

Ein Schrei wurde laut, gedämpft von den Dielenbrettern.

»Das ist Amli«, sagte Ranaan.

Ein heller, nadelstichfeiner Lichtschein schimmerte auf und beleuchtete den Raum. Er schwebte über Ranaans Hand.

»Mach das aus!«, zischte Kalen. »Sie werden …«

Vor ihrer Tür erklangen jetzt stampfende Schritte. Kalen fluchte und sprang auf das Fenster zu. Im nächsten Moment spürte er Hände, die sein Bein umklammerten und ihn zurückzogen.

»Sei kein Idiot«, sagte Ranaan und richtete sich auf. »Bei einem Sturz aus dieser Höhe könntest du dich umbringen. Oder dir zumindest die Knochen brechen.«

»Das Risiko würde ich eingehen«, erwiderte Kalen und blickte an Ranaan vorbei. Die Tür war geöffnet worden, und zwei zirklische Priester kamen auf sie zu. Einer packte Ranaan an den Schultern. Der andere griff nach Kalens Arm. Kalen sackte resigniert in sich zusammen.

Welchen Sinn hat mein Überlebensinstinkt, wenn er sich zu spät meldet?, dachte er.

Die Priester führten sie aus dem Zimmer und die Treppe hinunter. Im Hauptraum kauerten sich mehrere pentadrianische Konvertiten aneinander, umringt von Priestern und Priesterinnen. Amli und seine Frau standen vor einer anderen Priesterin, die die beiden wütend anfunkelte.

»Du hast deine Männer als Priester verkleidet und beauftragt, andere anzuwerben, die sich an die Fersen von Traumwebern hefteten«, sagte die Priesterin. Sie sprach mit solcher Gewissheit, dass ihre Worte eher wie eine Feststellung klangen als wie eine Anklage. »Dann hast du diese Traumweber von deinen Männern ermorden lassen. Du hast versucht, ein schlechtes Licht auf die Zirkler zu werfen, damit die Pentadrianer besser dastanden, obwohl es sich in Wahrheit genau andersherum verhielt.« Sie schüttelte den Kopf. »Man hat mir erzählt, die Pentadrianer würden die Traumweber respektieren. War das eine Lüge?«

Ranaan stieß einen leisen, erstickten Laut aus. Amli sagte nichts, sondern blickte nur zu Boden. Die Priesterin musterte ihn kühl, dann schüttelte sie den Kopf. »Wenn du es so schändlich findest, warum hast du es dann getan?« Sie hielt inne. »Ah. Solche Ergebenheit ist bewundernswert, aber sie hat ihren Preis.«

»Ich bin bereit, die Konsequenzen zu tragen«, erwiderte Amli.

»Das sehe ich. Hast du dich je gefragt, ob ein Mann mit so schäbigen, unehrenhaften Methoden deine Ergebenheit verdient?«

»Es sind die Götter, denen ich diene«, erklärte Amli.

Die Priesterin verschränkte die Arme vor der Brust. »Wenn deine Götter real sind und der Ergebenheit würdig, die du ihnen zollst, würden sie dann einem solchen Mann erlauben, über dein Volk zu herrschen? Ich denke – ah! Da ist er; er verfolgt aus der Sicherheit seines Hauses durch deine Augen die Geschehnisse.« Sie trat einen Schritt näher an ihn heran. »Du bist ein Lügner und ein Feigling, Erste Stimme Nekaun. Wo immer sich deine Leute im Norden aufhalten, wir werden sie finden. Und wir werden dafür sorgen, dass jeder auf der Welt erfährt, was du hier in Jarime getan hast. Wie wird dein Volk reagieren, wenn es erfährt, wie tief du gesunken bist?«

Sie blinzelte, dann lächelte sie und trat einen Schritt zurück. Schließlich wandte sie sich zu einem anderen Priester um und deutete auf die Pentadrianer. »Bringt sie alle in den Tempel.«

Während die Priester die Pentadrianer hinausführten, sah die Priesterin sich im Raum um. Als ihr Blick auf Ranaan fiel, weiteten sich ihre Augen. Kalen ließ entmutigt die Schultern sinken, als die Frau zu seinem neuen Freund hinüberging.

»Ranaan«, sagte sie leise. »Warum bist du nicht ins Hospital zurückgekehrt?«

Ranaan hielt den Blick gesenkt. »Ich hatte Angst, Priesterin Ellareen – ich meine, Ellareen von den Weißen.«

Ihre Miene wurde weicher. »Das ist verständlich. Du konntest nicht wissen, dass dich ebendie Leute gerettet haben, die deinen Lehrer haben ermorden lassen.«

Ellareen von den Weißen? Als Kalen dämmerte, dass er sich mit einer der Auserwählten der Götter im selben Raum befand, stieg Furcht in ihm auf. *Die Weißen sind die Feinde der Pentadrianer. Dann muss sie auch meine Feindin sein.*

Der Blick der Frau wanderte zu Kalen hinüber, und er hatte das Gefühl, als stürze sein Magen bis auf den Boden hinab. *Ich habe mich ihnen doch nur angeschlossen, weil sie mir etwas zu essen und ein Bett angeboten haben,* versuchte er, ihr in Gedanken zu übermitteln. *Und weil es so aufregend war,* gestand er. *Ich bin so dumm. Was habe ich mir nur dabei gedacht? Sie haben nicht einmal Orgien.*

Ellareens Lippen zuckten.

»Ist das wahr?«, fragte Ranaan mit dünner Stimme. »Haben sie Fareeh getötet?«

Die Weiße wandte sich wieder zu ihm um, und ihre Züge waren ernst und voller Mitgefühl. »Ja. Wenn du mir nicht glaubst, kann ich dich mit jemandem bekannt machen, dem du glauben wirst.«

»Aber … warum haben sie das getan?«

»Um ein schlechtes Licht auf die Zirkler zu werfen. Um den Menschen einen Anreiz zu geben, Pentadrianer zu werden.« Sie sah sich im Raum um. Die meisten der pentadrianischen Konvertiten waren hinausgebracht worden, und die verbliebenen Priester sahen die Weiße erwartungsvoll an. »Ich werde mehr wissen, sobald ich Gelegenheit hatte, alle zu befragen. Ich fürchte, du und dein Freund müsst ebenfalls mitkommen, aber ich werde dafür sorgen, dass man euch gut behandelt.«

»Wird man … wird man uns dafür einsperren?«, fragte Ranaan.

Sie lächelte. »Wahrscheinlich nur für eine Nacht. Morgen werden wir wissen, wer ein Verbrechen begangen hat und wer nicht. Dann wird man euch freilassen – und du wirst gefahrlos zu deinen Leuten zurückkehren können.«

Ranaan wirkte erleichtert. Als die Weiße zurücktrat und die Priester ihnen bedeuteten, ihnen zu folgen, klopfte Kalen Ranaan auf die Schulter.

»Keine Sorge, mein Freund. Selbst wenn das Essen nicht so gut ist wie hier, werden wir zumindest ein Bett für die Nacht haben.«

Das Fladenbrot, das Jade normalerweise jeden Morgen aus einer zu Brei zerdrückten und mit Gewürzen angereicherten Wurzel zubereitete, war überraschend wohlschmeckend. Sie hatte Auraya gezeigt, wie man das Brot machte, und an diesem Morgen hatte Auraya die Mahlzeit zubereitet, während Jade sich für ihre Abreise rüstete. Das Brot, das auf dem erhitzten Kochstein buk, war fast fertig, daher machte Auraya sich jetzt daran, heiße Getränke zuzubereiten.

Jade packte langsam und bedächtig ihre Sachen und nahm mehrere Krüge und Beutel aus ihrem Vorratslager zur Hand, bevor sie entschied, welche davon sie mitnehmen wollte. Sie hatte viele kleine Beutel genäht und stabile Tonkrüge gefertigt, die sie mit Magie gehärtet hatte. Diese Krüge hatte sie mit Pulvern, getrockneten Blättern, Pilzen, Wurzeln, gehärteten Rosinen, klebrigen Gummis und dickflüssigen Ölen gefüllt. Auraya stellte fest, dass sie den Verwendungszweck der meisten dieser Dinge kannte. Während der Zubereitung ihrer Heilmittel hatte Jade ihr erklärt, wozu sie dienten, und Auraya war sich bewusst, dass die andere Frau ihr großzügig Einblick in den reichen Schatz ihrer Heilkenntnisse gewährt hatte.

Als das Brot zu qualmen begann, nahm Auraya es von dem Kochstein und goss heißes Wasser in zwei Becher.

»Das Frühstück ist fertig«, erklärte sie.

Jade richtete sich auf, dann atmete sie tief ein. »Ah, der Geruch der Maita ist morgens immer so wohltuend.« Sie ging zu den Betten hinüber und nahm den Becher entgegen, den Auraya ihr hinhielt. Dann nippte sie an dem Getränk und seufzte anerkennend.

»Wirst du hierher zurückkommen?«, fragte Auraya, während sie das Brot brach und Jade ihren Anteil gab.

»Irgendwann.« Jade betrachtete die Töpfe und Beutel. »Man darf all diese Dinge nicht verkommen lassen. Du kannst sie übrigens gern benutzen. Es hat keinen Sinn, sie schal werden zu lassen.«

»Danke.«

Jade nahm einen Bissen, kaute, schluckte und nippte dann abermals an ihrem Becher. »Hast du immer noch vor, ins Offene Dorf zurückzukehren?«

Auraya nickte. »Mein Platz ist bei den Siyee.«

»Nun denn, behalte Folgendes im Gedächtnis: Wenn du feststellst, dass die Götter dein Verhalten nicht billigen, hast du einen Platz unter uns Unsterblichen, solltest du ihn benötigen.«

»Ich werde daran denken.«

»Tu das.« Jade kicherte. »Dir ist doch klar, dass wir dich genau beobachten werden, um festzustellen, was die Götter tun. Sie haben ein Jahrhundert lang behauptet, alle Unsterblichen seien schlecht. Wenn sie dich akzeptieren, liefern sie damit selbst den Beweis, dass sie unrecht hatten.«

Auraya lächelte. »Vorausgesetzt, dass ich nicht schlecht bin.«

Jade lachte. »Ja.« Sie wandte sich ab und kehrte zu ihrem Reisebündel zurück. Dann stellte sie ihren Becher beiseite, klemmte sich das Brot zwischen die Zähne und verstaute mit schnellen, entschlossenen Bewegungen einige weitere Gegenstände in ihrem Bündel. Schließlich schulterte sie es und kehrte zu den Betten zurück.

»Viel Glück, unsterbliche Auraya«, sagte sie.

Auraya erhob sich. »Danke, Jade. Du hast ein großes Risiko auf dich genommen, um hierherzukommen. Ich weiß deine Tat zu schätzen.«

Die andere Frau zuckte die Achseln. »Ich habe es für Mirar getan. Er ist derjenige, dem du danken solltest.«

»Vielleicht werde ich das tun, wenn er das nächste Mal meine Träume unterbricht.«

Jade zog die Augenbrauen hoch. »Träume, wie? So ist das also, ja?«

Auraya lachte. »Er hat das schon seit langer Zeit nicht mehr getan. Und jetzt geh. Je früher du aufbrichst, umso eher kann ich zu den Siyee zurückkehren.«

Jade wandte sich ab und ging auf den Höhleneingang zu. Dort drehte sie sich noch einmal um, dann verschwand sie in den Schatten. Auraya betrachtete den Eingang noch lange Zeit, nachdem die andere Frau die Höhle verlassen hatte.

Sie ist seltsam, dachte sie. *Verschroben und zynisch, aber auch stark und entschlossen. Ich nehme an, so wird man, wenn man so lange gelebt hat. Ob ich auch so werde? Ich nehme an, es könnte mir Schlimmeres passieren. Unter all ihrer Launenhaftigkeit verbirgt sich ein Optimismus in ihr, der mir Trost schenkt. Sie kann immer noch über alle möglichen Dinge lachen. Vielleicht hat sie einfach so viel durchgemacht, dass sie weiß, dass es nur eine Frage der Zeit ist, bis schlimme Situationen sich von selbst regeln.*

Sie hatte sich bereiterklärt, Jade drei Tage Vorsprung zu geben, bevor sie selbst die Höhle verließ. Auraya hatte keine Ahnung, wie weit ein erdgebundener Mensch in drei Tagen kommen konnte. Hoffentlich weit genug, um allen Siyee auszuweichen, die die Götter vielleicht als Späher hinter ihr herschickten.

Sie hat so lange gelebt, sagte Auraya sich. *Sie kann bestimmt auf sich selbst aufpassen.*

Schließlich griff sie nach ihrer Hälfte des Brotes und begann zu essen.

Tintel schwieg, während sie Mirar von einer Plattform zur nächsten führte. Er spürte, dass sie ganz und gar davon beansprucht wurde, Pläne zu schmieden und sich Sorgen zu machen, und ein Stich des Mitgefühls durchzuckte ihn. In einem städtischen Traumweberhaus herrschte immer große

Geschäftigkeit, und je mehr Traumweber es zu betreuen galt, desto mehr Arbeit gab es. Dabei konnte er ihr nicht helfen, aber er konnte sie bei Notfällen unterstützen, wie sie sie heute Abend hatten bewältigen müssen.

Wenn sie nicht schon vorher festgestellt hätte, dass er mächtige Gaben besaß, dann würde sie es jetzt wissen. Sie hatten eine Frau besucht, die nach der Geburt eines Kindes heftig geblutet hatte, und Mirar hatte sie nur retten können, indem er sie mit Magie heilte. Tintel war sichtlich beeindruckt gewesen, hatte jedoch nichts gesagt.

Sie hatte bei dem Versuch, die Blutung zu stillen, eine Methode angewandt, die ihm noch nie begegnet war. Es war nicht die erste Weiterentwicklung in der Heilkunst der einheimischen Traumweber, die er seit seiner Ankunft in der Stadt bemerkt hatte. Eigentlich hätten Fortschritte und Entdeckungen der Traumweber sich durch Gedankenvernetzung überall ausbreiten sollen, aber die Einschränkungen und die allgemeine Intoleranz im Norden hatten die Weitergabe des Wissens dorthin verhindert oder verlangsamt.

Sie überquerten die Brücke zum Traumweberhaus. Er öffnete Tintel die Tür, und sie lächelte ihn dankbar an.

»Ich wünschte, die Männer von Dekkar hätten die Manieren jener aus dem Norden«, bemerkte sie trocken. »Danke für deine Hilfe, Wilar.«

Er zuckte die Achseln und folgte ihr hinein. In der Halle lag der Geruch von Essen, und sein Magen knurrte.

»Ich werde jemanden bitten, dir etwas zu essen zu bringen«, sagte er, weil er vermutete, dass Tintel direkt in ihre Räume gehen würde, um zu arbeiten.

»Danke.« Sie nickte. »Vergiss dich selbst nicht.«

Er lächelte. »Das werde ich schon nicht tun.«

Einige Diener und Traumweber waren noch in der Küche. Eine Traumweberin bereitete eine Mahlzeit für ihren

Säugling vor, während eine andere sich über das Schnarchen ihres Mannes beklagte. Vom Abendessen waren Suppe und etwas von dem teigigen Brot übrig geblieben, das man hier bevorzugte. Er bat die jammernde Ehefrau, Tintel etwas von beidem zu bringen, dann ging er mit seiner Portion in die Halle hinaus.

Mehrere der jüngeren Traumweber saßen am Tisch. Bei seiner Ankunft blickten sie alle auf, dann schauten sie hastig wieder auf ihr Essen hinab. Ein verlegenes Schweigen folgte, und Mirar fing eine Mischung aus unterdrückter Erheiterung und Spekulationen von ihnen auf.

Er stellte seinen Teller auf den Tisch, setzte sich und begann zu essen.

Das Schweigen dauerte an, doch jetzt wurde die Atmosphäre langsam peinlich. Als einer der Traumweber sich räusperte, um zu sprechen, schienen die anderen erleichtert zu sein.

»Verzeih uns unser Schweigen, Wilar«, sagte der Traumweber. »Deine Ankunft hat uns klargemacht, dass wir Klatsch und Tratsch ausgetauscht haben.«

Mirar lächelte. »Die Menschen tratschen nun einmal. Es liegt in ihrer …« Er suchte nach dem richtigen Wort für »Natur«, und einer der Traumweber ergänzte es. »Was habe ich verpasst?«

Sie lächelten und tauschten einen Blick. Seine Frage hatte ihre Verlegenheit ein wenig gelindert, nicht jedoch die Spannung im Raum.

»Die neuesten Gerüchte besagen, du seist Mirar«, erwiderte der jüngste der Traumweber auf Avvensch.

Die anderen musterten den jungen Mann mit einem missbilligenden Stirnrunzeln. Er breitete die Hände aus. »Er sollte Bescheid wissen. Was ist, wenn jemand die Geschichte ernst nimmt? Das könnte peinlich sein.«

Mirar lachte und schüttelte den Kopf. »Mirar? Ich? Warum? Weil ich ein Fremdländer bin?«

Sie nickten.

»Mirar ist in den Süden gekommen«, fügte ein anderer hinzu. »Er muss hier irgendwo sein.«

»Das wissen wir nicht mit Bestimmtheit«, bemerkte der ältere Traumweber.

»Wir wissen gar nichts mit Bestimmtheit.«

Sie begannen, wild durcheinanderzureden, so dass Mirar Mühe hatte, sie zu verstehen. Plötzlich wandte sich einer der Traumweber, die Stillschweigen bewahrt hatten, zu ihm um.

»Du bist also nicht Mirar?«

Mirar stutzte. Wenn er eine direkte Frage leugnete und irgendwann in der Zukunft seine Identität offenbaren musste, würde er gleichzeitig offenbaren, dass er sie belogen hatte. Es war nie gut zu lügen. Die Menschen nahmen es übel, selbst wenn sie wussten, dass die Lüge gerechtfertigt war.

Daher lächelte er nur bescheiden. »Ich bin wegen einer Frau hier, und ich möchte ihr, ähm, die Illusion nicht nehmen.«

Allgemeines Gelächter war die Antwort. Einer der Männer verdrehte die Augen.

»Ich wette, es ist Dardel.«

»Und sie war diejenige, die mir gegenüber angedeutet hat, Wilar könnte Mirar sein«, sagte ein anderer.

»Das erklärt *alles.*«

Sie lachten abermals.

Der Traumweber, der neben Mirar saß, beugte sich vor. »Du Glückspilz«, murmelte er.

»Wir sollten ihr alle erzählen, dass sie in Bezug auf Wilar recht habe, während wir allen anderen klarmachen, dass sie sich irrt«, schlug der jüngste Traumweber vor. »Was glaubst du, wie lange wir die Wahrheit vor ihr verbergen können?«

»Tintel würde es ihr sagen.«

»Dann weiht eben auch Tintel nicht ein.«

»Sie würde von allein dahinterkommen.«

Mirar lächelte und lauschte, während die anderen Pläne schmiedeten, wie sie Dardel aufziehen konnten. Es schien ihnen damit jedoch nicht ernst zu sein, was Mirar erleichterte.

Was würden sie tun, wenn sie herausfänden, dass Dardel recht hat?, fragte er sich. Diese Traumweber würden ihn wahrscheinlich mit Begeisterung willkommen heißen. Mit mehr als Begeisterung. Das war das Problem. Es war so lange her, seit er unter seinen eigenen Leuten gewesen war, dass sie ihn jetzt voller Ehrfurcht betrachteten.

Es ist eine Ironie. Ein Jahrhundert lang haben die Götter die Lüge verbreitet, wir Unsterblichen hätten die Menschen ermutigt, uns als Göttern zu huldigen, und jetzt scheint es, als hätten meine Leute in meiner Abwesenheit begonnen, genau das zu tun.

Sie werden darüber hinwegkommen, dachte er. *Es sind nicht meine Leute, um die ich mir Sorgen machen muss, es sind die Pentadrianer. Bisher war das, was ich gesehen habe, durchaus ermutigend. Keiner der Traumweber hier konnte von mehr als einer Handvoll Konflikten zwischen Traumwebern und Pentadrianern während der letzten Jahrzehnte berichten, und bei diesen Streitigkeiten ging es nur um Geld.*

Die Entdeckung, dass ein mächtiger Zauberer mit Einfluss auf die Traumweber sich hier niedergelassen hatte, könnten die einheimischen Pentadrianer jedoch als Bedrohung empfinden. Er musste wissen, wie sie darauf reagieren würden, und es gab eine Möglichkeit, das herauszufinden.

Die Traumvernetzung war in Südithania nicht verboten. Trotzdem würde er dafür Sorge tragen müssen, dass man ihn nicht entdeckte. Er würde die Pentadrianer nicht für sich einnehmen, wenn sie herausfanden, dass ihre Träume ausspioniert und manipuliert wurden.

Er erhob sich, brachte seinen leeren Teller in die Küche und ging dann auf sein Zimmer. Bevor er sich auskleiden konnte, erklang ein vertrautes Klopfen an seiner Tür. Er lächelte.

Dardel. Ich könnte sie einfach nicht beachten, überlegte er. *Aber sie wird enttäuscht sein, und ich habe es nicht allzu eilig, auf Traumjagd zu gehen.*

Als Mirar Stunden später in den Traumzustand sank, löste er sich von dem Bewusstsein, dass Dardels warmer Körper dicht an ihn geschmiegt war. Er sandte seinen Geist aus und fand andere Träumer. Dann suchte er ihre Identitäten und pflanzte die Idee seiner Rückkehr in ihre Gedanken.

Ihre Reaktionen waren vielfältig, aber im Allgemeinen wohlwollend. Einige von ihnen brachten jedem, der Macht besaß, Argwohn entgegen, aber niemand stellte sich vor, etwas gegen ihn zu unternehmen, um die Gemeinschaft von ihm zu befreien. Die meisten der anderen scherte es nicht, was geschah, solange es keine nachteilige Wirkung auf ihr Leben hatte. Manche fanden die Idee ermutigend. Sie schätzten die Fähigkeiten der Traumweber und glaubten, dass die Rückkehr Mirars weitere Fortschritte bringen würde.

Stunden verstrichen, und Mirars Erregung wuchs. Er konnte es schaffen. Er konnte aus seinem Versteck kommen und wieder zum Anführer seiner Leute werden. Doch eine einzige Nacht, in der er die Gedanken von Träumern durchforschte, war nicht genug. Er musste es jede Nacht tun und das über einen Zeitraum von … Wochen? Monaten?

Dann fielen ihm die Zwillinge ein. Sie schöpften den Geist von Menschen überall auf der Welt ab, jeden Tag. Sie wussten vielleicht bereits, wie die Südithanier die Neuigkeit aufnehmen würden, dass er sich in einem ihrer Länder niedergelassen hatte.

Er hatte sich bisher nur wenige Male mit den Zwillingen vernetzt. Da er ihnen nie begegnet war, hatte er eine förmlichere Beziehung zu ihnen als Emerahl. Er setzte sich nur dann mit ihnen in Verbindung, wenn er etwas Wichtiges zu besprechen hatte, und er vermutete, dass sie ihn genauso behandelten wie die Herrscher, die Weisheitssucher und die Gelehrten, die vor langer Zeit ihren Rat gesucht hatten – mit höflichem Interesse.

Obwohl er ihren Rat vernünftig und scharfsichtig fand, brachte er ihnen nicht das gleiche Vertrauen entgegen wie Emerahl. Nur weil sie ebenfalls Unsterbliche waren, bedeutete das nicht, dass sie immer Verbündete sein würden. Außerdem gab es eine kleine Merkwürdigkeit, die ihm zu schaffen machte. Alle bei der Geburt miteinander verwachsenen Zwillinge, die er kannte, hatten sich geglichen wie ein Ei dem anderen. Das traf auf Surim und Tamun aber offenkundig nicht zu. Sie hatten nicht einmal dasselbe Geschlecht. Emerahl hatte diesen Umstand als unwichtig abgetan und darauf hingewiesen, dass Unsterblichkeit und die Fähigkeit, Gedanken abzuschöpfen, ebenso ungewöhnlich seien. Trotzdem machte ihm die Möglichkeit zu schaffen, dass die Zwillinge sie belogen haben könnten.

Tamun? Surim?, rief er.

Mirar.

Es war Tamun. Ihre Antwort kam beunruhigend prompt, als sei sie ganz in der Nähe gewesen.

Wie geht es euch beiden?, fragte er.

So wie immer. Hier verändert sich nur wenig. Ich bin heute allein auf Gedankenreise. Surim ist wieder auf der Jagd. Ihre Gedankenstimme beschwor in ihm stets das Bild einer scharfsinnigen, drahtigen alten Frau herauf, obwohl Emerahl ihm versichert hatte, dass Tamun das Äußere einer jungen Frau besaß.

Ich habe eine Frage.

Warte einen Moment. Ich werde sehen, ob ich Surims Aufmerksamkeit erregen kann.

Ist er nicht auf der Jagd?

Es ist eher die Art Jagd, wie du sie gerade genossen hast. Er schläft gleich danach immer ein … Ah, da ist er.

Hast du mich wieder beobachtet?, fragte Surim anklagend.

Natürlich nicht. Mirar hat eine Frage an uns, antwortete Tamun.

Mirar!, rief Surim. *Wie ist das Leben in Dekkar?*

Es ist gut hier, erwiderte Mirar. *Besser, als ich erwartet hatte.*

Ja, die Pentadrianer sind in manchen Dingen toleranter als die Menschen im Norden, stimmte Tamun ihm zu.

Ich fühle mich versucht, mich zu offenbaren – um meine Position unter den Traumwebern zurückzufordern. Was glaubt ihr, wie die Pentadrianer reagieren werden?

Wenn du eine Parade zu deinen Ehren erwartest, wirst du enttäuscht werden, sagte Surim. *Obwohl ich auch nicht glaube, dass die Stimmen dir einen Henker schicken werden. Allerdings werden sie dich wahrscheinlich kennenlernen wollen, um sich davon zu überzeugen, dass du keine Bedrohung für sie darstellst.*

Solange du ihre Herrschaft nicht infrage stellst oder anfängst, Pentadrianer zu bekehren, werden sie dich in Ruhe lassen, ergänzte Tamun. *Aber du bist nicht gerade als großer Schweiger bekannt, wenn du anderer Meinung bist als jene, die die Macht haben, Mirar. Könntest du daneben stehen und auf einen Protest verzichten, wenn es dir nicht gefiele, wie sie ihr Volk beherrschen?*

Ich habe gerade hundert Jahre als ein Mensch verbracht, der genau das getan hat. Ich habe Vorsicht und Geduld gelernt.

Du hast gelernt wegzulaufen, wo du früher gekämpft hast. Das ist nicht dasselbe, warf Surim ein.

Nein, pflichtete er ihm bei. *Ich werde versuchen, einen Mittelweg zwischen weglaufen und kämpfen zu finden.*

Du wirst Kompromisse schließen und verhandeln? Surim klang erheitert.

Wenn es sein muss.

Es bedeutet ein Risiko für dich selbst und für deine Leute und eine Veränderung, die du nicht leicht wirst umkehren können. Was wirst du dadurch gewinnen? Was werden die Traumweber gewinnen?, fragte Tamun.

Mein Wissen wird ihnen zur Verfügung stehen, und ich denke, dass meine Rückkehr ihnen Hoffnung und Mut geben wird, vor allem im Norden.

Sie werden vielleicht zu viel von dir erwarten. Sie werden vielleicht denken, dass deine Rückkehr zu einer Machtstärkung der Traumweber überall auf dem Kontinent führen wird, warnte ihn Tamun.

Traumweber streben nicht nach Macht, und nach allem, was ich gesehen habe, tun sie es immer noch nicht.

Wir stimmen dir zu. Es gibt allerdings noch eine Angelegenheit, die du bedenken solltest, sagte Surim.

Ja?

Obwohl wir glauben, dass die Pentadrianer nichts dagegen haben werden, wenn du dich dort niederlässt, kann man ihnen dennoch nicht vertrauen. Hast du von deinen Leuten etwas über die Angriffe in Jarime gehört und die Rolle, die die Pentadrianer dabei spielten?

Nein. Was ist passiert?

Einige der Angriffe auf Traumweber, sowie die Morde an etlichen von deinen Leuten, sind von einer Gruppe von Pentadrianern organisiert worden. Sie wussten, dass man den Zirklern die Schuld an den Gewalttaten geben würde, und haben die Enttäuschung der Menschen ausgenutzt, um neue Anhänger anzuwerben.

Das ist beunruhigend.

Ja, aber die Beweggründe der Pentadrianer waren nicht Hass auf die Traumweber, sondern eine skrupellose, nüchterne Einschät-

zung der Situation. In Südithania besteht für Pentadrianer kein Grund, Traumwebern Schaden zuzufügen, um Menschen zu bekehren, aber das verringert nicht die Wahrscheinlichkeit, dass sie deine Leute auf andere Weise benutzen könnten.

Das wäre immer ein Risiko.

Und dann wäre da noch ein Punkt, den du nicht außer Acht lassen solltest, fügte Tamun hinzu.

Und der wäre?

Wenn du das Wohlwollen der Pentadrianer erringst, wirst du vielleicht Aurayas Feindschaft auf dich ziehen.

Mirar hielt inne, um darüber nachzudenken.

Ihre Feindschaft habe ich bereits, erwiderte er. *Solange sie den Göttern folgt, muss sie mich als ihren Feind betrachten. Selbst wenn das nicht der Wahrheit entspräche, darf Aurayas Einstellung zu mir keinen Einfluss auf meine Entscheidungen bezüglich der Traumweber haben.*

Surim und ich sind in dieser Hinsicht anderer Meinung. Auraya mag den Hass der Götter auf die Unsterblichen nicht teilen, aber sie hat nicht viel übrig für die Pentadrianer. Es könnte einen Unterschied für sie machen, wenn du dich dort niederlässt.

Das kann ich nicht ändern. Diese Menschen verdienen ihre Verachtung nicht. Ich werde sie nicht zurückweisen, aus Furcht, Auraya damit vor den Kopf zu stoßen. Er hielt inne. *Wie geht es ihr? Ich habe seit Tagen nichts mehr von Emerahl gehört.*

Emerahl hat darauf gewartet, dass du dich mit ihr in Verbindung setzt.

Weil sie befürchtet, dass ich sie für die schlechten Neuigkeiten tadeln könnte, die sie mir bei unserer letzten Unterredung überbracht hat?

Ja.

Dumme Frau. Sie weiß, dass ich das nicht tun würde.

Nein, aber wir können nicht umhin, alte Ängste und Gewohnheiten beizubehalten. Es wäre taktvoll, wenn …

Auraya hat sich zu einer Unsterblichen gemacht, unterbrach Surim sie.

Mirars Herz machte einen Satz.

Emerahl dachte, sie würde es nicht tun!

Irgendetwas hat sie dazu gebracht, ihre Meinung zu ändern. Außerdem hat sie zwei unerwartete Gaben offenbart. Zum einen hat sie die Fähigkeit, Gedanken zu lesen, wiedergewonnen.

Aber … kein Unsterblicher war dazu jemals in der Lage … oder?

Nicht zu unseren Lebzeiten, bestätigte Tamun. *Die zweite Gabe, die sie offenbart hat, ist die Fähigkeit, die Götter zu spüren und zu hören. Anscheinend kann sie sie auch sehen, wenn sie Gedanken abschöpft.*

Emerahl hat ihr klugerweise geraten, das vor den Göttern verborgen zu halten, ergänzte Surim. *Ich kann mir nicht vorstellen, dass sie allzu begeistert darüber wären, wenn sie wüssten, dass man ihnen nachspionieren kann.*

Auraya hat gesagt, die Götter wüssten bereits, dass sie sie spüren kann, wenn sie in der Nähe sind, fuhr Tamun fort.

Das ist … Mirar schauderte. *Das ist mehr als nur eine weitere angeborene Gabe.*

Da hast du recht, stimmte Tamun ihm zu. *Es scheint, als sei Auraya keine gewöhnliche Unsterbliche. Vielleicht liegt es daran, dass sie zuerst eine Weiße war. Die Fähigkeiten, die die Götter ihr gegeben haben, haben sich ihr irgendwie eingeprägt.*

Nur dass sie ihr nicht die Fähigkeit gegeben hätten, sie zu spüren und zu hören, als sie eine Weiße war. Das ist etwas vollkommen Neues.

Es könnte eine unbeabsichtigte Nebenwirkung des Umstands sein, dass sie früher mit ihnen verbunden war, meinte Surim.

Was auch immer der Grund dafür sein mag, sie wäre klug beraten, es geheim zu halten. In wenigen Tagen wird sie in das Offene Dorf zurückkehren. Dann werden wir sehen, wie die Götter die

Neuigkeit aufnehmen, dass ihre ehemalige Favoritin gelernt hat, ihren Geist zu verbergen – und einige andere Dinge zu tun, was immer sie ihnen davon zu entdecken gestattet. Wir werden dich darüber auf dem Laufenden halten, was weiter geschieht.

Ein Stich der Furcht durchzuckte Mirar. Er hatte versucht, sich einzureden, dass es keine Rolle spiele. Auraya war ohnehin unerreichbar für ihn. Das Problem war, dass der Teil von ihm, der seine Sorge um sie nicht unterdrücken konnte, nicht geneigt war, auf den Teil zu hören, der die Dinge logisch und nüchtern anging.

Danke für die Neuigkeiten, sagte er. *Und für euren Rat.*

Nutze ihn wohl, erwiderten die Zwillinge wie aus einem Mund. Dann verstummten ihre Stimmen, und Mirar ließ sich in seinen gewohnten, sorgenvollen Schlaf sinken.

13

»Owaya!«

Als ein kleines pelziges Etwas quer durch die Laube schoss, ging Auraya in die Hocke und streckte die Arme aus. Unfug sprang auf ihre Schulter und rieb die Wange an ihrem Ohr.

Die Siyee, die sich normalerweise um den Veez kümmerte, Tytee, trat aus dem Nebenzimmer, aus dem Unfug gekommen war.

»Willkommen zurück, Priesterin Auraya«, sagte sie lächelnd.

Auraya spürte Erleichterung bei der Frau. Unfug gab leise, wimmernde Laute von sich, während Auraya ihn kraulte.

»Owaja zurück. Owaja zurück«, murmelte er wieder und wieder.

»Danke, Tytee. Man sollte meinen, ich sei Monate fort gewesen«, bemerkte Auraya überrascht. Sie hatte Unfug nicht mehr so aufgewühlt gesehen, seit er vor der Schlacht mit den Pentadrianern aus ihrem Zelt entführt worden war. »Ist ihm etwas zugestoßen?«

»Nein. Es ging ihm gut, aber einen Tag nach deinem Aufbruch verhielt er sich plötzlich anders«, erwiderte Tytee. »Er geriet plötzlich außer sich und sagte wieder und wieder: ›Auraya fort.‹ Dann wurde er sehr unglücklich. Es war, als seist du gestorben, und er trauerte. Ich habe ihn mit mir herumgetragen und mir Sorgen gemacht, dass er einfach dahinsiechen würde, wie alte Menschen es manchmal tun, wenn ihr Partner gestorben ist.«

Auraya setzte Unfug auf den Boden und musterte ihn eingehend. »Interessant.« Sie ließ den Schild um ihren Geist dünner werden, und sofort sprach eine leise, vertraute Stimme in ihre Gedanken.

Owaja zurück! Hinter der Freude in seinen Worten lagen eine verblassende Traurigkeit und Verwirrung.

Gewissensbisse machten sich in ihr breit. Irgendwie musste Unfug eine Verbindung zu ihrem Geist geschmiedet haben. Sobald sie in den Leeren Raum getreten war, war diese Verbindung unterbrochen worden. Die einzige Erklärung, die er dafür hatte finden können, war die, dass sie gestorben sein müsse.

»Armer Unfug«, sagte sie und zog ihn fest an sich. Sofort verwandelte sich seine Freude in Verärgerung, und er zappelte sich frei. Dann kletterte der Veez zu seinem Korb hinauf und rollte sich darin zusammen.

»Unfug schlafen.«

Tytee lachte. »Wenn wir doch nur alle so leicht zufriedenzustellen wären«, sagte sie.

»Und man uns so leicht vergeben würde«, stimmte Auraya zu. »Danke, dass du dich um ihn gekümmert hast, während ich fort war.«

Die Frau zuckte die Achseln. »Es macht mir nichts aus. Er heitert mich immer auf, und er ist wesentlich anspruchsloser als die Kinder, um die ich mich kümmere. Ich muss …«

»Priesterin Auraya?«

Sie drehten sich beide um und sahen Sprecherin Sirri in der Tür stehen.

»Komm herein«, sagte Auraya. Als die Sprecherin eintrat, entschuldigte sich Tytee und schlüpfte hinaus.

»Willkommen zurück«, sagte Sirri.

»Danke.« Da sie eine starke Anspannung bei der Anführerin der Siyee wahrnahm, schaute Auraya genauer hin. Sie sah, dass Sirri sich während Aurayas Abwesenheit zunehmend Sorgen gemacht hatte. Das Erscheinen einer ungeladenen Landgeherin in Si hatte auch sie beunruhigt.

»Wie ist es gelaufen?«, fragte Sirri.

»Sehr gut«, antwortete Auraya. »Jade hat sich auf den Heimweg gemacht. Ich habe viel gelernt, während ich mit ihr zusammen war. Sie verfügt über erstaunliche Kenntnisse der Heilkunst.« Auraya deutete auf den Beutel, den sie mitgebracht hatte.

»Und doch konnte sie ihre eigene Krankheit nicht behandeln?«

Auraya schüttelte den Kopf. »Sie hat nach mir schicken lassen, weil sie allein nicht bewerkstelligen konnte, was sie tun musste.«

»Dann geht es ihr jetzt also wieder besser?«

»Ja.«

Sirri nickte. »Gut.« Sie lächelte. »Dann haben wir dich wieder für uns.«

»Ist irgendetwas passiert, während ich fort war?«

»Nichts Dramatisches. Es gab nur eine kleine Auseinandersetzung zwischen den Stammesführern.« Sirri seufzte. »Ich fürchte, ich habe keine Zeit, um dir die Angelegenheit zu erklären. Als die Nachricht von deiner Ankunft kam, war ich gerade bei einer Versammlung der Anführer. Ich habe eine Pause verfügt, aber ich kann nicht lange fortbleiben. Ich muss wieder hingehen und versuchen, etwas Vernunft in die beiden Köpfe zu bekommen.«

»Worum geht es bei der Auseinandersetzung?«

Sirri verzog das Gesicht. »Der Feuerbergstamm glaubt, ein Anrecht auf alle Erträge einer Mine zu haben, obwohl sich nur ein Teil davon in ihrem Tal befindet.«

»Ah. Das wird nicht leicht zu klären sein. Du hast mein Mitgefühl.«

»Danke«, erwiderte Sirri trocken, dann trat sie auf den Eingang zu.

»Komm später noch einmal her und erzähl mir davon, wenn du Zeit hast.«

»Das werde ich tun.«

Sirri schlüpfte durch den Türbehang und eilte davon. Endlich allein, ging Auraya zu einem Stuhl und setzte sich.

Alles ist wieder normal, überlegte sie. Dann schüttelte sie den Kopf. *Nein, es sieht nur auf den ersten Blick so aus. Mein Geist ist abgeschirmt, und mein Körper altert nicht mehr. Soweit es die Götter betrifft, ist nichts mehr so, wie es war – oder wie es sein sollte.*

Seit Huans und Sarus letztem Besuch hatte sie nichts mehr von den Göttern gespürt. Nachdem die beiden davongeeilt waren, um sich auf die Suche nach den anderen Göttern zu machen, hatte Auraya erwartet, dass Yranna, Lore und Chaia erscheinen würden, und sei es auch nur, um Huans Behauptungen zu überprüfen.

Vielleicht hat Huan Chaia nichts davon erzählt, dachte sie. *So vieles hängt von Chaia ab. Ich muss mit ihm sprechen. Ich muss wissen, ob er akzeptieren wird, was ich getan habe.*

Sie erwog einen Moment lang die Möglichkeit, ihn zu rufen, aber auf diese Weise hatte sie in der Vergangenheit nicht immer seine Aufmerksamkeit auf sich ziehen können. Stattdessen beschloss sie, sich mit Hilfe des Gedankenabschöpfens auf die Suche nach ihm zu machen.

Sie schloss die Augen, verlangsamte ihre Atmung und ließ sich in eine Traumtrance sinken. Zuerst schöpfte sie die Gedanken der Siyee um sie herum ab und entdeckte dabei Männer und Frauen, die häusliche Arbeiten verrichteten, und eine Gruppe von Kindern, die ein Spiel spielten. Schließlich sandte sie ihre Sinne weiter aus und erspürte die Geister in der Welt als Gedankenpunkte wie winzige Lichter, dann suchte sie nach größeren, helleren Präsenzen.

Sie entdeckte eine unvertraute, weibliche Präsenz und vermutete, dass sie Yranna gefunden hatte, denn sie war überzeugt davon, dass sie Huan sofort erkannt hätte. Die Göttin stand mit niemand anderem in Verbindung, und Auraya konnte ihre Gedanken nicht hören. Die Bestätigung, dass sie nicht in der Lage war, die Gedanken der Götter zu hören, war beruhigend. Sie zog weiter und fand eine männliche Präsenz. Es war nicht Chaia, daher setzte sie ihre Suche fort.

Ich tue das, um Chaia zu finden, nicht um zu lauschen, sagte sie sich.

Zu guter Letzt nahm sie ein Summen wahr, wie das Geräusch von jemandem, der gerade noch in Hörweite war. Sie rückte näher heran, und ein Gefühl des Triumphs stieg in ihr auf, als sie Chaias Stimme erkannte.

…sind an Ort und Stelle. Was glaubst du, was sie als Nächstes tun werden?

Das kommt darauf an, ob sie gehört haben, was in Jarime geschehen ist. Sie wären Narren, wenn sie das Gleiche noch einmal versuchen würden. Die zweite Stimme gehörte Lore.

So dumm sind sie nicht.

Nein, aber wenn sie Befehle bekommen haben, welche Wahl haben sie dann?

Keine, antwortete Chaia. *Es wird interessant sein, das zu beobachten.*

Ja. Wie dem auch sei, ich bin hergekommen, um dir mitzuteilen, dass deine Favoritin ins Offene Dorf zurückgekehrt ist.

Ah.

Huan wird verlangen, dass wir jetzt eine Entscheidung treffen.

Natürlich. Du weißt ja, wie sehr Huan Komplikationen liebt, stumpfsinniges Miststück, das sie ist.

Auraya war erheitert, aber auch überrascht. Sie bezweifelte, dass Chaia so von Huan gesprochen hätte, wenn er gewusst hätte, dass Auraya ihn hörte.

Es gibt interessante Komplikationen, und es gibt gefährliche, warnte Lore.

Auraya ist nicht gefährlich – oder zumindest wäre sie es nicht, wenn Huan aufhören würde, sie zu manipulieren, erwiderte Chaia.

Woher willst du wissen, ob Auraya gefährlich ist oder nicht, wenn du nicht in ihre Gedanken sehen kannst?

Weil ich mir die Zeit genommen habe, sie kennen zu lernen. Sie wird uns nicht verraten, es sei denn, wir treiben sie dazu.

Sie wird dich *nicht verraten.*

Nein. Ironischerweise habe ich das Huan zu verdanken.

Also, was wirst du tun?, fragte Lore.

Ich werde nicht zulassen, dass das Miststück sie tötet.

Selbst wenn die anderen dich überstimmen?

Dann erst recht nicht. Die Dinge werden gerade erst interessant. Bedenke dies: Es gibt andere Möglichkeiten, das Gleichgewicht wiederherzustellen. Ich habe die Anwerbung von Menschen immer ihrer Auslöschung vorgezogen.

Ich stelle fest, dass ich dir mehr und mehr zustimme. Ich frage mich, ob ich Yranna überreden könnte …

Deine Chancen stünden besser als meine.

Ich werde es versuchen.

Als Lore verschwand, zog Auraya langsam ihren Geist zurück. Sie hatte mehr Antworten gefunden, als sie erwartet hatte.

Bevor du dich davonschleichst, Auraya …

Sie erstarrte.

Chaia?

Ja, ich kann spüren, dass du da bist, obwohl du dich sehr still verhalten hast. Wie oft hast du uns schon auf diese Weise nachspioniert?

Nur zweimal. Das erste Mal war ein Versehen. Diesmal bin ich gekommen, um dir eine Frage zu stellen.

Dann frag. Chaia klang nicht verärgert, nur erheitert.

Wirst du … wie lange weißt du schon, dass ich gelauscht habe?

Von dem Augenblick an, als du bei uns angekommen bist.

Und Lore?

Hat keine Ahnung. Er weiß nicht, wozu du fähig bist, daher rechnet er nicht mit Spionen.

Aber du wusstest es, bemerkte sie.

Ich hatte den Verdacht, dass deine Fähigkeiten sich unter den richtigen Umständen entwickeln würden. Was hat dich dazu bewogen zu lernen, wie du deinen Geist verbergen kannst?

Das, was ich gehört habe, als ich das erste Mal, ähm, gelauscht habe.

Ah. Und du bist eine Unsterbliche geworden?

Sie zögerte. Wenn sie Chaia nicht vertraute, konnte sie den Göttern ebenso gut gleich die Gefolgschaft aufkündigen.

Ja. Huan sagte, ich sei in jedem Falle verdammt, nur weil ich wusste, wie man Unsterblichkeit erlangen kann.

Ich bin ein wenig enttäuscht, dass du dich nicht zuerst mit mir beraten hast.

Das hätte ich auch getan, erwiderte sie aufrichtig, *wenn du in der Nähe gewesen wärst und ich dich hätte fragen können. Verzeihst du mir?*

Dass du eine Unsterbliche geworden bist oder dass du dich nicht mit mir beraten hast?

Beides.

Wir werden sehen. Du hast weder meine Liebe noch meine Unterstützung verloren. Ich weiß, dass ich dich nicht daran hindern kann, in deine Fähigkeiten hineinzuwachsen, ebenso wenig wie ein Vater sein Kind hindern kann zu wachsen. Bleib mir ergeben, und ich werde dir ergeben bleiben.

Eine Woge der Erleichterung schlug über Auraya zusammen.

Das werde ich.

Glaub nicht, dass es leicht sein wird, warnte er sie. *Huan mag es zu schätzen wissen, wenn die Welt simpel und berechenbar ist, aber ihre Ränke und Fallen sind es nicht. Je mächtiger du wirst, Auraya, umso mehr wird sie versuchen, dich zu vernichten. Und umso leichter wird es für dich sein, ihre Pläne zu durchkreuzen.* Er hielt inne. *Eines solltest du jedoch nie vergessen: Es mag nicht leicht für sie sein, dir Schaden zuzufügen, aber sie kann jenen schaden, die du liebst.*

Auraya musste unwillkürlich an Mirar denken. Obwohl er ihr nicht das bedeutete, was Leiard ihr bedeutet hatte, wollte sie dennoch nicht, dass ihm etwas zustieß, weil Huan *glaubte,* dass ihre Gefühle für ihn sehr stark seien. Glücklicherweise war er in Südithania außerhalb von Huans Reichweite.

Wem könnte Huan sonst noch Schaden zufügen? Unfug? Das wäre schäbig und niederträchtig. Danjin? Auraya *mochte* ihn, aber er war nicht länger ihr Ratgeber. Ihr Vater? Sie hatte ihn seit Jahren nicht mehr gesehen …

Wie kann ich sie beschützen? Huan kann ihre Gedanken lesen. Sie kann sie finden.

Du kannst sie nicht beschützen, sagte Chaia. *Du kannst nur versuchen, Huan keinen Grund zu liefern, den sie benutzen kann, um die anderen Götter dazu zu überreden, zu einem Schlag gegen dich auszuholen. Ich werde …* Er brach abrupt ab. *Geh wieder zurück, Auraya. Und versuche nicht noch einmal, auf diese Weise zu mir zu sprechen. Geradeso wie du uns reden hören kannst, können wir dich reden hören, und es würde nicht viel dazugehören, deine neue Fähigkeit zu bemerken.*

Von einem Augenblick auf den anderen war er fort. Sie kehrte wieder in ihren Körper zurück. Als sie die Augen öffnete, sah sie sich in der Laube um und fühlte sich mit einem Mal einsam.

Das ist also der Preis dafür, etwas zu lernen, von dem die Götter nicht wollten, dass ich es lerne – statt mich selbst in Gefahr zu bringen, muss ich jetzt dafür sorgen, dass ich niemanden liebe, aus Furcht, dass Huan zum Schlag gegen ihn ausholen könnte, um mich zu treffen.

Sie stand auf und begann auf und ab zu laufen. *Das ist nicht gerecht!*, dachte sie. Dann stieß sie ein bitteres Lachen aus. *Meine Güte, ich klinge wie ein Kind.*

Aber es war tatsächlich nicht gerecht. Und wenn Huan bereit war, unschuldigen Menschen etwas anzutun, nur um Auraya zu verletzen, dann war sie genauso verachtenswert, wie Mirar es behauptet hatte. Und wenn die anderen Götter ihr zustimmten? Auraya stieß einen heftigen Seufzer des Entsetzens aus. *Dann bin ich verdammt. Ithania ist verdammt.*

Ein leises Wimmern unterbrach Aurayas Gedankengang. Als sie aufblickte, sah sie, dass Unfug sie beobachtete, die Augen groß und dunkel und mit zitternden Schnurrhaaren. Sie spürte Angst und Sorge bei ihm. Ihr ohnmächtiger Zorn verebbte, und sie ging zu dem Veez hinüber, um ihn zu streicheln und tröstende Worte zu murmeln.

Lügen, schoss es ihr durch den Kopf. *Ich fürchte, es ist nicht alles in Ordnung, Unfug. Aber eines ist wahr: Ich werde nicht zulassen, dass irgendjemand dir Böses tut.*

Das Kreischen der Vögel hallte über die Stadt, und Götterdiener Teroan fluchte leise vor sich hin. Er hatte sich wieder einmal verspätet. Obwohl es möglich war, dass die Vogelausbilder den Zeitpunkt für den Übungsflug ihrer Tiere falsch gewählt hatten, war es doch eher unwahrscheinlich.

So wahrscheinlich wie eine Fehleinschätzung des Zeitpunkts für den Sonnenaufgang, sagte er sich. *Der Ergebene Götterdiener Cherinor hat mehr Sonnenuhren als jeder andere in Avven.*

Es hieß, der Mann, der das Kommando über die Stadt und die Vögel innehatte, habe seinen Favoriten sogar dazu ausgebildet, zu jeder vollen Stunde zu rufen. Und dass sein

Gehilfe einen Zeitplan für Cherinor verwaltete, der auf die Minute durchgeplant war. Und dass Cherinor nicht schlafe.

Ich bezweifle, dass er die Freuden eines langen Bads oder eines ausgiebigen Gesprächs zu schätzen weiß, dachte Teroan säuerlich. *Und wenn er es tut, wette ich, dass jede Minute genau organisiert ist, um sicherzustellen, dass keine Zeit verschwendet wird.*

Der Pfad zu den Bädern war steil, und als Teroan den Eingang erreichte, keuchte er vor Anstrengung. Er hielt inne, um Atem zu schöpfen. Der Ausblick hier war schön, und es war eine Schande, dass die Bäder so wenige Fenster hatten. Wahrscheinlich musste verhindert werden, dass die warme Luft nach außen abfloss.

Von der Tür aus konnte er den größten Teil der Stadt sehen. Die Häuser von Klaff hatten die gleiche Farbe wie die Klippen. Die Hauptstraße schlängelte sich durch die Stadt und durch das Tal, bevor sie einen geraden Verlauf annahm und in der Ferne immer schmaler wurde. Irgendwo am Ende dieser Straße lagen Glymma und das Sanktuarium.

Als er hierhergeschickt worden war, hatte er sein Pech verflucht. Die Hauptstädte von Mur und Dekkar waren Dörfer im Vergleich zu der avvenschen Hauptstadt, und verglichen mit ihnen war Klaff nur ein erbärmlicher Weiler. Die Schauspieltruppen, deren Aufführungen er sich so gern angesehen hatte, verirrten sich niemals hierher. Wein oder alle anderen Delikatessen und Luxuswaren, die er begehrte, musste er zu hohen Kosten aus Glymma bestellen, und seine Frau beklagte sich ständig über den Lärm der Vögel. Sein einziger Trost waren die Bäder. Sie waren genauso gut wie die im Sanktuarium von Glymma, wenn nicht sogar besser.

Die Hügel rund um die Stadt waren durchsetzt von Höhlen, und manche davon enthielten Quellen. Das Wasser war nicht so rein wie das im Sanktuarium, aber die Einheimischen behaupteten, die rotbraune Färbung komme von einem Mineral, das der Gesundheit zuträglich sei. Das Mineral wurde aus dem Trinkwasser herausgefiltert und in ganz Südithania als verjüngender Schlamm verkauft, mit dem man sich die Haut bemalen konnte.

Nicht allzu weit über ihm kreisten Vögel, deren Kreischen ohrenbetäubend war. Er zuckte zusammen und wandte sich wieder zu der Tür um. Manchmal konnte er nicht umhin, seiner Frau recht zu geben. Es war kein angenehmes Geräusch.

Ein Domestik begrüßte Teroan, machte das Zeichen der Götter über seiner Brust und führte ihn dann einen vertrauten Flur hinunter. Die meisten Türen, an denen sie vorbeikamen, waren mit Vorhängen bedeckt, aber einige waren unverhüllt. In diesen Räumen konnte er fast nackte Sklaven sehen, die die Wände abschrubbten. Ein scharfer Geruch drang an seine Nase und trieb ihm Tränen in die Augen. Er fragte sich, wie die Sklaven das ertrugen.

Der Domestik blieb an einer Tür stehen und bedeutete Teroan einzutreten. Der Raum, in den er jetzt kam, war vor kurzem gesäubert worden. Teroan fand, dass es eine Schande war, da die Muster, die der grüne Moder gebildet hatte, ihm die Illusion vermittelt hatten, irgendwo inmitten eines Waldes in einem natürlichen Teich zu baden.

Allerdings hatte der Moder keinen angenehmen Geruch gehabt. Jetzt roch der Raum wie der Ozean. Teroan lachte leise, während er auf den einzigen anderen Benutzer des Raumes zuging.

»Du hast dir wieder mal Seesalze ausgesucht, Dameen?«

Der Mann blickte auf und grinste. »Sie erinnern mich an zu Hause.«

Teroan schälte sich aus den Schichten seiner Roben und warf sie auf die Bank neben Dameens säuberlich zusammengelegten Kleidern. Er stieg in das lauwarme Wasser hinab, dann ließ er sich auf eine der Bänke im Becken sinken.

Das trübe rotbraune Wasser konnte weder seine Fettwülste verbergen noch die Tatsache, dass seinem Freund unterhalb der Knie die Beine fehlten. Irgendwie war es Dameen gelungen, sich trotz seiner Verletzung sein muskulöses, gutes Aussehen zu bewahren. Teroan vermutete, dass der Mann gewohnheitsmäßig weiterhin für regelmäßige körperliche Ertüchtigung sorgte, außerstande, seine Ausbildung als Krieger gänzlich abzustreifen.

Eine Weile saßen sie schweigend da, zufrieden damit, sich in der Gesellschaft des anderen zu entspannen.

»Ich hatte letzte Nacht einen seltsamen Traum«, sagte Dameen nach einer Weile.

»Tatsächlich?«

»Ich habe geträumt, der Anführer der Traumweber sei nach Südithania gekommen.«

Teroan sah seinen Freund überrascht an. »Ich habe gestern Nacht von demselben Mann geträumt. Wahrscheinlich beschäftigen uns die Gerüchte über seine Rückkehr. Was ist in deinem Traum geschehen?«

»Ich habe mich gefragt, was ich tun würde, wenn ich eine der Stimmen wäre …« Er hielt inne und runzelte die Stirn. »Oder vielleicht hat mir auch jemand anders diese Frage gestellt … Ich erinnere mich nicht.«

»In meinem Traum ist dasselbe passiert. Zu welchem Schluss bist du gekommen?«

»Dass ich nichts unternehmen würde, solange er keinen Ärger macht.«

Teroan nickte. »Ich habe mich genauso entschieden. Es könnte nur von Vorteil sein, wenn er zurückkehrte. Ihm haben die Traumweber ihre guten Kenntnisse der Heilkunst zu verdanken; vielleicht würden sie unter seiner Führung noch besser werden. Sie haben uns nach der Schlacht sehr geholfen, und dafür stehen wir tief in ihrer Schuld.«

»Ja.« Dameen blickte auf die Stumpen seiner Beine hinab und zuckte die Achseln. »Aber andererseits bin ich voreingenommen. Heute Morgen habe ich noch einmal darüber nachgedacht. Die Stimmen würden ein solches Ereignis vielleicht anders beurteilen. Sie würden einen mächtigen Zauberer sehen, der das Volk gegen sie aufbringen könnte.«

»Was glaubst du, was sie tun würden?«

»Kuar hätte ihn zu seinem Verbündeten gemacht.« Er runzelte die Stirn. »Was Nekaun betrifft, bin ich mir nicht sicher. Ich habe keine Ahnung, was er tun würde.«

Teroan lächelte. Der Krieger konnte nicht aus seiner Haut heraus. Er hätte seine Vergangenheit eigentlich hinter sich lassen sollen, aber auch wenn sein Körper nicht mehr unversehrt war, war sein Geist doch so lebhaft wie eh und je.

Was für eine Verschwendung, dachte Teroan. *Er konnte niemanden als Ersatz für Kuar akzeptieren, daher ist er hier gelandet, und seine Fähigkeiten als Berater bleiben ungenutzt.*

Was Teroan mit eigennütziger Dankbarkeit erfüllte. Wenn Dameen Klaff verließe, wer wäre dann noch hier, der interessant und intelligent genug für angeregte Gespräche wäre? Gewiss nicht die Vogelzüchter. Oder seine Frau.

»Findest du es eigenartig, dass wir in derselben Nacht denselben Traum hatten?«, fragte Teroan.

Dameens kluge Augen wurden schmal. »Du hast den Verdacht, dass die Traumweber sich an unseren Träumen zu schaffen machen?«

Teroan zuckte die Achseln. »Wenn zwei Menschen in derselben Nacht dasselbe träumen, könnte das ein bloßer Zufall sein. Wenn wir noch jemand anderen finden, der diesen Traum hatte, dann steckt vielleicht mehr dahinter.«

»Und wenn Mirar tatsächlich in Südithania auftaucht?«

Teroan nickte. »Ja. Auch das könnte mich überzeugen.«

Glühende Kohlen waren alles, was im Kohleofen zurückgeblieben war. Etliche Kissen waren vor der Feuerstelle verstreut worden, und darauf lag eine Frau und schlief. Neben ihr standen ein leerer Krug und ein Becher. Danjin hielt inne, um die Wölbung ihrer Hüfte und den feinen Schnitt ihres Gesichts zu bewundern, bevor er auf sie zuging. Warme Zuneigung stieg in ihm auf. Er konnte sich wahrhaft glücklich schätzen, Silava zur Frau zu haben.

Es hatte Zeiten gegeben, da er glaubte, verflucht zu sein, aber diese Zeiten lagen lange zurück.

Sie regte sich, wahrscheinlich geweckt vom Geräusch seiner Sandalen auf dem Boden. Einen Moment später öffnete sie die Augen und blinzelte ihn an, dann lächelte sie.

»Danjin«, sagte sie.

»Silava. Du hast doch nicht auf mich gewartet, oder?«

»Ja und nein. Ich habe eine private Feier veranstaltet. Wenn du zufällig rechtzeitig zurückgekehrt wärst, um dich mir anzuschließen, umso besser.«

»Was feierst du denn?«

»Wir«, korrigierte sie ihn. »Wir feiern die Geburt eines weiteren Enkelkindes. Einer Enkeltochter.«

Er sah sie überrascht an. »Sie ist früher gekommen als erwartet?«

»Ja.« Silava zögerte. »Ich möchte für eine Weile bei Tivela wohnen.«

Er nickte. »Ja. Hilf ihr mit dem Säugling. Wann wirst du abreisen?«

Silava musterte ihn mit schmalen Augen. »Du zeigst nicht annähernd genug Widerstreben oder Enttäuschung über die Aussicht, auf mich verzichten zu müssen.«

»Nein«, gab er ihr kichernd recht. »Obwohl man mich glauben gemacht hat, dass ein solches Verhalten gegen alle Gesetze der Natur und der Götter verstoßen würde.«

Ihre Augen wurden noch schmaler.

»Ich habe übrigens ebenfalls Neuigkeiten«, sprach er hastig weiter. »Du wirst sie vielleicht hören wollen, bevor du mir bei lebendigem Leib die Haut abziehst.«

»Oh?«

»Ellareen wird nach Dunwegen reisen, und sie möchte, dass ich sie begleite.«

»Oh.« Einen Moment lang wirkte sie niedergeschmettert, dann lächelte sie. »Siehst du? So zeigt man Enttäuschung. Es ist ganz einfach und sollte durchaus innerhalb der Fähigkeiten eines Ratgebers liegen. Warum Dunwegen?«

»Hania ist nicht das einzige Land, das die Pentadrianer zu bekehren versucht haben. Sie haben ihre Götterdiener überall in Nordithania verteilt – wobei sie aus irgendeinem Grund niemanden nach Si geschickt haben. Vielleicht liegt es daran, dass Auraya dort ist, obwohl ich keine Ahnung habe, warum sie das als Hindernis betrachten sollten.«

»Sie haben durchaus Leute nach Si geschickt«, sagte Silava. »Das war der Grund, warum Auraya dorthin zurückgekehrt ist.«

Er schlug sich an die Stirn. »Natürlich! Das hatte ich vollkommen vergessen. Es scheint so lange her zu sein.«

Silava hakte sich bei ihm unter und schob ihn sanft zur Tür hinüber. »Du vermisst sie, nicht wahr?«

Danjin runzelte die Stirn. »Ja, wahrscheinlich.«

»Du magst Ella nicht so sehr wie Auraya, hab ich recht?«

Er sah sie überrascht an. »Warum sagst du das?«

»Du sprichst nicht auf die gleiche Weise von ihr. Magst du sie?«

Er zuckte die Achseln. »Ella ist durchaus ein netter Mensch, aber … bei Auraya wusste ich, dass es Dinge gab, die sie mir nicht erzählen konnte, aber es war leicht, das zu vergessen. Bei Ella fühle ich mich ständig daran erinnert.«

»Vielleicht hat sie mehr Geheimnisse als Auraya.«

Danjin lachte. »Mehr als Auraya? Das will ich nicht hoffen!« Oder zumindest hoffte er, dass sie keine so skandalösen Geheimnisse hütete wie die ehemalige Weiße. Er konnte sich nicht vorstellen, dass Ella einen Traumweber zum Geliebten nahm. Er konnte sich nicht vorstellen, dass Ella *überhaupt* jemanden zum Geliebten nahm. Obwohl sie ihre Arbeit mit der gleichen Leidenschaft versah wie Auraya, wirkte sie doch irgendwie kühler und reservierter.

Aber vielleicht lag das nur daran, dass er länger brauchte, um sich in ihrer Gesellschaft wohlzufühlen. Auraya hatte sein Vertrauen nicht missbraucht, aber ihre Affäre mit Leiard war eine Enttäuschung für ihn gewesen. Er hatte sich nie verziehen, dass er nicht bemerkt hatte, was im Gange war. Er hatte nicht einmal eine Chance gehabt, ihr von einer solchen Torheit abzuraten. Jetzt konnte er nicht umhin, Ella genau zu beobachten, entschlossen, einen vernünftigen Standpunkt zu vertreten, falls sie einmal vor einem ähnlichen Dilemma stehen sollte.

Sie erreichten die Tür und traten in den Flur hinaus. Silava gähnte. »Oder vielleicht ist Auraya ja gerade eins von Ellas Geheimnissen.«

Er betrachtete seine Frau eingehend. »Dann glaubst du also, dass mehr hinter Aurayas Rücktritt steckt?«

»Vielleicht.« Sie zuckte die Achseln. »Nicht dass es jetzt noch eine Rolle spielen würde. Sie ist fort. Ella hat ihren Platz eingenommen. Hmm, du hast mir immer noch nicht erzählt, warum Ella nach Dunwegen gehen will.«

»Die Pentadrianer führen dort irgendetwas im Schilde.«

»Sie ermorden doch nicht etwa weitere Traumweber, oder?«

Er schüttelte den Kopf. »Wir sind uns nicht sicher, was genau dort geschieht, und das ist auch der Grund, warum wir dorthin reisen wollen.« Die schockierenden Enthüllungen über die Verschwörung der Pentadrianer in Jarime hatten sich schnell in der Stadt verbreitet, und die Proteste gegen das Krankenhaus und die Angriffe auf Traumweber hatten aufgehört. Gleichzeitig waren Dutzende von Menschen in den Tempel geschleppt, geschlagen, aus ihren Häusern vertrieben oder sogar ermordet worden, manchmal auf den bloßen Verdacht hin, sie könnten Pentadrianer sein. Ella war über diese Geschehnisse nicht so entsetzt gewesen, wie er erwartet hatte.

»Die Menschen brauchen ein Ziel, gegen das sie ihren Hass richten können«, hatte Ella gesagt. »Und die Pentadrianer haben es weit mehr verdient als die Traumweber.«

»Aber einige der Menschen, die überfallen wurden, sind keine Pentadrianer«, hatte er eingewandt.

»Ja, und wir haben sie entschädigt – natürlich erst nachdem sich ihre Unschuld bestätigt hatte.«

»Sobald diese Verschwörung vergessen ist, werden die Menschen von neuem anfangen, sich wegen der Traumweber Sorgen zu machen«, hatte er sie gewarnt.

»Dann werden wir sie stets aufs Neue daran erinnern müssen, wer der wahre Feind ist.«

Silava drückte seinen Arm und lenkte das Gespräch wieder auf sein Ausgangsthema zurück. »Ich wollte eigentlich wissen, warum Ella nach Dunwegen geht und keiner der anderen Weißen. Sie ist noch ein wenig neu in ihrer Position, um eine solche Aufgabe zu übernehmen.«

Danjin zuckte die Achseln. »Die anderen Weißen müssen wohl glauben, dass sie dazu in der Lage ist. Und je eher sie ein wenig Erfahrung mit anderen Ländern macht, desto besser.«

»Wie lange wirst du fort sein?«

»Ich weiß es nicht. Wahrscheinlich Monate.«

Silava seufzte. »Zumindest ziehst du nicht in den Krieg. Die Dunweger sind zwar ein Kriegervolk, aber es herrscht Frieden in ihrem Land.« Sie gähnte abermals. »Ich bin zu müde, um darüber nachzudenken. Lass uns schlafen gehen.«

Während sie nach oben gingen, gestattete er sich seinerseits ein Gähnen. Neuigkeiten über Neuigkeiten. »Noch ein Enkelkind«, murmelte er. »Man könnte langsam anfangen, sich alt zu fühlen.«

Silava zog die Augenbrauen hoch, sagte jedoch nichts. Ihr Schweigen war eine Überraschung für Danjin.

Keine Neckereien? Sie muss wirklich müde sein.

Er nahm das als Hinweis, besser den Mund zu halten, und folgte ihr ins Schlafzimmer. Trotz seiner Erschöpfung lag er lange wach, zu sehr mit all den Dingen beschäftigt, die er vor seiner Abreise noch regeln musste.

»Ja. So wird es gehen«, murmelte Silava plötzlich.

»Was?«

»Oh.« Er hörte, wie sie sich zu ihm umwandte. »Bist du noch wach?«

»Ja.«

»Tut mir leid.«

»Woran hast du gerade gedacht?«

»Ans Packen«, antwortete sie. »Ich muss jetzt für zwei Personen packen.«

»Du brauchst nicht für mich zu packen.«

Sie lachte. »Wann hättest du je selbst gepackt? Schlaf jetzt. Und mach dir keine Sorgen. Ich werde mich um alles kümmern.«

14

Unter Tintels Augen zeichneten sich dunkle Ringe ab. Die Frau sah älter aus als ihre Jahre, als sie Mirar nun mit erschöpfter Geduld betrachtete.

»Was gibt es, Wilar?«

Er machte einen Schritt zurück. »Du bist müde. Ich werde morgen wiederkommen.«

»Nein, komm herein.« Sie bedeutete ihm einzutreten und wandte sich dann ab, so dass er keine Chance hatte, sich zurückzuziehen.

»Dann werde ich es kurz machen«, sagte er, trat in den Raum und schloss die Tür hinter sich.

Sie ließ sich auf einen Stuhl sinken und deutete auf einen zweiten. »Du wärst nicht hergekommen, wenn es nicht etwas gäbe, das du besprechen musst. Haben die Jungen wieder geschwätzt?«

Er lächelte. »Ich weiß es nicht. Wahrscheinlich.«

»Wenn es dich stört, werde ich ihnen sagen, sie sollen damit aufhören.«

»Was nicht den geringsten Unterschied machen würde«, erwiderte er. »Sie bringen dir großen Respekt und Bewunderung entgegen, Traumweberin Tintel, aber der Versuch, ihrem Klatsch und Tratsch Einhalt zu gebieten, wäre wie der Versuch, die Flut aufzuhalten.« Er schüttelte den Kopf. »Nein, ihr Gerede hat nur den Nachteil, dass es dir schwerer fallen wird zu glauben, was ich zu sagen habe.«

Sie zog die Augenbrauen hoch. »Ach ja? Welche unglaublichen Neuigkeiten hast du denn für mich?«

Er sah sie an und dachte noch einmal über das nach, was er zu tun im Begriff stand. Es war ein Risiko. Es hatte seine Vorteile, unerkannt zu bleiben. Zum einen würde ihm die Mühsal erspart bleiben, versuchen zu müssen, allen zu gefallen.

Aber was würde dann aus seinem Volk werden? An diesem Ort waren sie stark, aber an anderen waren sie es nicht. Vielleicht irrte er, wenn er dachte, dass er ihnen helfen konnte, aber als er Tintels ausgezehrtes, müdes Gesicht betrachtete, durchzuckte ihn ein Gefühl der Zuneigung, und er wusste, dass er es zumindest versuchen musste.

»Sie haben recht«, erklärte er. »Ich bin Mirar.«

Sie blinzelte überrascht und öffnete den Mund, um etwas zu erwidern, dann hielt sie inne und betrachtete ihn mit einem nachdenklichen Stirnrunzeln.

»Es ist schwer zu glauben«, sagte sie schließlich. »Und doch stelle ich fest, dass ich deine Behauptung nicht einfach abtun kann.« Sie schürzte die Lippen. »Ebenso wenig kann ich sie einfach akzeptieren.«

Er zuckte die Achseln. »Das hatte ich erwartet.«

»Ich brauche Beweise.«

»Natürlich.«

»Und noch etwas anderes.«

»Was?«

»Deine Vergebung für meine Zweifel, sollte sich tatsächlich herausstellen, dass du Mirar bist.«

Er lachte. »Deine Zweifel kann ich dir kaum verübeln.«

Sie lächelte nicht. »Wenn du nicht Mirar bist …«

»Wirst du mir eine gründliche Tracht Prügel verabreichen?«, schlug er vor.

»Das ist nichts, worüber man scherzt.«

»Nein?« Er wurde wieder ernst. »Ja, du hast recht. Ich habe alles in meiner Macht Stehende getan, um sicherzustellen, dass ich weder mich selbst noch meine Leute in Gefahr bringe, wenn ich heute meine Identität offenbare, aber es besteht trotzdem ein Risiko.«

»Ein Risiko, das einzugehen sich lohnt?«

»Offensichtlich.« Er beugte sich vor und streckte die Hand aus. »Vernetze dich mit mir.«

Ihre Miene glättete sich. Sie sah ihn einen Moment lang an, dann ergriff sie seine Hand. Er beobachtete, wie sie die Augen schloss, und tat es ihr nach, bevor er seinen Geist aussandte.

Als ihre Gedanken seine Sinne klar und deutlich erreichten, beschwor er Erinnerungen für sie herauf. Alte Erinnerungen an die Begründung der Traumweber. Erinnerungen an Entdeckungen in der Heilkunst und Erinnerungen an lange verstorbene Traumweber. Erinnerungen an Zivilisationen, die vor langer Zeit erloschen waren, und an jene, die noch existierten.

Er zeigte ihr weder die Götter noch ihr Wirken, ebenso wenig wie seinen eigenen »Tod« oder sein Leben als Leiard. Dies sollte ein Augenblick der Freude sein und nicht des noch einmal durchlebten Entsetzens oder des Schmerzes. Schließlich zog er sich aus ihrem Geist zurück, schlug die Augen auf und ließ ihre Hand los. Ihre Lider öffneten sich flatternd, und sie starrte ihn an, dann senkte sie den Blick.

»Ich … ich weiß nicht, was ich sagen soll. Oder was ich tun soll. Wie soll ich dich anreden?«

»Nenn mich einfach Mirar«, erwiderte er entschieden, beunruhigt von ihrem beinahe unterwürfigen Verhalten. »Ich bin ein Traumweber, kein Gott oder König, nicht einmal ein Vetter zweiten Grades des Neffen eines Prinzen. Ich habe meine Leute nie durch Gewalt geführt, sondern sie mit Erfahrung und Weisheit geleitet – obwohl ich gestehen muss, dass ich in letzterer Hinsicht nicht selten versagt habe. Sieh mich an.«

Sie gehorchte. Er hatte nicht erwartet, dass sie so überwältigt sein würde. Schließlich beugte er sich vor und griff abermals nach ihrer Hand.

»Du bist die Anführerin hier, Tintel. So habe ich die Dinge geregelt. Für jedes Traumweberhaus wird ein Traumweber ausgewählt, der die Menschen, die dort leben, leitet. Der Betreffende hat die Autorität in diesem Haus inne, und alle reisenden Traumweber sollten ihm gehorchen oder weiterziehen. Ich bin ein reisender Traumweber. Das heißt, du musst mich herumkommandieren, oder ich muss fortgehen.«

Ihre Mundwinkel zuckten, und er spürte ihre Erheiterung.

»Das könnte ein wenig schwierig sein«, sagte sie. »Und die anderen … sie werden dir mit großer Ehrfurcht begegnen. Sie werden dich verehren.«

»Dann müssen wir beide sie davon abbringen. Meine Sicherheit – unsere Sicherheit – fußt darauf, dass die Pentadrianer mich nicht für eine Bedrohung halten. Wenn man mir huldigt wie einem Gott, werden sie eine Gefahr in mir sehen.«

Sie schüttelte den Kopf. »Die Pentadrianer sind keine Zirkler, Mirar. Sie respektieren andere Religionen.«

»Nur deshalb, weil die Götter dieser Religionen nicht existieren. Die einzige Religion, die sie nicht respektieren, ist die der Zirkler, deren Götter sehr wohl existieren.«

Tintel runzelte die Stirn, und er spürte ihre wachsende Furcht. Er drückte ihre Hand.

»Ich wollte nie angebetet werden, und ich will es immer noch nicht. Es wäre besser, wenn die Traumweber in mir eher einen Lehrer als einen Gott sähen. Ich denke, mit vereinten Kräften könnten wir das zuwege bringen.«

Sie sah ihn an und nickte. »Ich werde es versuchen.«

»Das weiß ich.« Er grinste. »Dies ist ein wenig so, als kündigte man eine Verlobung an, nicht wahr? Wem sollen wir es als Erstes erzählen?«

Tintel schnaubte leise. »Wenn du nicht angebetet werden willst, warum offenbarst du dann deine Identität?«

»Ich möchte wieder mit meinen Leuten vereint sein«, antwortete er ernst. »Und zwar als ich selbst.«

Sie nickte abermals, löste ihre Hände aus seinen und erhob sich. Dann wandte sie sich zur Tür um und holte tief Luft.

»Warte hier. Ich werde alle in der Halle zusammenrufen und dir Bescheid geben, wenn sie so weit sind.«

Er lächelte. »Danke, Tintel.«

Sie ging zur Tür, öffnete sie und hielt dann noch einmal inne, um zu ihm hinüberzublicken. Sie schüttelte staunend den Kopf und verließ dann, ohne noch ein Wort zu sagen, den Raum.

Mirar lächelte in sich hinein. Sobald sie ihre Überraschung und ihre Ehrfurcht überwunden hatten, würde es wieder ganz so sein wie in alten Zeiten. Er konnte durch Südithania reisen, so wie er früher durch den Norden gereist war, und er würde Traumweber kennenlernen, und sie würden ihr Wissen miteinander teilen.

Und vielleicht würde er diesmal nicht alles verpfuschen.

Reivan blies ihre Lampe aus, streckte sich auf ihrem Bett aus und dachte über den Tag nach, der soeben verstrichen war. Die Nachricht, dass der Hohe Häuptling von Dekkar plötzlich an einem Fieber gestorben war, hatte sich wie ein Lauffeuer im Sanktuarium verbreitet und Götterdiener, Botschafter und andere Würdenträger aufgeschreckt, als seien sie Blätter in einem Dutzend Wirbelwinde.

Eine der geringeren Stimmen sollte am nächsten Morgen nach Dekkar aufbrechen. Er oder sie würde die Begräbnisriten leiten und, sobald die offizielle Trauerzeit vorüber war,

Prüfungen anberaumen, um einen neuen Hohen Häuptling auszuwählen. Die Prüfungen waren eine alte Tradition. Jeder Mann und jede Frau konnten daran teilnehmen, aber von einigen Ausnahmen abgesehen, ging am Ende immer ein Mann aus der »königlichen« Blutlinie als Sieger hervor. Die Teilnehmer wurden geprüft, was ihre Stärke und ihre körperliche Tüchtigkeit betraf, aber sie mussten auch ihre Intelligenz, ihr Wissen, ihre Befähigung zum Anführer und ihre Hingabe an die Götter unter Beweis stellen. Reivan vermutete, dass Privilegien bei der Ausbildung und auf die Kandidaten der »königlichen« Blutlinie zurechtgeschnittene Prüfungen das voraussehbare Ergebnis erklärten.

Eine Flut wichtiger Persönlichkeiten und solcher, die sich lediglich für wichtige Persönlichkeiten hielten, war ins Sanktuarium gekommen, um zu fragen, ob sie mit der Stimme nach Süden reisen könnten. All das hatte Imenja und Reivan bis spät in die Nacht aufgehalten. Und zu spät, hatte Reivan sich gesagt, als dass eine gewisse Erste Stimme noch nächtliche Besuche unternehmen konnte. Und außerdem hatte er wahrscheinlich noch mehr zu tun als Imenja.

Vielleicht wird er mich morgen Nacht besuchen, dachte sie.

Vielleicht hatte er auch seine Neugier befriedigt und keine Absicht zurückzukehren. *Wenn es ihm nichts bedeutet hat, wird er mich kein zweites Mal besuchen.* Und ein zweiter Besuch bedeutete nicht, dass er ein drittes oder viertes Mal kommen würde und so weiter. Es bedeutete nicht, dass er sie liebte.

Verflucht! Ich habe schon wieder angefangen, an ihn zu denken. Wenn das so weitergeht, werde ich überhaupt keinen Schlaf bekommen.

Sie rollte sich auf die Seite und stellte fest, dass sie mit ihrem rastlosen Hin und Her das Bettzeug verheddert hatte. Als sie sich daranmachte, sich aus dem Laken zu schälen, hörte sie ein leises Klopfen aus dem Nebenzimmer.

Von der Haupttür zu ihren Wohnräumen.

Plötzlich war es viel schwieriger als zuvor, sich zu befreien. Als sie sich endlich des Lakens entledigt hatte, streifte sie hastig ihre Roben über und eilte aus dem Schlafzimmer.

Nachdem sie endlich an der Tür angelangt war, zögerte sie jedoch. Sie hatte kein zweites Klopfen gehört. Wenn es Nekaun war, hätte er gewiss aus ihren Gedanken gelesen, dass sie ihm die Tür öffnen würde. Gewiss wäre er nicht einfach fortgegangen, nur weil sie nicht schnell genug reagiert hatte.

Wenn es nicht Nekaun oder eine der anderen Stimmen war, hatte der Besucher vielleicht aufgegeben und sich wieder zurückgezogen.

Seufzend legte sie eine Hand auf den Griff und zog die Tür auf.

Nekaun lächelte sie an. Ihr Herz schlug einen Purzelbaum.

»Guten Abend, Reivan«, sagte er und trat ein. »Es war ein ereignisreicher Tag, nicht wahr?«

»Ja«, erwiderte sie.

Er ging an ihr vorbei und trat in die Mitte des Hauptraums. Dort drehte er sich zu ihr um und winkte sie heran.

»Ich habe eine ernste Frage an dich«, erklärte er.

Eine ernste Frage! Während er Platz nahm, versuchte sie erfolglos, nicht daran zu denken, was für eine Frage er ihr vielleicht stellen würde. Ging es um ihre Beziehung? Ging es um Imenja? Sie ließ sich auf dem Stuhl ihm gegenüber nieder. Er rieb sich die Hände, und in seinen Augen lag ein geistesabwesender Ausdruck.

»Die Götter haben mich heute Nacht besucht«, begann er.

Sie verspürte gleichzeitig Enttäuschung und ein erregendes Staunen. Hier ging es nicht um ihre Beziehung. Trotzdem, die Götter hatten zu ihm gesprochen, und er wollte es *ihr* erzählen.

»Sie sagten, die Denker würden nach einem alten Artefakt suchen, das den Namen ›Schriftrolle der Götter‹ trägt. Hast du davon schon einmal gehört?«

Reivan runzelte die Stirn. »Nein. Ich weiß, dass es in Hannaya eine Gruppe von Denkern gibt, die nach Altertümern sucht und Studien darüber anstellt. Diese Schriftrolle scheint mir etwas von der Art zu sein, nach dem sie Ausschau halten.«

Nekaun nickte. »Die Sorge der Götter ist folgende: Wenn diese Denker die Schriftrolle fänden – sofern sie noch existiert –, könnten sie sie womöglich aus der Sicherheit ihres Verstecks holen oder sie sogar beschädigen. Sie wollen, dass ich das verhindere.«

Sie verzog das Gesicht. »Wenn du den Denkern befiehlst, nicht länger danach zu suchen, wirst du sie damit wahrscheinlich nur ermutigen, erst recht weiterzumachen.«

»Dann sehe ich nur eine Möglichkeit. Ich werde einen Spion zu ihnen schicken.« Er sah sie an. »Gibt es jemanden, den du mir empfehlen würdest?«

Reivan wandte den Blick ab. »Ich kenne im Grunde nicht allzu viele Leute hier. Jedenfalls nicht gut genug, um jemanden vorzuschlagen.«

»Welche Art von Mensch sollte ich denn deiner Meinung nach mit der Aufgabe betrauen?«

Sie zögerte. Es kam ihr ein wenig wie Verrat vor, Nekaun zu helfen, die Menschen auszuspionieren, zu denen sie selbst einmal gehört hatte. Dann kam ihr ein anderer Gedanke, und sie runzelte die Stirn.

»Warum brauchen die Götter einen Spion? Könnten sie die Denker nicht selbst beobachten?«

Er lachte leise. »Die Götter können nicht überall gleichzeitig sein, Reivan, und sie würden es auch nicht wollen. Das ist die Art von Aufgabe, die man am besten einem Sterblichen überlässt.«

»Ah.« Es gab kein Entrinnen aus dieser Angelegenheit. *Aber wie viel Treue schulde ich den Denkern überhaupt?*, fragte sie sich. *Sie haben mich nie akzeptiert. Ich habe nie wirklich dazugehört. Meine Treue gilt jetzt den Göttern. Und Nekaun.*

»Dein Spion wird intelligent sein müssen«, erklärte sie. »Und er sollte nur geringe oder gar keine Befähigungen zeigen, da die meisten Denker selbst keine derartigen Talente besitzen und jene, die es tun, mit Neid betrachten. Außerdem müsste er fest in seinen Überzeugungen sein.«

»›Er‹? Warum keine ›Sie‹?«

»Die meisten Denker sind Männer. Weibliche Denker werden nicht beachtet.«

»Für einen Spion wäre es von Nutzen, nicht beachtet zu werden.«

»Außerdem werden Frauen von wichtigen Arbeiten ausgeschlossen.«

»Ah.«

»Warum fragst du nicht deinen Gefährten, Turaan?«

»Das habe ich getan.« Er lächelte. »Je mehr Rat, umso besser. Außerdem hat mir das Problem einen guten Vorwand geliefert, um dich zu besuchen.«

Ihr Herz begann zu rasen. Sie sah auf und begegnete seinem Blick. »Du brauchst keinen Vorwand, Nekaun.«

Sein Lächeln wurde breiter. »Alt oder jung?«

Sie runzelte die Stirn, dann begriff sie, dass er wieder von dem Spion sprach. »Ich bin mir nicht sicher. Ein junger Denker könnte einen Platz unter den Forschern erringen, indem er sich bereiterklärt, langweilige Arbeiten zu übernehmen. Ein alter Denker würde etwas Wertvolles anbieten müssen. Vielleicht nützliche Sachkenntnisse. Etwas, das die anderen dazu bewegen würde, ihn in ihren Kreis einzulassen.«

»Welche Nationalität?«

»Das spielt wahrscheinlich keine Rolle. Wenn er nützliche Informationen bringt, sollte es einen guten Grund geben, warum sie auf diese Informationen noch nicht gestoßen sind. Sie hüten ihr Wissen mit großer Eifersucht und begegnen bequemen Zufällen mit Argwohn. Einige von ihnen sehen überall Verschwörungen.«

»Was ist, wenn dieser Spion aus dem Norden käme? Würden sie dann erst recht Verdacht schöpfen?«

»Nein. Die meisten Denker hegen im Gegensatz zu gewöhnlichen Menschen keinen Groll gegen andere Völker. Wissen ist überall zu finden, ungeachtet des Landstrichs oder der Rasse. Stattdessen blicken die Denker auf jene herab, die weniger intelligent sind als sie. Sie sagen gern: ›Weisheit und Wissen sind überall, Dummheit auch.‹«

Nekaun kicherte. »Jeder braucht jemanden, den er verachten kann«, zitierte er.

… und jemanden, den er lieben kann, beendete Reivan im Stillen seinen Satz.

Er stand auf, und sie folgte seinem Beispiel. Dann trat er näher an sie heran und zog sie an sich. Als seine Hand über ihre Hüften glitt, begann ihr Puls zu rasen … und eine Menge Gefühle, die sie bei seinem früheren Besuch kennengelernt hatte, stiegen in ihr auf.

»Macht dir mein Plan, die Gruppe auszuspionieren, zu der du früher gehört hast, etwas aus?«

Sie schüttelte den Kopf. »Nein.«

Er lächelte, dann küsste er sie, und die Denker waren vergessen.

15

Als Auraya aus der Laube der Priester zurückkam, bemerkte sie Sprecherin Sirri, die zusammen mit einigen Kindern auf dem Boden saß und lachte. Die Siyee blickte zu ihr auf und winkte sie heran.

Als Auraya zu ihr ging, musste sie mehreren Kindern ausweichen, die plötzlich kreischend davonstürzten. Winzige Wurfgeschosse flogen hin und her. Zu Sirris Füßen stand ein großer Eimer voller Beeren. Ihr Mund war dunkelrot verfärbt von dem Saft – ebenso wie die Gesichter der Kinder.

Sirri sah auf Aurayas Kleider hinab und schlug die Hand vor den Mund. Auraya folgte ihrem Blick und stellte fest, dass ihr weißer Zirk und ihre Tunika voller roter Flecken waren. Sirri stand abrupt auf und rief nach den Kindern.

»Das reicht jetzt!«, sagte sie energisch. Die Kinder blieben schlitternd stehen und scharten sich zusammen, den Blick auf den Boden geheftet. »Verschwendet sie nicht«, ermahnte Sirri sie, deren Stimme jetzt wieder sanft klang. »Nehmt euch jeder eine Handvoll Beeren und dann fort mit euch.«

Die Kinder gehorchten, und als sie zwanzig Schritte von Sirri entfernt waren, rannten sie los. Die Anführerin der Siyee sah Auraya an und seufzte.

»Es tut mir leid.«

Auraya nahm achselzuckend neben der Frau Platz. »Ich habe einen Ersatz.«

»Jetzt nicht mehr. Das wird nie rausgehen.«

Auraya untersuchte die Flecken und zuckte abermals die Achseln. »Wenn Magie keine Wirkung zeigt, werde ich mir einfach neue Kleider bestellen müssen – und ich bin davon überzeugt, dass die Priester hier einige Zirks zum Wechseln haben. Wie ist deine Zusammenkunft mit den Stammesführern verlaufen?«

Sirri schnitt eine Grimasse. »Nicht gut. Wer hätte gedacht, dass der Handel mit den Landgehern einige von uns so habgierig machen würde.«

Auraya sagte nichts. Die Schwierigkeiten, die die Siyee in der Vergangenheit bewältigen mussten, hatten sie dazu gezwungen, füreinander zu sorgen oder umzukommen. Das Land, das die Torener ihnen zurückgegeben hatten, war auf eine Weise kultiviert worden, wie die Siyee es nicht zu tun vermocht hätten, weil sie nicht zahlreich genug waren und auch nicht das erforderliche Wissen besaßen. Jetzt stritten sie um den plötzlichen und ungleichmäßig verteilten Reichtum. Es waren nicht die Landgeher, die in die Köpfe einiger von ihnen die Habgier eingepflanzt hatten.

»Ich habe mich gefragt, ob wir uns in dieser Angelegenheit mit den Göttern beraten sollten«, fuhr Sirri fort. »Wir könnten die Entscheidung ihnen überlassen.«

»Ihr solltet das besser unter euch regeln«, erwiderte Auraya.

Sirri zog die Augenbrauen hoch. »Warum?«

Auraya runzelte die Stirn, als ihr klar wurde, dass sie keine Antwort geben konnte, die Sirri akzeptieren würde. *Ist mein Misstrauen gegen die Götter inzwischen so groß, dass ich anderen den Rat gebe, sich lieber von ihnen fernzuhalten? Ich klinge langsam wie eine Wilde.*

»Die Götter würden von euch erwarten, dass ihr alles in euren Kräften Stehende tut, bevor ihr euch mit euren Problemen an sie wendet«, entgegnete sie und sah Sirri an. »Aber ich vermute, das hast du bereits getan.«

Sirri lächelte. »Ja. Trotzdem hast du vielleicht recht. Vielleicht sollten wir uns mehr Mühe geben. Hier, nimm dir ein paar Beeren. Sie sind gerade reif geworden.«

Beide Frauen griffen in den Eimer mit Beeren und begannen zu essen. Auraya dachte an Jade. *Diese Beeren hätten ihr geschmeckt. Ich nehme an, sie ist immer noch auf dem Weg hinaus aus Si.*

Sie war überrascht festzustellen, dass sie die Frau vermisste. Obwohl sie herrisch und launisch war, war sie ein Quell interessanter Anekdoten und großen Wissens gewesen. Auraya lächelte. Jade mochte ungeheuer alt sein, aber es war Auraya einige Male gelungen, sie zu überraschen.

»Ich frage mich, ob es möglich wäre, den Leeren Raum zu beseitigen«, hatte Auraya eines Abends gesagt. *»Vielleicht, wenn man Magie von einem anderen Ort heranzöge und hier wieder freisetzte, um damit den Leeren Raum zu füllen.«*

Jade hatte sie überrascht angestarrt. *»Auf die Idee bin ich noch gar nicht gekommen.«*

Als Sirri ihre Handvoll Beeren gegessen hatte, begann sie, von den Kämpfen der Stämme um die Minen zu erzählen. Obwohl Auraya das alles schon am vergangenen Abend gehört hatte, ließ sie die Frau noch einmal darüber sprechen, denn sie wusste, dass Sirri lediglich das Bedürfnis hatte, ihrem Ärger Luft zu machen.

Auraya.

Beim Klang der Stimme in ihren Gedanken zuckte sie zusammen, dann blickte sie auf ihren Priesterring hinab. Juran rief sie durch den Ring. *Nun, jetzt brauche ich mich nicht länger zu fragen, ob der Ring noch funktioniert, nachdem ich gelernt habe, meinen Geist abzuschirmen.*

Juran?, erwiderte sie.

Ja. Wo bist du?

Im Offenen Dorf.

Ist Sprecherin Sirri bei dir?

Ja.

Ich habe eine Bitte an sie. Würdest du für mich sprechen?

Natürlich.

»Sprecherin Sirri«, unterbrach Auraya die Siyee. »Juran von den Weißen wünscht, dass ich eine Bitte an dich weitergebe.«

Sirri erstarrte mit offenem Mund. Als sie sich von ihrer Überraschung erholt hatte, richtete sie sich auf, lächelte und nickte. »Sag ihm, dass ich zuhöre – und übermittle ihm meine Grüße und meine besten Wünsche.«

Danke ihr von mir, sagte Juran. *Wir haben vor kurzem in Jarime eine pentadrianische Verschwörung aufgedeckt, durch die Bürger unserer Stadt ermordet und andere mit einer List dazu gebracht wurden, zur pentadrianischen Religion überzutreten.*

Auraya gab dies an Sirri weiter.

Wir haben auch in Toren und Genria solche Verschwörungen enthüllt und gehen jetzt anderen Berichten über ähnliche Ereignisse nach. Das Ziel der Pentadrianer war es, still und leise die Herrschaft in diesen Ländern zu untergraben, indem sie Zirkler dazu verleiteten, den Göttern abzuschwören und ihren eigenen Göttern zu huldigen. Als Anreiz haben sie jenen, die keine Gaben besaßen, Machtpositionen versprochen. Sind in letzter Zeit in Si Pentadrianer oder verdächtige Fremdländer gesehen worden?

»Nicht in letzter Zeit«, erwiderte Sirri. »Nicht seit dem vergangenen Frühling, als wir Aurayas Hilfe erbeten haben. Seither haben wir an unseren Grenzen Wächter postiert. Die einzigen Besucher waren Elai.«

Ich hoffe, du hast recht. Wir haben lange darüber diskutiert, welche Reaktion auf die pentadrianischen Angriffe in unseren Städten angemessen wäre. Wenn wir die Pentadrianer ignorieren, werden sie vielleicht kühner. Sie könnten versuchen, abermals in unser Land einzudringen. Gewiss werden sie erneut versuchen, andere zu bekehren. Wir müssen ihnen klarmachen, dass sie uns nicht angreifen können, ohne einen Gegenschlag erwarten zu müssen. Werdet ihr uns helfen?

»Natürlich«, antwortete Sirri. »Was können wir tun?«

Huan selbst hat vorgeschlagen, dass wir sie in ihrem eigenen Land angreifen. Schnelligkeit und das Moment der Überraschung werden von größter Bedeutung sein, daher sind uns sofort eure Krieger in den Sinn gekommen. Und damit war das Ziel eines möglichen Angriffs offenkundig: die Zucht der schwarzen Vögel.

Sirris Augen weiteten sich. »Das wäre ein riskanter und … verwegener Angriff. Ich gehe davon aus, dass du weißt, wo sich diese Zucht befindet?«

In einer abgelegenen Stadt, weit entfernt von den größeren pentadrianischen Städten. Wir werden dir Karten und Informationen über die Stadt, den Tagesablauf der Züchter und ihre Vögel schicken – alles, was eure Krieger benötigen werden.

Auraya spürte, dass ihr Herz wild hämmerte. Juran bat die Siyee, ein großes Risiko einzugehen. Sie würden in feindliches Land eindringen. Wenn sie scheiterten, konnte ihnen niemand helfen.

»Ich werde mit ihnen gehen«, sagte sie.

Sirri runzelte die Stirn. »Juran wird … oh! Natürlich. Du hast für dich selbst gesprochen, Auraya. Danke.«

Du kannst sie begleiten, wenn du es wünschst, sagte Juran. *Aber die Götter verbieten dir, deine Gaben zu benutzen, um den Siyee zu helfen oder den Feind zu behindern. Dies muss ein Schlag sein, den die Siyee führen. Es darf keine Weiße daran beteiligt sein, nicht einmal eine ehemalige Weiße.*

Auraya sog ungläubig die Luft ein.

Erwartest du wirklich von mir, dass ich sie sterben lasse, wenn sie angegriffen werden?, fragte sie im Stillen.

Die Götter erwarten es, antwortete Juran. *Dieser Angriff ist nicht nur ein Versuch, dem Feind Schaden zuzufügen, sondern auch ein symbolischer Akt. Wenn du den Göttern in diesem Punkt nicht gehorchen kannst, solltest du die Siyee nicht begleiten.*

Darf ich sie heilen, wenn sie verletzt sind?

Juran zögerte kurz.

Ich nehme an, das würde den symbolischen Wert des Angriffs nicht mindern.

Auraya runzelte die Stirn.

Ich nehme an, es würde den symbolischen Wert noch steigern, wenn sämtliche Siyee bei dem Angriff ums Leben kämen? Ein nobles Opfer und so weiter?

Natürlich wäre es nicht besser. Es wäre ein viel stärkerer Beweis unserer Fähigkeit zurückzuschlagen, wenn sie angreifen und entkommen würden.

»Nun?«, fragte Sirri.

Auraya wurde bewusst, dass sie Jurans Worte nicht mehr weitergegeben hatte, seit er ihr offenbart hatte, dass sie ihre Gaben nicht benutzen durfte, und sie sah Sirri entschuldigend an. »Tut mir leid. Die Götter haben beschlossen, dass ich die Siyee heilen darf, aber davon abgesehen werden mir die Hände gebunden sein. Ich darf nicht gegen die Pentadrianer kämpfen.«

»Nun«, sagte Sirri grimmig, »das ist besser als gar nichts.«

Werden die Siyee gehen?, fragte Juran.

»Wie immer muss ich mich auch in diesem Fall mit den Sprechern der Stämme beraten«, erwiderte Sirri. »Obwohl ich bezweifle, dass sie etwas ablehnen würden, das wir in unserem Bündnisvertrag vereinbart haben. Wann wird dieser Angriff stattfinden?«

Erst in einigen Monaten. Wir müssen vorher die Landkarten und genaue Anweisungen nach Si schaffen.

»Ich werde es euch wissen lassen, sobald eine Entscheidung getroffen wurde«, versprach Sirri.

Danke. Auf Wiedersehen, Sprecherin Sirri, Auraya.

Als sein Geist verblasste, stieg brodelnder Zorn in Auraya auf. Die Götter wollten offensichtlich, dass sie in Si zurückblieb. Dann spürte sie eine leichte Berührung und blickte hinab. Sirris kleine Hand lag auf ihrer.

»Du wirst sicher eine Möglichkeit finden, ihre Einschränkungen zu umgehen«, sagte die Sprecherin.

Auraya sah Sirri in die Augen und nickte, obwohl sie die Fragen in den Gedanken der Frau sehen konnte und sich wünschte, sie hätte sie beantworten können.

Warum stellen die Götter sie auf solche Weise auf die Probe?, ging es Sirri durch den Kopf.

Weil einige von ihnen mich hassen, antwortete Auraya im Stillen, obwohl sie wusste, dass die Frau sie nicht hören konnte. Dann unterdrückte sie einen Fluch. *Als Chaia sagte, Huan würde vielleicht versuchen, zum Schlag gegen jene auszuholen, die ich liebe, habe ich keinen Moment lang an die Siyee gedacht.*

Aber die Göttin würde doch gewiss dem Volk, das sie selbst geschaffen hatte, keinen Schaden zufügen?

Sonnenlicht sickerte durch die Bäume. Emerahls Beutel war voll und schwer, und sie kämpfte gegen die Versuchung, einen Teil ihrer Bürde abzulegen, indem sie einige Heilmittel zurückließ. Sie war jedoch noch nie in Südithania gewesen und daher nicht vertraut mit den dort einheimischen natürlichen Drogen. Wenn sie Geld für ihre Reise auftreiben wollte, musste sie ihre eigenen Vorräte mitnehmen.

Die Entfernung bis zu ihrem Bestimmungsort erschien ihr ungeheuer. Sie würde einen Monat brauchen, um die Berge hinter sich zu lassen, und dann würde sie die Goldebenen bis zu einem weiteren Gebirgszug durchqueren müssen. Sobald sie den Pass hinter sich hatte, musste sie durch die nördlichen Randgebiete der sennonischen Wüste wandern. An der Küste würde sie eine Überfahrt auf einem Schiff in die murianische Hauptstadt, Hannaya, kaufen. Es würde eine lange Reise werden.

Den Zwillingen zufolge hatten die Denker, die auf der Suche nach der Schriftrolle der Götter waren, dort ihren Stützpunkt. Ihr blieben zwei Möglichkeiten: Sie konnte versuchen, die Schriftrolle allein zu finden, oder sich den Denkern anschließen. Beide Möglichkeiten stellten sie vor erhebliche Schwierigkeiten.

Wenn sie sich dafür entschied, selbst nach der Schriftrolle zu suchen, würden die Zwillinge die Gedanken der Denker abschöpfen und alles an sie weitergeben, was sie erfuhren. Die Zwillinge konnten jedoch nicht nur die Denker beobachten. Sie hielten auch ein Auge auf die Menschen in Mirars Nähe, und außerdem schöpften sie wie üblich in ganz Ithania Gedanken ab. Hinzu kam, dass Emerahl nicht in einer dauerhaften Trance verweilen konnte, um sich mit den Zwillingen zu vernetzen. Sie würde nur dann Neuigkeiten von ihnen erfahren, wenn sie Zeit fand, sich mit ihnen in Verbindung zu setzen, daher war es möglich, dass sie wichtige Informationen erst mit einem Tag Verzögerung erhielt.

Wenn sie sich mit den Denkern zusammentat, würde sie an deren Entdeckungen teilhaben. Das einzige Problem war, dass sie dazu neigten, ihr Wissen mit notorischer Eifersucht zu hüten. Außerdem begegneten sie Frauen mit Verachtung.

Die Zwillinge bezweifelten, dass sie jemals ihr Vertrauen gewinnen könne. Stattdessen würde sie ihnen ihren Nutzen beweisen müssen. Sie konnte die meisten der alten Schriften lesen. Sie verfügte über große historische Kenntnisse, und sie sprach alte Sprachen.

Als sie um eine Biegung des steilen Berghangs kam, auf dem sie gerade unterwegs war, blieb sie stehen und fluchte. Der schmale Felssims, dem sie gefolgt war, fand einige

Schritte vor ihr ein jähes Ende unter einer lockeren Masse von Felsbrocken und Steinen. Weiter oben am Berg hatte es einen Erdrutsch gegeben.

Darüber zu steigen wäre töricht, dachte sie. *Ich würde wahrscheinlich mit all den Steinen abrutschen und in die Tiefe stürzen.* Sie würde umkehren und einen neuen Weg finden müssen.

Leise verfluchte sie Auraya und Mirar. *Ich hätte die Schriftrolle inzwischen vielleicht bereits gefunden, wenn Mirar nicht darauf bestanden hätte, dass ich hierherkam, um Auraya zu unterrichten.*

Aber er schuldete Emerahl jetzt eine große Gefälligkeit. Dieser Gedanke entlockte ihr ein Lächeln. *Außerdem war es gar nicht so schlimm, Auraya zu unterrichten. Das Mädchen ist durchaus liebenswert – wenn man ihre Ergebenheit den Göttern gegenüber ignoriert. Es wäre ein Jammer, sollte sich diese Ergebenheit als ihr Untergang erweisen.*

Sie musste zugeben, dass die Zwillinge recht hatten. Wenn Auraya sich den übrigen Unsterblichen anschloss, würde sie eine mächtige Verbündete sein. Mit ihrer Fähigkeit, die Götter zu spüren und zu hören und die Gedanken Sterblicher zu lesen, konnte sie ihnen allen helfen zu überleben.

Es schadet auch nichts, eine Gefälligkeit bei jemandem gutzuhaben, der so mächtig ist.

Sie blickte noch einmal auf die vergangene Zeit zurück und dachte darüber nach, wie Aurayas Verhalten sich verändert hatte, sobald sie die Höhle verlassen konnte. Die junge Frau hatte es offenkundig genossen, draußen im Wald zu sein. *Sie war auf eine Art und Weise entspannt, wie Menschen es sind, wenn sie sich zu Hause fühlen,* ging es Emerahl durch den Sinn.

Wie konnte eine ehemalige Weiße sich in den Bergen von Si zu Hause fühlen, ohne Luxus, ohne Diener, ohne etwas, über das sie herrschen konnte?

Plötzlich sah sie Auraya in einem anderen Licht. *Sie liebt die ungezähmte Natur,* überlegte Emerahl. *Orte, die von Menschen unberührt sind. Oh, sie fühlt sich durchaus wohl in der Gesellschaft von Menschen, und die Siyee haben offenkundig einen Platz in ihrem Herzen, aber ich glaube, mehr als allein die Siyee zieht es sie in die Berge.* Emerahl lachte leise vor sich hin. *Allerdings würde sie sich dort vielleicht nicht ganz so wohlfühlen, wenn sie die Felsen hinauf- und hinabklettern, durch Schlamm waten und sich mit dem Messer einen Weg durch dichtes Unterholz bahnen müsste.*

War Mirar sich dessen bewusst? Er hatte sich immer zu Städten hingezogen gefühlt – zum Getriebe großer Menschenmengen. Die Erinnerung an ein Gespräch, das sie mit Auraya geführt hatte, stieg in ihr auf.

»Ich dachte, du magst ihn nicht.«

Auraya hatte gelächelt. *»Ich habe nie gesagt, dass ich ihn nicht mag.«*

Emerahl seufzte. Sie wusste, dass immer eine Chance bestand, dass sich aus Zuneigung Liebe entwickelte. Sie hatte es oft genug mitangesehen. Das hieß nicht, dass es so kommen *würde,* aber Emerahl würde sich immer fragen, ob sie Mirar diese Chance genommen hatte, indem sie ihm von Aurayas Affäre mit Chaia erzählt hatte. *Und jetzt, da ich Auraya kennengelernt habe, widerstrebt mir der Gedanke nicht länger, sie und Mirar könnten ein Paar werden.*

Was geschehen war, war geschehen. Mirar war zäh. Es war besser für ihn, den kurzen Schmerz der Wahrheit zu erleben als den dauerhaften Schmerz falscher Hoffnungen. Schließlich machte Emerahl kehrt, ging in die Richtung zurück, aus der sie gekommen war, und versuchte einen sichereren Weg zu finden.

Teil 2

16

Als der Horizont am vergangenen Tag die Form eines sich wiegenden Schattens angenommen hatte, hatte Auraya vermutet, dass sie und die Siyee auf niedrige Hügel zusteuerten. Jetzt schien es, als seien die glatten, sanften Linien dieser Landschaft viel größer, als sie zuerst angenommen hatte. An die zerklüfteten Gipfel von Si gewöhnt, war ihr nicht klar, dass dies die Berge des westlichen Sennon waren, bis ihre wahren Ausmaße offenbar wurden.

Sie konnte die Erregung der Siyee spüren. Sie freuten sich darauf, die Wüste hinter sich lassen zu können, und genau wie ihr Wasserträger eine schwere Last transportierte, tat sie es auch. Sie hatte sich zusätzliche Wasserschläuche auf den Rücken gebunden, und Unfug lag sicher zusammengerollt in ihrem Bündel, so dass sie das Gefühl hatte, von einer schweren, klumpigen Decke umhüllt zu sein.

Die Wüste hatte ihnen mehr Schwierigkeiten bereitet, als sie es für möglich gehalten hatten. Zuerst waren sie direkt darüber hinweggeflogen, aber ein Sandsturm hatte sie zur Küste zurückgeweht. Da die Siyee nicht viel tragen konnten, waren sie davon abhängig, entlang des Weges Wasser zu finden. Unfug hatte ihnen einige Male gezeigt, wo sie nach Wasser graben mussten, und einmal waren sie auf einen einsamen Brunnen gestoßen, aber das war nicht annähernd genug gewesen.

Sie wagten es nicht, in Landgehersiedlungen zu landen. Der sennonische Kaiser gestattete die Ausübung jedweder Religion in seinem Land, was bedeutete, dass in den Wüstendörfern möglicherweise Pentadrianer lebten. Wenn es sich so verhielt, würde eine Gruppe von Siyee-Kriegern, die nach Süden flog, gewiss bemerkt werden, und die Information würde zu den pentadrianischen Anführern gelangen. Selbst wenn es keine Pentadrianer in den Dörfern gab, war es durchaus möglich, dass ein gewöhnlicher sennonischer Dörfler auf die Idee kam, es ließe sich Gewinn daraus schlagen, wenn er die Neuigkeit an die Pentadrianer weitergab.

Die meisten Siedlungen lagen an der Küste, daher hielten die Siyee sich landeinwärts. Sie hatten erwartet, gelegentlich auf einen Fluss zu stoßen, aber sie hatten nur ein einziges Mal einen schlammigen Bach mit fast untrinkbarem Wasser entdeckt. Zu anderen Zeiten des Jahres führte er wahrscheinlich sauberes Wasser, aber mitten im Sommer war er zu einem trägen Rinnsal zusammengeschrumpft. Auraya war noch nie zuvor in Sennon gewesen, daher konnte sie den Siyee keinen Rat geben. Sie konnte nur jeden Morgen zur nächstgelegenen Wasserquelle zurückfliegen, um ihre Schläuche wieder aufzufüllen.

Die Berge vor ihnen gaben den Siyee Hoffnung, aber Auraya war nicht so optimistisch. Die Siyee brachten Berge mit Wasser in Verbindung, was jedoch nicht immer den Tatsachen entsprach. Diese Gipfel waren stark erodiert, doch es sah so aus, als habe es hier seit Jahrhunderten nicht mehr geregnet. Die spärliche Vegetation war zu einem hellen Gelb ausgebleicht, und nirgendwo gab es auch nur eine Andeutung von Grün.

Obwohl keine entsprechende Anweisung erteilt worden war, ließ sich die Gruppe jetzt langsam über den nächsten dieser weit verzweigten Berge in den Sinkflug fallen. Am Fuß des Berges war das gewundene Bett eines toten Flusses zu sehen, das zu ihrer Rechten auf den Ozean zulief. Zwischen ihm und dem Berg stieg das Land terrassenförmig an.

Dann fing Auraya Erstaunen von einem der Siyee auf. Als sie in seinen Geist blickte, las sie in seinen Gedanken, dass er glaubte, die Terrassen seien nicht natürlichen Ursprungs. Sie schaute genauer hin und stellte fest, dass er recht hatte. Es gab auch Straßen dort unten und winzige Gebilde, die vermutlich Überreste zerstörter Gebäude waren. Ihre Verteilung am Hang des Berges ließ auf eine Stadt schließen. Eine Stadt, die schon vor langer Zeit zu existieren aufgehört hatte.

Auch andere Siyee bemerkten jetzt die uralte Siedlung und machten ihre Gefährten darauf aufmerksam. Zu Aurayas Erheiterung weckte der Anblick tiefe Neugier in ihnen. Sie wollten landen und die Umgebung erkunden. Sie beobachtete, wie Sreil darüber nachdachte.

Die Erkundung von Ruinen ist nicht der Grund für unsere Reise, überlegte er, *aber wenn es hier früher einmal eine Stadt gab, muss auch Wasser in der Nähe gewesen sein. Vielleicht war es nur der Fluss, aber diese Terrassen sehen so aus, als könnten sie einmal Felder gewesen sein, und wie hätten die Bewohner der Stadt das Wasser dort hinaufschaffen sollen? Vielleicht gab es weiter oben einmal eine Quelle … Nun, die Chance, hier auf Wasser zu stoßen, ist genauso groß wie überall sonst …*

Als er den Befehl gab, die Stadt anzufliegen, hellte sich die Stimmung der anderen Siyee sofort auf. Obwohl die Wüste ihre Körper auf eine harte Probe gestellt hatte, bot sie nur wenig, was den Geist beschäftigen konnte. Die Lust an den Pfeifspielen, die sie zu Anfang der Reise gespielt hatten, war ihnen schnell vergangen, als ihnen der Mund vor Durst ausgetrocknet war.

Auraya blickte zu Teel, dem Siyee-Priester, hinüber. Er trug keinen Zirk, da das Gewand ihn beim Fliegen behindert hätte, sondern einen kleineren Umhang aus weißem Stoff, den er sich fest um den Hals gebunden hatte. Ihrer Meinung nach war er verfrüht zum Priester geweiht worden. Er war unerfahren und verstand weniger von Magie als ein Akolyth. Dennoch hatten die Götter ihn und nicht Auraya mit der Aufgabe betraut, Juran jeden Tag Bericht zu erstatten. Diese Anordnung hatte in Auraya ein vages Gefühl des Ärgers hervorgerufen. Sie war eine ehemalige Weiße und die Beschützerin der Siyee. Aber er war ein Siyee und sie eine Landgeherin, und das musste stärker wiegen.

Natürlich tut es das nicht, dachte sie. *Es ist nur eine weitere Möglichkeit, wie die Götter mir zeigen, dass sie mir misstrauen.*

Als sie die Magie um sich herum erforschte, stellte sie zu ihrer Erleichterung fest, dass keiner der Götter anwesend war. Obwohl Teel keine besonderen Befehle erhalten hatte, vermutete sie, dass der junge Mann nur deshalb frühzeitig geweiht worden war, damit ein Priester sie während dieser Mission im Auge behalten konnte.

Gestern hatte Auraya einen Siyee laut darüber nachsinnen hören, warum die Götter nicht dafür gesorgt hatten, dass sie genug sauberes Wasser hatten. Ein anderer hatte seinem Ärger darüber Luft gemacht, dass die Götter sie nicht zumindest zu Quellen führten. Ein dritter war der Meinung gewesen, dass sie wahrscheinlich hier gestorben wären, hätte Auraya sie nicht begleitet.

Teel hatte das Gespräch mitbekommen und leise erwidert, dass die Götter nicht ihre Diener seien. Diese Bemerkung hatte Auraya ein Lächeln entlockt, aber sie argwöhnte, dass die Götter weder das eine noch das andere tun konnten. Sie konnten nichts auf der Welt wahrnehmen, das sie nicht durch die Augen eines Menschen oder eines Tieres sahen – wenn also weder ein Mensch noch ein Tier etwas von Wasserquellen in der Nähe wusste oder wie man sie erreichte, dann wussten es auch die Götter nicht.

Die einzigen Menschen, die den Siyee in dieser Hinsicht hätten helfen können, die sennonischen Führer, konnten nicht fliegen. Selbst wenn die Weißen einem dieser Führer genug vertraut hätten, um ihn als Ratgeber zu den Siyee zu schicken, wäre er nicht rechtzeitig angekommen, um ihnen zu helfen. Die Entfernung war einfach zu groß.

Einer der Siyee pfiff ihr Signal für »Spuren!«, und Auraya folgte seinem Blick. Eine Linie aufgewühlten Sandes führte von der Stadt zum Fluss und dann längs des ausgetrockneten Wasserlaufs zum Meer. Vielleicht beherbergte die Stadt bereits andere Reisende.

Es war jedoch ein gutes Zeichen. Kein Reisender wäre zu diesen Terrassen emporgestiegen, ohne einen guten Grund dafür zu haben, und ein möglicher Grund war Wasser.

Sie schloss zu Sreil auf.

»Soll ich feststellen, ob sie noch dort sind?«

Er stieß einen zustimmenden Pfiff aus. Auraya ließ sich in einen Sinkflug gleiten und flog durch die trockene Luft auf die Fährten zu. Gleichzeitig spürte sie, wie Unfug sich in ihrem Bündel regte.

Die Fußabdrücke schlängelten sich entlang des Flusses durch merkwürdige Felsspitzen hindurch, die sich schließlich als Überreste sandbedeckter Türme erwiesen, bis zum Beginn einer Straße. Es war zunehmend schwer, ihnen zu folgen, da die Straßen nicht immer mit Sand bedeckt waren. Sie flog langsam weiter, als halte sie nach etwas Ausschau.

Was sie nur um des äußeren Scheins willen tat. Sie konnte keine Geister in der Stadt spüren, aber das konnte sie den Siyee nicht erzählen, ohne den Göttern zu offenbaren, dass sie die telepathische Gabe, die sie ihr während ihrer Zeit als Weiße verliehen hatten, weiterentwickelt hatte.

Schließlich flog sie zu den Siyee zurück und pfiff das Signal, mit dem sie erklärte, dass das Gebiet sicher war. Die Siyee umkreisten die Stadt, bevor sie landeten, eher eine vorsichtige Gewohnheit als eine Geste des Misstrauens ihrer

Einschätzung gegenüber. Sobald sie auf dem Boden waren, gab Sreil ihnen die Anweisung, sich paarweise auf die Suche nach Wasser zu machen. Auraya streifte ihr Bündel ab und öffnete es. Unfug blinzelte in dem plötzlichen grellen Licht.

Sie hatte ihn eigentlich nicht auf diese Reise mitnehmen wollen, hatte sich aber andererseits nicht überwinden können, ihn dazu zu zwingen zurückzubleiben. Seit ihrer Rückkehr in das Offene Dorf war der Veez ständig an ihrer Seite gewesen und jedes Mal außer sich geraten, wenn sie ihn in der Laube allein gelassen hatte. Da er ihre Gedanken nicht länger spüren konnte, musste er in ihrer Nähe bleiben, um sich davon zu überzeugen, dass sie noch lebte. Glücklicherweise war er damit zufrieden, während des Fluges in ihrem Bündel zu bleiben, und die Siyee fanden ihn sowohl nützlich als auch unterhaltsam.

Jetzt flüsterte sie ihm etwas ins Ohr und sandte ihm ein geistiges Abbild von Wasser. Seine Nase zuckte, und als sie ihn auf den Boden setzte, trottete er davon. Sie folgte ihm.

Das Sonnenlicht brannte gnadenlos auf das Land herab und wurde von den Felsen zurückgeworfen, so dass die Hitze aus allen Richtungen kam. Nach einigen Biegungen wurde ihr klar, dass Teel ihr folgte, und sie schickte sich in die unausweichliche Erkenntnis, dass der Priester ihr nicht mehr von der Seite weichen würde.

»Was glaubst du, wie alt dieser Ort ist?«, fragte er nach einer Weile.

Sie zuckte die Achseln. »Ich habe keine Ahnung.«

»Sieh mal.« Er ging zu einem großen Stein in einer Mauer hinüber und deutete auf einige Markierungen. »Kannst du das lesen?«

»Nein.«

»Du beherrschst viele Sprachen, nicht wahr?«

»Ja. Aber das heißt nicht, dass ich sie lesen kann.«

»Ich sollte eine Abschrift davon machen«, sagte er. »Wenn die Priester im Offenen Dorf sie nicht entziffern können, kennen sie vielleicht jemanden, der es kann.«

Als er ein Stück Leder aus einem Beutel zog, lächelte sie, aber ihre Erheiterung legte sich schnell. Er war im Herzen ein Gelehrter, kein Krieger. Sie würde es sich nicht leicht verzeihen können, wenn er bei diesem Angriff starb, obwohl sie sich nicht ganz sicher sein konnte, dass er nur ihretwegen hier war.

Unfug, den es nicht kümmerte, ob der Priester ihm folgte oder nicht, war verschwunden. Auraya lief um eine Ecke und kam zu einem großen Bogengang, der aussah, als sei er in massiven Fels gehauen worden. Ihre Schritte im Eingang hallten auf eine Weise wider, die auf einen großen Raum dahinter schließen ließ.

»Owaya?«

»Ich komme, Unfug«, erwiderte sie.

Als sie aus dem Sonnenlicht trat, passten sich ihre Augen langsam der Dunkelheit an. Ein kurzer Flur führte in eine große Halle. Am anderen Ende konnte man in der Finsternis gerade noch die Umrisse einer riesigen Gestalt ausmachen. Es war eine Statue. Ihre Größe ließ Auraya schaudern.

Sie zog Magie in sich hinein, schuf einen Lichtfunken und sandte ihn zur Decke empor. Dann ließ sie den Funken heller werden, und ein tiefes Staunen machte sich in ihr breit, als die Statue beleuchtet wurde. Sie hatte einen muskulösen, männlichen Körper, aber das Gesicht war eine flache Scheibe mit einem einzigen riesigen, lidlosen Auge. Unfug blickte voller Staunen zu der Statue auf.

Einer der alten Götter, dachte sie. *Lange tot.*

Hinter sich hörte sie ein leises Keuchen, und als sie sich umdrehte, sah sie, dass Teel die Statue entsetzt anstarrte. Ein Ausdruck von Abscheu legte sich über seine Züge.

»Solche Dinge sollten zerstört werden«, sagte er.

Sie musterte ihn beunruhigt. Der Gott war lange tot. Welche Gefahr ging jetzt noch von der Statue aus? Etwas so Bemerkenswertes zu zerstören wäre hässlich und sinnlos.

»Vielleicht«, sagte sie langsam, »sollten solche Dinge erhalten werden, um uns an das Zeitalter der Vielen zu erinnern und an das Chaos, das die Sterblichen versklavte, bis der Zirkel uns rettete.«

Er sah sie ausdruckslos an, dann wurde er nachdenklich. »Wenn es der Wille der Götter war, diese Statue zu erhalten, könnte sie wahrscheinlich benutzt werden, um jene mit einem rebellischen Herzen zu erschrecken.«

Auraya unterdrückte einen Seufzer. Es gab bei jedem Volk Fanatiker, und es sah so aus, als hätten die Götter einen solchen unter den Siyee gefunden.

Das Summen von Gedanken am Rande ihrer Wahrnehmung wurde plötzlich lauter. Andere Siyee hatten Wasser gefunden – einen großen Teich, der tief in einer ähnlichen Halle wie dieser gelegen war. Sie ließ ihr Licht erlöschen und rief nach Unfug. Ein kleiner Schatten kam aus der Dunkelheit in ihre Arme gehüpft und kletterte auf ihre Schulter. Auraya trat an dem Priester vorbei ins Sonnenlicht.

»Lass uns sehen, wie es den anderen ergangen ist, ja?«, rief sie ihm über die Schulter zu.

Danjin erhob sich von seinem Platz, trat vor das schmale Fenster und blickte auf das bunte Treiben der dunwegischen Hauptstadt hinaus. Unter ihm beeilten sich Diener und Händler, vor der abendlichen Sperrstunde ihre Aufgaben zu erledigen, während die Krieger mit dem Selbstbewusstsein und der Arroganz von Männern umherliefen, die ihre Machtposition innerhalb der Gesellschaft als ihr natürliches Recht ansahen. Die steinernen Häuser, in denen sie lebten, waren in einem wohlgeordneten Muster zwischen Ringen hoher Mauern erbaut. Hinter der letzten Mauer konnte er den Dey sehen, den Fluss, der sich dem fernen Ozean entgegenschlängelte.

Chon war eine Festung, aber als die größte Festung in Dunwegen diente sie gleichzeitig auch als Verwaltungshauptstadt. Um dorthin zu gelangen, waren Danjin und Ella bis zur Mündung des Dey gesegelt, von wo aus eine Barkasse sie in die Festung gebracht hatte. Als sie Chon erreicht hatten, waren sie mit der typischen dunwegischen Förmlichkeit begrüßt worden – kurz und sachlich –, dann hatte man sie in die Quartiere geführt, die die Weißen bei ihren Besuchen stets bewohnten: in einen Flügel des innersten Teils der Festung.

Die Räume waren klein und die Wände aus nacktem Stein. Die Möbel waren schlicht und schwer, doch die Teppiche auf den Böden und an den Wänden waren farbenprächtig und exquisit gefertigt, wenn auch ein wenig grob, was das Muster betraf. Die meisten von ihnen bildeten berühmte Schlachten und dunwegische Anführer und Krieger ab, über die stets der Gott Lore wachte.

I-Portak, der Herrscher von Dunwegen, war weder ein König mit ererbtem Titel noch ein gewählter Berater. Danjin war noch nie jemandem begegnet, der all die vielschichtigen Regeln der dunwegischen Methode zur Auswahl des Herrschers durchschaut hätte. Es schien, als könne sich jeder zum Herrscher ausrufen lassen, aber um die Position zu halten, hing er von der Zustimmung wichtiger Kriegerclans ab. Der Anwärter konnte von einem Krieger herausgefordert werden, der bereit war, um die Position zu kämpfen, doch wenn der Herausforderer den Sieg davontrug und die Kriegerclans ihn nicht billigten, konnte er seine Position nicht halten.

Dennoch war die Wahl eines Nachfolgers nach dem Tod

des letzten Herrschers frei von Herausforderungen oder Einwänden gewesen. I-Orms Sohn hatte den Platz seines Vaters eingenommen, ohne dass es auch nur das leiseste Murren von seinem Volk gegeben hätte. Zumindest hatte Danjin nichts Derartiges gehört. Die Dunweger neigten nicht dazu, sich laut zu beklagen. Wenn die wahrscheinliche Reaktion auf eine Rebellion eine Herausforderung auf Leben und Tod war, behielt man seine Meinung lieber für sich, es sei denn, man war sich des Sieges gewiss.

»Das Licht wird schlechter«, sagte Ella. Er drehte sich um und sah, wie sie seufzend ihre Spindel beiseitelegte. »Wieder ein Tag vergangen und immer noch keine Fortschritte. Was glaubst du, wie lange es dauern wird, bis sie mich meine Arbeit tun lassen?«

»Zieh ihren Respekt vor den Göttern und den Weißen von dem Ausmaß ihres Stolzes ab, füge ihre Erpichtheit, dass wir abreisen, hinzu und ergänze das Ganze um ein wenig schwelenden Groll auf die Weißen für ihren Versuch vor zehn Jahren, den Zauberer Scalar zu vernichten, und du erhältst den Augenblick, da sie ihre widerstrebende Mitarbeit anbieten werden.«

Ella kicherte kläglich. »Du hast mir erzählt, sie wären ein unkompliziertes, nüchtern denkendes Volk.«

»Verglichen mit anderen nordithanischen Völkern sind sie das auch. Du musst es den Clans überlassen zu versuchen, die Schuldigen für dich zu finden. Es ist eine Frage der Ehre.« Danjin trat von dem Fenster weg. Die Luft wurde jetzt schnell kühler. Die Dunweger glaubten, wärmende Feuer und Fensterbehänge würden die Menschen schwächen, und Krankheit sei auf zu wenig Betätigung, zu wenig Essen oder zu wenig Sex zurückzuführen oder aber auf zu viel oder zu wenig Schlaf.

Hm. Vielleicht können wir das zu unserem Vorteil nutzen, überlegte er. *Wir könnten sagen, dass Ella nicht zu lange im Haus eingesperrt und untätig bleiben wolle, weil sie fürchtete, sie könne dadurch erkranken. Aber sie könnten zu dem Schluss kommen, die beste Lösung für dieses Problem bestehe darin, sie zu einigen Übungskämpfen bei einem der weiblichen Kriegerclans zu schicken. Ich bezweifle, dass sie darüber glücklich wäre.*

»Nun, zumindest mache ich in einer Hinsicht Fortschritte«, murmelte Ella und warf einen Blick auf den Korb an ihrer Seite. Der größte Teil des Vlieses war verschwunden, und der Faden, den sie gesponnen hatte, war zu Garn gedreht und zu ordentlichen Knäueln aufgewickelt worden. Danjin fand die geschickten Bewegungen ihrer Hände beinahe ein wenig hypnotisch. Er hatte keine Ahnung, was sie als Nächstes mit dem Garn anfangen würde.

Tagsüber waren sie größtenteils sich selbst überlassen, aber jeden Abend bekamen sie Besuch von einheimischen Clanführern oder Würdenträgern anderer Länder. Ella nutzte die Gelegenheit, die Gedanken aller Menschen zu lesen, denen sie begegnete, einschließlich der Diener.

»Sie sind eher Sklaven als Diener«, hatte sie Danjin erklärt. »Alles, was sie für ihre Arbeit bekommen, ist Nahrung und ein Dach über dem Kopf. Sie dürfen ohne die Zustimmung ihres Herrn weder heiraten noch eine Familie gründen, und ihre Kinder arbeiten von dem Zeitpunkt an, da sie von Nutzen sein können. Als ich mich während meiner Ausbildung zur Priesterin mit Dunwegen beschäftigt habe, hat mir niemand von diesen Dingen erzählt.«

Er musste ihr zustimmen, was das Leben der Diener betraf, aber er rief ihr ins Gedächtnis, dass die Dunweger so lebten, seit der Gott Lore sie zu seinem eigenen Volk erklärt hatte. »Und die Lebensbedingungen der Diener sind wohl kaum ein Thema, das die Aufmerksamkeit junger Akolythen erregen würde«, hatte er hinzugefügt.

Darauf hatte sie den Kopf geschüttelt. »Ungerechtigkeit erregt immer die Aufmerksamkeit junger Menschen«, hatte sie eingewandt. »Aber wenn wir älter werden, erfahren wir, wie schwierig es ist, die Welt zu verändern, und wir lernen, den Blick von Dingen abzuwenden, die wir nicht ändern können, bis wir Ungerechtigkeiten überhaupt nicht mehr wahrnehmen.«

»Das gilt nicht für uns alle«, hatte er erwidert. »Einige von uns halten immer noch nach Möglichkeiten Ausschau, die Dinge besser zu machen.«

Ella erhob sich und trat ans Fenster. »Der Mann, den wir heute Abend treffen werden, ist allenthalben bekannt für seine Grausamkeit gegen seine Diener.«

Sie blickte schweigend und mit zusammengezogenen Brauen hinaus. Er vermutete, dass sie die Gedanken der Menschen unten las, und sagte nichts, da er sie nicht ablenken wollte.

Es klopfte an der Tür.

»Gillen Schildarm, Botschafter von Hania, ist hier, um Ellareen von den Weißen und Danjin Speer, Ratgeber Ellareens der Weißen, abzuholen und in das Haus von Gim zu bringen, Talm von Rommel, Ka-Lem des Nimler-Clans«, brüllte jemand von draußen.

Danjin lächelte und ging zur Tür. Die Angewohnheit, hinter einer geschlossenen Tür einen Gruß zu brüllen, war typisch dunwegisch, aber der Mann auf der anderen Seite hatte hanianisch gesprochen. Er öffnete die Tür, und Gillen stand mit breitem Grinsen vor ihm.

»Du kannst einfach anklopfen«, sagte Danjin. »Wir würden deshalb nicht schlechter von dir denken.«

»Ah, aber das wäre nicht annähernd so spaßig«, antwortete der Botschafter. Er blickte über Danjins Schulter. »Guten Abend, Ellareen von den Weißen.«

»Guten Abend, Pa-Schildarm«, erwiderte sie. »Wir haben dich erwartet.«

Er deutete auf den Flur hinter ihm. »Es wäre mir eine große Ehre, dich zum Heim unseres Gastes zu führen.«

»Danke.«

Sie trat an Danjin vorbei. Danjin schloss die Tür und folgte ihr und Gillen den Flur hinunter.

Schon bald traten sie in die kühle Abendluft hinaus. Jeder Bezirk der Stadt wurde durch ein gut bewachtes Tor von den anderen getrennt. Wann immer sie ein solches Tor erreichten, zeigte Gillen ein Amulett vor, das die Wachen in Augenschein nahmen, bevor sie muskulösen Dienern den Befehl gaben, die Tore aufzuziehen. Nachdem sie durch drei solcher Tore gegangen waren, kamen sie zu einem steinernen Haus, das sich von seinen Nachbarn durch einen großen, in die Tür geschnitzten und mit leuchtenden Farben bemalten Schild unterschied.

»Das Haus von Gim, Talm von Rommel, Ka-Lem des Nimler-Clans«, erklärte Gillen. Er klopfte an, dann brüllte er ihre Namen und den Zweck ihres Besuches.

Die Tür öffnete sich knarrend. Ein Diener verbeugte sich vor ihnen, dann geleitete er sie schweigend in den Raum. Ella ging voraus, gefolgt von Danjin und Gillen.

Sie kamen in eine große Halle mit einem riesigen Holztisch, an dem sich bereits eine Schar von Männern, Frauen und Kindern zusammengefunden hatte. Wären da nicht ihre freundlichen Mienen und ihr Gelächter gewesen, hätten die tätowierten Gesichter wohl einen erschreckenden Anblick geboten. Die Muster verstärkten ihre Mimik, so dass ein Stirnrunzeln etwas Finsteres bekam und ein Lächeln zum Grinsen wurde.

Danjin erkannte einige der Anwesenden und vermutete, dass die meisten von ihnen zu Gims Clan gehörten. Der Diener eilte davon, um das Wort an einen massigen Dunweger am Kopfende des Tisches zu richten. Dies war Gim, und selbst nach dunwegischen Maßstäben war er ein stolzer und arroganter Mann.

Jetzt stand er auf und winkte sie mit weit ausladenden Gesten heran.

»Ellareen von den Weißen. Willkommen in meinem Heim. Nimm Platz an meinem Tisch.«

Gim gab den Menschen, die um ihn herum saßen, ein Zeichen. Sofort rutschten sie auf den Bänken zusammen, um Platz zu machen. Ella setzte sich mit würdevollen Bewegungen nieder und nahm einen Kelch Fwa entgegen, den einheimischen Schnaps. Danjin zwängte sich neben sie.

Danjin trank nur gerade so viel von seinem Kelch, um, wie er hoffte, seinen Gastgeber zufriedenzustellen. Er lauschte, während Ella und Gim sich unterhielten, und vergegenwärtigte sich Einzelheiten über den Clan, die er vor und nach ihrer Ankunft in Chon erfahren hatte. Außerdem beobachtete er die anderen Anwesenden am Tisch, wohlwissend, dass er für Ella ein zusätzliches Paar Augen bedeutete.

Auf ein Zeichen von Gim brachten einige Diener Teller mit Essen an den Tisch. Gim schnitt mit einem Messer, das wie ein Miniaturschwert geformt war, eine Keule von einem gerösteten Yern ab, dann begannen die anderen Gäste sich zu bedienen und munter draufloszuplappern. Zwischen zwei Jungen, von denen einer sich ein ganzes Girri genommen hatte, brach ein Streit aus. Als die Jungen einander anzurempeln begannen, stand einer der Männer auf, zerrte sie beide durch eine Tür hinaus und befahl einem Diener, sie nicht wieder hereinzulassen, bevor sie die Sache ausgetragen hätten. Dann kehrte er an den Tisch zurück und legte sich das Girri auf seinen eigenen Teller.

Plötzlich spürte Danjin Ellas Ellbogen an seinem Arm. Ihm

wurde bewusst, dass er den Anschluss an ihr Gespräch mit Gim verloren hatte.

»... weiß, dass die pentadrianische Lebensart vielen deiner Leute gefällt«, sagte sie.

Gim zog die Augenbrauen hoch. »Was ist so reizvoll an der Art, wie sie leben?«

»Nur Verbrecher werden dort versklavt.«

Der Clanführer musterte sie stirnrunzelnd. Sie zuckte die Achseln.

»So sehen sie es jedenfalls.«

»Willst du damit sagen, dass wir möglicherweise Spione unter unseren Dienern haben?«

»Wahrscheinlich.«

Er funkelte die Diener im Raum an. »Ich werde sie alle befragen.«

Sie hob abschätzig die Hand. »Das würde deinen Haushalt nur unnötig in Aufruhr versetzen. Ein kluger Spion lenkt die Aufmerksamkeit von sich selbst auf andere, wenn er weiß, dass nach ihm gesucht wird, und am Ende würdest du womöglich unschuldige, nützliche Menschen hinrichten. Besser wäre es, eine Falle zu stellen.«

Gim stieß ein Knurren aus, mit dem er ihr widerstrebend recht gab. »Was schlägst du vor?«

»Wir können hier natürlich keine Einzelheiten erörtern«, sagte sie lächelnd. »Jemand, der deinen Haushalt gut kennt, könnte dir besser als ich raten, wie du eine wirkungsvolle Falle stellen kannst. Du musst doch einige Diener haben, denen du vertraust?«

Der Clanführer zog die Brauen zusammen, dann wechselte er das Thema. Während der Abend sich dahinzog, war Danjin überzeugt davon, dass er eine Veränderung bei Ella wahrnahm. Ihr Frohsinn wirkte aufrichtiger, als das normalerweise bei solchen Anlässen der Fall war.

Du hast recht, sagte eine vertraute Stimme in seinen Gedanken. *Ich würde Gim niemals die Befriedigung gönnen, das zu erfahren, aber seine Angewohnheit, seine Diener schlecht zu behandeln, ist für uns von Vorteil. Viele Menschen hier sind den Pentadrianern zugeneigt, und es gibt mehr als einen unter ihnen, der zu dem Schluss gekommen ist, dass es an der Zeit sei zu fliehen. Morgen werden wir sehen, wer ihnen hilft.*

Endlich ein Fortschritt, dachte er. *Kein Wunder, dass sie glücklicher wirkt.*

Gim rülpste laut, dann rief er nach einem Diener, um sich seinen Kelch wieder auffüllen zu lassen.

Ja. Und ich muss zugeben, dass ich Gim unterhaltsamer finde, als ich erwartet hatte. Er ist der Inbegriff des rohen Kriegers, als die man die Dunweger immer schildert. Er isst mit den Händen, spricht mit vollem Mund, reißt grobe Witze und trinkt zu viel. Was mag als Nächstes kommen?

Wahrscheinlich wird er die Tanzmädchen hereinrufen oder irgendein Frauenzimmer, an dem er sich zu schaffen machen kann.

Ich glaube nicht, dass er so weit gehen … oh.

Danjin lächelte, als zwei Männer hereinkamen, die Flöten und Trommeln spielten, gefolgt von vier dunwegischen Frauen. Sie trugen eine Menge Schmuck, aber nicht viel mehr.

Das beantwortet zumindest eine Frage, die mich beschäftigt hat, dachte Danjin trocken. *Ihre Tätowierungen reichen tatsächlich bis ganz nach unten.*

Diesmal brachte Ella es irgendwie fertig, mit ihrem Ellbogen seine Rippen zu treffen, und das mit erheblich mehr Kraft als zuvor.

17

Das rosige Licht der Morgendämmerung färbte bereits den Himmel hinter Reivans Fenster, als sie erwachte. Sie empfand eine Mischung aus Erleichterung und Enttäuschung. Erleichterung, dass sie nicht abermals verschlafen hatte, und Enttäuschung darüber, dass sie keinen Grund dazu gehabt hatte.

Sie stand auf, ging zu der Wasserschüssel hinüber und wusch sich. Die Feuchtigkeit auf ihrer Haut war angenehm kühl, trocknete jedoch viel zu schnell. Schon bald würde sie in der Hitze eines weiteren Hochsommertages schwitzen, aber zumindest würde sie nach frischem Schweiß stinken und nicht nach schalem. Sie wünschte, das Gleiche ließe sich von den Händlern und Höflingen sagen, mit denen sie zu tun hatte.

Nachdem sie ihre Robe übergestreift hatte, verließ sie ihre Räume und ging in ihr Arbeitszimmer, wobei sie nur Halt machte, um einem Domestiken aufzutragen, ihr etwas zu essen zu bringen. Mehrere Götterdiener waren in der Nähe. Sie nickten Reivan im Vorbeigehen respektvoll zu.

Plötzlich löste sich eine ihrer Sandalen, und sie wäre um ein Haar gestolpert. Sie blieb stehen und hielt sich mit einer Hand an der Wand fest, während sie die Sandale in Augenschein nahm. Ein Riemen war von der Sohle abgerissen.

»... warum er sie gewählt hat. Sie ist nicht schön, nicht einmal hübsch«, sagte jemand.

Als ihr klar wurde, dass die Stimme einer der beiden Götterdienerinnen gehörte, an denen sie gerade vorbeigekommen war, blieb sie stehen, um zu lauschen.

»Sie soll angeblich klug sein. Eine ehemalige Denkerin, heißt es. Vielleicht spielen sie ja Gedankenspiele, während sie … du weißt schon.«

»Ich möchte nicht darüber nachdenken.«

Reivan konnte ein Lächeln nicht unterdrücken. Die anderen Götterdiener hatten also von Nekauns nächtlichen Besuchen in ihren Räumen gehört. Waren diese beiden Frauen eifersüchtig?

»Soweit ich weiß, ist es schwer, seine Aufmerksamkeit zu halten. Er langweilt sich schnell.«

»Dann ist es klug von ihr, kein Aufhebens um diese Geschichte zu machen. Es wird demütigend genug sein, wenn er sie fallen lässt. Ich an ihrer Stelle würde nicht wollen, dass das ganze Sanktuarium Bescheid weiß.«

»Aber das ganze Sanktuarium *weiß* Bescheid.«

Reivan wurde flau im Magen. Sie zog die Sandale aus und ging weiter, da sie nicht länger den Wunsch hatte, das Gespräch der beiden Frauen zu belauschen. Aber mit nur einer Sandale konnte sie sich nur unbeholfen bewegen, daher blieb sie stehen, um auch die andere auszuziehen.

»… ihn lieber für eine Weile haben als niemals«, sagte eine der Götterdienerinnen.

»Ich auch.«

Diese Bemerkung hätte sie aufheitern sollen, aber sie tat es nicht. Stattdessen verstärkte sich das flaue Gefühl in ihrem Magen noch. *Er besucht mich jetzt schon seit Monaten,* überlegte sie. *Wenn er es nur zu seiner Unterhaltung täte, hätte es ihn doch gewiss schon nach wenigen Nächten gelangweilt. Ich bin nicht gerade eine Göttin des Schlafzimmers.*

Tage. Wochen. Monate. Jahre. Was spielte es für eine Rolle? Er war unsterblich, mächtig und schön. Sie wusste, dass sie nicht damit rechnen konnte, seine Aufmerksamkeit für immer zu fesseln, und doch konnte sie sich nicht vorstellen, dass das Leben irgendwann einmal anders sein würde, als es jetzt war. Manchmal fiel es ihr schwer zu begreifen, wie sie früher hatte existieren können.

Ich bin noch nie so glücklich gewesen. Oder so ängstlich. Ich muss verliebt sein.

Die Sandalen in der Hand, setzte sie ihren Weg fort. Als der nächste Domestik ihr entgegenkam, hielt sie ihn an, gab ihm die Sandalen und bat ihn, ihr ein neues Paar bringen zu lassen. Er machte das Zeichen des Sterns und eilte davon.

Obwohl sie versuchte, ihre Gedanken auf die vor ihr liegende Arbeit zu lenken, kamen ihr die Worte der beiden Götterdienerinnen immer wieder in den Sinn.

»Er langweilt sich schnell.«

Vielleicht langweilte sie Nekaun bereits. Er hatte sie gestern Nacht nicht besucht, und am vorangegangenen Abend war sein Besuch sehr kurz ausgefallen.

Zu kurz, ging es ihr durch den Kopf. *Er wirkte geistesabwesend und als sei nur sein Körper zugegen.*

»Gefährtin Reivan.«

Sie blieb stehen und drehte sich um, überrascht, Imenja auf sich zukommen zu sehen.

»Zweite Stimme«, erwiderte sie und machte das Zeichen des Sterns.

Imenja lächelte. »Komm mit mir. Ich möchte dich etwas fragen.«

Sie waren nicht weit von Reivans Arbeitszimmer entfernt, aber Imenja ging zu einer Treppe hinüber und stieg die Stufen hinauf. Reivan folgte ihr, wobei ihr deutlich bewusst war, dass sie noch immer nackte Füße hatte.

Sie gingen in einen der Türme in den unteren Ebenen des Sanktuariums. Die Treppe führte durch ein Loch im Boden zu dem obersten Raum. Durch offene Bögen hatte man einen Blick in alle Richtungen.

Imenja ging zu der Seite hinüber, von der aus man die Stadt sehen konnte.

»Hier dürfte man uns nicht belauschen können«, murmelte sie, dann wandte sie sich zu Reivan um. »Nekaun ist heute Morgen in aller Frühe aufgebrochen.«

»Aufgebrochen?«, wiederholte Reivan. »Wohin?«

»Das weiß ich nicht«, erwiderte Imenja. »Niemand weiß es. Ich hatte gehofft, dass du mir mehr sagen könntest.«

Reivan schüttelte den Kopf. »Ich habe ihn seit vorletzter Nacht nicht mehr gesehen.«

Die Zweite Stimme lächelte und drehte sich wieder um, um die Aussicht zu betrachten.

»Nun denn. Er ist abgereist, und wir alle grübeln jetzt darüber nach, was dahintersteckt.«

»Die anderen Stimmen?«

Imenja nickte. »Sie sind genauso erstaunt wie ich.«

Reivan wandte den Blick ab. »Er war vorgestern Nacht ein wenig geistesabwesend.« Während sie das sagte, spürte sie, wie ihr die Wärme ins Gesicht stieg. »Er hat mir nicht erzählt, dass er die Absicht hatte fortzugehen.« Sie war ein wenig verletzt. Er hätte ihr doch gewiss davon erzählen können. Wusste er nicht, dass er ihr vertrauen konnte?

Aber er konnte ihr nichts verraten, von dem er nicht wollte, dass die anderen Stimmen es aus ihren Gedanken lasen.

Imenja seufzte. »Ich nehme an, wir werden Näheres erfahren, wenn er bereit ist, uns davon in Kenntnis zu setzen.« Sie zuckte die Achseln und entfernte sich einige Schritte von den Bögen. »Ich muss jetzt gehen, aber ich werde dich heute Nachmittag sehen.«

»Ja.« Reivan brachte ein Lächeln zustande. »Hoffentlich werde ich nicht allzu viele Dinge haben, mit denen ich dich behelligen muss.«

Imenja rümpfte die Nase. »Ich denke, das ist es, was mich

am meisten ärgert. Er macht sich auf zu irgendeinem Abenteuer, während wir hier festsitzen und die langweilige Arbeit tun müssen.« Sie begab sich auf den Weg die Treppe hinunter.

Als sie fort war, blickte Reivan auf die Stadt hinaus.

Er ist also abgereist, dachte sie. *Er hätte mir eine Nachricht hinterlassen können. Und wenn es nur eine rätselhafte gewesen wäre. Einfach … irgendetwas.*

Und niemand weiß, wie lange er fort sein wird. Ein Stich der Sehnsucht und der Furcht durchzuckte sie. *Genau so etwas muss einfach passieren, wenn man eine Stimme zum Geliebten hat,* sagte sie sich. *Es wird immer Geheimnisse und Rätsel geben. Tage, an denen er ohne Erklärung verschwindet.*

Nächte, in denen er bei der Liebe mit seinen Gedanken anderswo ist.

Sie seufzte und kehrte der Aussicht auf die Stadt den Rücken. Nichts als die Rückkehr Nekauns würde ihre Stimmung aufhellen, daher konnte sie sich ebenso gut ihrer Arbeit widmen.

Gewürzhändler Chem, auch bekannt als Götterdiener Chemalya, zählte die Striche auf seiner Tontafel und notierte die Gesamtsumme. Dann lehnte er sich auf seinem Stuhl zurück und lächelte. Die Geschäfte gingen gut. Die Dunweger hatten eine Vorliebe für die schärferen Gewürze seines Heimatlandes gefasst, so wie alle auf Wettkampf bedachten, in den Schmerz verliebten Krieger es tun sollten. Seine gewürzte Version des einheimischen Getränks, des Fwa, hatte ihm Profite eingetragen, die seine Erwartungen bei weitem überstiegen. Jeden Tag knarrte die Tür seines Ladens unablässig, während Diener der Clans herbeikamen, um weitere Waren einzukaufen.

Die Dunweger hatten eine Weile gebraucht, um Gefallen

an den Gewürzen zu finden. Chemalya hatte kein Geheimnis aus der Tatsache gemacht, dass sie aus Südithania stammten. Das machte sie zu »pentadrianischen« Waren, die ihnen den Ruch des Feindes gaben. Es hieß, die dunwegischen Krieger liebten ihren Gott, Lore, mehr als ihre eigenen Väter. Dies war nicht weiter überraschend, da der Gott anscheinend jeden Aspekt des dunwegischen Lebens zu ihren Gunsten eingerichtet hatte. Sie würden nichts anrühren, was sie mit dem Feind in Verbindung brachte.

Zumindest hatten sie es am Anfang nicht getan. Dann hatte ihm der Reiz exotischer Waren mit gefährlichen Gedankenverbindungen seine ersten Kunden eingetragen. Die Schärfe der Gewürze war für diese ersten Dunweger eine Überraschung gewesen. Schon bald hatten sie ihre Freunde herausgefordert, ebenfalls davon zu kosten. Wenn man einen Becher Fwa mit Gewürzen anreicherte, so hatten die Krieger schnell festgestellt, ergänzten die beiden Substanzen einander auf perfekte Art und Weise.

Also begann Chemalya vorgewürzten Fwa zu verkaufen. Das Getränk gewann so schnell an Beliebtheit, dass ihm die Gewürze ausgegangen waren. Er hatte Nachschub bestellt und die Preise erhöht. Als zwei Diener ein Gebot für den letzten Krug seiner ersten Schiffsladung abgegeben hatten, war der Verlierer so entsetzt über seine Niederlage gewesen, dass Chemalya dem Mann zum Trost ein Getränk angeboten hatte. Und schon bald waren ihm Geschichten über die brutale Behandlung der Diener zu Ohren gekommen.

Er hatte geduldig zugehört und dabei begriffen, dass seine geheime Aufgabe sich einfacher gestalten würde, als er anfangs gedacht hatte. Seine künftigen Konvertiten waren überall um ihn herum, und ihre Herren hatten sie besser auf ihren neuen Glauben vorbereitet, als irgendein Pentadrianer das vermocht hätte.

Er hatte den Diener mit einem kleinen Krug Gewürz fortgeschickt, den er für sich selbst hatte behalten wollen, und gehofft, dass dies dem Mann die Prügel, die er erwartete, ersparen würde. Von da an war er großzügig zu allen Dienern, die zu ihm kamen, um Waren zu kaufen. Er erzählte ihnen die aus Halbwahrheiten gesponnene Geschichte, die es ihm ermöglicht hatte, ein Geschäft in Dunwegen zu gründen – dass seine Mutter eine dunwegische Dienstmagd gewesen sei, die nach Sennon geflohen sei (so weit war die Geschichte wahr) und einen murianischen Händler geheiratet habe (das war falsch – sie war eine Hure geworden). Dieser murianische Händler, so berichtete Chemalya weiter, habe den gemeinsamen Sohn als Gehilfen (in Wahrheit als Laufburschen) eingestellt. Als er nach dem Tod des Murianers das Geschäft übernommen habe (das entsprach der Wahrheit, war aber von den Pentadrianern so eingerichtet worden), sei er nach Dunwegen gekommen aus Neugier, die Heimat seiner Mutter kennenzulernen (in Wahrheit hatte der Hass seiner Mutter auf ihr Volk jede Neugier schon vor Jahren erstickt).

Zu seiner Überraschung hatte ihm sein Aufenthalt in Dunwegen bisher recht gut gefallen. Nicht alle Krieger waren grausam und dumm. Einige behandelten ihre Diener wie Familienangehörige. Es gab eine Töpfertradition von überraschender Schönheit, und die ehrliche, offene Einstellung der Dunweger, was körperliche Lust betraf, war erfrischend im Vergleich zu der Zimperlichkeit und Verlegenheit der Südithanier.

Er würde Dunwegen nicht so gern verlassen, wie er es einmal vermutet hatte, und jetzt, da eine der Weißen hier war, rechnete er damit, dass der Augenblick seiner Abreise jeden Tag kommen konnte. Der Gedanke erfüllte ihn mit Traurigkeit und einer Spur Groll.

Er blickte auf die Tafel hinab.

Vielleicht hängt das mehr mit dem Gewinn zusammen, den ich mache. In Zeiten wie diesen muss ich mir ins Gedächtnis rufen, dass ich hier bin, um den Göttern zu dienen. Reichtümer werden mir keinen Platz in ihrer Mitte eintragen, wenn meine Seele von meinem Körper befreit wird.

Die Tür knarrte. Chemalya blickte auf und lächelte, als er sah, dass es einer seiner jüngsten Rekruten war: Ton, ein Diener des Nimler-Clans. Es würde nicht lange dauern, bis er ihm half, in den Süden zu »fliehen«.

Chemalya legte seine Tafel unter die Bank, wo man sie nicht sehen konnte. Ton trat zögernd vor und rang die Hände.

»Diese Vorkehrungen, von denen du gesprochen hast«, sagte der Mann mit bebender Stimme. »Könnten wir uns ihrer bedienen?«

Chemalya musterte den Mann überrascht. Ton wirkte immer ein wenig angespannt und ängstlich. Hatte sein Herr es endlich zu weit getrieben, oder steckte etwas Ernsteres dahinter?

»Das ist möglich«, erwiderte Chemalya. »Was ist geschehen?«

»Die Weiße. Sie war gestern Abend zum Essen da, und sie sagte, es gebe Spione im Haus und dass Gim eine Falle stellen solle.« Er beugte sich über die Bank und griff nach Chemalyas Arm. »Wenn ich zurückkehre, wird er mich finden. Er wird mich töten. Ich muss fort.«

Chemalya klopfte dem Mann auf die Schulter. »Und du wirst auch fortgehen. Was sollst du heute kaufen?«

»Gewürzten Fwa. Korn. Öl.« Der Mann ließ Chemalyas Arm los und zog einen Beutel Münzen aus seinem Hemd.

»Gut. Sag mir die Namen der Läden, und ich werde jemanden dorthin schicken, der dich abholt. Er wird dich aus der Stadt bringen.«

»Wohin?«

»Das weiß ich nicht. Meine Freunde und ich haben diesbezüglich eine Vorsichtsmaßnahme getroffen: Wir wissen immer nur so viel, wie unbedingt notwendig ist, falls jemand unsere Gedanken lesen sollte. Du musst mir vertrauen.«

Ton nickte und zuckte die Achseln. »Es ist ein Risiko, das ich eingehen muss.«

»Du wirst für eine Weile der Letzte sein«, erklärte Chemalya.

Der Mann blickte erschrocken drein. »Aber … meine Frau und meine Kinder? Du sagtest, dass sie …«

»Später fliehen werden. Das werden sie auch tun, sobald die Weiße aufgebrochen ist und wir die Dinge wieder in Gang bringen können.« Er hielt inne. »Dabei werde ich vielleicht deine Hilfe benötigen.«

Ton richtete sich auf. »Ich werde alles tun, was in meinen Kräften steht.«

»Danke. Jetzt solltest du mir besser erzählen, welche Läden du noch aufzusuchen beabsichtigst.«

Nachdem Ton gegangen war, rief Chemalya einen der Straßenjungen in den Laden und bezahlte ihm eine Münze dafür, dass er eine Bestellung von fünfeinhalb Fässern Fwa auslieferte. Er kritzelte Tons Namen und die Läden, die er aufsuchen wollte, auf ein Stück Pergament und gab es dem Jungen.

Dann schloss er die Ladentür ab und setzte sich hinter die Bank. Er schloss die Augen, drückte eine Hand auf den Sternenanhänger unter seiner Tunika und sandte einen Ruf aus.

Deekan.

Einen Moment später gab die Ergebene Götterdienerin, die Chemalya ausgebildet hatte, Antwort.

Chemalya? Was gibt es?

Er berichtete ihr, was Ton gesagt hatte.

Soll ich den Laden schließen und fortgehen?

Ich werde um Erlaubnis fragen.

Es folgte ein langes Schweigen, währenddessen Chemalya ein Klopfen an der Ladentür hörte. Er ignorierte es.

Nein, kam Deekans Antwort. *Du sollst fortfahren, Konvertiten nach Süden zu schicken.*

Und was ist, wenn die Weiße mich findet?

Sie wird nicht mehr erfahren, als du weißt. Deekan hielt inne. *Es tut mir leid, Chemalya. Das sind Nekauns Befehle. Er muss gute Gründe dafür haben, dich dort zu belassen.*

Chemalya seufzte und versuchte, ein Gefühl aufsteigender Panik niederzukämpfen.

Und ich werde gehorchen, erwiderte er.

Viel Glück.

Chemalya öffnete die Augen und sah sich im Laden um. Wenn die Weiße ihn fand – und er war nicht dumm genug zu glauben, dass sie es nicht tun würde –, würde er sich von einem reichen Händler in einen eingekerkerten Feind verwandeln. Er bezweifelte, dass die Gefangenen in den dunwegischen Kerkern lange überlebten.

Einen Moment lang erwog er davonzulaufen. Aber der Preis des Überlebens wäre ein Verrat an den Göttern. Er würde nicht darauf setzen, dass der Verlust seiner Seele weniger schrecklich war als eine Gefangennahme durch die Weiße.

Es klopfte abermals an der Tür. Er seufzte und zog sich auf die Füße.

Zumindest habe ich entlang des Weges einige arme Seelen gerettet. Er lächelte. *Und darauf wird Mutter stolz sein.*

Die breiten, miteinander verbundenen hölzernen Veranden von Kave waren keineswegs verlassen, doch trotzdem herrschte Stille. Die Menschen saßen auf Riedstühlen im Schatten und fächelten sich Luft zu. Reich verzierte Fächer waren in diesem Jahr besonders in Mode. Mirar hatte einige wahrhaft protzige Exemplare in den Händen von Frauen bemerkt, die mit gleichem Bombast gekleidet waren.

Die Männer, Frauen und Kinder dieses wohlhabenden Bezirks der Stadt verfielen in Schweigen, als er vorbeischritt, und er spürte starke Neugier. Obwohl er noch immer dieselben abgenutzten Traumwebergewänder trug wie bei seiner Ankunft, wurde er irgendwie immer erkannt. Kave war keine große Stadt. Geradeso wie alle Häuser miteinander verbunden waren, waren das auch die Menschen, und Gerüchte bewegten sich ebenso schnell fort wie der Verkehr. Binnen weniger Tage, nachdem er Tintel und den Traumwebern von Kave seine wahre Identität offenbart hatte, hatte sich die Neuigkeit auch schon in der Stadt verbreitet.

Die Traumweber waren auf noch gründlichere Weise miteinander verbunden. Die Neuigkeiten wurden durch Traumvernetzungen viel schneller weitergegeben, und er hatte sich am nächsten Abend mit der Traumweberältesten Arleej in Sennon in Verbindung gesetzt. Sie hatte wissen wollen, warum er sie nicht in seinen Plan eingeweiht hatte.

Er lächelte. *Ich mag sie. Sie ist nicht im Geringsten eingeschüchtert von mir. Ein Jammer, dass die hiesigen Traumweber das nicht sehen können. Vielleicht würden sie ihre Ehrfurcht vor mir dann ein wenig schneller überwinden.*

Tintel war die Ausnahme, obwohl er sie immer noch bisweilen daran hindern musste, sich seinem Urteil zu unterwerfen. Ein solches Verhalten nahm er nur bei Gelegenheiten wie dieser hin, wenn sie ihn bat, sich um ernsthaft kranke oder verletzte Patienten zu kümmern.

Jetzt drang von irgendwo vor ihm das Gemurmel vieler gedämpfter Stimmen an seine Ohren. Als er um eine Ecke bog, sah er ein Haus, auf dessen Veranden viele Menschen saßen. Als sie ihn bemerkten, verfielen sie in Schweigen und starrten ihn an. Der Diener, der ihn abgeholt und durch die Stadt geführt hatte, eilte über eine kunstvoll geschnitzte Brücke und verschwand in der Menge.

Mirar folgte ihm, und die Menschen machten ihm Platz. Nachdem er durch eine Tür in einen spärlich möblierten Raum getreten war, blieb er stehen, um das Bild in sich aufzunehmen, das sich ihm bot. Ein Junge lag bewusstlos auf dem Boden. Seine Eltern knieten neben ihm und klammerten sich weinend aneinander. Tintel stand in der Mitte des Raums, und als Mirar hereinkam, blickte sie auf und winkte ihn heran.

»Was ist passiert?«, fragte er, während er neben dem Jungen niederkniete.

»Ein Sturz«, sagte Tintel. »Er hat sich das Rückgrat gebrochen, ebenso wie die Rippen und den Schädel.«

»Sie haben gewettet, wer hinüberspringen kann«, erklärte die Mutter mit gepresster Stimme. »Er hat es nicht geschafft.«

Mirar vermutete, dass ein Sprung zur Veranda eines Nachbarhauses gemeint war. Wieder eins dieser törichten Spiele unter Jungen. Er legte dem Kind eine Hand auf den Hals und sandte seinen Geist in den jungen Körper. Tintels Einschätzung war zutreffend, beschrieb den Schaden jedoch nicht zur Gänze. Mehrere Organe waren zerrissen und gequetscht, und der Junge hatte innere Blutungen. Er konnte sich glücklich schätzen, dass er nicht bereits tot war.

Mirar zog Magie in sich hinein und machte sich an die Arbeit.

Er verlor sich in dem Zusammenfügen von Fleisch und Knochen. Die Zeit verlor ihre Bedeutung. Es war gut, dies alles tun zu können, ohne sich länger verstellen zu müssen, und es kostete weniger Anstrengung. Als die Wiederherstellung von Gewebe und Knochen sich dem Ende näherte, fing er bruchstückhafte Erinnerungen aus dem Geist des Jungen auf. Er sah eine Familiengeschichte entstehen. Die Wette war eine Nachahmung der vielen Wetten des Vaters, ebenso wie ein Versuch, Geld zu erhalten, und angespornt hatte ihn der noch nicht lange zurückliegende Verkauf der Möbel seiner Familie, um Schulden zu begleichen.

Wenn man eine Verletzung heilte, die der Patient sich durch eigene Torheit zugezogen hatte, richtete man oft mehr Schaden an, als Gutes zu tun. Er hatte Menschen erlebt, die überzeugt waren, dass sie sich von jeder Verletzung erholen würden, und sie hatten wieder und wieder die Gefahr gesucht, bis sie abermals Schaden nahmen oder vielleicht sogar den Tod fanden.

In diesem Fall würden die Eltern ebenso wie der Junge selbst davon profitieren, wenn die Heilung einige Wochen in Anspruch nahm. *Wer sagt, wir Traumweber fällten keine Urteile?*, dachte Mirar. Eine stille Erheiterung stieg in ihm auf. *Ich habe das gesagt.*

Aber kein gewöhnlicher Traumweber hätte tun können, was er soeben getan hatte. Sie brauchten nicht die Konsequenzen einer perfekten Heilung zu tragen. Er hinterließ bei seiner Arbeit genug Prellungen und körperliches Ungemach, um den Jungen dazu zu bringen, sich künftige Wetten gründlich zu überlegen, dann zog er seinen Geist zurück.

Als Mirar sich aufrichtete, rief die Mutter des Jungen seinen Namen. Der Junge schlug die Augen auf und begann, über seine Schmerzen zu murren. Mirar riet zu Ruhe und vorsichtiger Bewegung. Er nahm den Dank der Eltern entgegen, aber als der Vater ihm Geld anbot, warf Mirar ihm einen scharfen Blick zu. Der Vater errötete und schaute weg.

Es war bereits dunkel draußen, als er und Tintel zum Traumweberhaus zurückgingen. Die Veranden und Brücken wurden von Lampen erhellt, was Kave in eine glitzernde, schwebende Stadt verwandelte. Tintel sagte nichts, und er spürte, dass sein Schweigen ihr nichts ausmachte. Sie war zufrieden.

Und ich? Er dachte nach. *Ich bin nicht unglücklich.* Mit einem Mal kam ihm Auraya in den Sinn, und ein leichter Stich der Traurigkeit durchzuckte ihn. *Es hat keinen Sinn zu betrauern, was hätte sein können. Außerdem habe ich ihr genug Kummer gemacht, einfach indem ich jemand zu sein schien, der ich nicht war, auch wenn das nicht meine Absicht war.*

Jetzt war er wieder er selbst. Ganz und gar. Als sie das Traumweberhaus erreichten, trat er vor, um Tintel die Tür zu öffnen. Sie quittierte sein gutes Benehmen mit einem schiefen Lächeln.

»Danke. Es riecht so, als kämen wir gerade rechtzeitig zum Abendessen«, sagte sie.

Die Halle war erfüllt von Stimmen und Kochgerüchen. Bei seinem Eintreten verebbte der Lärm ein wenig, aber als er neben Tintel Platz nahm, nahmen die anderen im Raum ihre Gespräche wieder auf. Trotzdem spürte er die unterdrückte Erregung und die Nervosität der Traumweber. Ein besonders starkes Gefühl, eine Mischung aus Angst und Sehnsucht, lenkte seine Aufmerksamkeit auf einen bestimmten Tisch. Sein Blick begegnete dem von Dardel. Er lächelte, und sie schaute hastig auf ihren Teller hinab.

Seit der Nacht, in der sie erfahren hatte, wer er war, hatte sie ihn nicht mehr in seinem Zimmer besucht, zu überwältigt von der Enthüllung, dass ihre Phantasie der Wirklichkeit entsprach, um auch nur mit ihm zu reden. Er hatte gezögert, ihr zu sagen, dass sie ihm nach wie vor willkommen sei, damit sie nicht glaubte, sie habe keine andere Wahl als seine Einladung anzunehmen. Dies war eine Schattenseite der Offenbarung seiner Identität, die Emerahl ungeheuer erheitert hatte.

Die Tür des Hauses wurde geöffnet, und eine Gruppe junger Traumweber trat ein. Wieder senkte sich Stille über den Raum, während die Anwesenden ihre Aufmerksamkeit auf die Neuankömmlinge richteten.

»Ich habe Neuigkeiten«, erklärte einer der jungen Männer. »Die Prüfungen für den neuen Hohen Häuptling werden morgen beginnen.«

Sofort veränderte sich die Stimmung im Raum, und erwartungsvolle Spannung machte sich breit. Mirar hatte von dem Ritual zur Erwählung eines neuen Anführers gehört, einem Schauspiel, wie man es nur ein- oder zweimal im Leben beobachten konnte. Anscheinend wollten alle Dekkarener diese Prüfungen sehen. Jetzt schauten sämtliche Traumweber fragend zu Tintel hinüber.

Gut, dachte Mirar. *Endlich wenden sie sich wieder an sie um Leitung.*

»Ich würde nicht im Traum daran denken, irgendjemanden am Besuch der Prüfungen zu hindern«, sagte Tintel und verdrehte die Augen. »Aber ich würde es begrüßen, wenn einige von euch sich freiwillig meldeten und hierbleiben würden, für den Fall, dass unsere Dienste benötigt werden.«

Mehrere Traumweber nickten, und ein oder zwei erboten sich zu bleiben. Das Gespräch wandte sich der Frage möglicher Teilnehmer zu. Mirar hörte genau zu, fasziniert von dieser Methode, aus der Wahl eines Herrschers ein großes Spiel zu machen.

»Wirst du hingehen?«, fragte Tintel ihn leise.

Er lächelte. »Ja – es sei denn, du hättest morgen eine andere Verwendung für mich?«

»Nein«, erwiderte sie. »Ich kann nicht umhin, es irgendwie als deinen ersten öffentlichen Auftritt zu betrachten. Wie wird die Stimme, die den Prüfungen beiwohnt, wohl auf dich reagieren?«

»Ich bezweifle, dass er oder sie mich überhaupt wahrnehmen wird«, sagte er kichernd. »Ich habe nicht die Absicht, mich für den Anlass in festliche Gewänder zu hüllen oder mit vorgereckter Brust umherzustolzieren.«

Ihre Mundwinkel zuckten zu einem angedeuteten Lächeln. »Das glaube ich dir. Und ich muss zugeben, dass ich erleichtert bin, das zu hören. Die Ankündigung deiner Anwesenheit hier zu einer Zeit, da Dekkar ohne Führer war, hat einigen Leuten Grund zur Sorge gegeben.«

Mirar wurde schlagartig ernst. Daran hatte er nicht gedacht. *So ist es immer. Man glaubt, alle möglichen Probleme einer Tat erwogen zu haben, übersieht aber dabei das Augenfälligste.*

»Sie haben nichts zu befürchten«, erklärte er. »Nach allem, was ich gehört habe, müssen die Teilnehmer des Wettbewerbs siebenmal rund um Kave laufen. Ich bin ein wenig zu alt für …«

Jähes Schweigen senkte sich über den Tisch. Die Traumweber hatten sich der Haupttür zugewandt. Als Mirar ihrem Blick folgte, sah er am Ende der Halle einen Mann in einer prunkvollen Uniform stehen.

Der Mann räusperte sich. »Ist der Zauberer hier, den man als Mirar kennt?«

Alle Köpfe wandten sich Mirar zu. Er erhob sich. »Das bin ich.«

Der Mann kam auf den Tisch zu und verbeugte sich steif. »Ich bringe dir eine Einladung von der Vierten Stimme Genza, der Heiligen Dienerin der Fünf. Sie bittet dich, morgen bei den Häuptlingsprüfungen ihr Gast zu sein. Ich bin hier, um dich zu fragen, ob du frei bist, die Einladung anzunehmen.«

Mirar spürte, wie sich ein Muskel in seinem Bauch verkrampfte. *Ein Treffen mit einer der Stimmen. Ich hätte damit rechnen sollen.* Er konnte bei dem Boten nichts als Nervosität und Neugier wahrnehmen.

»Es wird mir eine Ehre sein teilzunehmen«, antwortete er.

»Dann wird eine Stunde nach Sonnenaufgang ein Diener herkommen, um dich zu der Zeremonie zu geleiten.« Der Bote verbeugte sich abermals, dann verließ er den Raum. Es war vollkommen still im Saal, doch Mirar konnte gleichzeitig Erregung und Furcht von den anderen Traumwebern spüren.

18

Der Karawanenführer, Korikana – den Reisenden der Karawane als Kori bekannt –, war ein eher kleiner Mann. Eins seiner Beine war kürzer als das andere, daher humpelte er stark und mit ruckartigen Bewegungen. Er war auf seinem Arem mehr zu Hause als auf seinen eigenen Füßen und so sehr in das Geschöpf vernarrt, dass offenkundig war, dass er es ebenso als Gefährten wie als Lasttier betrachtete.

Während des Tages ritt Kori immer wieder an der Reihe der Karren und Plattans entlang und überzeugte sich davon, dass die Reisenden ebenso wie die Waren wohl versorgt waren. Vor zwei Tagen hatte er neben dem Plattan, in dem Emerahl sich einen Platz beschafft hatte, angehalten und auf eine dunkle Linie gedeutet, die am Horizont erschienen war.

»Hannaya!«, hatte er erklärt, bevor er weitergeritten war.

Jetzt erlebte sie eine Wiederholung der gleichen Szene. Diesmal lenkte Kori ihre Aufmerksamkeit jedoch auf das, wozu die dunkle Linie geworden war: ein hoher Felsgrat. Oder, um genauer zu sein, ein Teil der Felskette, die sich quer durch ganz Südithania zog.

Während der letzten Tage hatte sie nur gelegentlich einen Blick darauf werfen können, und auch jetzt konnte sie nicht viel sehen. Das Land, das sie durchreiste, war bedeckt mit seltsamen Bäumen. Sie waren von unterschiedlicher Größe, und es schien nur einige wenige ähnliche Arten zu geben. Die größten Bäume bestanden entweder aus einem einzelnen oder aus mehreren Stämmen, die aus einer Wurzel wuchsen. Manchmal waren sie gerade, manchmal ineinander verschlungen. Ihre Borke konnte glatt oder rau sein, hell oder dunkel. Und alle Bäume waren insofern bemerkenswert, als dass sie keine Äste hatten. An der Spitze eines jeden Stammes befand sich ein Fächer breiter, sehniger Blätter in verschiedenen Farben. Einige trugen seltsame Früchte, die sich bei den Einheimischen großer Beliebtheit erfreuten. Ihr Fleisch war süß und schwer. Andere trugen aromatische Beeren, die man frisch oder getrocknet essen konnte. An einer kleineren Baumart wuchsen würzige Samen. Emerahl war klar, dass die Samen und Beeren sich vermutlich für die Herstellung von Heilmitteln eigneten.

Eine weitere verbreitete Art heimischer Pflanzen waren diejenigen mit scharfen Stacheln. Sie wuchsen in allen möglichen knollenartigen Gestalten, angefangen von winzigen steinähnlichen Gewächsen, die jedem Reisenden die Lust verleideten, barfuß zu gehen oder sich niederzusetzen, ohne zuerst den Boden abzusuchen. Die beeindruckendsten Gewächse waren riesige Kugeln von doppelter Mannsgröße, mit Stacheln so lang wie ihr Arm. Die meisten Arten waren anscheinend essbar, was Kori einmal demonstriert hatte, indem er eine kopfgroße Pflanze mit einem Schwert gespalten, den überraschend süßen, wässrigen Inhalt herausgelöffelt und ihnen zu kosten gegeben hatte.

Der Plattan schwenkte zur Seite, und Emerahl stellte fest, dass der Weg, dem sie seit Verlassen der Küste gefolgt waren, auf eine breitere Durchgangsstraße gestoßen war. Auf dieser neuen Straße waren Menschen, Tiere und Wagen unterwegs. Als sie den Blick hob, stockte ihr der Atem.

Deshalb war Kori also so aufgeregt, dachte sie.

Der Felsgrat war jetzt zur Gänze zu sehen, und der Anblick übertraf alles, was Emerahl je begegnet war. Die Felswand war übersät mit Fenstern und Balkonen, die in Etagen übereinander aus dem Stein gehauen worden waren. Etwa in der Mitte ließen gewaltige, überwölbte Fenster auf prächtige Hallen dahinter schließen. Hinter kleineren Fenstern weiter am Rand vermutete sie bescheidenere Quartiere. Aus Schornsteinen, die horizontal angelegt zu sein schienen, stieg Rauch auf, und aus den Mündern in den Fels gehauener Gesichter und Fratzen ergoss sich Wasser.

»Der Palast!«, sagte Kori mit einer großartigen Geste, während er an ihr vorüberritt.

Der Palast war gleichzeitig phantastisch und lächerlich. An einer Stelle war die Felswand eingestürzt und gab den Blick auf verlassene Räume preis. Emerahl fragte sich, wie tief die Tunnel in den Fels hineinführten und ob im Inneren weitere Bereiche des Palastes eingestürzt waren. Sie wusste, dass sie sich in dieser Stadt nicht wirklich wohlfühlen würde; sie würde immer damit rechnen, dass die Decke über ihr einbrach oder dass der Boden unter ihren Füßen nachgab.

Als die Karawane sich der Felswand näherte, sah Emerahl zu ihrer Erleichterung viele Gebäude vor den Grundmauern des Palastes. Die Bürger Hannayas lebten nicht ausschließlich in der Felswand. Die Lücke zwischen Fels und Fluss wurde von weiteren Gebäuden ausgefüllt.

Sie warf einen sehnsüchtigen Blick auf die Boote auf dem Fluss; sie hatte eine Überfahrt auf einem solchen Boot kaufen wollen, aber der Preis war zu hoch gewesen. Kori ließ die Karawane am Fluss anhalten, an einer Stelle, an der sich bereits mehrere andere Gruppen von Karren und Plattans zusammendrängten. Sie zahlte ihm das letzte Viertel seines Honorars und fragte, wo sie ein Quartier finden könne. Er zeichnete ein Symbol in den Staub, einen Stern innerhalb eines Kreises, dann beschrieb er ihr den Weg. Als sie davon überzeugt war, dass sie sich seine Anweisungen genau eingeprägt hatte, sagte sie ihm Lebewohl und machte sich auf den Weg in die Richtung, in die er gewiesen hatte.

Sie hatte keine Schwierigkeiten, das Quartier zu finden, und stellte zu ihrer Erheiterung fest, dass es ein Haus für weibliche Reisende war, das von pentadrianischen Götterdienern betrieben wurde. Man gab ihr ein Bett in einem Zimmer mit drei weiteren Frauen mittleren Alters, die anscheinend gemeinsam unterwegs waren. Die Frauen versuchten, sie in ein Gespräch zu verwickeln, aber Emerahl tat so, als beherrsche sie die Sprache der Einheimischen nicht gut genug, um sich unterhalten zu können. Was zum Teil der Wahrheit entsprach. Obwohl die Zwillinge sie während ihrer langen Reise die murianische Sprache gelehrt hatten, erschwerte ihr die Schnelligkeit, mit der die Einheimischen redeten, häufig das Verstehen.

Sie umgab ihren Beutel mit einem magischen Schild und legte sich auf ihr Bett. Es dauerte nicht lange, bis sie schlief – sie hatte mehr damit zu kämpfen, nicht in einen Zustand gänzlicher Bewusstlosigkeit zu versinken. Sie war monatelang unablässig von einem Ort zum anderen gereist und sehnte sich nach einer schönen, langen Ruhepause.

Dafür ist noch keine Zeit, dachte sie. *Aber ich glaube nicht, dass ich mir die Mühe machen werde, Gedanken abzuschöpfen. Die Zwillinge sollten mir sagen können, was ich wissen muss.*

Surim. Tamun.

Emerahl, antworteten sie.

Ich habe mein Ziel erreicht. Ich bin in Hannaya. Sind die Denker noch hier?

Ja. Sie sind in der Bibliothek, tief im Palast, erwiderte Surim. *Willst du als Nächstes dorthin gehen?*

Nein. Ich bin müde. Ich werde einen ausgeruhten Geist benötigen, wenn ich sie davon überzeugen soll, mich in ihre Reihen aufzunehmen. Ich hoffe, sie werden nicht bemerken, dass das Pergament eine Fälschung ist.

Mit der Hilfe der Zwillinge hatte sie ein altes Pergament

aufgespürt und es so gestaltet, dass es jetzt aussah wie das Bruchstück einer Schriftrolle. Darauf stand in zwei Sprachen geschrieben dieselbe Erklärung, eine in der Schrift, die die Denker zu enträtseln versuchten, und eine weitere in einer etwas jüngeren Sprache, die sie verstanden. Das Dokument reichte jedoch nicht, um ihnen einen vollkommenen Zugang zu der unbekannten Sprache zu verschaffen.

Sobald die Denker von ihrer Fähigkeit wussten, die ältere Schrift zu lesen, würden sie wollen, dass sie die Artefakte übersetzte, die sie studiert hatten. Zuerst hatte sie sich gefragt, warum die Zwillinge sie die Schriftstücke übersetzen lassen wollten.

Wir können nur sehen, was wir in den Gedanken der Menschen lesen, hatten sie gesagt. *Da die Denker den Text nicht verstehen, verstehen wir ihn ebenfalls nicht. Nur wenn sie die Buchstaben des Schriftstücks studieren, werden wir sie identifizieren können. Aber das tun sie nur selten, daher kommen wir langsam voran. Es wird viel schneller gehen, wenn du die Schriften für uns liest.*

Warum können wir ihnen kein gefälschtes Pergament mit dem vollständigen Schlüssel für die Sprache schicken und abwarten, bis sie den Text selbst entziffert haben? Wir können aus ihren Gedanken lesen, wo sich die Schriftrolle der Götter befindet, und ich kann sie dann holen gehen.

Wenn die Götter zusehen und durch die Denker erfahren, wo die Schriftrolle sich befindet, schicken sie vielleicht jemanden aus, der sie zerstört.

Weder die zirklischen noch die pentadrianischen Götter würden wollen, dass man eine Schriftrolle fand, die ihre Geheimnisse barg.

Du hast unsere Anweisungen befolgt, um das Pergament echt erscheinen zu lassen, bemerkte Surim jetzt. *Ohne es selbst gesehen zu haben, können wir dir nicht sagen, wie überzeugend es ist, aber wir vertrauen darauf, dass du deine Sache gut gemacht hast.*

Trotzdem wäre es klug, wenn du es vermeiden könntest, ihnen das Pergament zu überlassen.

Wir haben noch andere Neuigkeiten, warf Tamun ein. *Einem der Denker ist eine große Summe Geldes für die Schriftrolle angeboten worden. Die anderen Denker wollen sie nicht verkaufen, daher weiß er, dass er sie würde verraten müssen. Er ist nicht sicher, ob er das tun will.*

Welcher der Denker ist es?

Raynora. Du wirst ihn mögen, glaube ich. Er ist gutaussehend und verschlagen.

Ich bin mir nicht sicher, was mich mehr beunruhigt – dass du glaubst, ich würde ihn mögen, weil er gutaussehend ist oder weil er verschlagen ist. Denkst du, er wird das Angebot annehmen?

Vielleicht, wenn der Preis erhöht wird. Wir werden ihn genau beobachten.

Gut. Ich habe zu viel zu tun gehabt, um Gedanken abzuschöpfen, und ich bezweifle, dass sich daran etwas ändern wird. Für den Augenblick können die Schriftrolle und die Denker bis morgen warten, fügte sie hinzu. *Ich muss mich einmal gründlich ausschlafen.*

Gute Nacht, antworteten beide wie aus einem Mund, dann verblasste ihre Gegenwart in Emerahls Sinnen.

Zur Linken lagen die Berge des südwestlichen Sennon, über das die Siyee am vergangenen Tag hinweggeflogen waren. Auf der anderen Seite erstreckte sich ein schmaler Meeresarm, und jenseits des Wassers konnte man den staubigen Schatten des südlichen Kontinents ausmachen. Ein Nebel verhüllte das Land und machte es unmöglich festzustellen, ob die fernen Umrisse Hügel oder Berge waren.

Vor ihnen lag ein dünner Streifen Landes, der die beiden Kontinente miteinander verband.

Die Landenge von Grya, erinnerte sich Auraya. *Sie sieht so zerbrechlich aus, als hätte das Meer sie eigentlich schon vor Jahrhunderten wegspülen sollen. Vielleicht war sie früher einmal breiter, und die See hat sie bereits weitgehend abgetragen.*

Unmittelbar vor dem Krieg hatte Danjin ihr einmal erklärt, die Landenge wäre die ideale Verteidigungsposition gegen die pentadrianischen Eindringlinge gewesen, wenn sich die Sennoner nicht bereitgefunden hätten, den Feind zu unterstützen. Auraya war sich angesichts dessen, was sie jetzt vor sich sah, allerdings nicht sicher, ob sie ihm recht geben würde. Der Mangel an Wasser und Nahrung in der sennonischen Wüste würde es sehr schwierig machen, hier eine Position auf Dauer zu halten. Natürlich konnte man Nachschub herbringen, aber nur unter größten Anstrengungen.

Für die Pentadrianer sähe die Sache allerdings deutlich günstiger aus, falls sie auf der anderen Seite der Landenge über Wasser und Nahrungsmittelreserven verfügten. Auraya wusste, dass ihre Hauptstadt, Glymma, nicht weit von der Landenge entfernt lag, so dass es wohl möglich sein musste, sowohl Wasser als auch Proviant in ausreichender Menge bereitzustellen, um eine solch große Stadt am Leben zu erhalten.

Sreil nahm Kurs auf den südlichen Kontinent, und die übrigen Siyee folgten ihm. Sie flogen heute hoch am Himmel in der Hoffnung, dass jeder Mensch, der zufällig hinaufschaute, sie für einen Schwarm Vögel halten würde. Der Staubschleier, der vor ihnen lag, würde ein zusätzlicher Schutz sein.

Langsam blieb Sennon hinter ihnen zurück, und Auraya konnte Einzelheiten des Landes erkennen, das vor ihnen lag. Eine von der Landenge kommende Straße verlor sich in dem allgegenwärtigen Staubschleier. Dunklere Formen in größerer Entfernung erwiesen sich, nachdem die Siyee sich ihnen genähert hatten, als niedrige Hügel. Auf den Windungen eines breiten Flusses spiegelte sich die Sonne.

Dann begannen sich langsam die Linien und Strukturen einer Stadt abzuzeichnen. Die Straße beschrieb einen Bogen genau in diese Stadt hinein und setzte sich dort als gepflasterte Straße fort, die breiter war als jede andere, die Auraya jemals gesehen hatte. Zu beiden Seiten zweigten schmalere Straßen in einem rechteckigen Gitter ab. Die Häuser der Stadt waren solide Bauten aus Ziegeln und bedeckt von Dachpfannen aus Ton. Das Häusermeer reichte von den Kais am Ufer bis dorthin, wo grüne Äcker begannen. Hier und dort nahmen Gärten voller üppiger Pflanzen und mit Teichen, die den Himmel reflektierten, das Auge gefangen wie Juwelen in einem phantastischen Diadem.

Die Stadt musste so groß sein wie Yarime, vielleicht noch größer. Aber ihr fehlte gänzlich das labyrinthische Durcheinander der Hauptstadt von Hania. Die Zeichen für eine wohldurchdachte und geplante Anlage der Stadt waren bis in deren Randgebiete und darüber hinaus erkennbar. Beeindruckend große Aquädukte führten Wasser von den weit entfernten Bergen heran, und die vom Fluss abzweigenden Kanäle wurden von in eleganten Formen gebauten Brücken überspannt. Im Zentrum der Stadt, wo die breite Hauptstraße endete, wurde die planmäßige Ordnung der Stadt durch einen Hügel unterbrochen. Auf diesem sahen sie eine komplizierte Anordnung von Bauten, die von oben wie ein einziges Durcheinander von Dächern und Innenhöfen wirkten. Auraya überlegte, warum hier solches Chaos herrschte, das im Rest der Stadt nirgends zu finden war.

Wenn dies Glymma war, handelte es sich dann um den Tempel der Pentadrianer?

Es gab in der ganzen Stadt kein anderes Bauwerk und auch keine Ansammlung von Bauwerken, die ähnliche Größe erreicht hätten. Es konnte also gar nichts anderes sein als der Tempel. Während Auraya die Stadt absuchte, fragte sie sich, wie es wohl sein würde, dort zu leben. Zu ihrer Überraschung musste sie bei dieser Frage an Mirar denken. War er in Glymma gewesen? Er hätte auf dem Weg in die Stadt, in der er sich, wie Jade ihr erklärt hatte, jetzt aufhielt, durch die Hauptstadt von Avven kommen können. Er musste, falls Jade nicht gelogen hatte, um ihn zu schützen, in einer Stadt in Mur im Norden sein. *Aber in Wahrheit könnte sich Mirar ebenso gut direkt unter ihr befinden.*

Ein Pfiff von Sreil unterbrach ihre Überlegungen. Er änderte abermals die Richtung und flog von der Stadt weg.

Auraya spürte, wie die Stimmung der Siyee umschlug. Glymma hatte sie noch mehr beeindruckt als sie selbst, da die meisten von ihnen noch nie eine Landgeherstadt gesehen hatten. Jetzt, da ihre Faszination gebrochen war, breitete sich Niedergeschlagenheit bei ihnen aus. Wenn der Feind so mächtig war, wie konnten die Siyee dann hoffen, gegen ihn zu bestehen?

Sie wünschte, sie hätte sie beruhigen können. Keiner ihrer Pfiffe könnte den Siyee Aurayas Vertrauen in sie übermitteln, und wenn sie zu sprechen versuchte, würde man sie im Lärmen des Windes kaum hören können. *Und ich habe keine Ahnung, ob der Ort, den sie angreifen werden, über eine gute Verteidigung verfügt,* überlegte sie. *Ich kann ihnen nicht versprechen, dass sie Erfolg haben werden.* Manchmal war es besser zu schweigen.

Die Aquädukte und die Felder reichten bis weit über die Stadtgrenzen hinaus. Ihre Erschöpfung machte den Siyee zu schaffen. Sreil führte sie auf die niedrigen Hügel zu, wo er hoffte, einen sicheren Rastplatz für die Nacht zu finden. Die Sonne versank am Himmel, bis alles um sie herum einen goldenen Glanz annahm.

Gerade als die Sonne den Horizont berührte, erreichten sie die Hügel. Alle waren erleichtert festzustellen, dass die trockenen Täler und Hügelkämme unbewohnt waren. Sreil gab das Signal zur Landung und ließ sich kreisend zu Boden sinken.

Als sie landeten, spendete die Sonne noch ein schwaches Licht, das jedoch binnen weniger Augenblicke erstarb und nur undurchdringliche Finsternis zurückließ. Auraya spürte, dass die Siyee um sie herumstanden, unsicher und ein wenig verängstigt.

»Soll ich ein Licht schaffen?«, fragte sie.

»Ja«, antwortete Sreil leise. »Ich denke, es ist das Risiko wert. Die Hügel um uns herum sollten uns als Versteck genügen.«

Sie zog Magie in sich hinein und leitete sie in einen winzigen Funken, der die Gesichter um sie herum schwach beleuchtete. Die Siyee scharten sich ängstlich zusammen.

»Imbiss?«, kam eine hoffnungsvolle, leise Stimme von Aurayas Schulter.

Die Siyee brachen in Gekicher aus, und Auraya lächelte, als sie spürte, dass sie sich ein wenig entspannten. Sie streckte die Hand aus, um Unfug am Kopf zu kraulen.

»Ja, ich denke, es ist Zeit für einen Imbiss.«

Die Siyee machten ein Lager für die Nacht bereit. Essen wurde ausgepackt, und Aurayas Last als Wasserträgerin wurde erleichtert. Sie wählten Wachen aus und fegten an einigen Stellen die Steine auf dem Boden beiseite. Obwohl die Siyee es gewohnt waren, in Hängematten zu schlafen und nicht auf hartem Boden, würde ihre Erschöpfung dafür sorgen, dass sie dennoch zur Ruhe kamen.

Schließlich kehrte Stille im Lager ein, doch dann krampfte Aurayas Magen sich zusammen, als sie spürte, wie sich eine vertraute Präsenz rasch näherte. Die Tatsache, dass sich die feinen Härchen in ihrem Nacken aufstellten, sagte ihr, dass es Huan war.

Huan bewegte sich auf Priester Teel zu und sprach in seine Gedanken. Zuerst fragte sie, wie es den Siyee ergangen sei, dann erkundigte sie sich wie immer, was Auraya getan habe. Teel erstattete ihr getreulich Bericht über jeden einzelnen von Aurayas Schritten.

Es ist ihr verboten, in dieser Schlacht zu kämpfen, erklärte Huan ihm.

Selbst wenn wir verlieren?, fragte Teel.

Selbst dann. Dies soll eine Warnung für die Pentadrianer sein, dass es jedes Mal, wenn sie zum Schlag gegen Zirkler ausholen, eine Vergeltung geben wird. Die Botschaft muss von zirklischen Kämpfern kommen. Wenn Auraya kämpft, wird es den Anschein haben, als stecke sie dahinter.

Aber sie ist ebenfalls eine Zirklerin.

Sie ist nicht die von uns gewählte Waffe der Vergeltung. Wie sollen die Pentadrianer lernen, gewöhnliche Zirkler zu respektieren, wenn sich keine gewöhnlichen Zirkler gegen sie erheben und kämpfen?

Ich verstehe.

Du bist ein gutes Vorbild für dein Volk, Teel. Du bist ergeben und gehorsam.

Auraya spürte Teels Stolz.

Ich werde tun, was immer du von mir verlangst.

Das weiß ich, Teel. Dein Herz ist wahrhaftig. Von allen Siyee-Priestern bist du der vielversprechendste. Ich weiß, dass du mich nicht enttäuschen wirst.

Auraya verdrehte die Augen. Der junge Mann war ohnehin schon allzu überzeugt von seiner eigenen Wichtigkeit. Es war nicht nötig, dass Huan sein Selbstbewusstsein und seinen Stolz noch weiter aufblähte. Während die beiden weitere Schmeicheleien und Treuebekundungen austauschten, stieg in Auraya eine schwache Übelkeit auf.

Dies ist einer der Götter, die ich früher einmal vorbehaltlos ge-

liebt habe?, überlegte sie. *Es war schrecklich zu entdecken, dass Huan mich hasst und mich tot sehen will, aber das hier ist widerwärtig. Sie verwandelt ihn in einen blinden Fanatiker. Er wird sich wahrscheinlich so sicher sein, dass sie ihren kleinen Favoriten beschützt, dass er sich Hals über Kopf in die Schlacht stürzen und dabei den Tod finden wird.*

Seufzend drehte sie sich auf die Seite. *Ich liebe die Götter nicht mehr in gleicher Weise. Wenn ich sterbe, sollte Chaia besser derjenige sein, der meine Seele annimmt. Ich denke, wenn ich die Wahl hätte, von Huan angenommen zu werden oder meine Seele für alle Zeit zu verlieren, würde ich mich für Letzteres entscheiden.*

Das war eine schreckliche Gotteslästerung, das wusste sie, aber diesmal lief ihr dabei kein Angstschauer über den Rücken.

19

Ellas Zirk lag säuberlich gefaltet neben ihr. Über ihrem weißen Kleid trug sie den Reisemantel, den die einheimischen Frauen bevorzugten. Sie trug ihn, wie die Mode es vorschrieb: lose um die Schultern geschlungen. Außerdem konnte man das Kleidungsstück anheben, um bei Regen den Kopf zu bedecken oder um es sich um den Oberkörper zu wickeln, wenn man fror, aber Danjin hatte weder das eine noch das andere bisher bei ihr gesehen. Seit ihrer Abreise aus Chon hatten sie nur trockene Sommertage erlebt. Während der Fahrt im Plattan saß Ella Yem gegenüber, dem ältesten Sohn des Anführers des Dreggerclans. Der junge Mann war hager und muskulös wie die meisten Krieger, und er war intelligent und besaß großen politischen Scharfblick. Außerdem war Danjin aufgefallen, dass sich Yem Dienern gegenüber ungewöhnlich mitfühlend benahm, und aus diesem Grund war es eigenartig, dass man ihn zu ihrem Führer bestellt hatte.

Dunwegische Krieger erwarteten Ergebenheit von ihren Dienern. Es gab kein Gesetz, das einen Diener daran hinderte, ein Haus zu verlassen; er oder sie konnte sogar versuchen, andernorts eine Anstellung zu finden, obwohl das schwierig war, da die meisten Clans reichlich Diener hatten und nur wenige Krieger jemanden einstellen würden, der sich zuvor als treulos erwiesen hatte, indem er einem anderen Krieger den Dienst aufgekündigt hatte.

Was die Pentadrianer getan hatten, als sie die »Flucht« von Dienern ermöglichten, könnte eine allgemeine Rebellion der

Dienerschaft gegen die Krieger auslösen. Danjin hatte erwartet, dass I-Portak Ella einen Mann an die Seite stellen würde, der sich Dienern gegenüber weniger freundlich zeigte. Jemanden wie Gim, ihren letzten Gastgeber.

Der andere Reisende in dem geschlossenen Plattan war Gillen Schildarm, der hanianische Botschafter. Während der langen Stunden, die Danjin und Ella in Chon gewartet hatten, hatte Gillen sie mindestens einmal am Tag besucht und sie mit Geschichten oder Brettspielen unterhalten. Jetzt tat er das Gleiche, wobei er das kleine Spiel benutzte, das Silava Danjin eingepackt hatte. Manchmal machte es den Anschein, als würden sich in dem Plattan einzig Danjin und Gillen miteinander unterhalten, und in diesen Gesprächen ging es stets um irgendein Spiel.

Danjin vermutete, dass Gillen sich nur deshalb als ihr Begleiter für diesen Ausflug angeboten hatte, weil er sich in Chon langweilte. Ella hatte sein Angebot mit Freuden angenommen, weil er mehr über die dunwegischen Sitten und die jüngere Politik wusste als Danjin. Ella verbrachte den größten Teil ihrer Zeit damit, ins Leere zu schauen und den Gedanken der Männer zu lauschen, die sie suchten. Yem schwieg derweil und sprach nur, wenn jemand das Wort an ihn richtete. Danjin war überzeugt davon, dass Yems Schweigsamkeit nichts mit Überheblichkeit zu tun hatte, sondern eher ein Zeichen für die Unsicherheit des jungen Mannes war. Er war wahrscheinlich eingeschüchtert von Ella oder vielleicht auch einfach die Art Mensch, die lieber zuhörte, als zu reden.

Yem und Gillen wussten nicht so viel über den Grund ihrer Reise wie Danjin. Während des Essens in Gims Haus hatte Ella die ängstlichen Gedanken von Ton aufgefangen, einem Dienstboten, der plante, seinen Herrn zu verlassen. Der Mann traf sich nun seit einiger Zeit mit einem sennonischen Gewürzhändler. Der Händler hatte ihm erklärt, dass dunwegische Diener kaum mehr seien als Sklaven, und er hatte von einem Ort gesprochen, an dem alle Menschen gleich waren und alle Arbeiten untereinander geteilt wurden. Einem Ort im Süden von Dunwegen.

Ein Besuch auf dem Markt hatte Ellas Verdacht bestätigt. Einer der Gewürzhändler war ein sennonischer Pentadrianer, der Anweisung hatte, mögliche dunwegische Konvertiten aus Chon hinauszubringen. Bedauerlicherweise wusste er nicht, wo er sie hinschickte, aber durch ihn hatte Ella den Geist des flüchtigen Dieners, Ton, gefunden.

Wie sie gehofft hatte, hatte Ton soeben die Reise angetreten, die ihn in die Zuflucht für Dienstboten führen sollte. Von diesem Tag an war er zwischen verschiedenen Männern und Frauen herumgereicht worden, die sich um ihn kümmerten – wobei keiner von ihnen wusste, wo diese Zuflucht lag. Es war ein sorgfältig geplantes System mit dem Ziel, das Aufspüren der Pentadrianer zu erschweren.

Es war schwer, aber nicht unmöglich, hatte Ella gesagt. Sie brauchte lediglich dem Diener zu folgen. Obwohl er die meiste Zeit über nicht wusste, wo er war, konnte sie seinen Aufenthaltsort von den Menschen in seiner Nähe erfahren.

Durch die offene Türlasche sah man jetzt nichts als die Wipfel hoher Bäume. Die Straße war aus den steilen Hängen des Berges südlich von Chon gehauen worden. Wenn Danjin sich etwas vorgebeugt und hinabgesehen hätte, was er tunlichst vermied, hätte er unter ihnen einen Hang betrachten können, der einem senkrechten Absturz näher kam, als seinem Wohlbefinden zuträglich sein konnte.

Ella gab einen leisen, unzufriedenen Laut von sich, und er wandte sich zu ihr um. Sie schüttelte den Kopf.

»Was ist los?«, fragte er.

»Sie haben ihn allein weitergeschickt. Er hat keine Ahnung, wo er hingeht.« Sie runzelte die Stirn und sah Yem an. »Lass uns die Karte zu Rate ziehen.«

Der junge Mann zog einen hölzernen Zylinder heraus und öffnete ihn. Aus dem Zylinder entnahm er eine Rolle dünnen Leders, das mit tätowierten Bildern und Linien bedeckt war. Er hatte ihnen erzählt, dass es sich um Menschenhaut handele. Der Krieger, der die Karte geschaffen hatte, war jahrelang durch Dunwegen gereist und hatte seine Karte sorgfältig in den Rücken seines ergebensten Dieners geritzt. Seit Danjin diese Geschichte gehört hatte, hatte er alles in seiner Kraft Stehende getan, um die Karte nicht berühren zu müssen.

Gleichmäßig über das Land verteilt, konnte man kleine, verschwommene Bilder von Festungen ausmachen. Die Straßen waren, was den Gegebenheiten keineswegs entsprach, schnurgerade und zeigten keine der gewundenen Biegungen, die der Plattan genommen hatte. Verblichene rote Linien markierten die Grenzen der Ländereien, die den verschiedenen Clans gehörten.

»Er ist hier«, sagte Ella und zeigte auf eine Gruppe von Symbolen, die für Häuser standen. »Seinen Anweisungen zufolge soll er diese Straße entlanggehen, bis er einen großen Felsen in der Form eines Arems sieht, und dann soll er die nächste Abzweigung nach links nehmen. Anschließend soll er nach einem großen Baum Ausschau halten und seinen Weg querfeldein fortsetzen.«

Plötzlich verstand Danjin ihre Unzufriedenheit. Diese Anweisungen konnte man auf einer Karte nicht nachvollziehen. Der Mann hatte keine Ahnung, wo er war oder wo er hinging, und er hatte keine Gefährten oder Führer bei sich, die mehr wussten.

Diese Pentadrianer sind gerissen, dachte Danjin. *Aber sie werden uns nicht entkommen. Es ist nur eine Frage der Zeit.*

»Irgendwann wird er etwas sehen, das ich erkenne«, versicherte ihr Yem.

»Und bis dahin werden wir weit zurückgefallen sein«, erklärte Ella, die offenkundig nicht glücklich über den Fortgang der Ereignisse war.

»Wir könnten zu dem Ort fahren, den er soeben verlassen hat«, schlug Gillen vor. »Und dann folgen wir den Anweisungen.«

Ihr Plattan nahm eine Route, die parallel zu der des entflohenen Dieners über weiter östlich gelegene Straßen führte, für den Fall, dass die Pentadrianer und ihre Gehilfen auf der Strecke sie sahen und in ihnen Verfolger witterten.

»Nein«, sagte sie. »Es ist besser abzuwarten, als das Risiko einer Entdeckung auf uns zu nehmen.«

Yem rollte die Karte zusammen und schob sie wieder in ihren Behälter. Als erneut ein leerer Ausdruck in Ellas Augen trat, sah Gillen Danjin mit hochgezogenen Augenbrauen an. Danjin holte lächelnd sein Spiel hervor. Es war eine elegant gefertigte Ausgabe für Reisende. Am Fuß eines jeden Spielstücks befand sich ein Haken, der in Löcher im Brett passte – aber das Fach, in dem die Spielsteine untergebracht waren, war verzogen und ließ sich nicht mehr ganz öffnen.

»Hast du Lust auf ein Spiel?«

Gillen nickte. »Ich dachte schon, du würdest nie mehr fragen.«

Die Stadt der Vogelzüchter lag hoch oben in einem Tal und war umringt von Höhlen. Sie hieß Klaff. Auraya hatte den Namen aus dem Geist eines Bewohners der Stadt gelesen, aber sie konnte es den Siyee nicht erzählen, ohne zu riskieren, dass die Götter errieten, wie sie es erfahren hatte.

Bald würde der heißeste Teil des Tages anbrechen, und den Siyee-Spähern, die die Stadt gestern beobachtet hatten, war aufgefallen, dass sich dort zu dieser Zeit am wenigsten regte. Die Einwohner zogen sich dann in ihre Häuser zurück oder machten an einem schattigen Ort ein Nickerchen. Die Vögel befanden sich sicher in ihren Käfigen. Seit ihrem Morgenflug waren Stunden verstrichen, und weitere Stunden würden vergehen, bevor sie am späten Nachmittag abermals ins Freie gelassen wurden.

Unfug kauerte hechelnd im Schatten eines Felsbrockens. Aurayas Bündel war in der Hitze des Tages kein angenehmer Aufenthaltsort. Sie goss Wasser in eine kleine Vertiefung in einem Stein, und der Veez leckte es gierig auf.

Die Siyee warteten direkt hinter dem Kamm des Hügels. Einige von ihnen behielten die Stadt im Auge, während Sreil das Wort an die anderen richtete.

»Die Vögel leben in Höhlen«, erklärte Sreil, »und werden lediglich durch Eisengitter dort festgehalten. Wir können sie also mit Pfeilen und Wurfgeschossen töten, ohne in die Höhlen gehen oder sie herauslassen zu müssen. Vor den Höhlen befindet sich ein freier, von Gebäuden umringter Platz, wo wir landen können. Gestern waren dort keine Wachen zu sehen, aber sie könnten sich im Innern der Höhlen aufhalten. Wenn wir leise sind, könnten wir wieder hinauskommen, ohne dass jemand es bemerkt, obwohl ich bezweifle, dass die Vögel ruhig bleiben werden. Ich will, dass sechs Krieger in einem Halbkreis landen und ihre Bögen bereithalten für den Fall, dass Landgeher auftauchen.« Er hielt inne und sah sich erwartungsvoll um, bis sechs Siyee die Hand hoben. »Wir anderen werden zwischen ihnen und der Felswand landen. Wir werden zu den Käfigen gehen und alle Vögel töten. Falls ihr Eier findet, zerschlagt sie ebenfalls.«

Auraya hatte sich erboten, die Städter derweil irgendwie abzulenken, aber Sreil hatte sich dagegen entschieden. Er wollte die Schläfrigkeit der Einheimischen ausnutzen; jede

Ablenkung, die Auraya schuf, würde ihre Wachsamkeit erhöhen.

Sreil straffte sich und musterte seine Krieger. »Wir müssen schnell sein. Bleibt nicht länger in den Höhlen als unbedingt nötig. Wir sind keine Landgeherkrieger. Wenn wir auf Widerstand treffen, müssen wir uns zurückziehen. Wir werden uns an dieser Stelle wieder treffen.«

Die Siyee pfiffen zustimmend. Auraya wünschte ihnen eine gute Jagd, was hier und da ein Lächeln auf ansonsten grimmige Gesichter zauberte. Als Sreil den steilen Hang hinunterrannte und dann in die Luft sprang, stürmten die anderen Siyee ihm nach.

Auraya beobachtete, wie sie davonglitten und auf die Stadt zuhielten. Sie kletterte auf den Gipfel des Hügelkamms und suchte sich einen Felsbrocken, neben dem sie in die Hocke gehen konnte, so dass man ihre Silhouette vor dem Himmel nicht sehen würde. Ihr Herz schlug sehr schnell, und als die Siyee in den Sinkflug gingen, krampfte sich ihr Magen vor Furcht zusammen.

Sie ließ den Blick über die Stadt wandern und hielt Ausschau nach jemandem, der das Näherkommen der Siyee vielleicht beobachtet haben könnte. Die Straßen waren verlassen.

Der Felsbrocken verströmte Wärme. Sie hoffte, dass die Bürger von Klaff in tiefem Schlaf lagen.

Die Siyee waren jetzt ein Schwarm ferner Gestalten direkt über der Stadt. Sie stießen abrupt in einen Innenhof hinab. Der Hof war zu drei Seiten von Gebäuden umgeben, und auf der vierten Seite befand sich eine Felswand, die, genau wie Sreil es beschrieben hatte, mit dunklen Löchern durchsetzt war. Als sie landeten, hielt Auraya den Atem an, aber niemand kam herbeigeeilt, um die Siyee anzugreifen.

... müssen wohl noch schlafen, hörte sie Sreil selbstgefällig

denken. Sie spürte seinen Stolz auf seine Krieger, während sie ihre Plätze einnahmen, wie er es befohlen hatte. Dann nahm sie von allen Siyee ein jähes Gefühl von Überraschung und Angst wahr.

Von ihrem Ausguck sah Auraya, wie aus einem der Löcher etwas Dunkles hervorschnellte und die Siyee umschlang. Sie sprang auf, als sie die Verwirrung der Siyee auffing. Ihre Gedanken waren ein wirres Durcheinander von Entsetzen und Erschrecken. Sie konnte nicht feststellen, was dort geschah.

Sie senkte den Blick und stellte fest, dass der Boden weit unter ihr lag. Sie hatte sich in den Himmel erhoben, ohne dass es ihre Absicht gewesen wäre. Jetzt flog sie bewusst über die Stadt hinweg, bis sie sich über dem Innenhof befand. Dann verstand sie endlich: Sie konnte einige Siyee erkennen, die versuchten, sich aus einem schweren Netz freizukämpfen.

Ein Netz?

Kälte breitete sich in ihr aus, als sie begriff, dass die Pentadrianer auf das Kommen der Siyee vorbereitet gewesen waren.

Wie? Hat man uns verraten? Wer?

Einige der Siyee schlugen in schierer Panik wild um sich, aber andere holten Messer hervor und bearbeiteten damit die dicken Seile. Doch alle Hoffnung erstarb in Auraya, als sie Männer und Frauen in schwarzen Roben aus den Gebäuden herbeieilen sah. Die Pentadrianer stellten sich auf die Ränder des Netzes und verhinderten so ein Entkommen der Siyee. Zwei Kriegern gelang es dennoch, sich zu befreien. Die Flüchtlinge rannten auf die Höhlen zu, sprangen auf die Felswand und benutzten ihren Schwung, um sich noch weiter hinaufzuziehen. Unter heftigem Flügelschlagen gelang es ihnen, über die Dächer der Gebäude und weiter über die Stadt zu fliegen.

Zur gleichen Zeit hatten andere Siyee den Kampf gegen das Netz aufgegeben, und Auraya beobachtete voller Stolz, wie sie ihre Rohre und Geschirre einsetzten, um die Landgeher mit vergifteten Pfeilen zu beschießen. Einige der Götterdiener brachen langsam auf dem Netz zusammen, aber ihr Gewicht machte für die Siyee ein Entkommen aus dem Netz erst recht unmöglich. Die übrigen Pentadrianer blieben unberührt stehen.

Sie beschirmen sich mit Magie, schoss es Auraya durch den Kopf, und sie verlor jede Hoffnung. *Die Siyee haben keine Chance, Götterdiener besiegen zu können.*

Auraya!

Ihr Herz setzte einen Schlag aus, als sie Jurans Stimme erkannte.

Ja?

Was geht da vor? Das, was Teel mir zeigt, ergibt keinen Sinn für mich.

Der Angriff der Siyee ist gescheitert. Die Pentadrianer wussten, dass sie kamen, und haben sie gefangen genommen.

Auraya fing eine schwache Hoffnung von jemandem unter ihr auf und begriff, dass ein Siyee, der von dem Netz festgehalten wurde, zu ihr hinaufstarrte.

Hilf mir, dachte er in ihre Richtung.

Schuldgefühle, Ohnmacht und schließlich Zorn stiegen in ihr auf. *Ich kann nicht,* dachte sie, obwohl sie wusste, dass ihr Gedanke den gefangenen Siyee nicht erreichen konnte. Sie ballte die Fäuste. Die Götter hatten ihr verboten zu kämpfen. Es gab keine Möglichkeit, wie sie den Siyee helfen konnte, ohne zu kämpfen.

Was soll ich tun?, fragte sie Juran.

Die Pentadrianer töten die Siyee nicht?

Nein.

Er verfiel in Schweigen – wahrscheinlich wog er verschiedene Möglichkeiten ab. Bei seiner Frage war Auraya eine Idee gekommen. Wenn die Pentadrianer von dem Angriff gewusst hatten und es ihre Absicht gewesen wäre, die Siyee zu töten, hätten sie das Netz nicht benutzt. Sie *wollten* sie gefangen nehmen.

Und einen Gefangenen konnte man immer befreien. *Vielleicht werde ich nicht gegen die Pentadrianer kämpfen müssen, um die Siyee zu befreien.*

Als sie in den Geist der Pentadrianer blickte, sah sie dort sowohl Triumphgefühl als auch Überraschung. Gestern hatte sie in den Gedanken der Städter nichts gelesen, was darauf hindeutete, dass sie einen Angriff erwarteten oder einen Hinterhalt planten. Jetzt sah sie, dass diese Menschen bis vor wenigen Augenblicken nichts von dem Hinterhalt gewusst hatten; sie waren zu einem Treffen hierhergerufen worden, nur um mitzuerleben, wie die Erste Stimme Nekaun die geflügelten Menschen in dem Netz fing.

Die Erste Stimme Nekaun? Auraya wurde noch mutloser, als sie sah, dass einer der Pentadrianer zu ihr aufblickte. Sie suchte seine Gedanken und spürte nichts.

Erinnerungen an Kuar, die frühere Erste Stimme, stiegen in ihr auf; er hatte sie mit Magie gefangen gehalten. *Kuar ist tot,* rief sie sich ins Gedächtnis. *Trotzdem, diese neue Erste Stimme könnte genauso mächtig sein, wie er es war.*

Wahrscheinlich konnte er sie vom Himmel schießen, wenn er es wollte.

Sie zog sich hastig zurück, aber er machte keine Anstalten, sie aufzuhalten.

Juran.

Ja?

Der Anführer des Feindes ist hier. Ich muss mich zurückziehen. Aber ich werde in der Nähe bleiben. Ich werde jede Gelegenheit ergreifen, die Siyee zu befreien, ohne zu kämpfen.

Ja. Tu das. Ich werde die Situation mit den anderen erörtern und dich wissen lassen, was wir entschieden haben.

Während sie sich immer weiter und weiter vom Schauplatz des Geschehens entfernte, konnte sie die Verzweiflung der Siyee spüren. Ihnen gingen langsam die Pfeile aus, und der Feind nahm sie sich jetzt einen nach dem anderen vor, entwand ihnen die Waffen und fesselte ihre Handgelenke. Schließlich hatte Auraya den Hügelkamm erreicht, von dem aus sie die Ereignisse beobachtet hatte, und ließ sich dort nieder.

Sie fühlte sich schrecklich, als hätte sie die Siyee im Stich gelassen. *Ich muss eine Möglichkeit finden, sie zu befreien.*

»Owaya?«

Ein erleichterter und verängstigter Unfug sprang an ihr hinauf. Er kletterte auf ihre Schulter, wo er still und leicht bebend sitzen blieb. Als sie ihm den Kopf kraulte, wurde ihr bewusst, dass ihre Hände zitterten.

»Sie leben«, sagte sie zu ihm. »Zumindest leben sie.«

Das Geräusch von Luft auf Flügeln lenkte ihre Aufmerksamkeit ab. Die beiden Siyee, die entkommen waren, landeten neben ihr. Ihre Mienen waren schrecklich.

»Sind sie tot?«, fragte einer.

Sie schüttelte den Kopf, und die Erleichterung der beiden schlug wie eine Welle über ihr zusammen.

»Dann sind sie also Gefangene?«, fragte der andere.

»Ja.«

»Was wirst du jetzt tun?«

Auraya seufzte. »Was immer ich tun kann, ohne gegen den Befehl der Götter zu verstoßen. Sie haben mir verboten zu kämpfen. Sie haben allerdings nicht gesagt, dass ich mich nicht an ein Gefängnis heranschleichen und jemanden befreien darf.«

Sie verfielen in Schweigen und blickten auf die Stadt hinab. Die Magie um Auraya herum brodelte, und sie hätte um ein Haar ein lautes Zischen ausgestoßen, als zwei mächtige Präsenzen plötzlich aus der Stadt schossen und in die beiden Siyee neben ihr fuhren. Eine Gänsehaut kroch über ihre Glieder, als sie Huan erkannte, dann entspannte sie sich ein wenig, als ihr klar wurde, dass der andere Chaia war.

Also, was wird deine kleine Lieblingszauberin als Nächstes tun?, fragte Huan.

Eine Wahl treffen, erwiderte Chaia. *Das war es doch, was du erreichen wolltest, oder?*

Mit dieser Geschichte hier? Nein, das war lediglich eine Vergeltung für die Morde in Jarime und die Versuche, Zirkler zu bekehren, sagte Huan.

Für die Morde an Traumwebern? Ich hätte nicht gedacht, dass sie dir so sehr am Herzen liegen.

Ich verabscheue sie nicht so sehr, wie du es tust, entgegnete sie. *Außerdem haben die Weißen entschieden, fürs Erste die Toleranz gegenüber Traumwebern zu fördern. Also ergibt es einen Sinn, Rache für die Morde an Traumwebern zu nehmen.*

Und doch hast du dafür gesorgt, dass die Siyee scheitern mussten. Inwiefern soll das irgendjemanden rächen?

Es spielt keine Rolle. Was eine Rolle spielt, ist, dass die Pentadrianer wissen, dass sie den Unmut der Weißen erregt haben.

Du gehst unnötige Risiken ein, Huan. Juran hat diesen Angriff als Glücksspiel betrachtet. Es überrascht ihn nicht, dass er gescheitert ist. Jetzt wird er sich fragen, warum du ihn befohlen hast. Er wird an der Weisheit, deinen Befehlen zu folgen, zweifeln.

Eine kleine Prüfung seiner Ergebenheit.

War es das wirklich? Und warum hast du dich nicht mit uns anderen beraten, bevor du alles in die Wege geleitet hast?

Ich habe mich beraten. Ich brauchte mich nicht mit dir zu beraten, da alle anderen einverstanden waren.

Lore wäre niemals mit etwas Derartigem einverstanden gewesen.

Er war es aber. Du vergisst seine Vorliebe für Kriegsspiele.

Warum hast du die Siyee dann gefangen nehmen lassen, statt sie zu töten? Wenn du einen Krieg provozieren willst, wäre das viel erfolgversprechender gewesen.

So ist es interessanter.

Interessant? Du hast kein Interesse an Krieg, sagte Chaia. *Du bist nur daran interessiert, Auraya loszuwerden. Wenn dein Hinterhalt Auraya dazu treibt, sich von uns abzuwenden, wirst du es bereuen.*

Ist das eine Drohung? Huan lachte. *Du kannst mir ebenso wenig Schaden zufügen, wie ich dir Schaden zufügen kann.*

Mit diesen Worten zog sie sich zurück und bewegte sich mit großer Schnelligkeit auf die Stadt zu. Auraya seufzte vor Erleichterung.

Das ist der Punkt, in dem sie sich irrt, murmelte Chaia. Dann kicherte er. *Hast du all das gehört, Auraya? Ich hoffe es.*

Und dann war auch er fort, und sie konnte nur noch überrascht blinzeln. Er wusste, dass sie die Götter reden hören konnte. Hatte er Huan deshalb dazu ermutigt, mit ihm über den Hinterhalt zu sprechen?

Vielleicht wollte er mir nur zeigen, dass er nicht dafür verantwortlich war … dass Huan es war.

Dann drehte sich ihr mit einem Mal der Magen um, als ihr klar wurde, was das bedeutete. Huan hatte die Siyee verraten. Sie hatte diese Mission nicht nur als Prüfung für Aurayas Ergebenheit arrangiert, sondern auch dafür gesorgt, dass sie *fehlschlagen* musste.

Dann fiel ihr Chaias Warnung wieder ein. Huan würde danach trachten, sie, Auraya, zu verletzen, indem sie jene verletzte, die sie liebte. Anscheinend war Huan tatsächlich bereit, dem Volk, das sie geschaffen hatte, Leid zuzufügen.

Plötzlich spürte sie eine Hand auf ihrem Arm.

»Wie kann ich helfen?«

Auraya drehte sich um und blinzelte den Siyee überrascht an, dann zwang sie sich, sich wieder dem Dilemma zuzuwenden, vor dem sie stand. Eines wurde ihr schlagartig bewusst. Wenn Huan den Siyee Leid zufügen wollte, um sie selbst, Auraya, zu treffen, dann war es besser, wenn sie ihre Freunde so weit wie möglich von hier fortschaffte.

»Kehrt in unser letztes Lager zurück«, sagte sie. »Ich werde mich dort in Kürze mit euch treffen. Ich werde etwas zu essen und Wasser für euch mitbringen. Ihr solltet einen Teil der Vorräte im Lager zurücklassen, ebenso wie an den übrigen Orten, an denen wir unterwegs Halt gemacht haben, falls es einigen der anderen gelingen sollte zu entkommen.«

»Du willst, dass wir nach Hause fliegen?«, fragte einer der Siyee zweifelnd.

»Ja.« Sie sah ihm in die Augen. »Das war eine Falle. Sie haben euch erwartet. Ich werde tun, was ich kann, um die anderen zu befreien. Ihr müsst dafür sorgen, dass sie auf der Heimreise überleben können.«

Die beiden Siyee nickten. Sie wussten, dass sie recht hatte, aber es widerstrebte ihnen, ihre Gefährten zurückzulassen.

»Geht«, ermahnte Auraya sie. »Seht zu, dass zumindest ihr beide eure Heimat erreicht. Sprecherin Sirri und die Familien der anderen Krieger sollten wissen, was hier geschehen ist.«

Die beiden neigten den Kopf zum Zeichen, dass sie einverstanden waren. Auraya beobachtete, wie sie davonflogen, und wandte ihre Aufmerksamkeit wieder der Stadt Klaff zu. Es gab dort etliche öffentliche Brunnen, und sie hatte am Stadtrand einen kleinen Markt bemerkt. Selbst wenn Nekaun die Gedanken der Siyee gelesen haben sollte, während sie ihnen ihre Anweisungen gab, bezweifelte sie, dass er rechtzeitig zum Markt würde gelangen können, um sie abzufangen.

Sie hob Unfug von ihren Schultern und setzte ihn auf den Boden.

»Bleib«, befahl sie.

Er ließ den Kopf hängen, ging aber gehorsam zu einem Fleckchen Schatten hinüber und rollte sich zusammen, um zu warten.

Solchermaßen zufriedengestellt, erhob sie sich in die Luft und ließ sich zurück in die Stadt gleiten.

20

Schwerer Regen und heftige Winde hatten Mirar während der Nacht mehrmals aus dem Schlaf gerissen, aber als er am Morgen erwachte, war alles still. Der Himmel war wolkenverhangen, aber an manchen Stellen konnte man blaue Flecken ausmachen. Trotz des Regens war es noch immer warm.

Obwohl die Sonne gerade erst aufgegangen war, drang aus der Küche der Duft von frisch gebackenem Brot, und Tintel war bereits in der Halle, wo sie mit anmutigen Bewegungen Früchte aufschnitt und verzehrte. Sie sah zu ihm auf und nickte ihm grüßend zu. Als er nun ebenfalls Platz nahm, setzte das Trommeln des Regens plötzlich wieder ein.

»Kein schöner Tag für die Prüfungen«, sagte Tintel. »Ich hätte gedacht, die Götter würden das besser einrichten.«

»Das hängt vermutlich von der Interpretation des Wortes ›Prüfung‹ ab.«

Sie kicherte. »Ja, da hast du wahrscheinlich recht. Möchtest du, dass ich dich heute begleite?«

Er lächelte und schüttelte den Kopf. »Nein – aber danke für das Angebot.«

Sie nickte. Er konnte ihre Sorge spüren, obwohl er nicht wusste, ob sie um seine Sicherheit fürchtete oder um die Sicherheit aller Traumweber – oder beides. Wenn diese Begegnung zwischen ihm und der Vierten Stimme Genza misslang, würde das Auswirkungen auf die guten Beziehungen zwischen den südithanischen Traumwebern und den Pentadrianern haben?

Ich werde einfach dafür sorgen müssen, dass es nicht misslingt, sagte Mirar sich.

Vom Haupteingang erklang ein Klopfen. Tintel erhob sich, um die Tür zu öffnen, und kehrte mit einem Mann und einem vielleicht fünfzehnjährigen Jungen zurück. Beide trugen blaue und weiße Gewänder, auf die Bänder in den gleichen Farben aufgenäht waren, aber keiner der beiden wirkte so fröhlich wie ihre Aufmachung. Der ältere Mann stützte den Jungen, der auf einem Bein hüpfte, um das andere nicht zu belasten.

Tintel rief nach einem der Traumweber in der Küche, der sofort herbeikam, einen einzigen Blick auf das farbenprächtige Paar warf und sie davonführte. Tintel kehrte an ihren Platz zurück.

»Wir werden heute eine Menge gebrochener Knochen und verrenkter Knöchel zu sehen bekommen«, bemerkte sie.

Mirar sah sie fragend an.

»Nasse Plattformen können sehr rutschig sein«, erklärte sie. »Während eines aufregenden öffentlichen Ereignisses neigen die Leute – insbesondere junge Leute – dazu, ohne Rücksicht auf mögliche Gefahren umherzulaufen. Ah. Da kommt deine Begleiterin.«

Mirar drehte sich um und sah eine Frau in mittleren Jahren, die die Roben der Götterdiener trug, auf der Türschwelle stehen. Ihr Gesicht war gerötet, und sie schwitzte. Als Mirar sich erhob, blickte sie zu ihm hinüber.

»Du bist Mirar, der Begründer der Traumweber?«, fragte sie.

»Der bin ich«, antwortete er.

Sie zog die Augenbrauen hoch. »Ich bin Götterdienerin Minga. Ich soll dich zu deinem Treffen mit der Vierten Stimme Genza bringen.«

Mirar wandte sich zu Tintel um. »Viel Glück.«

»Dir auch«, erwiderte sie leise. »Wäge deine Schritte heute sehr genau.«

Er lächelte, überzeugt davon, dass sie nicht von nassen Plattformen sprach. Dann ging er zu der Götterdienerin hinüber, um sie zu begrüßen. Die Frau war eher klein, aber ihre Haltung war stolz. Sie war es gewohnt, dass man sie respektierte und ihr gehorchte, vermutete Mirar.

Er deutete auf die Tür. »Bitte, geh voran.«

Minga nickte Tintel kurz zu, bevor sie sich umdrehte. Diese kleine Geste des Respekts erstaunte Mirar. Eine zirklische Priesterin hätte etwas Derartiges niemals getan.

Ich könnte dieses Land wirklich lieben lernen.

Sie traten in den dichten, strömenden Regen hinaus, und Mirars Begeisterung erhielt einen jähen Dämpfer. Er zog ein wenig Magie in sich hinein und umgab sie beide mit einem Schild, was ihm ein dankbares Lächeln von seiner Führerin eintrug. Trotz des Regens schien es sich kaum abgekühlt zu haben, aber die oberen Bereiche Kaves glänzten von Feuchtigkeit und rochen nach nassem Holz.

Sie gingen langsam von einer Plattform zur nächsten. Viele Dekkarener saßen auf Stühlen unter ihren breiten Veranden und fächelten sich Luft zu. Als Mirar vorbeiging, nickten sie ihm lächelnd zu, was er als gutes Zeichen wertete. Wenn die Bewohner Dekkars ihn mochten, würden die Stimmen es vielleicht ebenfalls tun.

Nach einigen Minuten hörte er jedoch die Schritte mehrerer Menschen hinter sich, und ein Gefühl der Mutlosigkeit stieg in ihm auf, als er sich vorstellte, dass ihm eine Horde von Anhängern in die Halle der Häuptlinge folgte. Das würde bei der Stimme den Eindruck erwecken, als habe er großen Einfluss in der Stadt – was der Götterdienerin wohl kaum gefallen würde.

Er blieb stehen und blickte über die Schulter, dann musste

er sich ein Lachen verkneifen. Die Gruppe, die ihm folgte, waren Kinder, deren Augen groß vor Neugier waren. Sie grinsten ihn an.

»Hallo«, sagte er. »Warum folgt ihr mir?«

»Wir mögen dich«, erwiderte ein Junge.

»Du hast Pinpin geheilt«, ergänzte ein Mädchen.

»Und Mimi.«

»Und Doridoris Mutter.«

»Gehst du zu den Häuptlingsprüfungen?«

Er nickte.

»Da wollen wir auch hin!« Die Kinder brachen in fröhliches Gelärme aus, dann rannten sie davon. Mirar drehte sich lächelnd zu der Götterdienerin um, die ihn neugierig musterte. Er zuckte die Achseln, und sie setzten ihren Weg fort.

Als sie eine Brücke überquerten, nahm Mirar eine Bewegung unter sich wahr und blickte hinab. Auf dem Boden unter den Plattformen waren zu beiden Seiten eines Baches winzige Unterstände errichtet worden. Der Geruch von Abfall und Exkrementen stieg ihm in die Nase. Hier lebten die ärmeren Bewohner Kaves und sammelten ein, was die Wohlhabenden wegwarfen. Jene, die sich über den Gestank von unten beklagten – doch wenn die Armen den Abfall nicht auflesen und die Bäche sauber halten würden, hätte die ganze Stadt noch viel schlimmer gerochen.

Tintel hatte Mirar erzählt, dass die Armen, wenn die Fluten kamen, die Wände ihrer Hütten zusammenbanden, um Flöße daraus zu bauen. Diese befestigten sie an Bäumen oder Plattformen, damit sie nicht ins Meer gespült wurden. Die Pentadrianer hatten im vergangenen Jahr drei reiche junge Männer zur Sklaverei verdammt, die sich einen Spaß daraus gemacht hatten, mehrere Flöße loszubinden. Einige der Familien waren von Schiffen gerettet worden und hatten die

Männer identifiziert, aber die meisten Menschen hatte man niemals gefunden.

Je näher sie der Halle der Häuptlinge kamen, umso mehr Gedränge herrschte auf den Veranden von Kave. Alle Menschen trugen leuchtend bunte, mit Bändern oder Blumen geschmückte Gewänder. Weitere Blüten zierten die Häuser und Plattformen, die von Feuchtigkeit glänzten, sofern sie nicht vor dem Regen geschützt waren.

Obwohl es plötzlich aufhörte zu regnen, tropfte das Wasser weiterhin von den Dächern. Manchmal war das Gedränge so groß, dass die Götterdienerin sich räuspern oder die Menschen herablassend auffordern musste beiseitezutreten. Endlich kam die Halle der Häuptlinge in Sicht. Ebenso wie das Sanktuarium von Kave war sie aus Stein gebaut. Es war eine gedrungene dreistufige Pyramide, die sich aus dem schlammigen Boden erhob. Die Seiten sahen aus wie überdimensionierte Treppen. Im Zentrum des Gebäudes war ein Abschnitt mit einer normal dimensionierten Treppe versehen, die bis zur höchsten Stufe führte. Ein Besucher musste buchstäblich die Wände hinaufsteigen, um dorthin zu gelangen.

Auf der ersten Stufe war ein Pavillon errichtet worden. Darunter saßen mehrere Männer und einige Frauen auf Stühlen mit Binsengeflecht. Einige Diener führten ihnen mit großen Fächern Luft zu. Ihre Bemühungen galten vor allem einer dunkelhäutigen Frau in schwarzen Roben, die auf einem ebenfalls mit Binsengeflecht bezogenen Sofa in der Mitte des Pavillons saß.

Mirars Führerin geleitete ihn über die Brücke. An einem der Eckpfeiler des Pavillons machte sie Halt, und er blieb neben ihr stehen. Die dunkelhäutige Frau sprach mit einem ihrer Begleiter. Dann blickte sie zu Mirar auf und lächelte, erhob sich und kam ihnen entgegen.

Sie ist sehr groß, fiel ihm auf. *Und sie bewegt sich mit der Anmut eines Menschen, der körperlich stark ist. Aber sie ist eher hager als muskulös, und ihr Gesicht ist schön.*

»Ich bin Genza, die Vierte Stimme der Götter«, sagte sie auf Dekkarenisch. »Du bist Mirar, der unsterbliche Anführer der Traumweber?«

»Der bin ich«, antwortete er. Ein leichter Schauder überlief ihn, denn es war ungewohnt, nach all den Jahren, in denen er sich versteckt hatte, zu seiner Identität zu stehen. »Obwohl ich nur ihr Begründer und Lehrer bin, nicht ihr Anführer«, fügte er hinzu.

Genza nickte Minga zu, die sich daraufhin entfernte. »Bitte, setz dich zu mir«, sagte sie und deutete auf das Sofa.

Er nahm neben ihr Platz, wobei er sich bewusst war, dass das wahrscheinlich eine große Ehre war. Genza machte ihn mit den anderen Männern und Frauen bekannt. Die meisten waren Patriarchen und Matriarchinnen der wohlhabenderen Familien Kaves – einige von ihnen hatte Mirar bereits bei seiner Arbeit als Heiler kennengelernt. Außerdem gehörten zu der Gruppe die einheimischen Ergebenen Götterdiener, Kriegsführer sowie Botschafter aus Avven und Mur.

»Und hier sind unsere Kandidaten.«

Alle wandten sich dem vorderen Teil des Pavillons zu. Vier Männer und eine Frau in farbenprächtiger Kleidung standen vor ihnen. Alle zeichneten vor Genza einen Stern in die Luft. Die Stimme erhob sich und begrüßte jeden Einzelnen und wünschte ihm Glück.

Der erste Kandidat war ein Mann von Ende dreißig, in dessen Haar sich die ersten grauen Strähnen zeigten. Er machte einen starken, gesunden Eindruck, und sein Blick war intelligent und scharf.

Als Nächstes kam ein jüngerer Mann mit breiten Schultern und dem muskulösen Körper gut trainierter Jugend. Sein

Blick wanderte immer wieder zu jemandem hinter Mirar hinüber, und er schien Mühe zu haben, nicht zu grinsen.

Neben ihm stand ein weiterer junger Mann. Dieser war dünn und ernst. Er verfügte nicht über die körperliche Stärke der beiden ersten Kandidaten, aber sein Gesicht war von Linien gezeichnet, die nicht zu seinem Alter passten und darauf hindeuteten, dass er viel Zeit damit verbracht hatte nachzudenken – oder sich zu sorgen.

Die vierte Kandidatin war eine Frau von etwa Mitte dreißig. Sie hielt sich sehr aufrecht, und ihre Miene spiegelte unterdrückten Trotz wider. Der letzte Kandidat war ein Mann, den Mirar auf über fünfzig schätzte, mit drahtigem Körper und gütigem Gesicht. Seine Kleidung war ebenso bunt wie die der anderen, doch bei näherem Hinsehen konnte man feststellen, dass das Tuch von minderer Qualität war.

Auf ein Wort von Genza wandten die fünf Bewerber sich der Menge zu. Dann trat sie an ihnen vorbei in den Regen hinaus. Langsam breitete sich Stille über der Stadt aus.

»Heute werden sich diese Männer und diese Frau körperlichen und magischen Prüfungen unterziehen«, sagte sie mit unnatürlich lauter Stimme. »Sie werden ihr Wissen, ihre Intelligenz und ihre Moral unter Beweis stellen müssen, und dann wird ihre Beliebtheit abgeschätzt. Sie müssen all diese Prüfungen bestehen, doch nur derjenige mit der höchsten Punktzahl wird gewinnen. Wünscht ihnen Glück!«

Die Menge brach in Beifallsrufe aus. Genza hob die Arme, und wieder kehrte Stille ein.

»Die erste Prüfung soll Aufschluss geben über die körperliche Stärke, die Ausdauer und die Beweglichkeit der Bewerber. Es ist ein Pfad angelegt worden, dem sie folgen müssen.« Genza hielt inne. »Mischt euch nicht in das Tun der Kandidaten ein«, warnte sie die Zuschauer. »Betrug oder Sabotage wird mit dem Tod bestraft.«

Sie ließ die Arme sinken und wandte sich wieder den Kandidaten zu.

»Seid ihr bereit?«

Die fünf Bewerber nickten.

Ein Lichtfunke erschien über Genzas Kopf.

»Die Häuptlingsprüfungen beginnen *jetzt*!«, rief sie.

Die Bewerber eilten davon, die Pyramide hinab, und wieder brach Jubel aus. Genza kehrte zu ihrem Platz zurück. Einen Moment später bemerkte Mirar einen der Bewerber, der unter den Häusern entlanglief. Bunte Pfosten waren in den Boden gerammt worden; zwischen ihnen waren Bänder gespannt, und schwarz gekleidete Götterdiener standen entlang der Strecke.

Genza wandte sich wieder Mirar zu. »Also, Mirar von den Traumwebern, wie lange bist du schon in Dekkar?«

»Seit einigen Monaten.«

»Dann hast du dich zunächst also nicht zu erkennen gegeben?«

»Ich wusste nicht, ob ich hier sicher sein würde.« Er hielt inne, dann sah er die Frau mit hochgezogenen Augenbrauen an. »Bin ich hier sicher?«

Sie lächelte. »Das hängt von deinen Plänen ab. Wenn du beschließen solltest, selbst über Dekkar zu herrschen, würden wir dafür sorgen, dass es die kürzeste Herrschaft eines Häuptlings in der ganzen Geschichte wird. Und es hat einige *sehr* kurze Regentschaften gegeben.«

»Ich habe nicht den Ehrgeiz, irgendein Land zu beherrschen. Das ist eine Aufgabe, für die Menschen wie du weit besser geeignet sind.«

»Und was für ein Mensch bin ich?«

Er sah sie an, überrascht von ihrer Frage. »Du erfreust dich der Gunst der Götter. Du bist klug. Schön. Die Menschen mögen diese Eigenschaften bei ihren Anführern.«

Genza lehnte sich zurück und musterte ihn mit halb geschlossenen Augen. »Du bist charmant – und du siehst selbst nicht gerade schlecht aus. Ich muss zugeben, dass ich einen alten Mann erwartet hatte.«

Er lächelte. »Ich *bin* ein alter Mann.«

Sie lachte. Dann beugte sie sich vor und berührte ihn sacht am Knie. »Ich werde dir ein Geheimnis verraten. Ich bin auch nicht so jung, wie ich aussehe.«

Wieder konnte Mirar nur staunen. Genzas Augen waren dunkel, ihr Lächeln schelmisch.

Ich würde denken, dass sie mit mir flirtet, wenn sie keine Stimme wäre …

Andererseits hatte er nichts gehört, was darauf schließen ließ, dass die Stimmen Keuschheit geloben mussten. Er wusste, dass ihre Götterdiener keinem Keuschheitsgelübde unterlagen, obwohl er immer den Verdacht gehabt hatte, dass die Gerüchte über rituelle Orgien Übertreibungen waren.

Wollte sie lediglich freundlich sein, oder bot sie ihm mehr als Freundlichkeit an? Wenn dies tatsächlich die Erklärung für ihr Verhalten war, was würde er dann tun? Sie war attraktiv, und etwas sagte ihm, dass sie *sehr* erfahren war … aber etwas anderes ließ ihn zögern.

Vielleicht war es natürliche Vorsicht. Er hatte keine Ahnung, welche Konsequenzen es haben könnte, eine Affäre mit einer Frau von solcher Macht anzufangen. Dann fiel ihm wieder ein, dass die Pentadrianer hinter den Morden an Traumwebern in Jarime steckten, die jetzt einige Monate zurücklagen. Genza könnte durchaus etwas damit zu tun haben, und der Gedanke war mehr als genug, um sein Interesse zunichtezumachen.

Sie schien es zu spüren und lehnte sich wieder auf ihrem Platz zurück. »Also, wie sehen deine Pläne für die Zukunft aus, Traumweber Mirar?«, fragte sie.

Er zuckte die Achseln. »Mein Volk ist überall in Südithania ansässig. Ich würde gern den Kontinent bereisen, die Sprachen und Sitten der Menschen kennenlernen und die Heilkunst unterrichten, wie ich es früher getan habe.«

Sie nickte. »Dann musst du nach Glymma kommen. Komm ins Sanktuarium und mach dich mit den anderen Stimmen bekannt.« Ihr Lächeln wurde breiter, und sie senkte den Kopf und blickte zu ihm auf. »Selbst wenn die anderen kein großes Aufhebens um dich machen, ich werde es tun. Ich erkenne die Möglichkeiten eines einträglichen Bündnisses zwischen uns.«

Er lachte leise und musterte sie nachdenklich. »Ah, deine Götter haben eine gute Wahl getroffen. Warum bin ich mir nicht sicher, ob du versuchst, mich in politischer oder in körperlicher Hinsicht zu verführen?«

Ihre Augen blitzten, und sie grinste breit. »Erfolg ist das Erreichen einer Position, in der man seine Talente zum besten Nutzen einsetzen kann.«

Er nickte. »Das ist wahr. Ich fürchte, ich war bisweilen ein schlechtes Vorbild für die Traumweber. Ich versuche, Dinge zu vermeiden, für die ich kein Talent habe. Meine Talente sind die eines Heilers und Lehrers, daher kann ich nur sehr begrenzt für die Traumweber sprechen.«

»Und doch könnten deine Taten einen Einfluss auf die Zukunft der Traumweber haben. Du könntest die Traumweber zum Beispiel immer noch davon abbringen, ihre Freundschaft mit den Pentadrianern fortzusetzen.«

»Das könnte ich, aber selbstverständlich würde ich es nicht tun.«

»Selbstverständlich.«

»Und ich könnte um ihretwillen nach einer Bestätigung suchen, dass die Pentadrianer uns keinen weiteren Schaden zufügen werden.«

Ihre Augen wurden schmal; vermutlich hatte sie seine Anspielung auf die Morde an Traumwebern in Jarime durchaus verstanden.

»Dann sei versichert, dass wir den Traumwebern nicht mit Feindseligkeit begegnen«, erwiderte sie.

Keine Feindseligkeit, überlegte er. *Aber du würdest keinen Moment zögern, abermals einzelne Personen zu benutzen, um deine Ziele zu verfolgen.*

»Was weißt du über die Kandidaten?«, wechselte sie plötzlich das Thema.

Er zuckte die Achseln. »Sehr wenig. Ich kenne nur die Gerüchte, die ich von anderen Traumwebern gehört habe. Im Grunde verstehe ich nicht ganz, wozu die Prüfungen dienen. Warum diese Erprobung körperlicher Stärke? Ist das notwendig? Körperliche Stärke bedeutet nicht, dass jemand auch die Stärke hat zu regieren.«

Genza hob die Schultern. »Die Prüfungen sind eine Tradition. Außerdem erhöhen sie die Chancen, dass ein Herrscher sich eine Weile halten wird. Die körperliche Prüfung ist nicht übermäßig anspruchsvoll, aber sie scheidet die Schwachen und jene aus, die zu Trägheit und Unmäßigkeit neigen.«

»Sie könnten Trägheit und Unmäßigkeit gerade lange genug beiseitedrängen, um zu siegen.«

»Ja«, stimmte sie ihm zu. »Und es besteht immer die Gefahr, dass ein Kandidat aufgrund seiner Jugend eine Stärke an den Tag legt, die später durch Maßlosigkeit zerstört wird. Ah, da wir gerade von Maßlosigkeit sprechen …«

Einige Diener kamen mit Tabletts voller Speisen und großen Krügen in den Pavillon. Während der nächsten Stunde ermutigte Genza all ihre Gefährten, zu essen und zu trinken. Aufgrund der wiederholten Dankesbekundungen der anderen vermutete Mirar, dass Genza für das Festmahl bezahlt hatte.

Ab und zu konnte man einen der Kandidaten sehen, und das Gespräch wandte sich Spekulationen über den Ausgang der Prüfungen zu, Wetten wurden erhöht. Die beiden jungen Männer, die als Erste in den Pavillon zurückkehrten, bekamen die Aufgabe, schwere Steinkugeln von zunehmender Größe zu stemmen. Die Frau kam als Nächste an, hatte aber Mühe mit den Steinen. Kurz darauf folgte der Mann mit den intelligenten Augen und bewältigte seine neue Aufgabe sehr gut, während der ältere Mann als Letzter zurückkehrte, aber alle Anwesenden mit seiner Stärke überraschte.

Jetzt wurde ein etwa raumgroßer Holzrahmen von mehreren muskulösen Männern zum Pavillon gerollt. Er war mit einem feinen Netz überzogen. Vor Genza stellte man einen einfachen, aber formschönen Zeitmesser aus Glasröhren auf. Dann hörte Mirar ein tiefes Summen, das die ringsum geführten Gespräche übertönte. Es wurde noch lauter, als fünf große Körbe gebracht und vor dem Rahmen auf die Erde gestellt wurden.

In der Stadt herrschte summendes Stimmengewirr, und Mirar spürte die wachsende Erregung und Neugier der Menschen. Bei den Kandidaten nahm er Nervosität und ein wenig Furcht wahr. Der muskulöse junge Mann schien sich am meisten zu ängstigen.

Genza untersuchte den Rahmen, indem sie langsam darum herumging. Als sie ihren Ausgangspunkt wieder erreicht hatte, wandte sie sich den Kandidaten zu.

»Dies ist eine Prüfung eurer magischen Fähigkeiten. Wie ihr alle erraten habt, enthält jeder dieser Körbe Zapper. Es sind jeweils hundert Insekten in den Körben, und ich kann euch versichern, dass es nicht einfach war, sie dort unterzubringen. Ihr werdet den Käfig betreten, woraufhin das Netz zugezogen wird. Dann wird man die Zapper freilassen. Ihr müsst euch so schnell wie möglich mit Magie schützen und den gesamten Schwarm töten.« Sie lächelte. »Falls einer von euch an seiner Fähigkeit zweifeln sollte, diese Aufgabe zu erfüllen, möge er jetzt beiseitetreten. Wir haben einen Traumweber hier, aber er würde es gewiss vorziehen, wenn er nicht den ganzen Nachmittag darauf verwenden müsste, Zapper-Larven aus euren Körpern zu entfernen.«

Keiner der Kandidaten bewegte sich, obwohl der muskulöse junge Mann sichtbar schauderte.

»Gut. Wer möchte den Anfang machen?«

Die Kandidaten tauschten einen Blick, dann trat der scharfäugige Mann vor. Die Menge jubelte. Genza wies ihn an, einen Korb zu nehmen und ihn in den Käfig zu tragen. Er stellte ihn in einer Ecke ab, dann zog er sich auf die entgegengesetzte Seite des Käfigs zurück. Die Netze wurden sorgfältig wieder festgezogen.

Genza wartete, bis alles still war, dann machte sie eine winzige Geste mit einer Hand. Der Deckel flog von dem Korb, und eine schwarze Wolke strömte heraus.

Der Mann griff sofort mit Magie an und lenkte die Aufmerksamkeit der Zapper auf sich. Man konnte die Insekten kaum sehen, so schnell bewegten sie sich. Mirar konnte nur flüchtige Blicke auf segmentierte Schwänze und Fühler werfen. Das Surren ihrer Flügel war ohrenbetäubend, aber die lähmenden Blitze ihrer Magie waren lautlos.

Mirar hatte von diesen Dschungelinsekten gehört. Der magische Stich eines einzigen Insekts war schmerzhaft, wenn auch nicht tödlich, aber wenn sich ein Tier mehrere Stiche gleichzeitig zuzog, konnte es gelähmt werden. Meistens griffen die Insekten nur an, um ihre Nester zu schützen. Aber zu bestimmten Zeiten, ausgelöst durch den Vollmond, stachen die Insekten auch, um Eier in lebendem Fleisch abzulegen. Wenn man eine Lampe über einen Korb mit Zappern hängte, löste man den gleichen Instinkt aus.

Was für diese Prüfung kaum notwendig gewesen wäre. Die Zapper würden auch ohne den Trieb, Eier zu legen, mit großer Wildheit angreifen, und die Kandidaten mussten nicht ihre Fähigkeit, gegen die Insekten zu kämpfen, unter Beweis stellen, sondern zeigen, wie lange sie brauchten, um alle Tiere zu töten.

Das Summen war inzwischen leiser geworden. Als der Kandidat im Käfig das letzte Insekt tötete, warf Genza einen Blick auf die Wasseruhr.

»Fünfeinhalb Maßeinheiten. Gut gemacht.«

Gegen seinen Willen wurde Mirar von der allgemeinen Spannung erfasst, während die anderen Bewerber ihr Können im Käfig unter Beweis stellten. Der Mann mit den scharfen Gesichtszügen hatte die besten Ergebnisse erzielt, auch wenn der ältere Mann fast genauso schnell war. Der ernste junge Mann brauchte viel Zeit, um die Zapper auszuschalten, was Mirar sagte, dass seine Gaben wahrscheinlich nicht groß genug waren, um Magie für mehrere Angriffe gleichzeitig in sich hineinzuziehen.

Die toten Zapper klapperten auf dem Boden des Käfigs, als dieser davongerollt wurde. Jetzt durften die Kandidaten auf Hockern Platz nehmen und bekamen Wasser und Früchte, um sich zu stärken. Genza lud einen Patriarchen in den Pavillon ein, der den Bewerbern Fragen stellen sollte. Er beschrieb komplizierte Handelsszenarien, deren Beantwortung Kenntnisse der Mathematik und des Handelswesens voraussetzte, und es wurde schnell offenbar, dass der ältere Mann in beiden Bereichen Schwierigkeiten hatte.

Während Genza einen Patriarchen nach dem anderen zur Befragung der Kandidaten in den Pavillon bat, fragte Mirar sich langsam, ob alle anwesenden Anführer irgendwann an die Reihe kommen würden. Die Kriegsführer und die Ergebenen Götterdiener ergriffen die Gelegenheit mit spürbarer

Begeisterung und stellten Fragen, die sich um Strategie und Religion drehten. Die anderen Patriarchen und Matriarchinnen prüften die Kandidaten auf den Gebieten des Gesetzes und der Moral.

Als alle ihre Fragen gestellt hatten, wandte sich Genza zu Mirar um. »Ich habe dich nicht gebeten, eine Frage vorzubereiten, Traumweber Mirar, aber du darfst eine stellen, wenn du es wünschst.«

Er nickte. »Vielen Dank. Es wäre mir eine Ehre.« Er wandte sich den Kandidaten zu. »Dies ist eine Frage an euch alle. Zu ihrer Beantwortung bedarf es weder komplizierter Berechnungen noch genauer Kenntnis der Gesetze. Mich interessiert nur eins: Was werdet ihr während eurer Regentschaft für die Menschen unten tun?«

Die Frau lächelte, und der ältere Mann errötete vor Freude und straffte sich voller Stolz, aber die drei anderen Kandidaten runzelten die Stirn. Bei dem dünnen, ernsthaften jungen Mann war dies jedoch eine Geste der Nachdenklichkeit. Die beiden anderen blickten finster drein.

»Ich würde sie fragen, was sie brauchen und wollen, und ihnen geben, was wir uns leis…«, begann die Frau.

»Ich würde Plattformen bauen«, sagte der ältere Mann. »Die Stadt kann sie sich leisten. Sobald wir vom Boden weg sind, werden wir die gleichen Chancen haben wie alle anderen auch, und die Stadt wird insgesamt gesünder sein.«

Mirar wandte sich dem scharfäugigen Mann zu. Der Mann sah Genza an, dann zuckte er die Achseln.

»Ich würde nichts tun. Es wird immer Menschen unten geben. Wir können ihnen nicht helfen, wenn sie sich nicht selbst helfen.«

Der ältere Mann funkelte ihn wütend an. Er öffnete den Mund, aber als Genza sich räusperte, zog er sich zurück und sank verdrossen in sich zusammen.

Mirar sah die beiden jungen Männer an. Der muskulösere zuckte die Achseln. »Ich würde nur jenen Hilfe anbieten, die bereit wären, dafür zu arbeiten.«

»Ja«, pflichtete ihm der ernste Mann bei. »Obwohl wir von den wahrhaft Gebrechlichen oder den sehr jungen nicht erwarten können, dass sie arbeiten. Eine gewisse Hilfe könnten wir ihnen ohne Gegenleistung anbieten. Wir müssen allerdings akzeptieren, dass es immer Ausgestoßene geben wird und jene, die sich nicht selbst helfen können, aber zum Wohle der Stadt und um des Anstands willen sollten wir nach Wegen suchen, um die Lebensbedingungen dieser Menschen zu verbessern.«

»Eine interessante Frage zum Abschluss«, sagte Genza. Dann stand sie auf, und kurz darauf hallte ihre Stimme durch die Stadt. »Nun beginnt die Prüfung des Rufs.«

Die Kandidaten standen auf und traten zur Seite. Die Hocker wurden fortgeschafft. Mirar wurde mit einem Mal bewusst, dass es aufgehört hatte zu regnen und dass das schwache Sonnenlicht ein wenig heller geworden war.

Genza ergriff abermals das Wort. »Jetzt wird der Ruf eines jeden Kandidaten einer genauen Prüfung unterzogen«, rief sie. »Jeder darf für oder gegen sie sprechen. Wir werden zuhören und eure Worte abwägen.«

Während der nächsten Stunden zogen die Menschen durch den Pavillon und berichteten von ihren Begegnungen mit einem Kandidaten oder mehreren. Einige kamen nur, um einen Blick auf Genza zu werfen oder von geringfügigen Vergehen wie der Herausgabe von zu wenig Wechselgeld zu sprechen.

Mirar erkannte, dass der ältere Mann als Anführer bei den Menschen unten großes Ansehen genoss, während die Frau sich der Gunst der Menschen oben erfreute. Kaum jemand hatte ein schlechtes Wort für sie.

Die jüngeren Männer hatten weniger Anhänger und mehr Kritiker. Der muskulöse junge Mann neigte zu törichtem Verhalten und Trunksucht. Die vernichtendste Kritik, die an dem scharfäugigen Mann geübt wurde, kam von einem humpelnden, zerschundenen Händler, der behauptete, ein gedungener Mörder habe ihn zu töten versucht, damit er die gesetzeswidrigen Geschäfte des Kandidaten nicht würde enthüllen können.

Eine Glocke erklang, das Zeichen, dass die Prüfung beendet war. Einige der Leute, die noch nicht zu Wort gekommen waren, waren verärgert, aber sie alle wurden weggeschickt. Wieder richtete Genza das Wort an die Menge.

»Jetzt beginnt die Prüfung der Beliebtheit. Legt eure Bänder in die bereitgestellten Körbe. Heute Abend werden die Körbe gewogen, die Punkte eines jeden Kandidaten vermerkt und der Name des neuen Hohen Häuptlings verkündet werden.«

Mirar beobachtete, wie die Bewohner Kaves über die Brücke gingen. Sie wählten Bänder aus einem großen Korb und legten sie dann in einen der fünf kleineren Körbe, die mit den Farben der jeweiligen Kandidaten geschmückt waren. Neben jedem Korb wachte ein Götterdiener.

Genza kehrte zu ihrem Platz zurück und sah Mirar entschuldigend an. »Ich fürchte, dies ist der uninteressanteste Teil der Riten, aber zumindest können wir einander Gesellschaft leisten.«

»Die Prüfungen waren unterhaltsamer, als ich erwartet hatte«, erwiderte er. »Ich bin dir sehr dankbar für deine Einladung.«

Sie lachte leise. »Das ist schön. Also. Einer dieser fünf Kandidaten wird am Ende des Tages zum Hohen Häuptling von Dekkar ausgerufen werden«, erklärte sie. »Was glaubst du, wer siegen wird?«

»Derjenige, den ihr, du und die Menschen von Dekkar, am geeignetsten findet«, antwortete er.

»Wie diplomatisch. Möchtest du eine Vermutung abgeben, welcher das sein wird?«

Er zuckte die Achseln. »Ich weiß nicht genug über sie.«

Sie zog die Augenbrauen hoch. »Im Grunde interessiert dich der Ausgang der Prüfungen gar nicht, nicht wahr?«

»Nein.«

»Ich hätte gedacht, dass es dir nicht ganz gleichgültig wäre, wer der nächste Hohe Häuptling ist. Er oder sie wird derjenige sein, mit dem du zu tun haben wirst.«

»Ich bezweifle, dass ich dazu einen Grund haben werde. Ich ziehe es vor, mich nicht mit Politik zu befassen.«

Sie lächelte. »Aber was ist, wenn die Politik beschließt, sich mit dir zu befassen?«

»Dann werde ich danach trachten, sie davon abzubringen.«

»Und was ist mit mir? Wirst du auch versuchen, mich davon abzubringen?«

Mirars Haut kribbelte angesichts der verborgenen Warnung in ihren Worten. Er zwang sich zu lächeln. »Ich werde es tun, wenn es sein muss, obwohl ich zugebe, dass es mir wenig Freude machen würde.«

Ihr Lächeln wurde breiter. »Dann tu es nicht. Ich werde in einigen Tagen nach Glymma zurückkehren, und ich möchte, dass du mich begleitest. Du solltest die anderen Stimmen kennenlernen.«

Ein kalter Schauer lief Mirar über den Rücken. Dies war keine Einladung, auch wenn es kein direkter Befehl war. Er musterte sie ernst. »Sei versichert, dass die Einladung eine Ehre für mich ist. Ich habe tatsächlich die Absicht, Glymma zu besuchen, und ich würde mich freuen, die anderen Stimmen kennenzulernen. Allerdings würde ich es vorziehen, zuerst mehr von Südithania zu sehen. Muss mein Besuch so bald stattfinden?«

Sie nickte. »Deine Reisen können warten. Im Moment kann es für dich nichts Wichtigeres geben, als eine freundschaftliche Beziehung zu uns aufzubauen.« Ihre Miene wurde weicher, und sie neigte den Kopf zur Seite. »Außerdem denke ich, dass du mir auf meinem Heimweg ein unterhaltsamer Gesellschafter sein wirst.«

Mirar unterdrückte ein Seufzen. Er würde ihre Einladung nicht ablehnen können.

»Wann brichst du auf?«

»In zwei Tagen.«

Neuerlicher Applaus lieferte ihm einen Vorwand, seine Aufmerksamkeit wieder auf die Kandidaten zu richten. Der muskulöse junge Mann vollführte gerade einige akrobatische Kunststücke, um die Wähler zu unterhalten. Genza schnaubte leise.

»Den Göttern sei Dank, dass der Häuptling nicht allein aufgrund seiner Beliebtheit gewählt wird«, murmelte sie.

»Haben die Prüfungen überhaupt eine Auswirkung auf die Entscheidung?«

Sie warf ihm einen gekränkten Blick zu, der offenkundig gespielt war. »Natürlich haben sie das. Wenn wir die Menschen nicht glauben machen würden, dass sie einen Anteil daran haben, würden sie unsere Entscheidung vielleicht nicht akzeptieren.«

Er nickte. »Ich hatte etwas Derartiges vermutet.«

»Und du missbilligst es?«

»Keineswegs. Ich weiß, dass du eine kluge Wahl treffen wirst.«

»Wie kannst du dir da so sicher sein?«

»Du und die anderen Stimmen, ihr mögt bereit sein, jedwedes Problem in Kave zu regeln, aber ich bin davon überzeugt, dass du die lange Reise hierher lieber nicht allzu oft unternehmen möchtest, erst recht nicht im Sommer.«

Sie kicherte. »Kave zeigt sich zu dieser Jahreszeit gewiss nicht von seiner schönsten Seite. Aber es gibt kaum eine bessere Zeit, um Glymma zu besuchen. Wirst du mich begleiten?«

Er unterdrückte ein Seufzen und dachte nach. *Ich habe keinen zwingenden Grund, ihre Einladung abzulehnen und damit zu riskieren, sie und die anderen Stimmen vor den Kopf zu stoßen. Da ich diese Stimmen höchstwahrscheinlich irgendwann kennenlernen werde, kann ich geradeso gut ihrer Einladung folgen.* Er nickte.

»Wunderbar!«, rief sie aus. »Ich werde veranlassen, dass man auf meiner Barkasse eine Kajüte für dich bereitmacht.«

Die Menge brach abermals in Jubel aus. Während Mirar auf die Stadt hinausblickte, dachte er an die Schlacht zwischen den Zirklern und den Pentadrianern zurück. An jenem Tag hatte er eine in schwarze Roben gewandete Frau beobachtet, eine der pentadrianischen Anführerinnen, die mithilfe von Magie Sterbliche niedergemetzelt hatte. Mit einem Mal wurde ihm klar, dass Genza die Stimme war, die die schwarzen Vögel gezüchtet hatte – jene Vögel, die die Siyee mit solcher Wildheit angegriffen hatten. Sie hatten ihnen die Flügel zerfetzt und die Augen ausgehackt, bis die Himmelsmenschen in den Tod gestürzt waren.

Und? Auraya hat wahrscheinlich ebenso viele Pentadrianer getötet, rief er sich ins Gedächtnis.

Aber irgendwie fiel es ihm leichter, sich vorzustellen, dass Auraya deswegen ihr Gewissen zu schaffen machte, als dass Genza von Skrupeln geplagt wurde.

Auraya hatte seit dem vergangenen Tag viel über Nekaun, die Erste Stimme der Götter, in Erfahrung gebracht. Nachdem sie den beiden Siyee einige von ihr gestohlene Lebensmittel gebracht hatte, hatte sie Unfug zu einem neuen Ausguck getragen. Von dort aus hatte sie sowohl mit dem Geist als auch mit den Augen das Treiben unter ihr beobachtet. Obwohl sie den Geist der Ersten Stimme nicht spüren konnte, konnte sie diese Stimme doch durch andere beobachten.

Er war von seinem Volk gewählt worden, nicht von seinen Göttern. Vor seiner Wahl hatte er einen Tempel geleitet, der Hrun, einer der pentadrianischen Göttinnen, geweiht war. Hrun war eine gütige Göttin, die Göttin der Liebe und der Familie, und Nekauns Aufgabe war es gewesen, die Rituale des Tempels vorzubereiten und zu leiten.

Die Zweite Stimme der Götter, Imenja, mochte Nekaun angeblich nicht und war oft uneins mit ihm. Dieser Umstand wurde der Tatsache zugeschrieben, dass Imenjas Ratgeberin, Gefährtin Reivan, Nekauns derzeitige Geliebte war. Man erwartete allenthalben, dass diese Situation sich bessern würde, sobald der für seine Launenhaftigkeit berüchtigte Nekaun sich eine neue Geliebte nahm.

Es ist gut zu sehen, dass unsere Feinde sich genauso sehr an Skandalen und Gerüchten ergötzen, wie wir es tun, dachte sie.

Imenja und zwei der anderen Stimmen hielten sich derzeit in Glymma auf. Ironischerweise war Genza, die Frau, deren Vögel die Siyee anzugreifen versucht hatten, am weitesten von der Stadt entfernt, um im Süden des Kontinents einer Zeremonie beizuwohnen.

Außerdem hatte Auraya viel über die pentadrianische Religion erfahren. Aus Berichten, die die Spione der Weißen zusammengetragen hatten, kannte sie die Namen der Stimmen und ihrer Götter, ebenso wie die einiger Ergebener Götterdiener, aber die zirklischen Spione hatten nicht allzu viele Einzelheiten beisteuern können, was den Glauben und die Hierarchie der Pentadrianer betraf. Alle Götterdiener geboten über Magie – mit einer interessanten Ausnahme: Diese

Gefährtin, Reivan, die ihre Position zum Dank für eine gute Leistung während des Krieges erhalten hatte, besaß keine magischen Gaben.

Reivan war Mitglied einer Gruppe von Gelehrten gewesen, die als die Denker bekannt waren. In Jarime gab es gesellschaftliche Kreise von Akademikern und Fanatikern, aber nichts, was sich mit dieser organisierten Kaste von gelehrten Männern und Frauen vergleichen ließ.

Nicht lange nach Sonnenaufgang hatte die Stadt sich zu regen begonnen. Mit Unfug auf dem Schoß hatte Auraya zugesehen, wie die Städter ihr Tagewerk versahen. Einige der Pentadrianer waren jedoch mit einer weniger alltäglichen Arbeit beschäftigt: Sie kümmerten sich um den Transport der Siyee-Gefangenen nach Glymma.

Auraya konnte sehen, dass in einem Teil der Stadt offene Plattans angemietet wurden, während in einem anderen Teil Wasser und Brot an die Siyee ausgegeben wurde. Sie beobachtete Nekaun durch die Augen seiner Götterdiener. Die ganze Zeit über hielt sie Ausschau nach Mängeln in ihren Plänen, die den Siyee eine Gelegenheit zur Flucht verschaffen könnten.

Bisher waren die Siyee in einem Gebäude in Nekauns Nähe eingekerkert gewesen. Sobald sie draußen waren, wäre Nekaun der Einzige, der Auraya daran hindern konnte, sie zu befreien. Jeder Befreiungsversuch musste geschehen, bevor sie Glymma erreichten. Sobald sie in der Stadt waren, dessen war Auraya gewiss, würde eine Flucht viel schwerer zu bewerkstelligen sein.

Eine Reihe von Plattans stand nun vor dem Gebäude bereit. Die Erste Stimme erschien und ging um die Wagen herum, als unterzöge er sie einer genauen Musterung. Als sie die wachsende Angst der Siyee spürte, verkrampfte sie sich unwillkürlich. Sie wurden soeben aus dem Raum geführt, in dem sie eingekerkert gewesen waren. Mehrere Pentadrianer geleiteten sie ins Freie. Auraya beobachtete, wie die Siyee einer nach dem anderen nach draußen gebracht, in einen Plattan gehoben und an eiserne Ringe gekettet wurden, die an den Seiten des Wagens befestigt waren.

Wenn Nekaun doch nur nicht hier wäre, dachte sie.

Aber selbst wenn er nicht zugegen gewesen wäre, wie hätte sie die Siyee befreien können, ohne die Angriffe der Götterdiener abwehren zu müssen? Sie knirschte mit den Zähnen. Chaias Stimme hallte in ihren Gedanken wider.

Wenn dein Hinterhalt Auraya dazu treibt, sich von uns abzuwenden, wirst du es bereuen.

Sie war fest entschlossen, Huan zu enttäuschen.

Aber was ist, wenn die Siyee sterben, weil ich nicht eingreife? Auraya hatte die Zähne so fest zusammengebissen, dass ihr Kiefer schmerzte. Sie rieb sich das Kinn und seufzte. *Das werde ich erst herausfinden können, wenn – falls – es so weit kommt. Aber wenn sie sterben, werde ich dafür sorgen, dass Huan dafür bezahlt. Irgendwie.*

Sie verzog das Gesicht, bestürzt über ihre eigenen Gedanken. Wie war es so weit gekommen, dass sie den Wunsch hatte, sich an einer Göttin zu rächen, die sie einmal geliebt hatte?

Mirar würde das sehr komisch finden.

Die Plattans waren jetzt voll besetzt mit Siyee und Pentadrianern. In dem letzten Wagen saßen nur Nekaun und ein Fahrer. Die kleine Karawane setzte sich in Bewegung.

Als der Wagentross sich durch die Stadt schlängelte, blieben am Straßenrand immer wieder Menschen stehen, die das Geschehen verfolgten. Die Siyee waren ein eigenartiger Anblick für sie. Und ein erschreckender. Die Siyee hatten während des Krieges viele Pentadrianer getötet.

Als die Plattans am Stadtrand ankamen und auf die Straße

nach Glymma einbogen, erhob sich Auraya. Unfug jammerte verschlafen, als sie ihn in ihr Bündel setzte.

»Bündel schlecht«, murmelte er.

»Es tut mir leid, Unfug«, erwiderte sie.

Dann stieß sie sich von der Felsspitze ab, auf der sie die ganze Nacht gesessen hatte, und flog hinter den Siyee und ihren Wächtern her.

21

Vor der Flamme des Sanktuariums stand mit gesenktem Kopf eine vertraute Gestalt. Reivan ging langsam auf die Frau zu und blieb einige Schritte von ihr entfernt stehen, da sie Imenja in ihren Gedanken nicht stören wollte. Sie hörte die Zweite Stimme ein Gebet murmeln, dann sah sie, wie sie sich aufrichtete.

»Ah, Reivan.« Imenja wandte sich ihr mit einem Lächeln zu. »Welche Probleme müssen wir heute lösen?«

Reivan trat neben Imenja. Die Flamme zuckte und wand sich wie zarter Stoff im Wind. Ihre unablässige Bewegung war hypnotisch, und es hieß, die Götter könnten einen Menschen um den Verstand bringen, falls er es wagte, die Flamme zu lange anzusehen. Sie zwang sich, den Blick davon zu lösen.

»Karneya hat sich abermals mit der Bitte an uns gewandt, seinen Sohn aus der Sklaverei zu entlassen. Ich sollte dir Bericht erstatten, wann immer er das tut.«

Imenja verzog das Gesicht. »Er tut mir leid. Es ist schwer zu akzeptieren, dass das eigene Kind ein schreckliches Verbrechen begangen hat.«

»In jedem anderen Land wäre sein Sohn hingerichtet worden.«

»Ja«, pflichtete die Zweite Stimme ihr bei. »Und wir können ihm seine Bitte nicht erfüllen, aber ich werde ihm schreiben. Was noch?«

»Tiemel Ruderer möchte ein Götterdiener werden, aber er glaubt, dass sein Vater seinen Entschluss missbilligen wird.«

»Er hat recht. Dies wird eine schwierige Angelegenheit werden.«

»Sein Vater kann ihn nicht daran hindern.«

»Er wird es versuchen. Selbst wenn das bedeutet, dass er ihn entführen lassen und nach Jarime bringen muss.«

»Missbilligt er uns so sehr?«

Imenja lachte. »Nein, ganz im Gegenteil. Aber Tiemel ist sein einziger Sohn. Wer wird die Schiffe führen, wenn er zu alt ist?«

Reivan antwortete nicht. Es war besser, das Geschäft zu verkaufen, als den Sohn dazu zu zwingen, viele Jahre mit einer Beschäftigung zu verbringen, die er hasste und bei der seine magischen Befähigungen vergeudet wurden.

Imenja drehte sich langsam um und blickte in die Ferne. Sie runzelte die Stirn, dann entspannten ihre Züge sich.

»Diese Angelegenheiten werden warten müssen«, sagte sie. »Unser launenhafter Bekannter ist zurückgekehrt.«

Prickelnde Hoffnung stieg in Reivan auf. »Nekaun?«

Imenja nickte und lächelte wissend. »Ja.«

Als Reivan errötete, wurde das Lächeln der Zweiten Stimme noch breiter. »Dann komm. Lass uns gehen.«

Sie führte Reivan weg von der Flamme in das Innere des Sanktuariums. Zuerst waren die Götterdiener, die sie sahen, recht still und hielten nur kurz inne, um das Zeichen des Sterns zu machen, wenn sie Imenja begegneten. Dann rannte ein Bote an ihnen vorbei, und Imenja runzelte die Stirn angesichts seiner Eile. Als sie sich dem Eingang des Sanktuariums näherten, stießen sie auf kleine Gruppen von Götterdienern, die miteinander tuschelten.

»Was geht hier vor?«, fragte Reivan.

Imenja seufzte. »Sie haben Berichte gehört, nach denen er Gefangene mitbringt. Und es sind keine gewöhnlichen Menschen.«

Als sie den Ärger in Imenjas Stimme hörte, beschloss Reivan, ihre Fragen für sich zu behalten. Es war bereits offenkundig, dass ihre Herrin Nekauns Heimlichtuerei missbilligte. Wenn die Menschen erfuhren, dass die anderen Stimmen den Grund für sein Verschwinden nicht gekannt hatten, würden sie daraus vielleicht den Schluss ziehen, dass Nekaun ihnen nicht traute oder ihre Meinung nicht ernst nahm.

Sie erreichten die Halle und gingen auf die andere Seite hinüber. In einem der Bogengänge standen Shar und Vervel. Imenja trat auf sie zu.

»Da kommt er«, murmelte Shar.

Als Reivan dem Blick der anderen folgte, sah sie eine Menschenmenge aus einer der Seitenstraßen der Promenade kommen. Die Menge ergoss sich hinaus auf die Hauptdurchgangsstraße und teilte sich dort, um mehreren offenen Plattans Platz zu machen, die sich dem Sanktuarium näherten.

In den Plattans saßen Götterdiener und einige Kinder, wobei Letztere mit den Handgelenken an die Gitter der Wagen gekettet waren.

Reivan hörte ihre Gefährten erschrocken aufkeuchen und gab ihnen im Stillen recht. Warum hatte Nekaun all diese Kinder gefangen genommen? Was konnten sie getan haben, um diese Behandlung zu verdienen?

»Siyee«, sagte Vervel, und seine Stimme klang tief und dunkel von Hass.

Siyee? Reivan schaute genauer hin. Die Gesichter der Gefangenen waren nicht die von Kindern, sondern von Erwachsenen. Erinnerungen an den Krieg stiegen in ihr auf. Es war schwer gewesen, die Größe der Himmelsleute abzuschätzen, als sie in der Luft waren. Sie hatte jedoch tote Siyee auf dem Boden gesehen, hatte einen von ihnen sogar näher in Augenschein genommen, fasziniert und abgestoßen zugleich von ihren verzerrten Gliedmaßen und der Membran, die ihre Flügel bildete. Mehrere der anderen Denker hatten einige Siyee zu Studienzwecken mit nach Glymma nehmen wollen, aber die Stimmen hatten es verboten.

In dem letzten Plattan saß nur ein einziger Mann, und ihr Herz schwoll an, als sie den breit lächelnden Nekaun sah. Als der Plattan anhielt, sprang Nekaun heraus und lief ohne Anstrengung die Treppen hinauf. Er blickte nicht zu Reivan hinüber; seine Aufmerksamkeit galt ausschließlich den anderen Stimmen.

»Wie ist es euch allen in den letzten Tagen ergangen?«, fragte er. »Ich hoffe, dass während meiner Abwesenheit alles reibungslos verlaufen ist.«

»Ziemlich reibungslos«, erwiderte Vervel gelassen. »Wie ich sehe, warst du sehr beschäftigt.«

»Ja.« Nekaun wandte sich zu den Plattans um. Die Diener hatten begonnen, die Gefangenen von den Ringen loszubinden. Die Siyee waren an den Knöcheln aneinandergekettet. »Die Götter haben mich davon in Kenntnis gesetzt, dass Krieger aus Si nahten, um Klaff anzugreifen, und dass ich mich um sie und ihre Zauberin kümmern solle.«

»Zauberin?«, wiederholte Shar.

Nekaun sah zum Himmel auf und ließ seinen Blick umherwandern. »Die ehemalige Weiße.«

Imenja sog scharf den Atem ein und sah ebenfalls zum Himmel empor. »Auraya?«

Er lächelte. »Ja. Sie ist uns hierher gefolgt, daher habe ich keinen Zweifel daran, dass sie irgendwo in der Nähe ist.«

»Ist sie eine Gefahr?«, fragte Vervel.

»Das denke ich nicht. Die Siyee glauben, Aurayas Götter hätten ihr verboten, gegen uns zu kämpfen.« Nekaun lächelte, dann blickte er auf die Himmelsleute hinab. »Ich sollte unsere Gefangenen besser in ihre Zellen bringen.« Er trat einen Schritt zurück, und ein Stich der Enttäuschung durchzuckte Reivan. Er hatte sie nicht angesehen. Nicht einmal flüchtig.

»Es gibt keine Gefängniszellen im Sanktuarium«, bemerkte Imenja.

Nekaun drehte sich um und lächelte sie an. »Oh doch, die gibt es durchaus, sie sind nur seit sehr langer Zeit nicht mehr benutzt worden.«

Als er sich zum Gehen wandte, stieß Imenja einen leisen, erstickten Laut aus.

»Die Höhlen«, sagte sie mit offenkundigem Abscheu. »Wie weit ist es mit uns gekommen?«

»Sie sind unsere Feinde, und sie haben versucht, uns anzugreifen«, rief Shar ihr ins Gedächtnis.

»Die Siyee gehören in den Gefängnistrakt«, sagte sie. »Außerhalb des Sanktuariums.«

»Nekaun muss in ihrer Nähe sein, um zu verhindern, dass Auraya sie rettet«, erwiderte Shar achselzuckend. »Wir können nicht von ihm erwarten, dass er in den Gefängnistrakt übersiedelt.«

Imenja musterte ihn stirnrunzelnd, dann seufzte sie. Reivan zögerte, als ihre Herrin sich umwandte und davonging. Die Zweite Stimme blieb stehen und blickte sich nach ihr um. Sie lächelte mit offenkundiger Anstrengung.

»Komm, Gefährtin Reivan«, sagte sie leise. »Auf uns wartet Arbeit.«

Sreil hatte Schmerzen am ganzen Körper. Seine Arme taten weh, weil sie so lange in einer Position festgehalten worden waren, und seine Handgelenke waren rot und blasig von den Seilen, aber das war nicht alles. Die Wagen, mit denen sie in die Stadt gebracht worden waren, waren unablässig hin- und hergeschwankt, bis Sreil glaubte, dass sich all seine Knochen aus ihren Verankerungen gelöst haben mussten.

Seine Muskeln brannten nach all den Stunden, in denen er versucht hatte, die Schaukelbewegungen auszugleichen, und dort, wo er immer wieder gegen das Gitter geworfen worden war, hatte er blaue Flecken.

Das war nur der Anfang. Es würde gewiss noch Schlimmeres kommen. Dessen war er von dem Moment an, als das Netz ihn zu Boden gedrückt hatte, sicher gewesen. Die Pentadrianer hatten sie nicht getötet, also mussten sie irgendeinen anderen schrecklichen Plan verfolgen.

In der vergangenen Nacht, gefesselt in einem großen, mit trockenem Gras ausgelegten Raum und in der Gesellschaft der Tiere, die die Wagen zogen, hatte er nur unruhig geschlafen. Albträume hatten ihn verhöhnt, geformt aus alten Geschichten aus den frühen Tagen der Siyee. Aus einer Zeit, da ihre Körper verbogen und verändert worden waren. Die Älteren flüsterten diese Geschichten in späten Abendstunden. Es sei klug, sich an die Opfer und den Preis für die Verwandlung zu erinnern, wisperten sie. An den Schmerz. Die furchtbaren Fehlschläge. Die Verkrüppelten.

Diese Geschichten suchten ihn jetzt wieder heim, ausgelöst vielleicht durch die Fesseln, die ihm die Arme verbogen. Eine Fackel auf einem Ständer war das einzige Licht in dem riesigen Raum, in dem sie sich jetzt befanden, und ihre Flamme ließ die breiten Säulen, an denen sie angekettet waren, wie die Bäume im Offenen Dorf aussehen. Auf einem erhöhten Podest auf einer Seite des Raums überragte sie ein gewaltiger steinerner Stuhl, der so alt war, dass er schon verfiel. Vielleicht kam von Zeit zu Zeit einer der pentadrianischen Götter hierher. Bei dem Gedanken konnte er nicht umhin, sich vorzustellen, dass die Siyee hierhergebracht worden waren, um geopfert zu werden.

Wenn er seine Gedanken gewaltsam von solch dunklen Orten vertrieb, grübelte er über seine Mutter nach und über die Trauer, die sie empfinden würde, wenn sie von ihrem Scheitern hörte. Er hoffte, dass die beiden Siyee, die entkommen waren, es zurück nach Hause schaffen würden. Wenn sie es nicht taten, würde seine Mutter vielleicht weitere Siyee herschicken, um herauszufinden, was geschehen war. Es war offenkundig, dass er und seine Krieger verraten worden waren, daher war es wahrscheinlich, dass andere, die ihnen folgten, ebenfalls in einen Hinterhalt gelockt und gefangen werden würden.

»Sreil.«

Beim Klang der Stimme zuckte er zusammen und drehte sich um. Der Siyee, der an der anderen Seite der Säule angekettet war, spähte zu ihm hinüber.

»Tiseel?«

»Ich habe nachgedacht«, sagte der Krieger. »Darüber, wer uns verraten hat.«

Sreil bemerkte, dass die anderen Siyee Tiseels Worte ebenfalls gehört hatten und ihn nun beobachteten.

»Das habe ich auch getan«, erwiderte er.

»Du glaubst doch nicht … du glaubst nicht, dass Auraya es getan haben könnte?«

»Nein«, entgegnete Sreil energisch.

»Aber sie hat uns nicht geholfen.«

»Sie darf uns nicht helfen. Die Götter haben ihr verboten zu kämpfen, vergiss das nicht.«

Tiseel seufzte. »Warum haben sie das getan? Es ergibt keinen Sinn. Oder vielleicht behauptet sie nur, sie hätten es verboten.«

»Teel hat das Gleiche gesagt. Wenn sie uns verraten hätte, wäre sie mit den Pentadrianern gefahren, statt uns aus der Luft zu folgen«, erzählte Sreil. »Der pentadrianische Anführer hat sie die ganze Zeit über beobachtet, als fürchte er, sie könne ihn angreifen.«

Einige andere Siyee nickten zustimmend.

»Wer war es dann?«, fragte Tiseel. »Gewiss kein Siyee.«

Sreil schüttelte den Kopf. »Nein. Was hätte irgendjemand durch einen solchen Verrat zu gewinnen?«

»Es waren Landgeher«, zischte jemand. »Ein Spion, der von den Weißen von unseren Plänen gehört hat.«

»Das ist möglich«, stimmte Sreil ihm zu.

»Oder vielleicht die Elai«, sagte ein anderer.

Mehrere Köpfe wandten sich dem Sprecher zu. Er zuckte die Achseln. »Ich habe gehört, der Sandstamm argwöhne, dass die Elai mit den Pentadrianern Handel treiben.«

»Sie würden uns niemals verraten«, erwiderte Tiseel. »Außerdem, wie sollten sie von unseren Plänen erfahren haben?«

»Huan sagt, der pentadrianische Zauberer sei ein Gedankenleser«, erklang jetzt eine neue Stimme. Aller Augen wandten sich zu Teel um. »Er hat unsere Absichten wahrscheinlich aus unseren Gedanken gelesen, als wir über die Stadt geflogen sind.«

Sreil sank ein wenig weiter in sich zusammen. *Ich habe uns über die Stadt geführt. Es war alles meine Schuld. Aber wie hätte ich wissen können, dass ihr Anführer Gedanken lesen kann? Das hat mir niemand erzählt. Nicht Auraya und auch nicht Teel …*

»Werden die Götter Auraya gestatten, uns zu retten, Teel?«, fragte jemand.

»Ich weiß es nicht«, gestand Teel. »Vielleicht nur dann, wenn sie es tun kann, ohne zu kämpfen.«

»Gehörte unsere Gefangennahme zu einem größeren Plan?«

»Ich weiß es nicht«, wiederholte der Priester. »Wir können nur unser Vertrauen in die Götter setzen und beten.«

Und dann begann er, Letzteres zu tun. Obwohl einige Siyee verärgert aufstöhnten, spürte Sreil, dass die Worte ihn beruhigten. Es war tröstlich zu hoffen, all dies sei Teil eines größeren Plans.

Und nicht meine Schuld, sagte er sich.

Er schloss die Augen und konzentrierte sich auf die Worte des jungen Priesters in der Hoffnung, dass sie dunklere Gedanken fernhalten würden.

Die Wände in den unteren Stockwerken des Palastes von Hannaya waren so dick, dass es den Anschein hatte, als seien die Räume durch kurze Flure miteinander verbunden. In diese Flure waren Nischen gehauen worden, und Büsten wichtiger Männer und Frauen, deren Mienen einförmig mürrisch waren, spähten heraus.

Etliche Männer und einige Frauen eilten umher. Es fiel Emerahl leicht, sich vorzustellen, dass sie darauf brannten, diesem bedrückenden Ort zu entkommen, aber sie spürte keine Furcht bei ihnen. Sie konnte lediglich die gewohnte Unterströmung von Verärgerung, Zielstrebigkeit und Sorge wahrnehmen, Gefühle, die sie in einem Dutzend anderer Städte aufgefangen hatte.

Den Zwillingen zufolge war der Palast das Heim des Königshauses, das früher einmal über Mur geherrscht hatte, inzwischen aber schon lange ausgestorben war. Das Labyrinth der Räume wurde noch immer von der gleichen Auswahl an Dienstboten, Höflingen und Künstlern bewohnt, aber der Herrscher war jetzt ein pentadrianischer Ergebener Götterdiener, bekannt als der Wächter.

Zwei der Denker, die nach den Schriftrollen suchten, stammten aus wohlhabenden, einflussreichen Familien, die im Palast lebten. Sie boten den anderen Quartier. Während des größten Teils des Tages versammelten sich die fünf Denker jedoch in der Bibliothek. Und genau dorthin wollte Emerahl jetzt.

Der Junge, den sie dafür bezahlt hatte, dass er sie hierherbrachte, bog in einen anderen Flur ein und führte sie tiefer in die Klippen. Ihr Puls beschleunigte sich, als er kurze Zeit später vor zwei großen, geschnitzten Holztüren stehen blieb. Der Junge streckte ihr die Hand hin. Sie ließ eine Münze hineinfallen, und er rannte davon.

Emerahl hielt inne, um tief Luft zu holen, dann klopfte sie.

Ein langes Schweigen folgte. Sie konzentrierte sich auf den Raum hinter der Tür und fing Gefühle mehrerer Personen auf. Die meisten waren geistesabwesend und still, aber einer der Menschen war zielstrebig und ein wenig verärgert.

Dann wurde der Türgriff angehoben, und die Tür schwang nach innen auf. Ein alter Mann spähte an seiner langen Nase entlang auf sie nieder.

»Ja?«

»Ich wünsche, die Denker zu sehen«, erklärte sie ihm. »Sind sie hier?«

Er zog die Augenbrauen hoch, sagte jedoch nichts. Stattdessen trat er zurück und deutete auf den Raum hinter sich.

Und es gab eine Menge Raum, auf den man deuten konnte. Die Decke war wie in den meisten Räumen des Palastes verwirrend niedrig. Die gegenüberliegende Wand dagegen war ziemlich weit entfernt. Die langen Seitenwände waren gesäumt von Regalen, auf denen sich Schriftrollen und andere Gegenstände türmten. Statuen und Tische, auf denen seltsame und uralte Dinge bereitgelegt waren, unterteilten den Raum in drei Bereiche.

Der alte Mann ging zu einem mit Schriftrollen bedeckten Tisch neben einem halbleeren Regal. Er nahm einen nassen Lappen von einer Tontafel und legte ihn beiseite, dann griff er nach einem Schreibwerkzeug. Als er seine Aufmerksamkeit wieder auf seine Schriftrollen richtete, lächelte Emerahl schief. Offenkundig sollte sie die Denker selbst finden.

Langsam ging sie durch die gesamte Bibliothek und besah sich die zur Schau gestellten Gegenstände. Mehrere Männer verschiedener Altersstufen waren im Raum verteilt, einige lasen, andere schrieben, und wieder andere unterhielten sich leise miteinander. Am entfernten Ende der Bibliothek saßen fünf Männer auf Bänken und unterhielten sich entspannt. Duftender Rauch aus einem Rauchholzbrenner, der zwischen ihnen stand, hüllte sie ein, höchstwahrscheinlich irgendeine Art von Stimulans.

Als Emerahl näher kam, blickten die drei Männer, die nicht ins Gespräch vertieft waren, zu ihr auf. Der jüngere betrachtete sie neugierig, während die anderen ihre Aufmerksamkeit alsbald wieder auf die Sprecher richteten. Sie blieb zwischen den Bänken der beiden stehen, die sprachen, und die Unterhaltung endete. Ein hochgewachsener Mann mit dichten Augenbrauen und ein dünner Mann, der praktisch keine Lippen zu haben schien, sahen zu ihr auf und runzelten verärgert die Stirn.

»Seid mir gegrüßt, Denker«, sagte sie. Jetzt beobachteten sie alle fünf Männer. Sie schaute von Gesicht zu Gesicht und entschied sich, den Blick des größeren Mannes zu erwidern. »Bist du Barmonia Zehntmeister?«

Die Augenbrauen zuckten schwach in die Höhe. »Der bin ich.«

»Ich bin Emmea Sternensucher, Tochter von Karo Sternensucher, einem edlen Mann und Mathematiker aus Toren.«

»Du hast deine Heimat weit hinter dir gelassen«, bemerkte der jüngste der Männer.

»Ja. Mein Vater und ich interessieren uns für Antiquitäten.« Sie hob das Kästchen hoch, das die gefälschte Schriftrolle enthielt. »Vor kurzem kaufte mein Vater dies hier, aber da sein Gesundheitszustand ihm das Reisen unmöglich macht, hat er mich an seiner Stelle hergeschickt, um weitere

Informationen zusammenzutragen. Meine Nachfragen haben mich zu euch geführt. Ich denke, ihr werdet dies hier überaus interessant finden.«

Der große Mann stieß einen skeptischen Laut aus. »Das bezweifle ich.«

»Ich meinte nicht den Kasten«, erwiderte sie trocken. »Ich meinte den Inhalt.«

»Das hatte ich vermutet«, sagte er.

Wieder sah sie ihm in die Augen. »Man hat mich gewarnt, dass die Denker keine Manieren hätten, keinen Respekt vor Frauen, ebenso wenig wie persönliche Hygiene, aber ich hatte doch erwartet, auf kluge und forschende Geister zu treffen.« Diese Worte brachten ein Lächeln auf das Gesicht des jüngeren Denkers, aber die anderen wirkten gleichgültig.

»Wir sind weise genug, um zu wissen, dass keine Fremdländerin jemals etwas von Interesse zu uns bringen könnte.«

Sie sah den Brenner an, dann lächelte sie und nickte vor sich hin. »Ich verstehe.«

Sie wandte sich ab und schlenderte durch die Bibliothek zurück. Auf einem schweren Tisch lag eine Steintafel, in die alte Glyphen eingemeißelt waren. Zu ihrer Überraschung handelte es sich um einen Gedenkstein aus einem schon vor langer Zeit niedergerissenen Tempel in Jarime – oder Raos, wie die Stadt einst geheißen hatte. Sie war wahrscheinlich viele Male an ebendiesem Stein vorbeigekommen, als er noch an seinem ursprünglichen Platz gelegen hatte. Wie war er nach Mur gekommen?

Schritte näherten sich, doch Emerahl hielt den Blick auf den Stein gerichtet, in der Annahme, der Mann würde vorbeigehen, aber er tat es nicht. Er trat neben sie, und als sie aufblickte, stellte sie fest, dass es der jüngere der Denker war.

Sie verkniff sich ein Lächeln. Natürlich war er es.

»Bar war schon immer so«, sagte er. »Er mag Frauen nicht besonders. Ich hoffe, du bist nicht allzu enttäuscht.«

»Es ist sein Schaden, nicht meiner. Verrate mir, wie ist dieser Gedenkstein hierhergekommen?«

Er zuckte die Achseln. »Er war schon immer hier.«

Sie kicherte. »Jetzt bin ich aber wirklich enttäuscht. Haben eure Räucherkräuter euch Denkern derart den Geist vernebelt, dass ihr die Schätze, die ihr hier habt, nicht einmal kennt?«

»Das ist kein Schatz.«

»Ein Gedenkstein aus dem alten Raos soll kein Schatz sein? Weißt du, wie selten diese Steine sind? Die Zirkler haben so vieles aus dem Zeitalter der Vielen zerstört, dass unsere Geschichte nur noch aus Bruchstücken besteht.« Sie zeigte auf eine Glyphe. »Dieser Priester, Gaomea, ist einer der wenigen, deren Namen noch bekannt sind.« Sie zeichnete mit dem Finger die Linie von Symbolen nach und übersetzte ins Murianische. »Gibt es noch andere Steine wie diesen hier?«

Jetzt starrte er sie an. »Ich weiß es nicht, aber ich kann den Bibliothekar für dich fragen. Wenn noch mehr Steine hier sind, wird er sie dir zeigen, wenn ich ihn darum bitte.«

Sie drehte sich zu ihm um. »Steht es so schlecht?«

»Was?«

»Kann ich ihn nicht selbst danach fragen?«

Er verzog das Gesicht. »Nein. Wie Bar schon sagte, du bist eine Frau *und* eine Fremdländerin.«

Sie seufzte und verdrehte die Augen. »Nun, ich nehme an, es ist immer noch besser als zu Hause. Dort kann man alte Schätze nur sehen, indem man sie von einem reichen Adligen kauft, und das auch nur, wenn er oder sie bereit ist zu verkaufen.«

Er führte sie von dem Tisch weg zu dem alten Mann, der seine Schriftrollen katalogisierte. »All das gehört den Pentadrianern«, sagte er in einem Tonfall, der darauf hindeutete, dass er nicht viel von diesem Umstand hielt.

»Zumindest haben sie diese Dinge nicht zerstört. Die Zirkler hätten es getan. Ich kann von Glück sagen, dass ich dies hier gerettet habe.« Sie klopfte auf das Kästchen.

»Also … Was ist da drin?«

»Nur ein Fragment einer Schriftrolle.«

»Warum bist du damit hierhergekommen?«

Sie ließ einen Moment verstreichen und musterte ihn eingehend. »Sie ist auf Sorl geschrieben.«

Er starrte sie ungläubig an. Sie sprach weiter, als missdeute sie sein Schweigen als Verwirrung.

»Das ist eine uralte Priestersprache von Mur. Ich hätte gedacht, das wüsstest du.« Sie schüttelte den Kopf, als sei sie verärgert. »Ich hatte gehofft, ein Einheimischer könnte sich eher einen Reim auf den Text machen. Jemand, der die Orte kennt, auf die er sich bezieht, und der weiß, was ›Atemgabe‹ bedeutet.« Sie steckte das Kästchen wieder in einen Beutel an ihrer Taille. »Könnten wir den Bibliothekar jetzt nach diesen Schätzen fragen? Ich denke, sie sind alles, was diese Reise für mich lohnend machen wird.«

Die Anspannung und die Erregung des jungen Mannes waren deutlich spürbar. Mit bewunderungswürdiger Selbstbeherrschung bewahrte er Stillschweigen. Sie hatte das erwartet: Die jüngeren Denker taten kaum je etwas, ohne zuvor den Rat ihrer mächtigen Gefährten zu suchen.

»Dann werde ich dafür Sorge tragen, dass der alte Rikron dir alles zeigt.«

22

Auraya hatte während der letzten Tage einige ihrer Fähigkeiten bis an die Grenzen erprobt. Sie konnte nicht gleichzeitig schlafen und in der Luft bleiben, daher war sie wach geblieben, während sie über Glymma schwebte. Nach einigen schlaflosen Tagen war es schwierig geworden, sich zu konzentrieren, daher hatte sie sich in der vergangenen Nacht auf Jurans Drängen hin in die Hügel zurückgezogen, um ein wenig zu ruhen.

Auch ihre Bereitschaft, den Göttern zu gehorchen, wurde beständig auf die Probe gestellt. Sie konnte die Gedanken der Siyee hören und wusste, dass sie irgendwo tief unter dem Sanktuarium angekettet waren. Sie wusste, dass sie Angst hatten und verzweifelt waren.

Aber man hatte ihnen keinen körperlichen Schaden zugefügt. Niemand im Sanktuarium – niemand, dessen Gedanken sie lesen konnte – wusste, was Nekaun mit den Gefangenen vorhatte. Einige der Pentadrianer glaubten, er habe die Absicht, ein Lösegeld für sie zu verlangen. Andere erwogen eine Möglichkeit, die die Siyee noch nicht in Betracht gezogen hatten, und darüber war Auraya froh: Die Himmelsleute könnten auch einer Gruppe übergeben werden, die als Denker bekannt waren und die sie wahrscheinlich studieren und mit ihnen experimentieren würden.

Nachdem Auraya wieder ihre Position hoch über dem Sanktuarium eingenommen hatte, begann sie, die Gedanken der Menschen unter ihr abzuschöpfen.

Der erste Geist, den sie fand, war der einer Götterdienerin, die die Stimmen verständigen sollte, falls Auraya sich dem Tempel näherte. Die Frau hatte Auraya bereits gesehen und Nekaun telepatisch durch ihren Sternenanhänger informiert.

Auraya ignorierte die Frau und schöpfte die Gedanken anderer Götterdiener und Domestiken ab, die alltäglichen Pflichten nachgingen. Bruchstücke von Gebeten, Rezepten, Rechenaufgaben und Liedern erreichten sie. Müßige Gespräche, Anweisungen und Intrigen, die sie mitbekam, drohten sie abzulenken. Aber ihr Wunsch, die Siyee zu finden, überlagerte alles.

Dort. Sie sind immer noch da.

Das Ungemach, über lange Zeit hinweg in derselben Position angekettet zu sein, zeigte langsam Wirkung. Neben ihrer Angst nahm sie Demütigung und Abscheu wahr. Dann spürte sie, dass ihre Angst sich vertiefte. Als sie genauer hinschaute, sah sie, dass man einen der Siyee weggebracht hatte. Ihr Magen krampfte sich zusammen, und sie stellte fest, dass sie unwillkürlich tiefer hinabgesunken war. Sie stieg wieder in die Höhe und wartete mit wachsender Furcht.

Durch die Augen dieses Siyee konnte sie jetzt Nekaun sehen. Nekaun sagte etwas, aber der Siyee hatte zu große Angst, um es zu verstehen. Es ging darum, die Stadt zu verlassen.

Dann nahm jemand die Fesseln an den Handgelenken des Siyee ab. Türen wurden geöffnet, und der Himmel erschien. Der Siyee machte einen Schritt nach vorn, aber der Mann packte ihn an der Schulter.

»Sag ihr, sie soll mich auf dem Dach des Sanktuariums treffen«, erklärte er langsam.

Der Siyee nickte. Er sollte als Bote fungieren. Das war der Preis für seine Freiheit. Der Mann, der den Siyee festgehalten hatte, ließ ihn los. Der Siyee taumelte auf die Türen zu. Draußen ging es ins Bodenlose. War das ein Fenster? Egal.

Der Wind war gut. Die Beine des Siyee waren immer noch steif. Er streckte die Arme aus – er sollte seine Muskeln aufwärmen, bevor er zu fliegen versuchte, aber er würde keinen Moment länger bleiben als notwendig.

Als er die Öffnung erreichte, sprang er hinaus, und sein Herz jubilierte, als der Wind ihn emportrug.

Frei ... Aber was ist mit den anderen? Er bewegte sich kreisend höher. *Der Mann will mit Auraya sprechen. Vielleicht kann sie irgendetwas ausrichten. Aber wo ist sie?*

Auraya ließ sich hastig hinuntersinken. Der Siyee sah sie und kam ihr entgegen.

»Der Anführer hat mich freigelassen«, erklärte er. »Und er hat mir eine Nachricht für dich gegeben. Er möchte dich treffen. Auf dem Dach der Gebäude.«

Sie pfiff zum Zeichen, dass sie verstanden hatte.

»Was ist mit den anderen?«

Er beschrieb ihr das, was sie bereits in den Gedanken der Siyee gelesen hatte: die Halle, den Mangel an Waschmöglichkeiten und seine Angst, dass sie schon bald die Fähigkeit zu fliegen verlieren würden.

»Ich habe Zyee und Siti Essen und Wasser gegeben, das sie an den Stellen hinterlegen sollten, an denen wir unsere Lager hatten«, erklärte sie ihm. »Ist dein Wasserschlauch leer?«

»Ja.«

»Dann tausch ihn gegen meinen.«

Sie flog neben ihm her, um den Tausch vorzunehmen. Im Anschluss kreiste er um sie herum und blickte ängstlich hinab.

»Kann ich helfen?«

»Nein. Flieg nach Hause.«

Er pfiff eine Bestätigung.

»Dann viel Glück. Sei vorsichtig. Es könnte eine Falle sein.«

»Ich weiß.«

Sie sah ihm nach, als er davonflog. Er war müde und hungrig. Wie würde er es schaffen, nach Si zurückzukehren, quer über die sennonische Wüste und ohne Essen bis auf das wenige, was sie aus Klaff gestohlen hatte, und mit nur einem einzigen Wasserschlauch?

Ich hätte mehr stehlen und es zu einigen unserer Lagerplätze in Sennon bringen sollen. Sie runzelte die Stirn. *Vielleicht sollte ich das jetzt tun und ihn einholen und …*

Auraya?

Sie blickte hinab. Ein Geist rief ihren Namen. Sie konzentrierte sich und erkannte die Götterdienerin, die die Aufgabe hatte, nach ihr Ausschau zu halten. Die Frau war sich nicht sicher, ob ihr Ruf gehört werden würde, aber Nekaun hatte sie gebeten, es zu versuchen.

Auraya suchte nach der Frau. Sie entdeckte drei Gestalten auf dem Dach des obersten Gebäudes des Sanktuariums. Es waren die Frau, Nekaun und ein anderer Mann, der voller unterdrückter Erregung war. Außerdem spürte sie, dass er sich selbst ungeheuer wichtig nahm.

Juran?, rief Auraya.

Auraya. Was geht da vor?

Sie erklärte ihm, dass Nekaun einen Siyee freigelassen hatte, um ihr eine Nachricht zu überbringen, und sie berichtete von seiner Bitte.

Soll ich mich mit ihm treffen?, fragte sie.

Es könnte eine Falle sein, warnte Juran sie.

Ich bin bereit, dieses Risiko auf mich zu nehmen. Wenn ich mich nicht mit Nekaun treffe, könnte er zurückschlagen, indem er einen oder mehrere Siyee tötet.

Dann geh. Finde heraus, was er will.

Sie blickte zu dem winzigen Punkt empor, der alles war, was man von dem fliehenden Siyee noch sehen konnte.

Falls Nekaun ein Lösegeld für die Siyee will, wärst du damit einverstanden?

Das würde vom Preis abhängen.

Sie holte tief Luft, zog Magie in sich hinein, schuf eine Barriere um sich herum und ließ sich langsam nach unten sinken. Dann spürte sie eine Bewegung in ihrem Bündel und fluchte leise. Wenn sie doch nur daran gedacht hätte, den Siyee zu bitten, Unfug mitzunehmen. Aber der Veez hätte ein zusätzliches Gewicht dargestellt und somit ein zusätzliches Problem für den Siyee.

Die drei Personen auf dem Dach beobachteten sie. Die Frau wandte sich plötzlich zu Nekaun um, machte eine Bewegung mit den Händen und ging dann davon. Sie hob eine Luke im Dach an und stieg in die Dunkelheit hinab.

Auraya landete einige Schritte entfernt von den beiden Männern.

Nekaun lächelte. »Willkommen in Glymma, Auraya«, sagte er auf Hanianisch, wenn auch mit einem starken Akzent.

Auraya betrachtete den Mann, der neben der Stimme stand, und las aus seinen Gedanken, dass er Turaan war, Nekauns Gefährte, der als Übersetzer fungieren sollte. Sein Herr kannte noch keine der nördlichen Sprachen allzu gut und bezweifelte, dass Auraya irgendeine der südlichen Sprachen gelernt hatte.

Ich muss darauf achten, so zu tun, als verstünde ich nichts von dem, was in den südlichen Sprachen gesprochen wird, überlegte sie. *Nekaun könnte denken, dass ich sie irgendwie gelernt habe, aber die Götter werden wissen, dass das nicht wahr ist, und erraten, dass ich Gedanken lese.*

»Willkommen?«, erwiderte sie auf Hanianisch. »Ich bezweifle, dass ich willkommen bin.«

Nekauns Lächeln wurde breiter. Er sagte etwas in seiner

eigenen Sprache, und Turan wiederholte seine Worte auf Hanianisch. »Einigen magst du nicht willkommen sein, aber sie verstehen die Gründe für deine Anwesenheit nicht.«

»Und du tust es?«

»Vielleicht. Ich muss zugeben, dass ich in einigen Punkten nur raten kann. Aus den Gedanken der Siyee habe ich erfahren, dass es dir verboten ist zu kämpfen. Ich vermute, dass du nur hier bist, um sie zu beschützen. Ich denke, dass du meinem Volk vielleicht nichts Böses willst.«

»Nur wenn ihr meinem Volk nichts Böses wollt.«

Er zog die Augenbrauen hoch. »Und doch sind die Siyee hergekommen, um meinem Volk Schaden zuzufügen.«

Sie lächelte dünn. »Das ist nicht wahr.«

Er runzelte die Stirn, dann lachte er leise. »Ah, das ist richtig. Sie sind hergekommen, um den Vögeln Schaden zuzufügen. Wenn einige Menschen ihnen dabei in die Quere gekommen wären, hätten die Siyee ihnen also nichts getan?«

Auraya verschränkte die Arme vor der Brust. »Ich bin nicht diejenige, die ihnen ihre Anweisungen gegeben hat.«

»Es muss schwer sein, ein Volk zu lieben und doch zusehen zu müssen, wie es von anderen schlecht regiert wird.«

»Ich bin nicht die Erste, die in einer solchen Position wäre.«

Sein Blick flackerte kurz, als hätten ihre Worte ihm Grund zum Nachdenken gegeben. »Ich werde dir ein Angebot machen. Wenn du hierbleibst und mir erlaubst, dir mein Volk und meine Stadt zu zeigen, werde ich die Siyee freilassen. Für jeden Tag, den du hier verbringst, wird einer von ihnen die Freiheit wiedererlangen.«

Sie musterte ihn mit schmalen Augen. »Ich brauche nur hierzubleiben?«

»Und mir gestatten, dir mein Volk zu zeigen.«

»Warum?«

Seine Miene wurde ernst. »Dein Volk versteht das meine nicht. Ihr haltet uns für grausam und verdorben. Ich möchte dir zeigen, dass das nicht wahr ist.« Er verzog das Gesicht. »Ich möchte den Siyee keinen Schaden zufügen, ebenso wie ich sie nicht versklaven möchte, was nach unseren Gesetzen gestattet wäre. Ich könnte Geld im Gegenzug für ihre Freilassung verlangen, aber ich brauche kein Geld. Was ich mir mehr wünsche, ist Frieden. Du bist keine Weiße mehr, aber ich bezweifle, dass ein Weißer jemals hierherkommen würde, ganz gleich, wie demütig wir um einen Besuch bitten würden. Du bist jedoch die Verbündete der Weißen. Du kannst ihnen mitteilen, was du hier siehst.« Er blickte sie durchdringend an. »Wirst du bleiben?«

Auraya musterte ihn argwöhnisch. Es könnte nach wie vor eine Falle sein. In Turaans Gedanken konnte sie zwar nichts von einer Falle lesen, aber es war möglich, dass Nekaun ihn nicht in seine Pläne eingeweiht hatte.

Und? Um der Siyee willen lohnt es sich, einige Risiken einzugehen.

»Einen Siyee für jeden Tag«, sagte sie.

»Ja.«

»Ich muss mich selbst davon überzeugen, dass sie die Stadt verlassen.«

»Natürlich.«

»Du wirst ihnen Essen und Wasser für die Heimreise geben?«

»Dafür wird gesorgt sein.«

»Und Waschmöglichkeiten für diejenigen, die zurückbleiben?«

»Ich habe bereits Anweisung erteilt, eine Lösung für dieses Problem zu suchen.«

»Wirst du mir bei deinen Göttern schwören, dass du dein Versprechen halten wirst?«

Er lächelte. »Ich schwöre bei Sheyr, Hrun, Alor, Ranah und Sraal, dass ich für jeden Tag und jede Nacht, die du hierbleibst, einen Siyee freilassen werde und dass dir während dieser Zeit kein Schaden zugefügt werden wird.«

Sie wandte den Blick ab, als denke sie nach.

Juran?

Sie beschrieb ihm die Bedingungen des Handels.

Er wird versuchen, dich für seine Zwecke zu gewinnen oder dich zu bekehren.

Das vermute ich auch. Er wird scheitern.

Ja. Das glaube ich ebenfalls. Dies ist ein gefährliches Spiel, Auraya, aber wenn du bereit bist, es zu spielen, hast du unsere Zustimmung. Viel Glück.

Auraya sah Nekaun in die Augen und nickte knapp.

»Ich werde bleiben.«

Nachdem Mirar Emerahl und den Zwillingen Bericht erstattet und ihnen von Genzas Bitte erzählt hatte, sie nach Glymma zu begleiten, ließ er sich in einen tiefen Schlaf sinken. Er träumte, dass Auraya versuchte, ihm etwas mitzuteilen, aber ein Klopfen unterbrach sie. Dann wurde ihm bewusst, dass seine Augen geöffnet waren und er an die Decke starrte.

Irgendetwas hat mich gerade geweckt. Er setzte sich auf und lauschte. Dann blickte er zur Tür und spürte sowohl Hoffnung als auch Unsicherheit. Eine vertraute Person stand dort, und ihre Entschlossenheit geriet zunehmend ins Wanken.

Dardel. Sie hat endlich den Mut aufgebracht, wieder zu mir zu kommen.

Einen Moment lang rangen widersprüchliche Gefühle in ihm. Die Erinnerung an Aurayas Anwesenheit in seinem Traum ließ ihn nicht los. Andererseits wusste er, dass eine solche Gelegenheit, Dardel ihre Sicherheit zurückzugeben, vielleicht nicht wiederkommen würde.

Auraya ist nicht hier, sagte er sich. *Sie liebt dich nicht mehr.*

Schließlich stand er auf, ging zur Tür und öffnete sie. Dardel sah ihn mit großen Augen an.

»Was kann ich für dich tun?«, fragte er.

»Ich habe gehört, dass du fortgehen wirst. Ich bin gekommen, um … um auf Wiedersehen zu sagen.«

Obwohl sie ihm nicht in die Augen sah, konnte er ihre widerstrebenden Gefühle wahrnehmen. Sie hoffte, dass sie mehr tun würden, als nur auf Wiedersehen zu sagen.

»Ich bin froh, dass du gekommen bist«, erwiderte er. »Dardel …«

Sie blickte auf. Er zog eine Augenbraue hoch. Ein Lächeln umspielte ihre Lippen. »Ich hoffe, es macht dir nichts aus, dass es schon so spät ist. Ich konnte nicht schlafen.«

»Es macht mir überhaupt nichts aus. In diesen heißen Nächten ist es schwer, Ruhe zu finden. Möchtest du hereinkommen und … reden?«

Sie trat an ihm vorbei in den Raum. Als er die Tür geschlossen hatte und sich umdrehte, sah er, dass Dardel aus ihrem Wams schlüpfte. »Bei dieser Hitze möchte ich mir am liebsten alle Kleider vom Leib reißen.«

Er lachte leise. »Ich dachte schon, ich sei in dieser Hinsicht der Einzige.«

Sie kam auf ihn zu und griff nach seinem Wams. »Lass dir helfen.«

Nachdem sie ihre Traumweberroben abgelegt hatten, gingen sie zum Bett hinüber. Dardel roch nach Schweiß und Dschungelblumen, und das Mondlicht zeichnete die Wölbung ihrer Schultern nach. Ihrer Brüste. Ihrer Hüften. Warme Haut unter seinen Fingern. Hände, die über seinen Körper strichen. Sie kamen sich immer näher und erkundeten einander mit Fingern und Lippen, bis sie einander Haut auf Haut berührten. Er spürte, wie sie ihm die Fersen in den Rücken bohrte, dann wiegten sie sich hin und her, und die einzigen Geräusche waren ihre Atmung und das leise Knarren des Bettes, während er jenem Augenblick, da die Lust jedes Denken beiseitedrängte, immer näher kam.

Als die Gedanken zurückkehrten, löste sie sich von ihm. Er wollte sie berühren, aber sie hielt seine Hand fest. Überrascht musterte er sie und spürte eine gewisse Nachdenklichkeit.

»Irgendetwas ist anders«, sagte sie und sah ihn an. »Ich dachte, es würde aufregender sein, jetzt, da ich weiß, wer du bist. Aber das ist es nicht. Es ist…« Sie runzelte die Stirn und schüttelte den Kopf. »Ich weiß es nicht.«

Er lehnte sich an die Wand. »Manchmal ist eine Phantasie aufregender als die Wirklichkeit«, erwiderte er.

Sie nickte, dann schüttelte sie abermals den Kopf. »Das ist es nicht.« Sie betrachtete ihn und lächelte. »Nun, vielleicht ein wenig. Aber du hast etwas an dir, das mich schon immer beunruhigt hat. Du erinnerst mich an… Hast du…?« Sie brach ab. »Ich werde das Gefühl nicht los, dass irgendetwas dich ablenkt, selbst wenn du am, äh, aufmerksamsten bist.« Sie hielt einen Moment lang inne. »Normalerweise würde ich vermuten, dass es eine Frau ist. Ich hoffe, das ist nicht zu anmaßend von mir.«

Sie war sehr scharfsichtig, überlegte er. Außerdem kannte er ihre Stimmung. Ein vertrauliches Gespräch rundete Schlafzimmerbegegnungen bisweilen auf recht hübsche Weise ab, obwohl Frauen mehr Wert darauf legten als Männer. Er hatte dies vor langer Zeit schätzen gelernt. Sie konnten frivol sein, witzig oder schamlos, oder sie offenbarten große Intelligenz und Scharfblick. Manchmal hatten sie einfach das Bedürfnis, über ihre Probleme zu reden. Bisweilen übertrieben sie es damit ein wenig. Das kostete Geduld.

Dardel neigte jedoch nicht dazu zu jammern. Er hätte ihre

Vermutung mit einem Achselzucken abtun können, aber dafür gab es keinen Grund, solange er nur Aurayas Identität geheim hielt.

»Es gibt eine Frau«, antwortete er.

Sie blickte zu ihm auf. »Warum bist du dann nicht bei ihr? Ist sie im Norden?« Ihre Augen weiteten sich. »Stehen die zirklischen Götter zwischen euch?«

Er lächelte. »Nein. Bedauerlicherweise empfindet sie nicht das Gleiche für mich wie ich für sie.«

»Oh.« Dardels Schultern sanken ein wenig herab, und sie schenkte ihm ein mitfühlendes Lächeln. »Dann ist sie eine Närrin.«

Er kicherte. »Wie oft ich das in der entgegengesetzten Situation schon zu Frauen gesagt habe. Jetzt bin ich mir sicher, dass es hilft – ein wenig.«

Aber Dardel schien ihm nicht zuzuhören. Plötzlich blickte sie auf und versetzte ihm einen leichten Schlag gegen die Schulter. »Und du hast gerade mit mir geschlafen! Wie kannst du das tun, wenn du eine andere liebst!«

Er schlang die Arme um ihre Taille und hielt sie fest. »Erwartest du wirklich von mir, dass ich ein keusches Leben führe wegen einer Frau, die kein Interesse an mir hat?«

Sie lächelte. »Nein, wahrscheinlich nicht.«

»Mir fallen da verschiedene Methoden ein, wie du mir zeigen könntest, dass du mich in meiner Entscheidung, nicht keusch zu bleiben, unterstützt.«

Sie zog die Augenbrauen hoch. »Das könnte ich sicher.« Sie neigte nachdenklich den Kopf zur Seite. »Es ist schön zu wissen, dass du menschlich genug bist, um dich in Liebesdingen zum Narren zu machen.«

»Ach ja?« Er verzog das Gesicht. »Freut mich, dass irgendjemand es schön findet.«

»Ah.« Sie grinste und tätschelte ihm die Wange. »Dann

werde ich dafür sorgen müssen, dass es ganz besonders schön für dich wird.« Sie beugte sich vor und ließ die Finger über seine Brust wandern. Er lächelte, hielt ihre Hand fest und zog sie näher an sich.

23

Das Sanktuarium war im Gegensatz zum Tempel in Jarime ein Wirrwarr miteinander verbundener Gebäude auf mehreren Stockwerken. Auraya kam es so vor, als steige sie in ein Labyrinth hinab, doch wann immer sie das Gefühl hatte, in der Falle zu sitzen und die Orientierung zu verlieren, führte Nekaun sie in einen Flur, der an einer Seite offen war, oder auf einen Hof hinaus. Ihr wurde klar, dass diese Form der Architektur es den Luftströmungen erlaubte, durch das Gebäude zu wehen, so dass die trockene Hitze erträglich wurde.

Die meisten ihrer Gedanken kreisten um die Situation, in der sie sich jetzt befand. Die Siyee waren Geiseln. Sie konnten sich glücklich schätzen, dass es so war, da sie hierhergekommen waren, um pentadrianisches Eigentum anzugreifen – oder Streitkräfte, je nachdem, wie die Pentadrianer ihre Vögel betrachteten –, und sie hätten im Gegenzug getötet werden können.

Stattdessen wurden sie dazu benutzt, Auraya zu erpressen. Der Preis schien gering zu sein. Sie brauchte lediglich für eine Weile hierzubleiben und Nekauns Volk kennenzulernen. Das war alles.

Es muss noch mehr dahinterstecken. Bestenfalls wird er versuchen, von mir mehr über die Weißen zu erfahren. Schlimmstenfalls will er mich hier festhalten, während er an der Frage arbeitet, ob er mich töten kann.

Bisher hatte Nekaun sie nur durch das Sanktuarium geführt und war hier und da stehen geblieben, um sie auf Dekorationen hinzuweisen oder ihr den Verwendungszweck und die Bedeutung einzelner Gegenstände zu erläutern. Er spielte den großzügigen Gastgeber. Sie spürte, dass ihr Körper zwar Schritt hielt, dass ihr Geist jedoch weit zurückgefallen war und die Ereignisse der letzten Tage nicht ganz erfasste. Ebenso waren ihr die Konsequenzen ihres Handels mit Nekaun nicht vollkommen klar.

Nekaun machte eine Bemerkung.

»Und hier«, übersetzte Turaan, »ist dein Quartier.«

Ein Diener öffnete eine große Doppeltür. Auraya konzentrierte sich wieder auf ihre Umgebung und folgte Nekaun. Der erste Raum hatte die Größe eines Hauses und war nur spärlich möbliert. Nekaun deutete auf eine Tür. Als Auraya hindurchtrat, fand sie sich in einem langgestreckten Raum mit einem riesigen Bett wieder. Durch einen Bogengang auf der einen Seite gelangte man in einen Raum, der ganz und gar mit Kacheln ausgelegt war. In der Mitte befand sich ein in den Boden eingelassenes, leeres Becken.

»Die Domestiken werden dir Wasser bringen, wann immer du zu baden wünschst«, ließ Nekaun durch Turaan erklären. Er zeigte auf Flaschen aus Glas und Ton. »Eine Auswahl an Parfüms und Ölen.«

Also soll ich hier im Luxus leben, während die Siyee in den Gewölben unter der Erde angekettet sind.

»Ich möchte mit den Siyee sprechen«, sagte sie plötzlich. »Es ist unnötig grausam, sie im Unklaren über unsere Vereinbarung zu lassen.«

Nekaun musterte sie nachdenklich.

»Ich werde dich zu ihnen führen«, übersetzte Turaan. »Aber nur wenn du bei deinen Göttern schwörst, dass du nicht versuchen wirst, sie zu befreien. Ich würde dich daran hindern müssen, und die Siyee könnten dabei verletzt werden. Ich möchte ihnen keinen Schaden zufügen.«

»Ich verstehe«, erwiderte sie. »Ich schwöre bei den Göttern des Zirkels, dass ich, solange unser Handel gilt, nicht versuchen werde, die Siyee zu retten, die du gefangen hältst.«

Er nickte. »Folge mir.«

Zu ihrer Erleichterung hielt er nicht länger auf Schritt und Tritt inne, um sie auf die Besonderheiten des Sanktuariums hinzuweisen, wie er es zuvor getan hatte. Allerdings schlug er auch kein besonders schnelles Tempo an.

»Die Siyee betrachten dich als ihre persönliche Weiße«, sagte er. »Sie glauben, dass du sie als dein eigenes Volk empfindest. Ist das wahr?«

»Ja und nein. Ich bin keine Siyee, und ich werde niemals eine sein.«

»Aber du hast viel mit ihnen gemein. Das Fliegen zum Beispiel.«

»Ja.«

»Betrachtest du Si als dein Zuhause oder Hania?«

Sie runzelte die Stirn. »Im Augenblick ist Si meine Heimat, aber ich werde immer eine Verbindung zu Hania haben.«

Er lächelte. »Natürlich. Hast du die Weißen verlassen, um bei den Siyee leben zu können?«

»Ich werde dir meine Gründe, warum ich die Weißen verlassen habe, nicht offenlegen.«

Er lachte leise. »Das hatte ich auch nicht erwartet. Aber ich musste fragen. Dieses Ereignis hat hier viele Spekulationen ausgelöst.«

Sie waren in einen unterirdischen Flur hinabgestiegen. Die Wände waren kahl und die Böden staubig, was vermuten ließ, dass dieser Bereich der Anlage nur selten benutzt wurde. Die Mitte der Räume und Flure lag etwas tiefer als der Rest – ein Zeichen der Abnutzung nach vielen Jahrhunderten, vielleicht Jahrtausenden. Fasziniert hielt Auraya Ausschau nach anderen Anzeichen, die ihr vielleicht Aufschluss darüber geben würden, welchem Zweck dieser Teil des Sanktuariums früher einmal gedient haben mochte.

Nekaun führte sie durch ein Tor in einen Tunnel. Sie kamen an mehreren Nischen vorbei, in denen jeweils eine Lampe stand. Am Ende des Gangs gelangten sie in einen kleinen Raum. Vor einem großen Bogengang war ein Eisentor eingelassen, und links und rechts davon standen zwei Götterdiener Wache. Dahinter befand sich eine erheblich größere Halle, die von Säulen getragen wurde. Am gegenüberliegenden Ende stand ein Stuhl von gewaltigen Ausmaßen.

Es ist ein alter Tempel, überlegte sie. *Dies ist der Thron eines Gottes. Eines toten Gottes höchstwahrscheinlich.*

Dann lenkte eine Bewegung ihre Aufmerksamkeit auf den Sockel einer Säule, und ihre Schultern sackten unwillkürlich herab.

Die Siyee waren an die Säulen gekettet. Sie saßen oder kauerten auf dem Boden, und ihre Gedanken waren voller Angst und Mutlosigkeit. Neben jedem Siyee standen hölzerne Schalen für seine Exkremente, und Auraya konnte ihren Gestank riechen.

»Du hast gesagt, deine Leute würden für bessere Hygiene sorgen«, bemerkte sie und drehte sich zu Nekaun um. »Diese Zustände sind nicht gesund.«

Nekaun zog die Augenbrauen hoch. »Sie sind immerhin Gefangene. Du kannst nicht von mir erwarten, dass ich sie wie Ehrengäste behandle.«

Sie dachte an die Räume, die er ihr zur Verfügung gestellt hatte. »Das tue ich auch nicht«, erwiderte sie. »Aber ich erwarte, dass sie gesund genug sind, um nach Hause zurückzukehren, wenn du sie freilässt. Wenn sich an ihrer Situation nichts ändert, werden sie erkranken. Sie müssen die Erlaubnis erhalten, sich zu bewegen, oder ihre Muskeln werden zu schwach werden, um zu fliegen.«

Er sah die Siyee an und nickte langsam. »Ich verstehe. Sobald ich mich davon überzeugt habe, dass diese Halle sicher ist, werde ich sie von den Säulen losbinden lassen. Außerdem wird man einen Bereich für die Sammlung von Exkrementen abteilen.« Er wandte sich an die Götterdiener. Einer zog einen Schlüssel unter seinen Roben hervor, trat an das Tor und schloss es auf.

Auraya ging hindurch. Als sie näher kam, blickten die Siyee auf, und in ihren Gesichtern und ihren Gedanken regte sich Hoffnung. Sie hielt Ausschau nach Sreil. Als sie ihn entdeckt hatte, durchquerte sie den Raum und ging neben dem jungen Mann in die Hocke.

»Ist irgendjemand von euch verletzt?«

Sreil schüttelte den Kopf. »Kratzer und Prellungen, aber mehr nicht.«

Sie betrachtete die hoffnungsvollen Gesichter. »Ich bin nicht hier, um euch zu befreien«, erklärte sie. »Zumindest nicht heute. Aber ich habe eine Vereinbarung mit Nekaun getroffen, dem Anführer der Pentadrianer. Für jeden Tag, den ich hierbleibe, wird er einen von euch freilassen.«

»Wir sind über dreißig«, sagte einer der Siyee. »Das ist ein ganzer Monat. Wenn wir eine Woche unter diesen Umständen leben, werden wir nicht mehr fliegen können.«

»Das habe ich ihm erklärt«, erwiderte sie. »Er hat sich bereitgefunden, euch loszubinden.«

»Vertraust du ihm?«, fragte Sreil.

Sie sah ihn an und seufzte. »Mir bleibt nichts anderes übrig. Er hat bei seinen Göttern geschworen. Wenn er einen solchen Schwur nicht ehrlich meint, dann wird er nichts ehrlich meinen.«

»Was will er von dir?«, fragte der Priester.

»Ich weiß es nicht«, gab sie zu. »Er sagt, ich soll hierbleiben und sein Volk kennenlernen.«

»Er wird versuchen, dich zu verderben. Dich von den Göttern abzuwenden«, warnte Teel sie.

»Zweifellos«, pflichtete sie ihm bei. »Morgen früh werden wir sehen, ob er sein Wort hält. Ich werde darauf bestehen, zuzusehen, wenn er einen von euch freilässt.«

Neben den Zweifeln und Hoffnungen der Siyee fing sie ein Gefühl der Sorge um sie, Auraya, auf und Dankbarkeit für das Risiko, das sie um ihretwillen auf sich nahm. Unwillkürlich stieg eine Woge der Zuneigung für sie in ihr auf. Wenn Nekaun nicht zugehört hätte, hätte sie mit jedem Einzelnen geredet und ihm Trost zugesprochen, aber sie wollte nicht, dass er sah, wie viel die Siyee ihr bedeuteten, weil sie fürchtete, dass er seine Forderungen in diesem Fall erhöht hätte. Schließlich stand sie auf und brachte ein Lächeln zustande.

»Seid stark und habt Geduld«, sagte sie. »Ich werde jeden Augenblick des Tages an euch denken.«

»Und wir an dich«, erwiderte Sreil.

Sie wandte sich widerstrebend ab und zwang sich, zum Tor zurückzugehen. Als sie hindurchgetreten war, drehte sie sich zu Nekaun um.

»Sollte auch nur einer von ihnen nicht in der Lage sein fortzufliegen, wird unser Handel nichtig.«

Er lächelte und nickte. »Natürlich. Ich werde dafür sorgen, dass sie es von jetzt an bequemer haben.«

Die Palastbibliothek wurde abends für alle mit Ausnahme der »Mitglieder« geschlossen, eine Regelung, die den Denkern im Allgemeinen die Ungestörtheit gab, die sie brauchten, während sie ihre Fortschritte bei der Suche nach der Schriftrolle der Götter erörterten.

Oder ihren Mangel an Fortschritten, dachte Raynora. *Ich frage mich, wie viele andere Hinweise meine Gefährten übersehen oder missachtet haben mögen, weil ihnen das Geschlecht oder die Rasse desjenigen, der die Informationen beigesteuert hat, nicht gefiel. Hat ihre Eifersucht auf all jene, die magische Befähigung besitzen, sie dazu getrieben, auch wichtige Fakten zu ignorieren?*

Ein vertrauter Stich des Neids durchzuckte ihn, und er lächelte schief. Alle Denker begehrten magische Macht, selbst er. Man wollte immer das, was man nicht haben konnte. Das Wissen, dass er kein Götterdiener werden konnte, hatte nur dazu geführt, dass diese Menschen ihn umso mehr faszinierten. Er hatte früher einmal selbst Götterdiener werden wollen, aber als eine Denkerin nach dem Krieg geweiht worden war, war sein Interesse verebbt. Er konnte nicht auf eine so angesehene Rolle wie die eines Gefährten hoffen, und das bescheidene Leben eines gewöhnlichen Götterdieners hatte keinen allzu großen Reiz mehr, wenn dabei keine Magie im Spiel war.

Während meine Zugehörigkeit zu den Denkern mir bei anderen einen gewissen Respekt verschafft. Außerdem brauche ich deshalb mein Vermögen nicht aufzugeben, so klein es auch sein mag.

Nachdem er zu diesem Schluss gekommen war, hatte auch sein Interesse an der Schriftrolle der Götter nachgelassen. Sie hatte einen Teil der Faszination ausgemacht, mit der ihn seine Religion erfüllte, aber jetzt, da dieser Anreiz nicht mehr existierte, fand er die unerfreulichen Charaktere der wichtigsten Forscher ermüdend. Barmonia war die treibende Kraft der Gruppe, aber seine Arroganz verärgerte Ray. Mikmers Zynismus war nicht länger erheiternd, und die Götter mochten jedem beistehen, wenn er einen Vortrag Kereons über eins seiner Lieblingsthemen erdulden musste. Der einzige Denker, der Ray im Alter nahe stand, war Yathyir, aber Ray vermutete insgeheim, dass seine dekkarenischen Eltern einen Pakt mit den Göttern geschlossen haben mussten: Die Götter hatten ihrem Sohn anscheinend ein brillantes Gedächtnis für Fakten mitgegeben und ihm im Gegenzug jedwede Fähigkeit genommen, gesellschaftliche Normen, Scherze oder Unterströmungen eines Gesprächs zu verstehen.

Also, warum bin ich noch hier? Nun, man hat mir ein Angebot gemacht, das zu gut war, um es abzulehnen …

»Worüber lächelst du, Ray?«

Als er sich umdrehte, stellte er fest, dass Mikmer ihn argwöhnisch beobachtete, und sein Gewissen regte sich. Zum Ausgleich dafür grinste Ray umso breiter. »Ich habe gerade ausgerechnet, wie viel Gold mir die Schriftrolle einbringen wird, wenn ich sie verkaufe.«

Die anderen starrten ihn an.

»Wir werden die Schriftrolle *nicht* verkaufen!«, erklärte Barmonia, dessen Gesicht bereits rot angelaufen war.

»Oh, das hatte ich auch nicht erwartet«, stimmte Ray ihm zu. »Aber ihr werdet sicher eine Menge bezahlen, um sie von mir zu bekommen.«

Yathyir lächelte. »Er hat die Absicht, sie selbst zu finden.«

Barmonia zog die Augenbrauen hoch. »Du glaubst, du schaffst das ohne unsere Hilfe, ja?«

»Vielleicht«, antwortete Ray und lehnte sich mit bewusster Lässigkeit auf seinem Stuhl zurück. »Sofern ich diese Frau überreden kann, mir zu helfen, nachdem ihr sie neulich so rüde behandelt habt.«

»Diese Frau aus dem Norden!«, schnaubte Barmonia. »Du kannst sie gern haben. Alles, was du von ihr bekommen wirst, ist die Krätze.«

»Weil alle Frauen aus dem Norden krank sind, nicht wahr?«

Der hochgewachsene Mann erwiderte seinen Blick ungerührt. »Keine Frau von einwandfreier Moral würde allein reisen.«

»Zumindest keine moralisch einwandfreie Frau ohne Befähigungen«, bemerkte Mikmer.

»Sie besitzt Befähigungen?«, fragte Yathyir und wandte sich zu Mikmer um. »Woher weißt du das?«

Der ältere Mann zog die Schultern hoch. »Eine wohlbegründete Vermutung.«

»Aber du weißt es nicht mit Bestimmtheit?«, hakte Yathyir nach.

Mikmer verdrehte die Augen. Er war nicht gerade der geduldigste, erst recht nicht Yathyir gegenüber, wenn dieser eine seiner Bemerkungen wieder einmal zu wörtlich nahm. »Natürlich nicht. Hat sie Magie benutzt, während sie hier war? Nein. Ist es wahrscheinlich, dass ich sie aufgesucht und sie gebeten habe, mir ihre Fähigkeiten zu demonstrieren, und sie sich dazu bereitgefunden hat? *Nein.*«

»Oh«, erwiderte Yathyir nachdenklich. Glücklicherweise nahm er niemals Anstoß an Mikmers Sarkasmus. Er akzeptierte ihn als das normale Benehmen eines älteren, erfahreneren Denkers.

»Denkst du, wir sollten diese Frau benutzen?«, fragte Kereon Ray.

Alle wandten sich zu ihm um. Kereon sprach nur selten, aber wenn er das Wort einmal ergriff, konnte er sich stundenlang in ein Thema verbeißen.

»Ja, allerdings«, antwortete Ray. »Sie hat die Tafel gelesen, als sei sie in ihrer eigenen Sprache geschrieben, und angedeutet, dass sie Alt-Sorl lesen könne.«

»Und wenn wir sie hierherholen und sie es nicht kann?«, fragte Mikmer.

»Dann ist kein Schaden entstanden.«

»Es sei denn, sie erführe von uns etwas über die Schriftrolle«, warnte Yathyir.

»Sie wird nichts erfahren, was wir sie nicht wissen lassen wollen. Sie braucht lediglich zu versuchen, die Knochen zu lesen.«

»Und wenn sie sie versteht, wird sie wissen, worauf wir aus sind«, wandte Barmonia ein. »Dieses Risiko können wir nicht eingehen.«

»Warum nicht? Was kann sie schon mit dieser Information anfangen?«

»Sie könnte sich selbst auf die Suche nach der Schriftrolle machen.«

»Nicht wenn wir sie einladen, sich uns anzuschließen.«

»Sie soll sich uns anschließen?«, rief Barmonia aus. »Wir arbeiten nicht mit irgendeiner fremdländischen Schlampe zusammen.«

»Sie wird uns die Anerkennung dafür streitig machen«, pflichtete Mikmer ihm bei.

»Mach dich nicht lächerlich«, sagte Kereon, was ihm einen erstaunten Blick von Barmonia eintrug. »Wer würde ihr glauben? Niemand.« Er beugte sich vor und richtete seine nächsten Worte vor allem an Barmonia. »Wenn sie uns helfen kann, werden wir sie in unserer Mitte willkommen heißen. Sie wird das Angebot annehmen, weil sie anderenfalls weder unsere übrigen Artefakte zu sehen bekäme noch erfahren würde, was wir wissen. Wenn wir herausfinden, wo die Schriftrolle ist, endet die Rolle dieser Frau.«

In Barmonias Augen war Interesse aufgeflackert. »Sie wird uns nicht verraten, was die Knochen sagen, es sei denn, wir nehmen sie mit.«

»Sie ist klug. Aber dennoch, sobald wir die Schriftrolle erst einmal haben, brauchen wir ihr nichts zu geben – gewiss keinen Anteil am Ruhm.« Kereon lächelte. »Denkt ihr wirklich, irgendjemand würde glauben, sie habe etwas mit der Auffindung der Schriftrolle zu tun, abgesehen davon, dass sie vielleicht für uns gekocht hat?«

Barmonia lehnte sich zurück und schüttelte den Kopf. »Nein. Also gut. Holt sie her.«

Kereon sah Ray an. »Sie wird Verdacht schöpfen, wenn ein anderer an sie herantritt als du.«

Ray nickte. »Ich werde sie finden. Allerdings kann ich nicht garantieren, dass ich sie überreden kann, sich uns anzuschließen, nach dem, wie ihr sie neulich behandelt habt, aber ich werde es versuchen.« Er musterte Barmonia mit schmalen Augen. »Du wirst es am schwersten haben.«

»Es wird nicht leicht sein, mit ihr fertigzuwerden«, bekräftigte Yathyir nickend.

»Nein«, erwiderte Ray. »Und es wird dir gewiss schwerfallen, dich daran zu erinnern, wie man sich benimmt.«

Während die anderen das Gesicht verzogen oder die Augen verdrehten, dachte Ray darüber nach, wie er Emmea überreden könnte, mit ihnen zusammenzuarbeiten. Er machte sich keine Illusionen, dass die anderen nicht einmal versuchen würden, höflich zu sein. Wenn die Frau ihnen über einen gewissen Zeitraum hinweg helfen sollte, würde sie einen Freund brauchen, der mit ihr fühlte.

Oder mehr als einen Freund, überlegte er. *Ich bin davon überzeugt, dass sie neulich mit mir geflirtet hat, obwohl sie es wahrscheinlich nur getan hat, um meine Unterstützung zu gewinnen. Sie ist nicht mehr jung, aber sie ist trotz ihres Alters immer noch attraktiv. Außerdem heißt es, von älteren Frauen könne man sehr viel lernen …*

Die Nachricht hatte sich verbreitet wie ein kühler Wind; sie war durch Flure und Hallen bis in den letzten Winkel des Sanktuariums vorgedrungen. Seither waren Götterdiener und Domestiken gleichermaßen gefangen in einem Rausch von Erregung und Entsetzen.

Auraya ist hier!, flüsterten sie. *Nekaun hat eine ehemalige Weiße in das Sanktuarium gebracht! Diejenige, die fliegen kann! Diejenige, die Kuar getötet hat!*

Zwischen der Begegnung mit einem Händler, der gegen die Einschränkungen für seine Einfuhrwaren protestiert hatte, und dem Vetter des neuen dekkarenischen Hohen Häuptlings, der eine großzügige Spende seiner Familie brachte, hatte Kikarn Reivan von den Neuigkeiten erzählt. Reivan hatte zuerst an Imenja gedacht. Ihre Herrin hatte der ehemaligen Ersten Stimme großen Respekt entgegengebracht und seinen Tod betrauert. Was würde sie denken, wenn Kuars Mörderin jetzt ungehindert im Sanktuarium umherstreifte?

Reivan rechnete halb damit, dass sie vor Imenja erscheinen musste, aber bis zum Abend kam kein Gedankenruf durch den Anhänger. Während sie ihre Arbeit fortsetzte, fragte sie sich immer wieder, ob sie Auraya auf ihrem Weg zu Imenja begegnen würde. Der Gedanke gefiel ihr nicht. Als sie all ihre Aufgaben erfüllt hatte, fürchtete sie den Augenblick, da sie in das Obere Sanktuarium hinaufgehen musste. Der Weg erschien ihr länger als gewöhnlich, aber sie begegnete nur anderen Götterdienern, und die Bruchstücke der Gespräche, die sie mitbekam, weckten quälende Neugier in ihr.

Sie fand Imenja in düsterer Stimmung vor.

»Du hast also schon von unserem besonderen Gast gehört«, sagte ihre Herrin, sobald sie Reivan sah, und erhob sich von ihrem Platz, von dem aus sie die Lichter der Stadt betrachtet hatte. »Ich nehme an, die Neuigkeit hat sich inzwischen in der ganzen Stadt verbreitet. Nekaun hat beschlossen, den Gastgeber für den Feind zu spielen.«

»Sie gehört nicht mehr zu den Weißen«, rief Reivan ihr ins Gedächtnis.

»Nein. Aber sie ist immer noch eine zirklische Priesterin.«

Während sie an die andere Seite des Fensters trat, blickte Reivan Imenja forschend an. »Hat Nekaun die Hoffnung, etwas an diesem Umstand ändern zu können?«

Imenja zog die Brauen zusammen. »Einen anderen Grund kann ich mir nicht vorstellen.«

Reivan runzelte die Stirn. »Wie hat er sie dazu gebracht … ah, die Siyee.«

»Ja. Er hat versprochen, einen Siyee für jeden Tag freizulassen, den sie hierbleibt.«

»Sonst nichts?«

»Ich nehme an, er hätte damit drohen können, die Siyee zu foltern oder zu töten«, murmelte Imenja. »Aber selbst er hat genug Verstand, um zu begreifen, dass ein solches Vorgehen Auraya kaum dazu bewegt hätte, sich uns anzuschließen.«

»Ich meinte: Er hat nicht mehr von ihr verlangt, als hierzubleiben?«

Imenjas Lippen verzogen sich zu einem dünnen Lächeln. »So ist es. Ich bezweifle, dass sie sich als Gegenleistung für die Befreiung der Siyee bereitfinden würde, sich uns anzuschließen. Nein, er wird sie umgarnen müssen, und sie weiß es. Seine größte Herausforderung. Eine Verführung, die seiner würdig …« Sie hielt inne und verzog entschuldigend das Gesicht. »Es tut mir leid. Diese Worte waren schlecht gewählt.«

Reivan wandte den Blick ab und versuchte, das unbehagliche Gefühl, das sie ergriffen hatte, beiseitezuschieben. Sie hatte in der vergangenen Nacht auf einen Besuch Nekauns gehofft, jetzt, da er endlich zurückgekehrt war, aber ihr Bett war leer geblieben.

Es war nur eine einzige Nacht, sagte sie sich.

Er war damit beschäftigt, seine Verführung Aurayas zu planen, fügte eine düstere Stimme tief in ihren Gedanken hinzu.

»Heute Abend wird ein großes Festmahl für sie veranstaltet. Wir sind nicht eingeladen. Er möchte sie nicht mit mächtigen Zauberern umgeben, damit sie sich nicht bedroht fühlt.«

»Ich nehme an, du wirst sie über kurz oder lang kennenlernen.«

Imenja nickte, dann schärfte sich ihr Blick plötzlich. Sie zeigte aus dem Fenster. »Da ist sie.«

Reivan drehte sich um und sah in die Richtung, in die Imenja gedeutet hatte. Eine Bewegung in einem Innenhof einige Stockwerke weiter unten erregte ihre Aufmerksamkeit. Zwei Personen gingen über das Pflaster und blieben im Lichtschein einer Lampe stehen: ein Mann in schwarzen Roben und eine Frau in den weißen Gewändern einer zirklischen Priesterin. Unter dem fremdartigen Überwurf trug sie eine kurze Tunika.

Und Hosen, bemerkte Reivan. *Wie seltsam.*

Die beiden gingen zum Springbrunnen hinüber. Es war der Brunnen, in dem sich Imi, die Elai-Prinzessin, während ihres Aufenthalts erholt hatte. Als Auraya sich umdrehte, um die Statue näher in Augenschein zu nehmen, konnte Reivan ihr Gesicht deutlich sehen. Mutlosigkeit stieg in ihr auf.

Selbst von hier aus ist sie schön und exotisch. Widerstrebend zwang sie sich, die Botschaften zu deuten, die Nekauns Haltung aussandte. In ihren Gedanken flammte das Wort »Verführung« wieder auf. Vielleicht war das intensive Interesse an Auraya, das Reivan bei ihm wahrnahm, nur gespielt, aber wenn es so war, war seine Darbietung recht überzeugend.

Zu überzeugend?

Sie schüttelte den Kopf und konzentrierte sich auf die praktischeren Aspekte des Ganzen.

»Was wird geschehen, wenn er Erfolg bei seinem Versuch hat, sie zu verführen? Werden wir wieder in den Krieg ziehen?«

Imenja stieß einen kehligen Laut aus. »Ich hoffe nicht.«

»Es ist möglich«, murmelte Reivan. »Oder es geht ihm einfach darum, die Weißen um einen Vorteil zu bringen, den sie uns gegenüber haben.«

»Und den Spieß umzudrehen.« Imenja blickte nachdenklich drein.

»Nur für den Fall, dass die Weißen eine Invasion vorbereiten.« Sie hielt inne und sah Imenja an. »Tun sie das?«

»Ich hätte diese Möglichkeit nicht in Erwägung gezogen, wäre da nicht der Angriff der Siyee auf Klaff gewesen. Wenn sie sich mit der Absicht trügen, einen Krieg gegen uns zu führen, würde es Sinn ergeben, die Vögel zu töten.« Imenja verschränkte die Arme vor der Brust. »Die Siyee glauben, ihr Angriff sei eine Vergeltungsmaßnahme gewesen.«

»Wofür?«

»Für eine gescheiterte Verschwörung. Es war nicht meine Verschwörung.«

Der wachsame Tonfall in Imenjas Stimme entlockte Reivan ein Lächeln. Offensichtlich war diese Verschwörung ein weiteres Thema, das ihre Herrin nicht zu erörtern wünschte. Sie blickte abermals in den Innenhof hinab. Auraya deutete auf das Becken. Plötzlich sprang etwas aus der Tasche der Frau auf den Rand des Beckens.

Es war irgendein Tier, und es war klein und flink. Nachdem es aus dem Becken getrunken hatte, huschte es um den Springbrunnen herum, bevor es sich auf eine Geste von Auraya hin widerstrebend wieder in ihren Beutel sinken ließ.

Eine Bemerkung eines Götterdieners in dem Kloster, in dem sie aufgewachsen war, kam ihr in den Sinn. *»Die Art, wie ein Mensch Tiere behandelt und wie sie ihn behandeln, sagt eine Menge über seinen Charakter.«*

Inzwischen waren Auraya und Nekaun aus ihrem Blickfeld verschwunden, und Reivan seufzte. Wenn es Nekaun tatsächlich gelang, Auraya zu »verführen«, würde sie dann hier in Glymma bleiben? Wenn ja, wäre sie den meisten Pentadrianern nicht willkommen. Immerhin hatte sie den Schlag geführt, der Kuar getötet und den Zirklern zum Sieg verholfen hatte. Sie würde hier keine Freunde finden.

Imenja trat abrupt vom Fenster weg. »Wenn ich sie kennenlerne, möchte ich, dass du für mich übersetzt.«

Reivan folgte ihrer Herrin zu den Sesseln.

»Ich werde da sein. Ich bin mir nicht sicher, ob ich mich auf diese Begegnung freue, aber es wird gewiss interessant werden.«

Ein schwaches Lächeln umspielte Imenjas Lippen.

»Ja, aber interessant bedeutet nicht immer angenehm.«

24

Emerahl näherte sich langsam der Bibliothekstür und konzentrierte sich auf das, was dahinter lag. Sie spürte nur eine Handvoll Geister auf der anderen Seite. Einige waren dunkel von Ärger und Skepsis, andere neugierig. Einer war ein wenig vertrauter als die übrigen und voller Erwartung.

Ray, vermute ich.

Er hatte sie auf dem Markt abgefangen, wobei er ihre Verlegenheit darüber, beim Verkauf von Heilmitteln ertappt zu werden, anscheinend nicht bemerkt hatte. Stattdessen hatte er sie eingeladen, so bald wie möglich noch einmal zu den Denkern zu kommen. Sie hatten eine Zeit für diesen Nachmittag ausgemacht, und sie war in ihr Zimmer zurückgekehrt, um ihren Beutel mit Heilmitteln abzulegen und die gefälschte Schriftrolle zu holen.

Jetzt legte sie eine Hand auf den Türgriff, drehte ihn und spürte, wie der Riegel beiseiteglitt. Die Tür schwang mühelos nach innen auf. Sie trat in die Bibliothek und zog die Tür hinter sich zu.

Der Bibliothekar beäugte sie argwöhnisch; er saß noch immer an demselben Stapel mit Schriftrollen, die er bei ihrem letzten Besuch katalogisiert hatte. Sie beachtete ihn nicht weiter und ging zum anderen Ende des Raums. Dieselben fünf Männer wie beim letzten Mal saßen in derselben Haltung dort.

Beinahe so, als wäre ich gar nicht fort gewesen, überlegte sie. *Nur dass sie mich diesmal nicht ignorieren.*

Ray erhob sich und lächelte. »Sei mir gegrüßt. Danke, dass

du noch einmal zurückgekommen bist. Hier«, er deutete auf einen freien Stuhl. »Bitte setz dich.«

Sie nahm auf dem Stuhl Platz und sah die Männer um sie herum an.

»Dies ist Emmea Sternensucher, für den Fall, dass ihr ihren Namen beim letzten Mal nicht mitbekommen habt«, sagte Ray zu den anderen Männern. Dann deutete er nacheinander auf jeden seiner Gefährten, beginnend mit dem hochgewachsenen Mann. »Das ist Barmonia Zehntmeister, unser Anführer und Sachverständiger, was Geschichte und alte Sprachen betrifft. Dies ist Mikmer Gesetzmacher, ein weiterer Historiker. Kereon Kelchmann, Entdecker und Sammler von Artefakten, und Yathyir Gold, der ein einmaliges Gedächtnis für Fakten hat.« Dann legte er eine Hand auf seine Brust. »Ich bin Raynora Vorn, und ich habe viel Zeit auf das Studium toter Götter und ihrer Anhänger verwandt.«

Sie tat ihr Bestes, beeindruckt dreinzublicken. »Bei solchen Qualifikationen würde es mich überraschen, wenn keiner von euch mir bei dieser Schriftrolle helfen könnte.« Sie hielt ihr Kästchen hoch.

»Nun, dann zeig sie uns«, sagte Barmonia und streckte die Hände aus.

Als sie ihm das Kästchen übergab, begann ihr Herz schneller zu schlagen. Obwohl die Zwillinge sie bei der Herstellung der Schriftrolle angeleitet hatten, hatten sie sie doch nicht mit eigenen Augen gesehen. Auf Emerahl machte sie einen durchaus überzeugenden Eindruck, aber diese Männer waren Experten.

Barmonia öffnete das Kästchen und entnahm vorsichtig die Pergamentrolle. Er rollte sie auf, und ein feiner Staub wehte heraus. Er zog die Brauen hoch, dann ließ er den Blick aufmerksam über die Glyphen gleiten.

Plötzlich stand er auf und trat an einen Tisch. Dort beschwerte er die Ecken der Schriftrolle und rollte sie vorsichtig weiter auf. Als die anderen Männer sich erhoben und zu ihm hinübergingen, um ihn zu beobachten, folgte Emerahl ihnen.

»Das bedeutet ›Priester‹«, sagte Barmonia und zeigte auf eine Glyphe. »Und dies heißt ›bevorzugt‹ oder ›besonders‹.« Er hielt inne.

»Hier steht: ›… die Göttin hat ihrem bevorzugten Priester befohlen, ihre Worte auf eine Schriftrolle zu schreiben…‹«, erklärte Emerahl ihm.

Angespanntes Schweigen folgte, dann stieß Barmonia einen tiefen Seufzer aus. »Du kannst das lesen?«

»Ja. Manches verstehe ich allerdings nicht. Was bedeutet ›Atemopfer‹?«

Barmonia lächelte. »Es bedeutet, dass man seinen letzten Atemzug der Göttin opfert. Was eine von verschiedenen Möglichkeiten ist, wie ein Mensch seine Gefolgschaft offenbart in der Hoffnung, dass ein Gott oder eine Göttin seine Seele aufnehmen wird, wenn er stirbt.«

Emerahl nickte. »Ich verstehe. Ich hatte mir schon ein wenig Sorgen gemacht, es könnte von einer freiwilligen Strangulation oder etwas Ähnlichem die Rede sein.«

»Wenn es um historische Belange geht, läuft ein Laie nur allzu leicht Gefahr, sich seiner Phantasie zu überlassen, so dass die Wahrheit dahinter verschwindet. Das gilt besonders für junge Frauen.«

Emerahl hielt seinem Blick ungerührt stand. Das Gesicht des Mannes rötete sich. Dann spürte sie eine Hand auf ihrer Schulter.

»Wir sind alle sehr beeindruckt, Emmea«, sagte Ray. »Würdest du uns die ganze Schriftrolle vorlesen?«

Sie wandte ihre Aufmerksamkeit wieder dem Pergament zu und trat näher an Barmonia heran. Angeblich handelte es sich um das Bruchstück eines Berichts der Priester der Göttin Sorli, und den Zwillingen zufolge waren alle enthaltenen Informationen korrekt. Nachdem sie den Männern den Text vorgelesen hatte, herrschte für eine Weile nachdenkliches Schweigen.

»Nun denn, was können wir ihr sonst noch zu lesen geben?«, fragte Ray.

Barmonia seufzte. »Hol die Knochen her.«

»Knochen?«, wiederholte Emerahl.

Ray lächelte, gab ihr jedoch keine Antwort. Sie beobachtete, wie Kereon und Mikmer durch eine Tür verschwanden und kurze Zeit später zurückkehrten. Sie trugen gemeinsam eine lange, schwere Kiste, die sie auf den Tisch stellten. Barmonia hob den Deckel an.

Emerahl brauchte kein Erstaunen zu heucheln. In der Kiste befand sich ein Skelett. Die Zwillinge hatte ihr erzählt, dass die Denker glaubten, »ein Haufen alter Knochen« könne von großer Bedeutung sein. Aber sie verstanden nicht, worin diese Bedeutung lag, da die Denker selbst es nicht verstanden.

Die Knochen waren bedeckt mit Schriftzeichen. Als Ray einen davon herausnahm und ihn ihr reichte, sah sie, dass die Glyphen in die Oberfläche geritzt und dann schwarz angemalt worden waren. Sie betrachtete sie voller Staunen.

»Wo habt ihr dieses Skelett gefunden?«

»Wir haben es in einem alten Tempel ausgegraben«, erwiderte Kereon leichthin. »Dieser Mann muss sehr wichtig gewesen sein.«

Sie blickte auf die Kiste hinab, las den Rest der Schriftzeichen und nickte. »Das war er allerdings. Es handelt sich um den letzten bevorzugten Priester der Göttin Sorli.«

Und die Glyphen bestätigten die Existenz der Schriftrolle und gaben den Ort preis, an dem sie zu finden war … Aber Letzteres würde Emerahl den Männern nicht verraten.

»Lies«, sagte Barmonia leise.

»Die Glyphen auf dem Schädel besagen: ›Ich bin der bevorzugte Priester der Göttin Sorli.‹ Auf dem rechten Arm steht: ›Mir sind die Geheimnisse der Götter anvertraut.‹ Es ist nicht von ›einem Gott‹ die Rede, sondern von Göttern im Plural. Auf dem linken Arm steht: ›Sucht die Wahrheit in der geheiligten Kammer, wenn die Götter besonders …‹ hm, ›besonders beschäftigt sind‹ wäre wohl die Übersetzung, die dem Text am nächsten kommt.« Sie kicherte. »Ein Rätsel. Ich liebe Rätsel. Auf dem Bein steht: ›Sorli wird euch den Weg weisen. Ein Sterblicher mag eintreten und die Geheimnisse mit sich nehmen.‹« Sie hielt inne.

Ein Sterblicher mag eintreten und die Geheimnisse mit sich nehmen? Bedeutet das, dass ein Unsterblicher es nicht kann? An welchen Ort kann ein Sterblicher gehen, zu dem ein Unsterblicher keinen Zutritt hat?

»Ist das alles?«, fragte Barmonia.

»Nein, es stehen auch Schriftzeichen auf den Rippen. Liegen die einzelnen Rippen in der richtigen Reihenfolge?«

Die Männer tauschten einen entsetzten Blick. Keiner von ihnen verstand besonders viel von Anatomie, das wusste sie.

»Was besagen sie? Vielleicht können wir die richtige Reihenfolge erarbeiten.«

Sie gab ihnen gerade genug Informationen, um den Ort zu beschreiben, der auf den Rippen genannt wurde, hielt jedoch die Hinweise zurück, wie man ihn finden konnte. »Wenn man sie so ordnet«, sie veränderte die Position einiger Rippen, »steht hier: ›Herz spricht mehr‹. Ich vermute, das bedeutet, dass es in dieser ›geheiligten Kammer‹ weitere Anweisungen gibt.«

Barmonia zog die Brauen zusammen, aber sie spürte, dass er zufrieden war.

»Dann werden wir dich einfach dorthin mitnehmen müssen«, sagte er.

Sie sah ihn mit schmalen Augen an und heuchelte Erschrecken und Argwohn.

»Wohin wollt ihr mich mitnehmen?«

»In die berühmte Stadt Sorlina.«

Der Plattan-Fahrer und sein Gehilfe eilten umher, bauten die Zelte auf und machten ein Feuer. Die Dunweger fühlten sich im Freien ebenso wohl wie in ihren Festungen, und selbst die mächtigsten und reichsten Clanführer schliefen mit Freuden während langer Reisen draußen. Entlang jeder Straße fanden sich Lagerplätze. Wenn es keinen Fluss gab, gab es immer einen Brunnen. Die Lagerplätze waren mit Feuerstellen verschiedener Größen und mit Feuerholz versehen, und an manchen Stellen waren Gebilde errichtet worden, in denen man seinen Körper ertüchtigen und sich in den Kampfkünsten üben konnte.

Ein anderer Vorteil des Lagerns im Freien war der, dass die Identität eines Reisenden wahrscheinlich eher verborgen blieb, als wenn er oder sie in einer Festung abstieg. Ella hatte in einigen Forts, die sie besucht hatten, um Essen zu kaufen, Spione gefunden. Obwohl diese Spione sie nicht erkannt hatten, hatten sie doch von ihrer Ankunft in Chon und ihrer späteren Abreise gehört und die Anweisung bekommen, nach ihr Ausschau zu halten, für den Fall, dass sie nicht nach Jarime zurückgekehrt war, wie I-Portak behauptete.

Danjin und Ella saßen auf Holzkisten in der Nähe des Feuers, auf mehrmals zusammengefalteten Decken, die ihnen als Kissen dienten. Gillen war noch im Plattan; er hatte bei ihrer Ankunft geschlafen, und Ella hatte ihn nicht wecken wollen. Yem suchte einige der Kochwerkzeuge und Vorräte zusammen.

Das Kochen zählte zu den vielen unerwarteten Talenten des Kriegers, und er sagte, das einfachste Gericht, das man auf Reisen zubereiten konnte, werde »Coopa« genannt: Verschiedene Zutaten wurden in Gewürzen und Wasser gekocht, zu dem man trockenes Brot hinzugab, um eine Soße zu erhalten. Am vergangenen Abend war Yem in einem Wald verschwunden und mit einem großen Vogel zurückgekehrt, aus dessen Brust ein Pfeil ragte. Er hatte die Federn behalten und irgendwo in dem Plattan verstaut.

Jetzt trug er einen großen Topf, einige Wurzelgemüse und ein Päckchen zu dem frisch geschürten Feuer. Danjin sah zu, wie der Krieger die Zutaten hackte und in den Topf gab. Von Zeit zu Zeit erhob er sich, um Wasser oder Blätter von den Pflanzen in der Nähe des Lagers zu holen. Der Geruch des blubbernden Gebräus wurde immer appetitlicher. Dann wickelte Yem das Päckchen aus.

Zuerst schnappte Danjin entsetzt nach Luft. Im Dunkeln sahen die Dinge, die in dem Päckchen zum Vorschein kamen, wie geschwollene Finger aus. Aber als Yem sich daranmachte, sie aufzuschneiden, wurde Danjin klar, dass das ein Irrtum sein musste. Es handelte sich um irgendeine Art von vollgestopften Schläuchen. Yem blickte zu Danjin auf und lächelte.

»Sie werden aus den Gedärmen von Shem gemacht«, erklärte Yem. »Man wäscht sie aus und füllt sie mit Fleisch und Gewürzen. Diese hier sind mit einem sehr seltenen Gewürz zubereitet. Demjenigen, das der Spion in Chon verkauft.«

Danjin nickte und beobachtete zweifelnd, wie der Krieger die in Scheiben geschnittenen Schläuche in den Topf gab. Die Mischung köchelte sanft vor sich hin und verbreitete einen würzigen Duft. Danjin begann der Magen zu knurren.

»Wie lange sind wir schon hier?«, erklang eine verschlafene Stimme. Sie drehten sich zu Gillen um, der soeben aus dem Plattan stieg. Er besah sich die inzwischen aufgestellten Zelte und zog die Augenbrauen hoch. »So lange? Ihr hättet mich wecken sollen.«

»Du hast den Schlaf offensichtlich gebraucht«, erwiderte Ella.

Der Mann verzog das Gesicht. »Ja. Erzähl das keinem Dunweger, sonst werde ich hier nie wieder etwas verhandeln können, aber ich konnte noch nie Gefallen daran finden, auf hartem Boden zu schlafen«, sagte er leise auf Hanianisch. Dann ging er zu dem Feuer hinüber und holte tief Luft. »Wie ich sehe, steht uns heute Abend ein Leckerbissen bevor«, fügte er auf Dunwegisch hinzu. »Oder genauer gesagt, eine ganz besondere Etappe auf der exquisiten kulinarischen Reise, die wir unternehmen.«

Yem blickte grinsend auf. »Es wäre eine Schande, wenn unsere Besucher Dunwegen verlassen würden, nachdem sie ihre Zeit hier mit nichts anderem verbracht haben, als auf hartem Boden zu schlafen und hinter umherschweifenden Dienern herzujagen.«

Gillen errötete. Danjin kicherte, als der Botschafter sich hinsetzte und seufzte. »Mein Geheimnis ist heraus. Ich bin unwürdig«, jammerte er. Yem lächelte und sagte nichts mehr, während er weiter im Topf rührte.

Als Danjin zu Ella hinübersah, bemerkte er den geistesabwesenden Ausdruck in ihren Augen. Ihre Stirn war gefurcht, und sie hatte die Lippen zu einer dünnen Linie zusammengepresst. Wem auch immer sie lauschte, weckte in ihr sowohl Sorge als auch Ärger.

Der Diener, dem sie folgten, befand sich eine halbe Tagesreise von ihnen entfernt in östlicher Richtung und näherte sich jetzt der Südwestküste von Dunwegen. Er hatte keine Ahnung, ob er seinem Ziel nahe war, und diejenigen, die ihm unterwegs geholfen hatten, waren nicht besser informiert. Wenn er die Küste erreichte, würde er sich nach Osten oder nach Westen wenden müssen. Oder er würde Dunwegen verlassen müssen. Letzteres bereitete Ella weniger Kopfzerbrechen als die Möglichkeit, dass es in Dunwegen einen pentadrianischen Stützpunkt geben könnte.

Sie waren inzwischen alle daran gewöhnt, dass sie bisweilen über einen längeren Zeitraum schwieg. Danjin wandte seine Aufmerksamkeit wieder den beiden Männern zu, und sie erzählten von Orten, die sie gesehen hatten, und von ihren Erfahrungen im Krieg. Schließlich befand Yem, dass seine »Coopa« fertig sei, und füllte ihre Schalen. Selbst die Diener bekamen ihren Anteil, trotz der teuren Fleischschläuche, die das Essen enthielt.

Das Gewürz hatte dem ganzen Gericht sein besonderes Aroma und eine Schärfe verliehen, die in Danjins Mund ein angenehmes Brennen auslöste. Das Fleisch war für seinen Geschmack jedoch ein wenig zu würzig. Und sehr salzig.

Nachdem sie gegessen hatten, tranken sie ein wenig Fwa und setzten ihr Gespräch fort. Ella löste sich von den Dingen, mit denen sie sich in den vergangenen Minuten beschäftigt hatte, und schaltete sich in das Gespräch ein. Schließlich war Gillens Gähnen nicht länger zu übersehen, und sie schlug vor, dass sie alle zu Bett gehen sollten.

Danjin erhob sich, aber Ella legte eine Hand auf seinen Arm.

»Bleib noch ein Weilchen. Ich muss mit dir reden.«

Er setzte sich wieder.

Sie lächelte und blickte zum Himmel empor. »Sieh dir die Sterne an. Sind sie hier heller als in Jarime?«

»Man hat mir einmal erzählt, dass all die Lampen und Lichter Jarimes die Sterne fahler wirken ließen.«

»Ich habe vor dieser Reise noch nie im Freien geschlafen. Es ist angenehm, obwohl ich mir vorstellen kann, dass es weit weniger angenehm wäre, wenn es regnete oder kalt wäre.«

»Das ist wahr«, pflichtete er ihr bei und dachte an einige unbequeme Nächte in seiner Jugend und während des Marsches gegen die Pentadrianer.

»Die Siyee leben ständig in Zelten, nicht wahr?«

Danjin nickte. »Sie sind natürlich größer und widerstandsfähiger als diese hier. Die Siyee nennen sie Lauben.«

»Lauben«, wiederholte sie und sah zu den Zelten von Yem, Gillen und den Dienern hinüber. »Gut«, murmelte sie. »Sie schlafen.«

»Das ging aber schnell«, erwiderte Danjin leise. »Offensichtlich macht der harte Boden Gillen weniger aus, als er behauptet.«

Sie lächelte, aber dann wurde ihre Miene schnell wieder ernst. »Ich habe schlechte Neuigkeiten für dich, Danjin. Auraya hat sich den Pentadrianern angeschlossen.«

Er blinzelte und starrte sie erschrocken an. »Nein«, stieß er hervor. »Das hätte sie niemals getan. Nicht freiwillig.«

»Sie hat es getan, auch wenn ich nicht weiß, zu welchen Bedingungen.«

Danjin wandte den Blick ab. Auraya und die Pentadrianer. Es war unmöglich. Sie hegte den gleichen Groll gegen sie wie alle Zirkler, weil sie es gewagt hatten, ihr Land anzugreifen, und weil sie so viele Menschen getötet hatten – insbesondere Siyee.

Es musste einen Grund geben …

»Die Götter müssen sie dazu aufgefordert haben«, schlussfolgerte er laut. »Sie würde sich niemals gegen sie wenden.«

Ella lächelte. »Deine Treue ist deine Stärke und deine Schwäche, Danjin. Hast du dasselbe Vertrauen in mich?«

Er sah ihr in die Augen und nickte. »Natürlich.«

»Aber in Aurayas Fall ist dein Vertrauen irregeleitet. Sie hat den Göttern schon einmal den Gehorsam versagt.«

Er wandte den Blick ab. »Ich weiß, du sprichst von ihrem Rücktritt. Ich akzeptiere, dass es Einzelheiten gibt, von denen ich nichts weiß. Dass du das Risiko nicht eingehen kannst, mir mehr zu erzählen.«

»Ein Risiko? Nein. Ich habe nicht mit dir darüber gesprochen, weil ich dich nicht enttäuschen wollte«, sagte sie sanft. »Ich konnte sehen, dass du für sie ähnlich empfindest wie für deine Töchter, dass du sie mit Stolz und Zuneigung betrachtest. Jedes Unrecht, das sie tut, würde dich verletzen.« Sie seufzte und richtete sich auf. »Aber es ist an der Zeit, dass du die Wahrheit erfährst. Wenn sie sich wirklich mit den Pentadrianern verbündet hat, könnte sie deine Ergebenheit ausnutzen.«

Ein Stich der Furcht durchzuckte ihn, dann musste er über die Ironie des Ganzen lächeln. Jetzt, da er endlich erfahren würde, was Auraya getan hatte, wollte er es nicht länger wissen. Ella hatte jedoch nicht die Absicht, Erbarmen zu zeigen.

»Du weißt von ihrer Affäre mit dem Traumweber Leiard«, begann sie. »Was du nicht weißt, ist, dass er nicht derjenige ist, der zu sein er behauptet hat.«

Er runzelte die Stirn. »Wer ist er dann?«

»Mirar.«

Er sah sie lange an in der festen Erwartung, dass sie lächeln und zugeben würde, dass es ein Scherz gewesen war. Aber sie tat nichts dergleichen. Sie erwiderte seinen Blick mit grimmiger Entschlossenheit.

»Aber … das ist nicht möglich«, sagte er schließlich. »Juran hätte ihn erkannt!«

Sie verzog das Gesicht. »Irgendwie hat er seine wahre Identität bis zu dem Punkt unterdrückt, an dem weder er selbst noch die Götter sich dessen bewusst waren. Aber als er seine wahre Persönlichkeit wiederfand, waren die Götter in der Lage, ihn zu erkennen. Juran sagt, seine Erinnerung an Mirar sei verblasst, und Leiard sah tatsächlich ganz anders aus.«

»Ich bezweifle, dass die Götter allzu glücklich über diese Wendung der Ereignisse waren.«

»Nein. Sie haben Auraya den Befehl gegeben, ihn zu töten.«

Danjin sog scharf die Luft ein und starrte sie entsetzt an. »Und sie konnte es nicht tun.«

»Nein.«

»Also haben sie sie aus dem Kreis der Weißen ausgestoßen.«

»Nein. Sie ist zurückgetreten. Sie hatte vollkommen zu Recht den Schluss gezogen, dass die Unfähigkeit, den Göttern zu gehorchen, eine Schwäche ist, die kein Weißer haben sollte.«

Er zuckte zusammen. »Sie konnten nicht von ihr erwarten, dass sie jemanden tötete, den sie liebte. Hätte das nicht ein anderer tun können?«

»Er ist nicht der Mann, den sie geliebt hat. Er ist Mirar. Und er war in Si. Kein anderer Weißer hätte ihn so schnell erreichen können wie Auraya.«

»Oh.« *Ich wette, dass sie an diesem Tag ihre Fähigkeit zu fliegen verflucht hat,* ging es ihm durch den Kopf.

»Leiard war eine temporäre Persönlichkeit, hinter der Mirar sich versteckt hat. Sie hätte nicht ihren ehemaligen Geliebten getötet, und das wusste sie.«

Danjin seufzte. »Ich bin davon überzeugt, dass sie es wusste. Trotzdem wäre es mir nicht leichtgefallen, das *Abbild* eines Menschen zu töten, den ich einmal geliebt habe.«

»Niemand erwartet, dass das Leben eines Weißen leicht ist.«

Er nickte. Sie hatte recht, aber es fiel ihm schwer, ihr unbarmherziges Urteil zu akzeptieren. Gewiss war sie zu hart gegen Auraya. Aber wie konnte sie Mitgefühl mit Auraya empfinden, wenn sie selbst niemals vor einem solchen Dilemma gestanden hatte?

Wie kommt es dann, dass ich Mitgefühl mit ihr habe? Hat Ella recht? Bin ich in meiner Treue zu blind?

Er seufzte. »Also ist sie nach Si zurückgekehrt …« Als ihm klar wurde, was das möglicherweise bedeutete, runzelte er die Stirn. »War Mirar noch dort?«

»Nein. Er war nach Südithania geflohen, wo die Pentadrianer ihn mit offenen Armen willkommen geheißen haben.«

Die Pentadrianer. Und jetzt war Auraya ebenfalls dort. Danjin ließ mutlos die Schultern sinken. »Ist sie jetzt Mirars Geliebte?«, brachte er mit einiger Mühe heraus.

»Das glaube ich nicht.«

»Also hat der Umstand, dass sie sich den Pentadrianern angeschlossen hat, nichts mit ihm zu tun?«, fragte er hoffnungsvoll.

Ella wandte den Blick ab und runzelte die Stirn. »Ich weiß es nicht. Aber da ist noch etwas, das du wissen solltest. Auraya ist vor einigen Monaten einer rätselhaften Frau begegnet. Wir glauben, sie war eine Wilde und hat Auraya verbotene Gaben gelehrt. Die Fähigkeit, ihren Geist vor den Göttern abzuschirmen … und vielleicht das Geheimnis der Unsterblichkeit.«

»Auraya ist eine *Wilde*?«

»Möglicherweise.«

Er schüttelte den Kopf. »Das macht sie also zu einer Feindin der Götter?«

Ella sah ihn kurz an, dann wandte sie sich wieder ab. »Nein.«

Sie gab keine näheren Erklärungen, und Danjin fand es eigenartig, dass seine Frage ihr so offenkundig unangenehm war. Vielleicht lag es nur daran, dass sie keine Antwort darauf hatte.

Danjin dachte über alles nach, was er erfahren hatte. Die Götter hatten Auraya nicht zurückgewiesen. Ella hatte gesagt, dass Auraya *möglicherweise* eine Wilde sei. Vielleicht bedeutete der Umstand, dass die Götter sie akzeptierten, dass es sich nicht so verhielt.

Oder vielleicht bekümmert sie die Existenz unsterblicher Zauberer nicht, solange diese Zauberer ihnen huldigen.

Ella drehte sich wieder zu ihm um. »Sobald du die Überraschung über diese Offenbarungen überwunden hast, wirst du eins erkennen: Wenn die Pentadrianer jetzt eine Wilde auf ihrer Seite haben, werden sie beträchtlich stärker sein als zuvor. Halte dir ferner vor Augen, was Auraya über die Stärken und Schwächen der Zirkler weiß, und du wirst feststellen, dass der Gedanke an zukünftige Konflikte überaus erschreckend ist.«

»Ja«, stimmte Danjin ihr zu.

»Sie kennt uns zu gut, aber du kennst sie besser als irgendjemand sonst. Ich möchte, dass du genau überlegst, auf welche Weise sie ihr Wissen gegen uns benutzen könnte und wie wir unser Wissen über Auraya gegen die ehemalige Weiße einsetzen können.«

Er nickte. »Das werde ich tun. Ich könnte durchaus etwas gebrauchen, worüber ich während dieser Reise nachdenken kann.«

Sie warf ihm einen seltsamen Blick zu. »Die Vorstellung, eine Verschwörung gegen Auraya zu planen, bekümmert dich nicht weiter?«

Er lächelte. »Ein weiterer Vorzug meiner Ergebenheit. Es macht mir nichts aus, mir ein Bündnis zwischen Auraya und den Pentadrianern vorzustellen, weil ich nicht daran glaube.«

Ella schüttelte den Kopf. »Wenn dir das hilft, will ich dir nicht noch mehr Illusionen über Auraya rauben.« Sie erhob sich. »Gute Nacht, Danjin Speer.«

»Gute Nacht.«

25

Eine weiche Matratze bedeutete ein Bett, und ein Bett bedeutete, dass Auraya in ihrem Zimmer im Turm war … Aber das konnte nicht wahr sein.

Auraya öffnete die Augen und stöhnte, als ihr alles wieder einfiel: der gescheiterte Angriff der Siyee auf die pentadrianischen Vögel, ihre Übereinkunft mit Nekaun, die Tatsache, dass sie sich im Sanktuarium befand, der Trutzburg des Feindes. Sie war sofort hellwach, und ihre Gedanken wanderten unverzüglich zu dem vor ihr liegenden Tag und den Dingen, die baldmöglichst geschehen mussten.

Ich habe jetzt fast eine Nacht und einen Tag hier verbracht. Wenn Nekaun sein Wort hält, wird er heute einen weiteren Siyee freilassen.

Und wenn er es nicht tut?

Dann würde sie fortgehen – wenn sie konnte – und versuchen, eine Möglichkeit zu finden, die Siyee zu befreien.

Als sie aus dem Bett stieg, hörte sie einen leisen, schläfrigen Laut des Protests. Sie blickte hinab und stellte fest, dass Unfug blinzelnd zu ihr aufsah. Er reckte sich mit bebendem Schwanz.

Einige Diener hatten ihr am Tag zuvor einen Berg Kleider gebracht. Sie hatte zum Schlafen ein schlichtes Hemd gewählt und dann ihren Zirk, die Hosen und die ärmellose Tunika, in denen sie angekommen war, gereinigt. Jetzt schlüpfte sie wieder in ihre Priesterinnengewänder und trat ans Fenster.

Von dort aus hatte man einen prächtigen Blick auf die Stadt und die Dächer und Innenhöfe des Sanktuariums. Die

Räume, die man ihr gegeben hatte, waren wahrscheinlich der Beherbergung wichtiger Gäste vorbehalten. *Ich frage mich, wer vorher hier gewohnt haben mag. Die Räume sind groß, aber nicht besonders kunstvoll eingerichtet. Es gibt nicht viele Möbel. Könige und ähnliche Würdenträger würden gewiss prächtigere Quartiere bevorzugen.*

Unfug sprang, die Ohren aufgestellt und mit zuckender Nase, auf das Fenstersims.

»Bleib hier«, warnte sie ihn. Er ließ die Ohren enttäuscht herabhängen, schlang jedoch den Schwanz um den Körper und blieb sitzen, ganz in sein Schicksal ergeben.

Aus dem Nebenzimmer erklang ein Klopfen. Auraya erstarrte, dann sog sie den Atem ein und stieß ihn langsam wieder aus. Sie entfernte sich vom Fenster und ging zu den Doppeltüren des Hauptraums hinüber. Als sie sie öffnete, begrüßte Nekauns Gefährte, Turaan, sie mit einem Nicken, und die Schar von Dienern hinter ihm tat es ihm gleich.

Es sind keine Diener, rief sie sich ins Gedächtnis. *Es sind Domestiken.*

»Guten Morgen, Priesterin Auraya«, sagte Turaan. »Ich bringe dir etwas zu essen und Wasser.«

Sie trat beiseite. Die Domestiken, die jeder etwas in Händen hielten, kamen herein. Turaan gab ihnen Anweisungen. Einige der Männer und Frauen stellten ihre Lasten auf einen Tisch, dann hoben sie die gewobenen Deckel der Schüsseln an, und kunstvoll angerichtete Speisen wurden sichtbar, darunter Früchte und Brot. Zwei riesige Tonkrüge wurden auf den Boden gestellt, dann füllten mehrere Männer sie mit Wasser aus großen Gefäßen, bis sie beinahe überflossen.

Andere Domestiken verschwanden im Schlafzimmer. Als Auraya hineinblickte, waren sie gerade damit beschäftigt, das Bett mit der Geschicklichkeit langer Übung herzurichten und die Kleider, in denen sie geschlafen und jene, die sie ignoriert hatte, einzusammeln, bevor sie wieder aus dem Raum marschierten.

Sie rührten ihr Bündel nicht an und schienen Unfug, der immer noch auf dem Fenstersims hockte, gar nicht zu bemerken.

Eine junge Frau wandte sich mit gesenktem Blick zu Auraya um. Sie zeigte zuerst auf den gefliesten Raum, dann auf die Wasserkrüge.

Auraya schüttelte den Kopf, wenn auch nicht ohne einen Anflug von Bedauern. Es war lange her, seit sie das letzte Mal ein heißes Bad genossen hatte, aber sie würde sich nicht entspannen können, während ihr bewusst war, dass sie schon bald die Gastgeberin für Nekaun würde spielen müssen.

»Priesterin Auraya.«

Sie drehte sich zu Turaan um.

»Die Erste Stimme hat mich gebeten, dir auszurichten, dass er in Kürze bei dir sein wird. Bitte, iss und erfrische dich. Du wirst ihn auf das Dach begleiten, um die Freilassung eines Siyee zu bezeugen.«

Sie nickte und sah dann zu, wie die Diener den Raum verließen. Obwohl sie still und zurückhaltend waren, waren ihre Gedanken doch voller Neugier, Groll und Furcht. Sie war der Feind. Sie war gefährlich. Warum behandelte Nekaun sie wie einen Gast?

Als die Türen sich hinter ihnen geschlossen hatten, ging Auraya zu dem Tisch hinüber und nahm das Essen in Augenschein. Am vergangenen Abend hatte sie die Möglichkeit erwogen, dass Nekaun versuchen könnte, sie zu vergiften. Sie hatte ihre heilende Gabe noch nicht an Gift erprobt, aber als sie darüber nachgedacht hatte, wie sie mit einer solchen Bedrohung fertigwerden würde, war sie voller Zuversicht gewesen.

Sie nahm sich etwas Obst und Brot und ging ans Fenster,

um zu essen. Ein leiser, dumpfer Aufprall lenkte ihre Aufmerksamkeit zurück auf den Tisch. Unfug beschnupperte einen der Teller. Als er sich daranmachte, an einem der Leckerbissen zu nagen, durchzuckte sie ein Stich der Furcht. Was war, wenn er etwas Giftiges aß? Sie könnte ihn wahrscheinlich heilen, aber was war, wenn sie nicht zugegen war, wenn es geschah?

Ich werde ihn einfach überallhin mitnehmen müssen.

Sie beendete ihre Mahlzeit, dann holte sie ihr Bündel aus dem Schlafzimmer. Es befanden sich nur wenige Dinge darin. Lediglich ein leerer Wasserschlauch, einige Heilmittel, eine Tunika und einer Hose zum Wechseln.

Nachdem sie ihr Bündel geleert hatte, schüttelte sie den Sand und den Staub heraus und stellte es beiseite. Dann setzte sie sich hin, um zu warten.

Nicht lange darauf erklang abermals ein Klopfen von der Tür. Diesmal stand Nekaun auf der Schwelle, in Begleitung von Turaan.

»Sei mir gegrüßt, Zauberin Auraya.«

»Priesterin«, verbesserte sie ihn.

»*Priesterin* Auraya. Es ist an der Zeit, dass ich meine Seite unseres Handels einhalte«, sagte Nekaun lächelnd.

»Einen Moment.« Sie griff nach dem Bündel und rief nach Unfug. Der Veez kam herbeigehüpft und sprang in ihre Arme. Da er wusste, was von ihm erwartet wurde, schlüpfte er direkt in das Bündel. Sie hängte es sich über die Schulter und wandte sich dann zu Nekaun um.

»Ich bin bereit.«

Er nickte und geleitete sie in den Flur hinaus.

»Wie nennst du dieses Geschöpf?«

»Es ist ein Veez«, erwiderte sie. »Aus Somrey.«

»Ein Schoßtier?«

»Ja.«

»Es spricht.«

»Sie lernen die Wörter, die sie brauchen, um ihre Bedürfnisse oder Sorgen auszudrücken, Dinge wie Essen, Wärme und Gefahr – was sie nicht gerade zu anregenden Gesprächspartnern macht.«

Er kicherte. »Das kann ich mir vorstellen. Hast du gut geschlafen?«

»Nein.«

»Hat die Hitze dir zu schaffen gemacht?«

»Zum Teil.«

»Du hast dir den heißesten Teil des Jahres für deinen Besuch ausgesucht«, rief er ihr ins Gedächtnis.

Sie beschloss, auf diese Bemerkung nicht zu antworten. Er führte sie eine Treppenflucht hinauf.

»War das Essen nach deinem Geschmack?«, erkundigte er sich.

»Ja.«

»Hast du noch einen Wunsch?«

Sie spürte, wie Unfug sich auf ihrer Schulter regte. In dem Bündel war es unbehaglich warm und ein wenig stickig.

»Rohes Fleisch für Unfug«, antwortete sie. »Und ich möchte, dass alle Speisen aus meinem Zimmer entfernt werden, wenn ich es verlasse. Ich möchte nicht, dass er etwas Ungeeignetes frisst.«

Das Fleisch wird er mögen, dachte sie. *Und wenn er vergiftet wird, werde ich wissen, dass der Angriff ihm galt, um mich zu treffen, statt annehmen zu müssen, dass das vergiftete Essen für mich bestimmt war.*

»Ich werde es veranlassen«, entgegnete Nekaun. »Da wären wir.«

Er ging eine schmale Treppe hinauf und stieg durch ein Loch in der Decke. Sie traten in helles Sonnenlicht hinaus, auf das Dach eines Gebäudes. Sie hatte auf vielen Dächern des Sanktuariums Sitzplätze und eingetopfte Bäume gesehen, was darauf schließen ließ, dass die Dächer ähnlichen Zwecken dienten wie die Innenhöfe.

In der Nähe eines weiteren Lochs im Dach standen vier Götterdiener, die Nekaun erwartungsvoll ansahen. Er sagte nur ein einziges Wort, und sie drehten sich um, um in die Öffnung hinabzublicken.

Aurayas Herz krampfte sich zusammen, als ein Siyee auf das Dach stieg. Er blinzelte heftig, während seine Augen sich an das Licht gewöhnten. Seine Handgelenke waren mit einem Seil gefesselt, was sehr unbequem sein musste, da die Fasern in die Membran seiner Flügel schnitten. Er drehte den Kopf hin und her, während er das Dach betrachtete, auf dem er stand. Als er Auraya neben Nekaun und Turaan entdeckte, hielt er inne.

Ich bin der Erste, dachte er glücklich. Dann überkam ihn eine Woge von Schuldgefühlen. *Die anderen … ich möchte sie nicht zurücklassen … aber ich muss. Wenn ich es nicht tue, würde ich damit womöglich den Handel zunichtemachen, den Auraya geschlossen hat.*

Ein Götterdiener durchschnitt seine Fesseln, und ein anderer hielt ihm einen Wasserschlauch und ein Päckchen mit Essen hin. Der Siyee beäugte beides voller Argwohn, dann verstaute er den Proviant in seinem Wams.

Schließlich sah er sie an, und seine Gedanken waren voller Dankbarkeit. Sie nickte ihm zu.

Flieg einfach, dachte sie.

Als die Götterdiener beiseitetraten, kehrte der Siyee ihnen den Rücken zu, rannte los, sprang von dem Gebäude und glitt davon.

Auraya stieß langsam den Atem aus, den sie angehalten hatte. Die geflügelte Gestalt entfernte sich schwebend vom Sanktuarium, umkreiste den Hügel und flog in Richtung Süden davon. Sie blickte dem Siyee nach, bis sie ihn nicht mehr sehen konnte.

Dann wandte Nekaun sich zu ihr um und lächelte. »Jetzt musst du deinen Teil des Handels einhalten, Zauberin Auraya, und ich habe dir viel zu zeigen.«

Jeden Tag wurde Kave abwechselnd von Regen und von Hitze heimgesucht, so dass die Luft zum Schneiden dick war. Gewaschene Kleider wollten nicht trocknen, und trockene Kleider waren feucht von Schweiß, sobald man sie überstreifte. Der Gestank des Unrats unter der Stadt überzog alles mit widerwärtiger Fäulnis. Stechende Insekten schwärmten in Wolken aus und zwangen die Bewohner der Stadt, in ihren Häusern zu bleiben. Deshalb sahen Mirar und Tintel, als sie zum Fluss hinuntergingen, nur wenige Menschen.

Tintel wischte sich mit einem nassen Tuch die Stirn ab und seufzte. »Ich liebe diese Jahreszeit«, bemerkte sie trocken.

»Wie lange hält dieses Wetter an?«, fragte er.

»Bis zu vier Wochen. Einmal waren es sechs. Jeder, der es sich leisten kann, verlässt Kave im Sommer. Selbst wenn die Menschen die Hitze ertragen können, wollen sie dem Sommerfieber ausweichen.«

Mirar dachte an die zunehmende Zahl von Kranken, die in das Hospital kamen. Die anderen Traumweber hatten ihm erklärt, dass dies ein jährliches Ereignis sei, und schon bald würde das ganze Traumweberhaus mit Betten für die Kranken gefüllt sein. Das Fieber war jedoch nur selten tödlich.

Einige hundert Schritte vom Flussufer entfernt endete die Bebauung abrupt. Über schmale Holztreppen gelangte man zu dem schlammigen Boden hinab, wo eine provisorische, aus Brettern gezimmerte Straße zum Wasser führte.

Mirar und Tintel blieben stehen. Sie konnten eine Barkasse erkennen, die an Pfähle gebunden war, und um die Barkasse herum standen etliche Götterdiener. Männer, die nur mit kurzen Hosen bekleidet waren, trugen Kisten und Truhen an Bord, und ihre nackten Oberkörper glänzten von Schweiß.

»Ich habe ein Abschiedsgeschenk für dich«, sagte Tintel.

Mirar wandte sich zu ihr um. »Du brauchst mir nichts …«

»Warte es ab«, erwiderte sie streng. »Du wirst dieses Geschenk brauchen.«

Sie öffnete den Beutel, der an ihrer Schulter hing, und nahm einen Tonkrug mit einem schmalen Hals heraus. Er war mit einem Wachsklumpen verschlossen, aus dem eine Schnur ragte. Tintel griff nach der Schnur und zog den Wachsstöpsel heraus.

»Streck die Hände aus.«

Mirar tat wie geheißen. Sie kippte die Flasche, und ein gelbliches Öl ergoss sich in seine Hand. Es roch angenehm würzig nach Kräutern.

»Reib dich damit ein«, wies Tintel ihn an und ließ etwas von dem Öl in ihre eigene Hand fließen. »Es hilft, die Insekten und das Sommerfieber fernzuhalten.«

»Also bringen die Insekten die Krankheit mit sich?«, fragte er, während er sich zuerst die Hände, dann das Gesicht mit dem Öl einrieb.

»Vielleicht.« Tintel zuckte die Achseln. »Vielleicht ist es nur eine günstige Nebenwirkung des Öls. Es hilft in jedem Fall, das Fieber zu senken.«

»Es ist überraschend erfrischend. Macht die Hitze ein wenig erträglicher.«

Sie stöpselte die Flasche zu, schob sie wieder in den Beutel und nahm dann eine kleine Holzschachtel heraus. Sie öffnete sie und zeigte ihm, dass sie voller Kerzen war.

»Die Kerzen sind mit den gleichen Extrakten versetzt. Benutze sie sparsam, und du wirst während der ganzen Reise bis zur Steilwand damit auskommen. Wir verkaufen in jedem Sommer sowohl Öl als auch Kerzen zu dem Preis, den wir für die Herstellung benötigen. Wir sind die Einzigen, die diese Dinge herstellen, obwohl wir das Rezept jedem geben, der es haben will.«

»Also könnte jemand, der auf Gewinn aus ist, nicht mit euch mithalten. Habt ihr jemals einen Mangel an Öl und Kerzen?«

»Ja.« Sie runzelte die Stirn. »Würdest du von uns wollen, dass wir mit einem Heilmittel Gewinn machen?«

»Wenn Menschen durch den Mangel an Öl zu Schaden kämen, dann ja. Die Gewinne könnten dem Traumweberhaus oder den Kranken zukommen.«

»Du hast keine Ahnung, welche Erleichterung es ist, dich das sagen zu hören.« Sie schloss die Schachtel, legte sie wieder zurück und reichte ihm dann den Beutel.

Er lächelte. »Stellst du mich auf die Probe, Tintel?«

Sie kicherte. »Möglich. Absicht und Wille können sich im Laufe vieler Jahre verändern. Einige Traumweber glauben, du hättest es verboten, Heilmittel zu verkaufen.«

»Es ist nicht …«

»Traumweber Mirar?«

Die Stimme war befehlsgewohnt und voller Zuversicht. Er drehte sich zu ihrer Besitzerin um, die soeben die letzten Stufen zur Plattform heraufkam.

»Vierte Stimme Genza«, erwiderte er und deutete dann auf Tintel. »Das ist Traumweberin Tintel, die das Traumweberhaus von Kave leitet.«

Genza nickte Tintel zu. »Ich muss mich dafür entschuldigen, dass ich euch euren Begründer und Führer abspenstig machte. Mir ist klar, dass sein Wissen und seine Fähigkeiten der Stadt zu dieser Jahreszeit von großem Nutzen wären.«

Tintel zuckte die Achseln. »Wir sind über Jahrhunderte hinweg jeden Sommer mit dem Fieber zurechtgekommen.

Ich bin davon überzeugt, dass wir es auch ohne ihn schaffen werden.«

In Genzas Augen blitzte Erheiterung auf. »Ihr habt der Stadt tatsächlich in all dieser Zeit große Dienste geleistet. Kave verdankt euch viel.« Sie wandte ihre Aufmerksamkeit wieder Mirar zu. »Wir sind bald bereit für die Abreise.«

Er nickte und sah Tintel an. »Danke, dass du dir so viel Mühe mit mir gegeben hast. Ich hoffe, dass die sommerliche Hitze in Kave diesmal ein frühes Ende nimmt.«

Tintel neigte den Kopf. »Und ich hoffe, dass sich in Glymma alles zum Besten entwickeln wird. Ich nehme an, du wirst anschließend deine Entdeckungsreise durch Südithania fortsetzen. Ich freue mich darauf, dich wieder in Kave zu sehen, wenn auch vielleicht zu einer besseren Jahreszeit.«

»Ich würde die Stadt gern zu ihrer besten Zeit sehen«, erwiderte er.

»Vielleicht nächstes Mal.« Sie machte das alte Traumweberzeichen, indem sie Herz, Mund und Stirn berührte. »Leb wohl.«

Überrascht erwiderte er die Geste, dann drehte er sich zu Genza um, die ihn zur Treppe hinüberführte.

Während er ihr die Bretterstraße entlang zu der Barkasse folgte, dachte er an die Neuigkeiten, die er während einer Traumvernetzung in der letzten Nacht von den Zwillingen erfahren hatte.

Auraya ist in Glymma, hatten sie ihm erzählt. Als sie ihm von der Mission der Siyee und ihrem Fehlschlag berichtet hatten, war Mirar fassungslos darüber gewesen, dass die Weißen etwas so Törichtes hatten tun können. Es überraschte ihn nicht, dass der Angriff gescheitert war, obwohl er es besorgniserregend fand, dass die Pentadrianer offensichtlich vorgewarnt gewesen waren. Gab es in den Reihen der Siyee einen Spion? Unter den Vertrauten der Weißen konnte sich kein Spion befinden, sonst hätten die Auserwählten der Götter den Verrat in seinen Gedanken gelesen.

Es hatte ihn nicht erstaunt zu erfahren, dass Auraya Nekauns Angebot angenommen und sich bereiterklärt hatte, als Gegenleistung für die Freilassung der Siyee in Glymma zu bleiben. *Ich frage mich, wie die Weißen zu dem Umstand stehen, dass sie einen Handel mit dem Feind geschlossen hat. Oder vielmehr, dass sie sich mit einer Erpressung dazu hat bringen lassen, dort zu bleiben.*

Es waren noch achtundzwanzig gefangene Siyee übrig. Einer musste heute freigelassen worden sein. Tintels Beschreibung der Flussreise zu der Steilwand hatte er entnommen, dass drei Viertel der Siyee frei sein würden, bevor er ein Drittel der Strecke nach Glymma hinter sich gebracht hatte. Zu dieser Zeit des Jahres strömte der Fluss so träge dahin, dass Barkassen mit Staken oder Riemen bewegt werden mussten.

Also brauchen Tamun und Surim sich keine Sorgen zu machen. Die Zwillinge hatten befürchtet, dass Nekaun beabsichtige, Auraya und Mirar gegeneinander auszuspielen.

Jeder denkt, dass du und Auraya Todfeinde sind. Manche glauben, dass Nekaun sich erbieten werde, dich als Gegenleistung für Aurayas Unterstützung zu töten. Oder dass er anbieten wird, Auraya zu töten, um dich auf seine Seite zu ziehen.

Auraya wird sich nicht mit den Feinden der Weißen verbünden, hatte Mirar geantwortet, obwohl er sich nicht ganz sicher gewesen war, ob das der Wahrheit entsprach. Sie hatte schon zuvor eine Menge geopfert, um die Siyee zu retten.

Nur gut, dass sie nicht wissen, wie ihr beiden wirklich zueinander steht, wie?, hatte Surim gesagt. *Sie müssten nur entscheiden, welchen von euch sie einkerkern und welchen sie erpressen wollen.*

Erpressung wird bei ihr nicht funktionieren, hatte Mirar den Zwillingen ins Gedächtnis gerufen.

Ah, aber bei dir würde sie eindeutig funktionieren.

Surim hatte recht, aber Mirar hatte sich mit zwei Tatsachen getröstet: Er würde es niemals rechtzeitig bis nach Glymma schaffen, und es bedurfte großer Magie, um jemanden, der so mächtig war wie Auraya, einzukerkern. Es würde eine oder mehrere Stimmen Tag und Nacht beschäftigen, so dass sie im Falle eines Angriffs der Weißen mehr Mühe haben würden, sich zu verteidigen.

Er und Genza hatten inzwischen die Barkasse erreicht. Sie geleitete ihn an Bord und zeigte ihm die Kajüte, die für ihn vorbereitet worden war. Sie war winzig, aber sauber.

Die Seeleute lösten die Seile von den Pfählen und stießen das Boot mit Staken in den Fluss hinaus. Mit ihrem flachen Rumpf schaukelte die Barkasse schwerfällig hin und her. Genza ging zum Bug, dann drehte sie sich um und sagte etwas zu der Mannschaft, die daraufhin die Staken wieder einzog.

Dann machte Mirar unwillkürlich einen Schritt rückwärts, als das Boot sich durch den Fluss pflügte und zu beiden Seiten Wellen aufpeitschte. Sein Magen krampfte sich zusammen, während ihm das Herz gleichzeitig leichter wurde.

Sieht so aus, als bestünde doch eine gute Chance, dass ich es rechtzeitig nach Glymma schaffen werde, um Auraya zu sehen.

26

Auraya war durch Flure gegangen, die in kunstvollen Mustern gefliest waren, sie hatte Räume mit Teppichen in üppigen Farben gesehen und war durch Innenhöfe geschlendert, die durch elegante Springbrunnen und exotische Pflanzen gekühlt wurden. Man hatte ihr kunstvoll zubereitete Speisen in getöpfertem Geschirr und Glasschalen von höchster Qualität serviert, und sie hatte mit goldenem Besteck gegessen. Sie hatte fremdartige, wunderschöne Musik gehört und Skulpturen und Kunstwerke bewundert, deren erheiterndstes eine Karte von ganz Ithania gewesen war. Die Karte war aus winzigen Glaskacheln gemacht, die die Elai als goldhaarige Mädchen mit Fischschwänzen zeigten und die Siyee als Menschen mit gefiederten Flügeln, die ihnen aus dem Rücken sprossen.

Nekaun tat sein Bestes, sie zu beeindrucken.

Obwohl sie sich nicht sicher war, ob dies sein wahres Ziel war, machte er kein Geheimnis daraus, dass er beabsichtigte, sie auf seine Seite zu ziehen. Die Möglichkeit, dass er glauben könnte, sie würde sich von den zirklischen Göttern abwenden und mit den Pentadrianern verbünden, war so lächerlich, dass sie sie zuerst einfach abgetan hatte. Aber eines wurde ihr bald klar: Er musste die Möglichkeit erwägen, dass sie die Weißen wegen eines Konflikts verlassen und sich vielleicht sogar von ihren Göttern abgewandt hatte. Sie würde vielleicht die Seiten wechseln, wenn sie Rache wollte oder eine Rückkehr an die Macht oder wenn ihr die Glaubenswelt der Pentadrianer einfach mehr zusagte.

Wenn sie zu erkennen gab, dass sie unerschütterlich in ihren Überzeugungen war, würde er aufgeben. Aber je eher er das Gefühl hatte, sie für sich gewonnen zu haben, umso eher würde er aufhören, es zu versuchen. In den Höhlen unter dem Sanktuarium waren noch immer siebenundzwanzig Siyee eingekerkert, daher musste sie dieses Spiel noch für weitere achtundzwanzig Tage aufrechterhalten.

Ich muss beeindruckt wirken, aber nicht allzu interessiert. Er muss Widerstand spüren, der jedoch nicht unüberwindlich wirken darf, sagte sie sich. *Ich sollte gelegentlich einen Augenblick der Schwäche vortäuschen, um seine Hoffnung zu schüren, dass er mich am Ende doch für seine Sache würde gewinnen können.*

Nekaun führte sie einen breiten Flur hinunter, der anscheinend das Untere Sanktuarium mit dem Oberen Sanktuarium verband.

»Ist es wahr, dass die Weißen in Räumen leben, die ebenso schlicht und klein sind wie die ihrer Priester?«, fragte er, und sein allgegenwärtiger Gefährte, Turaan, wiederholte seine Worte auf Hanianisch.

»Schlicht, ja«, antwortete sie. »Klein, nein.«

Es kostete sie ständige Konzentration, nicht zu offenbaren, dass sie Gedanken lesen konnte. Je eher sie ein wenig von der Sprache der Einheimischen lernte, umso besser. Irgendjemand hatte ihr genau das geraten. In Gedanken hörte sie eine vertraute Stimme.

»Du kannst nie wissen, wann dir eine gewisse Kenntnis der einheimischen Sprache einmal von Nutzen sein kann. Vielleicht können diese Kenntnisse dir sogar das Leben retten.«

Danjin hatte das gesagt. Eine leichte Traurigkeit regte sich in ihr. Sie hatte ihn so lange nicht mehr gesehen, und sie vermisste seine Verlässlichkeit und seine Freundschaft.

»Du hast im Weißen Turm gelebt, nicht wahr?«, fragte Nekaun.

»Ja.«

»Leben alle Priester des Tempels im Turm?«

Sie sah ihn zweifelnd an. »Ich habe mich nur bereiterklärt hierzubleiben; es war nicht die Rede davon, dass ich dir Informationen über deine Feinde liefern soll.«

Sein Lächeln wurde breiter. »Verzeih mir. Ich hatte nicht die Absicht, dich auszunutzen. Es interessiert mich einfach. Hier …« Er deutete auf eine schmale Öffnung in der Wand. »Hier ist ein Ort, der uns sehr teuer ist. Der Sternensaal.«

Von Turaan kam eine plötzliche nervöse Erregung, und sie las aus seinen Gedanken, dass dies der wichtigste Huldigungsort der Pentadrianer war. Eine Art Altar. Als Nekaun durch die Öffnung trat, zögerte Auraya. Wie gefährlich konnte der Altar der feindlichen Götter sein? Konnten sie ihr dort etwas antun, dessen sie außerhalb des Altars nicht mächtig waren?

Nekaun hat bei diesen Göttern geschworen, dass mir nichts zustoßen würde, rief sie sich ins Gedächtnis. *Und ich habe mich bereiterklärt, zu bleiben und mich herumführen zu lassen. Wenn einer von uns sein Wort bricht, werde ich nicht die Erste sein.*

Sie holte tief Luft und folgte Nekaun in einen großen Raum. Die Wände, der Flur und die Decke waren schwarz. Die Wände standen außerdem in merkwürdigen Winkeln zueinander. Sie bemerkte, dass es fünf Wände waren; der Raum war ein Pentagon. Nekaun stand in der Mitte zwischen in den Boden eingelassenen silbernen Linien. Ein kalter Schauer überlief sie, als ihr klar wurde, dass sie einen riesigen Stern formten.

Sie blickte zu Nekaun auf. »Willst du mich jetzt deinen Göttern vorstellen?«, fragte sie, erfreut zu hören, dass ihre Stimme gelassen klang.

Sein Lächeln, das sonst so bestrickend war, wirkte jetzt seltsam schief. »Nein. Die Götter entscheiden, wann sie erscheinen, nicht ich. Sie sprechen nicht oft zu uns und geben uns nur selten Anweisungen. Wir wissen die Freiheit zu schätzen, uns selbst zu regieren, und sie vertrauen darauf, dass wir unsere Sache gut machen.«

»Wenn sie niemals erscheinen, müssen einige deiner Landsleute daraus den Schluss ziehen, dass sie nicht existieren.«

Er lachte leise. »Ich habe nicht gesagt, dass sie *niemals* erscheinen. Du glaubst nicht, dass sie real sind, nicht wahr?«

»Ich weiß, dass zumindest einer von ihnen real ist«, erwiderte sie. »Weil ich ihn während des Krieges gesehen habe.«

Er blinzelte überrascht. »Du hast einen unserer Götter gesehen?«

»Sheyr, glaube ich.«

»Er ist nur das eine Mal erschienen.« Er kniff die Augen zusammen. »Du warst dort?«

»Ja. Als deine Leute aus den Minen kamen. Auf diese Weise haben wir erfahren, dass wir vom Pass abziehen und euch dort entgegentreten mussten.«

Er schüttelte den Kopf. »Was hast du dort getan?«

Mich wegen Leiard gegrämt, dachte sie ironisch. *Das kann ich ihm wohl kaum erzählen …* »Ich habe mich umgesehen«, antwortete sie. »Ich wollte gerade gehen, aber Chaia hat mich daran gehindert.« Sie lächelte. »Manchmal ist es durchaus besser, wenn ein Gott bereit ist, zu erscheinen und seinen Anhängern Anweisungen zu geben.«

Er zog die Augenbrauen hoch, was seinem Gesicht einen nachdenklichen Ausdruck verlieh.

»Glaubst du, dass meine Götter real sind?«, fragte sie.

Er zuckte die Achseln. »Ich habe sie zwar nicht gesehen, aber ich halte es für wahrscheinlich.«

»Sind deine Götter Überlebende des Kriegs der Götter?«

»Das weiß ich nicht«, antwortete er offen. »Sie haben nie behauptet, dass sie es nicht wären.«

Sie schüttelte den Kopf. »Entweder eure Götter sind neu, oder meine Götter wissen nicht, dass eure Götter ihnen entkommen sind.«

Er schürzte die Lippen und musterte sie versonnen. »Stört es dich nie zu wissen, dass deine Götter behauptet haben, so viele andere Götter getötet zu haben, und stolz darauf sind?«

Sie runzelte die Stirn. »Nein. Die alten Götter waren grausam und haben Sterbliche übel missbraucht.«

»Und deine Götter haben das nicht getan?«

Auraya musste plötzlich an Emerahls Geschichte über Chaias Verführung sterblicher Frauen denken und an die Berichte über Verkrüppelungen während der Jahre, in denen Huan die Siyee geschaffen hatte. Diese Berichte wurden von Generation zu Generation weitergegeben.

»Du zögerst«, bemerkte er leise.

Ich glaube, ich habe soeben einen dieser Augenblicke der Schwäche gezeigt, die ich geplant hatte, überlegte sie. *Nur dass dies nicht geplant war und ich mich nicht verstellt habe.*

»Sie mögen nicht ohne Fehler sein«, räumte sie ein. »Aber bei Wesen, die so alt sind wie sie, lässt es sich wohl kaum vermeiden, ab und zu schlechte Entscheidungen zu treffen. Nach allem, was man mich gelehrt hat, haben die toten Götter sich weit schlimmerer Dinge schuldig gemacht. Was mehr zählt als die vergangenen Irrtümer, ist der Umstand, dass der Zirkel seit seiner Begründung Frieden, Ordnung und Wohlstand nach Nordithania gebracht hat. Während der letzten hundert Jahre sind sieben Länder Verbündete geworden, und es gab keinen Krieg mehr – bis deine Truppen angegriffen haben.«

Seine Miene war jetzt undeutbar. Er trat aus den Linien des Sterns heraus, kam auf sie zu und deutete dann auf die Öffnung. »Wollen wir weitergehen? Ich würde dir gern das

Untere Sanktuarium zeigen, wo wir zusammenkommen und uns um die Belange der Öffentlichkeit kümmern. Wenn dir Frieden, Ordnung und Wohlstand so sehr am Herzen liegen, wirst du es gewiss interessant finden.«

Sie lächelte und gestattete ihm, sie aus dem Raum zu führen.

Die Wolken, die den Himmel überzogen, waren von einem leuchtenden Orange, das langsam in ein dunkles Rot überging, aber eine Wand aus Dunkelheit verbarg die Quelle des verblassenden Lichts. Die Steilwand, die das trockene Land überragte, verkürzte die Tage, weil bereits nachmittags die Sonne dahinter verschwand.

Hier möchte ich nicht leben, dachte Emerahl. *Dieses Kliff hat etwas Bedrohliches. Es ist ein Gefühl, als könnte es jeden Augenblick auf uns herabstürzen.*

Die Schnelligkeit, mit der es den Denkern gelungen war, eine Plattan-Karawane zusammenzustellen und nach Sorlina zu gelangen, war beeindruckend. Zwei Tage nachdem sie die Knochen gelesen hatte, hatte Emerahl ihre Unterkunft bezahlt und ihre Habe in einen von mehreren geschlossenen Plattans gebracht, die danach aus der Stadt gerollt waren. Barmonia hatte ihr mitgeteilt, dass er die Gruppe leiten würde; er war so viele Male in der Ruinenstadt gewesen, dass er seine Besuche dort nicht mehr zählen konnte. Hätte sie seine Geringschätzung ihr gegenüber nicht deutlich spüren können, hätte sie seine leutselige Art vielleicht als Hinweis gewertet, dass er sich langsam für sie erwärmte.

Soll er doch ruhig freundlich tun, überlegte sie. *Anderenfalls würde die Reise weniger angenehm werden. Ich kann ihm wohl kaum sagen, dass ich weiß, dass er und seine Gefährten planen, mich auf irgendein Schiff zu verfrachten, sobald sie die Schriftrolle gefunden haben.*

Ein schwaches Beben lief durch den Boden, gerade stark genug, um die Seile der Zelte in Schwingung zu versetzen. Emerahl blickte zu den Männern hinüber, die um das Lager herumsaßen. Die meisten hatten innegehalten und wirkten jetzt äußerst wachsam, aber als das Beben sich wieder legte, entspannten sie sich schnell.

»Ein Erdbeben«, murmelte Yathyir vor sich hin, bevor er sich noch eine Schale von der überwürzten Getreidespeise nahm, die die Diener für sie gekocht hatten.

Ray sah zu Emerahl auf und lächelte. »Das passiert hier ständig«, erklärte er ihr. »Der große Denker Marmel glaubte, die Steilwand sei entstanden, weil ein flacher Teil der Welt sich über einen anderen Teil schiebe – denjenigen, auf dem wir gerade sitzen. Manchmal zittert die Erde so heftig, dass man nicht stehen kann. Manchmal bringt das Beben Häuser zum Einsturz.«

Emerahl blickte zur Steilwand auf und runzelte die Stirn. »Es überrascht mich, dass Hannaya noch steht.«

»Oh, von Zeit zu Zeit brechen Stücke davon ab, aber es ist stark genug, um den meisten Beben standzuhalten. Es heißt, Zauberer hätten die Stadt aus dem massiven Fels geformt.«

»Wie weit reicht die Steilwand?«

»Bis hinüber zur Südwestküste. An manchen Stellen ist sie höher, an manchen niedriger. Wir gehen zu einer der wenigen Lücken darin, wo sie sich geteilt hat.« Er breitete die Hände aus und demonstrierte mit Gesten, wie die aufgleitende Scholle auseinanderbrach und ihre beiden Teile sich in unterschiedliche Richtungen weiterschoben. »Das Land dazwischen ist ein langer, steiler Hang. Es war tausend Jahre lang eine der wenigen Binnenverbindungen von Avven nach Mur, so dass die Menschen, die den Transport von Waren von einem Land zum anderen kontrollierten und Zölle erheben konnten, sehr wohlhabend wurden. Dann kam der

Krieg der Götter, und binnen eines Jahres ging die Macht von den Anhängern der toten Götter auf die Anhänger der Fünf über.«

»Ein Jahr? Woher weißt du das?«

»Wenn du dir die Geschichten aus dieser Zeit ansiehst, kannst du eine gewisse Ordnung erkennen. Natürlich behaupteten einige Menschen, ihre Götter lebten noch, obwohl das nicht der Fall war. Andere behaupteten, die Götter ihrer Feinde seien tot, obwohl diese noch lebten. Aber die meisten wurden binnen einer kurzen Zeitspanne getötet.«

Emerahl schüttelte erstaunt den Kopf. Sie hatte nicht gewusst, wie oder wann sich die Todesfälle ereignet hatten. Die Konsequenzen hatten sich nur langsam bemerkbar gemacht. »Die Sterblichen müssen einige Zeit gebraucht haben, um zu begreifen, was geschehen war.«

»Einige haben es nie begriffen. Es ist schwer, den Tod unsichtbarer Wesen zu beweisen. Es gibt keine Leichen. Keine Zeugen. Nur Schweigen.«

»Und doch hatte der Verlust dieser Götter dramatische Folgen für die Welt.«

»Ja. Priester verloren ihre Macht. Götter gaben ihren Anhängern nicht länger Leitung und übten keine Kontrolle mehr aus. Manche Menschen nutzten die Schwäche und Ungewissheit ihrer Feinde. Aber nicht lange. Die Fünf vereinten sich, um Ordnung in das Chaos zu bringen.«

»Also haben die pentadrianischen Götter schon vor dem Krieg existiert?«

»Ich glaube es. Sheyr war der Gott des Wohlstands, Hrun die Göttin der Liebe, Alor der Gott der Krieger, Ranah die Göttin des Feuers und Sraal der Gott der Fülle. An manchen Orten werden sie immer noch als solche verehrt.«

Emerahl bedachte die Liste von Namen und Titeln. Die zirklischen Götter hatten einst ihre eigenen Titel eingefordert. Chaia war zum Gott der Könige geworden und Huan zur Göttin der Fruchtbarkeit.

Fruchtbarkeit und Liebe. Kein allzu großer Unterschied. Und beide Seiten haben ihren Kriegsgott. Das sind wahrscheinlich die Dinge, um die die Menschen am ehesten beten. Gib mir einen Geliebten, schütze meinen Geliebten, gib mir Kinder, mach mich wohlhabend, lass mich nicht sterben …

Was den Rest der Götter betraf, schienen die Pentadrianer im Vorteil zu sein, ging es Emerahl durch den Kopf. Ein Gott des Wohlstands musste nützlicher sein als Saru, der ehemalige Gott des Glücksspiels – oder nützlicher sogar als ein Gott der Könige. Aber der südliche Kontinent hätte eine Göttin der Frauen gut gebrauchen können, wenn die Abneigung gegen ihr Geschlecht bei der gewöhnlichen Bevölkerung ebenso groß war wie bei diesen Denkern.

Barmonia stand auf und gähnte laut. »Wir fangen morgen in aller Frühe an«, warnte er. »Also, bleibt nicht zu lange auf.«

Als er zu den Zelten hinüberstolzierte, erhoben sich die anderen Männer wie gehorsame, aber widerstrebende Kinder. Emerahl ertappte Ray, dass er sie anlächelte.

»Würdest du mir die Ehre erweisen, dich zu deinem Zelt begleiten zu dürfen?«, fragte er.

Sie lachte leise. »Ich wäre diejenige, die sich geehrt fühlen würde«, antwortete sie mit der gleichen gespielten Förmlichkeit.

Kereon blickte zu ihnen hinüber und verdrehte die Augen, sagte jedoch nichts. Yathyir starrte sie an, und das leidenschaftliche Leuchten in seinen Augen und die Eifersucht des Heranwachsenden, die sie spürte, machten ihren Verdacht, was Rays Beweggründe betraf, überdeutlich.

Von Raynora fing sie erwartungsvolle Vorfreude auf. Es überraschte sie nicht. Männer nutzten jede Gelegenheit, die sich ihnen bot, und gingen häufig davon aus, dass Frauen, die eine andere Lebensform gewählt hatten als die einer pflichtschuldigen Ehefrau, dies taten, um sich Liebhaber zu nehmen, wann immer ihnen der Sinn danach stand.

Nicht dass das auf Emerahl nicht zugetroffen hätte.

Das Zelt war nicht weit entfernt, aber um dorthin zu gelangen, musste man über mehrere Seile steigen. Ray hielt sich dicht an ihrer Seite, bereit, ihr zu helfen, sollte sie stolpern, und als sie ohne jedes Missgeschick ihr Ziel erreichte, spürte sie Enttäuschung von ihm. Sie wandte sich zu ihm um.

»Du bist sehr schön«, sagte er leise.

Sie hätte um ein Haar laut aufgelacht. Er betrachtete sie, als sei er voller Ehrfurcht, aber sie konnte spüren, dass hinter seinem Verhalten hauptsächlich Begehren steckte.

Trotzdem, er war charmant und gutaussehend. Es könnte seine Vorteile haben, wenn sie ihn in ihr Bett ließ. Außerdem war er der erste Mann, der Interesse zeigte, seit Mirar …

… und daraus ist auch nichts geworden.

Bei dem Gedanken stiegen leichte Schuldgefühle in ihr auf. Es war ungerecht. Er hatte damals unter Leiards Kontrolle gestanden.

Dann fiel ihr plötzlich eine Szene in der Höhle in Si ein, als Leiard sie mit Mirars Augen angesehen hatte.

»… die Sache mit dem Bordell war notwendig … aber ich frage mich, ob du nicht unbewusst die gleiche Art von Bestätigung suchst, um die es auch Mirar zu tun ist. Du suchst die Bestätigung, dass du ein körperliches Wesen bist und kein Gott …«

Sie rückte ein Stück von Ray ab. Die Vorstellung, mit ihm zu schlafen, hatte plötzlich keinen Reiz mehr für sie. Die anderen Denker würden das vielleicht als Beweis dafür nehmen, dass ihre Vorurteile in Bezug auf fremdländische Frauen zutreffend waren – nicht dass sie sie mit einem Mal mit Respekt betrachtet hätten, wenn sie keusch blieb.

»Gute Nacht, Ray«, sagte sie. »Ich bin müde. Wir sehen uns dann morgen früh.«

Sie trat ins Zelt und zog die Türlaschen entschieden hinter sich zu. Zuerst kamen nur Überraschung und Enttäuschung von ihm, dann Erheiterung und Entschiedenheit. Kurz darauf hörte sie ihn davongehen und stieß einen Seufzer der Erleichterung aus. Sie zog Magie in sich hinein und legte eine Barriere über den Eingang.

Ich werde ihn wohl einige Male abweisen müssen, bevor er aufgibt, sagte sie sich. Dann betrachtete sie die schmale, mit einer dünnen Matratze belegte Bank, die als Bett diente, und zuckte die Achseln. *Nun, es ist besser als die Planken eines Bootes, und ich möchte ohnehin nicht allzu schnell einschlafen.*

Sie legte sich nieder, schloss die Augen und entspannte sich. Langsam begannen ihre Gedanken zu wandern. Schon bald hatte sie jedes Zeitgefühl verloren.

Emerahl.

Die Doppelstimme der Zwillinge war wie ein flüsterndes Echo in ihrem Geist.

Surim. Tamun.

Es war klug von dir, deinen Bewunderer abzuweisen, bemerkte Tamun.

Oh? Warum?

Surim hätte das viel zu interessant gefunden.

Eine Woge der Erleichterung stieg in Emerahl auf. Sie hatte nicht bedacht, dass die Zwillinge durch die Augen Raynoras ihre Schlafzimmermätzchen beobachten könnten. Die Vorstellung war beunruhigend.

Du hättest mir doch nicht zugesehen, oder, Surim?

Ich hätte es tun müssen, für den Fall, dass dir etwas zugestoßen wäre. Ich hätte es ausschließlich zu deinem eigenen Schutz getan.

Ich verstehe. Und wenn tatsächlich etwas passiert wäre, was hättest du tun können, um mich zu beschützen?

Er antwortete nicht.

Wir haben die wahre Quelle des Geldes entdeckt, das man Raynora für die Schriftrolle angeboten hat, sagte Tamun. *Es kommt von den Stimmen. Sie oder ihre Götter müssen gewusst haben, dass die Denker nach der Schriftrolle suchen, und das hat ihnen nicht gefallen.*

Was unseren Argwohn bestätigt, dass die Schriftrolle etwas enthält, von dem eine Gefahr für die Götter ausgeht, ergänzte Surim.

Könnte ich Ray mit einer Bestechung dazu bringen, sie mir zu geben?, fragte Emerahl.

Nein. Damit würdest du das Risiko eingehen, ihm dein Wissen über seine Mission zu offenbaren. Seine Götter könnten ihn beobachten.

Wenn sie das tun, werden sie mich bereits mit Argwohn betrachten, da sie meine Gedanken nicht lesen können.

Das ist wahr. Wahrscheinlich dulden sie deine Beteiligung an dem Ganzen nur, weil Ray die Schriftrolle mit deiner Hilfe schneller stehlen kann.

Wie kann ich ihn aufhalten?

Das ist einfach. Stiehl sie selbst.

Ich soll die Schriftrolle von den Denkern stehlen, den klügsten Menschen in ganz Südithania, während ihre Götter zusehen? Emerahl lachte erheitert. *Nun,* das *dürfte eine Aufgabe für mich sein.*

27

Nachdem Ton keuchend und schwitzend die Kuppe des Hügels erreicht hatte, blieb er stehen, um Atem zu schöpfen. Als er aufblickte, vergaß er seine Müdigkeit und riss voller Ehrfurcht die Augen auf. Das Land vor ihm wellte sich zu sanften Hügeln, die abrupt dort endeten, wo sich eine im Licht der tiefstehenden Sonne glänzende Fläche erstreckte, so weit das Auge reichte, bis sie schließlich mit dem Himmel verschmolz.

Das Meer, dachte er. *So sieht es also aus.*

Das Wasser schimmerte wie teurer Stoff oder wie ein gewaltiges, gekräuseltes Blatt aus Gold. Plötzlich wurde ihm klar, dass der eigenartige Geruch in der Luft vom Salz kam.

Ich muss mich der Zuflucht langsam nähern … Es sei denn, sie läge auf der anderen Seite des Meeres. Er ließ den Blick über die Hügel vor ihm wandern, und sein ganzer Körper zitterte vor Erregung und Erschöpfung. Er hatte das Gefühl, als sei er eine Ewigkeit gelaufen. Das Leben, das er hinter sich gelassen hatte, erschien ihm wie ein Traum. Ein böser Traum.

In der Nähe der Küste erhoben sich die winzigen Umrisse ungezählter Häuser. Ein dünner Faden schlängelte sich zwischen ihnen hindurch: ein Fluss. Er konnte Rauch ausmachen, der in der staubigen Luft aufstieg. War das die Zuflucht, von der Chemalya ihm erzählt hatte?

Es gibt nur eine Möglichkeit, das herauszufinden. Er zwang sich, seinen Weg fortzusetzen. *Zumindest geht es von jetzt an hügelabwärts.*

Während die Stunden verstrichen, lenkte er sich mit Gedanken an seine Frau Gli und ihre beiden Söhne ab. Es würde ihnen hier gefallen. Seine Söhne hatten das Meer noch nie gesehen. Er musste segeln lernen, um mit ihnen hinauszufahren. Vielleicht würden sie Fischer werden. Oder Bauern. Es würde harte Arbeit sein, aber in jedem Fall besser als eine Existenz, in der man wie ein Sklave behandelt wurde. Nicht dass Ton so gelitten hatte wie Gli in ihrer Jugend. Sie beide hassten Gim und seinen Clan. All dieses Gerede von Ehre und Stolz. Ihm war noch nie ein Krieger begegnet, der auch nur einen einzigen anständigen Gedanken im Kopf gehabt hätte. Je eher Ton seine Familie von dort wegbrachte, desto besser.

Mit Einbruch der Nacht wurde seine Stimmung düsterer. Er rastete am Straßenrand, bis der Mond aufging und er seinen Weg in seinem Licht fortsetzen konnte. Gerade als er sich zu fragen begann, ob die Straße gar nicht zu dem Dorf hinführte, bemerkte er Lichter in der Ferne. Sein Magen flatterte vor Aufregung, und der Hunger, der tagelang an ihm genagt hatte, regte sich mit Macht.

Aber als er das erste Haus erreichte, überkam ihn ein mächtiges Widerstreben, Aufmerksamkeit auf sich zu ziehen oder die Dorfbewohner zu stören. Er verlangsamte seine Schritte und trottete leise weiter. Zuerst lagen die Häuser weit voneinander entfernt, aber schon bald wurde die Besiedlung dichter, bis ein Gebäude neben dem anderen stand. Aus einer Tür ein Stück vor ihm erschien ein Mann. Als er auf Ton zukam, runzelte er die Stirn und sah ihn unfreundlich an. Aber dann breitete sich plötzlich ein Lächeln auf seinen Zügen aus.

»Du bist ein Neuankömmling, wie? Sie werden schon auf dich warten. Das große Schankhaus ein paar Türen weiter unten auf der rechten Seite.«

Ton murmelte einige Worte des Dankes und eilte weiter. Er hätte das Schankhaus nicht übersehen können. Aus den Fenstern und der Tür drangen Licht und der Lärm vieler Stimmen. Ein hochgewachsener, schlaksiger Mann, der draußen auf einer Bank saß, lächelte, als er Ton sah, und stand auf.

»Ich bin Warwel. Und wer bist du?«, fragte er.

»Ton.«

»Ah. Willkommen in Dram. Komm herein. Du musst müde sein. Und hungrig.«

»Sehr«, gestand Ton.

Der Mann legte Ton eine Hand auf die Schulter und schob ihn durch die Tür. Es dauerte ein wenig, bis Tons Augen sich an das helle Lampenlicht gewöhnt hatten, aber die Pause im Gespräch entging ihm nicht. Er blickte sich um und sah, dass der Raum voller Männer und Frauen war. Einige betrachteten ihn mit einem freundlichen Lächeln, andere mit Neugier und einige wenige mit Argwohn.

»Das ist Ton«, erklärte Warwel laut. »Ein Neuankömmling aus …?« Er sah Ton an.

»Chon«, sagte Ton leise.

»Aus Chon«, donnerte Warwel. »Ton aus Chon. Er hat eine lange Reise hinter sich.«

Ein Murmeln ging durch den Raum, als die Gäste der Schankstube ihn begrüßten. Warwel deutete auf eine Frau. »Kit, würdest du ihm etwas zu essen bringen?« Bei der höflichen Bitte und angesichts der würdevollen Kleidung der Frau ging Ton das Herz auf. Die Frau musste eine Dienerin sein, sonst hätte Warwel sie nicht gebeten, etwas zu holen, und doch hatte er sie nicht wie eine Sklavin behandelt.

Vielleicht ist es wahr, was der Gewürzhändler gesagt hat. Natürlich ist es wahr. Ich hätte meine Familie nicht verlassen und eine so weite Reise gemacht, wenn ich ihm nicht geglaubt hätte.

Trotzdem war es eine solche Erleichterung zu wissen, dass er nicht getäuscht worden war.

Warwel führte Ton zu einer Bank an einem großen Tisch,

an dem bereits mehrere andere Personen saßen. Sie tranken, aber keiner von ihnen wirkte betrunken.

»Chem hat mir von dir erzählt«, bemerkte Warwel.

Ton blinzelte ihn verwirrt an. »Ach ja? Ich dachte, er wüsste nicht, wo du zu finden bist?«

Warwel tippte sich an die Stirn. »Wir setzen uns in Gedanken in Verbindung. Ich brauche ihm nicht mitzuteilen, wo ich bin.«

»Oh.« Magie. Ton musterte die anderen Gäste. Sie hatten große Ähnlichkeit mit Chem. Oder anders gesagt, Chem hatte große Ähnlichkeit mit ihnen. In dem Moment, als ihm die Wahrheit dämmerte, wurden eine große Schale Suppe und ein Teller mit Brot vor ihn hingestellt.

Sie sind alle Pentadrianer, ging es ihm durch den Kopf. Er blickte auf die Suppe hinab, und sein Magen knurrte. *Der Feind.* Eine Art Löffel lag in der Schale. Er griff danach. *Wenn ich mich ihnen anschließe, werde ich zum Verräter an meinem Land.* Es war ein Schöpflöffel, und darin lag ein Stück Fleisch. Er starrte es ungläubig an. Fleisch! *Aber die Krieger werden mich und meine Familie töten, wenn sie es herausfinden.* Als er den Schöpflöffel losließ, versank das Fleisch in der Suppe. Er blickte zu Warwel auf.

»Meine Familie …«, begann er und suchte dann nach den richtigen Worten, um zu erklären, was er meinte.

»Wir werden alle Anstrengungen unternehmen, um sie hierherzuholen«, versicherte ihm Warwel. »Obwohl ich ehrlich sein muss: Jetzt, da die Clans nach Spionen Ausschau halten, wird es schwieriger werden.«

Ton nickte. »Ist Chem …?«

»Du willst wissen, ob er noch lebt? Ja, anscheinend hat ihn bisher niemand bemerkt.«

Dann bestand noch eine Chance. Ton griff nach dem Schöpflöffel und führte ihn an die Lippen. Die Suppe war heiß und würzig, und sie roch wie Chems Laden. Das Fleisch war zart und genauso köstlich, wie er es immer vermutet hatte. Warum sonst hätten die Krieger alles Fleisch für sich beanspruchen sollen? Er aß, bis sowohl das Brot als auch die Suppe verzehrt waren, dann wandte er sich zu Warwel um.

»Also, wie kann ich zu eurem Glauben übertreten?«

Der Mann blinzelte überrascht, dann lachte er. »Das brauchst du nicht zu tun, Ton. Aber wenn du willst, werden wir dir alles über die Fünf beibringen.« Er zögerte. »Du würdest dich so leicht vom Zirkel abwenden?«

Ton zuckte die Achseln. »Was hat Lore je für mich oder meine Familie getan? Er kümmert sich nur um Krieger.«

»Und die anderen Götter?«

»Auch von denen hat mir keiner je etwas Gutes getan.« Ton gähnte. Die Erschöpfung, die Wärme im Raum und das Essen machten ihn schläfrig. Gli hatte ihn immer bezichtigt, übereilte Entscheidungen zu treffen, wenn er müde war. Er runzelte die Stirn. »Ich sollte wohl warten, bis Gli herkommt, aber in der Zwischenzeit kann es nichts schaden, mehr über eure Götter zu erfahren.«

Warwel lächelte breit. »Dann werden wir dich unterrichten. Aber fürs Erste denke ich, dass du dich vor allem einmal ausschlafen musst. Komm mit mir, dann werde ich zusehen, dass man dir ein Bett gibt.«

Der freigelassene Siyee war jetzt nur noch ein Tupfen am nebligen Morgenhimmel. Aus den Augenwinkeln sah Auraya, wie Nekaun die Arme sinken ließ, und sie wusste, dass das Spiel nun von neuem beginnen würde.

»Ich dachte, wir könnten heute zusammen die Stadt erkunden«, bemerkte er leichthin. »Ich würde dich gern mit meinem Volk bekannt machen.«

Sein Volk, überlegte sie. *Als sei er der alleinige Herrscher die-*

ses Kontinents. Ich frage mich, wie die anderen Stimmen das finden mögen.

»Das wäre interessant«, antwortete sie. »Ich habe inzwischen sicher alles im Sanktuarium gesehen und jeden kennengelernt – bis auf die anderen Stimmen natürlich.«

»Sie können es kaum erwarten, dir vorgestellt zu werden«, erwiderte er.

Sie lächelte dünn. »Das bezweifle ich.«

Er kicherte. »Du darfst nicht vergessen, dass sie dir im Gegensatz zu mir einmal auf dem Schlachtfeld gegenübergestanden haben. Möglicherweise hast du sie damals ziemlich eingeschüchtert.«

Eingeschüchtert? Sie runzelte die Stirn. *Er wird sich wohl eher Sorgen machen, dass sie mich angreifen und damit sein Versprechen brechen könnten, dass mir hier nichts geschehen wird.*

Er deutete auf die Treppe. »Wollen wir weitergehen?«

Sie folgte ihm in das Gebäude und dann weiter durch das Sanktuarium. Turaan eilte schweigend hinter ihnen her. Mehrere Götterdiener blieben stehen, um sie kurz anzustarren, bevor sie weitergingen. Aus ihren Gedanken las sie eine mittlerweile vertraute Mischung aus Neugier und Abneigung ihr gegenüber. Die Pentadrianer kannten sie nur aus der Schlacht. Sie war eine Feindin, die ihren früheren Anführer getötet hatte. Sie akzeptierten jedoch Nekauns Urteil und waren zu dem Schluss gekommen, dass sie, wenn er Auraya mit Höflichkeit begegnete, das Gleiche tun sollten.

Ihre Wertschätzung für Nekaun war hoch, aber dahinter verbarg sich nicht die gleiche Zuneigung, die sie für die anderen Stimmen empfanden. Außerdem hatte sie Gedanken aufgefangen, in denen man ihn mit seinem Vorgänger verglich, und diese Informationen sagten ihr, dass die Menschen Nekaun zwar mochten und respektierten, dass sie Kuar jedoch verehrt hatten.

Diese Verehrung möchte Nekaun ebenfalls, vermutete sie. *Was wird er tun, um sie sich zu verdienen?* Sie schauderte. *Noch einmal Nordithania angreifen?* Aber indem er sie mit seinem Volk bekannt machte, hatte er einen kleinen Schritt getan, um das Verständnis zwischen Zirklern und Pentadrianern zu fördern. Vielleicht hoffte er, dass es ihm Ansehen bei seinem Volk bringen würde, wenn er einen Krieg *vermied.*

Sie hatten jetzt die große Halle erreicht, durch die man ins Sanktuarium kam. Es waren genauso viele Menschen zugegen – Götterdiener und andere – wie an dem Tag, an dem Nekaun sie zum ersten Mal hierhergeführt hatte. Die Leute blieben stehen, um sie zu beobachten, während sie Nekaun zu der überwölbten Fassade vor dem Gebäude folgte. Er trat hindurch und ging die breite Treppe hinab.

Am Rand der Straße unter ihnen standen neben einer Sänfte mehrere muskulöse, barbrüstige Männer und ein Götterdiener. Als Auraya genauer hinschaute, fing sie Langeweile und Groll, aber auch Resignation auf. Dies waren die ersten Sklaven, die sie sah. Nekaun hatte ihr von der Tradition, Verbrecher zu versklaven, erzählt. Es war eine neuartige Idee für sie – vielleicht barmherziger als die Hinrichtung –, auch wenn sie lediglich den Götterdienern von Nutzen war, da das System nur funktionierte, wenn die Sklavenmeister genug Gaben besaßen, um Rebellionen zu unterdrücken.

Nekaun half ihr in die Sänfte, wo sie ihm und seinem Gefährten gegenüber Platz nahm. Der Götterdiener blaffte einige Befehle, und die Sklaven bückten sich, um die Sänfte aufzunehmen. Es war ein beunruhigendes Gefühl, von den Männern getragen zu werden. Obwohl ihr nichts Schlimmeres passieren konnte, als dass sie die Sänfte fallen ließen, konnte sie ihr Unbehagen nicht unterdrücken.

Auf Nekauns Anweisung hin gingen sie die breite Hauptstraße der Stadt hinunter. Ihr Gastgeber begann zu sprechen, und Turaan übersetzte. Er redete von den Häusern, die vor langer Zeit abgerissen worden waren, um diese Promenade zu schaffen, und von anderen Veränderungen, die man vor hundert Jahren vorgenommen hatte. Auraya hörte kaum zu. Ihre Aufmerksamkeit galt den Gedanken der Menschen um sie herum.

Als sie die Sänfte bemerkten, blieben sie stehen, um das Geschehen zu beobachten. Anfangs war es Nekaun, dem ihr Interesse galt, da der Anblick der Ersten Stimme sie in Aufregung versetzte. Auraya fing Eindrücke von Plänen auf, die darauf zielten, bei Freunden und Verwandten mit diesem Ereignis zu prahlen.

Aber die Aufregung war kurzlebig. Überall um sie herum wurde das Interesse bald von Erschrecken und Wut verdrängt, und sie war der Grund dafür. Jene, die sie nicht mit dem Krieg in Zusammenhang brachten, wurden von ihren Nachbarn, die mehr darüber wussten, ins Bild gesetzt. Es hatten bereits Gerüchte die Runde gemacht, dass sie sich im Sanktuarium aufhielt. Nur wenige Pentadrianer betrachteten ihre Anwesenheit mit Wohlwollen, aber jetzt waren sie entrüstet, dass sie sich den Menschen so offen zeigte.

Es dürfte niemanden scheren, dass dies Nekauns Idee war, dachte sie ironisch.

Als sich der Zorn der Menge verschärfte, überlief Auraya ein warnendes Kribbeln. Sie zog ein wenig Magie in sich hinein und umgab sich mit einer leichten, unsichtbaren Barriere. Nekaun sprach jetzt langsamer. Zwischen seinen Brauen hatte sich eine schwache Falte gebildet, aber er redete weiter. Auraya gab sich alle Mühe, unbefangen zu wirken, und hoffte, dass die Menge keine Gelegenheit haben würde, sich ihnen in den Weg zu stellen, solange sie nur in Bewegung blieben.

Nicht dass ich etwas von ihnen zu befürchten hätte, sagte sie sich. *Aber es wäre peinlich für Nekaun, und das ist bei einem Mann in seiner Position niemals gut.*

Inzwischen hatten sich etliche Menschen dem Tross angeschlossen. Aurayas Herzschlag beschleunigte sich. Als die Menge wuchs, bemerkten auch die Sklaven, was geschah, und sahen sich mit besorgter Miene um. Turaan war bleich, übersetzte jedoch halsstarrig weiter. Nekaun gab den Befehl, in eine Nebenstraße einzubiegen.

Sie waren noch nicht weit gekommen, als aus schmalen Straßen zu beiden Seiten weitere Menschen erschienen. Eine lärmende Menge umringte die Sänfte und zwang sie zum Halten.

»Mörderin!«, rief jemand.

»Geh nach Hause. Du bist hier nicht willkommen!«

Diese Schmähungen wurden in der Sprache der Einheimischen vorgebracht, aber Auraya wusste, dass sie so tun konnte, als hätte sie dem Tonfall der Menschen entnommen, was ihre Worte bedeuteten. Sie sah sich um. Ein Mann begegnete ihrem Blick, runzelte die Stirn und spuckte ihr dann ins Gesicht. Der Speichel prallte gegen ihren Schild und tropfte zu Boden.

Ihr wurde bewusst, dass ihr Herz hämmerte. Obwohl sie diese Menschen nicht fürchtete, reagierte sie unwillkürlich auf ihr drohendes Verhalten. Nekaun gab den Sklaven die Anweisung, die Sänfte zu Boden zu lassen, dann stand er auf. Die Menge zog sich einige Schritte zurück, und Stille kehrte ein.

»Männer und Frauen von Glymma, beschämt mich nicht«, bat er. »Ich verstehe euren Zorn. Hier vor euch sitzt eine Zauberin, die einst eure Feindin war, und ihr seht keinen Grund, ihre Gunst zu erringen. Aber es gibt einen Grund. Einen sehr guten Grund. Sie kennt euch nicht und versteht euch nicht. Wenn sie es täte, würde sie euch ebenso lieben wie ich. Wie ich würde sie es nicht ertragen mitanzusehen, wie euch oder euren Familien Schaden zugefügt wird. Ich weiß, dass ihr ehrenhaft und treu seid. Lasst sie *das* sehen, nicht diesen sinnlosen Hass.«

Die Menschen waren nicht zur Gänze überzeugt, aber nachdem Nekaun gesprochen hatte, trat an die Stelle ihrer Wut unzufriedener, widerstrebender Gehorsam. Murrend zogen sie sich zurück. Nekaun nahm wieder Platz und nickte dem Götterdiener zu, der die Aufsicht über die Sklaven führte. Die Sänfte wurde abermals angehoben, und die Menge teilte sich, um sie durchzulassen.

Obwohl Nekaun entspannt wirkte, nahm Auraya doch eine gewisse Steifheit in seiner Haltung wahr. Außerdem sah er ihr nicht in die Augen. Es war offenkundig, dass er sich übel verschätzt hatte, was sein Volk betraf.

Ihr Herz schlug noch immer sehr schnell, doch sie verspürte nur Traurigkeit. *Sie hassen mich,* dachte sie. *Sie hassen mich, und ich verstehe, warum. Ich stehe für ihren Feind. Es wird Nekaun einige Anstrengungen kosten, sie dazu zu bewegen, sich in Zukunft mit Nordithania zu verbünden. Tatsächlich könnte ein solches Unterfangen durchaus unmöglich sein.*

Sobald die Sänfte in die nächste Straße eingebogen war, befahl Nekaun den Männern, ins Sanktuarium zurückzukehren. Auraya sah ihn fragend an.

»Wir werden zurückfahren und in einen geschlossenen Plattan umsteigen«, erklärte er ihr. »Nicht um deiner Sicherheit willen«, fügte er hinzu. »Dir droht keine Gefahr, aber es wird bequemer sein und weitere Verzögerungen verhindern. Es tut mir leid, dass du das erleben musstest.«

»Tut es dir wirklich leid? Oder diente dieser Ausflug dazu, mir zu zeigen, welche Auswirkungen meine angeblichen Verbrechen haben?«

»Nein. Ich hatte mit etwas Derartigem nicht gerechnet«,

sagte er. »Ich vergesse manchmal, dass es den meisten Menschen schwerer fällt als mir zu verzeihen.«

»Dann warst du nicht im Krieg?«

»O doch.« Er wandte sich zu ihr um, und alle Zeichen von Schwäche waren verschwunden.

»Dann wirst du ihren Zorn gewiss verstehen«, sagte sie. »Es ist niemals einfach, jemandem zu vergeben, dass er Verwandte und Freunde getötet hat, und ihnen bleibt nichts anderes übrig, als zu glauben, euer Angriff gegen Nordithania sei gerechtfertigt gewesen, denn sonst würden sie das Vertrauen in ihre Götter und ihre Anführer verlieren. So geben sie dem Volk die Schuld, das sie angegriffen haben.«

»Dein Volk ist dieses Verbrechens jetzt ebenfalls schuldig«, rief er ihr ins Gedächtnis. »Es ist erheiternd zu hören, wie du uns tadelst, obwohl du selbst jene begleitet hast, die uns überfallen haben.«

»Der Angriff der Siyee auf die Vögel?« Sie schüttelte den Kopf. »Das war keine Invasion, sondern ein törichter Racheakt für die Taten deines Volkes in Jarime.« *Veranlasst von Huan,* fügte sie im Stillen hinzu.

»Interessant, dass du das denkst«, sagte er.

»Was sonst sollte es sein? Eure Abwehrmaßnahmen müssen wahrhaftig schwach sein, wenn etwa dreißig Siyee eine Bedrohung für Südithania darstellen können.«

»Dreiunddreißig Siyee und eine Zauberin«, korrigierte er sie. »Ah, aber deine Götter haben dir verboten, an Kampfhandlungen teilzunehmen, nicht wahr? Wie eigenartig.«

Sie zuckte die Achseln.

Er lächelte. »Ich vermute, deine Götter hatten andere Gründe, dich hierherzuschicken. Das Problem ist, ich komme nicht dahinter, um was es sich dabei handelt. Abgesehen davon vielleicht, dass du ein Spion bist.«

»Warum hast du mich dann durch deine Stadt geführt?«

»Weil ich weiß, dass du hier keine großen Geheimnisse oder Schwächen entdecken wirst. Wir planen keine weitere Invasion Nordithanias. Was den Frieden zwischen unseren Völkern betrifft, ist es mir ernst.«

Sie sah Nekaun an. »Aber ich habe hier durchaus eine Schwäche gefunden. Du verstehst dein eigenes Volk nicht wirklich. Du magst ihre Gedanken lesen, aber du willst nicht akzeptieren, dass inzwischen zu viel Hass zwischen unseren Völkern ist, als dass ein Friede so leicht zu bewerkstelligen wäre. Beide Seiten werden sich jedem Versuch widersetzen, sich mit jenen zu verbinden, die ihre Freunde und Verwandten getötet haben. Sie sinnen auf Rache, und wenn sie sie bekommen, wird die jeweils andere Seite Vergeltung üben. Es könnte so weitergehen, Jahr um Jahr, Jahrhundert um Jahrhundert. Warum? Weil deine Götter dein Volk gedrängt haben, meins zu überfallen.«

Er musterte sie, dann breitete sich langsam ein Lächeln auf seinen Zügen aus. »Ah, aber hast du dich jemals gefragt, warum sie das getan haben?«, hakte er nach. »Weil deine Götter nur die Anhänger des Zirkels dulden. Haben die Völker der Welt nicht die Freiheit verdient zu huldigen, wem sie wollen?«

Die Sänfte näherte sich jetzt der Treppe des Sanktuariums. Auraya hielt Nekauns Blick stand. »Vielleicht haben sie es verdient, aber wenn deine Götter glaubten, eine Invasion Nordithanias würde die Sterblichen von der Intoleranz der Zirkler befreien, haben sie einen ungeheuren Fehler gemacht. Sie haben lediglich dafür gesorgt, dass viele Menschen starben, Zirkler wie Pentadrianer gleichermaßen, und dass auch in Zukunft noch viele sterben werden.«

Die Sänfte hielt an. Nekaun gab keine Befehle, sondern erwog stattdessen ihre Worte.

»Darauf gibt es zwei Antworten. Erstens, dass die Entscheidung nicht die der Götter war, da sie uns dergleichen Dinge überlassen. Zweitens, dass wir niemals Frieden finden werden, wenn wir uns nicht darum bemühen. Es mag viel Zeit und Anstrengung kosten.« Er lächelte. »Im Gegensatz zu dir habe ich alle Zeit der Welt.«

Seit ihrer Ankündigung, dass der Diener sein Ziel erreicht habe, und ihrem Befehl an Yem, Gillen und Danjin, wieder in den Plattan zu steigen, war Ella mit ihren Gedanken an einem weit entfernten Ort. Die Männer sprachen jetzt mit gedämpfter Stimme, um sie nicht abzulenken. Als Gillen ein Spiel gewann, machten seine komischen, erstickten Laute und seine triumphierenden Gesten Danjins Verlust einer Münze weit weniger schmerzlich.

Es half Danjin, dass er aus Spielen mit Gillen nur selten als Verlierer hervorging. Yem dagegen war überraschend geschickt in dem Spiel. Glücklicherweise verachtete Yem Wetten und Glücksspiel geradeso sehr, wie Gillen sie liebte. Wenn er an ihn verlor, kostete das Danjin nur ein wenig Stolz.

Gillen hatte das Spielbrett und die Figuren jetzt beiseitegeräumt und saß mit geschlossenen Augen da. Langsam kippte der Kopf des Mannes zur Seite, und sein Mund öffnete sich. Leises Schnarchen erfüllte den Wagen.

Yem schien nichts davon zu bemerken. Er saß mit der entspannten Haltung eines jüngeren Mannes da, die Augen fast geschlossen und den Blick ins Leere gerichtet. Wann immer das Gespräch verebbte, verfiel er in diesen meditativen Zustand, und es hätte Danjin nicht überrascht herauszufinden, dass dies eine Fähigkeit war, die man allen Kriegern beibrachte. Wann immer ein lautes Geräusch erklang oder jemand sprach, öffnete Yem die Augen und war auf der Stelle hellwach.

Diese Fähigkeit könnte ich ebenfalls gebrauchen, überlegte Danjin.

Er wandte sich zu Ella um und stellte zu seiner Überraschung fest, dass sie ihn musterte. Sie lächelte.

»Hast du viel herausfinden können?«, fragte er.

Sie nickte, dann sah sie Yem an, der sie jetzt erwartungsvoll beobachtete.

»Ich werde es euch erzählen«, sagte sie. »Danach müssen wir schlafen, so gut wir können. Wir werden bei Nacht reisen, um die Gefahr zu verringern, dass die Dorfbewohner von unserer Ankunft erfahren. Ein Plattan, der bei Nacht unterwegs ist, mag eine gewisse Neugier erregen, aber wenn wir tagsüber reisen, wird man uns mit Sicherheit bemerken.«

»Die Arems werden das nicht durchhalten«, warnte Yem sie.

»Dann werden wir weitere Tiere kaufen.«

Yem runzelte die Stirn, sagte jedoch nichts. Danjin hatte gesehen, wie der Krieger den Dienern half, die Tiere zu versorgen, und er hatte sogar gehört, wie er einem Arem beruhigende Worte ins Ohr murmelte, nachdem ein fernes Heulen aus dem Wald es erschreckt hatte. Nur wenige dunwegische Krieger besaßen Reynas, aber jene, die es taten, beteten die Tiere beinahe an. Danjin hatte zuvor noch nie gesehen, dass ein Krieger den langsamen, schwerfälligen Arems gegenüber auch nur die geringste Wertschätzung gezeigt hätte.

Danjin blickte zu Gillen auf, der immer noch schnarchte. Er tippte mit der Spitze seiner Sandale den Fuß des Mannes an. Er musste dies mehrmals wiederholen, bevor Gillen aufwachte.

»Was? Rasten wir jetzt?«, fragte Gillen blinzelnd.

»Nein. Ellareen wird uns mitteilen, was sie herausgefunden hat«, erwiderte Danjin.

Gillen rieb sich die Augen. »Oh.«

»Nimm dir einen Moment Zeit, um richtig wach zu werden«, sagte Ella sanft.

Der Botschafter schlug sich auf die Wangen. »Ich bin so weit. Erzähl nur.«

Ella lächelte und zuckte die Achseln. »Die Geschichte, die ich aus den Gedanken der Dorfbewohner zusammengesetzt habe, ist folgende: Vor fast einem Jahr ist in der Nähe eines Dorfes namens Dram ein pentadrianisches Schiff gesunken. Die Dorfbewohner haben von dem Schiff viele Menschen gerettet und in ihren Häusern willkommen geheißen. Die Überlebenden haben ihnen ihre Hilfe vergolten, indem sie auf den Feldern arbeiteten oder häusliche Pflichten versahen. Als sie den Wunsch äußerten zu bleiben, unterstützten die Dorfbewohner sie dabei, Häuser zu bauen und Arbeit zu finden, und das mit der Erlaubnis des Clans, dem dieses Land gehört.

Was sie nicht wissen, ist, dass das Schiff mit Absicht auf Grund gesetzt worden war und dass die angeblichen Opfer in ihrem unfruchtbaren Heimatland kein kärgliches Dasein gefristet hatten, wie diese behaupteten. Es waren pentadrianische Priester und ihre Familien, ausgeschickt, sich mit Dunwegern anzufreunden und diese dann zu bekehren.«

Sie zog die Brauen zusammen. »Bisher ist es ihnen gelungen, das halbe Dorf zu bekehren. Die Übrigen akzeptieren die Bekehrung der anderen, obwohl einige den Neuankömmlingen aus verschiedenen, eher kleinlichen Gründen grollen.« Sie sah Yem an. »Sobald die Pentadrianer sich niedergelassen hatten, trafen sie Vorkehrungen, unzufriedene Diener nach Dram bringen zu lassen. Ich weiß nicht, warum der einheimische Clan diesen Pentadrianern erlaubt hat zu bleiben, aber ich habe die Absicht, es herauszufinden. Die Dorfbewohner glauben, der Zuwachs der Ernteerträge durch die zusätzlichen Arbeiter sei der Grund dafür, warum ihre Anführer sich die Dinge nicht allzu genau ansehen.«

Yem zuckte die Achseln. »Wir bekommen in Chon nicht oft Mitglieder des Correl-Clans zu Gesicht. Sie zahlen ihre Steuern und nehmen an den Abstimmungen teil, bleiben ansonsten aber unter sich.«

»Ich möchte ihnen einen Besuch abstatten«, sagte sie.

»Wir werden morgen an der Straße zu ihrer Festung vorbeikommen«, erwiderte er.

Ella blickte nachdenklich drein. »Gut. Wir werden ihre Hilfe brauchen, wenn wir diese Pentadrianer zusammentreiben.«

»Wenn du die Festung besuchst, gehst du das Risiko ein, dass die Pentadrianer von deiner Ankunft erfahren«, warnte Gillen sie. »Was ist, wenn es dort Spione gibt?«

»Ich werde sie finden und mich um sie kümmern«, entgegnete sie entschieden.

Yem rutschte auf seinem Platz hin und her. »Was wirst du mit den Pentadrianern machen?«

Ella runzelte die Stirn. »Das zu entscheiden wird bei Juran und I-Portak liegen.«

»Und sie werden auch über das Schicksal der Dorfbewohner entscheiden?«

»Ja.«

Yem runzelte abermals die Stirn, aber er schwieg. Gillen verzog das Gesicht und seufzte.

»Die Dorfbewohner sind getäuscht worden«, bemerkte Danjin. »Sie haben sich lediglich des Vergehens schuldig gemacht, Menschen eine helfende Hand zu reichen, von denen sie glaubten, sie seien in Not. Dafür wird man sie doch gewiss nicht bestrafen.«

»Die Clans wird das nicht interessieren«, sagte Gillen. »Sie werden an ihnen ein Exempel statuieren wollen, um in

Zukunft Diener davon abzuhalten, ihre Herren zu verlassen oder Feinde zu verstecken.«

»Man wird ihnen eine Gelegenheit geben, ihr Verhalten zu erklären«, versicherte Yem Danjin.

Wird ihnen das etwas nutzen?, fragte sich Danjin. Die dunwegische Rechtsprechung war im Allgemeinen unversöhnlich und brutal.

»Sie haben sich von den Göttern abgewandt«, erklärte Ella düster. »Sie sind nicht vollkommen schuldlos, Danjin.«

Er sah sie bestürzt an. Ihre Augen wurden schmal, und ein kalter Schauer überlief ihn. *Warum habe ich das Gefühl, dass sie förmlich nach Anzeichen von Treulosigkeit sucht?* Er drängte das Gefühl beiseite. *Meine Rolle besteht darin, sie zu beraten. Es wird von mir erwartet, dass ich unbequeme Fragen stelle.*

»Was ist mit den Dorfbewohnern, die sich nicht von den Göttern abgewandt haben, mit denen, die nicht wissen, dass sie betrogen wurden?«

»Du meinst diejenigen, die die Anwesenheit des Feindes in ihrem Dorf hätten melden sollen?«, fragte sie zurück. »In diesem Fall ist niemand schuldlos, Danjin.«

»Sie könnten die Tatsache, dass der Clan sich nicht eingemischt hat, als Zustimmung gewertet haben«, wandte Danjin ein. »Sie hätten es nicht gewagt, sich gegen ihre Herren zu stellen.«

»Das kannst du nicht wissen, Danjin«, erwiderte sie lächelnd, »aber wir werden es bald genug herausfinden. Wenn es dein Gewissen erleichtert, werde ich bei den Dorfbewohnern nach solchen Gedanken Ausschau halten. Ich bezweifle jedoch, dass die Clans ebenso mitfühlend sein werden wie du.« Sie blickte zu Yem hinüber, der resigniert die Achseln zuckte. »Jetzt lasst uns zusehen, dass wir so viel Schlaf wie möglich bekommen. Morgen liegt ein anstrengender Tag vor uns.«

28

In dem Saal, in dem die Stimmen offizielle Bankette für Gäste abhielten, hallten Reivans und Imenjas Schritte wider. Am Ende des langen Tisches waren fünf Gedecke hergerichtet. Nur fünf Menschen aßen in diesem riesigen Raum. Es wirkte lächerlich, aber es war alles ein Teil von Nekauns Bemühungen, Auraya zu beeindrucken.

Als Reivan und Imenja sich dem Ende des Tisches näherten, wurde eine Tür geöffnet. Eine Frau trat ein, und einen Moment lang sah Reivan nichts als die weiße Gewandung einer zirklischen Priesterin, und Angst stieg in ihr auf.

Dann bemerkte sie Nekaun hinter der Frau und kurz darauf Turaan, der den beiden folgte. Das Schwarz seiner Roben bildete einen starken Gegensatz zu Aurayas weißer Kleidung, und Reivans Furcht machte einer nervösen Erregung Platz.

Da sowohl Imenja als auch Nekaun anwesend waren, fühlte sie sich wieder sicher. Auraya hatte keine Chance, Nekaun und Imenja an magischer Stärke zu übertreffen … Obwohl es Reivan schwerfiel, sich vorzustellen, dass die beiden Stimmen am gleichen Strang zogen.

Sie würden es tun, wenn es sein müsste, dachte sie. Dann holte sie tief Luft und hoffte, dass ihre Angst sich nicht auf ihrem Gesicht gezeigt hatte. Natürlich würde das nicht viel nutzen, wenn Auraya nach wie vor Gedanken lesen konnte. Sie blickte zu Imenja hinüber.

Kann sie es?

Wir sind uns nicht sicher.

»Priesterin Auraya, dies ist die Zweite Stimme, Imenja«, sagte Nekaun. Turaan übersetzte die Worte ins Hanianische. »Imenja, dies ist Priesterin Auraya, eine ehemalige Weiße«, beendete Nekaun die Vorstellung.

»Willkommen in Glymma und im Sanktuarium«, erwiderte Imenja auf Avvensch. »Es ist viel angenehmer, dir beim Essen zu begegnen als auf einem Schlachtfeld.« Aurayas Miene blieb ausdruckslos, bis Turaan übersetzte, was Reivan dahingehend deutete, dass Auraya doch nicht in der Lage war, Gedanken zu lesen.

Die ehemalige Weiße lächelte schwach. »Das ist es gewiss – auch für mich.«

Imenja drehte den Kopf leicht in Reivans Richtung, als widerstrebe es ihr, Auraya auch nur für einen Moment aus den Augen zu lassen.

»Dies ist meine Gefährtin, Reivan.«

Auraya sah Reivan direkt an. »Ich fühle mich geehrt, dich kennenzulernen, Gefährtin Reivan. Nekaun hat mir viel von dir erzählt, unter anderem, dass du die pentadrianische Armee aus den Minen geführt hast.«

Reivan schoss die Röte ins Gesicht. »Auch ich fühle mich geehrt, dich kennenzulernen.« *Wie viel hat er ihr über mich erzählt? Oh, mach dich nicht lächerlich, Reivan. Er wird wohl kaum mit einer ehemaligen Weißen Herzensangelegenheiten besprechen.*

Die ehemalige Weiße wirkte erheitert, was zweifellos auf Reivans Erröten zurückzuführen war. Reivan war erleichtert, als die Frau ihre Aufmerksamkeit wieder Imenja zuwandte, die eine Bemerkung darüber machte, dass Reivan die sennonische Sprache beherrsche und sie ihre Unterhaltung vielleicht auf Sennonisch fortsetzen sollten. Reivan hörte jedoch kaum zu, da Nekaun endlich ihren Blick erwiderte. Sein Lächeln ließ ihr Herz schneller schlagen, dann wandte er sich wieder ab und deutete auf den Tisch.

»Bitte, setzt euch«, sagte er. »Wir werden es uns bequem machen, während wir reden.«

Imenja und Auraya gingen zu gegenüberliegenden Seiten des Tisches, während Nekaun seinen gewohnten Platz am Kopfende der Tafel einnahm. Reivan fand sich Turaan gegenüber. Der Mann bedachte sie mit einem kurzen, hochmütigen Blick, bevor er seine Aufmerksamkeit wieder auf die anderen richtete.

»Es ist eine interessante Idee, diese Position eines Gefährten«, bemerkte Auraya. »Ich hatte einen Ratgeber, aber es wurde nicht von ihm verlangt, Priester zu werden.«

»Warum nicht?«, fragte Imenja.

»Ein Ratgeber braucht nur klug und gebildet zu sein und gute Beziehungen zu haben. Ein Priester oder eine Priesterin muss über Gaben verfügen. Wenn wir unsere Ratgeber ausschließlich aus der Priesterschaft wählten, würden wir möglicherweise wertvolle Kandidaten aus unserem Dienst ausschließen.«

»Das ist wahr«, pflichtete Imenja ihr bei. »Und das ist auch der Grund, warum wir nicht mehr von all unseren Götterdienern verlangen, dass sie über Befähigungen verfügen.«

Bitte, verrate ihr nicht, dass ich nicht über Magie gebiete, dachte Reivan und sah Imenja dabei an. *Es wäre mir lieber, wenn eine ehemalige Weiße das nicht wüsste.*

»Die meisten unserer Götterdiener verfügen über Befähigungen«, ergänzte Nekaun. »Die wenigen Ausnahmen besitzen herausragende Talente, die ihren Mangel an magischer Stärke mehr als wettmachen.«

»Habt ihr eine Gruppe, die den Denkern ähnelt?«, wollte Imenja wissen.

Auraya schüttelte den Kopf. »Es gibt wohlhabende gebildete Männer und Frauen, die zum Vergnügen oder zu Zwecken des Handels akademischen Tätigkeiten nachgehen, aber soweit ich weiß, haben sie sich nie zu einer Gruppe zusammengeschlossen. Was haben eure Denker denn in letzter Zeit herausgefunden oder entwickelt?«

Nekaun beschrieb mehrere Konstruktionen, die die Denker entworfen hatten. Einige Diener brachten die ersten Speisen herein, und das Gespräch wandte sich anderen Themen zu, wobei es gelegentlich ins Stocken geriet, da Turaan immer wieder übersetzen musste. Er trank zwar eine Menge Wasser, aber seine Stimme wurde im Laufe des Abends heiser. Reivan brauchte kaum etwas zu sagen. Stattdessen konzentrierte sie sich darauf, alles in sich aufzunehmen, was Auraya betraf.

Nachdem der letzte Gang abgeräumt worden war, beugte Imenja sich vor. »Also, welchen Eindruck hast du bisher vom Sanktuarium und von Glymma gewonnen?«

Auraya lächelte. »Das Sanktuarium ist so schön wie ein Palast. Glymma ist offensichtlich mit Bedacht und gesundem Menschenverstand geplant und erbaut worden. Besonders beeindruckt bin ich von euren Aquädukten und den müllfreien Straßen.«

»Und von den Bewohnern der Stadt?«

»Sie sind nicht besser oder schlechter als die in den Städten des Nordens.«

Imenja lächelte. »Nicht schlechter?«

»Nein.«

»Ich hätte gedacht, dass wir einen Vorzug gegenüber den Menschen im Norden hätten.«

»Und der wäre?«

»Wir begegnen Traumwebern oder jenen, die toten Göttern folgen, nicht mit Verachtung, und wir misshandeln sie nicht.«

Auraya nickte. »Das ist wahr. Aber mein Volk verzichtet darauf, andere Länder zu überfallen. Ich denke, das ist ein

Punkt zu unseren Gunsten, der euren Vorzug bei weitem überwiegt.« Sie hielt inne, um Imenja anzusehen, dann zuckte sie die Achseln und wandte sich zu Nekaun um. »Und die Einstellung den Traumwebern gegenüber verändert sich langsam zum Besseren, dank der Weißen.«

Imenja zog die Augenbrauen hoch. »Dank der Weißen? Haben sie nicht erst kürzlich Mirar aus Nordithania vertrieben?«

Aurayas Augen weiteten sich, dann wurden sie wieder schmal. »Das war nicht ihre Absicht«, sagte sie mit einem Anflug von Ironie.

»Nein? Dann kann er also zurückkehren, wann immer er es wünscht, und die Weißen werden ihn willkommen heißen?«

»Das bezweifle ich. Der Zirkel mag zwar bereit sein, auf die Duldung von Traumwebern hinzuwirken, aber was Mirar betrifft, werden sie wohl kaum ihre Meinung geändert haben.«

»Warum haben sie eigentlich eine so schlechte Meinung von ihm?«, hakte Nekaun nach.

Auraya dachte einen Moment lang über ihre Antwort nach. »Ihr Konflikt hat vor Jahrhunderten seinen Anfang genommen, und ich kann euch nicht sagen, was genau der Grund dafür war.«

»Es muss um mehr gegangen sein als um die Tatsache, dass die Traumweber keinen Göttern huldigen«, erwiderte Imenja.

Auraya nickte. »Ich glaube, er hat sich törichterweise gegen sie gestellt. Ich denke nicht, dass er denselben Fehler zweimal machen wird.«

Wirklich nicht?, fragte sich Reivan. *Die Stimmen müssen wissen, ob Mirar gefährlich ist. Wenn er so gefährlich ist, dass die zirklischen Götter versucht haben, ihn zu töten, ist er dann auch für uns gefährlich? Er hat einen Angriff des mächtigsten Weißen überlebt, daher muss er über starke Magie verfügen … Und Genza bringt ihn hierher!*

Auraya sah kurz zu Reivan hinüber, dann wandte sie den Blick hastig wieder ab.

»Würdest du gern wissen, wo er ist?«, fragte Nekaun.

»Ich habe kein Interesse an Mirar«, antwortete Auraya. »Wenn er in Südithania ist, kannst du ihn gern haben.«

»Kann ich das?« Nekaun kicherte. »Wie großzügig von dir.« Er lehnte sich zurück und sagte dann: »Es ist spät. Morgen will ich Auraya noch mehr von der Stadt zeigen, und dann haben wir ein Essen mit der Dritten Stimme Vervel. Ich werde Auraya zu ihren Räumen begleiten.«

Reivan hörte ihm kaum zu. Sie war sich sicher, dass soeben etwas Eigenartiges passiert war, obwohl sie keine Ahnung hatte, was es war. Und jetzt schien Nekaun es kaum erwarten zu können, sich zu verabschieden. Als die anderen sich erhoben und ihre Stühle zurückschoben, folgte Reivan ihrem Beispiel. Sie wechselten einige höfliche Worte, dann verließen Nekaun, Auraya und Turaan den Raum durch die Tür, durch die sie gekommen waren.

Als Imenja in die Halle hinaustrat, ging Reivan im Geiste noch einmal das Gespräch über Mirar durch. *Sie hat mich so eigenartig angesehen, aber ich hatte nichts gesagt. Das kann doch nur bedeuten …*

»Sie hat wahrscheinlich deine Gedanken gelesen«, sagte Imenja. »Ich glaube, wir haben sie endlich ertappt. Ich möchte jedoch nicht, dass sie davon erfährt. Sobald sie es weiß, werden wir diesen kleinen Vorteil verlieren.«

»Also werde ich ihr nicht noch einmal begegnen?«

»Nicht, bis wir ihr offenbaren, dass wir um ihre Fähigkeit wissen.« Imenja lächelte entschuldigend. Sie verließen die Halle und gingen in den Flur. »Was hältst du von ihr?«

Reivan überlegte. »Ich stufe die Chancen, dass sie sich mit uns verbünden wird, als nicht besonders hoch ein.«

»Nicht einmal dann, wenn Nekaun sich erböte, ihr Mirar auszuliefern oder ihn zu töten?«

»Nein«, antwortete Reivan langsam. »Wenn sie ihren Göttern treu ergeben ist, wird sie sich nicht von ihnen abwenden, ganz gleich, was Nekaun ihr anbietet.«

»Das hängt ganz davon ab, was ihren Göttern mehr gefallen würde. Würden sie sie im Austausch für Mirars Tod opfern? Sie ist keine Weiße mehr, daher wäre ihr Verlust für ihre Götter vielleicht nicht wichtig.«

»Sie ist eine mächtige Zauberin. Sie würden sie nicht verlieren wollen – zumindest nicht an uns.«

Imenja nickte. »Ich stimme dir zu. Aber wir dürfen die Möglichkeit nicht außer Acht lassen, dass sie sich uns zum Schein anschließen wird, um Mirars Tod zu erwirken.«

»Das wäre ein gefährliches Spiel. Würde sie eine Entdeckung und ihren eigenen Tod riskieren, nur um Mirars Ermordung zu sichern?«

»Das hängt davon ab, wie sehr ihre Götter Mirars Tod wollen.«

»Und ob Nekaun es will«, fügte Reivan hinzu. »Mirar ist ein mächtiger, *unsterblicher* Zauberer. Wenn er sich mit uns verbündet, wird es keine Rolle spielen, ob Auraya sich uns anschließt oder den Zirklern treu bleibt.«

»Das wäre für alle Beteiligten besser, denke ich«, pflichtete Imenja ihr bei. »Genza mag ihn und denkt, dass wir ihn ebenfalls mögen werden.«

»Es gibt jedoch ein entscheidendes Problem.«

»Welches?«

»Traumweber töten nicht. Im Kampf gegen Auraya wäre er uns als Verbündeter nicht von großem Nutzen.«

»Ah. Das ist wahr.«

»Noch besser wäre es, sie beide auf unserer Seite zu haben.« Reivan kicherte. »Obwohl das problematisch wäre, wenn die beiden einander ständig an die Kehle gingen.«

Imenja lachte düster. »Ja, allerdings könnte es auch recht unterhaltsam sein.«

Als Danjin die Türlasche des Plattans anhob, sah er die Tore eines beeindruckenden Bauwerks vor sich. Die Festung des Correl-Clans umwand den Gipfel eines Hügels mit beinahe schlangenhafter Anmut. Man konnte nicht mehr von ihr sehen als hohe Mauern, aber diese Mauern erhoben sich wie natürliche Felsvorsprünge aus der Erde. Sie machten den Eindruck, als stünden sie schon seit Jahrtausenden dort, und trotz oder vielleicht wegen der unterschwelligen Anzeichen von Reparaturen hier und da konnte man sich gut vorstellen, dass sie für immer dort bestehen würden.

Im Innern lebte der kleine, von der Welt abgeschiedene Correl-Clan. Yem hatte ihnen erzählt, dass der Niedergang der Familie größtenteils darauf zurückzuführen sei, dass sie nur wenige männliche Erben hervorbrachte. Der gegenwärtige Clanführer war ein alter Mann, dessen einziger Sohn bei einem Unfall während seiner Ausbildung ums Leben gekommen war. Er hatte das Kind einer seiner Enkeltöchter zu seinem Nachfolger bestimmt.

Aber es gab genug Neffen und Vettern, um eine kleine Streitmacht von Kriegern zusammenzustellen.

Yem war vorausgeritten, um ihre Ankunft anzukündigen. Danjin konnte nicht umhin, sich um die Sicherheit des jungen Mannes zu sorgen. Wer wollte sagen, was geschehen würde, falls die Pentadrianer auch diese Krieger bekehrt hatten?

Danjin ließ die Türlasche sinken und sah Ella an. Sie lächelte.

»Mach dir keine Sorgen, Danjin. Yem ist in Sicherheit und hat bereits alles Notwendige veranlasst.«

Der Plattan verlangsamte das Tempo, als er den Hügel erreichte. Die Arems waren erschöpft. Plötzlich hallte das Geräusch ihrer Hufschläge von den engen Felsmauern wider, und der Plattan erreichte ebenen Boden. Der Wagen hielt an, und Ella zog sich die Kapuze ihres Umhangs über den Kopf. Danjin folgte ihr nach draußen, und Gillen stieg als Letzter aus.

Sie waren in einem Innenhof zwischen zwei Mauern der Festung angekommen. Der Hof lag verlassen bis auf zwei Krieger, die an einem zweiten Tor standen, und zwei Wachmänner, die Ella einen flüchtigen Blick zuwarfen. Einer der Krieger war Yem, der andere ein breitschultriger Mann mit grauen Strähnen im Haar.

»Sei mir gegrüßt, Ellareen von den Weißen. Willkommen in meinem Heim«, sagte der ältere Krieger leise.

Ella lächelte. »Sei mir gegrüßt, Gret, Talm von Correl. Dies sind Danjin Speer, mein Ratgeber, und Gillen Schildarm, Botschafter von Hania.«

»Willkommen. Begleitet mich hinein, wo wir es bequemer haben«, lud er sie ein.

Ella hatte Yem gebeten, dafür zu sorgen, dass diese Zusammenkunft in einem möglichst kleinen Kreis stattfand. Als sie durch das zweite Tor traten und durch einen schmalen Flur in eine Halle gingen, begegneten sie niemandem mehr. Ellas Blick war ein wenig geistesabwesend, und Danjin vermutete, dass sie nach den Gedanken unsichtbarer Zuschauer Ausschau hielt.

Gret führte sie durch die Halle zu einer Treppe, und sie stiegen in einen Flur hinauf. Kurze Zeit später blieb der Krieger vor einer Tür stehen und geleitete sie in einen höhlenartigen, mit großen Wandbehängen geschmückten Raum.

Ella nahm auf dem Stuhl Platz, den Gret ihr anbot. Der alte Mann ging zu einem Nebentisch und goss Fwa in fünf Becher, die er anschließend verteilte.

»Das ist ein beeindruckender Wandbehang«, murmelte Gillen, den Blick auf den größten der Behänge gerichtet. Er stellte eine prächtige Ansicht von Hügeln dar, die durch niedrige Mauern in Felder eingeteilt waren. In den Falten waren kleine Dörfer zu sehen. Das Meer war eine schimmernde Fläche dahinter, und am Himmel trieben riesige Wolken.

Es ist nur buntes Garn auf Stoff, dachte Danjin. *Wie schaffen sie es, mit wenigen Stichen die Wirkung zu erzielen, als schimmere das Meer und als seien die Wolken vollkommen echt?*

»Meine verstorbene Frau hat ihn gemacht«, sagte Gret. »Sie besaß großes Talent in dieser Kunst. Der Wandbehang zeigt den Blick vom Dach dieser Festung.«

»Sie war tatsächlich begabt«, erwiderte Gillen. »Es ist ein ungewöhnliches Thema für einen dunwegischen Wandbehang.«

»Ungewöhnlich bei einem so großen Stück«, pflichtete Gret ihm bei. »Frauen fertigen oft kleinere Wandbehänge dieser Art und hängen sie in ihren privaten Räumen auf – was der Grund ist, warum ihr noch nichts Derartiges gesehen habt.« Er lächelte. »Tia war ehrgeiziger. Mir gefallen ihre Arbeiten, daher habe ich sie nach ihrem Tod hierherbringen lassen.«

Er wandte sich ab und nahm Ella gegenüber Platz. Gillen und Danjin setzten sich links und rechts neben die Weiße. Danjin blickte abermals zu dem Wandbehang hinauf und fragte sich, ob eins der Dörfer, die darauf abgebildet waren, dasjenige war, in dem die Pentadrianer sich niedergelassen hatten.

»Yem meinte, es sei eine drängende und wichtige Angelegenheit, die euch herführt«, sagte Gret. »Wie kann ich euch helfen?«

»Ich brauche die Unterstützung deiner Krieger«, begann Ella. Als sie ihm von den Pentadrianern erzählte, die sich in Dram angesiedelt hatten, zeichnete sich Entsetzen auf den Zügen des alten Mannes ab.

»Bist du dir dessen sicher – dass ihre Absichten böse sind?«

»Ich habe es aus ihren Gedanken gelesen«, erwiderte Ella.

»Man hat mir erzählt, dass sie hart arbeiten und nicht versuchen, irgendjemanden zu beeinflussen.«

»Du bist der Sache nicht selbst nachgegangen?«

Er schüttelte den Kopf. »Ich vertraue dem Anführer von Dram. Wenn es Probleme gegeben hätte, hätte er mir Meldung erstattet. Die Pentadrianer zahlen ihren Zehnten. Einige haben sogar Einheimische geheiratet.«

»Du hast Ehen zwischen Zirklern und Pentadrianern gestattet?«

Er zuckte die Achseln. »Natürlich.«

Ella schüttelte ungläubig den Kopf. »Wurden die Trauungen nach pentadrianischem oder nach zirklischem Ritus vollzogen?«

Gret hob die Hände. »Ich habe nicht danach gefragt.«

»Sind die Pentadrianer, die Mischehen eingegangen sind, Zirkler geworden, oder sind die Zirkler zum pentadrianischen Glauben übergetreten?«

Er zog die Schultern hoch.

»Was werden ihre Kinder sein, Pentadrianer oder Zirkler?«

»Ich weiß es nicht.« Zwischen seinen Brauen stand jetzt eine steile Falte. »Ich ziehe es vor, mich nicht in das Leben der Menschen einzumischen.«

»Eine bewundernswert großzügige Politik, wenn diese Neuankömmlinge aus Sennon oder Hania stammten. Aber diese Menschen sind unsere Feinde. Sie folgen Göttern, die uns vernichten würden, wenn sie könnten. Wir können ihnen nicht trauen – wie es uns hier deutlich gemacht worden ist.« Sie beugte sich vor, um Gret durchdringend zu mustern. »I-Portak pflichtet mir bei. Die Pentadrianer und die Bewohner von Dram müssen nach Chon gebracht und vor Gericht gestellt werden.«

Gret klappte der Unterkiefer herunter, aber dann schloss er den Mund hastig wieder. Sein Gesicht rötete sich. »Nach Chon? Ist das notwendig? Wir könnten die Verhandlungen auch hier abhalten.«

Ella schüttelte den Kopf. »Es ist unmöglich, etwas von solchem Ausmaß verborgen zu halten, Gret. Die Menschen werden es herausfinden.«

»Aber wollen wir den Pentadrianern die Befriedigung geben, dass die Welt von ihrem Erfolg erfährt – und sei er auch von noch so kurzer Dauer gewesen?«

»Die Menschen müssen sehen, was die Pentadrianer getan haben, um in Zukunft auf der Hut vor solchen Intrigen zu sein. Und sie müssen sehen, dass jenen, die Pentadrianer beherbergen, eine prompte und dem Vergehen entsprechende Strafe auferlegt wird.«

»Aber müssen *alle* Dorfbewohner nach Norden gehen? Was ist mit den Alten? Den Frauen? Den Kindern? Es ist eine weite Reise und eine grausame Härte für die Unschuldigen.«

Ella verzog das Gesicht. »Sie müssen alle gehen, oder es werden in Zukunft Unschuldige zu Opfern gemacht werden. Wirst du mich unterstützen?«

Gret ließ die Schultern sinken. »Natürlich.«

Während Ella die Zahl der erforderlichen Männer und eine Strategie erörterte, wie sie sich dem Dorf nähern und mit den Menschen dort verfahren wollten, dachte Danjin über den alten Krieger nach. Selbstverständlich würde sein Stolz leiden, wenn andere erführen, dass der Feind ihn hintergangen hatte. Auch sein Einkommen würde leiden. Ein Dorf, aus dem man die Bewohner entfernte, bedeutete, dass niemand sich um die Ernten, die Tiere und die Fischerei kümmerte. Danjin musste sich fragen, wie viel von Grets Entsetzen auf den Verlust von Ehre und Gewinn zurückzuführen war und wie viel auf die anstrengende Reise und die Strafe, die seine Untertanen erwartete.

Gleichzeitig hatte Danjin ein gewisses Verständnis für Grets Beteuerungen, und ein nagendes Unbehagen stieg in ihm auf. War Ella so erpicht darauf, an dem Dorf ein Exempel zu statuieren, dass sie alle mit gleicher Härte bestrafen würde, ob sie nun zum pentadrianischen Glauben übergetreten waren oder nicht, ob sie alt waren oder jung, erwachsen oder noch Kinder?

Ich nehme an, wir werden es bald herausfinden.

29

Während die Morgendämmerung durch den Dschungel kroch, wischte Mirar sich die Stirn ab und versuchte, den Schweiß zu ignorieren, der ihm bereits jetzt den Rücken hinunterlief. Schon bald würde Genza aus ihrer Kajüte kommen und die Barkasse wieder flussaufwärts steuern, und der Fahrtwind würde ein wenig Erleichterung bringen.

Mirar konnte sich gut vorstellen, wie unangenehm eine Flussreise durch Dekkar ohne eine Stimme an Bord sein würde. Jeden Abend, wenn Genza für eine Mahlzeit und einige Stunden Schlaf rastete, erstarb die Brise. Es gab nur wenig oder gar keinen Wind auf dem Fluss, und die Hitze war gnadenlos.

Mirar fand es in seiner Kajüte furchtbar schwül, daher schlüpfte er jeden Abend hinaus, um zusammen mit der Mannschaft auf Deck zu schlafen. Im Dschungel war es niemals still. Das Summen von Insekten und die Rufe der Vögel bildeten eine ständige Geräuschkulisse. Gelegentlich hallten auch andere Rufe durch die Bäume. Einige davon erregten mehr Aufmerksamkeit als andere. Einmal war dicht am Ufer ein tiefes Knurren erklungen, und alle Gespräche während des Essens hatten ein abruptes Ende gefunden. Ein Seemann hatte Mirar erklärt, dass dies der Ruf des legendären Roro sei, eines riesigen, schwarz bepelzten fleischfressenden Raubtiers mit gewaltigen, spitzen Zähnen. Die anderen Männer hatten Geschichten von Roros erzählt, die bei Nacht zu Schiffen hinausgeschwommen seien und Fahrgäste oder Seeleute davongeschleppt hätten.

Was erklärte, warum sie bei Nacht mehrere Lampen hell brennen ließen und warum sie mitten im Fluss festmachten, fernab überhängender Zweige, und Seile, an denen Glocken befestigt waren, um das Schiff banden.

Der Seemann war ein drahtiger Mann in mittleren Jahren namens Kevain. Jede Nacht lud er Mirar ein, auf dem überfüllten Deck an seiner Seite unter seinem Insektennetz zu schlafen, und als Gegenleistung dafür erbat er sich etwas von Tintels Öl. Kevain holte dann einen kleinen Schlauch mit einem starken Schnaps hervor, und sie tauschten Geschichten aus, bis das Getränk sie müde genug machte, um Schlaf zu finden.

Ein Geräusch in seiner Nähe lenkte Mirars Aufmerksamkeit auf Kevain. Der Mann rappelte sich hoch, rollte mit geschickten Griffen das Insektennetz auf und verstaute es. Dann grinste er Mirar an.

»Wir erreichen heute Unterstadt«, sagte er. Unterstadt war der Name des Ortes, auf den sie zusteuerten. »Du hast Angst vor Höhen?«, fragte er und zeigte auf die Steilwand, die über ihnen aufragte.

Mirar schüttelte den Kopf.

»Gut. Gut.« Der Mann ballte eine Hand zur Faust und schüttelte sie – eine Geste, die, wie Mirar vermutete, Zustimmung oder Ermutigung bedeutete. »Für jene, die es tun, ist es hart. Wenn du dich schlecht fühlst, schau nicht hinunter.«

»Das werde ich mir merken«, erwiderte Mirar.

Kevains Grinsen wurde breiter. »Danach reitest du die Winde. Du kannst dich glücklich schätzen. Ah, die Vierte Stimme ist wach, und ich mache mich am besten wieder an die Arbeit.«

Er gesellte sich zum Rest der Mannschaft und überließ es Mirar, Genza zu begrüßen. Man trug ein schnelles Morgenmahl auf, dann nahm Genza ihre Position am Bug ein.

Mirar suchte sich ein Plätzchen, wo er niemandem im Weg war, und sah zu, wie der Dschungel an ihnen vorüberglitt und die Steilwand mit ihren Felsen näher kam. Nach etwa einer Stunde verlangsamte die Barkasse ihr Tempo. Vor ihnen war ein kleiner Pier aufgetaucht. Genza überließ das Lenken des Bootes dem Stakenmann, der es geschickt zum Pier manövrierte und dort vertäute.

Domestiken trugen Vorräte von Bord. Mirar holte seinen Beutel aus seiner Kajüte, nickte dann zum Abschied Kevain zu und wartete in Genzas Nähe, bis sie ihm bedeutete, sich zu ihr zu gesellen. Schließlich traten sie gemeinsam auf den Pier und gingen, gefolgt von Götterdienern und Domestiken, an Land.

Am Ende des Piers führte eine schmale Straße zwischen dicht an dicht gebauten Holzhäusern hindurch. Die leuchtend bunt gestrichenen Mauern befanden sich in verschiedenen Stadien des Verfalls. Die Straße war mit Sand bedeckt, was seltsam wirkte. Mirar hatte bisher keinen Sand im Dschungel gesehen. Über jeder Tür hing ein Schild, das das Gewerbe des jeweiligen Hauses beschrieb. Die Einheimischen verkauften Essen und Wein und boten Transportmittel an oder vermieteten Betten und Frauen.

Letztere standen in Hauseingängen bereit, mit einem wenig überzeugenden Lächeln auf dem Gesicht und leuchtend bunten Kleidern am Leib, die ihre Reize deutlich erkennen ließen. Sie wirkten krank und unglücklich und zogen sich beim Anblick Genzas und der Götterdiener hastig in die Häuser zurück. Ein Stich des Mitgefühls durchzuckte Mirar, und er beschloss, eines Tages hierher zurückzukehren und festzustellen, ob er ihnen helfen konnte. Genza sah die Frauen kaum an, während sie auf das Ende der Straße zuschritt.

Dort stand ein großes Gebäude. Direkt dahinter erhob sich die Steilwand. Genza blieb stehen, um zu beobachten, wie eine hölzerne Kiste vom Dach aufstieg. Mirar bemerkte die dicken Seile, die nach oben gezogen wurden. Er blickte auf. Die Steilwand überragte das ganze Dorf. Ein winziger Gegenstand bewegte sich an dem dunklen Fels entlang: eine weitere Kiste.

»Die Vorräte sind bereits auf dem Weg nach oben«, sagte Genza. »Wir werden eine der Kisten nehmen, wenn sie wieder heruntergelassen werden.«

Mirar bemerkte eine kleine Gruppe, die sich vor dem Gebäude zusammengefunden hatte. Er spürte Ärger, der jedoch bereits einem widerwilligen Respekt Platz machte, während diese Männer und Frauen den Grund dafür erkannten, warum ihr Aufstieg verzögert worden war.

Genza führte ihn in das Gebäude. Der größte Teil des Raums wurde von einem massigen Eisenrad beansprucht. Seile, so dick wie Mirars Arme, zogen sich durch eine Öffnung im Dach in die Höhe.

»Die Männer, die den Seilzug bedienen, müssen darauf achten, dass die hinauf- und hinabfahrenden Lasten immer gleich schwer sind. Da aber mehr Waren nach oben befördert werden als nach unten, weil Dekkar mehr Erzeugnisse nach Avven verkauft als umgekehrt, werden oben Sandsäcke als Ballast zugeladen.«

Mirar nickte. Das würde die sandigen Straßen des Dorfes erklären. Es hätte keinen Sinn gehabt, den Sand zurückzuschicken.

Als die Kiste, die gerade auf dem Weg nach unten war, langsam durch das Dach herabgelassen wurde, führte Genza Mirar eine Holztreppe zu einer Plattform hinauf. Ein Mann stand dort bereit, und als er Genza sah, machte er respektvoll das Zeichen des Sterns.

Die Kiste hielt auf gleicher Höhe mit der Plattform an. Die obere Hälfte der Kiste war offen, und Mirar konnte mehrere

Menschen darin sehen. Er spürte Furcht und Erleichterung, aber auch Jubel und Langeweile. Mirar erkannte den Geruch einer Wurzel, die die Dekkarener wegen ihrer beruhigenden Wirkung gern benutzten. Mehrere der Fahrgäste kauten an einer solchen Wurzel.

Als die Fahrgäste Genza bemerkten, weiteten sich ihre Augen. Alle machten das Zeichen des Sterns. Der Führer der Kiste öffnete eine Tür darin. Sobald die Insassen ausgestiegen waren und die Plattform über eine zweite Treppe verlassen hatten, lud der Mann einige Beutel Sand aus der Kiste. Er trat beiseite, und ließ Genza mit gesenktem Blick einsteigen. Als Mirar folgte, bemerkte er, wie der Mann die Götterdienerin einer schnellen, neugierigen Musterung unterzog.

Eine Glocke läutete. Die Kiste setzte sich ruckelnd in Bewegung. Als sie aus dem Dach auftauchte, sah Mirar auf ein Meer von Bäumen hinab. Der Dschungel erstreckte sich unter ihnen, nur durchbrochen von den zahlreichen Windungen des Flusses. Je höher sie kamen, umso besser wurde die Aussicht, die sich ihnen bot. Mirar stellte fest, dass er in der Ferne das Meer sehen konnte. *Das also ist es, was Auraya sieht, wenn sie fliegt,* dachte er plötzlich. Ein unerwarteter Stich des Neids durchzuckte ihn. *Emerahl hat das Fliegen nicht gelernt, aber das bedeutet nicht, dass es mir genauso gehen würde. Ich frage mich, ob ich wohl je eine Chance bekommen werde, Auraya zu bitten, mich zu unterrichten. Und ob sie dazu bereit wäre. Schließlich habe ich sie in der Heilkunst unterwiesen. Sie schuldet mir eine Gegenleistung …*

»Was hältst du von dieser kleinen Vorrichtung?«, fragte Genza.

Mirar wandte sich zu ihr um. »Beeindruckend. Hat es schon viele Unfälle gegeben?«

»Einige.« Sie zuckte die Achseln. »Meistens aufgrund der Torheit der Fahrgäste. Das Seil wird jedes Jahr erneuert und gründlich auf Mängel untersucht.« Sie schaute sich um und stieß einen leisen Seufzer aus. »Ich werde dieses Anblicks niemals müde, ganz gleich, wie oft er sich mir bietet.«

Auch Mirar sah sich noch einmal um. Die Aussicht war in der Tat phantastisch. Nur allzu bald verlangsamte die Kiste ihre Fahrt und kam schließlich ruckartig zum Stehen. Sie hatte auf gleicher Ebene mit einer Plattform angehalten, die vom oberen Ende der Felswand aus über den Abgrund vorragte und mit einem stabilen Geländer versehen war. Mirar stieg hinter Genza aus und folgte ihr in eine weitere Siedlung.

Dieser Ort war ebenso weitläufig, wie Unterstadt gedrängt in seiner Anlage schien. Zwischen den weit auseinanderstehenden Häusern aus gestampftem Lehm verlief eine breite Straße. Alles schien im selben ausgebleichten sandfarbenen Ton gehalten zu sein – selbst die Kleider der Einheimischen –, obwohl dieser Eindruck vielleicht von der hellen Sonne hervorgerufen wurde. Es war hier sowohl heißer als auch trockener, und an die Stelle des unablässigen Sirrens von Insekten und des Zwitscherns der Vögel war das stete Heulen des Windes getreten.

»Dies ist Oberstadt«, sagte Genza. »Ich weiß, es sind keine sehr einfallsreichen Namen.«

Die Kisten und Truhen aus der Barkasse wurden auf einen Tarn geladen, und für die Götterdiener standen zwei Plattans bereit. Genza versicherte sich, dass alles zu ihrer Zufriedenheit geregelt war, dann wünschte sie den Götterdienern eine gute Reise. Mirar sah sie fragend an. Sie lächelte.

»Von hier aus werden wir allein weiterfahren. Es wird viel schneller gehen.«

»Wie?«

Ihr Lächeln wurde breiter. »Wir fahren mit einem Windboot. Folg mir.«

Sie gingen durch die Siedlung. Am Rand des Ortes sah Mirar eine ebene Wüste, die sich eintönig bis zum Horizont erstreckte. Genza führte ihn zu einem von mehreren fensterlosen, zwei Stockwerke hohen Holzhäusern und trat durch eine Tür. Nach dem grellen Sonnenlicht musste Mirar sich erst an die Dunkelheit im Innern gewöhnen, bis er erkannte, dass es darin weder eine Decke noch Innenwände gab, sondern nur die Außenmauern und das Dach. In einer der Außenwände befanden sich mehrere große Holztüren. Eine stand offen und ließ gerade genug Licht herein, um die seltsamen, in dem Haus gelagerten Gegenstände erkennen zu können.

Boote. Eigenartige, schmale Boote mit übergroßen Segeln. Mirar besah sich die verschiedenen Gefährte. Alle hatten flache, schmale hölzerne Rümpfe und helle Segel, die fest an schlanke Masten gebunden waren. Genza blickte mit einem Grinsen zu ihm auf.

»Das wird dir gefallen.« Als ein Einheimischer auf sie zugeeilt kam, wandte sie sich ab. Der Mann geleitete sie nach draußen.

»Die beiden Windsegler dort drüben warten auf euch«, sagte er und zeigte auf zwei Gestalten in der Ferne, die neben zweien der eigenartigen Boote standen.

»Ich werde keinen Segler benötigen«, erwiderte sie, »aber mein Begleiter wird sich über Hilfe freuen. Sind die Winde günstig?«

Der Mann nickte. »Wenn es so bleibt, werden sie euch bis nach Glymma tragen.«

Sie dankte ihm und schritt auf die fernen Gestalten zu. Mirar folgte ihr.

»Können sie uns wirklich den ganzen Weg bis nach Glymma bringen?«

»Solange der Wind weht«, antwortete sie. »Wir sollten in vier Tagen dort sein.«

Vier Tage? Mirar schüttelte den Kopf. *Jetzt weiß ich, warum sie sich nicht die Mühe gemacht hat, um die Küste herumzusegeln. Ein Schiff hätte es niemals so schnell bis nach Dekkar und zurück geschafft.*

Die beiden Segler waren junge Männer. Als Genza an sie herantrat, lächelten sie und machten das Zeichen des Sterns. Sie nahm die Windboote in Augenschein und wählte dann eines aus. Der Segler ließ es widerstrebend los. Mirar vermutete, dass die Boote ihren Seglern gehörten, und er fragte sich, wie der junge Mann seines zurückbekommen würde.

Ein Windstoß erfasste sie, und der zweite Windsegler hatte offenkundig Mühe, sein Boot stillzuhalten. Als die Bö sich gelegt hatte, deutete Genza auf den vorderen Teil des Rumpfs.

»Du wirst dort sitzen, mit dem Gesicht nach vorn«, erklärte sie. »Beweg dich nicht. Man braucht Gleichgewicht ebenso wie Windsinn und Magie, um diese Boote zu segeln.«

Mirar nahm Platz und stellte seinen Beutel zwischen die Knie. Als er sich wieder umdrehte, sah er, dass der Windsegler sich einen Schal um das Gesicht gebunden hatte und jetzt am Heck saß. Genza nahm im selben Teil ihres eigenen Windbootes Platz, und als ein weiterer Windstoß aufkam, entfaltete sich das Segel, und Genza schnellte nach vorn.

Als das Boot unter Mirar sich neigte, hielt er sich mit beiden Händen am Rand fest. Als er hinabblickte, entdeckte er Griffe. Außerdem befanden sich zwei Hohlräume auf dem Boden, in die er die Fersen stemmen konnte. Während er von beidem Gebrauch machte, stieß der junge Mann einen lang gezogenen Ruf aus, und das Boot setzte sich in Bewegung.

Es flog nicht vorwärts, wie Genzas Boot es getan hatte, sondern gewann langsam an Schwung. Über ihm entfaltete sich nach und nach das Segel.

Sie nahmen Tempo auf, und das Boot entfernte sich von

Oberstadt. Ein weiterer Windstoß traf Mirar von der Seite, dann erklang hinter ihm ein weiterer Ruf, und er hörte das Schlagen von Stoff, als das Segel sich zur Gänze entfaltete. Das Boot drehte sich abrupt und schoss über den Sand davon.

Es war ein berauschendes Gefühl, und Mirar stimmte unwillkürlich in das Triumphgeschrei des Windseglers ein. Sie jagten auf den Horizont zu. Aber schon bald verstummte der Segler, obwohl das Boot keineswegs an Fahrt verlor. Gelegentlich wehte ein Seitenwind Mirar Staub ins Gesicht. Die Luft war trocken, und die Sonne brannte unbarmherzig auf sie herab.

Stunden verstrichen. Schließlich erreichten sie eine Abfolge flacher Dünen. Mirar spürte jede Bewegung des Seglers, während dieser gegen die Seitenwinde ankämpfte. Er empfand mehr und mehr Respekt vor dem Geschick des jungen Mannes.

Dann fiel ihm Genza wieder ein, und er hielt im Sand vor ihnen nach ihr Ausschau. Er konnte keine Spur von ihr entdecken, aber ihr Boot brauchte nur eine Person zu tragen, daher würde es sich schneller bewegen als seines. Wahrscheinlich würde er sie in den nächsten Stunden überhaupt nicht sehen – nicht bevor sie für die Nacht Rast machten.

Eine Sandfontäne und ein freudiger Aufschrei sagten ihm jedoch, dass er sich geirrt hatte. Genza schoss lachend an ihnen vorbei. Mirar konnte ein Kichern nicht unterdrücken, als sie ihr Boot sachkundig über die Dünen schnellen ließ und dabei ein erstaunliches Geschick bewies. Sie musste diese Fähigkeit über eine Zeitspanne hinweg erworben haben, wie sie keinem Sterblichen zu Gebote stand, um diese Kunst zu meistern.

Wenn Genza ein Maßstab ist, verstehen diese Stimmen sich erheblich besser als die Weißen darauf, sich ein wenig Spaß zu verschaffen, dachte er.

Dann wurde er jäh wieder ernst. Es war so einfach, Genza an diesem Ort und in diesem Augenblick zu bewundern. Aber es war dieselbe Frau, die Vögel dazu abrichtete, Sterbliche zu töten, dieselbe Frau, die Krieg führte und zusammen mit den anderen Stimmen einen ganzen Kontinent beherrschte.

Ich werde diese Seite an ihr nicht vergessen, dachte er bei sich, *aber ich werde ihrem Zauber nicht so weit erliegen, dass ich darüber meinen gesunden Menschenverstand und die notwendige Vorsicht über Bord werfe.*

Obwohl er Gleichgültigkeit heuchelte, verfehlten die Ruinen von Sorlina niemals ihre Wirkung auf Barmonia; sie hatten ihn bisher noch jedes Mal ungemein fasziniert.

Die hohe Steilwand, die während der vergangenen Nachmittage ihren Schatten auf sie geworfen hatte, war an dieser Stelle eingestürzt, und auf ihren Trümmern war eine Stadt erbaut worden. Die Einsturzstelle hatte einen natürlichen, wenn auch steilen Zugang vom avvenschen Hochland zum Tiefland von Mur geformt, und obwohl es keine Überraschung war, dass eine Stadt sich diesen Umstand in der Vergangenheit zunutze gemacht hatte, war es doch eigenartig, dass das Land jetzt brachlag.

Die fremdländische Frau hatte den ganzen Morgen, wie betäubt von Erstaunen, zu der Stadt hinaufgestarrt. An einer Stelle, als sie den Fluss überquert hatte, hatte sie zu Raynora eine Bemerkung darüber gemacht, dass der Fluss zu wenig Wasser führe, um eine Stadt am Leben zu erhalten. Mikmer hatte sie an ihren Platz verwiesen, indem er entgegnet hatte, dass Trockenzeit sei und der Wasserstand deshalb selbstverständlich niedrig sein müsse.

Daraufhin hatte sie Mikmer mit erheitertem, beinahe mitleidigem Blick angesehen, aber nichts erwidert. Barmonia war klar, dass eine Stadt, wenn sie sich nicht ganzjährig erhalten konnte, in jedem Fall sterben würde, aber er hatte Mikmer nicht beschämen wollen, indem er darauf hinwies.

Die alte Straße schlängelte sich im Zickzackkurs den Hang hinauf. Früher einmal war sie ordentlich gepflastert gewesen, aber inzwischen war die Oberfläche an verschiedenen Stellen aufgebrochen. Aus diesem Grund hatten sie die Wagen zurückgelassen und ritten jetzt auf den Arems, die sie gezogen hatten. Die Tiere, die Zelte und Vorräte trugen, trotteten hinter ihnen her.

Die Straße führte an niedrigen Steinmauern vorbei, den Überresten alter Häuser. *So alt sind sie gar nicht,* korrigierte sich Barmonia. *Die Stadt ist erst vor einigen hundert Jahren gestorben. Ganz anders als Alt-Jeryma im Norden oder Karn im Süden.*

Aber je jünger die Ruine war, desto geringer war die Gefahr, dass sie bereits geplündert worden war. In der Vergangenheit hatte Barmonia hier Gräber geöffnet, die immer noch voller Schätze gewesen waren, und er hatte viele Statuen und Schnitzereien in die Bibliothek von Hannaya gebracht und an Sammler verkauft. Sie waren nicht so selten wie die wahrhaft alten Stücke anderer Ruinenstädte, aber sie erzielten dennoch gute Preise. Auf den Statuen war oft noch ein Rest Farbe gewesen, was den Käufern nicht gefiel, und er hatte stets eine Methode gefunden, diese Schichten zu entfernen, ohne den Stein zu beschädigen.

Er lächelte. Wenn die Anweisungen auf den Knochen des Priesters korrekt waren, würde er nicht nur ein neues Grab entdecken, sondern einen ganz neuen Bereich des Tempels der Sorli.

Sie kamen jetzt an den größeren Häusern in den höher gelegenen Teilen der Stadt vorbei. Barmonia konnte Raynora mit der Frau reden hören.

»… dort drüben. Öffentliche Latrinen. Ja, das ist richtig. Sie haben vor den Augen ihrer Nachbarn ihre Notdurft verrichtet, und sowohl Männer als auch Frauen haben sie benutzt. Kannst du dir den Gestank vorstellen – oh, wir haben etwas von dem Schmutz darin ausgegraben. Keine Kohle und auch keine Färbemittel, sondern Unmengen einer strohähnlichen Substanz, die wir in den Latrinen privater Häuser gefunden haben. Und wir haben auch viele Münzen entdeckt …«

Die Straße machte eine Biegung, und sie erreichten die erste der höher gelegenen Ebenen der Stadt, auf der öffentliche Gebäude errichtet worden waren. Viele Mauern standen noch immer, da sie dicker und stabiler waren, um größere Bauten tragen zu können. Ray nannte die Namen der Gebäude und beschrieb ihren Verwendungszweck.

Dann machte die Straße abermals eine Biegung, und sie ritten auf einen großen, öffentlichen Platz zu. Der Anblick war wie immer gleichzeitig beeindruckend und beunruhigend. Der Platz war mit gewaltigen Steinplatten gepflastert worden, aber da die Erde darunter sich bewegt hatte, waren viele der Platten emporgehoben worden. Nur wenige waren in ihrer alten Lage verblieben, so dass der ganze Platz wie ein unruhiges Meer von Steinen wirkte. Manche der Platten standen sogar senkrecht, und andere sahen aus, als wollten sie jeden Augenblick umstürzen.

Als Barmonia absaß und sein Arem und das Packtier über den Platz führte, verfiel Raynora in Schweigen. Dieser Ort hatte schon immer etwas Unheimliches gehabt. Der Wind machte eigenartige Geräusche, und außerdem erforderte die Überquerung des Platzes große Konzentration. Wenn die Arems schwere Lasten trugen, konnten sie keine allzu starken Steigungen bewältigen.

Als er die andere Seite erreichte, stieß er einen Seufzer der Erleichterung aus. Er setzte sich auf eine umgestürzte Säule und wartete darauf, dass die anderen zu ihm aufschlossen. Die Frau blickte zu dem Gebäude hinter ihm empor.

»Der Tempel der Sorli«, sagte Raynora leise und beugte sich zu ihr vor.

Die anderen sahen auf, und Barmonia bemerkte die Enttäuschung in ihren Zügen.

»Die Kuppel ist fort«, machte Yathyir sie auf das Offenkundige aufmerksam.

»Ja.« Barmonia erhob sich und betrachtete die Überreste des Gebäudes. »Wahrscheinlich ist sie bei einem noch nicht allzu lange zurückliegenden Beben eingestürzt. Hoffen wir, dass sie nicht alles blockiert, sonst müssen wir Einheimische bitten, uns hineinzuhelfen.«

Er reichte den Zügel des Arems an einen Domestiken weiter, dann drehte er sich um und betrat den Tempel.

Die große Halle, in der es stets recht dunkel gewesen war, lag jetzt lichtdurchflutet und geröllübersät vor ihnen. Das Licht zeigte die Wandgemälde in ihrer vollen Pracht, offenbarte aber auch den Schaden, den der Regen angerichtet hatte. Barmonia ging zum Altar hinüber und hielt inne, um aufzublicken. Der Kopf der riesigen Steingöttin war abgebrochen. Er sah sich suchend um und entdeckte hinter einem großen Stück der eingestürzten Kuppel ein Auge.

Ein anderes Stück lag zwischen der hinteren Mauer und den Hüften der sitzenden Statue. Barmonia musste in die keilförmige Lücke dahinter hinaufsteigen, um den Eingang zu der inneren Kammer zu erreichen. Die prächtigen geschnitzten Türen waren schon vor Jahrhunderten entfernt und in die Villa eines Sammlers in Glymma gebracht worden.

Besser, als hier zu verrotten, dachte er. *Wahrscheinlicher wäre allerdings, dass die Einheimischen sie schon vor Jahren zu Feuerholz verarbeitet hätten.*

Die Kammer dahinter war überdacht und dunkel, daher

schickte er Raynora zurück, um Fackeln zu holen. Kurze Zeit später kehrte Ray mit nur fünf Fackeln zurück und verteilte sie an die Denker, so dass die Fremdländerin leer ausging, ein Umstand, der Barmonia sehr erheiterte.

Vielleicht ist er doch nicht so hingerissen von ihr, wie es den Anschein hat.

Die innere Kammer war ein kleiner Raum mit einem leeren Altar in der Mitte. Barmonia hatte keine Ahnung, wo die Statue hingekommen war, und er hätte mit Freuden ein ordentliches Sümmchen gezahlt, um dieses Rätsel zu lösen, aber er hatte Skizzen des Kunstwerks gesehen. Außerdem beobachtete er mit Befriedigung, dass die Fremdländerin den Altar mit einem unübersehbaren Stirnrunzeln betrachtete.

»Die Knochen haben gesagt: ›Sorli wird euch den Weg weisen‹«, bemerkte sie. »Sorli ist nicht mehr hier.«

»Daran kann kein Zweifel bestehen«, erwiderte Mikmer trocken.

»In der Bibliothek hängt ein Bild von ihr«, meldete sich Yathyir mit ernster Stimme zu Wort. »Ich erinnere mich daran.«

Barmonia lächelte. Das war der Grund, warum er sich mit dem seltsamen Jungen abfand. Er mochte ein Spinner sein, aber sein Gedächtnis war beeindruckend gut.

»Beschreib sie uns«, befahl Barmonia.

Der Junge musterte den Stein eine Zeitlang, dann trat er zu Raynora.

»Hilf mir hinauf«, sagte er.

Ray hob Yathyir hoch. Der Junge bewegte sich zum Zentrum des Altars und hielt dort inne, um nachzudenken.

»Sie hält einen Becher in einer Hand und zeigt mit der anderen zu Boden«, erklärte er und ahmte die Haltung der Statue nach.

»Dann befindet sich der Eingang zu dem geheimen Tempel also unter diesem Stein?«, fragte Ray und betrachtete den großen Quader mit einem zweifelnden Blick.

»Wahrscheinlich.« Barmonia trat hinter den Stein und rieb mit dem Schuh über den Boden. »Hier sind Kratzer. Die Denker haben immer geglaubt, sie seien entstanden, als der Stein seinerzeit hierhergeschafft wurde, aber vielleicht ist er häufiger bewegt worden.«

»Wie?«, fragte Yathyir, bevor er heruntersprang, um die Kratzer in Augenschein zu nehmen.

»Mit Magie«, antwortete Barmonia. »Von den Priestern wird immer ein gewisses Maß an Befähigung erwartet.«

»Also, wie wollen wir ihn bewegen?«

»Mit *unseren* Fähigkeiten.« Barmonia wandte sich dem Eingang zu. »Was auch der Grund ist, warum ich so viel Ausrüstung mitgebracht habe.«

»Das wäre nicht nötig gewesen«, sagte die Frau leise.

Barmonia drehte sich zu ihr um. Sie wollte zweifellos mit ihren magischen Fähigkeiten angeben, worin diese auch immer bestehen mochten, aber er hatte nicht die Absicht, das zuzulassen. »Dieser Stein sollte vorsichtig und behutsam bewegt werden, sonst könntest du …«

»Oh, erspar mir den Vortrag«, fiel sie ihm ins Wort. »Du weißt offensichtlich nicht das Geringste über Magie, wenn du glaubst, sie sei weniger raffiniert als Hebel und Seile.«

Bei ihrem arroganten Tonfall loderte Ärger in ihm auf, dann unterdrückte er einen Fluch, als sie sich von ihm ab- und dem Altar zuwandte.

»Wage es nicht …« Er machte einen Schritt vorwärts, um sie an den Schultern zu packen, aber seine Hände glitten an einer unsichtbaren Barriere ab. Die anderen zogen sich zurück, und ihre Gesichter verrieten Neugier und Erregung.

»Ich werde den Stein zuerst anheben«, sagte sie zu Raynora. »Schau darunter und sag mir, was du siehst.«

Als der Altarstein sich langsam hob, lief Barmonia ein Schauer über den Rücken, und sein Magen krampfte sich zusammen. Magie hatte immer diese Wirkung auf ihn. Eine Frau sollte nicht in der Lage sein, einen riesigen Steinblock anzuheben. Es war unnatürlich.

Ray ließ sich auf die Knie nieder und untersuchte die Lücke zwischen dem Stein und dem Boden. Unglaublicherweise schob er die Hände darunter; er vertraute offenkundig darauf, dass sie den Stein nicht fallen lassen würde.

»Darunter befindet sich eine quadratische Öffnung. Es sieht so aus, als könne man den Altar an die Rückseite des Raums schieben, ohne etwas zu zerbrechen.«

Die Frau nickte, und der Stein glitt rückwärts. Eine Treppe, die in die Dunkelheit hinabführte, wurde sichtbar. Der Stein ließ sich lautlos auf dem Boden nieder.

Das Miststück schafft es, schlussfolgerte Barmonia. Dann kam ihm ein anderer Gedanke. *Wenn sie so mächtig ist, wie sollen wir sie dann loswerden?*

Sie würden sie überlisten müssen, was nicht weiter schwierig sein sollte. Sie war als Frau allein unterwegs in einem Land, das sie nicht kannte und in dem die Menschen eine Sprache sprachen, die sie nach eigenem Eingeständnis erst vor kurzem gelernt hatte. Vielleicht würden sie sich davonstehlen können, statt die Frau fortzuschicken. Was auch immer geschehen mochte, er würde nicht zulassen, dass eine fremdländische Zauberin die Anerkennung für die Entdeckung dieses Grabes erhielt.

Ich kann diese Wendung der Ereignisse zu unserem Vorteil nutzen. Wenn wir den Menschen erzählen, dass sie Steine bewegen kann wie ein magisches Arbeitstier, wird das alles sein, wofür man sie im Gedächtnis behält.

Er machte einen Schritt nach vorn. Mit plötzlichem Respekt trat sie zurück und gestattete ihm, die anderen die

Treppe hinunterzuführen. Zumindest kannte sie ihren Platz. Sie war in der Tat einfach ein magisches Arbeitstier. Er war der Führer dieser Unternehmung.

Auf den Wänden fanden sich Steinmetzarbeiten religiöser Szenen, aber sie waren zu staubig, um Einzelheiten erkennen zu können. Dafür würde später noch Zeit sein. Nach hundert Stufen gab er den Versuch auf mitzuzählen. Der Abstieg schien eine Ewigkeit zu dauern, daher überraschte es ihn, als er sich plötzlich am Fuß der Treppe wiederfand. Er blieb stehen.

Ein schmaler Korridor, der kaum breiter war als seine Schultern, führte in die Dunkelheit. Langsam ging er weiter. Zuerst war der Korridor frei von Trümmern, was sich jedoch bald änderte. An einer Stelle stieg er über einen Riss, der so breit war wie seine Hand und sich quer durch den Tunnel zog. Kurz darauf sah er vor sich ein schwaches Licht, und einige Schritte später hatte er das Ende des Gangs erreicht.

»Halt!«, rief er, weil er befürchtete, die anderen könnten mit ihm zusammenprallen und ihn über den Vorsprung stoßen.

»Was ist das?«, fragte Mikmer, dessen Stimme dicht hinter Barmonia erklang.

»Ein Spalt«, antwortete Barmonia. »Ein gewaltiger Spalt. Es müssen zweihundert Schritte sein bis zur anderen Seite.«

»Geht der Tunnel auf der anderen Seite weiter?«

»Das weiß ich nicht. Ich kann kaum etwas sehen.«

»Lass mich vortreten, dann werde ich ein Licht schaffen«, erbot sich die Frau.

Barmonia fühlte sich versucht, ihr Angebot aus reiner Gehässigkeit abzulehnen, aber ihm fiel keine andere Möglichkeit ein, wie sie die Ausmaße des Felsspalts in Erfahrung bringen konnten.

»Also schön, dann komm.«

Ein leises Scharren erklang hinter ihm, als die Männer ihr Platz machten. Einen Moment später flammte ein Licht auf, schwebte an seiner Schulter vorbei und bewegte sich langsam tiefer in das Gewölbe. Die gegenüberliegende Wand kam in Sicht. Es befand sich kein Durchgang darin.

»Nein«, sagte Barmonia. »Der Gang endet hier.«

Als das Licht heller wurde, blickte er hinab. Nicht weit unter ihm füllten etliche Felsbrocken den Spalt. Als er wieder aufsah, gefror ihm das Blut in den Adern.

Ein gewaltiger Brocken der Wand war abgestürzt und hatte sich zwischen den beiden Flanken des Spalts verkeilt.

Er sog scharf die Luft ein und betrachtete den Boden der Felsspalte. Einige der Trümmer dort waren größer als ein Haus.

»Hoffnungslos«, murmelte er. »Wenn dort unten etwas war, ist es jetzt fort.«

Er drehte sich um und schob sich an der Frau vorbei. Die anderen musterten ihn forschend und lasen die Enttäuschung aus seinen Zügen.

»Im Fels sind Handläufe.«

Barmonia drehte sich um und sah Yathyir am Rand der Felsspalte hocken.

Er spähte in den Abgrund und sah, dass der Junge recht hatte. In die Wand unter dem Tunnel waren Rillen eingemeißelt. Barmonia schaute genauer hin und stellte fest, dass die äußerste Kante des Gangs unmittelbar am Abbruch mit einer eingemeißelten Zierleiste versehen worden war. Der Gang *sollte* hier enden.

Nachdem er sich weiter vorgebeugt hatte, sah er, dass die Griffe bis auf den Boden hinabreichten.

»Wenn dort unten etwas ist, ist es begraben«, erklärte er.

»Aber man kann es ausgraben«, sagte die Frau.

»Das wird Monate dauern.«

»Nicht unbedingt.«

Barmonia funkelte sie wütend an.

»Aber es könnte natürlich Monate dauern.« Sie zuckte die Achseln. »Die Entscheidung liegt bei euch.«

»Lasst mich sehen«, sagte Kereon.

Die Frau und Yathyir traten in den Tunnel zurück, damit Mikmer und Kereon in die Felsspalte blicken konnten. Dann machte Mikmer Platz, um Raynora vorbeizulassen.

»Dieser Teil der Wand über uns gefällt mir überhaupt nicht«, bemerkte Mikmer. »Was wir auch tun, ich denke, wir sollten es schnell tun.«

Kereon nickte zustimmend.

»Ich bin unbedingt deiner Meinung«, sagte Raynora vom Ende des Tunnels aus.

Barmonia konnte sich nur mit Mühe daran hindern, ihnen einen bösen Blick zuzuwerfen. Einheimische Arbeiter würden bezahlt werden müssen. Und beaufsichtigt, was bedeutete, dass jemand bei ihnen in dem Gewölbe bleiben musste. Sie konnten unbeholfen sein. Ein lautes Geräusch würde vielleicht dazu führen, dass die Wand über ihnen einstürzte. Dann würden sie noch mehr Geröll und verwesende Leichen fortschaffen müssen.

Er wandte sich zu der Frau um. »In diesem Fall solltest du besser gleich anfangen.«

»Das werde ich tun«, sagte sie, ohne seinem Blick auszuweichen. »Morgen. Diese Arbeit wird Konzentration erfordern, und vorher werde ich einige Stunden Schlaf brauchen.«

Er zuckte die Achseln. »Also gut, morgen.« Die anderen wirkten erleichtert – glücklich, die Arbeit einem anderen überlassen zu können. Aber Barmonia gefiel der Gedanke nicht, dass sie etwas entdecken könnte, wenn sie allein war. Sie würde vielleicht etwas einstecken. Irgendjemand musste sie beobachten. Er überlegte, welcher der anderen Denker für diese Aufgabe geeignet war.

Nicht Raynora. Er ist zu schwach, wenn es um Frauen geht. Wenn ich mich für Mikmer und Kereon entscheide, werden sie darauf bestehen, in Schichten zu arbeiten. Damit bleibt nur Yathyir übrig. Ja, er wird den Zweck erfüllen.

Der Junge war ein nützlicher Spinner, aber trotzdem ein Spinner. Wenn die Decke einstürzte, würde es kein großer Verlust für die Welt sein.

Schließlich machte Barmonia auf dem Absatz kehrt und führte die anderen zurück durch den Tunnel.

Aurayas Abende folgten inzwischen einem bestimmten Muster. Zuerst gingen sie und Nekaun in ihre Räume. Er lenkte ihre Aufmerksamkeit dann auf ein neues Geschenk, und sie machte die entsprechenden Bemerkungen, um ihren Dank und ihre Bewunderung zum Ausdruck zu bringen. Anschließend ließ er sie allein, und sie nahm sich einen Moment Zeit, um sich umzusehen und vor Erleichterung zu seufzen.

Auf den Tischen und Regalen des Raums waren jetzt viele Gegenstände verstaut. Große Steinstatuen von Tänzern, winzige Krieger aus geblasenem Glas und geschnitzte Holztiere standen neben Spielzeugschiffen, die in Tonschalen schwammen. Über einer Bank hingen, säuberlich arrangiert, Stoffballen, die Bilder von Bauern und Aquädukten zeigten. An dem Tag, an dem sie den Fluss besucht hatten mit seinen Riedfeldern, die regelmäßig abgeerntet wurden, hatte sie aus Ried geflochtene Sessel bekommen. Und als sie von einem Spaziergang durch die üppigen Gärten der Stadt zurückgekehrt war, hatte sie einen Käfig mit zwei leuchtend bunten Vögeln vorgefunden.

All diese Dinge gehörten ihr – zumindest hatte Nekaun das gesagt. Was nichts bedeutete, da sie nicht mit Riedsesseln und Steinstatuen nach Si zurückfliegen konnte und nicht die Absicht hatte, auf einem pentadrianischen Schiff zu reisen.

Als Nächstes würde sie nach Unfug Ausschau halten, der sich stets versteckte, wenn Nekaun in der Nähe war. Heute Abend brauchte sie nicht lange, um ihn zu finden. Hinter einer der großen irdenen Wasserschalen, die man ihr jeden Tag brachte, kam eine vertraute, spitze Nase zum Vorschein. Auraya ging neben der Schale in die Hocke.

»Da bist du ja, Unfug.« Lächelnd beobachtete sie, wie er sich mit offenkundiger Anstrengung hochrappelte und ihr erlaubte, ihn am Kopf zu kraulen. Die Hitze machte den kleinen Veez schläfrig und kraftlos. Tagsüber lag er der Länge nach auf dem Steinboden und erhob sich nur, um zu fressen oder zu trinken. Die Domestiken waren offenkundig fasziniert von ihm und hatten ihn die avvenschen Worte für Essen und Wasser gelehrt.

Danjin würde staunen, wenn er Unfug jetzt sehen könnte. Es würde ihn ärgern zu hören, dass der Veez den Pentadrianern keine Probleme bereitet hat.

Nachdem sie sich davon überzeugt hatte, dass Unfug gesund und munter war, setzte sie sich für ihre nächste abendliche Aufgabe auf einen der Riedsessel. Sie schloss die Augen und konzentrierte ihren Geist auf den Ring an ihrem Finger.

Juran.

Auraya. Wie geht es dir?

Ich bin dieses Spiels langsam müde. Und den Anblick Nekauns bin ich ebenfalls gründlich leid. Aber davon abgesehen geht es mir gut.

Und was ist mit den Siyee?

Einundzwanzig sind frei, zwölf noch eingekerkert. Was hat Teel berichtet?

Dass sie alle wohlauf seien, obwohl es ihnen schwerfalle, ihre

Kräfte in der Enge ihres Gefängnisses hinreichend zu bewahren, um fliegen zu können.

Ist einer von ihnen schon in Si eingetroffen?

Das weiß ich nicht. Bisher hat noch keiner das Offene Dorf erreicht. Er hielt inne. *Ich nehme nicht an, dass die Stimmen irgendwelche nützlichen Informationen preisgegeben haben?*

Nichts Neues.

Wann wird Mirar erwartet?

Aurayas Herz setzte einen Schlag aus.

Er müsste jetzt jeden Tag eintreffen.

Wir haben über dieses Thema ausführlich gesprochen. Zuerst hielten wir es für das Beste, wenn du ihn ignorieren würdest. Aber wenn die Stimmen die Absicht haben, ihn für ihre Sache anzuwerben, dann solltest du alles in deinen Kräften Stehende tun, um sie daran zu hindern. Oder ihn zu überreden, sich den Pentadrianern nicht anzuschließen.

Und wie soll ich das deiner Meinung nach anstellen? Auraya konnte einen gewissen Groll in ihrer Stimme nicht ganz unterdrücken.

Juran schwieg einen Moment.

Ich schlage nicht vor, dass du ihn verführen sollst.

Nein, aber bei unserer letzten Begegnung hatte ich den Auftrag, ihn zu töten. Er wird mir jetzt wohl kaum vertrauen.

Vielleicht doch. Schließlich hast du ihn nicht getötet.

Keiner von ihnen sprach das Offensichtliche aus: dass Mirar jetzt kein Problem gewesen wäre, wenn sie ihn tatsächlich getötet hätte.

Ich werde erst wissen, was möglich ist, wenn er hier ist, erklärte sie Juran. *In der Zwischenzeit ist mein wichtigstes Ziel die Befreiung der Siyee.*

Ja. Natürlich. Wir werden morgen Abend wieder miteinander sprechen.

Auraya stand auf, ging ins Schlafzimmer und legte sich

nieder. Sie schloss die Augen und versuchte sich zu entspannen, aber ihre Gedanken wanderten immer wieder zwischen der schlimmen Lage der Siyee und Mirars bevorstehender Ankunft hin und her. Schon bald starrte sie zur Decke empor.

Sie hatte sich mit den Priestern im Offenen Dorf in Verbindung gesetzt und sie gebeten, die schlechten Neuigkeiten an Sprecherin Sirri weiterzuleiten. Später hatte sie ihnen von ihrem Handel mit Nekaun erzählt und vorgeschlagen, dass die Siyee für ihre befreiten Kameraden Essen und Wasser in die sennonische Wüste bringen sollten. Einige Male hatte sie Gedanken abgeschöpft und nach den Siyee Ausschau gehalten, die auf dem Rückflug in ihre Heimat waren. Sie hatte nur einige wenige von ihnen gefunden, und diese waren müde, durstig und unglücklich gewesen. Sie konnte nichts tun, um ihnen zu helfen.

Das Letzte, worüber sie sich den Kopf zerbrechen wollte, war eine Begegnung mit Mirar. Aber man würde sie und Mirar genau im Auge behalten. Die Pentadrianer würden von ihr erwarten, dass sie Mirar wie einen Feind behandelte oder zumindest wie jemanden, den sie für gefährlich und für nicht vertrauenswürdig hielt. Von ihm würden sie das gleiche Verhalten erwarten. Das Problem war, dass ihre Beziehung nicht so einfach war. Sie hatte keine Ahnung, wie sie wirklich auf ihn reagieren würde.

Ich werde so tun müssen, als hasste ich ihn, dachte sie. *Und er wird sich mir gegenüber genauso benehmen müssen. Was für ihn eine noch größere Herausforderung darstellen dürfte, wenn er immer noch glaubt, mich zu lieben.*

Wenn die Stimmen Verdacht schöpften, dass sie und Mirar etwas füreinander empfanden, würden sie sich diesen Umstand zunutze machen. Nekaun hatte bereits bewiesen, dass er vor Erpressung nicht zurückschreckte.

Ich erwarte schon jetzt, dass er sich erbieten wird, Mirar als Gegenleistung für irgendeine Gefälligkeit zu töten. Wahrscheinlicher ist allerdings, dass er anbieten wird, mich zu töten, um einen Handel mit Mirar zu besiegeln.

Hoffentlich ist Mirar klar, dass sein kleiner Besuch zu keinem schlechteren Zeitpunkt stattfinden könnte.

Hoffentlich hat er die Gefahr erkannt, in die er uns beide bringen wird.

Hoffentlich weiß er, dass er so tun muss, als hasste er mich.

Hoffentlich hat er nicht die Absicht, Nekauns Angebot, mich zu töten, anzunehmen.

Hoffentlich … bah! Ich sollte mich einfach mit ihm vernetzen und ihn fragen.

Sie schloss die Augen und zwang sich, tief durchzuatmen. Obwohl sie versuchte, ihre Gedanken schweifen zu lassen, konnte sie nicht mehr erreichen als einen ängstlichen, halbbewussten Zustand.

Ein leiser Aufprall und eine schwache Vibration schreckten sie auf. Sie hob den Kopf und lächelte schief, als sie sah, dass Unfug auf das Bett gesprungen war und sich neben ihr zusammengerollt hatte. Obwohl er es bei den Wasserschalen kühler hatte, zog er es immer noch vor, in ihrer Nähe zu sein, wenn sie schlief.

Irgendwie fiel es ihr in seiner Anwesenheit leichter, sich zu entspannen. Sie verlor jedes Zeitgefühl. Ihre Gedanken splitterten sich auf und fügten sich dann wieder zusammen, so dass sie einen Zustand zwischen Bewusstsein und Schlaf erreichte. Es wurde Zeit, Mirar zu rufen.

Seine Antwort kam sofort.

Auraya!

Die Überraschung und die Freude, die seine Antwort begleiteten, sagten ihr, dass sie sich keine Sorgen zu machen brauchte: Er hatte nicht die Absicht, sie von Nekaun töten zu lassen. Sie brauchte sich lediglich zu sorgen, dass seine Vernarrtheit sie beide in Schwierigkeiten bringen würde.

Trotzdem war es schön, dass jemand sich freute, von ihr zu hören.

Mirar. Mir ist zu Ohren gekommen, dass du nach Glymma kommen wirst.

Ja. Ich fürchte, ich habe in dieser Hinsicht keine Wahl. Die Vierte Stimme Genza hat keinen Zweifel daran gelassen, dass ihre Einladung eher ein Befehl war als ein Vorschlag.

Wie haben die Pentadrianer herausgefunden, wer du bist und wo du warst?

Hast du von mir erwartet, dass ich meine Identität hier verborgen halten würde?, fragte er zurück.

Sie dachte über seine Frage nach. Die Pentadrianer duldeten die Traumweber. Warum sollte er sich verstecken? Ihr fiel nur ein Grund dafür ein, nämlich der, dass er auf diese Weise der Aufmerksamkeit der Stimmen entgangen wäre. Vielleicht hatte er genau das nicht gewollt. Vielleicht hatte er von Anfang an die Absicht gehabt, sich mit ihnen zu verbünden.

Aber wenn sie glaubte, dass jetzt ein schlechter Zeitpunkt für seinen Besuch in Glymma sei, musste sie sich doch eingestehen, dass sein Kommen in Wahrheit keineswegs unerwartet genannt werden konnte. Es war vermutlich einfach ein schlechter Zeitpunkt für sie, hier zu sein.

Nein, das habe ich wohl nicht erwartet, antwortete sie. *Aber dass wir beide zur selben Zeit hier sein werden, dürfte peinlich werden. Die Stimmen werden von uns erwarten, dass wir uns wie eingeschworene Feinde benehmen.*

Und das sind wir nicht?

Ich habe nicht die Absicht, dich zu töten.

Selbst wenn die Götter es befehlen?

Sie kennen die Grenzen meines Gehorsams. Wohlgemerkt, ich

würde noch einmal darüber nachdenken, solltest du mir einen Grund dafür liefern.

Dann sollte ich dir besser versichern, dass ich nicht die Absicht habe, dich zu töten oder irgendein Angebot der Stimmen anzunehmen, dies für mich zu tun, sagte er.

Das ist eine Erleichterung. Wie gut sind deine schauspielerischen Fähigkeiten?

Ich denke, ich kann sie davon überzeugen, dass ich dich verabscheue. Das ist es doch, was du im Sinn hast, oder?

Wir könnten kaum so tun, als seien wir die besten Freunde. Nekaun hat mich bereits erpresst. Ich glaube nicht, dass er zögern würde, es noch einmal zu tun. Falls er einem von uns oder uns beiden vorschlägt, den anderen zu töten, können wir zumindest Zeit schinden, während wir uns entscheiden. Falls er auf die Idee kommen sollte, dass er einen von uns manipulieren könne, indem er den anderen bedroht, wird er es, ohne zu zögern, tun.

Und indem wir so tun, als hassten wir einander, verschaffen wir den Siyee mehr Zeit.

Ja. Eine unerwartete Dankbarkeit und Zuneigung stiegen in Auraya auf. *Danke, dass du das tust. Es wird doch weder dich noch die Traumweber im Süden in Gefahr bringen, oder?*

Nein. Sobald du fort bist, kann ich behaupten, ich sei an mein Traumwebergelübde gebunden gewesen, niemals einem anderen Schaden zuzufügen – nicht einmal meinem Feind.

Ein Gelübde, das dich in ihren Augen zu einem weniger wertvollen Verbündeten macht.

Aber es sagt ihnen hoffentlich auch, dass ich keine Bedrohung für sie darstelle. Ich bin davon überzeugt, dass die Stimmen und ich zu einer Einigung kommen können.

Ich bin froh, dass wir das geklärt haben. Wann wirst du hier eintreffen?

Morgen oder übermorgen. Das hängt vom Wind ab.

Vom Wind?

Ich werde es dir erklären, wenn ich da bin.

Vergiss nur nicht, es in einem wütenden, anklagenden Tonfall zu tun.

Sie spürte eine Welle der Erheiterung.

Ich werde es dir in einer Traumvernetzung erklären, erwiderte er. *Wir sollten uns jede Nacht vernetzen, um sicherzugehen, dass wir beide wissen, was der andere gesagt oder getan hat – und was die Stimmen gesagt oder getan haben. Ich frage mich, welcher von uns beiden das beste Angebot erhalten wird, falls er sich ihnen anschließt. Wir sollten eine Art Trefferliste führen.*

Das ist kein Spiel, Mirar.

Nein, natürlich nicht. Aber wir könnten ein wenig Spaß auf ihre Kosten haben, solange dabei kein Schaden entsteht.

Die Idee war verführerisch, aber …

Ich würde dieses Risiko lieber nicht eingehen. Nicht solange das Leben von Siyee auf dem Spiel steht.

Du hast recht. Nun, ich sollte wohl zusehen, dass ich ein wenig Schlaf bekomme. Es könnte morgen eine lange Fahrt werden.

Sie wünschte ihm eine gute Nacht, und während sie langsam dem Schlaf entgegendämmerte, musste sie widerwillig erkennen, wie viel besser sie sich fühlte. Als sei eine Last von ihr genommen worden. Es war mehr als nur Erleichterung, dass Mirar ihre Meinung darüber teilte, wie sie sich verhalten sollten.

Ich werde hier nicht länger allein sein, dachte sie schläfrig. *Ich werde einen … einen Verbündeten haben? Nein, vielleicht nur einen Freund.*

30

Das Gespräch auf dem Balkon verebbte, als im Flur dahinter Schritte laut wurden. In einem der Bogengänge erschien ein Götterdiener und machte das Zeichen des Sterns.

»Die Erste Stimme Nekaun lässt sich entschuldigen. Er wird nicht in der Lage sein, an der Zusammenkunft teilzunehmen«, sagte der Mann.

Die Stimmen und ihre Gefährten tauschten einen Blick.

»Vielen Dank, Götterdiener Ranrin«, erwiderte Imenja.

Der Mann neigte den Kopf, dann eilte er davon. Eine quälende Enttäuschung stieg in Reivan auf. Sie hatte Nekaun seit Wochen nicht mehr gesehen. Nicht mehr seit Aurayas Ankunft. Sie vermutete, dass er, wenn er am Abend mit seinem Gast fertig war, den gewohnten Aufgaben einer Ersten Stimme nachkam. Er hatte zu viel zu tun, um sie zu besuchen. Das konnte sie akzeptieren … doch je länger sich dieser Zustand hinzog, umso stärker wurde die Eifersucht, die immer wieder in ihr aufkeimte.

Aber … heute Abend hatte sie sich darauf gefreut, ihn einfach nur zu *sehen*. Seine Stimme zu hören. Sie hatte sich auf die Art gefreut, wie er sie anzulächeln pflegte, als sei sie sein ganz besonderes Geheimnis …

Als die Schritte des Götterdieners verklungen waren, drehten die drei Stimmen sich auf ihren Plätzen so um, dass sie einander anblickten. Vervel verzog das Gesicht, als habe er einen unangenehmen Geschmack im Mund.

»Wollen wir uns an die Arbeit machen?«, fragte er.

Imenja sah Shar an. »Ich wüsste nicht, was dagegen spräche.«

Die blonde Stimme nickte. »Ich auch nicht. Wo wollen wir anfangen?«

»Bei unseren eigenen Ländern, wie immer«, befand Imenja.

Reivan lauschte, während sie über Dinge in Glymma redeten und dann auf einige Probleme in Avven, Mur und Dekkar zu sprechen kamen.

»Die Idee des neuen Hohen Häuptlings hat ihre Vorteile«, sagte Imenja.

Vervel zog die Augenbrauen hoch. »Wirklich?«

»In anderen Städten ist es niederen Bürgern möglich, in die höheren Schichten der Gesellschaft aufzusteigen. Vom Bettler zum Domestiken zum Beispiel. Aber die Bedingungen, unter denen die Armen, die in Kave leben, ihr Dasein fristen, macht es für sie fast unmöglich, eine bessere Position zu erlangen.«

»Und wie soll die Idee des Hohen Häuptlings daran etwas ändern?«, fragte Shar.

»Sie schafft eine mittlere Schicht, die wie eine Stufe auf einer Leiter wirken könnte. Einer Leiter, die zu einem besseren persönlichen Los führt.«

»Eine ziemlich verstiegene Idee«, meinte Vervel. »Ich bezweifle, dass sich das durchführen lässt.«

»Aber einen Versuch ist es wert.« Imenja zog die Schultern hoch. »Für den Anfang vielleicht nur in einem kleinen Gebiet.«

Vervel zuckte die Achseln. »Vielleicht.«

Die beiden Stimmen musterten einander, dann lächelte Imenja.

»Setz dich mit Genza in Verbindung und frag sie nach ihrer Meinung. Sie war erst kürzlich in Kave.«

Vervel prustete leise und wandte den Blick ab. »Warum sollte ich ihre Zeit verschwenden?«

Imenja runzelte die Stirn. »Weil wir zumindest versuchen sollten, den Göttern zu dienen«, sagte sie energisch.

Ein peinliches, aber barmherzig kurzes Schweigen folgte. Reivan blickte auf ihr Wasserglas hinab. Dies war das erste Mal, dass die Stimmen zumindest ansatzweise die Veränderungen anerkannten, die Nekaun bewirkt hatte. Sie kannte die Frage, die Vervel auf der Zunge lag. *Warum Genzas Zeit mit der Frage nach ihrer Meinung verschwenden, wenn Nekaun bei der endgültigen Entscheidung doch die Meinung aller anderen Stimmen übergeht?*

Sie sog scharf die Luft ein, widerstand aber dem Drang zu seufzen. Die Art, wie Nekaun die anderen Stimmen behandelte, war gewiss unnötig – aber gleichzeitig glaubte ein Teil von ihr, dass er einen guten Grund dafür haben musste, selbst wenn sie diesen im Augenblick nicht erkennen konnte. Die Götter hatten ihn erwählt. Er war intelligent und klug.

Wie war es möglich, dass sie seine Mängel sah, aber nicht glaubte, was sie sah? Oder es nicht einmal erschreckend fand?

»Genza meint, wir sollten die Idee unterstützen.« Vervels Blick war in die Ferne gerichtet.

Imenja nickte. »Jetzt sollten wir über unsere Länder hinausschauen«, sagte sie. »Hat Sennon auch nur die geringste Neigung gezeigt, sich von den Weißen abzuwenden und sich wieder uns anzuschließen?«

Shar schüttelte den Kopf. »Nein. Der Kaiser weigert sich, unsere Boten zu empfangen, und schickt unsere Geschenke zurück.«

Imenja verzog das Gesicht. »Ich erwarte nicht, dass sich daran etwas ändern wird.« Die anderen Stimmen nickten beifällig. Sie seufzte. »Unsere Leute in Jarime sind hingerichtet worden.«

Ein Schock durchlief Reivan. Sie wusste nicht, was bei der Mission schiefgegangen war, die die Götterdiener in Jarime vorangetrieben hatten, aber ein Stich des Mitgefühls für jene, die gestorben waren, durchzuckte sie.

»Ist die neue Weiße in letzter Zeit in Dunwegen gesehen worden?«, fragte Imenja.

»Nicht mehr, seit sie verschwunden ist«, erwiderte Vervel.

»Sind unsere Leute dort gewarnt worden?«

Vervel wandte den Blick ab. »Nein. Er dachte, sie würden in Panik verfallen und so nur Aufmerksamkeit auf sich lenken.« Reivan vermutete, dass »er« Nekaun war.

Imenjas Augen wurden für einen Moment schmal. »Ich verstehe. Nun, ich habe eigenartige Neuigkeiten aus Genria und Toren. Die beiden Länder haben abrupt ihre Armeen zu den Fahnen gerufen; sie haben sie außerhalb der Hauptstädte ihr Lager aufschlagen lassen und sie dann ohne Erklärung wieder entlassen.«

»Die beiden Monarchen verstehen sich nicht gut, und die Völker haben in der Vergangenheit oft Krieg gegeneinander geführt«, warf Shar ein.

»Aber seit der Schlacht sind sie die besten Freunde gewesen.« Imenja schüttelte den Kopf. »Es hat keine Berichte über Konflikte zwischen den beiden Ländern gegeben. Tatsächlich rechneten beide Armeen damit, sich zu irgendeinem Ziel zusammenzuschließen, obwohl niemand den Grund dafür kannte.«

»Vielleicht war es ein Wettstreit, um herauszufinden, wessen Armee die stärkere ist«, sagte Shars Gefährtin Bavalla.

Imenja lächelte und breitete die Hände aus. »Wer weiß? Ich finde, dass die Torener und die Genrianer manchmal die unverständlichsten der nördlichen Völker sind.«

Vervel räusperte sich. »Ich habe Neuigkeiten der weniger willkommenen Art. Unsere Leute haben Befehl erhalten, Somrey zu verlassen.«

Imenja runzelte die Stirn. »Warum?«

»Eine Entscheidung des Ältestenrats. Es geht das Gerücht, dass die Traumweber und die Zirklerältesten zum ersten Mal in der Geschichte zu einem einstimmigen Ergebnis gekommen sind.«

»Von allen nördlichen Ländern mit Ausnahme Sennons war Somrey anderen Religionen und Kulten gegenüber stets das aufgeschlossenste«, sagte Imenja. »Unser Volk hat die Gesetze Somreys studiert. Es war keines darunter, das angewandt werden konnte, um uns des Landes zu verweisen, sobald wir dort erst einmal Aufnahme gefunden hatten.«

»Der Rat hat ein neues Gesetz erlassen, das es ihnen ermöglicht, ihr Ziel zu erreichen«, erwiderte Vervel.

Imenja zog die Augenbrauen hoch. »Wir sollten uns dieses Gesetz ansehen, um festzustellen, ob es sich irgendwie umgehen lässt.«

»Ich habe bereits Anweisung dazu erteilt.«

»Gut. Und jetzt zu Genza.« Die drei Stimmen blickten einen Moment lang ins Leere, dann lächelten sie und wandten sich wieder einander zu. »Es ist alles in Ordnung«, erklärte Imenja den Gefährten. »Gibt es noch weitere eigenartige, unangenehme Neuigkeiten aus dem Norden? Oder vielleicht gute Neuigkeiten?«

Die anderen schüttelten den Kopf.

»Also schön. Die beiden nächsten Themen hätte ich gern mit Nekaun zusammen erörtert, aber ich würde sie lieber gleich jetzt und ohne ihn in Angriff nehmen, als sie überhaupt nicht anzuschneiden. Erstens wäre da die Anwesenheit der Priesterin Auraya. Zweitens der bevorstehende Besuch des Traumwebers Mirar. Nekaun scheint die Absicht zu verfolgen, Auraya auf unsere Seite zu ziehen«, erklärte

Imenja. »Wir sollten nichts tun, was dieses Ziel gefährden könnte.«

»Bist du sicher, dass das sein Ziel ist?«, fragte Shar.

Imenja sah ihn an. »Hat er etwas Gegenteiliges angedeutet?«

Shar schüttelte den Kopf. »Aber wir müssen auch andere Möglichkeiten in Erwägung ziehen. Vielleicht will er Aurayas Abreise lediglich hinauszögern, um sie daran zu hindern, den Weißen beizuspringen. Oder aber er möchte, dass sie hier ist, wenn Mirar eintrifft.«

»Vielleicht haben Genria und Toren ihre Armeen entlassen, weil Aurayas Anwesenheit hier einen größeren Plan durchkreuzt hat«, sagte Vervel.

»Wie eine Invasion Südithanias?«, hakte Imenja nach.

»Keins der anderen nordithanischen Länder rüstet zum Krieg, soweit wir wissen.«

»Soweit wir wissen«, wiederholte Shar lächelnd. »Es ist schwer zu beurteilen, da sie beschlossen haben, ihre Armeen regelmäßig exerzieren zu lassen und außerdem neue Soldaten anwerben, aber es ist ihnen noch nicht gelungen, sich richtig zu organisieren.«

»Wenn Nekaun verhindern will, dass sie den Weißen zur Seite steht, warum tötet er sie dann nicht einfach?«, fragte sie.

»Er ist sich vielleicht nicht sicher, ob eine Invasion geplant ist«, erwiderte Vervel langsam. »Wenn das nicht der Fall ist und er Auraya tötet, könnte das der Auslöser für einen Krieg sein.«

»Aber er wird sie doch gewiss nicht gehen lassen«, sagte Shar. »Er wird sie töten, wenn der letzte Siyee fortfliegt.« Er wandte sich zu Imenja um, die Augenbrauen fragend hochgezogen.

Imenja sagte nichts. Reivan sah die Zweite Stimme an und

bemerkte, dass ihre Herrin geistesabwesend die Stirn runzelte.

»Was ist los?«, murmelte sie.

Imenja blickte in die Runde. »Ich habe einen Verdacht. Ich habe ihn bisher für mich behalten, weil es nach Kuars Tod keinen Sinn hatte, darüber zu sprechen. Es ist schwer, gegen das scheinbar Offenkundige anzugehen, und wenn ich es getan hätte, hätten manche vielleicht geglaubt, ich versuchte, die Schuld auf Kuar abzuwälzen. Das wäre verabscheuenswert gewesen.« Sie hielt inne, und einen Moment lang trat ein leerer Ausdruck in ihre Augen, während sie an vergangene Ereignisse zurückdachte. »Während der Schlacht mit den Zirklern haben wir bis an die Grenze unserer Fähigkeiten Magie in uns hineingezogen. An diesem Punkt ist es verführerisch, Risiken einzugehen, und ich habe mich törichterweise darauf verlassen, dass die Götterdiener mir Rückendeckung geben würden. Ein Siyee hat mich mit einem vergifteten Pfeil getroffen.«

Alle nickten. Reivan konnte sich lebhaft an diesen Moment erinnern.

»Ich musste Magie benutzen, um das Gift aus meinem Körper auszutreiben«, fuhr Imenja fort. »Das hat mich einiges an Kraft gekostet. Und in diesem Augenblick hat Auraya Kuar angegriffen.«

Und ihn getötet, dachte Reivan. Bei der Erinnerung daran schnürte sich ihre Brust zu. Sie hatte den Leichnam gesehen. All seine Knochen waren von dem Angriff zerschmettert worden.

Imenja schüttelte den Kopf. »Meine Macht war zu diesem Zeitpunkt kaum merklich verringert. Nicht genug, um zu erklären, dass Kuar gescheitert ist.«

»Also … argwöhnst du, dass die Weißen stärker sind als wir?«, fragte Vervel stirnrunzelnd.

»Ich vermute es«, sagte Imenja. »Aber wichtiger ist, dass es Auraya war, die Kuar besiegt hat. Die anderen haben in der Wucht ihres Angriffs nicht nachgelassen. *Sie* muss diejenige gewesen sein, die über zusätzliche Kraftreserven verfügte.«

Die anderen tauschten einen Blick.

»Bedeutet das, dass sie mächtiger ist als eine Erste Stimme?«, hakte Shar nach.

»Es wäre möglich.«

»Dann kann Nekaun Auraya also vielleicht nicht töten.«

»Nicht ohne Hilfe.«

»Und ihm ist dieser Umstand nicht bewusst.«

Imenja zuckte die Achseln. »Ich habe *versucht,* ihn darauf hinzuweisen.«

Vervel seufzte und verdrehte die Augen. »Wie kommt jetzt Mirar ins Spiel?«

Imenja lächelte schief. »Das hängt davon ab, wie groß Aurayas Wunsch ist, ihn tot zu sehen. Ich bezweifle, dass sie sich als Gegenleistung für seine Ermordung auf unsere Seite schlagen würde, aber sie würde vielleicht länger hierbleiben, wenn das bedeutete, dass er getötet wird.«

»Du glaubst nicht, dass Nekaun versuchen wird, Mirar für unsere Sache zu gewinnen?«, fragte Shar.

»Ich denke, Mirar weiß, dass seine Zukunft in Südithania davon abhängt, dass er mit uns zu einer Einigung kommt, aber ich bezweifle, dass er im Krieg einen nützlichen Verbündeten abgeben würde, da Traumweber nicht töten. Er wird uns keinen Vorteil verschaffen, wenn die Zirkler Auraya auf ihrer Seite haben.«

»Es sei denn, wir töten Auraya«, warf Shar ein.

Imenja verzog grimmig das Gesicht. »Das ist wahr.«

»Sollen wir dafür sorgen, dass Auraya und Mirar nicht aufeinandertreffen?«, fragte Vervel.

Imenja dachte nach. »Nur wenn Nekaun es für notwendig

erachtet. Ich würde die beiden gern bei ihrer ersten Begegnung beobachten.«

Vervel lachte leise. »Ich denke, das würden wir alle gern tun. Es dürfte *sehr* interessant werden.«

»Dann wollen wir sehen, was wir arrangieren können.« Imenja richtete sich auf ihrem Stuhl auf. »Gibt es noch andere Fragen? Andere Themen, die erörtert werden müssen?«

Als eine der Stimmen begann, von einer Fehde zwischen Kaufleuten in der Stadt zu reden, ließ Reivan ihre Gedanken schweifen.

Ob Auraya wohl weiß, dass Nekaun nicht die Absicht hat, sie gehen zu lassen? Ob sie weiß, dass sie stärker ist als Nekaun, und darauf setzt, dass er versuchen wird, sie ohne die Hilfe der anderen Stimmen zu töten? Ihr wurde schwindlig, als ihr plötzlich eine furchtbare Möglichkeit in den Sinn kam.

Sie wird ihn töten! Er wird nicht auf Imenja hören, daher hat er keine Ahnung, in welcher Gefahr er sich befindet. Ich muss ihn warnen!

Es dauerte lange, bis ihr Herz zu hämmern aufhörte und sie dem Gespräch wieder folgen konnte. Zu diesem Zeitpunkt hatte sie nur noch den Wunsch, dass die Stimmen zum Ende kommen würden, obwohl sie wusste, dass sie nicht zu Nekaun stürmen und ihm von ihrem Verdacht erzählen konnte. Nicht solange Auraya bei ihm war, Auraya, die Reivans Gedanken lesen konnte.

Es wird ein sehr langer Tag werden.

Emerahl hatte mehrere Stunden gebraucht, um die Trümmer und die Erde an die Ränder des Felsspalts zu schaffen. Sie hätte schneller arbeiten können, wollte aber das Risiko nicht eingehen, dass die Vibrationen den Steinbrocken lösten, der in so wackliger Position über ihr eingekeilt war. Obwohl die Barriere, die sie ständig über ihrem Kopf aufrechterhielt, stark genug sein sollte, um sie zu schützen, gefiel ihr der Gedanke, bei lebendigem Leib begraben zu werden, überhaupt nicht.

Außerdem wollte sie nichts von dem, was sie freilegte, zerstören. Mithilfe von Magie blies sie zuerst Erde und Staub weg, dann hob sie die Steinbrocken an, die sie freigelegt hatte, bis sie innehalten und neues Erdreich beiseiteschaffen musste.

Inzwischen hatte sie vom Ende des Handlaufs bis zur gegenüberliegenden Felswand einen freien Gang geschaffen. Die meisten Tempel waren streng symmetrisch angelegt – wenn hier also etwas vergraben lag, dann vermutlich in der Flucht der Handläufe und des Ganges darüber.

Während sie arbeitete, war ihr die Schrift auf den Knochen ständig gegenwärtig. Wenn nur ein Sterblicher die Schriftrolle an sich nehmen konnte, dann musste es irgendetwas geben, das einen Unsterblichen daran hinderte. Was es auch war, es musste mächtig sein. Und gefährlich.

Als sie einige Zeit zuvor Rast gemacht hatte, hatte sie ihr Licht höher steigen lassen, um den Steinbrocken über ihr zu untersuchen, und dabei hatte sie noch etwas anderes entdeckt. Sie konnte an einer Ecke daran vorbeiblicken. Die Reste des Gewölbes darüber waren von Rissen durchzogen. Im Gegensatz zu den Rissen im Tunnel, die in gleicher Richtung verliefen wie der Felsspalt, bildeten diese Risse strahlenförmige Muster. In der Mitte eines dieser Muster befand sich ein kleiner Krater.

Emerahl war davon überzeugt, dass es sich dabei um die Folgen eines magischen Angriffs handeln musste. Es gab jedoch keine derartigen Muster an den Wänden. Wer auch immer sie geschaffen hatte, hatte zielgerichtet das Dach attackiert, vielleicht um den Einsturz zu bewirken, der den Boden des Felsspalts mit Geröll gefüllt hatte.

Als sie weiteres Erdreich wegblies, wurde eine glatte Steinfläche sichtbar. Sie verlagerte weiteren Schutt und legte etwas frei, das möglicherweise ein Kuppeldach war.

»Du hast es gefunden!«, rief Yathyir.

»Sieht so aus«, stimmte Emerahl ihm zu.

»Ich werde den anderen Bescheid geben.«

Sie öffnete den Mund, um ihm zu sagen, dass er warten solle, entschied sich dann aber dagegen. Es würde nicht schaden, wenn die Denker beobachteten, wie sie ihre Arbeit vollendete, und begriffen, mit wie viel Vorsicht sie zu Werke gegangen war. Nicht dass Barmonia ihr jemals dafür seine Anerkennung zollen würde.

Während sie weiteren Schutt beiseiteschaffte, kam immer mehr von der Kuppel zum Vorschein. Schon bald war das Geräusch von Schritten in der Halle zu hören. Sie drehte sich um und sah die fünf Denker die Wand hinuntersteigen.

Barmonia kam auf sie zu, blickte auf die Kuppel hinab und runzelte die Stirn.

»Yathyir war wahrscheinlich ein wenig voreilig«, sagte sie achselzuckend.

Er musterte sie mit hochgezogenen Augenbrauen, dann drehte er sich auf dem Absatz um.

»Mach weiter«, befahl er.

Sie verdrehte die Augen, wandte sich wieder dem Loch zu, das sie ausgehoben hatte, und setzte ihre Arbeit fort. Die Kuppel war groß, daher konzentrierte sie sich darauf, die Trümmer an der einen Seite zu entfernen. Eine Kante wurde sichtbar. Emerahl räumte weitere Steine beiseite und legte eine Wand frei. Schließlich erschien der obere Teil eines Bogengangs. An einer Angel hingen noch Reste einer Holztür, und Trümmer waren in das Gebäude gestürzt.

»Halt!«, blaffte Barmonia.

Sie verharrte. Er stieg zu der Öffnung hinab und schob

seine Fackel hindurch. Nachdem er die inneren Wände ausgeleuchtet hatte, kletterte er wieder nach oben.

»Mach weiter.«

Emerahl unterdrückte einen Seufzer und legte die Öffnung frei. Als sie damit fertig war, befahl Barmonia ihr barsch, abermals innezuhalten. Er ging an ihr vorbei, blickte in das Gebäude und kehrte dann zurück.

»Wir werden den Rest von Hand erledigen.«

Die anderen Denker folgten ihm hinein. Raynora blieb neben ihr stehen und sah zu den steilen Geröllhalden zu beiden Seiten auf.

»Wir wissen deine harte Arbeit zu schätzen, Emmea«, murmelte er.

Sie lächelte. *Sprichst du von dir oder von deinem heimlichen Wohltäter?*

Er blickte auf. »Es ist beängstigend. Diese Felsspalte und die Risse im Tunnel verlaufen in derselben Richtung wie der Steilabbruch. Ich kann nicht umhin zu denken, dass die Stadt langsam ins Tiefland abstürzt.«

Emerahl sah ihn überrascht an, denn ihr wurde plötzlich klar, dass er wahrscheinlich recht hatte. *Wenn er mit seiner Vermutung richtig liegt, wäre dies eine törichte Stelle, um einen Schatz zu verstecken. Aber um gerecht zu sein, muss man wohl einräumen, dass der Priester der Sorli vermutlich nicht wusste, dass dies geschehen würde.*

Raynora trat in das Gebäude. Emerahl folgte ihm und blieb im Eingang stehen, als sie sah, dass die Denker mit bloßen Händen Schutt von einer großen steinernen Kiste räumten. Barmonia grinste breit, und sie konnte Vorfreude und Erregung bei ihm wahrnehmen. Sie ging einen Schritt weiter …

… und blieb abrupt stehen. Ein vertrautes Gefühl war in ihr aufgestiegen. Ihre Haut kribbelte, aber sie brauchte einige Sekunden, um den Grund dafür zu erkennen.

Dieses Gewölbe ist ein Leerer Raum!

Ein Leerer Raum. Ausgerechnet hier. War das einer der Gründe, warum kein Unsterblicher die Schriftrolle an sich nehmen konnte? Ohne Magie konnte sie sich nicht schützen oder heilen. Aber das Gleiche galt für jeden Sterblichen.

Yathyir hatte innegehalten, um sie anzusehen. Sie zwang sich, über die Schwelle zu treten, wobei sie die ganze Zeit über Ausschau nach einem tödlichen Mechanismus hielt, der in den Wänden, der Decke oder dem Boden versteckt sein könnte. Der Gedanke an den Steinbrocken, der über ihnen hing, war plötzlich weitaus beunruhigender als zuvor.

Emerahl blickte auf die Kiste hinab. Sie hatte die Form eines Sarges. Barmonia beugte sich vor, blies den Staub von der Oberfläche und legte einige Glyphen frei.

»Was steht da geschrieben, Emmea?«, fragte Ray.

Sie trat vor und strich mit den Fingern über die Schrift. »Hier steht: ›Selbst was kein Fleisch hat, kann sterben.‹«

»Ein Grab für eine Göttin«, bemerkte Kereon.

»Nun, zumindest werden wir diesmal keinen Leichnam stören«, sagte Barmonia leichthin. Dann legte er die Hände auf den Rand der Kiste und drückte. Nichts geschah. Ray half ihm, und der Deckel glitt mit einem trockenen, scharrenden Geräusch langsam beiseite.

Die Männer sogen einstimmig die Luft ein, ein Ausdruck der Ehrfurcht wie auch der Habgier.

Das Licht der Fackeln wurde von kostbaren Metallen und Edelsteinen zurückgeworfen. Die Kiste war mit einem Gewirr von Ketten, Kelchen, Schnallen und Waffen gefüllt, aber es war der goldene Gegenstand in der Mitte, der ihre Aufmerksamkeit auf sich zog.

Eine goldene Schriftrolle, dachte Emerahl. *Pergament wäre inzwischen wohl verrottet.*

Die Schriftrolle lag offen da, das »Pergament« kunstvoll

gewellt, auf eine Art und Weise, wie echte Haut es nicht vermocht hätte. Auch die Runen waren reich verziert, einige davon in solchem Maße, dass ihre Form verzerrt wurde.

»Sie ist wunderschön«, flüsterte Kereon.

Nein, das ist sie nicht, dachte Emerahl. *Sie ist protzig und übertrieben.*

»Was steht da, Emmea?«, wollte Yathyir wissen.

Emerahl zwang sich, die ungeheure Hässlichkeit des Gegenstands zu ignorieren, und konzentrierte sich auf die Schrift. Um ein Haar hätte sie laut aufgestöhnt.

»Die Worte reimen sich. Es ist Poesie. Sehr schlechte Poesie.«

»Aber was steht dort?«

Emerahl hielt inne, um zu lesen. »Es ist eine Geschichte. Sie erzählt, dass die Göttin den Tod anderer Götter betrauert habe und … das ist interessant. Hier steht, sie habe mitgeholfen, sie zu töten, und unter schrecklichen Schuldgefühlen gelitten.« Sie las weiter. »Sie vertraute ihrem Priester alle Geheimnisse der Götter an. Hier steht, sie habe ihn gebeten, diese Geheimnisse in einer unzerstörbaren Form festzuhalten. Dann … wahrhaftig!«

»Was?«, fragte Barmonia scharf.

Emerahl blickte zu ihm auf und lächelte. »Dann hat sie sich selbst getötet. Hier. An genau dieser Stelle. Ich frage mich, ob die Götter Geister werden.«

Yathyir sah sich nervös um, und die anderen lächelten.

»Und die Geheimnisse?«, fragte Ray.

»Die Schriftrolle beschreibt sie nicht«, antwortete sie und runzelte die Stirn, als ihr bewusst wurde, dass dies die Wahrheit war.

Die Zwillinge werden enttäuscht sein, dachte sie mit unerwarteter Verbitterung. *Und ich habe mich ganz umsonst mit den Denkern abgegeben. Zumindest wird es keine Rolle spielen, wenn*

Ray die Schriftrolle zerstört. Sie hat nur den Wert des Geldes, das man für das Gold erhalten würde, wenn man es einschmelzt.

»Lasst uns all das nach draußen schaffen«, sagte Barmonia. Die anderen verfielen in Schweigen, während er sich vorbeugte, um die Schriftrolle anzuheben. Er stöhnte vor Anstrengung.

»Sie ist schwer«, erklärte er. »Yathyir?«

Die Augen des jungen Mannes weiteten sich, und er streckte die Hände nach der Schriftrolle aus. »Ja?«

»Nicht das hier, du Narr«, knurrte Barmonia. »Kletter wieder nach oben und hol uns etwas, um all das zu transportieren. Taschen wären das Beste. Leere Taschen.«

Als Yathyir gehorsam aus dem Gebäude eilte, folgte Emerahl ihm. Sie trat hinaus und stieß einen Seufzer der Erleichterung aus, als sie wieder vertraute Magie um sich spürte. Nichts Schlimmes war ihr zugestoßen. Welche Falle man auch immer für Unsterbliche aufgestellt hatte, sie war vielleicht schon vor langer Zeit wirkungslos geworden.

»Emmea?«, rief Ray.

Sie drehte sich um und sah, dass er die noch immer halb vergrabenen Überreste der Holztür betrachtete.

»Was gibt es?«, fragte sie.

Er deutete auf die Tür. »Was steht dort geschrieben?«

Sie zwang sich, wieder durch die Öffnung zu treten, wandte sich der Tür zu und sah, dass in die Oberfläche große Glyphen geschnitzt waren. Ein kalter Schauer überlief sie.

»Hier steht: ›Hütet euch, Unsterbliche‹«, erklärte sie ihm. »Aber da ist noch mehr.«

Er räumte weitere Steinbrocken beiseite und legte den Rest der Nachricht frei.

»Hütet euch, Unsterbliche. Im Innern liegt keine Magie. Tretet ein, und ihr werdet euer wahres Alter erfahren.«

Ein Lächeln umspielte ihre Lippen. Keine Magie. Ein Leerer Raum. Wer immer diese Botschaft in die Tür geschnitzt hatte, hatte geglaubt, Unsterbliche könnten in Leeren Räumen nicht existieren. Wahrscheinlich hatte der Betreffende sich vorgestellt, dass Unsterbliche ohne Magie, die sie nährte, ihr wahres Alter annehmen würden.

Das wäre ein beeindruckender, wenn auch grauenerregender Anblick. Sie wandte sich ab, damit Ray ihr Lächeln nicht sehen konnte. *Es ist schön zu erfahren, dass Götter und ihre Priester nicht immer alles wissen.*

Trotzdem wünschte sie sich sehnlichst, diesen Ort zu verlassen und ins Sonnenlicht zurückzukehren, fort von diesen selbstsüchtigen, arroganten Männern. Heute Nacht würde sie das Gedicht, soweit sie es sich hatte einprägen können, an die Zwillinge weitergeben. Morgen … morgen würde sie den Denkern gratulieren und sich auf die lange Reise zurück in vertraute Länder machen.

31

Danjin starrte die Abdeckung des Plattans an und begriff langsam, dass er wach war. Die beiden Männer ihm gegenüber waren ebenfalls wach, hatten den Blick jedoch auf etwas anderes gerichtet. Gillen wirkte aufmerksamer als während ihrer ganzen bisherigen Reise und rieb sich erregt und erwartungsvoll die Hände, während Yem gedämpfter wirkte als sonst. Seit sie die Festung verlassen hatten, zeigte das Gesicht des Kriegers stets einen besorgten Ausdruck, und Danjin vermutete, dass er hin- und hergerissen war zwischen Mitgefühl mit den Dienern, die der Knechtschaft des Clans entkommen waren, und Empörung darüber, dass die Pentadrianer sie ihrem Glauben entfremdet hatten.

Danjin sah Ella an. Sie hatte die Augen geschlossen, und ihre Atmung ging langsam und gleichmäßig.

Ich muss auf sie und auf die Weisheit der Götter vertrauen. Wenn diese harte Haltung jenen gegenüber, die mit den Pentadrianern gemeinsame Sache machen, nicht notwendig wäre, würden wir nicht mithilfe der einheimischen Krieger ein Dorf überfallen.

Der Plattan verlangsamte die Fahrt. Ella beugte sich abrupt vor, um den Schlag zu öffnen.

»Wir sind da.«

Danjins Magen krampfte sich zusammen, aber er sagte nichts. Er hörte Türen schlagen und ferne Rufe. Wütende, ängstliche Stimmen umgaben den Plattan, als der Wagen anhielt.

Ella strich ihren Zirk glatt, dann blickte sie zu Yem, Gillen und Danjin hinüber.

»Bleibt in meiner Nähe«, sagte sie, bevor sie ausstieg.

Danjin folgte ihr, dann verließen auch Yem und Gillen den Wagen. Männer und Frauen scharten sich um den Plattan. Als sie Ella sahen, weiteten sich ihre Augen, und Stille kehrte ein. Einige Gesichter verrieten Entsetzen und Erschrecken. Andere zeigten nur Erstaunen und Neugier.

Danjin bemerkte etliche Krieger auf der Straße, die Menschen zusammentrieben. Männer, Frauen und Kinder kamen aus den Häusern, einige bekleidet mit ihren Nachtgewändern. Aus einer anderen Richtung kam eine große Gruppe Einheimischer. Dem Schweiß auf ihrer Stirn entnahm Danjin, dass sie aus Häusern und Bauernhöfen geholt worden waren, die weiter vom Zentrum des Dorfes entfernt lagen.

Während die Menge immer größer wurde, besah sich Danjin die Menschen. Im Schein der Fackeln wurden die äußeren Merkmale, die sie als Dunweger oder Südithanier auswiesen, deutlicher. Unter den Pentadrianern gab es blasse wie auch dunkelhäutige Typen, und ihr Körperbau konnte ebenfalls unterschiedlich ausfallen, daher waren sie am besten dadurch zu erkennen, dass ihnen die typischen Merkmale der Dunweger fehlten. Er vermutete, dass etwa ein Viertel der Menschen Pentadrianer waren.

Eine Gruppe dunwegischer Krieger, deren Gesichter fast schwarz waren von den vielen Tätowierungen, umringte die Dorfbewohner. Der grauhaarige Clanführer, Gret, trat vor und machte das Zeichen des Kreises.

»Wir haben die Bewohner aller Bauernhöfe und Häuser des Ortes hergebracht«, erklärte er Ella. »Einige sind uns allerdings möglicherweise entkommen.«

Ella nickte. »Wer steht dieser Gemeinschaft vor?«, fragte sie, und ihre Stimme erhob sich über den Lärm der Menge.

Eine Debatte folgte. Danjin konnte genug verstehen, um

zu erfahren, dass ein Dorfältester das Dorf dem ansässigen Clan gegenüber vertrat. Der Mann trat einen Schritt vor.

»Wer steht der pentadrianischen Gemeinschaft vor?«, verlangte sie zu wissen.

Er zögerte, aber Ella hatte sich bereits von ihm abgewandt.

»Götterdiener Warwel, tritt vor.«

Stille kehrte ein, und die Menschen tauschten nervöse Blicke. Ella musterte sie einen Moment lang.

»Du kannst freiwillig vortreten, Götterdiener Warwel«, sagte Ella warnend, »oder dich herbeizerren lassen. Es ist deine Entscheidung.«

Ein Mann trat vor. Er war hochgewachsen und strahlte Würde aus. Seine Miene war grimmig und resigniert gleichermaßen. Einige Schritte von Ella entfernt blieb er stehen und erwiderte schweigend ihren Blick.

»Männer und Frauen von Dram, ihr seid betrogen worden. Dieser Mann und seine Leute wurden von Nekaun, dem Anführer der Pentadrianer, hierhergeschickt«, sagte Ella und sah dabei dem Dorfältesten fest in die Augen. »Ihr Schiff ist nicht versehentlich hier auf Grund gelaufen. Es war eine vorsätzliche Tat, mit der die Pentadrianer das Mitgefühl der Dunweger erringen wollten. Anschließend sollten sie sich hier niederlassen und sich mit so vielen Dunwegern wie möglich anfreunden, um sie zu ihrer eigenen Religion zu bekehren.«

Sie ließ den Blick über die Menge gleiten. »Sie konnten ihren Plan nur allzu leicht in die Tat umsetzen. Ich sehe viele hier, die sich von ihrem Einfluss haben verderben lassen. Außerdem sehe ich viele, die mit dem Versprechen auf Freiheit dazu verleitet wurden, ihren Clans den Dienst aufzukündigen. Clans, deren Krieger erst vor wenigen Jahren für sie gekämpft haben. Diese Männer haben gegen jene gekämpft, die unsere Länder überfallen haben, um uns zu Sklaven zu machen.« Ein

Raunen des Protests wurde laut, aber Ella hob die Stimme. »Sie mögen diesmal sanftere Methoden angewandt haben, aber ihre Absicht ist zweifellos dieselbe. Dies ist – war – lediglich eine weitere Invasion. Sie sind hierhergekommen, um euch dem Zirkel der Götter zu entfremden, um eure Großzügigkeit zu missbrauchen und eure Schwächen auszunutzen.«

Abermals hielt sie für einen Moment inne, um die Menschen vor ihr zu mustern. »Es ist ein Jammer, dass ihr alle es so weit habt kommen lassen. Ich sehe einige hier, die sich nicht haben verderben lassen, die jedoch aus Furcht oder aus Habgier Stillschweigen bewahrten. Ich sehe nur sehr wenige hier, die nicht die Macht hatten, zu protestieren oder zu handeln, und ich werde zu ihrer Verteidigung sprechen. Was euch Übrige betrifft: Es liegt an I-Portak zu entscheiden, was mit euch geschehen soll, ob ihr nun Pentadrianer oder Dunweger seid.«

Ella wandte sich zu Gret um und nickte. »Verfahre mit ihnen, wie du es für richtig hältst.«

Der Clanführer blaffte einige Befehle, und die Krieger machten sich daran, die Menschen die Straße hinunter aus dem Dorf zu treiben. Danjin bemerkte, dass der alte Krieger Ellas Anweisungen mit deutlichem Ekel befolgte. Wann immer ein weinendes Kind vorbeigeführt wurde, sah Gret Ella vielsagend an. Sie beachtete ihn nicht, und ihre Miene war unnahbar und missbilligend.

»Wohin bringt ihr uns?«, rief jemand.

»Nach Chon«, antwortete einer der Krieger.

»Lasst uns in unsere Häuser zurückkehren, damit wir Kleider holen können«, bettelte eine Frau. »Wenn wir so weitergehen, wie wir sind, werden wir erfrieren.«

»Meine Heilmittel«, krächzte ein alter Mann. »Ohne meine Heilmittel werde ich es nicht schaffen.«

»Was werden wir essen?«

»Meine Mutter ist krank. Sie wird es niemals bis nach Chon schaffen.«

Gret wandte sich zu einem seiner Krieger um. »Irgendjemand soll die Frau und den alten Mann in ihre Häuser zurückbringen.«

Sofort erklangen mehrere weitere Stimmen, die um die gleiche Chance flehten.

»Nein«, sagte Ella. »Wenn ihr einige gehen lasst, werden die Übrigen dasselbe verlangen. Behaltet die Gefangenen hier und schickt Krieger in die Häuser, um Decken, Essen und Kleider für alle zu holen.«

Gret zog die Augenbrauen hoch, dann nickte er seinem Begleiter zu. »Tu es.«

Ein Schauder überlief Danjin. Gewiss wäre eine Verzögerung besser als etliche Todesfälle auf dem Weg nach Chon …

Ella drehte sich zu Danjin um. »Finde heraus, was der alte Mann braucht, und hole es«, murmelte sie.

»Ja, Ellareen von den Weißen«, antwortete er.

Er eilte davon und hielt Ausschau nach dem alten Mann. Während er um die Menge herumlief, wandte er sich noch einmal zu Ella um. Sie hielt den Kopf hoch erhoben und blickte herablassend auf ihre Gefangenen hinab. Ihm wurde ein wenig flau im Magen.

Sie tut das nur, um sie einzuschüchtern und zum Gehorsam zu zwingen, sagte er sich.

Aber sie werden es nicht vergessen. Sie werden anderen davon berichten, wie kalt und gleichgültig Ellareen die Weiße ist. Wie grausam und unbarmherzig ihre Rechtsprechung war.

Er schüttelte den Kopf. *Sie muss das tun. Sie kann sich nicht über dunwegisches Gesetz hinwegsetzen. Und wenn sie ohne Erbarmen wäre, hätte sie mir nicht den Auftrag gegeben, die Heilmittel des alten Mannes zu holen.*

Warum hatte er dann den Verdacht, dass Ellareen nicht versucht hatte, die Dunweger dazu zu bringen, die Dorfbewohner mit ein wenig Mitgefühl zu behandeln, weil sie genau das nicht wollte?

Warum fand er ihr Verhalten bisweilen so beängstigend?

Seufzend wandte er sich ab, suchte nach dem alten Mann und nahm ihn beiseite, um ihn zu befragen.

Das Sanktuarium war nicht so beeindruckend wie der Tempel in Jarime. Es gab keinen Weißen Turm und keine Kuppel, die alles überragten, nur eine breite Treppe und eine einstöckige, von Säulen getragene Fassade und eine Ansammlung von Gebäuden auf dem Hügel dahinter.

Vielleicht ist das der Sinn der Sache, überlegte Mirar. *Sie wollen Besucher nicht einschüchtern; sie wollen ihnen das Gefühl geben, willkommen zu sein.*

Die Winde hatten sie nicht so weit getragen, wie Genza es gehofft hatte, daher hatten sie den Rest des Weges in einem Plattan zurücklegen müssen. Die Sänfte, die ihn und Genza vom Fährhafen hergebracht hatte, blieb stehen, und die Träger ließen sie zu Boden. Als Genza sich erhob, folgte Mirar ihrem Beispiel. Sie lächelte.

»Willkommen im Sanktuarium, Mirar von den Traumwebern.«

»Danke.«

Sie deutete auf die Treppe. Sie gelangten durch einen der Bogengänge in eine große, luftige Halle voller schwarz gewandeter Götterdiener und gewöhnlicher Menschen.

»Dies ist der Ort, an dem wir alle Besucher des Sanktuariums begrüßen«, erklärte Genza ihm. »Die Götterdiener schenken allen Bittstellern Gehör, vom niedersten Bettler bis hin zu den Reichen und Mächtigen, und führen sie zu demjenigen, der ihnen am besten helfen kann.«

Mirar bemerkte, dass einige der Besucher in ihren Gesprächen mit den Götterdienern Kühnheit und Zuversicht an den Tag legten. Andere waren zaghaft und warteten ängstlich darauf, dass jemand an sie herantrat, oder sie hielten den Blick gesenkt, während sie sprachen. Mirar fing eine Welle des Kummers auf und entdeckte kurz darauf einen Götterdiener, der einer weinenden Frau auf die Schulter klopfte.

»Glaubst du, dass du meine Tochter finden kannst?«, hörte er die Frau fragen.

»Wir können es nur versuchen«, antwortete der Götterdiener. »Bist du dir sicher, dass ihr Vater sie mitgenommen hat?«

»Ja. Nein … ich …«

Ein Lachen lenkte seine Aufmerksamkeit auf einen kostbar gewandeten Mann, der in Gesellschaft eines Götterdieners die Halle durchquerte.

»… wir würden den Elai gern auch Geschenke machen. Schließlich haben sie die Schiffe versenkt, die …«

Elai, die Schiffe versenkten? Er widerstand dem Drang, dem Mann nachzublicken.

»Dies ist der Haupthof«, sagte Genza. »Von hier aus führen Flure in alle Bereiche des Sanktuariums.«

Der Innenhof wurde von einer Veranda umrahmt. Mirar murmelte einige Worte der Bewunderung, als Genza ihn auf den Springbrunnen aufmerksam machte und ihm erklärte, dass der Brunnen einerseits helfe, die Luft zu kühlen, und andererseits ein Hintergrundgeräusch liefere, das den Besuchern die Möglichkeit gab, ihre Anliegen vortragen zu können, ohne dabei belauscht zu werden. Als sie tiefer in das Sanktuarium hineingelangten, fiel ihm auf, dass die Götterdiener stehen blieben, um Genza zu beobachten und ein Zeichen über ihrer Brust zu machen, wenn sie zufällig in ihre

Richtung blickte. Er spürte Bewunderung und Respekt – sogar Verehrung – von ihnen.

Außerdem nahm er Neugier wahr, die auf ihn selbst zielte, und er fragte sich, wie viel sie über ihn wissen mochten. Waren sie deshalb neugierig, weil man im Sanktuarium nicht oft Traumweber zu sehen bekam? Fragten sie sich, ob er der legendäre, unsterbliche Begründer der Traumweber sei, oder wussten sie bereits, wer er war, weil man ihnen gesagt hatte, dass Genza ihn hierherbringen würde?

Genza führte ihn durch Flure und Innenhöfe, wobei sie sich stetig aufwärtsbewegten. Gelegentlich erhaschte er durch ein Fenster oder von einem Balkon einen Blick auf die Stadt, und die Bilder, die sich ihm boten, wurden von Mal zu Mal beeindruckender. Als sie weiter in das Sanktuarium vordrangen, stieg eine nagende Beklommenheit in Mirar auf.

Ich bin hier absolut im Nachteil, ging es ihm durch den Kopf. *Die Stimmen könnten mächtiger sein als ich. Selbst wenn sie sich einzeln nicht mit mir messen könnten, wären sie zusammen stärker als ich. Sie sind von hunderten, vielleicht tausenden sterblicher Zauberer umgeben, die jeden ihrer Befehle befolgen.*

Nichts anderes hatte ich erwartet. Womit ich nicht gerechnet habe, ist der Umstand, dass dieses Sanktuarium ein solches Labyrinth ist. Ohne Genza wäre ich hier verloren.

Dennoch hatte er nicht das Gefühl, in Gefahr zu sein. Die Geräusche der Stadt klangen gedämpft, und er nahm keine Bedrohung von den Götterdienern wahr, an denen er vorbeikam. Außerdem verströmte das Sanktuarium mit seinen vielen Innenhöfen und den offenen Wandelgängen Ruhe und Frieden. Trotzdem war es auch ein Ort großer politischer und magischer Stärke, und er ließ die magische Barriere, mit der er sich umgeben hatte, keinen Moment lang sinken.

Schließlich trat Genza aus einem Flur auf einen lang gezogenen, breiten Balkon, auf dem mehrere Männer und Frauen auf Riedsesseln saßen. Bei seinem Erscheinen blickten sie alle voller Interesse zu ihm auf.

»Dies ist Mirar, der Anführer der Traumweber«, erklärte Genza. Dann sah sie ihn an. »Traumweber Mirar, dies ist die Zweite Stimme, Imenja.«

Die Frau, auf die sie deutete, war schlank und hochgewachsen. Es war schwer, ihr wahres Alter zu schätzen.

Das ist die Frau, die während des letzten Krieges für einen Moment ins Wanken geraten ist, so dass es Auraya möglich war, Kuar zu töten, dachte er.

Sie lächelte höflich. »Ich freue mich, dich endlich einmal kennenzulernen. Genza war voll des Lobes, was dich betrifft.«

Mirar neigte den Kopf. »Auch ich freue mich, dich kennenzulernen, Zweite Stimme.«

»Das ist die Dritte Stimme, Vervel«, fuhr Genza fort und deutete auf einen Mann von stämmigem Körperbau.

Ich erinnere mich, dass ich ihn in der Schlacht gesehen habe, aber ich weiß nichts über ihn. Das werde ich ändern müssen.

»Dies ist die Fünfte Stimme, Shar.«

Der schlanke, gutaussehende Mann mit dem blonden Haar lächelte, und Mirar nickte ihm grüßend zu.

Er ist derjenige, der die Worns züchtet. Derjenige, von dem die südlichen Traumweber sagen, dass er sehr grausam sein könne.

Anschließend machte Genza ihn mit den anderen bekannt. Sie waren »Gefährten« und dienten den Stimmen als Gehilfen und Ratgeber. Die Zwillinge und Auraya hatten ihm bereits von ihnen erzählt.

»Setz dich zu uns, Traumweber Mirar«, lud ihn die Zweite Stimme Imenja ein und zeigte auf einen leeren Sessel.

Mirar setzte sich und nahm ein Glas Wasser von einem der Gefährten entgegen.

»Wir haben soeben über den Krieg gesprochen«, eröffnete Imenja ihm.

»Über einen bestimmten Krieg?«, fragte er.

Sie schüttelte den Kopf. »Über den Krieg und die Kriegsführung im Allgemeinen. Traumweber führen keine Kriege, nicht wahr?«

»Nein. Wir erkennen das Bedürfnis eines Menschen an, sich selbst oder sein Land zu verteidigen, aber unser Gelübde, niemals einem anderen Schaden zuzufügen, verbietet es uns, selbst zu kämpfen.«

»Dann heißt du unseren Angriff auf Nordithania also nicht gut, würdest es aber billigen, wenn wir uns im Falle einer Invasion verteidigen würden?«, fragte Imenja.

Er nickte.

»Und doch würden deine Leute nicht bei der Verteidigung ihres Landes helfen.«

»Das tun wir nur, indem wir die Verletzten heilen.«

»Ihr heilt die Verletzten beider Seiten.«

»Ja. Die Traumweber stehen zu ihrem Gelübde, allen Bedürftigen zu helfen, auch wenn sie ihrem Heimatland treu ergeben sind.«

»Ich verstehe.«

»Diese Einstellung führt doch sicher zu Konflikten zwischen den Traumwebern und ihren Landsleuten?«, hakte die Gefährtin der Frau nach. »Nehmen die Menschen es den Traumwebern nicht übel, dass sie dem Feind helfen?«

»Natürlich tun sie das.« Mirar lächelte. »Aber ebenso oft sind sie vielleicht einem Traumweber aus dem Land ihres Feindes dankbar, weil er einen der ihren gerettet hat.«

»Die Weißen und die Zirkler haben deinen Leuten großen Schaden zugefügt«, sagte Vervel. »Würden deine Anhänger gegen sie kämpfen?«

Mirar schüttelte den Kopf. »Nein.«

»Nicht einmal, um der Unterdrückung zu entfliehen? Nicht einmal, um die Freiheit zu erstreiten, den eigenen Sitten folgen zu dürfen?«

»Nicht einmal dann, wenn wir das eine oder das andere für möglich hielten. Wir könnten zwar alle Weißen töten, aber die Götter würden schnell einen Ersatz für sie finden.«

»Dann glaubst du also, dass die zirklischen Götter real sind?«, fragte Imenja.

Mirar lächelte kläglich. »Ich weiß, dass es so ist. Und ich weiß aus einer verlässlichen Quelle, dass auch eure Götter real sind.«

Die Stimmen sahen einander bedeutungsvoll an.

»Wenn wir die Weißen besiegten«, begann Vervel, »und wenn alle Zirkler Pentadrianer würden, würden die zirklischen Götter niemanden finden, der bereit wäre, den Platz der Weißen einzunehmen.«

»Ah, wenn das doch nur der Wahrheit entspräche!« Mirar seufzte. »Unglücklicherweise müsste zu diesem Zweck jeder einzelne Zirkler bereitwillig seinen Göttern abschwören und sich den euren anschließen.«

»Irgendwann werden sie das vielleicht tun«, meinte Shar. »Natürlich würde es Anhänger des Zirkels geben, die sich insgeheim treffen, und Rebellen und dergleichen. Wir müssten sie aufspüren und …«

»Worauf wir hinauswollen, ist Folgendes: Wenn wir die Macht hätten, wären die Traumweber frei, so zu leben, wie es ihnen gefällt«, unterbrach ihn Vervel. »Dafür würde es sich doch gewiss lohnen, einige Regeln zu brechen?«

Mirar schüttelte den Kopf. »Das Problem ist, dass es sich dabei nicht um eine minder wichtige Regel handelt, sondern um unser oberstes Gesetz und Prinzip.«

»Aber die Zirkler haben versucht, dich zu töten«, rief Genza ihm ins Gedächtnis.

Mirar hielt dem Blick der Frau stand. »Und deine Leute haben in Jarime Traumweber ermorden lassen und es so eingefädelt, dass zirklische Priester als die Schuldigen dastanden.«

Genzas Augen wurden ein wenig schmaler, dann wandte sie sich zu Imenja um.

»Wir können uns wohl glücklich schätzen, dass ihr Traumweber niemandes Partei ergreift«, sagte Imenja leise. »Sei versichert, dass wir nicht alle mit diesem schmutzigen kleinen Plan einverstanden waren.« Er bemerkte, dass Imenjas Gefährtin sie voller Argwohn und Entsetzen anstarrte. »Wir haben nicht die Absicht, diesen Fehler zu wiederholen. Andererseits bin ich mir sicher, dass die Weißen abermals versuchen würden, dich zu töten, wenn sich ihnen eine Gelegenheit dazu böte.«

Mirar lachte düster. »Ich weiß. Sie haben es bereits versucht.«

In Imenjas Augen leuchtete Interesse auf. »Kürzlich? Ist das der Grund, warum du nach Südithania gekommen bist?«

»Ja. Und jetzt stelle ich fest, dass ebendie Frau, die sie mir als Henker geschickt haben, hier wie ein Ehrengast behandelt wird.«

Er beobachtete, welche Gesichter Überraschung verrieten und welche nicht. Imenja lächelte.

»Du weißt, dass Auraya hier ist?«, fragte Genza. »Und du bist trotzdem hergekommen?«

Mirar zuckte die Achseln. »Natürlich weiß ich es. Die Stadt ist voller Gerüchte – und Traumweber.«

Imenja lachte leise. »Und Nekaun hat ihre Anwesenheit kaum geheim gehalten.« Dann sah sie Mirar an, und ihre Miene wurde wieder ernst. »Dir droht keine Gefahr. Wir werden nicht zulassen, dass sie dir etwas antut. Und anscheinend brauchen wir uns auch keine Sorgen zu machen, dass du ihr etwas antun wirst.« Sie musterte ihn forschend; wahrscheinlich hielt sie Ausschau nach Anzeichen dafür, dass er in Aurayas Fall vielleicht eine Ausnahme von seiner Regel machen würde, die ihm Gewalt untersagte. »In einer Woche wird sie fort sein.«

Mirar nickte.

»Es besteht kein Grund, warum du ihr begegnen solltest. Vielleicht würdest du es vorziehen, ihr aus dem Weg zu gehen«, fuhr sie fort. Er spürte Enttäuschung von den Gefährten und verkniff sich ein Lächeln. Sie waren offenkundig neugierig zu sehen, was geschehen würde, wenn er und Auraya aufeinandertrafen.

Neugierig bin ich auch, dachte er. *Zu wissen, dass sie in der Nähe ist, und sie nicht ein einziges Mal zu sehen …* Gewiss konnte eine Begegnung nicht schaden.

»Mir ist es gleichgültig«, sagte er. »Tatsächlich fände ich es befriedigend, sie sehen zu lassen, dass ich am Leben bin und von ihren Feinden gut behandelt werde.«

Imenja lachte abermals. »Auch das lässt sich arrangieren.«

32

Traumweber Mirar ist ein gutaussehender Mann, ging es Reivan durch den Kopf, während sie beobachtete, wie er und Imenja auf die Flamme des Sanktuariums zuschlenderten. *Allerdings nicht mein Typ. Er sieht aus wie ein Nordländer, und dann ist da noch etwas anderes …*

Er erinnerte sie an einen Denker, in den sie als junge Frau einmal vernarrt gewesen war. Dieser Denker war eines Tages bei einer Zusammenkunft erschienen und hatte alle in seinen Bann geschlagen. Einige Monate später war er dann verschwunden. In den folgenden Jahren war er viele Male unangekündigt aufgetaucht und wieder gegangen. Wann immer er nach Glymma kam, suchte er sich ein anderes hübsches Mädchen, um es dann wieder fallen zu lassen. Reivan war zunächst eifersüchtig gewesen, bis ihr die Mädchen leidtaten, denen so viel versprochen wurde und die dann mit gebrochenem Herzen zurückblieben und manchmal auch mit einer sprießenden Last in ihrem Schoß.

Mirar verströmte eine Sicherheit, die die Menschen anzog, und das war es, was sie an den Denker erinnerte. Er hatte die gleiche Rastlosigkeit in den Augen, als plane er bereits die Reise zu seinem nächsten Ziel. Doch während der Denker fortgegangen war, wann immer er einen Grund hatte, die Flucht zu ergreifen, vermutete sie, dass Mirar einfach umherzog, beobachtete, was immer ihm begegnete, und dann weiterzog.

Er hat es nicht eilig, dachte sie plötzlich. *Das ist der Unterschied. Und warum sollte es auch anders sein, wenn er doch unsterblich ist?*

Das war es, was sie am meisten faszinierte. Die Stimmen waren unsterblich, weil die Götter es so wollten. Mirar hatte diesen Zustand irgendwie ohne Hilfe erreicht. Sie hätte ihn liebend gern gefragt, wie er das zuwege gebracht hatte, obwohl sie bezweifelte, dass sie die Antwort begreifen würde.

Er und Imenja hatten vor der Flamme des Sanktuariums gestanden. Jetzt machten sie kehrt und kamen wieder auf Reivan zu.

»… jemals ausgeblasen?«

»Einige wenige Male. Wir haben diese Tatsache nicht verschleiert. Die Menschen können in solchen Dingen recht abergläubisch sein. Wenn wir ihnen nicht erzählen würden, dass es gelegentlich geschieht, würden sie, wenn die Flamme tatsächlich erlischt, womöglich denken, das Ende der Welt sei gekommen oder etwas ähnlich Lächerliches. Auch so versuchen sie, in die seltene Gelegenheit, da die Flamme erloschen ist, irgendeine Bedeutung hineinzugeheimnissen.«

Mirar lachte leise. »Das kann ich mir vorstellen.« Er sah auf. »Ist das ein Siyee?«

Reivan folgte seinem Blick und bemerkte eine geflügelte Gestalt, die langsam emporstieg.

»Ja«, antwortete Imenja. »Einer aus der Gruppe, die wir gefangen halten. Sie haben eins unserer Dörfer angegriffen. Nekaun lässt einen nach dem anderen frei, als Gegenleistung dafür, dass Auraya hierbleibt.«

Mirar nickte. »Davon habe ich gehört. Es ist klug, sie nur nacheinander ziehen zu lassen. Auf diese Weise können sie sich nicht so leicht wieder zusammenrotten und abermals angreifen.«

»Ja.«

»Ihr scheint sie gut zu behandeln«, fügte er hinzu. »Sonst wären sie mittlerweile nicht mehr in der Lage zu fliegen.

Gebt ihr ihnen Vorräte mit, damit sie es bis nach Hause schaffen?«

»Unglücklicherweise können sie nicht genug tragen, um den ganzen Weg bis nach Si damit auszukommen, aber was wir ihnen mitgeben, müsste genügen, bis sie Sennon erreichen.«

Imenja geleitete ihn zu der Treppe, die von der Flamme des Sanktuariums in das Gebäude darunter hinabführte. Reivan, die ihnen folgte, hörte irgendwo im Flur vor ihr Stimmen. Imenja und Mirar bogen um eine Ecke und blieben stehen. Als Reivan sie erreichte, erkannte sie die Stimme, und ein Schauer überlief sie. Sie sah Mirar an. Um seine Lippen spielte ein starres Lächeln. Seine Augen leuchteten – vielleicht vor Angst, vielleicht vor Erheiterung.

Reivan betrachtete den Gegenstand seiner Aufmerksamkeit. Auraya starrte Mirar mit schmalen Augen an. Sie stand reglos da, wie angewurzelt. Nekaun warf Imenja einen sehr direkten Blick zu, dann drehte er sich zu Auraya um und öffnete den Mund, um etwas zu sagen – aber er bekam keine Gelegenheit dazu.

»Mirar«, bemerkte Auraya mit vor Verachtung triefender Stimme. »Wie ich sehe, bist du in der Stadt eingetroffen.«

»So ist es«, erwiderte er und schaute kurz zu Imenja hinüber. »Und ich bin herzlich empfangen worden.«

»Nichts Geringeres hätte ich von unseren Gastgebern erwartet.«

Aurayas Blick war durchdringend, aber Mirar zuckte nicht mit der Wimper.

»Nach dem rüden Empfang, den man mir im Norden bereitet hat, hätte ich durchaus etwas anderes erwartet«, erwiderte Mirar hochtrabend. »Aber dann dachte ich: Es muss im Süden besser sein, denn schlechter könnte es kaum sein.«

Auraya lächelte. »Hier haben sie dich einfach noch nicht kennengelernt.«

Mirars Lächeln verblasste ein wenig, und zwischen seinen Brauen erschien eine kleine Falte.

»Wie geht es den Siyee?«

»Gut«, antwortete Auraya knapp.

»Die Weißen haben in ihnen nützliche Verbündete gefunden?«

»Natürlich.«

»Wie ich höre, ist ihre jüngste Mission gescheitert.«

»Ich fürchte, das ist hier nichts Neues mehr.«

»Ja«, pflichtete Mirar ihr bei. »Wahrscheinlich habe ich den Weißen diese Gelegenheit zu verdanken, dir wieder zu begegnen – und dass unter erheblich erfreulicheren Umständen.« Er sah Imenja an. »Ich hoffe, dass wir vor deiner Abreise noch Zeit für ein weiteres Gespräch finden werden. Vielleicht beim Essen?«

»Das lässt sich machen«, erwiderte Imenja milde.

»Vielleicht bei einem ruhigen Essen nur unter uns«, sagte Auraya mit leuchtenden Augen. »Wir könnten unser früheres Gespräch fortsetzen. Da weitermachen, wo wir aufgehört haben.«

»Ich bin davon überzeugt, dass meine neuen Freunde die Gelegenheit willkommen heißen würden, sich uns anzuschließen«, entgegnete Mirar. »Vor allem, da du so bald abreisen wirst. Sie haben vorrangige Ansprüche auf dich, da deine Zeit hier begrenzt ist und meine nicht.«

Nekaun kicherte. »Traumweber Mirar hat recht. Wir haben dir noch immer viel zu zeigen, und deine Zeit hier nähert sich schnell ihrem Ende.« Er wandte sich zu Imenja um. »Vielleicht können wir uns alle heute Abend zum Essen zusammensetzen.«

»Ich werde es veranlassen«, erwiderte sie.

»Und nun möchte ich dich auf einen weiteren Ausflug entführen, der uns aus der Stadt hinausbringt.« Nekaun berührte Auraya sacht an der Schulter, und sie riss den Blick von Mirars selbstgefälliger Miene los, um die Erste Stimme anzusehen. »Wir werden den halben Tag brauchen, um dorthin zu gelangen, daher sollten wir ohne weitere Verzögerungen aufbrechen.«

Mirar beobachtete mit schmalen Augen, wie Auraya davonging, aber als Imenja sich zu ihm umdrehte, sah er sie an und lächelte breit. Sie deutete auf einen Flur, der in die andere Richtung führte. »Möchtest du den Sternensaal sehen, in dem wir unsere Zeremonien abhalten?«

Er nickte. »Klingt faszinierend.«

Als sie in gemächlichem Tempo davonschlenderten, analysierte Reivan das Gespräch zwischen Mirar und Auraya.

»Nach dem rüden Empfang, den man mir im Norden bereitet hat, hätte ich durchaus etwas anderes erwartet.«

»Hier haben sie dich einfach noch nicht kennengelernt.«

Aus diesem Wortwechsel ist Auraya als Siegerin hervorgegangen, überlegte Reivan. Die ehemalige Weiße hatte angedeutet, dass Mirar sich keine Freunde machte, wo immer er hinkam. *Damit könnte sie recht haben.*

Mirar hatte mit einem verschleierten Seitenhieb reagiert und etwas darüber bemerkt, dass die Weißen die Siyee auf eine aussichtslose Mission geschickt hätten, aber Auraya hatte den Köder nicht geschluckt. Dann hatte Mirar sie verhöhnt und darauf hingewiesen, dass sie ihm hier nichts anhaben könne.

»... nur unter uns. Wir könnten unser früheres Gespräch fortsetzen. Da weitermachen, wo wir aufgehört haben.«

Reivan unterdrückte das Kichern, das in ihr aufstieg. *Diesen Wortwechsel hat Auraya ebenfalls gewonnen,* dachte sie. *Sie hat praktisch angedeutet, dass seine Sicherheit von uns abhänge und dass sie bereit sei, ihn zu töten, wenn ihr die Stimmen die Gelegenheit dazu gaben. Aber Mirar hatte das letzte Wort, glaube ich. Was hat er noch gesagt?*

»Ich bin davon überzeugt, dass meine neuen Freunde die Gelegenheit willkommen heißen würden, sich uns anzuschließen … da deine Zeit hier begrenzt ist und meine nicht.«

Sie runzelte die Stirn. Hatte Mirar erraten, dass die Stimmen nicht beabsichtigten, Auraya gehen zu lassen? Oder hatte er lediglich darauf hingewiesen, dass die Stimmen mehr Grund hatten, ihn zu schützen als sie, da er unsterblich war und langfristig einen nützlicheren Verbündeten abgeben würde?

Er ist klug genug, um die Pläne der Stimmen zu erraten, befand Reivan. *Jeder, der die Situation gründlich durchdenkt, könnte zu diesem Schluss kommen.*

Aber hatte Auraya es auch getan?

Unfug sprang auf die Matratze. Einige Minuten lang drehte er sich immer wieder um die eigene Achse und prüfte nach Kriterien, die nur er verstand, die beste Position, um zu schlafen. Als er eine annehmbare Stelle gefunden hatte, rollte er sich zusammen und seufzte.

Auraya, die zur Decke emporblickte, ließ sich noch einmal durch den Kopf gehen, was sie Juran an diesem Abend berichtet hatte. Oder vielmehr das, was sie *nicht* berichtet hatte.

Mirar ist hier, hatte sie ihm mitgeteilt. *Es war einer dieser Zufälle, dass wir einander begegnet sind, nur dass es offensichtlich kein Zufall war.*

Was ist passiert?

Nichts. Er hat mich darauf hingewiesen, dass die Stimmen ihn schützen würden und dass die Mission der Siyee von Anfang an zum Scheitern verurteilt gewesen sei.

Ich fürchte, er hat in beiden Punkten recht.

Sie hatte Juran nichts von ihrer Übereinkunft mit Mirar erzählt, so zu tun, als seien sie Feinde. Damit wäre allzu offenkundig geworden, dass sie Mirar *nicht* als Feind betrachtete, und das würde Juran kaum gefallen. Sie wollte ihm keinen weiteren Grund liefern, ihr zu misstrauen.

Jetzt stand ihr noch die letzte abendliche Aufgabe bevor. Seit ihrer ersten Traumvernetzung mit Mirar hatten sie in jeder Nacht auf solche Weise zueinander Verbindung aufgenommen. Heute Nacht würden sie viel zu besprechen haben. Sie schloss die Augen und ließ sich in den Geisteszustand sinken, den sie brauchte.

Auraya.

Sie brauchte einen Moment, um zu begreifen, dass sie sofort eingeschlafen sein musste.

Mirar?

Endlich! Wie spät gehst du eigentlich ins Bett?

Seine Ungeduld erfüllte sie mit Erheiterung.

So spät, wie ich möchte.

Ah. So ist das also, ja? Seit die Stimmen angefangen haben, dich wie einen Ehrengast zu behandeln, glaubst du, etwas Besseres zu sein?

Vielleicht. Haben wir unsere Sache heute gut gemacht?

Es war ein Anfang.

Ha! Mir sind die besten schnippischen Antworten eingefallen!

Ich hatte das letzte Wort.

Das ist wahr, pflichtete sie ihm bei.

Also, wo warst du heute Abend? Ich hatte mich darauf gefreut, unser Gespräch beim Essen fortzusetzen.

Hat Imenja es dir nicht erzählt? Wir haben uns zu weit von der Stadt entfernt, als dass wir rechtzeitig hätten zurück sein können.

Dann ist das also die Wahrheit?

Ja. Natürlich haben Nekaun und ich vielleicht ein wenig länger als nötig mit der Begutachtung der Glasbläserwerkstätten verbracht.

Nun, die Stimmen werden wahrscheinlich von dir erwarten, dass du mir aus dem Weg gehst.

Und ich fürchte, wenn wir uns allzu oft begegnen, könnten mir die schnippischen Antworten ausgehen.

Dann hast du also eine ganze Sammlung davon?

Eine Handvoll. Und sie warten alle auf den richtigen Augenblick.

Wer hätte gedacht, dass du ein so begabter Zankteufel bist.

Danke. Also, haben die Stimmen dir schon irgendwelche Angebote gemacht?

Nein. Am Tag meiner Ankunft haben sie mich über das Traumwebergesetz gegen Gewalt befragt. Vielleicht hat meine Antwort sie abgeschreckt.

Hm. Vergiss nicht, selbst wenn sie dir nicht anbieten, mich für dich zu töten, könnten sie mir immer noch das Angebot machen, dich für mich zu töten.

Dann verstehen sie sich bemerkenswert gut darauf, das zu verbergen. Wir haben ausführlich über die Traumweber und meinen Platz unter ihnen gesprochen. Ob meine Rolle eher die eines Anführers oder die eines Beraters sei. Imenja meinte, dass die Traumweber mich in jedem Fall voller Ehrfurcht betrachten würden, ganz gleich, ob ich ihr Anführer sein wolle oder nicht. Es hat einen Nachteil, wenn man für eine Weile tot war: Die Menschen zeichnen ein geschöntes Bild von einem. Ich habe ihr versichert, dass ich ihnen zuvor nicht gestattet habe, mir zu huldigen, und dass ich es auch jetzt nicht tun werde. Sie meinte, sie glaube mir.

Er war mit einem Mal ernst geworden, und Auraya hatte das beunruhigende Gefühl, mit Leiard zu sprechen. Sie drängte die Regung beiseite.

Wahrscheinlich hat sie die Gedanken von Traumwebern gelesen, um herauszufinden, was sie von dir halten.

Ja. Oh, da ist noch etwas anderes, das sie sagte … Ich glaube, sie wissen, dass du Gedanken lesen kannst.

Ein leichtes Frösteln überfiel Auraya. War es möglicherweise gefährlich, dass die Stimmen wussten, dass sie Gedanken lesen konnte? Jade hatte vermutet, es könne gefährlich sein, wenn die Götter wüssten, dass Auraya diese Fähigkeit zurückerlangt hatte, aber damals hatte sie von den zirklischen Göttern gesprochen.

Wie dem auch sei, es war möglich, dass die zirklischen Götter gelegentlich die Gedanken von Pentadrianern lasen. Es sei denn …

Glaubst du, nur die Stimmen wissen Bescheid oder auch andere?

Ich weiß es nicht. Ich könnte mir heute Nacht einige Träume ansehen und feststellen, ob ich etwas für dich in Erfahrung bringen kann.

Ja. Ich werde ebenfalls ein wenig Gedanken abschöpfen. Vielleicht finde ich ja jemanden, der noch wach ist.

Wenn du es tust, halte Ausschau nach Gedanken, die die Elai betreffen. Bei meiner Ankunft habe ich etwas aufgeschnappt, das den Verdacht nahelegt, sie würden Schiffe versenken.

Sie versenken Schiffe? Das ist eine beunruhigende Möglichkeit.

Ja. Also, wir haben beide viel zu tun, und die Nacht wird nicht länger.

Nein. Gute Nacht.

Gute Nacht.

Mirar?

Ja?

Sie zögerte, plötzlich besorgt, dass sie mit dem, was sie zu sagen im Begriff stand, einen falschen Eindruck erwecken könnte. Nachdem sie einen Moment darüber nachgedacht hatte, kam sie zu dem Schluss, dass dies nicht zu befürchten sei.

Danke für deine Hilfe.

Du solltest mir noch nicht danken. Nicht bis der letzte Siyee frei ist und du aus der Stadt fliehen konntest. Wenn der letzte Siyee fliegt, sei bereit für einen Verrat, Auraya, warnte er sie. *Ich glaube nicht, dass die Stimmen die Absicht haben, dich gehen zu lassen.*

Als er die Verbindung abbrach, trieb sie in einem beklommenen Traumzustand dahin und dachte über seine Warnung nach. *Wenn ich an Nekauns Stelle wäre, würde ich mich auch nicht gehen lassen. Ich werde ihm einen Grund geben müssen, mich ziehen zu lassen.* Sie war zu müde, um sich jetzt weiter mit dieser Frage zu beschäftigen, und sie musste immer noch Gedanken abschöpfen. Sie konzentrierte sich und sandte ihren Geist in die Welt hinaus.

Während sie sich von einem Geist zum nächsten bewegte, schöpfte sie die Gedanken der Götterdiener und Domestiken im Sanktuarium ab, die noch wach waren. Als sie auf den Geist der Gefährtin einer Stimme traf, stieg ein Gefühl der Befriedigung in ihr auf. Die Frau, Reivan, war rastlos und konnte nicht schlafen, und ihre Gedanken kreisten um die Erste Stimme Nekaun.

Es ist schon so lange her, überlegte Reivan. *Gewiss hätte er die Zeit für einen einzigen Besuch gefunden. Wie soll ich ihm von Imenjas Verdacht erzählen? Ich darf mich ihm nicht nähern, für den Fall, dass Auraya Gedanken lesen kann.*

Auraya wurde flau. Das bestätigte, was Mirar ihr erzählt hatte. Ihre Fähigkeit, Gedanken zu lesen, war entdeckt worden.

Aber andererseits, warum sollte er auf mich hören, wenn er nicht auf Imenja hört. Nein, ich kann nur hoffen, dass er Auraya nicht unterschätzt. Sobald er sie getötet hat, wird er zu mir zurückkommen, sagte Reivan sich.

Auraya erschrak. Irgendwie war es beängstigender, Nekauns Absichten so deutlich in den Gedanken der Frau formuliert zu hören. Aber sie spürte auch Zweifel. Die Gefährtin Reivan wusste, dass die anderen Stimmen glaubten, Nekaun werde sie töten, aber sie waren sich nicht sicher. Er hielt seine Pläne vor ihnen verborgen. Dann sah Auraya die größte Angst der Frau, die ständig am Rand ihres Bewusstseins lauerte. Die anderen Stimmen glaubten, Auraya sei mächtiger als Nekaun. Reivan machte sich Sorgen, dass er, wenn er Auraya zu töten versuchte, es allein tun würde. Sie befürchtete, dass er scheitern würde.

Interessant, ging es Auraya durch den Kopf. *Ich frage mich, ob sie recht haben. Und es ist eigenartig, dass Nekaun sich nicht den anderen Stimmen anvertraut. Das ist eine Schwäche, die sich ausnutzen ließe.*

Die Gefährtin schlief jetzt langsam ein. Wenn sie etwas über die Elai wusste, würde sie in absehbarer Zeit nicht darüber nachdenken. Ihre Gedanken kreisten ausschließlich um Nekaun. Auraya machte sich auf die Suche nach dem Geist anderer Menschen.

Sie würde die verbliebenen Siyee, die noch hier eingekerkert waren, nicht im Stich lassen, aber sobald der letzte von ihnen wegflog, würde sie gewappnet sein, sich gegen Nekaun zu verteidigen.

33

Hast du eine Kopie dieser Schriftrolle angefertigt?, fragte Tamun Emerahl, sobald die Zwillinge sich im Traum mit ihr vernetzt hatten.

Ich versuche es, erwiderte Emerahl. *Barmonia hat sie mich nur aus dem einen Grund sehen lassen, weil ich sie für ihn übersetzen kann. Er wird mir nicht erlauben, die Übersetzung für ihn niederzuschreiben. Er erlaubt mir nicht einmal, mir Notizen zu machen. Ich muss mir einprägen, so viel ich kann, und es heimlich aufschreiben.*

In welcher Form schreibst du es auf?, fragte Tamun.

Ich habe es in die Innenseite meines Wasserschlauchs eingebrannt. Dort werden sie es niemals finden.

In welcher Sprache?

Auf Hanianisch, so dass sie nicht wissen würden, was ich dort festgehalten habe, selbst wenn sie den Text finden sollten.

Du musst die ursprünglichen Glyphen benutzen! Der kleinste Fehler in der Übersetzung kann die Bedeutung eines Satzes verändern!

Sie wird keinen Fehler machen, warf Surim ein.

Danke, sagte Emerahl, erfreut darüber, dass er sie verteidigte.

Sie würde es vielleicht gar nicht bemerken, widersprach Tamun. *Wir dürfen keine Risiken eingehen. In der alten Priestersprache hatten Wörter häufig zwei Bedeutungen.*

Wenn Emerahl wach gewesen wäre, hätte sie geseufzt. Tamun hatte die Neuigkeit, dass die Schriftrolle nutzlos war, nicht gut aufgenommen. Sie weigerte sich, es zu glauben, und behauptete, das Gedicht müsse eine verschlüsselte Botschaft enthalten.

Also schön. Ich werde die Glyphen irgendwie kopieren. Aber was dann? Es ist lediglich eine Geschichte. Sie liefert keine Hinweise auf diese Geheimnisse der Götter.

Nein? Tamuns Erheiterung umspülte Emerahls Geist. *Das, was du uns wiedergegeben hast, birgt einige offenkundige Fingerzeige.*

Offenkundig?

Die Geheimnisse wurden in einer unzerstörbaren Form bewahrt. Was ist unzerstörbar?

Nichts.

Gold, sagte Surim. *Oder zumindest hat mir das ein Schmied einmal erzählt. Man kann es einschmelzen und mit anderen Metallen mischen, aber es wird niemals verrosten oder zerfallen.*

Wenn die Geheimnisse in Gold festgehalten wurden und man Gold einschmelzen kann, dann kann man die Geheimnisse zerstören, stellte Tamun fest.

Dann muss es etwas sein, das so hart und massiv ist, dass man es nicht zerbrechen kann.

Ein Diamant?, meinte Emerahl. In Gedanken ging sie noch einmal die Schätze durch, die sie in dem Sarg gefunden hatten. Unter dem Schmuck und den anderen Kostbarkeiten waren reichlich Edelsteine gewesen.

Einen Diamanten kann man mit einem anderen Diamanten schneiden, bemerkte Tamun. *Damit ist er ebenso zerbrechlich wie Gold.*

Was gibt es sonst noch?, fragte Surim.

Die Zwillinge verfielen in Schweigen, während sie nachdachten. Emerahls Gedanken kreisten immer wieder um den Schmuck und die Kleinodien. Wenn die Geheimnisse auf einem Diamanten bewahrt wurden, wäre es eine kluge Idee gewesen, diesen zwischen den anderen Schätzen zu verbergen.

Obwohl es nicht viele Geheimnisse geben konnte, wenn man sie in einen Diamanten eingeritzt hatte. Einige Edelsteine in der Sammlung waren beeindruckend groß, aber auch sie boten zu wenig Platz, um mehr als einige Wörter darauf festzuhalten.

Es wäre einfacher, wenn du die Schriftrolle einfach stehlen und zu uns bringen würdest.

Ich werde diesen gewaltigen Brocken Gold ganz sicher nicht stehlen! Selbst wenn er kein großes hässliches Stück Dung wäre, das zu schwer ist, um es zu transportieren, wissen wir, dass die pentadrianischen Götterdiener diese Schriftrolle haben wollen. Ich hätte wahrscheinlich während der ganzen Reise zur Küste die Hälfte der Götterdiener Südithanias auf meinen Fersen, und ich würde vielleicht kein Schiff finden können, um …

Wach auf. Es ist etwas geschehen. Der Verräter hat …

Plötzlich nahm Emerahl eine Stimme wahr. Barmonias Stimme. Er schrie. Sofort schüttelte sie den Traum ab und kehrte ins Bewusstsein zurück.

»… diese stinkende Hure von einem Dieb! Ich werde dir mit bloßen Händen die Gedärme aus dem Leib reißen und sie verfüttern …!«

Emerahl stand auf, schlang sich eine Decke um die Schultern und eilte aus ihrem Zelt. Die Schreie kamen aus der Richtung, in der sich die Arems und die Domestiken befanden. Barmonias Worte hallten durch die stille Nacht. Kereon und Yathyir standen neben dem Feuer; Kereon trug eine finstere Miene zur Schau, und Yathyir hatte die Augen vor Angst weit aufgerissen. Der ältere Mann sah zu Emerahl hinüber, dann deutete er mit dem Kopf auf Barmonias Zelt.

Die Türlasche war geöffnet, und sie konnten das Durcheinander dahinter sehen. Auf dem Boden lag ein zerschlagener, verformter Gegenstand: die Schriftrolle.

»Zerschmettert«, sagte er.

Nun begann auch Emerahl lautlos zu fluchen. Barmonia hatte die Schriftrolle mit solcher Inbrunst gehütet und darauf bestanden, zugegen zu sein, wann immer irgendjemand sie studierte, daher hatte sie geglaubt, dass das Artefakt in seiner Obhut sicher sei.

Ich bin eine Närrin!, dachte sie. *Die Zwillinge werden außer sich sein.*

Das Geschrei verebbte, und zwei Gestalten traten aus der Dunkelheit hervor. Mikmer und Barmonia stritten miteinander.

»… ihn in der Dunkelheit verfehlt. Wenn die Sonne aufgeht, können wir uns auf seine Fährte setzen«, sagte Mikmer.

»Sobald er weiß, dass wir ihm auf den Fersen sind, wird er seine Spuren verwischen. Ich werde mich auf die Jagd machen nach diesem von einer Schlampe großgezogenen, verräterischen …«

Barmonia erstarrte, als er Emerahl bemerkte, und schloss den Mund. Sie versuchte, sich ihre Erheiterung über sein Verhalten nicht anmerken zu lassen.

»Was ist passiert?«, fragte Yathyir mit leiser, verängstigter Stimme.

Barmonia runzelte die Stirn. »Ray hat die Schriftrolle zerschlagen. Die Domestiken sagen, er habe ein Arem genommen und sei davongeritten.«

»Wann?«

»Vor nicht allzu langer Zeit.«

Erst vor einigen Minuten, ging es Emerahl durch den Kopf. *Ray muss sich zu diesem Schritt entschieden haben, während die Zwillinge und ich über die Schriftrolle gesprochen haben. Wenn er diesen Plan früher geschmiedet hätte, hätten sie es gewusst.*

»Hatte er etwas bei sich?«, fragte Kereon.

»Ein Bündel und eine große Tasche«, antwortete Mikmer.

Dann zog er die Brauen zusammen, als Barmonia in sein Zelt eilte. »Warum?«

Aus dem Zelt des Anführers kam ein Brüllen. Barmonia kehrte zurück, das Gesicht dunkel vor Zorn. »Er hat den Schatz mitgenommen.«

Ein kalter Schauer kroch über Emerahls Haut. *Wenn ich recht habe und die Geheimnisse sich auf einem Diamanten irgendwo in dem Schatz befinden …*

Es überraschte sie nicht, dass Raynora den Schatz gestohlen hatte. Er würde Geld brauchen, da seine Zugehörigkeit zu den Denkern enden würde, sobald sich herumsprach, dass er sie verraten hatte. Was keinen Sinn ergab, war der Umstand, dass er die Schriftrolle zerschmettert hatte. Er hätte sie eigentlich stehlen müssen.

Ist er dahintergekommen, dass das Geheimnis sich in dem Schatz befindet?

Die Schriftrolle würde nirgendwohin gebracht werden. Wenn die Denker sie wiederherstellen konnten, würden sie das tun. Sie brauchte nicht dazubleiben, bis es so weit war.

Ich muss den Schatz wiederfinden. Das ist das Einzige, was zählt.

»Wir können nicht bis morgen früh warten«, knurrte Barmonia.

»Wir sollten uns aufteilen, jeder einige Domestiken mitnehmen und in verschiedene Richtungen gehen«, schlug Kereon vor.

Mikmer seufzte, dann nickte er. »Ich werde nach Norden gehen. Irgendjemand sollte hierbleiben und das bewachen, was von der Schriftrolle übrig ist.«

Barmonia machte ein nachdenkliches Gesicht. »Es hat keinen Sinn, Yathyir auszuschicken. Ich sollte besser im Lager bleiben.« Er sah Kereon und Mikmer an. »Bringt ihn hierher zurück. Ich werde mich um ihn kümmern.«

Die beiden Männer nickten, dann eilten sie davon. Emerahl hörte, wie sie den Domestiken Befehle zuriefen.

»Ich könnte ebenfalls gehen«, erbot sie sich.

Barmonia bedachte sie mit einem harten, argwöhnischen Blick. »Nein. Er könnte gefährlich sein.«

Sie lächelte schwach. »Das bezweifle ich.«

»Nein. Ich brauche dich hier.«

»Ich habe die Schriftrolle übersetzt«, wandte sie ein. »Was könnte ich sonst noch tun?«

»Hierbleiben, wo ich dich sehen kann«, blaffte er. »Um ehrlich zu sein, ich traue dir nicht.«

Sie zuckte die Achseln. »In Ordnung. Dann werde ich wieder ins Bett gehen.«

»Bleib beim Feuer«, befahl er.

Sie zögerte und fühlte sich versucht, einfach aufzubrechen. Er konnte sie nicht aufhalten. Aber vielleicht barg die Schriftrolle noch andere wichtige Hinweise. Möglicherweise war es klug, wenn sie sich gut mit ihm stellte.

Aus der Dunkelheit kam ein Domestik. Er berichtete, dass auf der Straße ins Tiefland ein Licht gesehen worden sei.

Ein Licht, wie? Ich glaube nicht, dass Raynora so töricht wäre, eine Lampe zu benutzen, wo es doch hell genug sein wird, wenn der Mond aufgeht. Wahrscheinlich hat er eine Lampe an ein Arem gebunden, es in die Richtung gedreht, in der das Tiefland liegt, und ihm einen ordentlichen Klaps gegeben. Er selbst wird in die andere Richtung geritten sein, nach Glymma, wo ihn sein Lohn erwartet.

Sie brauchte nur ein wenig Gedanken abzuschöpfen, um eine Bestätigung für ihren Verdacht zu finden.

Also stieß sie einen falschen Seufzer des Ärgers aus und ging zu dem fast erloschenen Feuer hinüber, wo sie sich auf eine der Matten legte und in eine Decke hüllte.

Yathyir und Barmonia kehrten in ihre Zelte zurück. Sie

hörte Barmonia über die Schriftrolle reden und darüber, ob er sie retten könne. Schon bald würde er zu sehr mit anderen Dingen beschäftigt sein, um zu bemerken, dass sie sich davonstahl.

Dann würde sie ihr Bündel und ein Arem holen und sich an die Verfolgung des Verräters machen.

Auraya trieb allein durch ihre Traumtrance. Unter dem Sanktuarium warteten zwei Siyee auf ihre Freilassung. In weniger als zwei Tagen würde sie Glymma und Nekaun entfliehen.

In einem Raum irgendwo in der Nähe lag Mirars Körper auf einem Bett, während sein Geist die Gedanken anderer Menschen abschöpfte. Eine Woge der Zuneigung zu ihm stieg in ihr auf, gefolgt von einem Gefühl sehnsüchtiger Erheiterung. Als Leiard war er zuerst ein Lehrer, dann ein Geliebter für sie gewesen. In Si war er abermals zu einem Lehrer und schließlich zu einem Feind geworden. Jetzt war er ein willkommener Verbündeter. Ein Helfer. Ein Freund.

Ich mag ihn, dachte sie, *und das liegt nicht daran, dass er mich an Leiard erinnert. Ich kann ihn nicht sehen, also können meine Augen mir nicht vorgaukeln, dass ich mit Leiard rede. Manchmal liegt in dem, was er während der Traumvernetzungen sagt, eine Spur von Leiard, aber meistens spreche ich mit jemand anderem.*

Mit Mirar. Dem Feind der Götter. Auraya zuckte im Geiste die Achseln. *Auch Jade ist eine Feindin der Götter, aber das hat mich nicht daran gehindert, sie zu mögen, nachdem ich sie einmal kennengelernt hatte. Muss ich zum Beweis meiner Treue jeden hassen, den die Götter hassen?*

Sie können mich nicht dazu zwingen, jemanden zu lieben. Gilt dasselbe für den Hass?

Es war eine interessante Frage, aber sie hatte noch viel zu tun. Seit Mirar es zum ersten Mal vorgeschlagen hatte,

hatte sie jede Nacht Gedanken abgeschöpft. Stück um Stück hatten sie genug Informationen zusammengetragen, um zu bestätigen, dass pentadrianische Götterdiener in alle Länder Nordithanias geschickt worden waren, wo sie sich niederlassen und Einheimische bekehren sollten. Die Weißen hatten die meisten dieser Versuche entdeckt und ihnen ein Ende gemacht, einschließlich der erfolgreichsten dieser Unternehmungen in Dunwegen.

Sie streckte ihre Gedanken nach dem Geist aus, der ihr am nächsten war, hielt dann jedoch überrascht inne.

Nicht weit entfernt summten innerhalb der Magie der Welt laute Stimmen.

… geschieht, wenn du dich nicht mit anderen berätst.

Ich habe mich beraten.

Wir haben über Übungen und Prüfungen gesprochen, nicht über die Aufstellung von Armeen.

Um schnell eine ganze Armee aufzustellen bedarf es der Übung.

Die Stimme, die die Vorwürfe abwehrte, gehörte Huan, während der Ankläger Saru war.

Ein solches Unterfangen weckt außerdem Erwartungen und …

Ich bin wieder einmal in ein Gespräch der Götter hineingestolpert, dachte Auraya. *Chaia hat mich gewarnt, dass man mich dabei entdecken könnte. Ich sollte aufhören zu lauschen und …*

Denkst du wirklich, dass er eine so jämmerliche Ausrede glauben wird? Dies kam von einer älteren, männlichen Stimme. Lore. Auraya zögerte, erstaunt darüber, dass außer Chaia auch andere Götter Huan kritisierten. *Die Zirkler fragen sich jetzt, ob wir überhaupt wissen, was wir tun.*

Was wohl kaum mein Werk sein dürfte, sagte Huan. *Nicht ich habe den Befehl gegeben, dass die Armeen wieder heimgeschickt werden sollen.*

Was sollten sie denn tun, wenn sie ihre »Übung« nicht beenden und nach Hause ziehen sollten?

Die Frage kam von Chaia. Beim Klang seiner Stimme wurde Auraya warm ums Herz.

Weitere Übungen?, schlug Huan vor. *Wirklich Pech, dass du ihnen den Befehl gegeben hast, sich zurückzuziehen. Sie hätten ein wenig Exerzieren gut gebrauchen können.*

Und du wusstest, dass die Pentadrianer davon hören würden, sagte Lore. *Du kannst nicht so tun, als hättest du keine Ahnung von den Konsequenzen gehabt.*

Sie hätten Auraya getötet, erklang jetzt eine leise Frauenstimme. Dies konnte nur Yranna sein. *Auf diese Weise wäre das Gleichgewicht wiederhergestellt worden.*

Nein, die Waage hätte sich zugunsten der Pentadrianer gesenkt, warf Lore ein. *Sie haben Mirar.*

Der nicht kämpfen wird, rief Saru den anderen ins Gedächtnis.

Huan beachtete ihn nicht. *Wir waren nie in einer besseren Position, um auch ihn loszuwerden,* bemerkte sie.

Wenn das Gleichgewicht alles ist, was dir Sorgen macht, können wir Auraya befehlen, sich aus jedweden Schlachten herauszuhalten.

Und sie würde gehorchen, wenn die Zirkler verlören?

Obwohl die Götter jetzt um die Frage stritten, ob man ihr vertrauen könne oder nicht, grübelte Auraya über Huans Behauptung nach, dass die Situation günstig sei, um Mirar loszuwerden. Wie konnte das sein, wenn er sich im Zentrum der pentadrianischen Macht befand? Vielleicht gab es hier jemanden, der im Dienst der Weißen stand und bereit war zu töten. Wie war es ihm oder ihr gelungen, einer Entdeckung durch die Stimmen zu entgehen? Oder hatte der Betreffende keine Ahnung, wer sein Auftraggeber war?

Auraya ist nicht der Grund, warum die Zirkler in den Krieg ziehen werden, donnerte Huan plötzlich.

In den Krieg ziehen? Auraya bedauerte plötzlich, dass

sie ihre Gedanken hatte schweifen lassen. Wollten die Zirkler die Pentadrianer tatsächlich angreifen, oder sprachen die Götter lediglich von einer theoretisch möglichen Situation?

Sie werden nicht in den Krieg ziehen, erwiderte Lore. *Einige pentadrianische Verschwörungen zur Bekehrung von Zirklern sind nicht Grund genug, um einen anderen Kontinent zu überfallen.*

Auraya war erleichtert.

Die Weißen würden nur dann in den Krieg ziehen, wenn wir den Befehl dazu gäben, stimmte Saru ihm zu.

Und?, sagte Yranna leise.

Es ist nicht recht, wenn wir uns einmischen, erwiderte Lore energisch. *Sie müssen von sich aus zu dem Entschluss kommen.*

Ich sehe nicht ein, warum wir ihnen nicht einen kleinen Stoß geben sollten, bemerkte Saru. *Beim letzten Mal war es die Entscheidung eines Sterblichen, warum sollte es diesmal nicht unsere Entscheidung sein?*

Ich werde dem nur zustimmen, wenn Auraya nicht in die Angelegenheit verwickelt wird, sagte Chaia.

Du Narr, entgegnete Huan, und ihre Stimme troff vor Wut und Verachtung. *Wenn es nach dir ginge, würden wir zu den Sitten der alten Zeiten zurückkehren, als die Welt übervölkert war mit Göttern und keiner von uns irgendetwas tun konnte, ohne dass die anderen uns nachspioniert hätten.*

Nachspioniert … Chaias Warnung fiel Auraya wieder ein, und als die Götter von neuem zu streiten begannen, zog sie sich widerstrebend zurück.

… werde ihr sagen …

Sobald du es getan hast, welchen … töten?

Ich werde nicht …

Während ihre Stimmen langsam verklangen, wurde Auraya sich wieder ihres eigenen Ichs bewusst und öffnete die Augen. Bruchstücke des Gesprächs der Götter gingen ihr durch den Sinn. Es gab vieles, was sie verwirrte. Sie listete auf, was sie erfahren hatte.

Die Götter wollen einen Krieg, sie sind sich nur nicht einig, was den Zeitpunkt betrifft und wer darin verwickelt werden soll.

Für Wesen, denen es nicht widerstrebt, ihre eigenen Gesetze zu brechen, um Mirar zu töten, machen sie sich erstaunlich viele Sorgen darüber, ob ein Krieg ein ausgeglichener Kampf zwischen gleichstarken Gegnern wäre.

Chaia verteidigt mich immer noch. Tatsächlich hatte ich den Eindruck, dass er seine Unterstützung für den Krieg als Gegenleistung dafür anbietet, dass mir dabei nichts geschehen wird.

Mirar ist hier nicht so sicher, wie er glaubt.

Und wenn sie ihn warnte, würde sie sich mit dem Feind der Götter verbünden.

Kümmerte sie das?

Lu war nicht mehr so müde gewesen, seit… seit Ti auf die Welt gekommen war. Wie in jener Nacht konnte sie auch heute trotz ihrer Erschöpfung nicht schlafen. Damals hatte die Sorge um Ti sie wach gehalten, die schwach und kränklich gewesen war. Jetzt hatte sie Angst um ihre ganze Familie.

Sie blickte zu ihrem Mann, Dor, hinüber. Er starrte in den Nachthimmel hinauf. Sein Wangenknochen war geschwollen und dunkel verfärbt; einer der Krieger war es müde geworden, Dors Versuchen zu lauschen, sich aus dieser Geschichte herauszureden, und hatte ihn geschlagen.

Ebenso gut könnte er versuchen, die Sterne vom Himmel herunterzureden, dachte sie. *Ob Krieger oder Diener, wir alle folgen blind unseren Regeln und Traditionen. Das ist es, was die Pentadrianer gesagt haben.* Sie runzelte die Stirn. *Sie haben gesagt, sie könnten Dunwegen verändern, aber es wird sich nichts verändern, solange die Clans es nicht wollen. Ihnen gefällt die Situation, so, wie sie ist.*

»Es ist alles ihre Schuld«, bemerkte jemand in der Nähe.

Eine andere Stimme murmelte eine Antwort. Etwas Abwehrendes.

Seit die Krieger ihnen befohlen hatten, sich niederzulegen und zu schlafen, tuschelten die Dorfbewohner und die Neuankömmlinge miteinander. Lu hatte Argumenten und Anklagen gelauscht, Ängsten und Hoffnungen. Und die ganze Zeit über war aus allen Richtungen leises Weinen gekommen, und der alte Ger hatte wieder zu husten begonnen.

»…glauben wir? Ihr oder ihnen?«, sagte eine Stimme. Lu erkannte Mez, den Schmied.

»Sie kennt die Wahrheit. Sie verfügt über Magie. Sie kann Gedanken lesen«, antwortete ein anderer. Pol, ein Bauer.

»Sie könnte lügen.«

»Warum sollte sie?«

»Weil es ihr nicht gefällt, wenn Außenseiter sich einmischen und einfachen Menschen den Rücken stärken. Sie hat sich mit I-Portak zusammengetan, um dafür zu sorgen, dass er und seine Krieger die Oberhand behalten.«

»Die Götter haben sie erwählt«, sagte Pol. *»Ich* folge dem Zirkel nach wie vor.«

»Das alles wäre nie geschehen, wenn wir unseren eigenen Priester gehabt hätten«, lamentierte eine andere Stimme. Roi, die Frau des Bäckers.

»Es spielt keine Rolle«, sagte Ger heiser. »Niemand schert sich um uns. Weder die Neuankömmlinge noch die Krieger oder die Weißen. Wenn wir den Neuankömmlingen nicht gleichgültig wären, wären sie nach Hause gegangen, statt uns alle in Schwierigkeiten zu bringen.«

»Wir haben versucht, die Situation zu verbessern«, bemerkte eine Frau. Lu erkannte Noeneis Stimme. Lu hatte die Würde und die Gelassenheit der anderen Frau immer bewundert. Jetzt, auf dem Weg nach Chon und zu ihrem Richter, spielten solche Eigenschaften keine Rolle mehr.

»Ihr hättet die Diener nicht herholen sollen«, sagte Roi. »Das hat ihre Aufmerksamkeit erregt.«

»Wir … wir wollten ihnen nur helfen.«

»Nun, das habt ihr aber nicht getan. Seht euch doch nur an, was aus uns geworden ist. Wir alle werden sterben, weil ihr nicht wusstet, wann ihr aufhören musstet.«

Abermals trat Stille ein.

»Warum konntet ihr *euren* Göttern nicht um *unserer* Götter willen abschwören?«, fragte jemand, der weiter weg lag, mit unüberhörbarer Wut. »Nicht einer von euch ist zum zirklischen Glauben übergetreten, aber viele von uns sind Pentadrianer geworden. Wenn ihr wirklich Dunweger hättet werden wollen, wie ihr behauptet habt, hättet ihr euch dem Zirkel angeschlossen.«

Ein anderer der Neuankömmlinge, der zu weit entfernt war, als dass Lu ihn hätte verstehen können, antwortete.

»Eure Götter helfen euch jetzt nicht, oder?«, fragte eine Frau voller Bitterkeit. »Und sie helfen uns auch nicht. Ich wünschte, ihr wärt nie hierhergekommen!«

Andere Stimmen gesellten sich dem Streit bei. Gers Husten wurde lauter. Weitere Anklagen erklangen. Plötzlich riefen viele Menschen durcheinander. Aufgestaute Wut und Angst ließen die Luft vibrieren. Jemand sprang auf, und Lu zuckte zusammen, als der Mann wütend auf einen anderen eintrat, obwohl sie nicht sehen konnte, wer das Opfer war. Irgendjemand schrie vor Schmerz, dann rappelten sich plötzlich überall auf dem Feld Menschen auf – einige, um die Neuankömmlinge zu schlagen, andere, um sich in Sicherheit zu bringen.

Lu packte Ti und stand auf, dann drehte sie sich nach Dor um, aber er war fort. Mit vor Angst rasendem Herzen suchte sie nach ihm.

»AUFHÖREN!«

Ein Licht flammte auf, so hell, dass Lu nicht mehr richtig sehen konnte. Ti begann zu weinen.

»ES WIRD NICHT GEKÄMPFT!«

Die Stimme gehörte der Weißen. Langsam kehrte Lus Sehkraft zurück. Sie blinzelte heftig und hielt Ti dicht an sich gedrückt, während sie weiter nach ihrem Mann suchte. Etliche Krieger marschierten quer über das Feld und blafften Befehle.

»Die Pentadrianer nach links, die Zirkler nach rechts«, rief einer der Männer.

Sie trennen uns, schoss es ihr durch den Kopf. *Wo ist …?*

In diesem Moment löste sich Dor aus der Menge, das Gesicht dunkel von unterdrücktem Zorn. Sie eilte zu ihm hinüber und sah, wie seine Miene weicher wurde. Als er einen Arm um ihre Schultern legte, seufzte sie vor Erleichterung. Dann bemerkte sie das Blut auf seinen Knöcheln und sah ihn fragend an.

Er lächelte grimmig. »Ein Glückstreffer«, sagte er. »Danach bin ich nicht mehr nahe genug herangekommen. Die anderen hatten auch keinen Erfolg. Die meisten von ihnen sind Zauberer.«

»Zauberer?«, wiederholte sie.

»Ja.« Er seufzte. »Ich denke, die Weiße muss recht haben. Gewöhnliche Menschen mögen über einige wenige Gaben verfügen, aber doch nichts in dieser Art. Man hat uns überlistet, Lu.«

Lu blickte auf Ti hinab, deren kleines Gesicht sich zusammengezogen hatte, während sie mit Inbrunst weinte. Dann schaute sie zu der Menge der Neuankömmlinge hinüber – nein, der Pentadrianer –, die sich jetzt auf der anderen Seite des Felds niederließen. Sie spürte etwas in sich, das sie noch nie zuvor verspürt hatte.

Hass.

34

Fesseln wurden gelöst und ein Wasserschlauch sowie ein Päckchen mit Essen überreicht. Sreil drehte sich zu Auraya um. Seine Sorge um sie und um den Priester, der allein im Kerker zurückblieb, war so stark, dass sie sie körperlich spüren konnte. Sie hielt seinem Blick stand und beobachtete, wie seine Gedanken zu jenen wanderten, die vor ihm nach Hause geflogen waren. Er nickte knapp, dann wandte er sich wieder um und sprang von dem Gebäude.

Während sie ihm nachsah, schlug eine Welle der Erleichterung über ihr zusammen. Er musste immer noch die lange Heimreise überleben, aber die Chancen, dass sie Sprecherin Sirri ohne schreckliche Schuldgefühle und Trauer würde gegenübertreten können, hatten sich verbessert. Sie wusste nicht, wie sie eine solche Begegnung ertragen sollte, falls Sirris Sohn es nicht nach Hause schaffte.

Es ist nur noch ein Siyee übrig, der freigelassen werden muss, dachte sie, wobei sie den Mann an ihrer Seite überdeutlich wahrnahm. *Wenn Nekaun etwas gegen mich unternehmen will, wird er es bald tun.*

»Was wirst du mir heute zeigen?«, fragte sie und drehte sich zu ihm um.

Er hob die Schultern. »Nichts. Ich habe dir alles gezeigt, was man von der Stadt aus erreichen kann. Heute … ich dachte, wir könnten uns vielleicht einfach entspannen und reden.«

Auraya lächelte schief. Sie würde sich niemals entspannen, wenn sie mit ihm redete. Er führte sie in das Gebäude hinab und durch mehrere Flure. Einige Teile des Sanktuariums waren ihr inzwischen vertraut. Sie verlor kaum jemals die Orientierung. Als Nekaun sie nun in höhere Bereiche brachte, in die sie bisher nie vorgestoßen war, wuchs ihre Neugier.

Am Ende eines Flurs angekommen, führte Nekaun sie durch eine Doppeltür und in einen großen, luftigen Raum. Mehrere Domestiken standen dort bereit.

»Dies ist mein privates Quartier«, erklärte er ihr. Nach einigen knappen Worten auf Avvensch eilten die Domestiken davon. Nekaun öffnete eine Doppeltür, hinter der sich ein Balkon verbarg.

»Komm mit nach draußen«, sagte er. »Es ist angenehm, dort zu sitzen und zu reden, besonders an einem Tag wie diesem, wenn kühle Brisen die Sommerhitze ein wenig lindern. Ich habe etwas zu trinken und zu essen bestellt.«

Auraya folgte ihm zu den kunstvoll gewobenen Riedsesseln auf dem Balkon. Auf einem Tisch standen ein Krug aus geblasenem Glas und zwei reich verzierte Kelche. Nekaun goss Wasser in einen der Kelche und reichte ihn Auraya.

Sie setzte sich und nippte vorsichtig an dem Getränk. Nekaun nahm ihr gegenüber Platz.

Turaan hatte einen Stuhl ein wenig weiter entfernt gewählt. Der Gefährte sprach in letzter Zeit kaum einmal, und meistens vergaß sie, dass er da war. Während Nekaun normalerweise in seiner eigenen Sprache redete und Turaan übersetzen ließ, benutzte er jetzt das Hanianische. Trotzdem blieb der Gefährte bei ihnen. Bei den weniger alltäglichen Worten, die er noch nicht kannte, brauchte Nekaun nach wie vor seine Hilfe.

Auraya wartete stets, bis Hanianisch gesprochen wurde, obwohl sie wusste, dass ihre Fähigkeit, Gedanken zu lesen, entdeckt worden war. Solange die Stimmen so taten, als sei dies ein Geheimnis, würde sie sich genauso verhalten.

»Also, was hältst du von meiner Heimat, jetzt, nachdem du mehr davon gesehen hast?«, fragte Nekaun.

»Das Sanktuarium ist sehr schön«, antwortete sie.

Er lächelte. »Und die Stadt?«

»Wohlhabend. Ordentlich. Ich wünschte, Jarime wäre ebenfalls mit so viel Voraussicht geplant worden.«

»Man macht nur dann Pläne, wenn es notwendig ist. Hania ist nicht so trocken wie Avven. Was ist mit meinem Volk? Wie stehst du jetzt zu ihm?«

»So wie immer«, erwiderte sie. »Die Menschen sind überall gleich. Sie lieben und hassen. Sie folgen guten Traditionen und schlechten. Sie arbeiten, essen, schlafen, ziehen Familien groß und betrauern die Toten.«

Nekaun hob die Brauen. »Und doch stehst du anders zu ihnen als zu den Siyee?«

»Die Siyee hassen mich nicht. Dein Volk tut es.«

»Hmm.« Er nickte. »Aber das wusstest du nicht, bevor du hierhergekommen bist.«

»Nein, allerdings habe ich es vermutet. Ich wäre irregeleitet gewesen, hätte ich geglaubt, hier willkommen zu sein. Dein Volk hat reichlich Grund, mich zu hassen.«

Seine Augen leuchteten auf. »Das könntest du ändern«, sagte er leise. »Wenn du hierbleiben würdest. Du hast eine Gelegenheit, die Gunst der Menschen hier zu gewinnen.«

»Und mir den Hass meines eigenen Volkes zuzuziehen?«, fragte sie.

»Ah, aber würde es wirklich so kommen? Wenn du einen dauerhaften Frieden zwischen unseren Völkern stiften würdest, würden sie dich vielleicht beide lieben. Es würde zu Beginn nicht einfach sein, aber wenn du Erfolg hättest …«

Auraya wandte den Blick ab und schaute durch das Geländer des Balkons auf die Stadt unter ihr. Nekauns Vision war mächtig und verführerisch. Als Weiße war sie für ihre

Fähigkeit bekannt gewesen, Völker zu einen. Ihre naiven Vorschläge hatten seinerzeit die Befreiung ihres Dorfes von den Dunwegern bewirkt, die die Menschen dort als Geiseln genommen hatten. Ihr Verständnis für die Traumweber hatte es ihr ermöglicht, ein Bündnis mit den Somreyanern zu stiften und Toleranz und Zusammenarbeit zwischen Traumwebern und Zirklern zu fördern. Ihre Liebe zu den Siyee hatte das Himmelsvolk mit den Zirklern vereint. Es schien beinahe der nächste logische Schritt zu sein, Frieden zwischen den Zirklern und den Pentadrianern zu stiften.

Aber sie war keine Weiße mehr. Und wichtiger noch, sie besaß nicht länger deren absolutes Vertrauen. Ein Unterhändler brauchte das Vertrauen aller Parteien, mit denen er zu tun hatte.

Dann waren da die Götter. Sie würde niemals erfolgreich Frieden zwischen Zirklern und Pentadrianern stiften können, wenn Huan gegen sie arbeitete. Sie konnte ihr Ziel nur dann erreichen, wenn die Götter Frieden wollten. Wenn *alle* Götter ihn wollten.

Bis die Mitglieder des Zirkels sich dafür entscheiden, die pentadrianischen Götter zu akzeptieren, kann es keinen Frieden geben.

Ein Schaudern durchfuhr sie, als ihr die Wahrheit dieses Gedankens bewusst wurde. Der Friede lag weder in ihren Händen noch in den Händen irgendwelcher Sterblicher oder Unsterblicher. Die Sterblichen waren hilflos, solange die Götter gegeneinander kämpften.

Und solange die Götter Sterbliche als ihre Werkzeuge und Waffen benutzten. *Warum müssen sie uns in ihren Streit hineinziehen?*, dachte sie, und Wut stieg in ihr auf. *Warum können sie ihre Meinungsverschiedenheiten nicht unter sich regeln und uns in Ruhe lassen? In Kriegen verlieren sie Anhänger. Da wäre es doch gewiss besser, wenn sie miteinander Frieden schließen würden?*

Nach dem, was sie von Huan gehört hatte, bezweifelte sie,

dass die Göttin sich jemals über schäbigen Hass und Stolz erheben würde, um mit den pentadrianischen Göttern zu verhandeln. Und was sie von den Gesprächen der anderen Götter mitbekommen hatte, sagte ihr, dass auch deren Bündnis nicht so stark war, wie sie Sterbliche gern glauben machten.

Nekaun bewegte sich auf seinem Stuhl und lenkte ihre Aufmerksamkeit wieder auf sich. Unerwartetes Mitgefühl regte sich in ihr. Er konnte nicht begreifen, dass sein Vorhaben aussichtslos war.

»Ich wünschte, es wäre möglich«, erklärte sie. »Aber ich kann nicht als Friedensstifterin fungieren. Nicht, solange nicht alle Götter es wünschen.«

»Meine Götter wünschen es vielleicht. Tun deine es?«

Sie verzog das Gesicht. »Ich weiß es nicht.«

Er blickte in den Raum. Sie sah, dass einige Domestiken mit dem Essen gekommen waren. Sie brachten die Teller nach draußen und stellten sie auf niedrige Tische. Nekaun nahm sich eine Handvoll Nüsse und aß sie, während er darauf wartete, dass die Domestiken wieder gingen.

»Gibt es irgendetwas, das ich dir anbieten kann, um dich dazu zu bewegen hierzubleiben?«, fragte er, als sie fort waren.

Auraya zögerte mit ihrer Antwort. Wenn sie ihm erst mitgeteilt hatte, dass sie auf keinen Fall hierbleiben würde, würde er keinen Grund mehr haben, den letzten Siyee gehen zu lassen. Keinen Grund als den Schwur, den er geleistet hatte.

»Vielleicht nur ein Weilchen«, sagte er. »Einige Monate?«

Sie schüttelte den Kopf. »Wenn du den Frieden stiften kannst, nach dem du trachtest, würde ich es in Erwägung ziehen, Glymma später noch einmal zu besuchen.«

Er lächelte. »Etwas wäre da, das ich dir anbieten könnte, obwohl es zu geringfügig ist, um dich zu mehr zu bewegen als zu einer Verzögerung deiner Abreise.«

In Turaans Gedanken regte sich plötzlich Erwartung, und ein Name schimmerte in seinem Geist auf. Es gelang Auraya, ein Lächeln zu unterdrücken.

»Was?«

»Mirar.« Nekaun machte eine wegwerfende Handbewegung. »Sein Tod ließe sich arrangieren. Es ließe sich sogar einrichten, dass du ihn selbst tötest, wenn das dein Wunsch ist.«

Auraya gestattete sich ein kurzes Kichern. »Verzeih mir, aber einen Moment lang habe ich mich gefragt, ob du Interesse hättest, der zirklischen Religion beizutreten.«

Er wirkte verwundert. »Warum?«

»Das würde meinen Göttern sehr gefallen.«

»Ich verstehe. Und es würde ihnen nicht gefallen, wenn du hierbleibst.«

Sie zuckte die Achseln. »Solange sie nichts anderes durchblicken lassen, muss ich das wohl annehmen.«

Er nickte. »Dann kann ich nur hoffen, dass sie uns ein anderes Zeichen geben werden.« Er nahm sich noch eine Handvoll Nüsse. Auraya nutzte die Gelegenheit, um vorsichtig von den getrockneten Früchten zu kosten.

In dem Raum, zu dem der Balkon gehörte, wurde eine Tür geschlossen. Nekaun blickte stirnrunzelnd auf. Ein Götterdiener, der spürbare Furcht verströmte, trat heraus und sagte etwas. Als Auraya seine Gedanken las, fror sie plötzlich.

Nekaun wandte sich zu ihr um. »Ich fürchte, der letzte Siyee ist krank geworden. Es ist zweifelhaft, ob er morgen früh wird fliegen können.«

Sie erhob sich. »Bring mich zu ihm.«

Er nickte und stand ebenfalls auf. »Natürlich. Wir werden sofort zu ihm gehen.«

Der Morgen hatte bestätigt, was die Nacht bereits hatte ahnen lassen: Avven war praktisch eine Wüste. Der Sonnenaufgang hatte die erodierte Landschaft mit wunderschönen Farben überhaucht, aber sobald die Sonne höher stieg, verschwanden die Farben wieder, und alles wirkte wie ausgebleicht. Die Luft war trocken und voller Staub. Die Pflanzen kauerten sich entweder um die seltenen Wasserquellen oder breiteten sich dünn und verkrüppelt auf dem felsigen Land aus.

Die einzige Straße Sorlinas führte aus der Stadt in eine tiefe Schlucht und folgte dem schmalen Fluss, der den Ort einst mit Wasser versorgt hatte. Emerahl hatte das Arem die ganze Nacht über in einem stetigen Tempo gehen lassen. Am Morgen lagen die Schlucht und der Fluss weit hinter ihr, und die Straße schlängelte sich zwischen auf phantastische Weise verwitterten Felsformationen hindurch.

Ein Stück vor ihr hatte sie einen Funken von Triumph und Häme verspürt. Manchmal entfernte er sich, dann wieder kam sie ihm näher. Raynora trieb das Arem unerbittlich an, und wenn es müde wurde, machte er Rast, damit das Tier sich ausruhen konnte. Er war nicht dumm genug, um es zu töten. In diesem Falle hätten seine Verfolger ihn nicht nur leicht einholen können, es wäre auch unangenehm und möglicherweise tödlich gewesen, in diesem heißen, trockenen Land zu Fuß zu gehen.

Als Emerahl sich aus dem Lager der Denker davongestohlen hatte, hatte sie ihren Wasserschlauch mitgenommen, doch der Inhalt genügte bei dieser Hitze nur für einen einzigen Tag. Ihr blieb nichts anderes übrig, als zu hoffen, dass es entlang des Weges Wasserquellen gab. Wenn Arems in dieser Gegend eine alltägliche Erscheinung waren, musste es einen Brunnen für sie geben. Aber sie war sich nicht sicher, ob die Straße noch immer von Reisenden benutzt wurde.

Auf dem Weg durch die Stadt ins Tiefland hatte sie keinen Menschen gesehen, und die Stadt selbst würde nur hie und da einen neugierigen Reisenden anziehen.

Raynora hätte diese Route nicht genommen, wenn er nicht glaubte, dass er es bis nach Glymma schaffen konnte, sagte sie sich. *Er ist ein habgieriger Verräter, aber er ist nicht dumm.*

Der lange Ritt durch die Nacht hatte Ray ermüdet, und seine Gefühle waren für ihre Sinne nicht mehr so deutlich wahrnehmbar wie zuvor. Leichter war es dagegen, den Fußabdrücken seines Arems auf der staubigen Straße zu folgen. Sie war müde, und der Kampf gegen den Schlaf wurde schwieriger, als sie die Erschöpfung des Arems spüren konnte. Sie hätte den Zwillingen gern erzählt, was geschehen war, konnte aber nicht sicher sein, dass sie nach einer Traumvernetzung wieder aufwachen würde.

Ob ich wohl während des Ritts ein wenig dösen könnte? Ich könnte es versuchen. Wenn ich auf dem Boden aufpralle, werde ich wissen, dass es nicht funktioniert hat … Nein, ich muss wach bleiben, falls die Fährte …

Sie ließ das Arem halten. Die Straße vor ihr war vollkommen unberührt. Keine Spuren.

Nachdem sie sich in ihrem Sattel umgedreht hatte, blickte sie zurück. Nicht weit hinter ihr konnte sie Spuren sehen, die von der Straße wegführten. Sie wendete das Arem und ließ es zu dieser Stelle zurückkehren. Die Spuren führten zu einem Felsvorsprung.

Sie sandte ihre Sinne aus und verspürte eine gewisse Erleichterung. Was sie wahrnehmen konnte, war sehr schwach, und das ließ darauf schließen, dass die Quelle ihrer Wahrnehmung schlief. Sie lächelte.

Das Absteigen war schmerzhaft. Sie unterdrückte ein Stöhnen und rieb sich die Beine und das Gesäß, dann reckte sie sich vorsichtig. Schließlich goss sie ein wenig Wasser in eine

Schale, die sie zwischen einige Felsen klemmte und für das Arem stehen ließ.

Sie verließ die Straße und ging langsam zu den Felsen hinüber, wobei sie versuchte, sich so lautlos wie möglich über den steinigen Boden zu bewegen. Der Felsvorsprung hatte die Ausmaße eines großen Hauses. Vorsichtig bewegte sie sich durch den Schatten des Felsens, dann blieb sie stehen und lächelte.

Ray lag auf einer Decke. Sein Arem stand mit hängendem Kopf da, den Zügel an Rays Taille gebunden. Das Tier trug noch immer Bündel und Sattel.

Eine Vorsichtsmaßnahme, dachte sie. *Für den Fall, dass er in aller Eile fortmuss. Armes Ding. All diese Schätze müssen schwer sein.*

Sie zog Magie in sich hinein, schuf einen einfachen Schutzschild und ging auf die beiden zu. Das Arem trat einige Schritte zurück, so dass der Zügel an Rays Taille sich zusammenzog. Emerahl lächelte, als Ray das Gesicht verzog, sich aufrichtete und die Augen rieb. Wenn man müde war, war es nicht besonders angenehm, geweckt zu werden.

»Sei mir gegrüßt, Raynora«, sagte sie und blieb einige Schritte entfernt von ihm stehen.

Er sah sie blinzelnd an, dann verschränkte er die Beine und seufzte. Sein Entsetzen war förmlich mit Händen zu greifen. Außerdem spürte sie auch Enttäuschung. Er wusste, dass sie eine Zauberin war und dass er nichts tun konnte, um sie aufzuhalten.

»Emmea. Das hätte ich mir denken können. Barmonia war so erpicht darauf, dich loszuwerden. Bist du hier, um mich zu töten oder um mich zurückzuschleifen?«

»Weder noch. Bar hat mich nicht hergeschickt«, erklärte sie ihm. »Er hat mir befohlen, im Lager zu bleiben, und dann hat er Mikmer und Kereon beauftragt, dir zu folgen. Sie sind natürlich auf deine Schliche hereingefallen und deinem Köder gefolgt.«

Sein Lächeln war angespannt. »Aber du bist nicht darauf hereingefallen.«

»Natürlich nicht.« Sie zuckte die Achseln. »Ich weiß, wo du hinwillst, und ich weiß, warum. Ich habe die ganze Zeit über von deiner Mission gewusst.«

»Aber wie? Mir war selbst bis gestern Nacht nicht klar, dass ich den Auftrag annehmen würde.«

Sie lächelte nur.

Er runzelte die Stirn. »Warum hast du es den anderen nicht erzählt?«

»Denkst du, sie hätten mir geglaubt?«

Raynora schüttelte den Kopf. »Nein. Wenn du über meine Mission Bescheid weißt, warum hast du mich dann nicht daran gehindert, die Schriftrolle zu zerstören?« Seine Augen weiteten sich. »Du wolltest, dass sie zerstört wurde, geradeso wie die Götterdiener es wollten!«

Sie kicherte. »Nein. Die Schriftrolle selbst kümmert mich herzlich wenig. Ein hässliches Ding, wirklich. Nicht das Gold wert, aus dem sie gemacht ist. Ich hätte sie nie außer Landes bringen können. Nein, ich wollte nur das, wozu die Schriftrolle führt.« Sie deutete mit dem Kopf auf das Bündel.

Er folgte ihrem Blick, dann breitete sich ein Lächeln auf seinen Zügen aus. »Ah.«

»Ja. Exotisch. Alt. Relativ hübsch.« Sie ging zu dem Arem hinüber und streichelte ihm die Nase. »Und jetzt brauche ich es mit niemandem zu teilen.«

»Aber …«

»Aber was? Du willst eine Belohnung?« Sie ging zu den Bündeln und öffnete die sperrige schwer aussehende Tasche. Gold, Silber, Edelsteine und andere Schmuckstücke glitzerten darin. Sie durchstöberte den Inhalt und hielt halbherzig Ausschau nach etwas Ungewöhnlichem, obwohl sie nicht wusste, was das sein sollte. Etwas mit einem …

Ein Diamant! Der Edelstein war beeindruckend groß und eingebettet in eine eigenartige Silberfassung. Sie zog ihn heraus und nahm ihn genau in Augenschein. Die ganze Einfassung war übersät mit Glyphen. Nachdem sie sich den Edelstein selbst genauer angesehen hatte, setzte ihr Herz einen Schlag aus, als sie die winzigen Markierungen darin sah.

Das ist es!, dachte sie. *Ich weiß es!*

Sie zog die Kette heraus und legte sie sich um. Raynora saß, den Kopf in die Hände gestützt, teilnahmslos da. Gerade als sie das Bündel wieder schließen wollte, bemerkte sie etwas Grünes, Leuchtendes: ein riesiger Smaragd an einer dicken Goldkette. Sie löste die Kette von dem übrigen Schmuck. Dann schloss sie das Bündel, nahm es von dem Arem und schlang es sich über die Schulter.

»Ray.«

Er blickte zu ihr auf.

»Fang.«

Sie warf ihm den Smaragd zu, der genau in seiner Hand landete. »Wofür ist das?«, fragte er.

»Eine Erinnerung an mich.«

Er seufzte. Erschöpfung und Resignation dämpften seinen Ärger. Sobald er erst einmal ordentlich geschlafen und Zeit zum Nachdenken gehabt hatte, würde dieser Ärger ihn vielleicht auf die Idee bringen, ihr zu folgen, ging es ihr durch den Kopf. Es sei denn, sie gab ihm keinen Grund dafür. Sie ging in Richtung Straße, dann wandte sie sich um, als sei ihr gerade noch etwas eingefallen.

»Haben die Pentadrianer dich gebeten, die Schriftrolle zu zerstören oder die Geheimnisse, die sie enthält?«

Er zuckte die Achseln.

»Oh, Ray«, sagte sie lächelnd. »Du bist der Einzige, der

nett zu mir war. Ich wünschte wirklich, nicht ausgerechnet du wärst derjenige gewesen … Es wäre mir grässlich, wenn du keine Belohnung für all deine Mühe bekämest. Wusstest du, dass Barmonia eine Kopie der Schriftrolle nach Hannaya geschickt hat?«

Seine Augen weiteten sich, und sie spürte jähe Furcht bei ihm.

»Viel Glück«, sagte sie. Dann drehte sie sich um, schob das schwere Bündel auf die andere Schulter und kehrte zu ihrem Arem zurück.

Ich hoffe, dass ich mit diesem Diamanten richtig liege, dachte sie. *Aber ich wette, dass ich recht habe, was die Schriftrolle betrifft. Barmonia ist kein Narr. Er hat wahrscheinlich tatsächlich eine Kopie in die Stadt geschickt. Vermutlich sogar mehr als eine.*

Sie hoffte, dass er es getan hatte, da es möglich war, dass die Schriftrolle weitere wichtige Hinweise enthielt. Die Zwillinge würden außer sich sein, wenn es Ray tatsächlich gelungen war, alle Kopien zu zerstören, und Emerahls Vermutung, was den Diamanten betraf, sich als falsch erwies.

35

Als sie und Nekaun den Balkon verließen, erforschte Auraya den Geist des Siyee-Priesters. Sie brauchte einige Zeit, um ihn zu finden, und als sie es tat, begriff sie auch, warum das so gewesen war. Teel war fast bewusstlos und litt schreckliche Schmerzen.

Obwohl Nekaun ein zügiges Tempo vorlegte, wünschte sie, er würde schneller gehen. Oder sogar rennen. Andererseits konnte sie sich des Gedankens nicht erwehren, dass Teel der einzige Siyee war, für den sie jemals Abneigung empfunden hatte. Sein selbstgerechter Stolz und sein von Huan geschürter Fanatismus hatten während der Reise hierher an ihren Nerven gezerrt. Aber sie hätte dem jungen Mann niemals solchen Schmerz und solches Leiden gewünscht.

Im älteren Teil des Sanktuariums angekommen, eilten sie den Flur hinunter, der in die Halle führte. Als sie und Nekaun erschienen, öffneten die beiden Götterdiener, die als Wachen aufgestellt worden waren, das Tor. Dahinter warteten zwei weitere Götterdiener – ein Mann und eine Frau. Sie standen vor einem Siyee, der neben dem riesigen Thron lag. Aus ihren Gedanken las sie Verwirrung und Sorge. Sie wussten nicht, was Teel fehlte. Als sie sie und Nekaun sahen, traten sie zurück. Auraya zog Magie in sich hinein, errichtete eine Barriere um sich herum und ging neben dem Siyee in die Hocke.

»Was ist los?«, fragte Nekaun.

Die beiden Götterdiener begannen gleichzeitig zu sprechen, dann verfiel die Frau in Schweigen. Auraya legte dem Siyee eine Hand auf die Brust.

»Heute Morgen schien er noch vollkommen gesund zu sein«, gestand der männliche Götterdiener. »Es ist eigenartig. Er hat…«

Nekaun hob die Hand, um den Mann zum Schweigen zu bringen. »Auraya wird sich ihr eigenes Urteil bilden wollen«, sagte er. Dann sah er sie an und nickte.

Sie schloss die Augen und leerte ihren Geist, wie Mirar es sie gelehrt hatte. Es war nicht einfach, aber das Ungemach des Körpers unter ihrer Hand zog sie hinein. Als sie sah, was Teel fehlte, sog sie scharf die Luft ein.

»Er stirbt«, sagte sie.

»Kannst du irgendetwas tun?«, fragte Nekaun.

Sie begann, die Körperfunktionen zu beeinflussen, verlieh seinem Herz Kraft und ermutigte seine Lunge, härter zu arbeiten. Wo sie auch hinsah, überall drohten Organe zu versagen. Dann erkannte sie den Grund. Etwas floss durch seine Adern. Die Quelle war sein Magen.

Teel war vergiftet worden.

Sie griff nach weiterer Magie… und war überrascht und entsetzt, als ihre Bemühungen, den Siyee zu heilen, ins Stocken gerieten. Sie streckte ihre Macht weiter aus, aber nichts geschah. Ihr Bewusstsein verließ voller Eile den Priester und flog in alle Richtungen davon. Sie erkannte den Mangel, der sie umgab.

Ein Leerer Raum. Ich bin in einem Leeren Raum. Einem großen. Ich hätte es schon vorher spüren sollen, aber ich habe mich nur um Teel gesorgt. Man wird ihn von hier wegbringen müssen. Ob Nekaun wohl Bescheid weiß…

Ein kalter Schauer überlief sie. Natürlich wusste Nekaun von dem Leeren Raum. Wie hätte es auch anders sein können? Er befand sich innerhalb des Sanktuariums, dem Heim der Stimmen.

Eine Falle. Und ich bin mitten hineingetappt.

Plötzlich wurde ihr bewusst, dass Nekaun sich über sie beugte. Sie stand auf und sah ihm ins Gesicht.

»Er ist vergiftet worden«, sagte sie.

Nekaun lächelte. Es war nicht das bestrickende Lächeln, an das sie sich gewöhnt hatte, sondern ein Grinsen, das Befriedigung und Drohung ausstrahlte. Ihr Herz begann zu rasen.

Er machte einen Schritt auf sie zu. »Dann werden wir deinen Siyee-Freund morgen wohl nicht freilassen können.«

Sie wich zurück. *Vielleicht weiß er doch nichts von dem Leeren Raum. Vielleicht deute ich sein Lächeln falsch …*

»Hast du den Befehl dazu gegeben?«, fragte sie.

»Ja. Wie hätte ich dich sonst hier herunterlocken sollen?« Er blickte über ihre Schulter. Ihr Magen krampfte sich zusammen, als ihr bewusst wurde, dass die beiden Götterdiener hinter ihr standen. Aus ihren Gedanken las sie seine Befehle.

Umstellt sie. Sie kann nicht gegen euch kämpfen. Wie ihr bemerkt haben werdet, gibt es hier keine Magie.

Die beiden hatten nichts von seinen Plänen gewusst, erholten sich aber sehr schnell von ihrer Überraschung. Sie packten ihre Arme, und sie versuchte, sich ihrem Griff zu entwinden, aber die beiden waren stark. Beide waren Kriegerdiener, die sich ihrer körperlichen Kraft ebenso rühmten wie ihrer magischen Befähigungen.

»Lasst mich los«, verlangte Auraya.

Ihr Befehl erheiterte die beiden; sie hatten nicht die leiseste Absicht, ihn zu befolgen.

Nekaun, der breit lächelte, kostete den Augenblick aus. Als er näher kam, beschleunigte sich Aurayas Puls. *So werde ich also sterben?*, ging es ihr durch den Kopf. *Wird Chaia meine Seele annehmen?* Sie hielt Ausschau nach irgendeinem Hinweis darauf, dass die Götter in der Nähe waren, konnte aber keinen finden. Nekaun sah an ihr vorbei zu den Götterdienern hinüber.

»Hinter dem Thron werdet ihr Ketten finden.«

Ketten? Eine verzweifelte Hoffnung stieg in Auraya auf. *Er hat nicht die Absicht, mich zu töten! Es sei denn, er will mich langsam töten. Was wird es sein? Werde ich verhungern? Hat er ein langsames Gift für mich geplant? Oder etwas Schlimmeres?*

Ihr Geist zuckte vor dem Gedanken zurück. Sie starrte Nekaun an und wollte irgendetwas sagen, das ihn dazu bewegen würde, seine Meinung zu ändern – eine Drohung, die ihn abschrecken sollte, oder ein Angebot, das ihn in Versuchung führen würde. Aber sie konnte nicht klar denken, und sie konnte sich nicht dazu bringen zu sprechen. Ihr Herz hämmerte, und sie wehrte sich automatisch gegen die Hände, die sie festhielten, und die ganze Zeit über versuchte sie erfolglos, Magie in sich hineinzuziehen. Einer der Götterdiener machte sich an den Ketten zu schaffen, die fest in Aussparungen der Lehnen des Throns verankert waren.

»Bringt sie zum Thron«, wies Nekaun die beiden an. »Umschließt ihre Handgelenke mit den Fesseln.«

Die Götterdienerin hielt zuerst Aurayas linken Arm, dann den rechten ausgestreckt fest, während der Mann die Ketten um Aurayas Handgelenke legte. Als sie fertig waren, bedeutete Nekaun ihnen zurückzutreten. Dann griff er nach Aurayas Hand. Als er ihr den Priesterring abstreifte, unterdrückte sie einen Ausruf des Protests.

Aber der Ring funktioniert in Leeren Räumen ohnehin nicht, überlegte sie.

Er trat einen Schritt zurück, um sie zu betrachten.

»Das war viel zu einfach«, sagte er kopfschüttelnd. »Wer hätte gedacht, dass eine Weiße – eine ehemalige Weiße – so leicht einzufangen wäre?«

Sie biss die Zähne zusammen. Wollte er, dass sie bettelte

und flehte? Dass sie einen Handel mit ihm einging, um ihre Freiheit wiederzuerlangen?

So viel zum Thema Frieden und Bündnisse. So viel zu Schwüren und Versprechungen.

»Du hast bei deinen Göttern geschworen, dass mir während meines Aufenthalts hier nichts zustoßen würde«, sagte sie in seiner Sprache, damit die Götterdiener sie verstehen konnten. »Wie kannst du, ihre Erste Stimme, ein Gelübde brechen, das du in ihrem Namen abgelegt hast?«

Sein Lächeln erlosch, aber seine Augen funkelten noch immer. »Ich kann es«, entgegnete er mit harter, ernster Stimme. »Aber nur auf Geheiß meiner Götter. Sie haben mir befohlen, das zu tun. Geradeso wie sie mich angewiesen haben festzustellen, ob man dich überreden könne, dich uns anzuschließen. Geradeso wie sie mir berichtet haben, dass deine Siyee auf dem Weg hierher seien, um uns anzugreifen.« Er zuckte die Achseln. »Geradeso, wie ich dich töten werde, wenn sie es von mir verlangen. Du solltest besser hoffen, dass sie es nicht tun werden.« Dann kehrte sein Lächeln zurück. »Zumindest kann ich mich jetzt wieder einer *interessanten* Arbeit zuwenden.«

Mit diesen Worten machte er auf dem Absatz kehrt und verließ die Halle, gefolgt von Turaan und den beiden Götterdienern.

Es war eine traurige Prozession, die über die Straße nach Chon zog. An der Spitze gingen die Pentadrianer, umringt von Kriegern. Als Nächstes kamen Ella, Danjin, Yem, Gillen und Gret, die in einem geschlossenen Plattan fuhren. Die Dorfbewohner bildeten das Schlusslicht, und auch sie waren umringt von Kriegern. Auf einem der Bauernhöfe hatte man einen Karren und ein Arem für die kleinen Kinder, die Alten und die Kranken gefunden.

Die Menschen in dem geschlossenen Plattan hatten bisher nur wenig gesprochen. Gillen hatte kurz nach Antritt der Fahrt versucht, ein Gespräch in Gang zu bringen, aber die anderen hatten ihn praktisch ignoriert. Gekränkt war er schließlich in ein mürrisches, resigniertes Schweigen verfallen.

Danjin sah Yem an. Jetzt, da er sich in der Gesellschaft eines Clanführers befand, strahlte der junge Krieger stille Würde aus. Gret schien entschlossen zu sein, mit Verdrossenheit auf die Schande zu reagieren, dass eins seiner Dörfer Pentadrianer willkommen geheißen hatte. Ella zeigte die gleiche Reserviertheit, die sie auf dem Weg zum Dorf an den Tag gelegt hatte. Ihre Aufmerksamkeit galt anderen Dingen. Von Zeit zu Zeit veränderte sich ihre Miene kaum merklich. Ohne erkennbaren Grund runzelte sie plötzlich die Stirn, seufzte oder lächelte. Danjin wusste, dass sie ein Auge auf die Pentadrianer hielt, für den Fall, dass sie versuchen sollten, zu fliehen oder die Krieger anzugreifen. Obwohl es den Kriegern nicht an Gaben mangelte, fanden sich doch keine mächtigen Zauberer unter ihnen, und sie würden Hilfe brauchen, sollten ihre Gefangenen rebellieren.

Man hatte die Schläge des Plattans geöffnet, so dass Danjin die Aussicht hätte genießen können, wäre sie nicht von den Dorfbewohnern »verschandelt« worden, die ihnen folgten, ein Anblick, bei dem sich immer wieder sein Gewissen regte. Um die Dinge noch schlimmer zu machen, hörte er jetzt ein leises Plätschern und begriff, dass es regnete. Wie lange würde es dauern, bis die durchnässten Dorfbewohner krank wurden?

»Die Scalar-Krieger haben das Dorf auf der Strecke vor uns erreicht«, sagte Ella plötzlich. »Wir werden sie dort treffen und Halt machen, um uns auszuruhen und Essen zu besorgen.«

Alle sahen sie an und nickten. Gret brachte es fertig, die Brauen noch enger zusammenzuziehen. Er wandte sich ab und starrte in den Regen hinaus.

Sie kamen an einem Haus vorbei und passierten einige Minuten später ein weiteres. Der Plattan verlangsamte das Tempo, um in ein Tal hinunterzufahren, und folgte dabei einer Straße, die neben einem schnell dahinströmenden Fluss verlief. Dann befanden sie sich plötzlich inmitten einer Gruppe von Häusern, die sich alle in eine Biegung des Flusses schmiegten. Am Straßenrand und in Hauseingängen standen Einheimische, die sie beobachteten.

Ella blickte zu Gret hinüber. »Möchtest du die Scalar für uns begrüßen?«

Bei dieser Frage glättete sich Grets Stirn ein wenig. Ella gab ihm die Gelegenheit, so zu tun, als habe er die Kontrolle über die Gruppe. Er nickte knapp, dann sprang er aus dem Plattan, noch während der Wagen sich bewegte. Danjin hörte, wie er einige Befehle blaffte.

Kurze Zeit später kam der Plattan zum Stehen, und Ella stieg aus. Danjin, der ihr folgte, betrachtete seine Umgebung. Die Pentadrianer waren anscheinend in eine Anlage getrieben worden, die der Aussonderung von Vieh diente. Gret und einige dunwegische Zauberer standen in der Nähe. Die in Arrest genommenen Dorfbewohner wurden unter die breite Veranda eines Lagerhauses geführt. Ein Untergebener Grets kam auf Ella zugeeilt, zusammen mit einem breitschultrigen Mann, durch dessen Haar sich graue Strähnen zogen.

»Dies ist der Dorfvorsteher, Wim«, stellte der Krieger seinen Begleiter vor. »Er sagt, er habe reichlich Essen, und er hat vorgeschlagen, dass wir etwas davon für die Reise mitnehmen sollen.«

Der Mann machte das Zeichen des Kreises. Ella nickte. »Das werden wir tun. Vielen Dank.«

Als die beiden sich wieder entfernten, trat Ella auf die Scalar zu, um sie zu begrüßen. Die Zaubererkrieger wirkten überaus beeindruckend mit ihren blauen Gewändern und den strahlenförmigen Gesichtstätowierungen. Gret stellte sie deren Anführer, Wek, vor.

Nachdem einige Grußworte gewechselt worden waren, wandte Ella sich um und deutete mit dem Kopf auf die pentadrianische Gruppe.

»Einige der Pentadrianer besitzen starke Gaben«, warnte sie. »Bisher haben sie uns allerdings nur wenig Probleme bereitet.«

Wek nickte. »Wir haben Anweisung, sie unverzüglich hinzurichten.« Er sah sie an. »Kannst du bestätigen, dass alle Männer und alle Frauen in dieser Gruppe Pentadrianer sind?«

»Ja«, sagte sie und nickte. »Alle mit Ausnahme dreier Frauen und eines Mannes stammen aus Südithania. Die vier Dunweger betrachten sich als zur Gänze bekehrte Pentadrianer.«

Wek rümpfte angewidert die Nase. »Und die Dorfbewohner?«

»Einige haben sich des Vergehens schuldig gemacht, den Pentadrianern zu helfen, andere haben es lediglich versäumt, ihre Anwesenheit zu melden. Manche von ihnen kann man vielleicht entschuldigen, da sie zu jung waren oder das Alter ihren Geist bereits zu sehr verwirrt hat, um aus eigenem Antrieb handeln zu können.«

Wek nickte. Als er keine weiteren Fragen stellte, stieg Mutlosigkeit in Danjin auf. Er musterte Ella durchdringend, aber sie erwiderte seinen Blick nicht. Stattdessen wandte sie sich zu Gret um. »Ich muss unter vier Augen mit dir reden.«

Als sie sich einige Schritte entfernt hatte, blieb sie noch einmal stehen und drehte sich zu Danjin um.

»Mit dir auch, Danjin.« Sie schien beinahe zu lächeln, doch

als sie außer Hörweite der anderen waren, wurde ihre Miene wieder ernst. »Ich werde so schnell wie möglich nach Chon reisen«, sagte sie zu Gret. »Danjin, du wirst mich begleiten, aber die anderen nicht. Ich muss mit leichtem Gepäck reisen, denn ich habe es eilig.« Sie hielt inne. »Ich muss euch beiden die schlimme Nachricht überbringen, dass wir in den Krieg ziehen werden. Die Götter haben die Weißen vor kurzem zum Altar gerufen. Sie haben beschlossen, dass wir tun müssen, was wir die ganze Zeit über hätten tun sollen – die Welt von diesen pentadrianischen Zauberern befreien.«

Das hat sie also getan, während wir in dem Plattan gesessen haben, ging es Danjin durch den Kopf. *Vernetzt mit Juran oder einem der anderen Weißen, hat sie mit den Göttern gesprochen!*

Gret zog überrascht die Augenbrauen hoch, und ein erwartungsvolles Leuchten trat in seine Augen. Danjin begriff, dass diese Wendung der Ereignisse überaus günstig für ihn war. Er mochte unwissentlich Pentadrianer beherbergt haben, aber jetzt hatte er die Chance, diese Schande wiedergutzumachen. Und er würde die Scham, die Dorfbewohner nach Chon zu begleiten, nicht ertragen müssen.

»Ich werde mit dir gehen, Ellareen von den Weißen«, sagte er. »Wann werden wir aufbrechen?«

Sie lächelte grimmig. »Sobald wir einen Plattan und frische Pferde finden können.«

»Dann gestatte mir, diese Dinge für dich zu beschaffen.«

Mit geradem Rücken und federndem Schritt ging er davon. Danjin schüttelte den Kopf.

»Krieger«, murmelte er.

Ella lachte leise. »Ja, ihnen ist jede Möglichkeit willkommen, mit ihren Fähigkeiten anzugeben.«

Er sah sie von der Seite an. »Ein Krieg, ja? Und diesmal sind wir die Angreifer.«

Sie nickte. »Diese letzten Versuche, Zirkler vom wahren

Glauben abzuwenden, haben die Geduld der Götter auf eine allzu harte Probe gestellt. Wir haben in allen Ländern mit Ausnahme von Si pentadrianische Götterdiener entdeckt. In Somrey waren sie erschreckend erfolgreich darin, Konvertiten zu gewinnen. In Toren sind wir auf eine geheime Gruppe gestoßen, die Arme und Heimatlose angeworben und in der Magie unterrichtet hat, um die Reichen zu berauben. In Genria geben sie sich als Heiler aus, die auf Fruchtbarkeit spezialisiert sind. Und in Sennon … nun, in Sennon sind sie schon immer gewesen, zusammen mit jedem anderen Wahnsinnigen, der toten Göttern folgt oder neue erfindet.« Sie verzog angewidert das Gesicht. »Es gibt dort einen neuen Kult, der dem ›Schöpfer‹ huldigt; dieser Schöpfer hat anscheinend die Götter selbst erschaffen. Nur eigenartig, dass die Götter nichts davon wissen.«

Danjin lächelte. »In der Tat, eigenartig.«

Sie seufzte. »Aber sie machen sich keine Sorgen wegen dieses weisen Mannes und seiner Ideen. Es sind die Pentadrianer, vor denen wir auf der Hut sein müssen. Wir können ihre Götter nicht töten, aber wenn wir die Stimmen töten, schwächen wir sie vielleicht genug, um sicherzustellen, dass sie uns eine Zeitlang nicht bedrohen werden.«

Er nickte, konnte sich aber des Gedankens nicht erwehren, dass der Ausgang der vorangegangenen Schlacht auf Messers Schneide gestanden hatte. Bis Auraya den Anführer des Feindes getötet hatte, hatte es so ausgesehen, als würden die Zirkler verlieren.

Ella lächelte. »Ja, das haben wir bedacht, Danjin. Aber diesmal haben wir einen Vorteil.«

»Auraya?«

Sie runzelte die Stirn. »Nein. Wir können uns nicht auf ihre Hilfe verlassen, aber die Götter haben uns versichert, dass sie uns nicht behindern werde. Nein, der Vorteil liegt nicht in einer einzelnen Person, sondern in einer ganzen Nation: Diesmal haben wir Sennon auf unserer Seite.«

»Solange der Kaiser nicht im letzten Augenblick seine Meinung ändert.«

»Das wird er nicht tun«, versicherte sie ihm. »Nicht diesmal. Wir werden diese Schlacht gegen die Pentadrianer führen, und er weiß, was das bedeutet: Der Kampf wird auf seinem Land ausgefochten werden, auf der Landenge.«

Danjin blickte zu den Dorfbewohnern hinüber. »Was ist mit diesen Menschen? Woher soll I-Portak wissen, wer unschuldig ist, wenn du nicht hier bist, um ihre Gedanken zu lesen?«

Ella zuckte die Achseln. »Ihre Rechtsprechung hat in der Vergangenheit auch ohne meine Hilfe funktioniert, und so wird es sicher auch in diesem Fall sein.«

»Glaubst du das wirklich?«, fragte er.

Sie sah ihn an und seufzte. »Ich muss es glauben. Was bleibt mir anderes übrig?«

»Mach eine Liste«, schlug er vor. »Schreib auf, welche Dorfbewohner sich welcher Verbrechen schuldig gemacht haben.«

Sie musterte ihn einen Moment lang, dann nickte sie. »Das kann ich tun.«

»Ich kann dich wohl nicht überreden, gleichzeitig auch die Kinder und die Kranken von diesem Marsch freizusprechen?«

Ella schüttelte den Kopf. »Wer sollte sich um sie kümmern?«

»Irgendjemand würde es sicher tun.«

»Falls sich tatsächlich jemand finden sollte, möchtest du dann derjenige sein, der ein Kind von seinen Eltern trennt?«

Darauf konnte er nichts erwidern. *Ich würde so viel Zeit wie möglich mit meinem Kind verbringen wollen, wenn ich glaubte, nicht mehr lange zu leben zu haben,* dachte er.

Sie seufzte und wirkte plötzlich müde. »Ich muss zugeben, es ist eine Erleichterung, endlich aufzubrechen.«

Mitleid regte sich in Danjin. »Es ist niemals leicht mitanzusehen, wie andere Länder Menschen eine solch harte Strafe auferlegen.«

Sie warf ihm einen eigenartigen Blick zu. »Ich habe davon gesprochen, in den Krieg zu ziehen. Die Götter haben immer wieder ihre Meinung geändert. Sie haben uns befohlen, uns für den Krieg bereitzumachen, dann sollten wir unsere Armeen abrüsten, dann wieder aufstellen. Ich denke, der Grund dafür war Auraya. Als sie beschloss, in Glymma zu bleiben, hat sie die Pläne der Götter durchkreuzt. Jetzt hat sie die Stadt vielleicht wieder verlassen, und wir sind frei, unseren nächsten Schritt zu tun.«

Danjin nickte. »Dann wird sie sich uns also in Kürze anschließen?«

»Ich weiß es nicht.« Ella zuckte die Achseln und ging zu Gret hinüber, der einen von zwei frischen Arems gezogenen Plattan lenkte.

36

Die Schritte klangen wie Hammerschläge in Teels Kopf. Er öffnete die Augen. Schwarzgewandete Männer kamen auf ihn zu und umringten ihn. Dann spürte er Hände unter sich, die hart zupackten. Ein Schmerz, der all seine Gedanken auslöschte, zuckte durch seinen Körper.

Etwas Kühles berührte seine Lippen. Er schluckte, als Wasser seine Kehle hinunterrann. Es schmeckte sauer. Er erinnerte sich an eine Stimme, die er vor einer Weile gehört hatte. Eine vertraute Stimme.

»Er ist vergiftet worden.«

Er spie das Wasser aus, aber die Hände und die schwarzen Roben engten ihn ein. Grausame Finger bohrten sich in seinen Kiefer. Dann war es wieder da, das abscheuliche Wasser, und er unterwarf sich ihm. Je eher er starb, umso eher würde der Schmerz enden. Er würde zu Huan gehen. Er war ihr Liebling. Sie würde ihn aufnehmen.

Eine Zeitlang suhlte er sich in Schwärze. Der Schmerz ließ nach. Er hatte keine Kraft, und er fror furchtbar, aber er fühlte sich besser. Schließlich öffnete er die Augen und blickte zu der hohen Decke der Halle empor. Die anderen Siyee fielen ihm wieder ein.

Sie sind alle fort, dachte er. *Ich bin allein hier.*

Nein, Teel, du bist nicht allein.

Die Stimme in seinen Gedanken erschreckte ihn. Es war nicht Huan, sondern eine männliche Stimme.

Ich bin Chaia.

Chaia!

Ja. Schau nach rechts, Teel.

Er gehorchte. Der übergroße Thron ragte über ihm auf. Er konnte sich daran erinnern, dass er hierhergeschleift worden war, nachdem die Krankheit – das Gift – die Oberhand über ihn gewonnen hatte. Außerdem erinnerte er sich daran, dass er hochgehoben und zurückgetragen worden war.

Eine Bewegung erregte seine Aufmerksamkeit, und einen Augenblick lang konnte er nicht glauben, was er sah. Eine Frau stand vor dem Thron. Sie war gefesselt.

Auraya!

Ja. Sie ist verraten worden.

Teel stöhnte.

Ich werde niemals hier rauskommen, nicht wahr?

Es ist unwahrscheinlich. Ich kann dich nicht befreien. Hier ist niemand, der meine Befehle ausführen wird.

Warum benutzt Auraya nicht ihre Magie, um die Fesseln zu sprengen?

Sie ist an einem Ort, an dem es keine Magie gibt.

Aurayas Blick war auf einen fernen Ort gerichtet. Sie wirkte benommen. Unerwartetes Mitgefühl regte sich in Teel. Sie war so daran gewöhnt, mächtig und unverletzbar zu sein. Diese Situation war gewiss schwer zu akzeptieren.

Ich kann sie nicht erreichen, sagte Chaia. *Also musst du es tun. Wirst du für mich zu ihr sprechen?*

Natürlich.

Sag ihr Folgendes ….

Teel hörte aufmerksam zu, dann holte er Atem und rief Aurayas Namen. Seine Stimme klang schwächer, als er beabsichtigt hatte, aber ihr Blick schärfte sich, und sie wandte sich zu ihm um.

»Teel!« Sie runzelte besorgt die Stirn. »Wie geht es dir? Die Götterdiener haben dir etwas gegeben. Ich habe gehofft, dass es ein Gegenmittel für das Gift war.«

Plötzlich wusste er, wen er von Gift hatte sprechen hören.

»Oh. Ich dachte, sie würden…« Plötzlich atemlos, hielt er inne. »… mir noch mehr Gift einflößen.« Das Reden fiel ihm schwer. Es kostete ihn viel Kraft.

Sie lächelte schwach. »Nein, aber es war eine logische Schlussfolgerung. Ich hätte dasselbe gedacht.«

Er hätte die Achseln gezuckt, hätte er es der Mühe für wert befunden. »Es spielt keine Rolle. Chaia… hat mir… eine Nachricht für dich gegeben.«

»Chaia?« Ihre Augen weiteten sich, und er sah Hoffnung darin aufschimmern.

»Ja. Er sagte… er wolle versuchen… durch mich… weiter zu dir zu sprechen.« Es war so anstrengend zu reden. »Wenn der Feind… mich fortholt… wird er… jemand anderen finden. Du wirst ihn… an einem Wort… erkennen… ›Schatten‹.«

Er hielt inne, denn die Welt um ihn herum begann sich zu drehen. Er schloss die Augen und spürte, wie er langsam das Bewusstsein verlor.

»Teel!«

Mühsam öffnete er die Augen wieder und lächelte ihr zu.

»Bleib wach, Teel«, sagte sie. »Sprich mit mir.«

Er wollte die Lippen bewegen, aber die Anstrengung war zu groß. In seinen Ohren war ein Rauschen. Der Raum wurde heller und gleichzeitig seltsam trüb. Es war ein kaltes Licht. Er konnte seine Hände nicht spüren. Oder seine Füße. Das Atmen kostete so viel Kraft.

Zu viel. Er gab es auf, und das Licht stürzte auf ihn ein und löschte alle Gedanken aus.

Reivan seufzte, als sie ins Bett stieg. Die Sommerhitze war unbarmherzig. Es fiel ihr schwer, sich daran zu erinnern, wie die anderen Jahreszeiten waren, aber sie hatte keine Mühe, sich vorzustellen, dass diese niemals enden würde.

Seit Nekauns letztem Besuch war mehr als ein Monat vergangen. In letzter Zeit hatte sie begonnen, sich zu sagen, dass er nicht wiederkommen würde. Er hatte alles von ihr gesehen, was er sehen wollte. Seine Neugier war befriedigt. Er hatte sich interessanteren Herausforderungen zugewandt.

Wie Auraya.

Aber Nekaun versuchte nicht länger, Auraya zu betören. Imenja hatte Reivan mit offenkundiger Befriedigung erzählt, dass Nekaun Auraya eingekerkert habe.

Wie das möglich war, war Reivan noch immer nicht klar. Oder warum Nekaun Auraya nicht getötet hatte. Als sie Imenja danach gefragt hatte, hatte diese einfach das Thema gewechselt.

Die Neuigkeit hatte ein Lächeln auf die Gesichter vieler Götterdiener gezaubert, und die Erleichterung aller war in den Stimmen jener zu hören, die in den Bädern und Fluren schwatzten. Reivan hatte über ihre eigene Freude angesichts der Neuigkeit gestaunt. *Es ist uns nicht gelungen, Auraya auf unsere Seite zu ziehen, und eigentlich sollte ich mir deswegen Sorgen machen, aber ich kann nur daran denken, dass Nekaun jetzt nicht mehr all seine Zeit mit ihr verbringen wird!*

Ein Klopfen an der Tür unterbrach ihre Gedanken. Sie seufzte. Die Nachricht musste sich inzwischen auch über das Sanktuarium hinaus verbreitet haben. Viele der Menschen, mit denen sie in Imenjas Auftrag Umgang hatte, würden eine Bestätigung wollen.

Als sie die Tür öffnete, erstarrte sie voller Ungläubigkeit.

»Guten Abend, Reivan.«

Ich träume, schoss es ihr durch den Kopf. *Wahrscheinlich habe ich geträumt, dass ich aus dem Bett gestiegen bin, und gleich werde ich aufwachen.*

Aber so war es nicht. Nekaun stand wirklich dort. Sie wusste nicht, was sie tun sollte. Oder sagen.

Nekaun lächelte. »Willst du mich nicht hereinlassen?«

Sprachlos trat sie zurück. Als er an ihr vorbeiging, fing sie seinen Duft auf und verspürte eine brennende Sehnsucht. Nekaun wandte sich zu ihr um. »Es ist viel zu lange her, seit wir das letzte Mal geredet haben, Reivan.«

Sie nickte und schloss die Tür. Dann ging sie zum Tisch hinüber, goss Wasser in zwei Gläser und reichte eins davon an ihn weiter.

Geradeso wie sie es früher immer getan hatte.

Er trank, stellte das leere Glas beiseite und nahm ihr ihres aus der Hand.

Geradeso wie er es immer getan hatte.

»Du hast die Neuigkeiten gehört?«, fragte er. »Auraya ist in dem Gewölbe unter dem Sanktuarium gefangen.«

Auraya. Dieses eine Wort riss sie aus ihrer Versunkenheit, und sie runzelte die Stirn. »Ja.«

Er seufzte. »Ich weiß nicht, warum die Götter mir all das auferlegt haben. Haben sie mich geprüft oder sie? Ich weiß es nicht. Und im Augenblick kümmert es mich nicht.«

»Dann hast du ihre Gesellschaft also nicht genossen?«, fragte sie unwillkürlich.

Er verzog das Gesicht. »Es war unaussprechlich mühsam.« Seine Augen wurden schmal. »Warst du eifersüchtig auf sie?«

Sie wandte den Blick ab, denn sie wusste, dass es sinnlos war zu leugnen.

Er lachte leise. »Oh, Reivan. Wie töricht von dir. Wer würde sich zu einer solch mürrischen, argwöhnischen Frau hingezogen fühlen? Lieber würde ich ein Arem betören.«

Sein Geruch und seine Wärme überwältigten sie. *Er ist wieder da!*, dachte sie.

Für wie lange?, fragte eine dunkle Stimme.

Sei still, entgegnete sie der Stimme.

»Ich habe dich vermisst«, sagte er.

Ihr Herz schlug einen Purzelbaum. »Ich habe dich auch vermisst.«

Er trat näher an sie heran. Sie wusste, was als Nächstes kam, und ihr Puls begann zu rasen, als er sich vorbeugte, um sie zu küssen.

Dann erstarrte er, und seine Augen weiteten sich vor Überraschung. Ein grimmiger, leidenschaftlicher Ausdruck trat in seine Augen. Reivan löste sich aus seinen starren Armen, ein wenig verängstigt von seiner Miene. Er zog die Augenbrauen finster zusammen, dann sog er scharf die Luft ein, und seine Augen blitzten vor Wut.

»Es tut mir leid, Reivan. Ich kann nicht bleiben.« Sein Kiefer verspannte sich. »Die Götter haben mir soeben den Befehl gegeben, unsere Armee bereitzumachen. Die Zirkler haben die Absicht, uns anzugreifen.«

Sie starrte ihn an, und der Schreck überlagerte beinahe die Enttäuschung, als er sie sanft an der Wange berührte und dann aus dem Raum marschierte.

Die Zweite Stimme Imenja hielt Mirar den ganzen Tag über beschäftigt, indem sie ihn zu einigen Kunsthandwerkern am Stadtrand führte. Sie hatten frisch aus dem Fluss gefangenen Fisch gegessen und über Heilkunst und Magie gesprochen. Den ganzen Tag über war er sich dessen bewusst, dass nur noch ein einziger Siyee freigelassen werden musste. Er rechnete jeden Augenblick damit, dass Imenja ihm anbieten würde, Auraya zu töten, aber sie hatte nichts gesagt.

Als er abends in das Sanktuarium zurückkehrte, spürte er ein Summen der Erregung und der Befriedigung in der Luft. Sobald er in seinem Quartier war, legte er sich hin und ließ sich in eine Traumtrance sinken; er beabsichtigte, die Gedanken der Menschen um ihn herum abzuschöpfen und herauszufinden, was die Götterdiener in diesen Zustand versetzt hatte. Aber bevor er seinen Geist aussenden konnte, rief jemand seinen Namen.

Mirar!

Surim? Tamun?

Ja, sagte Surim. *Ich habe Neuigkeiten. Schlechte Neuigkeiten.*

Was ist geschehen?

Die Stimmen haben Auraya unter dem Sanktuarium eingekerkert, erklärte Tamum.

Mirar war mit einem Schlag hellwach. Er starrte zur Decke hinauf, dann schloss er die Augen und zwang seinen Herzschlag, sich zu verlangsamen. Es dauerte zermürbend lange, bis er wieder in eine Traumtrance versank.

Surim?

Mirar. Du bist aufgewacht?

Ja.

Tut mir leid. Ich hätte es dir schonender beibringen sollen, sagte Tamun.

Du brauchst dich nicht zu entschuldigen. Erzähl mir einfach, wie und warum.

Anscheinend befindet sich unter dem Sanktuarium ein Leerer Raum. Es muss ein Geheimnis gewesen sein, dass nur die Stimmen kannten.

Ein Leerer Raum. Sie wird absolut verletzbar sein.

So verletzbar wie jeder Sterbliche.

Warum hat sie den Leeren Raum nicht gespürt? Wenn sie es getan hätte, hätte sie ihn doch gewiss nicht betreten.

Ich weiß es nicht. Wahrscheinlich war sie abgelenkt.

Warum haben sie sie gefangen genommen? Warum haben sie sie nicht getötet? Mirar hielt inne. *Sie haben doch nicht herausgefunden, dass sie und ich einmal Liebende waren, oder?*

Nicht soweit es die Sterblichen dort betrifft, versicherte ihm Surim.

Du wirst es wissen, wenn sie versuchen, sie gegen dich zu benutzen, stellte Tamun fest.

Es ist eher wahrscheinlich, dass sie dich dort hinunterbringen und dir anbieten werden, sie als Gegenleistung für irgendetwas zu töten, warnte Surim ihn.

Und was werden sie tun, wenn ich mich weigere?

Wenn ich an deiner Stelle wäre, würde ich das Angebot nicht ausschlagen. Ich würde so tun, als dächte ich darüber nach.

Du kannst dir nicht sicher sein, dass du der einzige Grund bist, warum sie so gehandelt haben, warf Tamun ein. *Die Zirkler haben ihre Armeen zusammengerufen. Sie ziehen aus, um Südithania anzugreifen. Es war eine weise Entscheidung, Auraya aus dem Weg zu schaffen.*

Noch weiser wäre es, sie zu töten, widersprach Mirar grimmig. *Wenn die Pentadrianer wissen, dass es zum Krieg kommen wird, werden sie abermals versuchen, mich und meine Traumweber auf ihre Seite zu ziehen.*

Was wirst du tun?

Mirar antwortete nicht. Würden die Pentadrianer ihn dazu zwingen, sich zu entscheiden, ob er die Gesetze seines Volkes brechen oder Auraya opfern wollte?

Sie werden es versuchen, dachte er.

Ich werde Auraya retten, erklärte er den Zwillingen.

Das wäre überaus töricht, sagte Tamun. *Du würdest dir damit die Feindschaft der Pentadrianer zuziehen. Alle Traumweber werden darunter leiden.*

Nur wenn sie wissen, dass ich es war, der sie gerettet hat.

Mirar löste sich aus der Traumvernetzung und starrte zur Decke empor. Dann sandte er seinen Geist aus, um die Gedanken der Menschen um ihn herum abzuschöpfen.

Und tatsächlich, die Neuigkeit von Aurayas Gefangenschaft hatte sich überall im Sanktuarium verbreitet. Er suchte weiter und fand den Geist zweier Kriegerdiener, die eine unterirdische Halle bewachten. Durch ihre Augen sah er eine einzelne Gestalt, deren Arme an einen übergroßen Stuhl gekettet waren. Sein Herz schnürte sich zusammen, als sei es von dem Anblick ebenso angewidert wie sein Geist.

In einem Leeren Raum hatte sie keinen Zugang zu Magie. Sie war verletzbarer als die mit den geringsten Gaben gesegnete Bettlerin. Für sie musste es noch schlimmer sein, denn sie war nicht an körperliche Härte oder Demütigung gewöhnt.

Er zog sich zurück, versank wieder in der Traumtrance und suchte nach ihrem Geist.

Auraya?

Sie antwortete nicht. Nach mehreren Versuchen kehrte er zu den Geistern der Wachen zurück. Die angekettete Gestalt bewegte sich, und Mirar wurde klar, dass Auraya wach war.

Ich könnte auch nicht schlafen, wenn ich in ihrer Lage wäre, dachte er. Enttäuscht sah er ein, dass er nicht mehr tun konnte, als sie durch die Augen eines anderen zu beobachten. *Ich werde sie befreien,* sagte er sich. *Ich werde einen Weg finden. Und wenn ich ihn gefunden habe, werden die Stimmen nicht einmal wissen, dass ich etwas damit zu tun hatte.*

Kluge Pläne werden besser von zwei ausgebrütet als von einem. Mirar löste sich von dem Anblick Aurayas und trat abermals in eine Traumtrance ein, um nach dem Geist einer alten Freundin zu suchen.

TEIL 3

37

Obwohl er eine Woche am Rand des Waldes von Si Rast gemacht hatte, wo ihn der ansässige Stamm mit reichlich Nahrung und Wasser versorgte, musste Tyziss noch immer gegen eine tiefe, unbezähmbare Erschöpfung ankämpfen, wenn er flog. Er sehnte sich nach Ruhe, aber sein Verlangen, das Offene Dorf und seine Familie zu erreichen, war mächtiger. Obwohl sie inzwischen die Nachricht bekommen haben mussten, dass er den Pentadrianern hatte entfliehen können, wusste er, dass sie sich weiter um ihn sorgen würden, bis er zu Hause war.

Sreil flog ein kurzes Stück vor ihm. Ihr Anführer hatte seit seiner Befreiung aus dem Sanktuarium nur ein einziges Mal Rast gemacht. Er hatte sich geweigert, länger zu ruhen, fest entschlossen, dass nicht er derjenige sein würde, der die Rückkehr der Krieger ins Offene Dorf verzögerte.

Er muss vollkommen erschöpft sein, dachte Tyziss. Nur die Hälfte der befreiten Siyee hatte es zurück zur Grenze von Si geschafft. Das Wasser und das Essen, das die Pentadrianer ihnen mitgegeben hatten, waren nicht genug gewesen für die Reise, aber andererseits hätten die Siyee ohnehin nicht mehr tragen können.

Tyziss hatte beschlossen, über einen anderen Weg nach Hause zurückzukehren, an der Küste Sennons entlang. Er machte in Dörfern Halt, um Essen und Nahrung zu erbitten, weil er zu dem Schluss gelangt war, dass es keinen Grund mehr gab zu fürchten, dass sennonische Pentadrianer die Anwesenheit eines Siyee in ihrem Land melden würden.

Nur die Krieger, die zu demselben Schluss gekommen waren wie er, hatten die Reise überlebt. Es war jedoch die längere Strecke. Tyziss hatte vier Wochen gebraucht, um Si zu erreichen. Sreil war eine Woche später angekommen.

Als der erste Siyee es bis zur Grenze von Si geschafft hatte, war der einheimische Stamm mit Wasser für die folgenden Flüchtlinge in die Wüste geflogen, aber die meisten der Siyee, die gestorben waren, waren vermutlich binnen weniger Tage nach ihrer Ankunft in Sennon verdurstet. Einige waren wahrscheinlich in der Luft ohnmächtig geworden und vom Himmel gestürzt, andere waren vielleicht zu schwach gewesen, um sich wieder in die Luft zu erheben, nachdem sie für die Nacht gelandet waren, oder aber sie hatten die Orientierung verloren. Einige Tage, bevor Tyziss Si erreicht hatte, war er einer Spur schwacher Fußabdrücke gefolgt, getrieben von der verzweifelten Hoffnung, dass sie von einem Landgeher stammten, der ihm vielleicht helfen würde. Stattdessen hatte er einen Siyee im Sand gefunden. Er war gelandet, nur um feststellen zu müssen, dass der Mann tot war. Es hatte ihn so viel Energie gekostet, abermals Anlauf zum Fliegen zu nehmen, dass er um ein Haar das Bewusstsein verloren hätte. Nachdem er eine kurze Strecke weitergeflogen war, hatte er in der Ferne einen Brunnen gesehen.

Armer Tilyl. Er hatte nicht gewusst, wie nah er dem Ziel war.

Er drängte diesen Gedanken beiseite und versuchte, an zu Hause zu denken, aber sein Geist bewegte sich immer wieder zu dunkleren Orten. Der Durst war nicht der einzige Mörder der Siyee gewesen. Als Sreil ihnen am Tag nach seiner Ankunft befohlen hatte, zum Offenen Dorf zu fliegen, hatte jemand nach dem Priester gefragt.

»Teel ist tot und Auraya gefangen«, hatte Sreil ihnen mit schwerem Herzen erzählt. »Sie hat in einem Traum zu mir gesprochen und es mir erzählt.«

Zumindest ist es ihr gelungen, uns alle bis auf einen zu befreien, sagte sich Tyziss. Er konnte sich nicht vorstellen, wie es den Pentadrianern möglich war, Auraya festzuhalten. Sie war eine mächtige Zauberin. Aber das Gleiche galt für die pentadrianischen Anführer. Und sie waren zu *fünft.*

Der Siyee überwand einen Hügel, und auf einem Berghang vor ihm erschien eine große Narbe im Fels. Das Offene Dorf. In Tyziss stiegen so mächtige Gefühle auf, dass ihm ganz schwindlig wurde. Seine Armmuskeln begannen zu zittern. Er holte tief Luft und zwang sich, nicht die Kontrolle über seine Bewegungen zu verlieren.

Ich darf jetzt nicht scheitern, so kurz vor dem Ziel.

Es schien eine Ewigkeit zu dauern, bis sie diese ferne Fläche nackten Felsens erreichten. Einige Siyee flogen ihnen entgegen und begrüßten sie mit Pfiffen. Tyziss begann abermals zu zittern, als er seine Frau bemerkte. Er sah Tränen in ihren Augen. Seine eigenen Tränen wurden vom Wind schnell getrocknet.

Schließlich begannen sie zu kreisen, um zu landen. Als Tyziss festen Boden unter den Füßen spürte, seufzte er vor Erleichterung. Yissi umarmte ihn und zog ihn fest an sich. Er war zu Hause, endlich zu Hause.

»Die Mädchen?«, fragte er.

Yissi lächelte. »Es geht ihnen gut. Ich habe sie bei meiner Schwester gelassen.« Dann erschien eine Falte zwischen ihren Brauen. »Oh, Ty. Wirst du gleich wieder fortgehen? Du bist so dünn geworden. Du siehst vollkommen erschöpft aus.«

»Fortgehen?«, fragte er.

Er hörte Sreils Stimme lauter werden.

»Wann sind sie aufgebrochen?«, verlangte der junge Mann zu wissen.

»Beim letzten schwarzen Mond«, antwortete ein alter Mann, in dem Tyziss Sprecher Ryliss erkannte.

Sreil blickte zu den heimgekehrten Siyee hinüber. »Wir müssen uns ihnen anschließen.«

»Nein«, erwiderte Ryliss entschieden. »Du und deine Krieger, ihr seid erschöpft. Ihr habt nicht die Kraft, sie einzuholen.«

»Es wird reichen, wenn wir eine Nacht durchschlafen«, antwortete Sreil.

»Nein, Sreil. Ich verbiete es. Es sind zu viele fortgegangen, so dass wir beinahe schutzlos zurückgeblieben sind. Wir brauchen einige Kämpfer hier, für den Fall, dass wir angegriffen werden … Obwohl wir gehofft hatten, dass mehr von euch zurückkehren würden.«

»Wir sind zu wenige, um eine angreifende Armee zurückzuschlagen«, sagte Sreil. »Aber wir können den Zirklern helfen, gegen die Pentadrianer zu kämpfen. Es hat keinen Sinn, wenn wir bleiben …«

»Bist du so versessen darauf, diese armen Männer abermals durch die Wüste zu schleppen?«, fragte der alte Mann.

Sreil sah ihn an, dann schüttelte er den Kopf.

»Sie werden nicht im grünen Hania kämpfen, Sreil«, erklärte Ryliss. »Diese Schlacht soll auf dem Boden der Pentadrianer ausgefochten werden. Sie wollen Sennon durchqueren und auf den südlichen Kontinent vorstoßen. Du würdest sie nicht rechtzeitig erreichen. Wahrscheinlich würdest du sie niemals erreichen. Bleib hier, wo du gebraucht wirst.«

Sreils Schultern sackten herab. Er nickte, und die Siyee um ihn herum seufzten vor Erleichterung. Tyziss wandte sich zu Yissi um.

»Die Zirkler greifen Südithania an?«

Sie nickte.

Er richtete sich auf und schüttelte den Kopf. »Ein weiterer Krieg so kurz nach dem letzten?« Dann runzelte er die Stirn, als ein Verdacht in ihm aufstieg. »Wo sind meine Eltern?«

»Fort«, sagte sie seufzend. »Sie waren nicht die Einzigen, die zu alt oder zu jung waren, um in einen Krieg zu ziehen, und doch war unsere Armee nur halb so groß wie beim letzten Mal.« Sie legte ihm eine Hand auf den Arm. »Wenn ich mir nicht so sicher gewesen wäre, dass du zurückkommen würdest, hätte ich mich ebenfalls der Armee angeschlossen.«

Er sah sie forschend an, und angesichts ihrer ernsten Miene durchzuckte ihn ein Stich tiefer Zuneigung.

»Du? Eine Kriegerin?«, fragte er mit gespielter Ungläubigkeit.

Sie stieß ihm den Ellbogen in die Rippen. »Ein schöner Ehemann bist du. Ich erzähle dir, dass ich nie die Hoffnung aufgegeben habe und für deinen Tod Rache gesucht hätte, und du lachst mich nur aus?«

Er nickte. »Ja. Lass mich lachen. Ich habe in letzter Zeit nicht viel Grund dazu gehabt. Und nun – wo sind unsere Mädchen?«

Sie lächelte und führte ihn davon.

Emerahls von Magie genährter Lichtfunken enthüllte einen unberührten Raum. Sie duckte sich unter der kleinen Tür hindurch und trat ein, erleichtert zu sehen, dass sich nichts verändert hatte. Ihre Unterkunft war eine Kuppel aus verwobenen Schilfgräsern, die an dem sandigen Flussufer verankert waren. Alles hier am Fluss bestand aus Schilf, angefangen von den Booten bis hin zu den Möbeln der Häuser, eingeschlossen dieser kleinen Kuppeln, die man mieten konnte.

Die Wände vermittelten eine Illusion von Ungestörtheit, aber es gab reichlich Lücken in dem Gewebe, durch die jemand schauen konnte. Bisher hatte sie niemanden dabei ertappt, dass er ihr nachspionierte. Die Einheimischen betrachteten ein solches Tun als ein Verbrechen, aber das wäre kein

Hindernis gewesen, wenn irgendjemand Verdacht geschöpft hätte, dass sie einen Schatz bei sich trug.

Sie öffnete den Schilfkorb, in dem der frisch gedämpfte Fisch und die Schilfsprossen lagen, die sie mitgebracht hatte. Während sie aß, betrachtete sie die Matte, unter der sie den Beutel mit ihrem Schatz versteckt hatte.

Er war eher lästig als nützlich gewesen. Während der vergangenen beiden Wochen war sie nicht auf eine einzige Stadt getroffen, die groß oder wohlhabend genug gewesen wäre, um dort etwas zu verkaufen. Selbst das kleinste Schmuckstück besaß offenkundig großen Wert. Jeder, dem sie etwas zu verkaufen versuchte, würde annehmen, dass sie es gestohlen hatte. Selbst wenn den Betreffenden das nicht scherte, würde er vielleicht erraten, dass sie noch mehr besaß, und versuchen, sie zu bestehlen. Obwohl sie zuversichtlich war, dass sie etwas Derartiges hätte verhindern können, wollte sie doch keine Aufmerksamkeit auf sich ziehen.

Den Zwillingen zufolge war Raynora einige Tage, nachdem Emerahl ihm den Schatz abgenommen hatte, dabei erwischt worden, wie er sich in Barmonias Zelt schlich. Er hatte Barmonia davon überzeugen können, dass Emerahl ihn überlistet und beraubt habe. Barmonia hatte eine Warnung an die Denker in Glymma geschickt und ihnen Weisung gegeben, nach einer Frau von Emerahls Beschreibung Ausschau zu halten, die gestohlene Artefakte bei sich trug.

Das machte es gefährlich, den Schmuck in Glymma zu veräußern. Die Zwillinge suchten nach jemandem in der Stadt, an den sie vielleicht würde verkaufen können. Sie könnte einige der hässlicheren Schmuckstücke auseinandernehmen und die Edelsteine und Goldketten getrennt verkaufen, aber ihr gefiel der Gedanke nicht, etwas von dem Schatz irgendeinem Schurken zu überlassen, der seinen wahren Wert nicht kannte. Diese Dinge waren mehr als nur Stücke aus Gold und Edelsteinen; sie stammten aus einem anderen Zeitalter – einem Zeitalter, als es in Ithania mehr Götter als Länder gegeben hatte.

Es wäre sicherer, den Schatz auf dem nördlichen Kontinent zu verkaufen, aber das bedeutete, dass sie den schweren Beutel mit sich herumschleppen musste. Sie fühlte sich versucht, ihn irgendwo zu verstecken, hatte bisher aber noch keine Stelle gefunden, die ihr sicher genug erschien. In der Zwischenzeit ging ihr langsam das Geld aus. Für einen Heiler war hier nicht viel Gewinn zu machen. Traumweber waren ebenso alltäglich wie Schmiede und Tuchhändler. Vor einigen Tagen war sie gezwungen gewesen, ihr Arem zu verkaufen. Das Geld, das sie dafür erhalten hatte, sollte genügen, bis sie Glymma erreichte.

Wenn sie einige der Schmuckstücke verkaufen konnte, würde sie eine Überfahrt auf einem Schiff nach Karienne buchen. Wenn nicht, würde sie zu Fuß über die Landenge gehen oder feststellen müssen, ob sie sich auf einem der kleinen Boote verdingen konnte, um auf diese Weise eine Überfahrt zu bekommen. Diese Boote segelten nach Diamyane, der Stadt am sennonischen Ende der Landenge. So oder so, sie würde zu den Roten Höhlen und den Zwillingen reisen.

Die Zwillinge. Sie lächelte. Sie waren erschrocken, als sie von den Risiken erfahren hatten, die sie eingegangen war, indem sie die Denker allein aufgrund der wagen Vermutung verlassen hatte, dass die Geheimnisse der Götter sich unter den von Ray gestohlenen Schätzen befanden. Jetzt brannten sie darauf, die Diamanten mit eigenen Augen zu sehen. Vielleicht würden sie mehr Erfolg damit haben als Emerahl.

Als sie zu dem Schluss gekommen war, dass kein Fleisch mehr an den Gräten des Fisches verblieben war, wischte sie sich die Hände ab. Dann zog sie die Kette unter ihrer Kleidung hervor und untersuchte den Anhänger, der daran baumelte, mit großer Konzentration. Der Diamant war von zwei sich kreuzenden Silberringen eingefasst, auf denen sich Schriftzeichen befanden. Einige davon standen auf dem Kopf:

ein Licht/ Tod
zwei Lichter/ ein Schlüssel
drei Lichter/ zwei Wahrheiten
vier Lichter/ drei Geheimnisse

Sie besah sich den Diamanten genau. Die Ringe bildeten zusammen einen Rahmen für die vier größten Facetten des Steins. Wenn sie den Diamanten vor ihren Lichtfunken hielt, warf das Licht Formen an die Wände. Falls es sich dabei ebenfalls um Schriftzeichen handelte, waren diese entweder so alt oder so selten, dass Emerahl noch nie zuvor darauf gestoßen war. Das Problem war, dass die Zwillinge sie ebenso wenig kannten.

Während sich der Anhänger am Ende der Kette drehte, bewegten sich die Schatten der Schriftzeichen gleichzeitig nach links und nach rechts. Diejenigen, die sich nach rechts drehten, waren schwerer erkennbar, bis sie merkte, dass es gespiegelte Bilder der sich nach links bewegenden Zeichen waren. Als ihr Licht auf eins der Silberbänder fiel, wanderte eine dunkle Linie über die Wand. Dunkle Linien und Schriftzeichen wechselten einander ab.

Dann erkannte sie plötzlich ein Schriftzeichen. Es war ein vollständiges Zeichen des Sorli mit der Bedeutung »Licht«. Sie musterte den Diamanten eingehend. Die dem Licht zugewandte Facette des Steins befand sich zwischen den Ringabschnitten mit der Aufschrift *ein Licht/* Tod *und zwei Lichter/* ein Schlüssel.

Sie drehte den Diamanten ein wenig zwischen den Fingern, aber nur so weit, dass ihr immer die gleiche Facette zugewandt blieb. Wenn sie nur die Schriftzeichen las, die aufrecht und richtig herum auf dem Diamanten erschienen, lauteten die Worte:

ein Licht/ein Schlüssel

Emerahl lächelte. Wenn sie auf dieselbe Weise vorging, lauteten die übrigen:

zwei Lichter/zwei Wahrheiten
drei Lichter/drei Geheimnisse
vier Lichter/Tod

Sie griff nach der Kette und ließ den Anhänger abermals herunterbaumeln. Dann schob sie ihren Lichtfunken näher heran und beobachtete, wie die Linien und Formen an der Wand größer wurden. Sie fand das Zeichen für »Licht«, und Erregung packte sie, als ihr klar wurde, dass das, was sie für weitere unvertraute Symbole gehalten hatte, in Wirklichkeit die simplen Schriftzeichen für Zahlen waren.

Aber die Erregung verebbte schnell. Sie konnte sich noch immer keinen Reim darauf machen. Die unvertrauten Glyphen auf der verkehrt beschrifteten Seite überlappten sich und verwischten die vertrauten Symbole. Wenn sie ihren Funken näher an den Diamanten heranbewegte, wurde es noch schlimmer.

Wenn ich doch nur diese Symbole auf der umgekehrten Seite loswerden könnte … Sie blinzelte, dann lächelte sie. *Natürlich kann ich das. Ich brauche das Licht lediglich an ihnen* vorbei*zuleiten.*

Aber das bedeutete, dass sie ihr Licht in den Diamanten hineinbewegen musste. Sie war sich nicht sicher, ob sie das tun konnte, ohne den Stein zu beschädigen.

Sie ließ den Anhänger auf ihren Schoß fallen und wog das Risiko ab. Vielleicht sollte sie warten, bis sie die Zwillinge erreichte. Oder sie sollte sie zumindest fragen, ob es möglich war, ein Licht in einen Diamanten zu bewegen, ohne ihn zu beschädigen.

Sie betrachtete die Matte, unter der sie den Schatz versteckt hatte.

Vielleicht kann ich es zuerst an einem anderen Edelstein ausprobieren.

Vorher überprüfte sie jedoch den Geist der Menschen um sich herum. Die Leute, die ihr am nächsten waren, befanden sich in der benachbarten Binsenkuppel einige Schritte von ihr entfernt. Sie deckte den Schatz schnell und vorsichtig auf und achtete darauf, dass ihr dabei nichts auf die feuchtigkeitsdurchtränkte Erde fiel. Ohne lange suchen zu müssen, fand sie einen in einen dicken Goldring eingefassten Diamanten, der sich in einigen Ketten verfangen hatte.

Sie befreite ihn und betrachtete den Stein. Er war mit keinerlei Markierungen versehen. In den vergangenen Wochen hatte sie den gesamten Schatz bereits sorgfältig daraufhin überprüft und nichts entdeckt, was Schriftzeichen oder andere vielsagende Merkmale aufwies.

Dann führte sie ihr Licht nahe heran und machte es so klein und so kühl, wie es ihr möglich war. Langsam schob sie es an die Oberfläche des Diamanten heran. Und als sie den Lichtfunken mit ihrem Willen hineinbewegte, spürte sie keinerlei Widerstand.

Die Lichtwirkung in der Kuppel war recht hübsch. Die Facetten des Diamanten warfen ihr Muster auf die Wände. Sie bewegten sich und zeichneten die Bewegungen ihrer Hände um ein Vielfaches vergrößert nach. So sehr sie auch versuchte, die Hände ruhig zu halten, die ganze Kuppel wirkte doch, als zittere sie.

Nachdem sie das Licht wieder aus dem Edelstein herausgeführt hatte, legte sie ihn beiseite und nahm erneut den mit Schriftzeichen versehenen Stein zur Hand. Sie holte tief Luft, hielt ihn so ruhig sie konnte und bewegte ihr Licht hinein.

Ringsum an der Wand erschien ein Gewirr aus Schriftzeichen und Linien, erst rasch bewegt, dann stillstehend. Sie sah sich um und spürte Enttäuschung in sich aufsteigen. Die Schriftzeichen schoben sich immer noch übereinander und bildeten dabei unverständliche Symbole. Aber als sie einen Blick hinter sich warf, konnte sie ein kurzes Aufwallen von Erregung, Erleichterung und Triumph nicht unterdrücken. Ein Abschnitt war vollkommen klar. Linien und Zahlen umgaben die Schriftzeichen, die sie bereits identifiziert hatte.

Jetzt allerdings erwies sich das gerundete dunkle Riedgeflecht der Kuppel als Hindernis bei ihren Bemühungen zu verstehen, was sie sah. Was sie brauchte, war eine glatte, flache Wand. Oder irgendeine andere ebene Oberfläche.

Sie ließ ihren Blick durch die kleine Kuppel schweifen und stellte fest, dass das Tuch, das sie über ihr Bündel gebreitet hatte, eine relativ ebene Fläche bildete. Sie führte das Licht wieder aus dem Diamanten heraus, legte ihn hin und hängte die Decke mit Angelhaken und Zwirn unter die Kuppel.

Dann nahm sie den Diamanten wieder zur Hand und führte den Lichtfunken erneut vorsichtig hinein. Sie drehte den Stein so, dass die Seite mit der Inschrift *ein Licht/ein Schlüssel* der Decke zugewandt war und starrte auf die Form, die sich vor ihren Augen abzeichnete.

Es war ein von klaren Linien umrissenes Achteck, durch das nummerierte, gepunktete Linien führten und es in mehrere Segmente unterteilten. Im Zentrum stand das Schriftzeichen für »Licht«. Das ganze Diagramm bewegte sich durch das leichte Zittern ihrer Hände hin und her.

Sie hatte keine Ahnung, was es bedeuten mochte. Das Wort »Licht« in dem Achteck stand sicherlich für ein Licht in dem Diamanten. Aber was bedeuteten die Zahlen und die sich im Mittelpunkt des Achtecks schneidenden Diagonalen?

Auf Zahlen und Gleichungen habe ich mich nie besonders gut verstanden. Darum müssen sich die Zwillinge kümmern, beschloss sie. Sie starrte das Gebilde an, bis sie sich sicher sein konnte, dass sie sich an jede Einzelheit würde erinnern können, und zog dann ihr Licht aus dem Diamanten zurück. Im Anschluss legte sie sich ihn an seiner Kette um den Hals und verbarg den Rest des Schatzes wieder. Nachdem sie sich vergewissert hatte, dass die ganze Kuppel durch einen magischen Schild gut geschützt war, legte sie sich nieder, um zu schlafen.

Zuerst dachte ich, es sei unwahrscheinlich, dass dieses gerettete Elai-Kind eine Prinzessin war, sagte Mirar zu Auraya. *Eine Prinzessin wäre doch gewiss zu gut bewacht, um in die Hände von Seeräubern zu fallen. Aber jeder, dessen Gedanken ich abgeschöpft habe, hält es für wahr.*

Das tun auch alle, denen ich begegnet bin.

Gestern hat Nekaun mir dann von dem Bündnis mit den Elai erzählt. Er schien recht stolz auf diese Tatsache zu sein, obwohl er nichts damit zu tun gehabt hatte. Es war einzig das Werk der Zweiten Stimme, Imenja, und ihrer Gefährtin.

Ich kann mir nicht vorstellen, dass der König der Elai aus einem geringeren Grund als der Rückkehr seiner Tochter ein Bündnis mit Landgehern schließen würde. Es ist eine beträchtliche Leistung.

Und eine Überraschung. Ich kann für die Pentadrianer keinen großen Nutzen in diesem Bündnis erkennen. Die Elai sind wohl kaum ein mächtiges oder großes Volk. Es wird ihnen vielleicht zu guter Letzt gelingen, die Zahlen der Piraten zu verringern, aber das wird dem Handel keinen großen Aufschwung geben, da nur wenige pentadrianische Kaufleute sich die Mühe machen, nach Toren oder Genria zu reisen.

Aber wenn sie Schiffe versenken können, werden sie vielleicht im Krieg ein wertvoller Verbündeter sein. Die Weißen müssen davon erfahren. Auraya hielt inne. *Würdest du ihnen für mich eine Botschaft übermitteln?*

Mirar wurde plötzlich flau im Magen.

Sie würden nichts glauben, was ich ihnen erzähle.

Sie brauchen ja nicht zu wissen, von wem es gekommen ist. Es müsste eine anonyme Warnung sein.

Ich bin mir nicht sicher, ob das klug wäre. Was werden die Weißen den Elai antun? Wenn sie wissen, dass das Meeresvolk sich den Pentadrianern angeschlossen hat, könnten sie die Elai vor der Schlacht angreifen, um zu verhindern, dass sie kämpfen. Dies ist vielleicht eine Angelegenheit, die besser verschleiert bleibt. Ich bezweifle, dass die Elai im Krieg eine große Rolle spielen werden, und wenn die Weißen gewinnen, besteht später wenigstens eine Chance auf Frieden.

Die Weißen werden sie nicht angreifen, versicherte Auraya ihm. *Aber sie müssen wissen, dass ihre Schiffe in Gefahr sind.*

Mirar wünschte langsam, er hätte das Thema nicht angeschnitten. Es schien ihm falsch zu sein, Auraya zu widersprechen, während sie wochenlang gefesselt in einem unterirdischen Gefängnis saß und er derweil wie ein Ehrengast behandelt wurde. Und er hatte noch keine Möglichkeit gefunden, sie zu retten, ohne dass seine Beteiligung offenbar wurde und das gute Verhältnis zwischen Traumwebern und Pentadrianern darunter leiden würde. Aber er konnte sich nicht von Schuldgefühlen und Mitleid dazu treiben lassen, etwas zu tun, womit er nicht einverstanden war.

Konntest du dich im Geiste weit genug wegbewegen, um die Gedanken der zirklischen Armee abzuschöpfen?, wechselte er das Thema. *Hast du etwas von ihren Plänen belauschen können?*

Noch nicht. Ich nehme an, ich werde auf das gleiche Problem stoßen, das ich schon hatte, als ich versucht habe, pentadrianische Kriegsräte auszuspionieren. Einige der Götter werden dort sein, und wenn ich nicht entdeckt werden will, werde ich mich fernhalten müssen.

Ein Stich der Furcht durchzuckte Mirar. Wenn er die Götter während des Gedankenabschöpfens nicht spüren konnte, wie Auraya es vermochte, dann konnten sie wahrscheinlich auch ihn nicht spüren. Unglücklicherweise war er noch immer ziemlich beschäftigt; mehrere Ergebene Götterdiener führten ihn im Sanktuarium oder in Glymma herum, wann immer ein Kriegsrat abgehalten wurde, so dass er ohnehin niemals die Gelegenheit bekam, sie auszuspionieren.

Du wirst einfach nach dem Kriegsrat die Gedanken der Gefährten abschöpfen müssen, um festzustellen, was sie wissen, riet er ihr. *Und verfahre mit den Ratgebern der Weißen genauso.*

Ja, pflichtete sie ihm bei. *Obwohl es in den Gedanken der Gefährtin Reivan fast immer um Nekaun geht.*

Sie ist vollkommen vernarrt in ihn, gab Mirar ihr recht. *Und doch glaube ich nicht, dass sie ihn wirklich* mag. *Ich weiß, dass ihre Herrin es nicht tut ... Meine Güte, wir tratschen wie alte Weiber!*

Es könnte nützlicher Tratsch sein, falls wir die Situation zu unserem Vorteil verändern können.

Das ist wahr. Das Problem ist, ich habe keine Ahnung, wie wir das anfangen sollen.

Dir wird schon etwas einfallen. Oder mir. Im Augenblick habe ich nicht viel anderes zu tun.

Mirars Herz schnürte sich zusammen.

Bist du sicher, dass du zurechtkommst?

Ja. Mir geht es gut. Ich kann ein wenig körperliches Unbehagen ertragen.

Er wies sie nicht darauf hin, dass sie mehr als nur das zu

erleiden hatte. Obwohl sie nichts sagte, wusste er, dass sie in steter Furcht leben musste. Nekaun konnte jeden Augenblick entscheiden, dass es an der Zeit sei, sie zu töten. Mirar war sich nicht ganz sicher, warum der pentadrianische Anführer es nicht bereits getan hatte.

Ein Geräusch erregte seine Aufmerksamkeit, und er spürte, dass er langsam aus der Traumtrance erwachte.

Ich muss Schluss machen, Auraya, sagte er. *Ich werde mich heute Nacht mit dir vernetzen.*

Das möchte ich dir auch geraten haben, sagte sie. *Sonst werde ich …*

Den Rest hörte er nicht mehr. Das Klopfen an der Tür zu seinen Räumen war laut und beharrlich. Er erhob sich vom Bett, sah sich um und seufzte.

Ich hatte mir Sorgen gemacht, dass es mir nicht gelingen würde, mit diesen Stimmen zu einer Einigung zu kommen, dass sie mich in ihren Ländern nicht würden haben wollen. Jetzt, da ich feststelle, dass ich hier willkommen bin, kann ich diese Tatsache nicht genießen. Wenn Auraya nicht hier wäre, wäre ich entzückt von der Situation. Aber da sie ihre Gefangene ist, kann ich nicht umhin, sie als unsere Feinde zu betrachten.

Es war eine eigenartige und komplizierte Situation, und die Tatsache, dass die Zirkler gegen die Pentadrianer in den Krieg zogen, würde die Dinge nicht einfacher machen.

38

Das Knarren des sich öffnenden Tors zwang Auraya, ihre Aufmerksamkeit wieder auf ihre Umgebung zu lenken. Als ihr klar wurde, dass jemand in die Halle kam, krampfte sich ihr Magen zusammen, und ihr wurde flau, als sie sah, dass der Besucher Nekaun war.

Wie immer überschlugen sich die Fragen in ihrem Kopf. Würde er sie befreien? Würde er sie töten? Würde er sie befragen, sie foltern oder als Gegenleistung für ihre Freiheit irgendetwas Schreckliches von ihr verlangen?

Sie holte tief Luft, schob die Fragen und die Angst, die sie mit sich brachten, beiseite und straffte sich.

Nekaun blieb stehen und musterte sie schweigend, während sich um seine Lippen ein schwaches Lächeln abzeichnete.

Nein, es sieht so aus, als würde er dasselbe tun wie beim letzten Mal, beantwortete sie sich ihre früheren Fragen selbst.

Sie sehnte sich beinahe nach der Einsamkeit ihrer ersten Tage zurück, als man sie allein und unbeachtet in ihrem Gefängnis hatte sitzen lassen und die Götterdiener, die das Tor bewachten, der einzige Hinweis darauf waren, dass man ihre Anwesenheit hier nicht vergessen hatte.

Angekettet, wie sie war, konnte sie sich nicht hinlegen, um zu schlafen. Stattdessen musste sie in eine halb kniende, halb hängende Position sinken. Dann verlor sie langsam das Gefühl in den Armen, und ihre Schultern und Knie begannen zu schmerzen. Die Kälte in der Halle machte die Dinge nicht besser, aber das war die geringste ihrer Sorgen.

Nach einem Tag waren die Funktionen ihres Körpers zu einem unangenehmen Problem geworden. Zuerst wurde sie durstig, dann stieg quälender Hunger in ihr auf. Weder das eine noch das andere war leicht zu ertragen, aber die Konsequenzen waren weniger demütigend als der Drang, sich zu erleichtern. Sie konnte ihre Kleider nicht entfernen oder ihre Position allzu sehr verändern. Schließlich hatte sie sich so weit wie möglich zu einer Seite gestreckt, so dass sie zumindest nicht in ihrem eigenen Urin und ihren Exkrementen stehen musste.

Wer hätte gedacht, dass körperliche Vorgänge, die man jeden Tag erlebte und über die man kaum nachdachte, solches Unbehagen verursachen konnten? Sie hatte sich damit getröstet, dass diese Probleme ihr nicht allzu lange zusetzen würden, wenn man ihr nichts zu essen oder zu trinken brachte.

Als Nekaun nach drei Tagen zurückgekehrt war, war sie zu schwach gewesen, um zu stehen. Er hatte nichts gesagt, sondern nur sie und den Unrat neben ihr betrachtet und angewidert die Nase gerümpft. Dann war seine Miene nachdenklich geworden, und ein Leuchten war in seine Augen getreten. Er hatte sich zu den Götterdienern umgewandt und zu sprechen begonnen.

Als sie seine Anweisungen gehört hatte, hätte sie um ein Haar laut protestiert. Stattdessen hatte sie sich auf die Zunge gebissen und sich gesagt, dass es eine größere Demütigung gewesen wäre, ihn anzuflehen, als zu ertragen, was er vorhatte. Und ihr Flehen hätte ihn wahrscheinlich ohnehin nicht davon abgehalten.

Die Götterdiener hatten Domestiken gerufen, die ihr die Kleider vom Leib schnitten und eimerweise kaltes Wasser über ihr und dem Boden auskippten. Sie brachten ihr Wasser zu trinken und einen dünnen Brei, der, wie sie vermutete, aus irgendeinem Getreide hergestellt worden war. Sie konnte nicht selbst essen, daher musste sie zulassen, dass man ihr das Wasser und den Brei in den Mund goss.

Mittlerweile lag ein breites Lächeln auf Nekauns Gesicht. Das Leuchten in seinen Augen hatte sich verstärkt, als man sie entkleidet hatte, war dann aber wieder verschwunden, als die Domestiken ihr zu essen gaben. Es war offenkundig, dass er ihre Demütigung auskostete. Sie fühlte sich versucht, ihm den Brei ins Gesicht zu spucken, aber sie war zu hungrig, um ihn zu vergeuden.

An diesem Tag hatte sie entdeckt, dass sie leben wollte. Sie war sich noch nicht sicher, wie stark dieser Wille war, aber sie fürchtete sich davor herauszufinden, was sie möglicherweise zu tun bereit wäre, um nicht zu sterben. An welchem Punkt würde sie ihre Meinung ändern und den Tod herbeisehnen?

Wenn Nekaun die Antworten auf dieselben Fragen wissen wollte, so hatte er es jedenfalls nicht eilig, es herauszufinden. Bisher hatte er sie lediglich verhöhnt.

»Sei mir gegrüßt, Auraya«, sagte er. »Ich darf doch davon ausgehen, dass dein Quartier deine Zustimmung findet?«

Sie ignorierte ihn. Ähnliche Fragen hatte er bisher jedes Mal gestellt. *»Gefällt dir dein Aufenthalt bei uns?« – »Gibt es irgendetwas, das ich dir besorgen kann?«*

Als sie eine Bewegung hinter ihm wahrnahm, richtete sie ihre Aufmerksamkeit auf die Domestiken, die in den Raum geeilt kamen. Sie huschten zögernd an Nekaun vorbei. Die beiden ersten trugen Wassereimer. Auraya biss die Zähne zusammen und wappnete sich gegen die Kälte ihres alltäglichen Bades. Der zweite Eimer wurde auf den Boden geleert, dann machte ein Domestik sich daran, die Fäkalien mit einem Besen von dem Podest zu kehren.

Ein dritter Domestik hielt Auraya eine Wasserschale an

den Mund. Sie trank sie aus, denn sie wusste, dass man ihr bis zum nächsten Tag nichts mehr geben würde. Der letzte Domestik hob die gewohnte Schale körnigen Breis an.

»Halt«, sagte Nekaun.

Mutlos beobachtete Auraya, wie der Domestik die Schale sinken ließ. Sie hoffte, dass es ihr gelang, eine teilnahmslose Miene beizubehalten und sich nichts von ihrer Angst anmerken zu lassen, als Nekaun näher kam, denn sie war davon überzeugt, dass er beim geringsten Anzeichen von Furcht nur weitere Möglichkeiten finden würde, sie zu quälen.

Er nahm dem Domestiken die Schale ab und hob sie an ihre Lippen.

Sie zögerte nur einen Moment lang. Wenn sie sich weigerte, aus seinen Händen zu essen, würde er sie hungern lassen, bis sie ihren Widerstand aufgab. Es war besser, so zu tun, als spiele es keine Rolle.

Er beobachtete sie lächelnd, während sie aß. Sie sah ihm nicht in die Augen, sondern konzentrierte sich stattdessen auf eine kleine Narbe an seiner Nase. Die Narbe war ihr bisher nie aufgefallen. Sie fragte sich, woher sie rühren mochte.

Jetzt kippte Nekaun die Schale, so dass Auraya mit gierigen Schlucken trinken musste, damit der Brei nicht über den Rand schwappte und vergeudet wurde. Als die Schale leer war, trat Nekaun zurück, und hielt das Gefäß einem Domestiken hin.

»Geht«, befahl er den Dienern. Sie eilten erleichtert davon. Einer von ihnen fragte sich, warum sie die Erste Stimme hier fürchteten, aber nirgendwo sonst. Wahrscheinlich, so schlussfolgerte der Mann, lag es daran, dass er keine Ahnung hatte, was er in dieser Situation von Nekaun zu erwarten hatte. Die Zauberin war eine Feindin. Nekaun würde womöglich den Befehl geben, dass man ihr etwas Schreckliches antat, und der Domestik wollte nicht derjenige sein müssen, der diesen Befehl ausführte.

Falls Nekaun die Gedanken des Mannes hörte, so ließ er sich nichts davon anmerken. Er starrte Auraya an, die den Blick auf die Wand hinter seiner Schulter gerichtet hatte. Obwohl sie keine Gedanken von ihm spüren konnte, hatte sie manchmal das Gefühl zu wissen, was er dachte. So wie jetzt, als sein Blick an ihrem Körper hinunterwanderte. Sie wusste, dass er entweder Interesse an ihrer Nacktheit heuchelte, um sie einzuschüchtern, oder … oder es erregte ihn.

Er kam erst einen Schritt, dann einen weiteren auf sie zu. Ihr Herz begann zu rasen, und sie atmete ein wenig langsamer, um ruhig zu bleiben. Einen Schritt von ihr entfernt blieb er stehen und rümpfte die Nase.

»Also wirklich, Auraya«, sagte er kopfschüttelnd. »Du solltest besser auf dich Acht geben. Du riechst schrecklich.«

Dann drehte er sich auf dem Absatz um und stolzierte davon.

Sie sah ihm nach. Die Wachen verriegelten das Tor hinter ihm, dann verklangen seine Schritte.

Sie seufzte vor Erleichterung.

Er hat nur versucht, mich einzuschüchtern, sagte sie sich.

Sie lehnte sich an den Sockel des Throns, schloss die Augen und sandte ihren Geist in die Welt hinaus. Auf diese Weise verbrachte sie den größten Teil ihrer wachen Stunden. Außerdem sah sie mehrmals am Tag nach Unfug. Eine der Dienerinnen hatte ihn zu ihrem Schoßtier erkoren. Er blieb bei ihr, weil Auraya ihn in Traumvernetzungen dazu ermutigte. Außerdem war er es gewohnt, dass sie ihn bisweilen in die Obhut eines anderen gab.

Abends vernetzte sie sich mit Mirar. Den Rest der Zeit schöpfte sie Gedanken ab. Der Umstand, dass sie in einer kalten, leeren Halle angekettet war, war nicht gerade anregend. Zumindest nicht auf eine gute Art und Weise. Ihre Entdeckungsreisen in die Welt gaben ihr etwas zu tun.

Insgeheim war es eine Quelle des Stolzes für sie, dass sie sich von Tag zu Tag besser darauf verstand, die Gedanken anderer wahrzunehmen. Wann immer sie ihren Geist ausstreckte, konnte sie sich weiter von ihrer Position entfernen als beim letzten Mal. Auf diese Weise hörte sie am Tag nach ihrer Gefangennahme Gerüchte von einem bevorstehenden Krieg. Daraufhin ergab es auch einen Sinn, dass Nekaun seinen Schwur gebrochen hatte. Wenn die Zirkler eine Invasion planten, würde er nicht das Risiko eingehen, dass seine Bemühungen, sie zu bestricken, gescheitert waren. Wenn er sie gehen ließ, das wusste er, würde sie wahrscheinlich zu den Weißen zurückkehren, um an ihrer Seite zu kämpfen.

Hätte ich das getan?, fragte sie sich. *Vielleicht. Es hätte mir nicht gefallen, aber wenn die Götter es mir befohlen hätten, hätte ich für sie gekämpft.*

Was keinen Sinn ergab, war die Tatsache, dass Nekaun sie nicht getötet hatte. Warum hatte er sie gefangen genommen? Plante er einen weiteren Handel mit ihr als Geisel? Dachte er, er würde die Weißen dazu bewegen können, sich als Gegenleistung für ihre Herausgabe zurückzuziehen?

Sie lächelte schief. *Damit wäre Huan niemals einverstanden.*

Aber Chaia würde das vielleicht anders sehen. Sie dachte an seine Nachricht, die er ihr durch den sterbenden Siyee-Priester geschickt hatte. Keiner der Domestiken, die sie versorgten, hatte auch nur ein Wort mit ihr gesprochen, geschweige denn sein »Schlüssel«-Wort benutzt. Sie bezweifelte, dass sie durch Nekaun eine Nachricht von Chaia bekommen würde. Und außer ihm und den Domestiken hatte sie niemand besucht.

Aber andere Götter hatten es getan. Saru, Yranna und Lore waren für einen kurzen Moment erschienen. Aus ihrem Gespräch hatte sie entnommen, dass sie gekommen waren, um eine Bestätigung dafür zu finden, dass sie tatsächlich hier eingekerkert war, aber davon abgesehen hatte sie kaum etwas erfahren.

Hatte Chaia einen Plan, um sie zu befreien? Oder war er zu beschäftigt mit den Vorbereitungen des Krieges? Es gab nicht allzu viel, was er hier ausrichten konnte, in einem Land, in dem niemand ihm huldigte oder ihm gehorchte.

Vielleicht will er mich befreien, sobald die Zirkler gesiegt haben. Aber Nekaun wird vermutlich dafür sorgen, dass ich sterbe, falls die Pentadrianer verlieren. Er wird meinen Wachen den Befehl geben, mich zu töten.

Sie sah zu den Götterdienern am Tor hinüber.

Es sei denn, irgendjemand hält sie auf.

Sie dachte an den Hinweis der Götter, dass sie sich Mirars entledigen könnten, obwohl er jetzt den Schutz der Stimmen genoss. Wenn es hier einen gedungenen Mörder gab, konnte der Betreffende ihr vielleicht helfen.

Aber er würde nichts unternehmen, solange die Weißen es ihm nicht befahlen, und sie hatte den Weißen nicht mitteilen können, in welcher Situation sie sich befand. Selbst wenn Nekaun ihr den Priesterring nicht abgenommen hätte, hätte sie ihn nicht benutzen können. In dem Leeren Raum hätte er ohnehin nicht funktioniert. Also hatte sie stattdessen versucht, sich durch Traumvernetzungen mit Juran in Verbindung zu setzen. Doch ihre Bemühungen waren erfolglos geblieben. Sie hatte versucht, nach Mairae und sogar nach Dyara zu rufen, aber keine der beiden Frauen hatte geantwortet. An diesem Morgen hatte Mirar sie auf eine Idee gebracht.

»Du wirst einfach die Gedanken der Gefährten abschöpfen müssen, um festzustellen, was sie wissen. Und verfahre mit den Ratgebern der Weißen genauso.«

Sie konnte sich nicht mit den Weißen vernetzen, aber vielleicht konnte sie Danjin erreichen.

Sie ließ sich an dem Thron herabsinken, verlangsamte ihre Atmung und suchte die Traumtrance. Sobald sie den gewünschten Zustand erreicht hatte, rief sie Danjins Namen.

Zuerst bekam sie keine Antwort, aber nach mehreren Versuchen hörte sie eine vertraute, wenn auch verwirrte Gedankenstimme.

Auraya?

Ja, Danjin. Ich bin es.

Auraya … ich träume.

Das ist wahr und auch wieder nicht wahr. Dies ist die Art, wie Traumweber sich miteinander in Verbindung setzen.

Eine Traumvernetzung?

Ja.

Er zögerte, und sie spürte sowohl Sorge als auch Schuldgefühle.

Ich soll nicht mit dir reden.

Ein kalter Schauer überlief Auraya.

Warum? Glauben die Weißen, ich hätte die Seiten gewechselt?

Sie … müssen diese Möglichkeit in Betracht ziehen. Sie haben seit Wochen nichts von dir gehört.

Ich kann sie nicht erreichen. Ich bin überlistet worden. Nekaun hat mich eingekerkert, und zwar in einem … Sie hielt inne, denn ihr wurde klar, dass Danjin nicht wusste, was ein Leerer Raum war. Wussten es die Weißen? Sie selbst hatte bis zu ihrer Begegnung mit Jade keine Ahnung davon gehabt.

Auraya?, fragte Danjin besorgt.

Nekaun hat mir meinen Priesterring abgenommen. Ich habe versucht, mich im Traum mit Juran und den anderen zu vernetzen, aber es funktioniert nicht. Vielleicht schlafen sie einfach nie, wenn ich es versuche; vielleicht können sie mir auch nicht antworten … Oder ich werde daran gehindert, mit ihnen Verbindung aufzunehmen. Du musst Juran sagen, dass ich gefangen genommen worden bin.

Danjin antwortete nicht.

Danjin?

Ja. Ich bin … nicht in Jurans Nähe. Ich werde es Ella sagen, und sie wird es weitergeben.

Sie spürte Wachsamkeit bei ihm.

Du bist dir nicht sicher, ob du mir glauben kannst, stellte sie fest.

Nein, gestand er. *Die Weißen haben mir geraten, vorsichtig zu sein.*

Sie fühlte sich gekränkt, doch dann machte diese Regung Verärgerung Platz.

In diesem Fall solltest du es ihnen vorsichtig beibringen. Es liegt an ihnen zu entscheiden, ob sie mir glauben oder nicht.

Ich möchte dir glauben. Ich glaube *dir.* Seine Stimme klang gequält. *Ich werde dir glauben, bis ich einen Beweis für das Gegenteil habe, aber ich muss so tun, als glaubte ich dir nicht, bis ein Beweis für deine Verlässlichkeit erbracht ist.*

Und es gefiel ihm nicht. *Ah, Danjin,* dachte sie. *Ich vermisse dich.*

Ich verstehe. Danke, Auraya.

Sie brach die Verbindung ab, kehrte ins Bewusstsein zurück und sah sich seufzend in der Halle um.

Nun, Chaia hat mich gewarnt, dass Huan die Menschen, die ich liebe, gegen mich benutzen würde.

In dem großen gefliesten Raum hallten die Gespräche der Stimmen, Gefährten, Götterdiener und Denker wider. Reivan, die neben Imenja stand, blickte zu Boden. Die Mosaikkarte leuchtete sanft und spiegelte das Licht der Lampen wider. Man hatte Tonfiguren von Pentadrianern und Zirklern auf den Boden gestellt, und sie sahen aus wie Spielzeuge, die ein Kind vergessen hatte. Ein reiches Kind, denn die Figuren waren sehr kunstvoll gearbeitet. Reivan sah, dass sich unter den

Zirklern auch kleine Siyee befanden. Im Gegensatz zu den geflügelten Gestalten, die in dem Mosaik abgebildet waren, waren diese Abbildungen zutreffend bis hin zu den Knochen, die man in den Membranen ihrer Flügel erkennen konnte.

»Nekaun kommt«, murmelte jemand, der in der Nähe des Eingangs stand.

Alle Anwesenden verfielen in Schweigen und drehten sich um. Als Nekaun den Raum betrat, zeichneten viele Hände das Symbol des Sterns in die Luft. Auf Nekauns Gesicht lag ein eigenartiger Ausdruck, der jedoch im nächsten Moment verschwand. Er sah sich im Raum um und nickte den Menschen darin zu.

»Verzeiht mir meine Verspätung«, sagte er. »Eine andere Angelegenheit hat mich aufgehalten.« Er ging zum Rand der Karte und blickte auf die Figuren der Zirkler hinab. »Ist das die Position der feindlichen Armee?«

»Unseren Spionen zufolge, ja«, antwortete der Ergebene Götterdiener Meroen. Der Mann war noch keine vierzig, hatte sich aber während des vergangenen Krieges als intelligenter Stratege erwiesen.

Nekaun ging um die Karte herum. Alle Blicke folgten ihm. Reivan hörte Imenja kaum wahrnehmbar schnauben und ahnte, was ihre Herrin dachte. Die Erste Stimme hätte nicht um die Karte herumgehen müssen – er stand einfach nur gern im Zentrum der Aufmerksamkeit.

»Hat der sennonische Kaiser auf meine Botschaft reagiert?«, fragte Nekaun an Vervel gewandt.

Die Dritte Stimme schüttelte den Kopf. »Nein.«

Nekaun muss die Antwort bereits gekannt haben, dachte Reivan, *aber er hat wahrscheinlich um der anderen willen gefragt.* Er nickte und sah sich im Raum um.

»Hat irgendjemand eine Idee, wie wir seine Meinung ändern könnten?«

Als niemand antwortete, runzelte Nekaun die Stirn und widmete sich wieder der Betrachtung der weißen Figuren.

»Wie groß ist die zirklische Armee?«

Jetzt begannen mehrere Menschen gleichzeitig zu sprechen. Mereon sprach von Tausenden, die sich bisher versammelt hatten, dann stellten einige andere Vermutungen darüber an, wie viele weitere Krieger noch dazustoßen würden. Die Dunweger hatten sich der Armee noch nicht angeschlossen. Schließlich stellte jemand die Frage, ob Sennon ebenfalls in den Krieg ziehen würde oder ob der Kaiser sich aus den Kampfhandlungen heraushalten und der zirklischen Armee lediglich gestatten würde, sein Land zu durchqueren.

»Diesmal sind weniger Siyee beteiligt«, fügte er hinzu.

»Wie schnell bewegt sich die zirklische Armee?«, fragte Nekaun. »Wann werden sie die Landenge erreichen?«

»Sie kommen stetig voran; wenn sie nicht durch Sandstürme aufgehalten werden, müssten sie binnen eines Mondkreislaufs hier sein«, sagte Shar. »Sie reisen durch die Wüste, und sie werden Wasser und Proviant mitnehmen müssen. In Diamyane wird man ihnen keine Vorräte zur Verfügung stellen können, daher werden sie alles Notwendige aus dem Norden mitbringen müssen.«

»Also greifen wir ihre Vorratskarawanen an.«

»Oder ihre Schiffe.«

Nekaun lächelte. »Unsere Elai-Freunde könnten sich am Ende doch als nützlich erweisen.« Er sah Imenja an. »Haben sie auf unsere Bitte geantwortet?«

»Ich bezweifle, dass die Nachricht sie bereits erreicht hat«, erwiderte sie.

Nekaun schaute sich im Raum um. »Worin bestehen unsere Stärken und worin unsere Schwächen?«

»Wir haben nur wenige Schwächen«, erwiderte Vervel. »Die Landenge stellt eine wirksame Barriere dar. Die Zirkler können sie nicht in großer Zahl überqueren. Wir haben reichlich Vorräte an Wasser und Nahrung und kämpfen auf vertrautem Boden. Wir sollten in der Lage sein, eine Armee aufzustellen, die es mit ihrer aufnehmen kann. Unsere Flotten sind gleich stark, aber unsere Seeleute sind besser ausgebildet.«

Der Ergebene Götterdiener Meroen schüttelte den Kopf. »Warum greifen sie uns an, wenn sie offenkundig nicht im Vorteil sind?«

»Sie verlassen sich wahrscheinlich auf Aurayas Hilfe«, bemerkte Shar.

Nekaun lächelte. »Vielleicht. Aber sie werden diese Hilfe nicht haben.«

»Werden sie umkehren, sobald sie erfahren, dass sie gefangen genommen wurde?«, fragte Genza.

Mehrere der Anwesenden antworteten gleichzeitig.

»Das wissen sie sicher bereits.«

»Wenn sie es nicht tun, werden wir dafür sorgen, dass sie es erfahren.«

»Schickt ihnen ihre Leiche.«

Nekaun lächelte immer noch, aber sein Lächeln hatte etwas Geistesabwesendes. Es war der gleiche eigenartige Gesichtsausdruck, den er auch bei seiner Ankunft zur Schau getragen hatte. Aus irgendeinem Grund fröstelte Reivan bei diesem Anblick. Das Lächeln hatte etwas Unangenehmes.

»Wenn die Zirkler die Landenge erreichen, werden sie aufgehalten«, sagte Meroen, wobei er mit schriller, lauter Stimme sprach, um sich Gehör zu verschaffen. »Aber eines dürft ihr nicht vergessen: Die Landenge stellt auch für uns ein Hindernis dar. Wir werden vielleicht in einen lang währenden Krieg verstrickt. Die Felder werden unbestellt bleiben, der Handel wird zum Erliegen kommen, und die Stimmen werden auf der Landenge festsitzen, wenn wir den Weißen keine Gelegenheit bieten wollen, ihre Abwesenheit auszunutzen.«

Im Raum war es still geworden. Nekaun sah Meroen stirnrunzelnd an, dann ließ er den Blick von einem Gesicht zum nächsten wandern.

»Also, was tun wir, um ein Patt zu vermeiden?«

Leises Gemurmel setzte ein, während die Frage erörtert wurde.

»Wir könnten unsere Armee hinter den sennonischen Bergen verstecken«, schlug ein Denker vor. »Wenn die Zirkler in Diamyane eintreffen, greifen wir sie von allen Seiten an und treiben sie ins Meer.«

»Die Späher der Siyee würden uns sehen.«

»Und wir würden unseren größten Vorteil verlieren«, warf Nekaun ein. »Die Landenge. Nein. Sollen sie sich in Diamyane niederlassen. Wir werden sie von ihrem Nachschub abschneiden. Sollen sie ein wenig hungern, bevor wir sie brechen.«

Er lächelte abermals, und einen Moment lang war sein Blick auf einen weit entfernten Ort gerichtet. Reivan schauderte und wandte sich ab. Als sie sich wieder umdrehte, stellte sie fest, dass er sie beobachtete. Plötzlich kam sie sich töricht vor. Er kostete lediglich das Vorgefühl des Sieges aus. Es war nur verstörend, einen Anflug von Blutdurst in den Augen eines Mannes zu sehen, den sie in ihr Bett genommen hatte. Eigentlich hätte diese Regung ihn aufregender erscheinen lassen müssen. Mächtig. Gefährlich.

Aber so war es nicht.

Er wandte sich ab, und ein gänzlich anderer Ausdruck trat in seine Züge. Reivan gefror das Blut in den Adern.

Wenn sie es sich nicht nur eingebildet hatte ... und sie wusste, dass sie das nicht getan hatte ... war es ein Ausdruck unverhohlener Verachtung gewesen.

39

Die dunwegische Armee bot einen beeindruckenden Anblick.

Krieger marschierten in Zehnerkolonnen die Straße entlang. An der Spitze eines jeden Clans ging ein Mann, der mit nichts bekleidet war als einem kurzen Lederrock. In den Händen trugen diese Männer jeweils einen leuchtend bunt bemalten Speer. Die Mitglieder des Stammes wechselten sich in dieser Position ab, und wenn sie sich auszogen, wurde auf ihrer Brust das eintätowierte Muster ihres Clans sichtbar. Sie teilten sich diese Rolle nicht etwa, um zu vermeiden, allzu lange Stunden dem schlechten Wetter ausgesetzt zu sein, sondern weil alle Mitglieder eines Clans ansonsten um diese Ehre gekämpft hätten.

Jeder zweite Mann in der Armee trug mindestens die Hälfte seines Körpergewichts an Waffen. Selbst die Zauberer waren mit Waffen ausgestattet; die Tatsache, dass sie mehr als nur durchschnittliche Gaben besaßen, ersparte keinem Mann eine richtige Ausbildung in der Kriegskunst. Hinter den Truppen folgten zweirädrige, von eigens für die Schlacht abgerichteten Reynas gezogene Plattans; die Krieger ertrugen nicht gern die Entwürdigung, durch Reyna-Dung marschieren zu müssen, machten aber für die Reynas vor den Kampf-Plattans ihrer Anführer eine Ausnahme. Hinter den Kampfwagen kamen vierrädrige, von Arems gezogene Vorrats-Tarns und die Diener der Clans.

Danjin hatte einen guten Blick auf diese kämpferische Marschkolonne. Der Plattan, in dem er fuhr, war offen. Ella und I-Portak sahen nach vorn, während Danjin und die dunwegischen Ratgeber der Weißen und dem dunwegischen Anführer zugewandt fuhren. Sie brauchten nicht hinter sich zu sehen, um zu wissen, dass die Armee ihnen folgte; das rhythmische Stampfen von Stiefeln lieferte ein stetiges Hintergrundgeräusch zu ihren Gesprächen.

Noch faszinierender war es zuzusehen, wie die Armee ihr Lager aufschlug. Alle kannten ihre Aufgaben und versahen sie, ohne Rat oder Befehle zu brauchen. Alles wurde mit der Geschicklichkeit langer Übung ausgeführt, was ihrer gründlichen Ausbildung zu danken war. Falls irgendjemand unter den Dunwegern war, der den bevorstehenden Kampf fürchtete, so ließ er sich nichts anmerken.

Was mag wohl mit den Versagern geschehen? Den Jungen, die nicht zu starken Männern heranwachsen? Den Männern, die Verletzungen oder Krankheiten erleiden oder der Melancholie verfallen? Werden sie versteckt oder von ihrem Stamm verstoßen, um Diener zu werden?

Er dachte an den Tag zurück, an dem die Armee Chon verlassen hatte. Frauen hatten die Straßen gesäumt und ein duftendes Kraut vor den Kriegern verstreut. Einige hatten erschüttert gewirkt, andere erleichtert.

Ich hoffe, meine Briefe kommen zu Hause an. Er unterdrückte ein Seufzen. *Ich wünschte, ich hätte Silava und die Mädchen noch sehen können. Sogar meinen Vater hätte ich gern noch einmal getroffen, obwohl ich mir sicher bin, dass er mich überleben wird, selbst wenn ich diesen Krieg überstehen sollte.*

Seit er von dem Schicksal der Dorfbewohner erfahren hatte, hatte er jede Nacht von seiner Familie geträumt. Es war schon schlimm genug gewesen, die Hinrichtung der Pentadrianer mitanzusehen, obwohl es die Reaktion der Dorfbewohner war, die zu vergessen ihm am schwersten fallen würde. Einige waren in Jubel ausgebrochen, andere hatten geweint, aber die meisten Menschen hatten sich mit vor Angst schneeweißen Gesichtern schweigend aneinandergekauert. Sie hatten Grund zur Furcht gehabt. Die dunwegische Rechtsprechung war hart. Später, in Chon, waren die Dorfbewohner, die den Pentadrianern das herzlichste Willkommen bereitet hatten, hingerichtet worden. Jene, die lediglich nicht protestiert hatten, waren zur Arbeit in die Minen geschickt worden. Aber zu Danjins Erleichterung hatte I-Portak jenen gegenüber, die nicht die Macht besessen hatten, Einwände gegen die Anwesenheit der Pentadrianer zu erheben, Milde walten lassen. Sie waren zusammen mit den Alten und den Kindern in ihr Dorf zurückgeschickt worden. Danjin vermutete, dass das nur noch von wenigen Menschen bevölkerte Dorf jetzt ein trauriger Ort war.

In seinen Träumen von seiner eigenen Familie führte er lächerliche Gespräche mit seiner Frau und seinen Töchtern. Gelegentlich war ihnen nicht bewusst, dass er dort war, ganz gleich, wie sehr er sich bemühte, ihre Aufmerksamkeit zu erregen. Als er nun an diese Träume dachte, durchzuckte ihn eine vertraute Mischung aus Furcht und Resignation. Und Traurigkeit. Wenn er nicht zurückkehrte …

Denk nicht daran, sagte er sich. *Wenn du daran denkst, wird es auch geschehen.*

Aber irgendwann zwischen seiner Abreise aus Chon und dem heutigen Tag hatte sich seiner die Überzeugung bemächtigt, dass er diesen Krieg nicht überleben würde, und diese Ahnung konnte er einfach nicht mehr abschütteln. *Wo ist all die Zuversicht geblieben, die ich während des vergangenen Krieges verspürt habe?* Er verzog das Gesicht. *Es war nicht Zuversicht, sondern Unwissenheit.*

Oder vielleicht hatte Auraya ihm Hoffnung gegeben. Sie fliegen zu sehen … Es war schwer gewesen, sich vorzustellen, dass irgendetwas sie würde bezwingen können.

Er schauderte. In der vergangenen Nacht hatte sie ihm in einem Traum erzählt, dass die Stimmen sie in Glymma eingekerkert hatten. Er hatte sie nicht sehen können, sondern nur ihre Stimme gehört, aber der Traum war ihm so real erschienen, dass er davon überzeugt war, sie müsse wahrhaft zu ihm gesprochen haben. Am nächsten Tag hatte er Ella von dem Traum erzählt und sie gefragt, ob sie glaube, dass Auraya sich tatsächlich mit ihm in Verbindung gesetzt haben könnte. Ella hatte es für möglich gehalten, hatte aber nichts Derartiges von den Weißen oder den Göttern gehört.

Nach dem Traum hatte Danjin lange wach gelegen und über Auraya nachgedacht. Er machte sich Sorgen, was geschehen würde, wenn sie tatsächlich eine Gefangene war. Wenn die Stimmen genug Macht besaßen, um sie festzuhalten, hatten sie auch genug Macht, um ihr etwas anzutun – und sie sogar zu töten.

Aber wenn sie diese Macht besitzen, warum haben sie sie dann nicht bereits getötet?

Jetzt befürchtete er, dass Auraya, wie Ella ihn gewarnt hatte, versuchte, ihn zu überlisten. Er erwog verschiedene Gründe, warum sie wünschen könnte, dass er glaubte, sie sei eine Gefangene. *Um mich und die Weißen dazu zu bringen anzunehmen, dass sie nach wie vor auf unserer Seite steht, obwohl das nicht der Fall ist. Warum sollte sie das tun?* Er seufzte. *Um uns in einen Kampf zu locken, den wir nicht gewinnen können.*

Manchmal war er davon überzeugt, dass es nur ein Traum gewesen war und er keinen Grund zur Sorge hatte.

Wenn es kein Traum war, ist Auraya eine Gefangene, erklang Ellas Stimme in seinen Gedanken. *Wenn es einer war, haben wir trotzdem reichlich Grund zur Sorge. Wir haben seit Wochen nichts mehr von Auraya gehört.*

Aufgeschreckt von der Stimme in seinem Kopf, sah Danjin zu Ella hinüber.

Vorsicht, fügte sie hinzu. *Einer der Vorteile von Gedankengesprächen ist der, dass andere nichts davon mitbekommen. Wenn du jedes Mal so zusammenzuckst, verdirbst du alles.*

Er wandte den Blick ab.

Hast du eine Ahnung, wo sie ist?, fragte er.

Nein. Und nein, die Götter wissen es auch nicht.

Was wird geschehen, wenn sie die Seiten gewechselt hat?

Die Götter sind zuversichtlich, dass sie sie daran werden hindern können, gegen uns zu kämpfen.

Sie daran hindern … Sie haben diese Gefangennahme doch nicht etwa selbst arrangiert, oder?

Ihre Erheiterung war wie das Klirren von Glas.

Vielleicht. Es wäre eine reife Leistung, nicht wahr? Den Feind, ohne seine Götter argwöhnisch zu machen, dazu zu bringen, jemanden einzukerkern, der bereit ist, sich ihnen anzuschließen.

Sie hatte recht. Es war eine törichte Idee.

Wenn sie die Gefangene der Pentadrianer ist, dann hat sie uns nicht verraten.

Nicht unbedingt. Sie könnte die Götter im Herzen verraten haben, aber immer noch nicht bereit sein, sich den Pentadrianern anzuschließen. Und vielleicht ist sie überhaupt keine Gefangene.

Vielleicht ist sie nicht einmal in Südithania, fügte er hinzu, wobei er mehr mit sich selbst sprach als mit Ella. *Sie könnte an einem ganz anderen Ort sein.*

Warum setzt sie sich dann nicht mit uns oder mit den Göttern in Verbindung?, fragte sie.

Diese Frage konnte er nicht beantworten. Er blickte zu Ella hinüber und sah ein mitfühlendes Lächeln um ihre Lippen spielen. Dann wurde ihre Miene plötzlich wieder ernst. Sie starrte ins Leere, und ihre Züge entspannten sich.

»Juran hat mich soeben darüber informiert, dass er die letzte Stadt vor dem Pass erreicht hat. Wir sollten binnen einer Woche zu ihm stoßen.«

I-Portak wandte sich zu ihr um. »Oder früher, wenn das Wetter so bleibt.«

Sie lächelte. »Deine Krieger beeindrucken mich stets aufs Neue mit ihrer Ausdauer, I-Portak. Du solltest dafür sorgen, dass sie sich ein wenig Kraft für die Reise durch die Wüste aufsparen.«

Er zog die Schultern hoch. »Das tue ich. Wüstenbedingungen sind uns nicht fremd. Erzähl das dem sennonischen Kaiser nicht, aber wir haben seit Jahrhunderten kleine Kriegertrupps zu Übungszwecken in die Wüste geschickt.«

Sie lachte leise. »Ich bin davon überzeugt, dass der sennonische Kaiser sich darüber im Klaren ist.«

Danjin musste sich ein Lächeln verkneifen, als I-Portak sie mit kaum verhohlenem Entsetzen ansah.

»Soll das heißen, all die Heimlichtuerei, mit der wir vorgegangen sind, ist umsonst gewesen?«, fragte er schließlich.

»Übung ist der einzige Weg zur Vollkommenheit«, zitierte sie die dunwegische Tradition.

Er kicherte und wandte sich ab. »Und Vollkommenheit gibt es nur im Reich der Götter.« Dann zuckte er die Achseln. »Solange der Kaiser Unwissenheit heuchelt, werden wir so tun, als blieben unsere Streifzüge durch sein Land unbemerkt.«

Am Stadtrand befand sich ein Übungsfeld für Kriegerdiener. Auraya schöpfte die Gedanken der Menschen dort ab und beobachtete sowohl körperliche als auch magische Übungsstunden. Als sie fand, wonach sie gesucht hatte, lächelte sie. Zwei Ergebene Götterdiener teilten sich eine Mahlzeit und erörterten dabei die Größe, die Stärken und die Schwächen der pentadrianischen Armee.

Ein lautes Klirren von Eisen unterbrach ihr Gespräch. Einen Moment lang fragte sie sich, warum der Mann und die

Frau nicht reagierten. Dann krampfte sich ihr Magen zusammen, und Furcht griff nach ihrem Herzen, als ihr klar wurde, dass ihre eigenen Ohren das Geräusch hörten.

Sofort konzentrierte sie sich wieder auf ihre Umgebung. Sie schlug die Augen auf, sog scharf die Luft ein und stieß den Atem langsam wieder aus. Dieselben vier Domestiken wie zuvor kamen auf sie zugeeilt. Nekaun schlenderte hinter ihnen her.

Der Geruch von Blumen umwehte sie. Er ließ ihren Puls rasen, obwohl sie sich noch nicht sicher war, warum dieser Geruch sie beunruhigen sollte. Sie blickte zu den Domestiken hinüber und stellte fest, dass sie alle Eimer trugen. Außerdem hatten sie sich Taschen über die Schultern geworfen. Offenkundig hatten sie mehr vor, als sie nur zu waschen und ihr zu essen zu geben.

Sie widerstand der Versuchung, zu Nekaun hinüberzublicken.

Der erste Domestik schwang den Eimer in ihre Richtung. Sie wappnete sich gegen das kalte Wasser und hätte um ein Haar aufgekeucht, als sie stattdessen Wärme spürte. Bevor sie sich von ihrer Überraschung erholt hatte, kippte der zweite Domestik ihr weiteres Wasser über den Kopf. Auch dieses war warm.

Nachdem sie ihre leeren Eimer beiseitegestellt hatten, holten die Domestiken verschiedene Gegenstände aus ihren Taschen. Sie entkorkten getöpferte Krüge und nahmen händeweise eine Substanz heraus, die sehr feinem, nassem Sand glich.

Sie zuckte zusammen, als der erste Domestik die Substanz auf ihren Arm auftrug und ihre Haut damit einzureiben begann. Es *war* Sand. Dies, so fiel es ihr wieder ein, war die Art, wie die Einheimischen sich reinigten. Die Reichen benutzten einen feinen, seltenen Sand von irgendeinem fernen Ort. Die beiden Domestiken schrubbten ihr Arme, Hals und Kopfhaut und arbeiteten sich dann zu ihrer Verlegenheit weiter hinab. Ihre Berührung war sachkundig, und ihre Mienen waren ausdruckslos, aber Auraya knirschte mit den Zähnen und versuchte, sich nicht anmerken zu lassen, wie sehr sie die Prozedur aus dem Gleichgewicht brachte.

Und die ganze Zeit über spürte sie, dass Nekaun sie beobachtete.

Schließlich hatten die Domestiken sie von Kopf bis Fuß sauber geschrubbt. Die beiden anderen kamen jetzt mit ihren Eimern herbei und wuschen ihr den Sand sorgfältig von der Haut. Dieses Wasser, das zum Abspülen diente, enthielt das Parfüm, das ihr zuvor aufgefallen war. Das Wasser war kühler, aber nicht kalt.

Als sie zurücktraten, kribbelte Aurayas Haut am ganzen Körper. Es hätte sich gut angefühlt, sauber zu sein, wäre Nekaun nicht zugegen gewesen.

Er hat mir noch keine einzige seiner dummen Fragen gestellt, ging es ihr durch den Kopf. Die Domestiken kehrten das Podest und eilten dann aus der Halle. Keiner von ihnen hatte etwas zu essen mitgebracht. *Vielleicht weil es keinen Sinn hätte. Warum mir etwas zu essen geben, wenn ich ohnehin gleich sterben werde? Aber warum mich waschen? Ziehen sie es vor, saubere Menschen zu töten?*

Die Torheit dieses Gedankens hätte ihr um ein Haar ein Kichern entlockt. Aber als Nekaun näher kam, erstarb alle Erheiterung. Ihre Haut fühlte sich allzu empfindlich an, ihr Körper allzu ungeschützt. Sie widerstand der Versuchung, sich zusammenzurollen, so weit es die Ketten ihr gestatteten.

»So ist es besser«, sagte er leise. »Versteh mich nicht falsch. Ich mag ein wenig Schweiß und Schmutz, aber vor regelrechtem Dreck ziehe ich die Grenze.«

Er blieb einen knappen Schritt von ihr entfernt stehen. *Er versucht lediglich, mich einzuschüchtern,* sagte sie sich. *Und er befindet sich nun im Leeren Raum. Auch er ist verletzbar.*

Jetzt, da sie normalerweise alles darangesetzt hätte, ihn nicht ansehen zu müssen, begegnete sie seinem Blick mit, wie sie hoffte, vollkommen ausdrucksloser Miene.

Er starrte zurück.

Dies ist anders als sonst, dachte sie. *Sonst lächelt er immer und macht irgendeine schneidende, lächerliche Bemerkung, um darauf hinzuweisen, dass er die Macht über mich hat.*

Als er das nächste Mal etwas sagte, sprach er avvensch. Die beiden Götterdiener, die die Tür bewachten, stutzten kurz und gingen dann hinaus.

In diesem Moment überlief sie ein Schauer puren Entsetzens. Warum sollte er die Wachen wegschicken, es sei denn, er stand im Begriff, etwas zu tun, das nicht einmal seine eigenen Leute wissen sollten?

»So«, sagte er. »Ein wenig Ungestörtheit.« Als er eine Hand nach ihr ausstreckte, widerstand Auraya dem Drang zurückzuweichen, dann versuchte sie nicht zusammenzuzucken, als seine Finger sie am Hals berührten. Seine Hand schloss sich, warm und fest, um ihre Kehle.

»So dünn. Ich könnte dich gleich jetzt erwürgen«, murmelte er. »Aber das Töten bereitet mir kein Vergnügen.« Er ließ den Blick weiter nach unten wandern. »Habe ich dir je erzählt, dass ich der Erste Götterdiener des Tempels von Hrun war, bevor ich zur Ersten Stimme wurde?«

Seine Hand glitt weiter hinab, zu ihren Brüsten. Ihr Mund wurde trocken. *Er will mich einschüchtern,* wiederholte sie. *Reagiere nicht darauf. Gib ihm nichts, und er wird das Interesse verlieren und weggehen.*

»Hmm. Wie angespannt du bist.« Sein Atem war übelkeiterregend warm. Sie versuchte, ihn nicht einzuatmen. »Das bin ich auch. Hier, ich zeige es dir.«

Er drückte sich an sie und stieß sie dabei gegen die Steinmauer. Eingeengt von schwarzen Roben und angewidert von seinem Atem, überlief sie ein jähes Schaudern des Entsetzens, als sie unter seinen Gewändern die Härte seiner Lenden spürte.

Er hat wirklich vor, das zu tun …

Nein. Bleib ruhig. Das würde er nicht wagen. Es ist lediglich ein Einschüchterungsversuch.

Er nahm die linke Hand von ihrer Brust. Ihre Erleichterung war jedoch nur von kurzer Dauer. Sie spürte seine Knöchel, die in ihren Leib drückten, als er an seinen Roben zerrte. Sein Atem ging schnell. Obwohl sie es eigentlich nicht wollte, blickte sie auf. Er bleckte die Zähne.

»Ja. So ist es richtig. Wo sind deine Götter jetzt, Auraya? Sie können dir nicht helfen.«

Ihre Gedanken wirbelten in zunehmend verzweifelten Kreisen umher, dann sah sie abrupt und mit schrecklicher Klarheit, dass er tatsächlich zu tun beabsichtigte, was er ihr angedroht hatte. *Es wird widerlich und demütigend und schmerzhaft sein, aber ich kann es ertragen. Ich werde es ertragen müssen …* Aber sie hatte hier und da einen Blick auf die Wunden und Narben im Geist der Frauen erhascht, die von Männern missbraucht worden waren. *Er hat das Gleiche getan. Er weiß, dass er mir noch Schlimmeres antun wird als seinen … oh, ihr Götter.* Sie hatte keine Möglichkeit, um auf magische Weise eine Empfängnis zu verhindern. *Aber er wird nicht den Wunsch haben, ein Kind zu zeugen,* überlegte sie. *Allerdings befindet auch er sich im Leeren Raum. Seine Magie wird hier ebenfalls nicht funktionieren. Götter, nein!* Sie unterdrückte einen Aufschrei, als sie sich selbst sah, angekettet und mit seinem Kind in ihrem geschwollenen Leib, an diesem Ort. Eingekerkert im Innern wie im Äußern. *Aber wenn er im Leeren Raum ist, ist auch er verwundbar. Ich kann ihn verletzen. Ich kann ihn töten.* Ihr Kiefer spannte sich. *Ich werde ihm die Kehle herausbeißen. Ich werde …*

»Nekaun.«

Die Stimme war unirdisch. Sie hallte und wisperte durch den Raum wie Wind. Nekaun wirbelte herum. Als Auraya über seine Schulter blickte, sah sie ein Wesen aus Licht. Ihr Mund wurde trocken. Sie hatte diesen Gott schon einmal gesehen.

»Sheyr!«, keuchte Nekaun.

»Komm her.«

Nekaun eilte von dem Podest und warf sich vor den Füßen der leuchtenden Gestalt zu Boden.

»Du darfst Auraya nichts zuleide tun«, sagte der Gott. »Rache wird kommen, aber nicht auf diesem Wege. Was du zu tun wünschst, könnte uns zum Nachteil gereichen.«

»Aber …« Das Wort war kaum hörbar.

Das Wesen aus Licht straffte sich. »Wagst du es, mich zu hinterfragen?«, donnerte es.

»Nein, Sheyr!« Nekaun schüttelte den Kopf, und sein ganzer Körper bebte bei dieser Bewegung.

»Für einen Moment der Befriedigung würdest du unnötige Risiken eingehen.« Der Gott hob den Kopf und starrte Auraya an. »Begnüge dich damit, dass sie allein und ohne Freunde ist, einzig mit ihrem Schatten als Gesellschaft.« Er wandte sich ruckartig wieder zu Nekaun um. »Hast du verstanden?«

»Ja.«

»Dann geh.«

Nekaun raffte sich auf und ergriff die Flucht. Die leuchtende Gestalt blickte abermals zu Auraya hinüber.

Sie zwinkerte, bevor sie verblasste.

An ihrer Stelle stand ein Götterdiener. Der Mann blinzelte und sah sich in der Halle um, dann wich er vor Auraya zurück. Sie blickte in seinen Geist und erkannte, dass der Mann seinen Willen einem Gott überlassen hatte. Anderenfalls wäre Sheyr nicht in der Lage gewesen, sie zu sehen oder mit einer realen Stimme zu sprechen.

Er hat mich gerettet. Sie schüttelte den Kopf. Wie konnte sie solche Dankbarkeit für einen der pentadrianischen Götter empfinden, nachdem diese Nekaun befohlen hatten, seinen Schwur zu brechen und sie hier gefangen zu halten? »*… einzig mit ihrem Schatten als Gesellschaft.*«

Und jetzt dämmerte ihr die Bedeutung seiner letzten Worte. Schatten! Sie begann leise zu lachen und scherte sich nicht darum, dass eine gewisse hysterische Schärfe in ihrer Stimme lag.

Es war Chaia! Und Nekaun ist darauf hereingefallen!

40

Bei der ersten Gelegenheit schlüpfte Reivan aus dem Bett. Ihre Beine zitterten, und einen Moment lang wusste sie nicht, was sie tun sollte. Als sie ihre Roben auf dem Boden sah, kam sie zu dem Schluss, dass sie sich angekleidet besser fühlen würde. Diese Kleider waren jetzt jedoch zerrissen. Sie ging zu einer Truhe und zog eine andere Robe heraus.

»Was ist los?«

Sie drehte sich zu Nekaun um. Er lag nackt auf dem Bett und war so schön, dass es geradezu wehtat. Es raubte ihr den Atem, aber sie zwang sich, den Rücken durchzudrücken. *Biete ihm die Stirn.*

»*Das* war ausgesprochen unangenehm«, erklärte sie.

Er zog die Augenbrauen hoch. »Es hat dir nicht gefallen?«

»Nein.«

»Sonst gefällt es dir doch immer. Bin ich hier nicht länger willkommen?«

»Nicht wenn es so sein wird wie *dies hier.* Du ... du hättest mich beinahe erwürgt.«

»Manchen Frauen gefällt das. Sie sagen, ein wenig Furcht mache die Erfahrung erregender.«

Sie wandte sich ab und schlüpfte in die Robe. »Ich gehöre nicht zu diesen Frauen.«

»Sei nicht wütend. Wie konnten wir das wissen, bevor wir es ausprobiert haben?«

Ihr Ärger verebbte ein wenig. »Du hättest mich vorher fragen sollen.«

»Dann hättest du damit gerechnet. Überraschung ist ein Teil des Vergnügens.«

»Nicht für mich. Und der Rest war auch kein großes Vergnügen. Es war wie…« Sie verzog das Gesicht. Ihr Inneres fühlte sich zerschunden an.

»Wie was?«

Sie runzelte die Stirn. Da war irgendetwas in seiner Stimme… Selbstgefälligkeit? Beinahe so, als genösse er es, ihr Unbehagen zu sehen.

Sie wandte sich zu ihm um und hielt seinem Blick stand. »Es war so, als hättest du mich mit deinem… als hättest du mich damit verprügelt. Bei deiner Erfahrung in der Kunst der Liebe musst du doch wissen, dass so etwas für eine Frau nicht angenehm ist, oder?«

Er lachte. »Du bist wohl kaum die Göttin der Liebe. Du hast noch viel zu lernen. Ich denke, mit der Zeit würde dir ein wenig Grobheit schon gefallen.«

»Das glaube ich nicht.«

Er grinste. »Oh, ich denke, du hast das, was wir gerade getan haben, mehr als nur ein wenig erregend gefunden.«

Sie starrte ihn an. »Das kann nicht dein Ernst sein. Zu Anfang war es schön, aber später… Welchen Teil von ›Hör auf, du tust mir weh‹ hast du nicht verstanden?«

Er lachte. »Das hast du nicht ernst gemeint.«

»Du *weißt*, dass es mir ernst war.« Sie schüttelte den Kopf. »Ich denke, du hast es genossen, mir wehzutun. Du hattest denselben Ausdruck in den Augen, den ich bei dir sehe, seit du Auraya in Ketten gelegt hast. Ich habe fast erwartet, dass du ihren Namen rufen würdest.«

Sein Lächeln verblasste, und seine Augen wurden schmal. Er rollte sich zur Bettkante und stand auf. Sie beobachtete, wie seine Roben sich vom Boden in seine Hände erhoben und er sich mit schnellen, wütenden Bewegungen ankleidete.

Ihr eigener Zorn verebbte, und ein Gefühl der Benommenheit machte sich in ihr breit. »Du gehst.«

»Ja. Wenn meine Bemühungen nicht erwünscht sind«, sagte er, »werde ich irgendwo hingehen, wo es anders ist.«

Tränen der Kränkung schossen ihr in die Augen. *Hör auf damit,* befahl sie sich. *Hör auf, dich wie eine Närrin zu benehmen. Er wollte dich verletzen, also lass ihn nicht sehen, dass er Erfolg hatte.*

Er marschierte aus dem Schlafzimmer. Der Knall der zugeschlagenen Tür hallte durch ihre Räume. Die darauffolgende Stille dröhnte in ihren Ohren. Wieder und wieder hörte sie im Geiste seine Worte. *»Du bist wohl kaum die Göttin der Liebe.«*

Ich bin nicht gut genug für ihn. Deshalb war er so grob. Er hat die Geduld mit mir verloren.

Sie ging zum Bett hinüber, erfüllt von dem einzigen Wunsch, sich zusammenzurollen und sich ihrem Elend zu ergeben. Dann sah sie die Blutflecken. Ihr Blut. Es waren nur wenige Tropfen, aber genug, um sie an die Gewalt zu erinnern, die er ihr angetan hatte, an den wahnsinnigen Ausdruck in seinen Augen, die Hand um ihre Kehle und die Art, wie er über ihren Protest gelacht hatte. Wieder flammte Wut in ihr auf. Sie erhob sich und ging ins Badezimmer.

Ich werde jede noch so kleine Erinnerung an ihn wegwaschen, sagte sie sich. *Er kann mit jeder Frau in Glymma schlafen. Meinetwegen kann er auch Auraya in sein Bett nehmen, wenn es das ist, was es braucht, um ihn zu befriedigen. Ich bin fertig mit ihm.*

Wäre da nicht der ständige, quälende Gedanke daran gewesen, dass Auraya in ihrem Gefängnis unter dem Sanktuarium litt, hätte Mirar den Tag als besonders zufriedenstellend und vergnüglich eingestuft.

Er hatte sich mit über hundert Traumwebern von Glymma getroffen, um mit ihnen über ihre Rolle als Heiler nach der bevorstehenden Schlacht zu sprechen. Aus dem ganzen Kontinent kamen Traumweber in die Stadt gereist, und Arleej hatte ihn gebeten zu überwachen, dass alle ein Quartier und etwas zu essen bekamen. Obwohl die Anführer des Traumweberhauses den größten Teil dieser Arbeit leisteten, brauchten sie alle jemanden, der in Zweifelsfällen Entscheidungen traf und mit den Stimmen und Götterdienern in Verbindung blieb.

Die Traumweber waren zu einer großen Vernetzung zusammengekommen, und er hatte viel von ihnen erfahren. Er hatte seinen Gedankenschild gerade lange genug sinken lassen, um seine Identität zu bestätigen. Unter anderen Umständen hätte er ihnen gern von seinem »Tod« und seinem Überleben erzählt, aber Auraya spielte eine zu große Rolle in seiner Geschichte, und er konnte das Risiko nicht eingehen, dass die Stimmen die Gedanken der Traumweber lasen und herausfanden, dass er Auraya nicht so sehr verabscheute, wie sie glaubten.

Außerdem hatten die Traumweber, wie er bei dieser Gelegenheit erfahren hatte, den Verdacht gehabt, dass er nicht wirklich Mirar war, dass die Stimmen einen Traumweber angeworben hatten, der bereit war, sich als Mirar auszugeben, um Einfluss auf Nordithania zu gewinnen. Arleej hatte ihnen versichert, dass dies nicht die Wahrheit sei, aber einige Traumweber waren noch immer schockiert über die Entdeckung, dass er tatsächlich ihr legendärer, unsterblicher Begründer war.

Nachdem er mit dem Anführer des Traumweberhauses von Glymma gespeist hatte, war Mirar zu später Stunde ins Sanktuarium zurückgekehrt, wo die Einladung auf ihn gewartet hatte, sich mit der Zweiten Stimme Imenja zu treffen. Ein Götterdiener hatte ihn zu einem Balkon mit Blick auf einen Innenhof begleitet, wo ein Springbrunnen im Licht mehrerer Lampen funkelte. Imenja saß auf einem Riedsessel und erhob sich nun, um ihn zu begrüßen.

»Traumweber Mirar«, sagte sie. »Wie ist deine Zusammenkunft mit deinen Leuten gelaufen?«

»Sehr gut«, antwortete er. »Ich kann mich immer noch nicht daran gewöhnen, Traumweber ohne die ständige Angst vor Verfolgung leben zu sehen. Es macht mir Mut zu beobachten, dass sie in Harmonie mit einer vorherrschenden Religion existieren können.«

Sie lächelte. »Geradeso wie in alten Zeiten?«

Er schüttelte den Kopf. »Ja und nein. In der Vergangenheit gab es so viele Götter, dass nur wenige von ihnen über eine derart absolute Macht verfügten, wie deine Götter es tun. Ein einzelner Gott mochte zwar über ein kleines Land wie Dunwegen herrschen, aber niemals über einen ganzen Kontinent. Und niemals im Einklang mit anderen Göttern.«

»Ich würde gern mehr über diese Zeiten hören. Wie nennen die Zirkler sie?«

»Das Zeitalter der Vielen.«

»Ja, und jetzt leben wir im Zeitalter der Fünf. Oder sollte es besser das Zeitalter der Zehn heißen?«

Mirar zuckte die Achseln. »Wenn ich dir Geschichten aus der Vergangenheit erzähle, werden es zumindest nicht deine Götter sein, von deren üblen Taten ich berichte.«

Sie kicherte. »Nein. Ich entnehme deinen Worten, dass die Zirkler nichts von der Vergangenheit ihrer Götter wissen?«

»Nein. Nur die Traumweber wissen Bescheid und geben Erfahrungen und Geschichten durch Gedankenvernetzungen weiter.«

»Dann ist das vielleicht der Grund, warum dein Volk dort schlecht und hier gut behandelt wird. Unsere Götter brauchen die Geschichten nicht zu fürchten, die die Traumweber erzählen.«

Mirar sah sie beeindruckt an. Ihre Worte ergaben durchaus einen Sinn, obwohl er sich nicht sicher war, ob er zu derselben Schlussfolgerung gekommen wäre.

Imenja blickte auf den Innenhof hinaus. »Ich muss dich warnen: Je näher der Krieg kommt, umso mehr werden wir wünschen, dass du uns in irgendeiner Weise hilfst.«

Als sie sich wieder zu ihm umwandte, sah er ihr gelassen in die Augen.

»Traumweber kämpfen nicht.«

»Nein, aber es gibt vielleicht andere Möglichkeiten, wie du uns von Nutzen sein könntest.«

»Wir heilen die Verwundeten. Was können wir sonst noch anbieten?«

Sie drehte sich auf ihrem Stuhl um, so dass sie ihm zugewandt saß. »Was tut ihr, wenn jemand einen Patienten angreift, den ihr gerade heilt? Lasst ihr zu, dass man dem Betreffenden Schaden zufügt, oder beschützt ihr ihn?«

»Wir beschützen ihn«, antwortete er.

»Was tut ihr, wenn jemand einen Freund – oder einen Fremden – angreift? Lasst ihr zu, dass ihm Schaden zugefügt wird, oder beschützt ihr ihn?«

Er runzelte die Stirn, denn er glaubte zu wissen, wohin dieses Gespräch führen würde. »Wir beschützen ihn.«

Sie lächelte und blickte wieder auf den Hof hinaus. »Nekaun wäre vielleicht mit einem Kompromiss zufrieden.« Ihr Lächeln erstarb, und sie seufzte. »Ich kann dir nicht versprechen, dass er dich oder deine Leute nicht bestrafen wird, wenn ihr ihm nicht irgendetwas anbietet. Es muss dabei nicht um deine Anhänger gehen. Er möchte, dass es so aussieht, als hätten wir dich, den legendären Mirar, auf unserer Seite.«

Mirar schüttelte den Kopf. »Das könnte die Traumweber im Norden in Gefahr bringen.«

Sie musterte ihn mit bekümmerter Miene. »Ich weiß. Es ist eine Entscheidung, um die ich dich nicht beneide.« Sie stand auf und lächelte. »Aber wenn du dich uns anschließt, besteht eine gute Chance, dass wir siegen werden, und das wäre wahrscheinlich ein besseres Ergebnis für die Traumweber als die Alternative.«

Er nickte. »Du hast nicht unrecht.«

»Denk über meinen Vorschlag nach«, erwiderte sie. »Aber es ist schon spät, und selbst Stimmen müssen ab und zu schlafen.«

»Ebenso wie Unsterbliche«, sagte er und erhob sich. »Gute Nacht, Zweite Stimme Imenja.«

»Gute Nacht.«

Der Götterdiener, der ihn zu dem Treffen begleitet hatte, trat auf den Balkon und führte ihn zu seinen Räumen zurück. Mirar blickte für eine Weile aus dem Fenster und dachte über Imenjas Idee nach.

Ein Kompromiss. Einer, der nicht meine Leute einbezieht, sondern nur mich. Ich beschütze die Pentadrianer mit Magie. Das ermöglicht es den Stimmen, einen größeren Teil ihrer Magie auf die Kämpfe zu verwenden. Und da Auraya unter dem Sanktuarium eingekerkert ist, werden die Pentadrianer diesmal gewiss siegen.

Wie würden seine Anhänger einen solchen Sieg empfinden? Würde er den Respekt der Traumweber verlieren, wenn er für eine Seite Partei ergriff? Es war möglich, aber die südlichen Traumweber würden sich verraten fühlen, wenn sie wüssten, dass er die Eroberung des südlichen Kontinents durch die Zirkler hätte verhindern können.

Seufzend ging er zu Bett. Sobald er eine Traumtrance erreicht hatte, suchte er nach Aurayas Geist, aber die einzige Reaktion, die er bekam, war zusammenhanglos und widerstrebend, und er beschloss, sie schlafen zu lassen. Stattdessen rief er einen anderen Namen.

Emerahl.

Mirar, antwortete sie, ohne zu zögern. *Ich habe gerade mit den Zwillingen gesprochen. Wie ist das Leben in Glymma?*

Gut für mich, unverändert für Auraya.

Die arme Frau. Hast du eine Möglichkeit gefunden, sie zu befreien?

Nein. Sie wird zu gut bewacht, wie ich übrigens auch, aber ich hoffe, dass sich daran etwas ändern wird, denn der Krieg lenkt alle ab. Wenn ich auch nur das geringste Interesse zeige, beginnt Nekaun zu fragen, ob ich zugegen sein wolle, wenn er sie tötet. Wenn ich frage, warum er damit wartet, sagt er nur, dass »es geschehen werde, wenn die Götter es so verfügen«. Imenja hat mir heute Abend ein Angebot gemacht. Er erzählte ihr, was die Zweite Stimme vorgeschlagen hatte. *Was soll ich deiner Meinung nach tun?*

Lass dich da nicht mit reinziehen. Aber da du bereits mittendrin steckst, solltest du für keine Seite Partei ergreifen. Doch da diese Stimmen das wahrscheinlich nicht zulassen werden, tu, was Imenja vorschlägt. Allerdings nicht sofort. Wenn du jetzt nachgibst, werden sie mehr verlangen. Warte bis zum letzten Augenblick. Und wenn du kannst, mach Aurayas Schicksal zu einem Teil des Handels, selbst wenn das nur einen Aufschub ihrer Hinrichtung bedeutet.

Wie immer war sie ein Quell guter Ratschläge.

Das klingt nach einem guten Plan. Wie geht es mit der Schriftrolle der Götter voran?

Wir sind noch nicht dahintergekommen, was die Symbole bedeuten. Ich hatte nicht viel Zeit, daran zu arbeiten. Die Zwillinge wollen, dass ich Südithania verlasse, für den Fall, dass die Denker Jagd auf mich machen. Ich werde durch Glymma reisen. Sie hielt inne. *Können wir uns irgendwo gefahrlos treffen? Ich möchte, dass du dir den Diamanten anschaust.*

Ich würde ihn auch gern sehen, aber ich denke, das wäre zu riskant. Obwohl ich mich frei bewegen kann, weiß ich nicht, wo wir uns gefahrlos treffen könnten, und ich bin mir sicher, dass mir jemand folgt, wenn ich das Sanktuarium verlasse.

Den Zwillingen würde es nicht gefallen. Wir würden nicht nur das Risiko eingehen, dass die Stimmen uns finden und uns den Diamanten abnehmen und ihn zerstören, es würde auch die Gefahr bestehen, dass die Pentadrianer mich ebenfalls erpressen, damit ich mich ihnen anschließe.

Du hast recht, das sollten wir vermeiden, pflichtete Mirar ihr bei. *Die zirklischen Götter wären begeistert, wenn das geschehen würde. Auraya zufolge haben sie sich mehr als nur ein Mal im Sanktuarium herumgetrieben.*

Die pentadrianischen Götter jagen sie nicht davon?

Sie hat nichts davon gesagt, dass sie sie spüren könne.

Das ist eigenartig. Vielleicht fürchten sie die zirklischen Götter.

Vielleicht sind sie ihrem Wesen nach so anders, dass Auraya sie nicht spüren kann, meinte Mirar.

Möglicherweise wissen sie auch, dass sie Götter belauschen kann, und gehen ihr aus dem Weg. Ich schätze, wir werden es nie erfahren.

Es sei denn, sie beschließen, es uns zu erzählen.

Ich glaube nicht, dass das in nächster Zeit passieren wird. Gibt es sonst noch etwas Neues?

Nein.

Dann viel Glück. Ich werde es dich wissen lassen, wenn ich Nordithania erreicht habe.

Dir auch viel Glück.

Ihr Geist verblasste langsam. Mirar kämpfte eine beharrliche Erschöpfung nieder, dann machte er sich an seine letzte Aufgabe für die Nacht: Er sandte seinen Geist aus, um die Gedanken der Menschen um ihn herum abzuschöpfen.

41

Drei Tage waren verstrichen, und Nekaun war nicht zurückgekehrt. Die Domestiken versahen ihre gewöhnlichen Aufgaben; sie spülten Auraya mit kaltem Wasser ab und gaben ihr körnigen Brei zu essen. Nach der Prozedur zitterte sie jedes Mal vor Kälte, und sie wünschte beinahe, sie würden sie schmutzig lassen. Es war schlimm genug, dass sie ständig fror, aber die Kälte, die sie nach dem Waschen überfiel, raubte ihr alle Kraft.

Sie sehnte sich nach richtigem Essen und träumte manchmal sogar davon. Wenn sie die Gedanken essender Menschen abschöpfte, verzehrte ihr eigener Körper sich nach Nahrung. Außerdem hätte sie viel darum gegeben, sich hinlegen zu können. Ihre Arme schmerzten, und trotz ihrer Bemühungen, die Beine zu strecken, hatte sie manchmal schmerzhafte Krämpfe. Meistens war sie so müde, dass sie nur kraftlos an der Wand lehnte.

Ihre Streifzüge hinaus in die Welt lenkten sie von Kälte, Hunger und Schmerz ab. Durch andere Menschen sah sie die Sonne auf- und untergehen, spürte Glück, Liebe und Zufriedenheit. Sie begann, dem Geist jener auszuweichen, die Schmerzen oder Kummer litten. Die Gedanken der Menschen, die sich auf den Krieg vorbereiteten, schienen nicht mehr so wichtig zu sein.

Welchen Unterschied macht es, ob ich weiß, was sie planen? Ich kann ohnehin nichts tun, um sie aufzuhalten. Ich kann nicht einmal die Weißen erreichen und ihnen mitteilen, was ich erfahren habe. Danjin vertraut mir nicht. Chaia …

Chaia hatte sie gerettet. Aber dennoch stiegen Fragen in ihr auf. Wenn Chaia sich als ein anderer Gott ausgeben konnte, waren die übrigen Götter dann ebenfalls dazu in der Lage? Konnten pentadrianische Götter sich als zirklische ausgeben? Das musste der Grund sein, warum er ihr das Erkennungswort »Schatten« gegeben hatte.

Aber die Erinnerung an Chaia war zu sehr mit dem Gedanken daran verknüpft, was Nekaun ihr hatte antun wollen, daher wandte sie sich anderen Dingen zu.

Was nicht immer funktionierte. Manchmal weckte irgendetwas in ihr eine Erinnerung an erdrückende schwarze Roben und tastende, unerwünschte Hände. Dann kroch ihr eine Gänsehaut über den Leib, und ihr Herz raste.

Sie hasste sich dafür, dass dieser Zwischenfall eine solche Macht über sie hatte. *Die Erschöpfung ist der Grund, warum ich mich so schwach fühle,* sagte sie sich. *Wenn ich stärker wäre, könnte ich besser damit umgehen.* Sie verzog das Gesicht. *Wenn Chaia Nekaun nicht gestört hätte, wäre ich in einem noch schlechteren Zustand.*

»Auraya.«

Einen Moment lang dachte sie, die Stimme sei eine Erinnerung, aber als sie ihren Namen wiederholte, schlug sie die Augen auf und sah eine leuchtende Gestalt vor sich stehen. Der pentadrianische Gott Sheyr lächelte sie an.

»Komm aus dem Schatten, Auraya«, sagte er.

»Chaia«, flüsterte sie.

»Ja.«

Der Götterdiener fiel ihr wieder ein, der sichtbar geworden war, als Chaia beim letzten Mal verschwunden war.

»Wer ist …?«

»Ein anderer treuer Sterblicher«, erwiderte er. »Er wird sich an dieses Gespräch nicht erinnern. Er hat mir seinen Willen überlassen.«

»Er hat ihn Sheyr überlassen.«

Er zuckte die Achseln. »Einige Sterbliche sind leicht zu täuschen.«

Sie blickte zu den Götterdienern hinüber, die am Tor Wache standen. Die beiden verfolgten das Geschehen aufmerksam und voller Ehrfurcht. Sie mussten das Tor geöffnet haben, um den von einem Gott besessenen Mann einzulassen.

»Aber was ist mit den pentadrianischen Göttern?«, fragte sie.

Chaias Lächeln wurde breiter. »Ich habe dafür gesorgt, dass ihre Aufmerksamkeit anderswo gefesselt ist.«

»Sie müssen wissen, dass du Nekaun getäuscht hast. Werden sie deine Befehle zurücknehmen?« *Wird Nekaun noch einmal herkommen, um zu beenden, was er angefangen hat?*

Der Gott schüttelte den Kopf. »Wenn sie das täten, würden sie offenbaren, dass ein anderer in ihre Gestalt schlüpfen kann.«

Sie stieß einen Seufzer der Erleichterung aus, dann runzelte sie die Stirn. »Bist du hier, um mich zu befreien?«

»Das kann ich nicht. Wenn dieser Sterbliche den Leeren Raum betritt, kann ich nicht länger Besitz von ihm ergreifen.«

»Aber du könntest ihm den Befehl geben, mich freizulassen.«

Er schüttelte abermals den Kopf. »Ich darf mich nicht einmischen, und ich kann dir nicht erklären, warum ich mich nicht einmischen darf.« Seine Lippen formten sich zu einem schiefen Lächeln. »Du weißt bereits, dass wir Götter uns an Vereinbarungen halten müssen.«

Plötzlich begriff sie. »Huan will, dass ich hierbleibe.«

»Nicht direkt.«

Auraya sah ihn mit schmalen Augen an. »Ah. Ich verstehe. Sie will mich tot sehen. Das ist dein Kompromiss?«

»Dich für den Augenblick hierzulassen, ja.«

»Also wollt ihr alle mich aus dem Weg haben.«

»Ja.«

»Es überrascht mich, dass du nicht meine Hilfe bei diesem Krieg willst.«

Er runzelte die Stirn. »Wie hast du vom Krieg erfahren?«

Ein kalter Schauer überlief sie. *Er weiß noch immer nicht, dass ich Gedanken lesen kann.*

»Ich glaube, Nekaun hat es mir erzählt. Du wolltest nicht, dass ich davon erfahre?«, konterte sie.

»Ich bin hergekommen, um es dir zu erzählen.« Er wandte den Blick ab, und seine Miene wurde nachdenklich, dann kam er einen Schritt näher und lächelte. »Ich liebe dich immer noch, Auraya. Ich werde tun, was ich kann, um dich hier herauszuholen. Dann … als Gegenleistung möchte ich dein Versprechen, dass du dich aus den Konflikten dieser Welt heraushalten wirst – selbst aus jenen, die die Siyee betreffen. Halte dich fern, oder Huan wird einen Vorwand und einen Weg finden, dich zu töten. Ich …« Sein Blick wanderte von ihr zu einem Ort zu seiner Linken, und er zog die Brauen zusammen. »Ich muss gehen.«

Auraya fing die Anwesenheit eines anderen Gottes auf, bevor sie wieder erlosch. Die Gestalt Sheyrs verschwand. An seiner Stelle stand ein Götterdiener, der das Knabenalter kaum überschritten hatte. Der junge Mann sah sich im Raum um, dann fiel sein Blick plötzlich auf Auraya. Er schaute zu Boden und lief dunkelrot an.

Vom Tor wurde eine Stimme laut. Der Junge fuhr herum, und als er die Götterdiener sah, die dort Wache standen, eilte er auf sie zu. Einer der Wachposten klopfte ihm auf den Rücken. Er blieb noch einen Moment, um ihnen aufgeregt von seiner Erfahrung zu erzählen, dann eilte er davon.

Auraya seufzte und lehnte sich an den Sockel des Throns.

Chaia mag mich lieben, dachte sie müde. *Aber nicht genug, um Huan zu trotzen und mich zu befreien.* Wie viele von den jüngsten Ereignissen waren von den Göttern eingefädelt worden? Hatten sie den Befehl gegeben, sie einzukerkern, damit sie aus dem Weg war?

Sie dachte an Nekauns Reaktion auf den Befehl von Chaia/Sheyr: »*Aber …*«

Aber was? Hatte er den Befehl erhalten, sie zu vergewaltigen? Von einem Gott?

Sie schauderte. Es war unmöglich zu wissen, und langsam breitete sich wieder Unbehagen in ihr aus. Sie schloss die Augen und sandte ihren Geist aus, auf der Suche nach einer Ablenkung.

Emerahl, die am Heck des Bootes stand, beobachtete, wie die Stadt Glymma langsam zu einer Reihe von Lichtern in der Ferne schrumpfte. Sie war gleichzeitig erleichtert und enttäuscht. Die letzten Tage waren voller lästiger Verzögerungen gewesen. Nachdem sie eine Passage auf einem Schilfboot den Fluss hinunter in die Stadt gekauft und ein Armband an einen Sammler verkauft hatte, der ihr von den Zwillingen empfohlen worden war, hatte sie entdeckt, dass es auf den Kais von Glymma nur so von Götterdienern wimmelte, die darauf brannten zu erfahren, wer in ihre Stadt kam und wer sie verließ. Es brauchte mehrere Bestechungen und einige verschleierte Drohungen, um einen Kapitän zu finden, der bereit war, sie über den Golf des Feuers nach Diamyane zu bringen.

Jetzt, da sie abreiste, verspürte sie eine ironische Enttäuschung darüber, dass sie keine Gelegenheit gehabt hatte, die Stadt zu erkunden. Als sie zu den funkelnden Lichtern zurückblickte, stiegen außerdem Gewissensbisse in ihr auf. Irgendwo unter dem weit verzweigten Sanktuarium war Auraya angekettet, gefangen in einem Leeren Raum.

Wenn ich sie befreien könnte, müsste Mirar nicht sein Leben aufs Spiel setzen, um es zu versuchen. Sie schüttelte den Kopf. *Aber wenn er es nicht zuwege bringen kann, bezweifle ich, dass es mir gelingen würde.*

Während der Wochen, die sie die ehemalige Weiße unterrichtet hatte, hatte sie Auraya zu respektieren gelernt. Sie mochte sie sogar ein wenig. *Ich hoffe, die Pentadrianer behandeln sie nicht allzu schlecht.* Bei diesem Gedanken schnaubte sie leise. Natürlich behandelten sie sie schlecht. Sie war ihre Feindin. Sie hatte ihren ehemaligen Anführer getötet. *Sie werden sie leiden lassen, wie man eine Frau nur leiden lassen kann. Es ist schließlich Krieg.*

Seufzend wandte sie sich ab. *Das hindert mich nicht daran zu hoffen, dass sie nichts von dem Kampfgeist und dem Optimismus verliert, die sie früher besessen hat. Ich wünschte, ich könnte ihr helfen – ohne das Risiko einzugehen, dass ich in der gleichen Lage wie sie ende.* Die beiden Lampen des Bootes zeichneten die Schatten der Masten auf das Deck. Auch sie warf zwei Schatten, und wo sie einander überlappten, formten sie eine auf komische Weise magere Silhouette ihrer selbst. Sie lächelte der Silhouette zu, erheitert darüber, dass sie sie überhaupt wahrnahm. Die tagelange Betrachtung der Formen, die der Diamant warf, hatte ihr Bewusstsein für Schatten nur allzu sehr geschärft. Zumindest brauchte der Diamant nur eine einzige Lichtquelle, um zu funktionieren …

Sie hielt den Atem an. *War das vielleicht ein Irrtum?*

Was würde geschehen, wenn sie zwei oder drei oder mehr Lichtquellen benutzte? Plötzlich gewannen die Glyphen auf den Seiten des Anhängers eine mögliche neue Bedeutung. Und das Diagramm …

ein Licht/ein Schlüssel

Das Diagramm konnte man mit nur einem einzigen Licht sehen, und es war der Schlüssel zu allem weiteren.

zwei Lichter/zwei Wahrheiten

Es war so einfach! Wenn man zwei Lichtquellen benutzte, überlappten die Schatten sich vielleicht auf eine Art und Weise, die andere Formen schuf. Möglicherweise sogar Schriftzeichen.

Sie sah sich um. Das Schiff war ein einfaches Handelsschiff. Sein breiter Rumpf wurde für den Transport von Fracht benutzt, nicht von Passagieren. Alle Seeleute waren an Deck. Sie schliefen nicht auf See, da die Reise über den Golf binnen einer Nacht oder eines Tages bewältigt wurde. Emerahl bezweifelte, dass sie jemals unter Deck gingen, es sei denn, um nach der Fracht zu sehen oder Essen und frisches Wasser heraufzuholen.

Eine Möglichkeit gab es, wie sie unter Deck gehen und sicherstellen konnte, dass sie nicht gestört werden würde. Sie trat neben den Kapitän und wartete, bis er sich zu ihr umwandte.

»Ich muss für eine Weile allein sein«, sagte sie mit einem schiefen Lächeln. »Wäre ich unter Deck ungestört?«

Er nickte knapp. »Ich werde dafür sorgen, dass niemand nach unten geht. Es steht ein Eimer dort.«

»Danke.«

Er deutete auf die Luke. Einige der Seeleute nickten ihr zu, als sie an ihnen vorbeiging. Sie erwiderte den Gruß und spürte, dass die Männer ihre Anwesenheit, jetzt, da sie Glymma verlassen hatten, eher mit Neugier als mit Furcht betrachteten. Dem Kapitän hatte sie erzählt, ihr Mann sei vor einigen Monaten nach Glymma gekommen, in der Hoffnung, einen Handelspartner zu finden. Er habe sie in der Stadt gelassen, während er nach Sennon zurückgekehrt sei, um Geschäfte zu tätigen. Der Krieg habe ihn daran gehindert, sie aus Glymma abzuholen, daher habe sie allein fliehen müssen.

Als sie die Luke erreicht hatte, stieg sie eine Leiter hinunter in die Dunkelheit. Sie schuf einen Lichtfunken und hielt Ausschau nach dem Eimer. Wenn sie ihn nicht benutzte, würde der Kapitän vielleicht argwöhnen, sie habe etwas von der Fracht gestohlen oder darin herumgeschnüffelt. Sie fand den Nachttopf nicht weit entfernt von der Stelle, an der die Männer ihre Reisetruhe mit dem Schatz verstaut hatten.

Nachdem sie eine Schnur aus ihrem Bündel genommen hatte, spannte sie diese über Haken zu beiden Seiten des Rumpfs, die normalerweise der Sicherung der Ladung dienten. Über die Schnur hängte sie ihr Kapas. Wenn doch jemand nach unten kam, würde er annehmen, sie habe es aufgehängt, um ungestört zu sein.

Sie überzeugte sich davon, dass der Eimer sauber war, dann drehte sie ihn um, setzte sich darauf und zog den Anhänger unter ihren Kleidern hervor.

Es war nicht einfach, den Diamanten auf einem schaukelnden Schiff ruhig zu halten. Schließlich benutzte sie Magie, um ihn in der Luft schweben zu lassen. Sie schuf einen Lichtfunken, ließ ihn in dem Diamanten kreisen und drehte den Stein so, dass die »Schlüssel«-Facette Schatten auf ihr Kapas warf.

Voller Spannung untersuchte sie das Diagramm. Eine gepunktete Linie kreuzte eine Seite des Achtecks, zwei kreuzten die nächste Seite, drei die darauffolgende und vier die letzte. Die Zahlen bezogen sich vielleicht auf Winkel. Das würde sie erst wissen, wenn sie es ausprobiert hatte.

Sie drehte den Anhänger so, dass die Seite mit der Aufschrift *zwei Lichter/zwei Wahrheiten* dem Umhang zugewandt war, und beschwor eine zweite Lichtquelle herauf. Dann bewegte sie die beiden Lichter im Zentrum des Diamanten umher. Als sie sich weiter voneinander entfernten, sah sie, dass die Schatten auf dem Kapas einander überlappten. Plötzlich bildeten sie erkennbare Schriftzeichen. Sie ließ die Lichtfunken verharren und zog sie ein wenig näher zu sich heran.

Da! Das ist es!

Gewöhnliche Zeichen der Sorli-Schrift bedeckten ihren Umhang. Mit einem gewisperten Jubeln des Triumphs begann sie zu lesen.

Als Surim das erste Mal in den Sumpf gekommen war, hatte er ihn für einen hässlichen, übelriechenden Ort gehalten. Nachdem er einige tausend Jahre lang in Luxus gelebt hatte, war ihm die schlammige, allzeit feuchte Wildnis wie ein Ort aus seinem schlimmsten Albtraum erschienen.

Aber während er sich an seine neue Heimat gewöhnt hatte, hatte er ihre Schönheit zu schätzen gelernt. *So viel Leben,* dachte er, während er das Boot durchs Wasser gleiten ließ. *Solche Vielfalt an Pflanzen, Tieren und Insekten an diesem einzigartigen Ort.* Die Einheimischen wussten dies bis zu einem gewissen Maß ebenfalls zu schätzen. Sie passten ihr Leben an den Sumpf an, ebenso wie sie den Sumpf an ihr Leben anpassten. Außenseiter verstanden es nicht – sie versuchten nicht, es zu verstehen. Sie fällten die Bäume, hoben tiefere, breitere Flüsse aus und versuchten, das wasserdurchtränkte Land trockenzulegen.

Der Sumpf war wunderschön während des Tages, aber unheimlich in der Nacht. Ohne sein Licht, das den Weg erhellte, hätte Surim sich in absoluter Dunkelheit verirrt. Er duckte sich unter einem Netz, das über den Fluss gespannt war, dann drehte er sich um und grüßte die gewaltige Spinne, die in der Mitte hockte.

»Sei vorsichtig, wo du deine Netze webst, oder ich werde

dich zu meinem Abendessen machen«, erklärte er der Spinne. Er wandte sich wieder um und blickte an der Felswand vor ihm hinauf. Während er sein Boot daran entlangsteuerte, lauschte er den Geräuschen des Sumpfs. Jedes Zirpen, jedes Summen und jeder Ruf beschworen vor seinem inneren Auge den Besitzer der Stimme herauf. Ein Regenbogenflieger huschte an seinem Ohr vorbei.

Er manövrierte das Boot um eine Biegung des Flusses und hielt auf die dunklen Löcher im Sockel der Felswand zu. Als es hineinglitt, wichen die Schatten vor seinem Licht zurück.

»Flieht, Schatten!«, flüsterte er. »Flieht, so schnell ihr könnt!«

Das Boot trieb in eine Höhle. Ein anderes Licht und eine Gestalt zogen ihn auf die gegenüberliegende Seite hinüber. Tamun hatte die Arme vor der Brust verschränkt.

»Du kommst spät.«

»Ach ja?« Er lächelte. »Ich wusste nicht, dass ich zu einer bestimmten Zeit an einem bestimmten Ort sein sollte.«

Sie sah ihn mit schmalen Augen an. »Du weißt, was ich meine. Normalerweise kehrst du vor Einbruch der Dunkelheit zurück.«

»Das ist wahr«, pflichtete er ihr bei. »Es war eine ungewöhnliche Nacht. Oder die gewöhnlich ungewöhnliche Nacht.« Er lenkte das Boot zu dem Felsvorsprung hinüber und erhob sich. »Wie viele Male muss etwas ungewöhnlich sein, um gewöhnlich ungewöhnlich sein zu können?«

Sie rümpfte die Nase. »Erheblich seltener, als du dumme Fragen stellst. Beeil dich. Emerahl hat die Geheimnisse entschlüsselt.« Mit diesen Worten wandte sie sich ab und ging über den Felssims in die Höhlen.

Eine Welle der Erregung stieg in Surim auf. Er sprang aus dem Boot, band es hastig fest und eilte ihr nach.

Den Göttern widerstrebte es bekanntermaßen, mit Sterblichen oder Unsterblichen über ihre eigenen Beschränkungen zu sprechen. Als er und Tamun Hinweise darauf gefunden hatten, dass es irgendwo in Südithania möglicherweise eine Schriftrolle voller Geheimnisse eines toten Gottes gab, hatte dieses Wissen sich zu einer quälenden Verlockung entwickelt. Surim hatte sogar erwogen, die Höhle zu verlassen, um selbst danach zu suchen. Es war das Risiko einer Entdeckung durch die Götter beinahe wert. Beinahe. Davon abgehalten hatte ihn nicht der Gedanke, dass die Götter ihn vielleicht bemerken und seine Ermordung veranlassen könnten, sondern der Umstand, dass Tamun in diesem Fall allein zurückbleiben würde. Zum ersten Mal in zwei Jahrtausenden. Er bildete sich gern ein, dass er ohne sie überleben könne. Von ihnen beiden hatte er sich während des letzten Jahrhunderts am meisten verändert. Er wollte das Risiko nicht eingehen, dass sie ohne ihn nicht überleben konnte.

Unsere Stärke ist unsere Schwäche. Unsere Schwäche ist unsere Stärke. Die Trennung unserer Körper war schon schwer genug zu akzeptieren. Der Tod ist unvorstellbar.

Dann war Emerahl gekommen und hatte die Suche nach der Schriftrolle der Götter mit Freuden aufgenommen. Tamuns Meinung nach war sie ein zu großes Risiko eingegangen, als sie die Denker verlassen und darauf gesetzt hatte, dass die Geheimnisse sich irgendwo in dem Schatz befanden. Surim kümmerte das nicht. Nur jemand, der bereit war, einige Risiken einzugehen, konnte die Suche überhaupt übernehmen. Und Emerahl hatte recht gehabt.

Er folgte Tamun hinauf in ihre Lieblingshöhle. Dort legten sie sich beide in das Nest von Kissen, das Surim gemacht hatte. Er hörte sie tief ein- und ausatmen und schloss ebenfalls die Augen, bevor er sich mühelos in die Netztrance sinken ließ und seine Gedanken mit denen von Tamun verband.

Emerahl?, riefen sie.

Tamun. Surim. Endlich.

Sei mir gegrüßt, Surim, erklang eine andere Stimme. Surim empfand eine leichte Überraschung.

Möwe?

Ja. Ich bin es.

Ich dachte, er würde vielleicht hören wollen, was sie zu sagen hat, erklärte Tamun. *Und die Möwe meinte, es sei an der Zeit, dass Mirar von seiner Existenz erführe.*

Und ich habe mich immer noch nicht ganz von der Überraschung erholt, fügte Mirar hinzu.

Spar dir das für später, sagte Emerahl. *Ich bin dahintergekommen, wie man die Glyphen in dem Anhänger sichtbar machen kann.*

Mit leichter Erheiterung hörte Surim zu, während sie ihre Entdeckung beschrieb.

Es ist zu einfach, beendete Emerahl ihre Ausführungen. *Ich kann nicht fassen, dass ich es nicht von Anfang an begriffen habe.*

Die meisten Rätsel sind einfach, sobald man die Lösung kennt, erwiderte Surim. *Also, was sagen die Schriftzeichen?*

Ich habe mit der Seite begonnen, auf der »zwei Lichter/zwei Wahrheiten« geschrieben steht. Die Zeichen lauten: »Alle Götter wurden sterblich geboren. Sie haben zuerst gelernt, unsterblich zu sein. Zuletzt haben sie gelernt, Götter zu werden.« Es folgt eine Lücke, dann: »Alle Götter lieben/hassen/haben Bedürfnisse wie Sterbliche. Alle Götter brauchen Sterbliche, um die Welt zu sehen/zu verändern/mit ihr in Beziehung zu treten.«

Die fünf Unsterblichen schwiegen eine Weile. Als das Schweigen sich in die Länge zog, fragte sich Surim, ob sie überhaupt noch vernetzt waren.

Das erklärt einiges, sagte er, als er es nicht länger ertragen konnte.

Das tut es allerdings, pflichtete die Möwe ihm bei.

Dann waren die Götter also Unsterbliche, überlegte Mirar. *Be-*

deutet das, dass wir Götter werden könnten? Das würde erklären, warum sie uns so sehr fürchten.

Sie fürchten, dass wir entdecken, wie wir Götter werden können, pflichtete Surim ihm bei.

Aber würden wir das wollen?, fragte die Möwe leise. *Es heißt, die Götter könnten menschliche Gefühle wahrnehmen, brauchen jedoch Sterbliche, um in der Welt etwas auszurichten.*

Verlangen zu verspüren, aber nicht in der Lage zu sein, es zu befriedigen, sagte Mirar. *Kein Wunder, dass die Götter keinen Sinn für Humor haben.*

Erklärt der Anhänger, wie man ein Gott werden kann, Emerahl?, fragte Tamun.

Nein, erwiderte sie.

Dann hast du also auch die anderen Seiten gelesen?

Ja.

Erzähl uns, was dort steht.

Drei Lichter verraten uns drei Geheimnisse, erwiderte Emerahl. *Sie lauten: »Kein Gott kann an zwei Orten gleichzeitig sein. Kein Gott kann existieren, wo es keine Magie gibt. Kein Gott sammelt und erhält Seelen sterblicher Toter.«*

Das Schweigen, das nun folgte, dauerte länger an als das vorherige. Diesmal war Surim zu beschäftigt mit der Bedeutung des Textes, um sich daran zu stören.

Die Götter nehmen keine Seelen! Die Lüge, die sie über tausende und abertausende Jahre aufrechterhalten hatten, war so gewaltig, dass Surim schwindlig wurde. *Sie brauchen Sterbliche, um auf die Welt einzuwirken,* dachte er. *Also ist es unabdingbar, dass die Sterblichen glauben, sie brauchten Götter.*

Dies wird deine Traumweber beruhigen, Mirar, sagte Emerahl.

Beruhigen? Ich weiß nicht. Sie wissen, dass sie jede Chance, dass ihre Seele nach ihrem Tod erhalten bleibt, verwirkt haben, wenn sie Traumweber werden. Aber wie werden sie sich fühlen, wenn dies kein ganz besonderes Opfer mehr ist?

Ich denke, die meisten von euch glauben ohnehin nicht an Seelen, erwiderte Tamun.

Was ist mit den beiden anderen Geheimnissen?, fragte die Möwe.

Wir wussten, dass Götter in Leeren Räumen nicht existieren können, und argwöhnten, dass sie nicht an zwei Orten gleichzeitig sein können, sagte Surim. *Was erzählt uns die letzte Seite des Anhängers, Emerahl?*

Ich dachte schon, ihr würdet nie mehr fragen, antwortete sie selbstgefällig. *Die vierte Seite ist, wenn ihr euch erinnert, der Tod. Hört euch das an: »Alle Götter sind gleich mächtig. Keiner kann den anderen beeinflussen außer durch die Position.« Es folgt eine Lücke, dann: »Sechs umringen einen, und er wird unbeweglich. Sechs umringen einen und nehmen Magie, das führt zu Gefangennahme oder Tod.«*

Sechs umringen einen?, wiederholte Surim.

Einer oben, einer unten, einer auf allen vier Seiten, sagte Mirar. *Das Opfer in der Mitte. Wenn die Sechs alle Magie abziehen, kann der Gott darin nicht existieren.*

Die Leeren Räume!, rief die Möwe aus. *Ich wette, genauso sind die Leeren Räume geschaffen worden.*

Natürlich, sagte Emerahl. *Hm. Ich frage mich, wie ich mich fühlen werde, wenn ich das nächste Mal in einem Leeren Raum bin, wissend, dass dort ein Gott gestorben ist.*

Das hängt von dem Gott ab, murmelte Mirar. *Wenn ich wüsste, wo einige bestimmte Götter gestorben sind, könnte ich in Versuchung geraten, dort hinzugehen und ein kleines Fest zu veranstalten.*

Irgendetwas stimmte nicht. Surim musste sich die Geheimnisse einige Male vor Augen halten, bevor er es verstand. *Wenn also sechs Götter einen anderen umringen müssten, um ihn oder sie zu töten …*

Es gibt nur fünf Götter, warf Mirar ein. *Wo ist der sechste?*

Sorli war die Sechste. Sie hat sich getötet, rief Emerahl ihm ins Gedächtnis. *Erinnere dich an die Geschichte über die Schriftrolle. Sorli fühlte sich wegen der Dinge, die sie getan hatte, schuldig und nahm sich das Leben.*

Wie?, fragte Mirar. *Ah, natürlich. Die Leeren Räume. Sie muss einen davon betreten haben.*

Und hat sich ins Nichts gestürzt, stimmte die Möwe ihm zu. *Sie muss sich tatsächlich sehr schuldig gefühlt haben.*

Hättest du das getan?, fragte Emerahl. *Hätte irgendeiner von euch das getan?*

Auch dies dürfte von dem jeweiligen Gott abhängen, sagte Mirar. *Ich würde mich nicht im Mindesten schuldig fühlen, wenn ich mir sämtliche Götter vom Hals schaffen würde, die wir jetzt haben.*

Aber du bist ein Traumweber. Du tötest nicht, stellte Surim fest.

Ich töte keine Menschen. Ich denke, was die Götter betrifft, könnte ich eine Ausnahme machen, obwohl sie früher ebenfalls Menschen waren.

Warum fragst du, Emerahl?, wollte Tamun wissen.

Ich habe überlegt, erwiderte Emerahl, deren Gedankenstimme angespannt vor Erregung klang, *ob Unsterbliche Leere Räume schaffen können.*

Ein Schaudern überlief Surim.

Wir könnten es versuchen, meinte Tamun.

Mit vereinten Kräften, ergänzte Mirar.

Wenn wir zu sechst wären, beendete die Möwe ihre Überlegungen. *Wir sind nur fünf.*

Auraya könnte …, begann Mirar.

Das wird sie nicht tun, bemerkte Emerahl. *Sie glaubt immer noch, ihnen zu dienen.*

Was das betrifft, könnte sie in letzter Zeit ihre Meinung geändert haben, entgegnete er.

Dieses Risiko können wir nicht eingehen, sagte Tamun entschieden. *Wenn sie weiß, wozu wir in der Lage sind, könnte sie die Götter warnen. Im Gegensatz zu den Göttern können wir nicht binnen eines Augenblicks auf die andere Seite der Welt fliehen, falls es nicht funktioniert.*

Man sollte ihr den Rest erzählen – alles, was wir erfahren haben, abgesehen davon, wie die Götter getötet wurden, sagte Emerahl. *Sie muss über die wahre Natur der Götter, denen sie dient, Bescheid wissen.*

Die anderen murmelten zustimmend.

Also, was tun wir ohne sie?, fragte Mirar. *Warten, bis ein anderer Unsterblicher seine Macht erringt? Das könnte tausend Jahre dauern.*

Wenn es notwendig ist, werden wir darauf warten, dass das geschieht, erwiderte Tamun. *Oder wir warten, bis die Götter Auraya so sehr gegen sich aufgebracht haben, dass wir sicher sein können, dass sie sie genauso sehr hasst, wie wir es tun.*

Was immer als Erstes geschieht, stimmte die Möwe ihr zu. *Obwohl uns vielleicht keine andere Wahl bleiben wird, als auf einen neuen Unsterblichen zu warten, sollte Aurayas gegenwärtige Situation ein schlimmes Ende nehmen.*

Nicht, wenn ich es verhindern kann, sagte Mirar.

Ich bitte dich, Mirar, begann Tamun. *Geh keine törichten Risiken ein. Es wird lange dauern, wenn wir darauf warten müssen, dass* zwei *Unsterbliche ihre …*

Ich muss Schluss machen, sagte Mirar abrupt.

Als Mirar aus ihrer Vernetzung verschwand, stieß Surim einen Seufzer aus.

Ich wünschte wirklich, du würdest aufhören, ihn auf solche Weise zu ermutigen, Schwester.

42

Das Ziehen in ihren Schultern war zu einem scharfen Schmerz geworden, während ihre Hände vor einiger Zeit alles Gefühl verloren hatten. Auraya öffnete die Augen und zwang sich, die Beine auszustrecken. Ihre Knie knackten, und ihre Oberschenkelmuskeln begannen zu zittern.

Das ist nicht gut, dachte sie. *Ich werde schwächer. Ich brauche Bewegung.* Sie dehnte die Muskeln und verlagerte ihr Gewicht von einem Bein aufs andere. Als das Gefühl in ihre Hände zurückkehrte, kam es ihr vor, als würden tausend Nadeln ihre Haut durchstechen. *Was würde ich nicht alles tun für einen Stuhl …*

Plötzlich verzehnfachte sich der Schmerz, als etwas ihren Arm berührte. Sie rang nach Luft und blickte auf, dann keuchte sie überrascht, als zwei runde Augen in ihre blickten.

»Unfug!«

Der Veez hockte auf der Sitzfläche des Throns und beugte sich zu ihr vor. Er sprang hinunter, und als er auf ihren wunden Schultern landete, zuckte sie zusammen.

»Was tust du hier?«, flüsterte sie. »Ich habe dir doch gesagt, du sollst bei der netten Dienerin bleiben.«

»Owaya«, erwiderte er, und seine Schnurrhaare kitzelten sie am Ohr. »Böser Mann. Jagen.«

Er verströmte Furcht und Erregung. Auraya konzentrierte sich auf seine Gedanken und fing bruchstückhafte Erinnerungen auf. Ein Mann, den er kannte. Einer, mit dem sie viel Zeit verbracht hatte. Schreie. Ein Ausweichen vor magischen Angriffen. Flucht.

»Nekaun«, zischte Auraya. »Er hat versucht, dich zu töten.« Sie sandte dem Veez ein Gefühl von Mitleid und Stolz. *Kluger Unfug.*

Er schmiegte sich an ihr Ohr. »Kraulen.«

»Ich kann nicht«, antwortete sie und demonstrierte ihm, was sie meinte, indem sie an den Ketten zog. »Auraya gefangen.«

»Owaya befreien«, sagte er entschieden. Dann huschte er ihren Arm hinauf und schnupperte an den Handschellen. Ein Hoffnungsschimmer stieg in ihr auf, und sie blickte zu den Wachen hinüber. Sie schienen ganz in ein Gespräch vertieft zu sein. Unfugs Schnurrhaare bebten, dann legte er plötzlich die Ohren flach an den Kopf. Sie spürte seine Verwirrung, und plötzlich verstand sie.

»Keine Magie«, erklärte sie. »Keine Magie hier. Du benutzt Magie, um Schlösser zu öffnen.«

Der Veez verstand nicht. Er sprang auf den Thron und hockte sich an den Rand der Sitzfläche. Sein Fell stand ihm zu Berge, und sie spürte, dass er zutiefst unglücklich war.

Sie konnte nichts sagen, um ihn zu trösten, daher schwieg sie. Seufzend schloss sie die Augen und sandte ihren Geist in die Welt hinaus.

Gewohnheitsmäßig streifte sie die Geister der beiden Götterdiener, die sie bewachten. Sie sprachen gerade über die beiden Male, da Sheyr Besitz von Sterblichen ergriffen und die Halle betreten hatte. Es war ihnen nicht in den Sinn gekommen, dass der Gott möglicherweise nicht der gewesen war, als der er sich ausgegeben hatte. Sie wussten nicht, dass der eine Mann den Verstand verloren hatte, während der andere jetzt jede Nacht mehrmals schreiend aufwachte. Auraya wusste das, weil sie den Geist der beiden abgeschöpft hatte.

Sie bewegte sich weiter weg und fing die Gedanken anderer Götterdiener auf. Sie waren beschäftigt mit ihren alltäglichen Aufgaben, kleinen Kümmernissen, Klatsch und Tratsch, Freunden und Verwandten und mit dem Krieg. Auf der Suche nach etwas Ungewöhnlichem streifte sie weiter umher. Mehrmals erregte Nekauns Name ihre Aufmerksamkeit. Einige Frauen, Götterdiener und Domestiken grübelten voller Unbehagen über seinen Besuch in ihrem Schlafzimmer nach. Auraya schrak vor diesen Erinnerungen zurück, dann stolperte sie über die Dienerin, die Unfug versorgt hatte. Es freute sie zu sehen, dass die Frau sehr erregt war, sowohl über Nekauns Versuch, den Veez zu töten, als auch darüber, dass das Tier nicht zurückgekehrt war.

Schließlich verließ Auraya das Sanktuarium und blickte in die Gedanken der Bürger von Glymma. Sie waren mit alltäglichen Belangen beschäftigt: Arbeit, Familie, Liebe, Hunger, Essen, Ehrgeiz, Schmerz und Freude. Der Krieg war allen gegenwärtig.

Am vergangenen Tag war es ihr gelungen, sich über die Grenzen der Stadt hinaus zu einigen Dörfern am Fluss zu bewegen. Heute hatte sie ihre Sinne in eine andere Richtung ausgestreckt. Dort fanden sich weniger Menschen, was nicht überraschend war, da dieses Gebiet ringsum von Wüstensand umgeben war. Die meisten Menschen konzentrierten sich darauf, Magie und körperliches Geschick einzusetzen, um eine Art Gefährt zu kontrollieren. Als sie genauer hinschaute, wurde ihr langsam klar, dass es sich dabei um Boote handelte, die, vom Wind angetrieben, über den Wüstensand glitten.

Sieht so aus, als würde das Spaß machen, ging es ihr durch den Kopf.

Auraya!

Als der Ruf kam, ließ sie sich automatisch in eine Traumtrance sinken.

Mirar?

Wie geht es dir?

Ich bin müde, und mir tut alles weh. Nekaun hat versucht, Unfug zu töten. Er ist jetzt hier.

Der Bastard. Es ist eine Schande, dass dieses Volk von einem solchen Mann regiert wird. Die anderen scheinen erheblich netter zu sein.

Selbst Shar, derjenige, der seine Worns in Toren unschuldige Menschen hat töten lassen?

Nun … ich habe mich bisher nicht allzu oft mit ihm unterhalten. Aber wie dem auch sei, ich muss dir etwas mitteilen. Die anderen Unsterblichen fanden, du solltest es wissen.

Die anderen Wilden?

Ja. Emerahl und einige andere, denen es gelungen ist, den Weißen zu entkommen.

Emerahl?

Die Frau, die dich gelehrt hat, deinen Geist zu verbergen.

Oh! Jade.

Ja. Jade. Emerahl. Die Hexe. Er hielt inne. *Sie machen sich große Sorgen um dich und haben mir geholfen, nach einer Möglichkeit zu suchen, dich zu befreien.*

Das haben sie getan? Obwohl ich eine Weiße bin?

Du bist keine Weiße mehr, Auraya.

Oh. Das ist wahr. Aber trotzdem. Immerhin bin ich eine Verbündete der Götter und all das.

Bist du dir sicher, dass bei dir alles in Ordnung ist?

Ja. Ich bin nur müde. Was wollten diese Wilden mir mitteilen?

Ich kann dir nur einen Teil von dem erzählen, was wir herausgefunden haben, weil die anderen sich nicht sicher sind, ob man dir alles anvertrauen kann, sagte er.

Sie zwang sich, sich zu konzentrieren.

Also gibt es Dinge, die sie mir nicht anvertrauen wollen?

Ja.

Und du stimmst ihnen zu?

Sagen wir nur, dass ich weiß, mit welchen Geheimnissen man dich belasten kann und mit welchen nicht.

Sie erwog seine Worte und stellte fest, dass sie ihn dafür mochte. *Er möchte mir etwas erzählen, aber er will mich nicht in eine schwierige Position bringen.*

Also, was sind das für Geheimnisse, die du mir anvertrauen kannst?

Es steckt eine Geschichte dahinter. Ich kann nicht die Namen aller Beteiligten nennen, aber da du Emerahl kennengelernt hast, darf ich dir ihren Anteil an dem Ganzen wohl erzählen.

Er berichtete kurz von den Gerüchten über eine Schriftrolle, die die Geheimnisse der Götter enthielt, und dass Emerahl sie gefunden hatte.

Das ist die Aufgabe, die sie verschieben musste, um mich zu unterrichten?

Ja. Also, diese Schriftrolle wurde von Sorlis letztem Priester angefertigt … Er fuhr fort, ihr die Geschichte der Schriftrolle zu erzählen. *Am Ende des Krieges gab es sechs Götter,* sagte er. *Sorli hat sich selbst getötet, nachdem sie die Geheimnisse der Götter bewahrt hatte, damit andere sie finden konnten.*

Und du hast die Geheimnisse entdeckt?

Emerahl hat es getan, und sie hat sie auch entziffert. Folgendes darf ich dir erzählen: Alle Götter kamen als Sterbliche zur Welt, wurden Unsterbliche und verwandelten sich dann in Götter.

Sie waren zuerst Wilde?

Ja. Und sie waren früher einmal gewöhnliche Sterbliche mit mächtigen Gaben. Es kommt noch mehr, und das wird dir nicht gefallen. Ich glaube nicht, dass es irgendjemandem gefallen wird. Den Göttern wird es gewiss nicht gefallen, wenn jemand davon erfährt. Ich könnte …

Sprich weiter, Mirar.

Die Götter können immer nur an einem Ort gleichzeitig sein, und kein Gott kann existieren, wo es keine Magie gibt.

Das wusste ich bereits.

Aber ich wette, dass du dies bestimmt nicht wusstest: Die Götter nehmen die Seelen der Menschen nach ihrem Tod nicht auf. Es ist eine Lüge, die sie seit Jahrtausenden benutzt haben, um Sterblichen einen Grund zu geben, ihnen zu gehorchen.

Aurayas Neugier verwandelte sich in Ungläubigkeit.

Das kann nicht wahr sein. Ich glaube es nicht.

Du willst *es nicht glauben. Dies sind die Worte, die Sorli selbst hat niederschreiben lassen. Sie war die sechste Göttin, die dem Zirkel geholfen hat, alle anderen Götter zu töten. Wie hat sie es ausgedrückt? »Kein Gott sammelt und erhält Seelen sterblicher Toter.«*

Sie hat gelogen. Sie war wahrscheinlich wahnsinnig. Schließlich hat sie sich das Leben genommen. Vielleicht hat sie überhaupt nie existiert, und dies alles ist ein Trick, den jemand vor Jahrhunderten eingefädelt hat, um sich an den Göttern zu rächen.

Du glaubst es nicht, weil du es nicht glauben willst. Und ich kann dir kaum einen Vorwurf daraus machen. Ich …

Nein, du glaubst es, weil du *es glauben willst. Es passt nur allzu gut in deine Sicht der Welt, Mirar. Findest du diese Geschichte nicht selbst verdächtig? Wenn ich dich überlisten wollte, würde ich es genauso einfädeln. Ich würde dir erzählen, was du hören willst, damit du nicht an dem zweifelst, was noch damit verbunden ist.* Sie hielt inne, als ihr ein unangenehmer Gedanke kam. *Was war noch damit verbunden?*

Das kann ich dir nicht erzählen.

Dann … sei einfach vorsichtig. Wenn dies ein Trick ist, könnte der andere Teil der Geschichte eine Falle sein.

Er zögerte lange, bevor er antwortete.

Ich werde es im Gedächtnis behalten. Es gibt noch etwas, von dem ich glaube, dass ich es dir mitteilen kann.

Ja?

Die Leeren Räume wurden geschaffen, wenn ein Gott getötet wurde.

Eine Mischung aus Erschrecken und Erregung machte sich in ihr breit.

Hat diese Schriftrolle euch gesagt, wie die Götter einander getötet haben?

Gibt es einen Gott, den du gern töten würdest?, fragte er zurück.

Vielleicht.

Wen? Ah! Die pentadrianischen Götter natürlich. Was haben sie dir jemals angetan?

Sie haben mich in einem Leeren Raum anketten lassen.

Ein vernünftiger, wenn auch persönlicher Groll, räumte er ein.

Und sie haben ihr Volk dazu angestiftet, Nordithania zu überfallen, fügte sie hinzu.

Ja, das war nicht sehr höflich.

Ich nehme an, du wirst mir erzählen, dass sich die zirklischen Götter schlimmerer Vergehen schuldig gemacht haben?

Das könnte ich tun. Aber ich werde es nicht tun. Also hegst du keinen persönlichen Groll gegen sie?

Nur einen kleinen. Wenn Huan mich tot sehen will, scheint es mir nur gerecht, dass ich ihr das Gleiche wünsche.

Klingt ver… warte. Huan will dich tot *sehen?*

Warum überrascht dich das? Du hast mich gewarnt, dass die Götter versuchen würden, mich zu töten.

Aber sie haben es nicht getan.

Chaia eilt immer wieder zu meiner Rettung. Nun, jedenfalls soweit es ihm möglich ist, da es »Regeln« und dergleichen Dinge gibt, die ihm dabei im Wege stehen. Er sagt, er könne mich nicht befreien.

Ach ja? Ich hatte angenommen, dass sich keiner der zirklischen Götter in das Sanktuarium wagen könne, ohne die Aufmerksamkeit der pentadrianischen Götter zu erregen.

Dasselbe habe ich auch gedacht. Sie erzählte ihm in knappen

Worten, dass Chaia zweimal in Gestalt Sheyrs aufgetreten sei, obwohl sie nicht erwähnte, warum. *Er sagt, Sheyr werde die Pentadrianer nicht darauf aufmerksam machen, weil er damit eingestehen würde, dass etwas Derartiges geschehen kann.*

Und dann wird niemand wissen, ob er es wirklich ist, wenn er einmal erscheint. Wie ärgerlich für ihn. Die anderen … ah. Ich muss Schluss machen, Auraya.

Was immer du tust, bring meinetwegen weder dich noch die Traumweber in Gefahr.

Aber sein Geist hatte sich bereits aus ihrer Wahrnehmung entfernt, und sie hörte keine Antwort.

Seufzend ließ sie sich für eine Weile treiben, doch ihre Gedanken kehrten immer wieder zu Mirar zurück.

Er ist so viel selbstsicherer als Leiard, ging es ihr durch den Kopf. *Obwohl Leiard auch so war, als er noch im Wald lebte. Erst in Jarime und in der Nähe der Weißen wirkte er ängstlich. Nur … er war nicht ängstlich, als wir Liebende waren. Da war er eher …*

Die Erkenntnis traf sie wie ein Strahl purer Energie. Als Leiard ihr Geliebter gewesen war, hatte er größere Ähnlichkeit mit Mirar gehabt. Die ganze Zeit über, während sie mit Leiard zusammen gewesen war, war Mirar bei ihr gewesen, wenn auch in einer verringerten, halb vergessenen Gestalt.

Vielleicht waren es nur ihre gegenwärtige Schwäche und Verletzbarkeit, die ihre Gefühle verstärkten, aber mit einem Mal wurde sie von Sehnsucht nach ihm überwältigt. Und dieser Regung folgte ein nicht minder starkes Entsetzen.

Ich muss vorsichtig sein, sagte sie sich verzweifelt. *Wahrscheinlich könnte ich mich in jeden verlieben, der mich von hier fortholt, und ich würde niemals wissen, ob das Gefühl echt ist.*

Während der letzten Tage war die dunwegische Armee zwischen den Hohlen Bergen auf der rechten und dem Meer auf der linken Seite marschiert. Die Straße hatte über sanft gewellte Hügel geführt, das Wetter war mild gewesen, und der Geruch des Meeres hatte der Luft eine saubere, frische Schärfe verliehen. Der Wald von Dunwegen machte felsigem Land Platz, das bedeckt war von hohen Gräsern und vom Wind gebeutelten Sträuchern und Bäumen.

Die spärliche Pflanzenwelt gab hier und da den Blick auf weißen Sand und blaues Wasser frei. Wann immer Danjin einen weiteren scheinbar idyllischen Strand sah, stieg eine sehnsüchtige Enttäuschung in ihm auf. Er konnte kaum innehalten, um die Schönheit der Landschaft auszukosten; er war Teil einer Armee, und diese Armee eilte in den Kampf mit einer anderen.

Diese Straße wurde gelegentlich von Händlern benutzt, die Waren nach Dunwegen brachten, aber während des größten Teils des Jahres begünstigte das Wetter eher einen Transport mit Schiffen. I-Portak betrachtete von Zeit zu Zeit den Horizont, zweifellos auf der Suche nach den Kriegsschiffen seines eigenen Volkes. Nach mehreren hundert Jahren Frieden in Nordithania unterhielten einzig die Dunweger eine Flotte von Kriegsschiffen und bildeten ihre Krieger in der Kunst der Seeschlachten aus. Spionen zufolge besaßen die Pentadrianer ihre eigene kleine Flotte und verfügten auch über eine gewisse Fähigkeit darin, sie zu benutzen. Während des vorangegangenen Krieges hatte Danjin Lanren Liedmacher, den Kriegsratgeber der Weißen, gefragt, warum die Pentadrianer nicht nach Jarime gesegelt seien, statt durch die Berge zu marschieren.

Der Mann hatte ihm erklärt, dass eine Seereise um die westliche Seite des Kontinents herum wegen ungünstiger Winde sehr lange dauern würde, während die Ostseite von dunwegischen Kriegsschiffen bewacht wurde. Den Dunwegern wäre die Gelegenheit, ihre Fähigkeiten an einem Feind zu erproben, sehr willkommen gewesen.

Doch nichts hinderte die Dunweger daran, nach Süden

zu segeln. Nicht wenn Sennon die Zirkler unterstützte. Die dunwegischen Kriegsschiffe sollten in Karienne, der sennonischen Hauptstadt, auf den Rest der Armee treffen und dann den Versorgungsschiffen auf ihrem Weg nach Süden, zur Landenge Grya, sicheres Geleit geben.

Aber zuerst müssen wir Karienne erreichen, dachte Danjin. *Wir müssen die sennonische Wüste durchqueren und uns darauf verlassen, dass Sennon uns mit genug Wasser versorgen wird, um zu verhindern, dass die Armee verdurstet.*

Das Land wurde stetig trockener. Rückblickend wurde Danjin klar, dass er seit mindestens zwei Tagen keinen Baum mehr gesehen hatte, der größer gewesen wäre als ein Mensch. Die Grasbüschel waren jetzt noch spärlicher. Die Erde war so trocken und staubig wie Sand. Als er an Ella und I-Portak vorbeischaute, sah Danjin die Wasserträger an der Kolonne von Kriegern entlanglaufen. Wann immer ein Kämpfer nach etwas zu trinken verlangte, füllten sie ihm aus großen Wasserschläuchen den Becher. Während der nächsten Wochen würde man ihrer Dienste dringend bedürfen.

I-Portak richtete sich auf seinem Sitz auf. Ellas Miene wurde mit einem Mal eindringlicher. Beide blickten über Danjins Kopf hinweg. Kurz darauf neigte sich der Plattan zur Seite, und Danjin wurde klar, dass der Wagen die Kuppe eines Hügels überwunden hatte und jetzt steil nach unten fuhr.

»Hier beginnt die Wüste«, murmelte I-Portak.

Danjin und die anderen Ratgeber drehten sich um. Eine bleiche Ebene erstreckte sich vor ihnen, durchbrochen nur von Dünen. Vom Fuß des Hügels führte die Straße schnurgerade bis zum fernen Horizont, wo Sand und Staub wie Rauch in den Himmel stiegen. Ein Wüstensturm vielleicht. Danjin hatte von Stürmen gehört, die so heftig waren, dass der Sand Reisenden die Haut vom Körper scheuerte oder sie bei lebendigem Leib begrub.

»Das ist die Armee«, hörte er Ella sagen. »Sie sind gut vorangekommen.«

Danjin lehnte sich erleichtert zurück. Kein Sturm. Nur die Zirkler.

»Wir müssten sie heute Abend eigentlich erreichen«, erwiderte I-Portak. »Oder früher, wenn du es wünschst.«

Danjin wandte sich wieder um und war froh zu sehen, dass Ella den Kopf schüttelte.

»Heute Abend wird früh genug sein. Wir sollten uns nicht überanstrengen, solange es nicht unbedingt sein muss.« Ihre Schultern hoben sich leicht und verrieten einen unterdrückten Seufzer. Danjin verkniff sich ein Lächeln.

Diese Reise erwies sich als überaus langweilig. Obwohl Ella während eines großen Teils der Fahrt zu dem pentadrianischen Dorf ihre Aufmerksamkeit auf den Geist des flüchtenden Dieners konzentriert hatte, war sie oft genug »aufgetaucht«, um sich zu unterhalten – oder um Danjin und Gillen beim Spiel zuzusehen. Selbst Yem war als Gefährte interessanter gewesen als I-Portak und seine Ratgeber.

Ella blickte zu ihm hinüber, und ein schwaches Lächeln umspielte ihre Lippen. Dann beugte sie sich vor.

»Hast du dieses kleine Reisespiel dabei, Danjin?«

Er nickte.

»Dann lass uns eine Partie spielen, um uns die Zeit zu vertreiben.«

Überrascht zog er sein Bündel unter seinem Sitz hervor und holte die Spielschatulle heraus. Nachdem er die Schublade aufgezogen hatte, nahm er die Steine heraus und stellte sie auf ihre Positionen auf dem Brett. I-Portak beobachtete ihn voller Interesse.

Umso größer war Danjins Verlegenheit, als er den letzten Spielstein nicht finden konnte. Wie immer ließ sich die Schublade nicht zur Gänze öffnen. Der Stein hatte sich vermutlich irgendwo im hinteren Teil verklemmt, aber er konnte die Schachtel weder kippen noch schütteln, ohne dass die Steine, die bereits aufgestellt waren, verrutschten. Schließlich schob er den Finger in die Schatulle und stellte fest, dass der letzte Spielstein sich tatsächlich verklemmt hatte.

Seufzend kippte er die anderen Steine auf seinen Schoß und versuchte, den eingeklemmten Stein herauszuholen. Wenn er die Schublade schloss und die Schachtel schüttelte, konnte er etwas in ihrem Innern klappern hören.

Nein, dachte er plötzlich. *Es sind zwei Dinge darin.*

Als er die Schublade wieder öffnete, stellte er fest, dass der Spielstein nach vorn gerutscht war. Er nahm ihn heraus und griff dann abermals in die Lade.

Es war noch immer etwas darin. Etwas, das gerade ein wenig zu breit war, um die Schublade aufzuziehen.

Er griff danach und drückte vorsichtig den Deckel der Schachtel nach oben. Der Gegenstand rutschte hindurch, und die Lade fiel vollends heraus. Danjin öffnete die Hand und starrte auf einen weißen Ring hinab.

Ella beugte sich vor und nahm ihm den Ring ab. »Das ist ein Priesterring.«

»Ja«, pflichtete Danjin ihr bei. »Aber wie ist er in mein Spiel gekommen?«

Sie zuckte die Achseln, dann runzelte sie die Stirn. »Es sei denn …« Ihre Augen wurden schmal, und sie sah ihn argwöhnisch an. »Was ist aus Aurayas Netzring geworden?«

Plötzlich begriff Danjin, was geschehen sein musste, und Gewissensbisse regten sich in ihm. Er spürte, wie sein Gesicht warm wurde.

»Ich, äh, nun …«

»Du hast ihn nicht zurückgegeben, nicht wahr?«

Er breitete die Hände aus. »Es hat niemand danach gefragt. Ich habe ihn beiseitegelegt und vergessen.«

»Hast du ihn dort hineingelegt?« Sie zeigte auf die Spielschachtel.

»Nein.« Er runzelte die Stirn. »Das muss jemand anders getan haben. Vielleicht jemand, der wollte, dass ich ihn finde.«

Sie besah sich den Ring noch einmal. »Jemand, der wollte, dass du in der Lage bist, dich mit Auraya in Verbindung zu setzen?«

»Ich kann den Ring wohl kaum zu einem anderen Zweck benutzen.«

Zu seiner Überraschung gab sie ihn ihm zurück. »Streif ihn über.«

»Jetzt?«

»Ja. Ich möchte feststellen, ob er funktioniert.«

Um mit Auraya zu sprechen … Eifer und Zweifel wetteiferten in ihm. Er blickte zu Ella auf.

»Was ist, wenn sie …?« Er unterbrach sich hastig und brachte es fertig, I-Portak nicht anzusehen.

»Du trägst auch meinen Ring«, bemerkte sie. »Ich müsste eigentlich alles hören, was sie dir sagt.«

Er holte tief Luft und schob den Ring auf einen Finger. Nichts geschah. Ella zog die Brauen zusammen.

»Ruf nach ihr«, schlug sie vor.

Er konzentrierte sich auf Auraya.

Auraya!

Stille folgte. Er rief wieder und wieder und fragte sich, ob sie ihn ignorierte, ob sie schlief oder – und bei diesem Gedanken erschrak er – ob sie tot war.

»Danjin.«

Er hob den Kopf. Ella sah ihn mit undeutbarer Miene an.

»Gib ihn mir.«

Er nahm den Ring ab und legte ihn auf ihre ausgestreckte Hand. Sie lächelte, dann verbarg sie den Ring unter ihrem Zirk.

»Den sollte ich fürs Erste besser behalten«, sagte sie.

»Denkst du …?«

Ich weiß nicht, was ich denken soll, antwortete sie. *Ich werde keine Mutmaßungen anstellen, bevor Juran ihn überprüft hat.*

Dann beugte sie sich vor und warf einen vielsagenden Blick auf das Spielbrett.

»Es ist schon eine Weile her, aber ich war einmal eine ziemlich gute Spielerin.«

Er brachte ein Lächeln zustande, dann griff er nach der Schachtel und begann, die Steine von neuem auf dem Brett anzuordnen.

43

Diamyane war noch immer so trocken und hässlich, wie Emerahl es von ihrem früheren Besuch auf dem Weg zu den Roten Höhlen in Erinnerung hatte. Seit sich die Nachricht von der heranrückenden zirklischen Armee herumgesprochen hatte, hatte sich Panik breitgemacht. Am vergangenen Tag hatten die Pentadrianer jedes Schiff in der Gegend beschlagnahmt, um zu verhindern, dass die Zirkler es benutzten. Jetzt flüchteten die Menschen aus der Stadt – meistens zu Fuß und mit ihrer Habe auf dem Rücken.

An ihrer Stelle war die Stadt nun von Traumwebern bevölkert. Heute kam es Emerahl so vor, als sei jeder dritte oder vierte Mensch, dem sie begegnete, ein Traumweber. *Kein Wunder, dass man sie Boten des Krieges nannte,* dachte Emerahl. *Es hieß, wenn eine Schlacht bevorstehe, würden gewiss Traumweber und Aasvögel erscheinen. Erstere haben die Verwundeten geheilt, Letztere haben sich um die Toten gekümmert.*

Bis zu dem letzten Kampf zwischen Zirklern und Pentadrianern hatte sie sich stets von Schlachtfeldern ferngehalten. Es war gefährlich, sich in einen Krieg hineinziehen zu lassen. Nun verspürte sie ein seltsames Widerstreben fortzugehen. War es Neugier, die sie verlockte zu bleiben?

Nein, befand sie. *Es ist mehr als das. Es ist dieser nagende Gedanke, dass sich eine Gelegenheit für uns Unsterbliche bieten könnte, die Informationen in dem Diamanten zu benutzen. Wie unwahrscheinlich das auch sein mag, wenn wir nicht hier sind, um die Chance zu ergreifen, werden wir lange auf eine weitere Gelegenheit warten müssen.*

Wo die Zirkler und die Pentadrianer aufeinandertrafen und die Weißen gegen die Stimmen kämpften, würden auch die Götter sein. Alle an einem Ort. Das geschah nicht oft. Tatsächlich würde es wahrscheinlich *nur* während eines Krieges geschehen.

Wir brauchen sechs Unsterbliche. Alles hängt von Auraya ab. Glaube ich wirklich, dass sie uns helfen würde, sie zu töten, wenn sie frei wäre?

Sie schüttelte den Kopf. *Nein, aber Mirar glaubt, dass wir hier sein sollten, falls er doch recht behält.*

Sie sah sich in ihrem Zimmer um. Die Möbel waren alt, und es gab nur wenige Annehmlichkeiten, aber der Raum bot einen Blick auf die Hauptstraße, die in die Stadt führte. Die Bewohner waren in aller Eile aufgebrochen und hatten den größten Teil ihrer Habe zurückgelassen. Sie hatte nur geringfügige Gewissensbisse, dass sie diese Dinge in Besitz genommen hatte, da sie bisher jede Nacht Plünderer davongejagt hatte. Da die Märkte geschlossen waren, hatte sie kaum eine andere Wahl, als sich an den mageren Essensvorräten zu bedienen. *Ich sollte wohl Vorräte von den Traumwebern kaufen, aber sie werden alles brauchen, was sie haben, und was hier ist, wird verderben, wenn niemand es isst.*

Sie sah aus dem Fenster und beobachtete zwei weitere Traumweber, die die Straße hinabgingen. Ihre Gedanken wanderten wieder zu der Frage zurück, wie sie die Götter töten könnten.

Sechs Angreifer, dachte sie. *Einer von oben. Einer von unten. Einer auf jeder Seite. Wie sollen wir das anstellen?*

Anders als die Götter waren Unsterbliche der Schwerkraft unterworfen. Sie konnten Positionen auf allen Seiten einnehmen, aber zu diesem Zweck müssten sich die Götter in der Nähe des Bodens befinden. Die Plätze oben und unten stellten dennoch ein Problem dar.

Außer für Auraya, rief sie sich ins Gedächtnis. *Sie kann fliegen. Der Platz oben ist offensichtlich ihrer, falls sie sich dazu entscheidet, ihn einzunehmen. Und was ist mit dem Platz unten?*

Als nichtkörperliche Wesen konnten Götter durch feste Gegenstände hindurchgehen. Unsterbliche konnten das nicht. Wer immer den Platz unten einnahm, würde hoffen müssen, dass sich an der richtigen Stelle eine Höhle oder ein Tunnel fanden.

Und wo wird die richtige Stelle sein? Sie schürzte die Lippen. *Die Weißen und die Stimmen werden einander vor der Schlacht wahrscheinlich gegenübertreten und die üblichen Drohungen und Prahlereien austauschen.* Sie lächelte, als ihr klar wurde, wo diese Begegnung vermutlich stattfinden würde. *Auf der Landenge.*

Sie dachte an ihren letzten Besuch in Diamyane zurück und vergegenwärtigte sich den Tunnel, durch den sie in nördlicher Richtung mit der Familie gereist war, um den Weisen Mann von Karienne predigen zu hören. Der Tunnel war von Dieben kontrolliert worden, aber das ließ sich ändern.

Sie sind vielleicht zusammen mit den Einheimischen geflohen. Wahrscheinlicher ist allerdings, dass sie Häuser plündern; das dürfte zur Zeit das einträglichere Gewerbe sein. Ihr Lächeln wurde breiter, als sie sich daran erinnerte, wie die Diebe vor ihrer Magie geflohen waren, als sie das Tor, an dem sie Reisende abfingen, eingeschmolzen hatte.

Das einzige Problem bei diesem Tunnel bestand darin, dass er quer unter der Landenge verlief und nicht längs. Und er lag in der Nähe der Küste von Diamyane. Also mussten sie und die anderen Sterblichen hoffen, dass die Begegnung direkt über dem Tunnel stattfinden würde, was unwahrscheinlich war.

Dann fiel ihr wieder ein, was der Vater der Familie ihr erzählt hatte. Er hatte gesagt, dass es in der Vergangenheit mehrere Tunnel unter der Landenge gegeben habe, dass sie jedoch aufgefüllt worden seien. Vielleicht ließen sich einige dieser Tunnel wieder öffnen.

Aber welche? Ah, das ist alles ein schöner Tagtraum, überlegte sie trocken. *Und so wird es wahrscheinlich auch bleiben.* Sie stand auf, ging zum Bett hinüber und legte sich nieder. *Ich sollte besser herausfinden, was Mirar im Schilde führt.*

Also schloss sie die Augen, verlangsamte ihre Atmung und leitete ihren Geist in den Schlaf hinein. Als sie den richtigen Zustand erreicht hatte, rief sie Mirars Namen. Sie bekam keine Antwort, daher streckte sie ihre Sinne aus, um die Geister der Menschen um sie herum abzuschöpfen. Die meisten dachten, wie vorauszusehen, über Dinge nach, die mit dem bevorstehenden Kampf zusammenhingen. Sie streckte sich nach den Kais aus und fand einige pentadrianische Spione. Dann folgte sie den wenigen Händlern, Reisenden und Pentadrianern, die sich auf der Landenge aufhalten durften.

Emerahl!

Sie ließ die eben noch belauschten Geister in ihrem Bewusstsein verblassen.

Mirar. Wie sieht es in Glymma aus?

Unverändert. Wo bist du?

In Diamyane.

Wann wirst du aufbrechen?

Ich … ich weiß es nicht, gab sie zu. *Ich denke langsam, dass wir alle hier sein sollten, nur für den Fall des Falles. Wenn sich keine Möglichkeit bietet, die Götter zu töten, haben wir nichts verloren, aber wenn sich eine solche Gelegenheit auftäte und wir nicht hier wären …*

Dann werden wir uns verfluchen, beendete er ihren Satz.

Ja. Sie erzählte ihm von ihrer Idee, die Unsterblichen um die Götter herum und im Tunnel zu postieren.

Es würde sich lohnen, diese Möglichkeit näher zu erkunden.

Aber eins ist dir doch klar: Wenn wir angreifen, während die Weißen und die Pentadrianer aufeinandertreffen, werden jene von uns, die sich nicht unter der Erde befinden, zu sehen sein.

Ja. Wenn du dich bereiterklärst, die Pentadrianer zu schützen, dann wirst du ohnehin dort sein. Was uns Übrige betrifft, wir werden hoffen müssen, dass die Aufmerksamkeit der Götter der Begegnung ihrer Stellvertreter gilt. Ich könnte mich verkleiden als … tatsächlich, das ist eine Idee. Würde es dir etwas ausmachen, wenn ich mich als Traumweberin ausgäbe?

Sie spürte seine Erheiterung.

Warum fragst du mich? Beim letzten Mal hast du es auch nicht getan.

Damals konnte ich dich nicht fragen, weil ich nicht wusste, dass du in der Nähe warst, entgegnete sie.

Das ist wahr. Du bist herzlich willkommen, dich meinen Leuten anzuschließen. Wenn ich einen Vorwand finden kann, warum Traumweber den Weißen auf die Landenge hinaus folgen sollten, könntest du dich ihnen vielleicht anschließen.

Dann werden Surim und Tamun sich von den Seiten nähern müssen. In Booten.

Ja. Ich brauche nur noch Auraya zu befreien.

Sie fing einen Anflug von Verzweiflung von ihm auf.

Noch keine Ideen?

Ich habe die Gedanken mehrerer Götterdiener abgeschöpft, aber dabei habe ich lediglich erfahren, dass es unmöglich wäre, sich in ihren Kerker hineinzuschleichen und sie zu befreien. Mein bisheriger Plan ist einfach: Ich werde darauf bestehen, Auraya persönlich von der Niederlage der Weißen berichten zu dürfen. Das wird sie bis nach der Schlacht am Leben erhalten. Während die Pentadrianer ihren Sieg feiern, werde ich mich nach Glymma zurückstehlen und sie befreien.

Ein kühner Plan. Sie wird dich dafür hassen, dass du geholfen hast, die Weißen zu töten.

Und sie wird auch sich selbst die Schuld daran geben. Aber wie dem auch sei, vor die Wahl gestellt, ob sie überlebt oder die Weißen, würde ich mich jederzeit für Auraya entscheiden. Und ich werde das Gefühl nicht los, dass sie den zirklischen Göttern bereits die Schuld an ihrer Zwangslage gibt. Anscheinend hasst sie Huan, die, wie sie sagt, dafür gesorgt hat, dass die Siyee gefangen genommen wurden. Außerdem weiß ich von Auraya, dass Huan erpicht darauf ist, sie zu töten. Chaia hat zugegeben, dass er sie nur befreien könne, wenn die anderen Götter damit einverstanden wären.

Dann würde sie also Huan töten, aber nicht die anderen. Ich wüsste nicht, wie wir das zuwege bringen sollten.

Nein. Und wenn unser Plan funktionieren soll, müssen wir sie immer noch vor der Schlacht befreien.

Ja. Hmm. Mir ist gerade etwas eingefallen. Wir brauchen Auraya nicht nur als unsere sechste Unsterbliche, sondern auch noch für etwas anderes. Sie ist die Einzige von uns, die spüren kann, ob die Götter tatsächlich genau dort sind, wo wir sie haben wollen.

Du nimmst diese Angelegenheit wirklich ernst, nicht wahr?

Ich versuche lediglich herauszufinden, wie es sich machen ließe, sollte sich die Gelegenheit tatsächlich bieten.

Dann solltest du die Theorie zuerst erproben. Ich möchte sicher sein, dass ich genug Magie in mich hineinziehen kann, um einen Leeren Raum zu schaffen, bevor ich mich in die Nähe sowohl der Weißen als auch der Stimmen wage und versuche, ihre Götter zu töten.

Ja, es wäre vernünftig, sich davon zu überzeugen, dass es funktioniert. Einer von uns sollte einen Versuch unternehmen, einen Leeren Raum zu schaffen. Einer der Zwillinge vielleicht, da du oder ich unliebsame Aufmerksamkeit auf uns ziehen würden, wenn wir so viel Magie verbrauchten.

Ja. Also, dann plaudere ein wenig mit den beiden. Ich werde mit Arleej reden. Und feststellen, ob ich eine Möglichkeit finden kann, Auraya vor der Schlacht zu befreien.

Ein Stich der Sorge durchzuckte sie.

Sei vorsichtig.

Ich bin immer vorsichtig. Nach all dieser Zeit habe ich das Leben doch recht liebgewonnen.

Nachdem seine Präsenz verblasst war, richtete Emerahl ihre Gedanken auf die Zwillinge.

Surim. Tamun.

Sie antworteten prompt wie immer.

Wir grüßen dich, Emerahl.

Ich habe einige Ideen und Vorschläge für euch.

Welche?

Wie lange würdet ihr beide und die Möwe brauchen, um nach Diamyane zu kommen?

Hör mal, Emerahl, sagte Tamun streng. *Du warst mit uns einer Meinung. Du hast nicht geglaubt, dass Auraya sich jemals gegen die Götter wenden würde.*

Das ist wahr. Aber wenn eine Chance bestünde, dass sie sich anders verhalten würde, denke ich, dass ihr hier sein solltet. Also, ich habe nachgedacht …

Seit sie mit kaltem Wasser abgespült worden war, hatte Auraya nicht mehr aufhören können zu zittern. Sie sehnte sich nach einer Decke oder nach einem winzigen Funken Magie, um die Luft um sich herum zu wärmen. Unfug hatte sich um ihren Hals zusammengerollt. Sein Atem roch schlecht, und sie mochte sich lieber nicht vorstellen, was er gefangen und gefressen hatte. Sie war dankbar für das Wenige an Wärme, das er ihr schenkte, aber er war zu klein, um viel bewirken zu können. Ihre Brust schmerzte, und die Schultern taten weh …

Denk an etwas anderes, sagte sie sich.

Es war schwer zu denken. Sie war müde, und ihr Geist schien von Tag zu Tag langsamer zu arbeiten. Aber sie hatte reichlich Zeit. Ab und an beschäftigte sie sich damit, über die »Geheimnisse« nachzugrübeln, die Mirar ihr offenbart hatte. Diese Geheimnisse stammten anscheinend von einer Göttin, die sich getötet hatte. Wie beging ein Gott Selbstmord? Sie runzelte die Stirn, denn sie war davon überzeugt, dass die Antwort wichtig sein müsse. Sie könnte ein Hinweis darauf sein, wie die Götter einander getötet hatten.

»Leere Räume wurden geschaffen, wenn ein Gott getötet wurde.«

Dies war ein weiterer Hinweis. Ein Leerer Raum war ein Ort, an dem es keine Magie gab. Die Götter waren Wesen aus Magie, weshalb sie sich nicht in einen Leeren Raum wagen konnten. Was würde geschehen, wenn sie es versuchten? Würden sie sterben? Und wenn ja, dann war dies vielleicht die Art, wie diese Göttin sich getötet hatte.

Konnten andere Götter einen Gott zwingen, einen Leeren Raum zu betreten? Vielleicht. Aber Mirar hatte gesagt, Leere Räume würden geschaffen, *wenn* ein Gott getötet wurde. Das bedeutete, dass Leere Räume mit Vorsatz geschaffen wurden. Vielleicht, um zu töten.

Also, wie schuf man einen Leeren Raum? Wie schuf ein Gott einen Mangel an Magie? *Nun, das ist offenkundig. Man braucht nur alle Magie an einem bestimmten Ort in sich hineinzuziehen.*

Sie blinzelte. War es *wirklich* so einfach? Sog ein Gott alle Magie von dem Ort ab, an dem ein anderer sich befand, um ihn oder sie zu töten? Was hinderte den anderen Gott daran, das Gleiche zu tun? Warum würden sie einander nicht einfach ausweichen?

Sie schüttelte sich. Bei all diesen Fragen drehte sich ihr der Kopf. Sie ließ ihre Gedanken für eine Weile schweifen, zu müde, um sich die Mühe zu machen, Geister abzuschöpfen. Ihre Sinne waren stumpf geworden, und sie hatte nicht die

Energie, sich zu konzentrieren. Einige Zeit später hörte sie Schritte, war aber zu erschöpft, um die Augen zu öffnen und festzustellen, wer sich ihr näherte. Erst als Unfug von ihrem Hals heruntterglitt und kalte Luft über ihre Haut strich, raffte sie sich auf.

»Auraya.«

Am Rand des Podests stand eine leuchtende Gestalt. Sheyr.

»Chaia?«, krächzte sie überrascht.

»Ja. Ich bin gekommen, um dir einen Fluchtweg anzubieten, Auraya.«

»Die anderen Götter haben endlich zugestimmt, ja?« Das Sprechen löste das Bedürfnis aus zu husten. Sie widerstand dem Drang. »Wie hast du Huan überzeugt?«

Er lächelte. »Gar nicht. Sie wissen nicht, was ich dir anbieten will, und sie würden es auch nicht gutheißen.«

Sie straffte sich, und Hoffnung keimte in ihr auf. Würde er den anderen um ihretwillen trotzen? Dann schüttelte sie ein Hustenkrampf. Als er sich gelegt hatte, war ihr schwindlig, und ihre Lunge brannte.

»Also, was ist das für ein Angebot?«, flüsterte sie.

»Ich kann dich nicht befreien«, erklärte er. »Das werden die anderen nicht zulassen. Aber sie haben nichts darüber gesagt, dass ich dich nicht unterrichten dürfe. Ich könnte dir etwas beibringen, das es dir ermöglichen würde, dich selbst zu befreien.«

Sie starrte ihn an. Er lächelte.

»Sprich weiter. Ich höre zu.«

»Mir ist seit einiger Zeit klar, dass deine Gaben die anderer Zauberer bei weitem übertreffen. Du bist unsterblich, aber du besitzt größere Macht als Unsterbliche. Du kannst Gedanken lesen. Du kannst die Gegenwart von Göttern spüren. Du kannst uns hören, wenn wir miteinander sprechen.

Es würde nur einer geringen Anleitung durch mich bedürfen, damit du dich uns anschließen kannst.«

»Mich euch … anschließen?«

»Ja. Um selbst ein Gott zu werden.«

Er muss sich über mich lustig machen, dachte sie. *Aber warum sollte er das tun? Es wäre ein jämmerlicher Scherz. Vielleicht ist er doch Sheyr. Er ist hier, um mich zu quälen.*

Irgendwo in ihrem Hinterkopf hörte sie Mirars Stimme. *»Alle Götter kamen als Sterbliche zur Welt, wurden Unsterbliche wie wir und verwandelten sich dann in Götter.«*

Prickelnde Erregung durchströmte ihre Adern, schmerzhaft in ihrer Intensität. *Ich könnte eine Göttin sein!*

Aber Mirars Stimme in ihrer Erinnerung fuhr zu sprechen fort. *»Die Götter empfinden weiter menschliche Gefühle, aber sie können die körperliche Welt weder wahrnehmen noch darauf einwirken, außer sie bedienen sich der Hilfe Sterblicher.«*

Nun, die Sache musste einen Preis haben, dachte sie. Und es ist bestimmt besser, als tot zu sein.

»Die Götter nehmen die Seelen der Menschen nach ihrem Tod nicht auf.«

Sie runzelte die Stirn und schüttelte den Kopf. Bei der plötzlichen Bewegung wurde ihr schwindlig. Sie holte tief Luft, um das Gleichgewicht wiederzufinden, was ihr nur einen neuerlichen Hustenanfall eintrug. Als sie ihren Atem wiedergefunden hatte, blickte sie zu Chaia auf.

»Warum?«

Er lächelte.

»Ich möchte dich nicht verlieren, Auraya. Du bist krank. Dein Körper wird sterben, wenn du keine Chance bekommst, ihn zu heilen. Wenn du ein Gott wärst, würdest du nie wieder krank werden. Wir könnten immer zusammen sein.«

»Aber wenn ich sterbe, wären wir ohnehin zusammen. Du wirst meine Seele haben.«

Sein Lächeln verschwand. »Das wäre nicht dasselbe, Auraya. Die Toten können die Lebenden nicht berühren. Ich möchte, dass du an meiner Seite die Welt beherrschst.«

»Und an Huans Seite?«

»Nicht, wenn du es nicht wünschst.«

»Wenn wir Feinde wären, wäre das für die Sterblichen wohl kaum von Nutzen.«

»Du würdest auf die Ausschöpfung deiner vollen Fähigkeiten verzichten, nur aus Angst vor Huan?«

Sie wandte den Blick ab. »Nein.«

Er streckte die Hand aus. »Willst du dich mir anschließen, Auraya?«

Sie sackte in ihren Ketten zusammen. *Ich weiß nicht, ob ich ein Gott werden will. Von der dinglichen Welt getrennt zu sein. Sie und andere Menschen nur durch deren Geist zu kennen ... und die anderen Unsterblichen würden für mich unsichtbar sein. Würde Mirar mich als seine Feindin betrachten?* Immer mehr Konsequenzen gingen ihr auf, zu viele, als dass sie in ihrem erschöpften Zustand darüber hätte nachdenken können.

»Ich weiß es nicht«, sagte sie. »Ich bin zu müde, um mich damit zu beschäftigen. Ich brauche Zeit.«

Chaia nickte. »Also gut. Ich werde dir erklären, was du tun musst. Du bist krank, und ich fürchte, wenn ich das nächste Mal zurückkehre, wird es zu spät sein.«

Auraya nickte. Sie schloss die Augen und konzentrierte all ihre Kraft darauf, Chaia zuzuhören, als dieser beschrieb, was sie tun musste, um ein Gott zu werden.

44

Mirar hatte den Weg zum unterirdischen Verlies aus den Erinnerungen und Gedanken der Götterdiener und Domestiken entnommen, die Auraya bewachten oder versorgten. Es gab drei Tore, die den Weg versperrten, ein jedes bewacht von zwei magisch starken Götterdienern.

Als er sich dem ersten Tor näherte, beobachteten ihn die beiden dort postierten Götterdiener mit wachsamen Blicken. Mirar lächelte ihnen zu.

»Dies ist also der Ort, an dem die berühmte Auraya festgehalten wird?«, fragte er beiläufig.

Die beiden Männer sahen einander an, dann wandte sich einer von ihnen Mirar zu und nickte.

»Darf ich hineingehen?«, fragte Mirar.

»Nur in Gesellschaft einer Stimme«, sagte der andere.

Mirar schaute durch das Tor und zuckte die Achseln. »Dann vielleicht ein andermal.« Er drehte sich um und kehrte den Flur hinauf zurück.

Nichts anderes hatte er erwartet. Die Stimmen mussten einen Grund haben, sie am Leben zu erhalten, daher würden sie nicht wollten, dass er sie tötete. Noch nicht.

Die Stimmen würden von seinem Besuch an den Toren erfahren. Auch das war beabsichtigt. Sie sollten wissen, dass er über Auraya nachdachte und dass sie in jedwedem Handel, den er mit ihnen schloss, vielleicht eine Rolle spielen würde.

Er bog um eine Ecke, blieb stehen und blinzelte überrascht. Nekaun kam auf ihn zugeschlendert.

Im Sanktuarium reisen Neuigkeiten eindeutig sehr schnell. Er muss verborgene Späher haben, die alle Flure zu dem unterirdischen Bereich beobachten.

»Erste Stimme Nekaun«, sagte Mirar. »Was für ein Zufall. Ich habe mich gerade gefragt, wen ich bitten sollte, mich zu Auraya zu bringen.«

Nekaun zog die Augenbrauen hoch. »Du möchtest mit ihr sprechen?«

Mirar verzog das Gesicht. »Nein. Ich möchte sie lediglich sehen. Unsere Gespräche waren unterhaltsam, als sie frei war, aber ich fürchte, dass es keinen Spaß machen würde, mit ihr im Geiste die Klingen zu kreuzen.«

Nekaun ging an ihm vorbei und drehte sich um. »Dann komm mit. Lass uns stattdessen ihren Anblick genießen.«

Die beiden Wachen wirkten nicht überrascht, als Nekaun und Mirar erschienen. Stattdessen hielten sie das Tor weit geöffnet. Die Mauern dahinter waren aus nacktem Stein. Alles war mit Staub bedeckt.

»Ich habe das Gefühl, dass dieser Teil des Sanktuariums lange nicht mehr benutzt worden ist.«

Nekaun lächelte. »Das ist wahr. Nicht dieser alte Schrein.«

»Ein Schrein?«

»Dieser Hügel war für tausende von Jahren ein geheiligter Ort. Das Sanktuarium wurde über den Ruinen eines alten Orts der Huldigung gebaut: des Schreins von Iedda.«

»Iedda? Einer der toten Götter?«, fragte Mirar überrascht. »Ich hätte gedacht, deine Götter hätten eher einen neueren Ort gewählt. Etwas, das nicht mit alten Göttern in Verbindung steht.«

»Warum? Die Untaten der alten Götter sind mit ihnen gestorben.«

Mirar blickte zur Decke empor und nickte. »Indem sie

das Sanktuarium über dem Schrein errichtet haben, haben sie vermutlich die alten Sitten durch neue ersetzt. Wenn der Schrein noch existierte, und sei es auch nur als eine Ruine, würden die Erinnerungen länger erhalten bleiben.«

»Er existiert noch«, versicherte ihm Nekaun. »Komm mit.«

Sie gingen durch ein weiteres Tor. Der Flur führte weiter hinab und machte dann eine abrupte Biegung. Zwei Götterdiener standen vor dem dritten Tor. Dahinter befand sich eine große Halle. Das Erste, was Mirars Aufmerksamkeit erregte, war ein riesiger Thron.

Dann sah er die Gestalt, die an den Thron gekettet war. Nackt, schmutzverkrustet und magerer, als er sie in Erinnerung hatte, lehnte Auraya kraftlos am Sockel. Er konnte erkennen, dass ihre Stirn von Schweiß glänzte, und er konnte das schwache Geräusch gequälten Atmens hören.

Sie schien nicht wach zu sein.

»Was hält sie dort fest?«, zwang er sich zu fragen.

»Sie ist in einem Leeren Raum. Weißt du, was das ist?«

Mirar nickte. »Ich bin schon früher auf Leere Räume gestoßen.« Er konnte den Blick nicht von Auraya losreißen, obwohl er wusste, dass Nekaun ihn genau beobachtete.

»Du hast Mitleid mit ihr«, sagte der pentadrianische Anführer.

Mirar seufzte und nickte. »Ich bemitleide jeden, den die Götter – der Zirkel – benutzen und manipulieren. Ich kann mich der Frage nicht erwehren, was aus ihr hätte werden können, wäre sie nicht von ihren Priestern dazu erzogen worden zu hassen. Es ist eine meiner bedauerlichen Eigenschaften, meinen Feind zu bemitleiden.«

»Glaubst du, du könntest den Schaden wiedergutmachen?«

»Nein.« Mirar schüttelte den Kopf. »Sie würde mir niemals eine Chance geben. Bei der ersten Gelegenheit würde sie mich töten.«

Nekaun schnalzte zufrieden mit der Zunge. »Diese Gelegenheit wird sie nicht bekommen. Aber wenn die Weißen den Sieg davontragen, wird es natürlich nicht Auraya sein, die du zu fürchten hättest.«

Mirar wandte sich zu Nekaun um. »Ich kann nicht für euch kämpfen«, erklärte er der Ersten Stimme unumwunden. »Ebenso wenig wie meine Anhänger das vermögen. Damit würden wir ein tausend Jahre altes Gesetz brechen.« Er senkte den Blick. »Aber ich kann meine Macht zur Verteidigung einsetzen. Ich kann dich, die anderen Stimmen und eure Armee schützen. Als Gegenleistung erbitte ich nur eine kleine Gefälligkeit.«

Nekauns Augen wurden schmal. »Und die wäre?«

Mirar wandte sich zu Auraya um. »Ich möchte derjenige sein, der Auraya mitteilt, dass die Weißen besiegt wurden.«

Nekauns Mundwinkel zuckten. »Ah.«

Als er nichts weiter sagte, wandte Mirar sich zu ihm um.

»Wirst du mein Angebot und die daran geknüpften Bedingungen annehmen?« Mirar hielt inne und runzelte die Stirn. »Ich vermute, du musst dich mit den anderen besprechen.«

Die Erste Stimme blickte zu Auraya hinüber, dann schüttelte er den Kopf. »Das ist nicht nötig. Wir haben alle Alternativen und Möglichkeiten erörtert. Deine Bedingung ist akzeptabel.«

Er streckte die geöffnete Hand aus und spreizte die Finger ab. Mirar zögerte kurz, dann tat er das Gleiche. Nekaun ergriff seine Hand.

»Dann haben wir also einen Handel.«

Mirar nickte. »Einen Handel.«

Nekaun ließ Mirars Hand wieder los, drehte sich um und

kehrte durch den Flur zurück. Mirar sah Auraya ein letztes Mal an, dann folgte er ihm.

»Ich sollte hinzufügen, dass deine Gefangene meiner sachkundigen Meinung nach an einem Fieber leidet«, sagte er leise. »Und das Geräusch, das sie beim Atmen macht, gefällt mir auch nicht allzu sehr. Mir wäre es lieber, wenn sie, wenn die Zeit kommt, am Leben wäre und gesund genug, um die Neuigkeit zu verstehen, dass ihre Welt ein Ende gefunden hat.«

Nekaun sah ihn an und nickte. »Es wäre eine Schande, wenn ihr das Ende der Geschichte entgehen würde. Ich werde einige meiner Heiler zu ihr schicken.«

Mirar nickte. »Wenn du den Rat eines Traumwebers brauchst, bin ich sicher, dass einer von ihnen bereit wäre zu helfen.«

»Danke. Ich werde es im Kopf behalten, für den Fall, dass Aurayas Heilung die Fähigkeiten meiner Götterdiener übersteigen sollte.«

Etwas an Chaias Angebot machte keinen Sinn, aber Auraya hatte nicht genug Kraft, um wirklich darüber nachzudenken.

So viel zu dem Thema, dass man sich Zeit lassen soll, um sich zu besinnen. Warum mache ich mir überhaupt die Mühe? Die Vorstellung, keinen Körper zu haben und die Welt nur durch Sterbliche wahrnehmen zu können, mag mir nicht gefallen, aber das muss immer noch besser sein, als tot zu sein.

Vor allem wenn Mirar recht hatte und die Götter gelogen hatten mit der Behauptung, die Seelen von Menschen nach ihrem Tod anzunehmen. Chaia hatte etwas darüber gesagt, dass die Seelen der Toten keine Verbindung mit der Welt der Lebenden hatten. Ein Gott hatte sie, war das also nicht die bessere Wahl?

Sie grübelte für eine Weile darüber nach, aber ihre Gedanken schweiften ab. Dann riss sie ein Kälteschock jäh aus ihrer Benommenheit. Wasser. Sie begann wieder zu zittern. Ein Domestik kam heran und hob eine Schale mit Brei an ihre Lippen. Sie nahm einen Schluck, dann begann sie zu husten und konnte nicht aufhören …

Etwas schlug ihr ins Gesicht. Sie begriff, dass sie ohnmächtig geworden war, und mühte sich nach Kräften aufzuwachen. *Ich muss essen. Muss die Augen öffnen …*

Das Gesicht vor ihr war unvertraut. Ein Mann. Er runzelte die Stirn. Es waren auch noch andere zugegen. *Warum sind sie hier?* Dann sah sie Nekaun am Rand des Podests stehen, und plötzlich war sie wachsamer als während der ganzen letzten Tage.

Aus den Gedanken der Götterdiener um sie herum las sie, dass man ihnen befohlen hatte, sie zu heilen. Sie las auch, wie sie ihren Zustand einschätzten: Ihre Lunge war verschleimt von einer Entzündung, ihr Körper litt an Wassermangel und war geschwächt durch ein Zuwenig an guter Nahrung. Außerdem las sie ihren Abscheu darüber, sie behandeln zu müssen. Sie hätten sie lieber sterben lassen.

Die Heilmittel, mit denen sie ihr Brust und Arme einrieben, rochen schmerzlich vertraut. Zumindest benutzten sie die richtigen Mittel. Sie förderten ein großes Hemd zutage. Einer der Götterdiener trat an Nekaun heran, der einen kleinen Gegenstand in die Hand des Mannes legte. Der Götterdiener kehrte zurück und trat vor Aurayas linken Arm. Ihr Herz setzte einen Schlag aus, als sie spürte, wie die Kette gelockert wurde – Nekaun hatte dem Mann den Schlüssel zu den Schlössern gegeben. Sie starrte ihn an und konnte nichts anderes mehr sehen. Dieser eine kleine Gegenstand raubte ihr die Freiheit. Ein so simples Ding. Jeder konnte es benutzen. Dazu bedurfte es keiner Magie …

Dann fiel ihr Arm herunter, und Schmerz zuckte durch ihre Schulter, und sie vergaß alles andere.

Die Götterdiener massierten ihren Arm und ihre Schulter, bis der Schmerz nachließ, dann streiften sie ihr das Hemd über den Kopf und schoben ihren Arm durch den Ärmel. Ihr Arm wurde ausgestreckt, um ihn wieder anzuketten, dann befreiten sie ihren rechten Arm und manövrierten sie in diese Seite des Hemdes. Der Stoff war rau und wärmte zwar nicht ihre Hände und Füße, aber sie konnte sich immerhin Erleichterung verschaffen, ohne ihre »Kleider« zu besudeln.

Der Götterdiener gab den Schlüssel Nekaun zurück, dann half er den anderen, ihr mehr Wasser einzuflößen und sie mit Brot zu füttern. Als sie fertig waren, lehnte Auraya sich an den Thron, erschöpft, aber zum ersten Mal seit Wochen frei von Hunger und Durst. Mit halb geschlossenen Augen sah sie zu, wie Nekaun und die Götterdiener fortgingen.

Lasst mich aus dem Leeren Raum, dachte sie in ihre Richtung. *Alles, was ich brauche, um wieder gesund zu werden, ist Magie.* Sie schloss die Augen. *Oder ich muss ein Gott werden.*

Dann runzelte sie die Stirn. *Wie kann ich ein Gott werden, wenn ich in einem Leeren Raum bin? Götter sind Wesen aus Magie. Sie können in einem Leeren Raum nicht existieren. Sobald ich ein Gott bin, werde ich aufhören zu existieren.*

Sie schüttelte den Kopf. Chaia musste die Absicht haben, sie zuvor freizulassen. Aber das war es nicht, was er gesagt hatte. Er hatte gesagt, sie könne es selbst tun, während er fort sei.

Plötzlich überlief sie ein kalter Schauder, kälter als das Wasser, das man ihr zuvor über den Körper gegossen hatte.

Es sei denn, dies wäre ein Trick.

Hatte Chaia versucht, sie loszuwerden?

Aber er liebt mich.

Es gab keine Möglichkeit für sie, ein Gott zu werden und zu überleben.

Ein leises Zirpen lenkte ihre Aufmerksamkeit wieder auf den Thron. Unfug starrte zum Eingang hinüber.

»Böser Mann«, sagte er leise.

»Ja«, pflichtete sie ihm bei. »Jetzt weg.«

Langsam gingen ihr verschiedene Möglichkeiten durch den Kopf. Wenn sie tatsächlich die Fähigkeit besaß, ein Gott zu werden, könnte er versuchen, es zu verhindern, indem er sie ermutigte, die Verwandlung an dem einen Ort vorzunehmen, an dem ein solches Tun sie töten würde, statt das Risiko einzugehen, dass es an einem anderen Ort geschehen würde.

Wenn er ihren Tod wünschte, dann war etwas geschehen, das ihn veranlasst hatte, seine Meinung über sie zu ändern. Huan behauptete, sie sei gefährlich. War etwas passiert, das Chaia überzeugt hatte?

Plötzlich erinnerte sie sich an etwas, das Mirar gesagt hatte. Er hatte ihr erzählt, dass die anderen Wilden wichtige Geheimnisse herausgefunden hätten. Geheimnisse, die er ihr nicht anvertrauen wollte. Sie dachte an seine Frage: *»Gibt es einen Gott, den du gern töten würdest?«* Sie hatte vermutet, dass dies lediglich eine schnippische Bemerkung gewesen sei, aber was, wenn es ihm ernst gewesen war? Was, wenn die Wilden tatsächlich einen Gott töten konnten?

Dann ist er die Gefahr, nicht ich. Chaia sollte wissen, dass ich niemals … Aber andererseits, ich würde es tun, wenn es auf die Frage hinausliefe, ob ich sterbe oder Huan …

Sie verzog das Gesicht. Offensichtlich empfand er nicht genauso. Oder er konnte nicht darauf vertrauen, dass sie nicht auch die restlichen Götter töten würde. Er konnte nicht länger in ihren Geist sehen, und sie war, wie er gesagt hatte, mächtiger und stärker geworden als ein Unsterblicher.

Er vertraute ihr nicht. Er hatte versucht, sie zu töten. Lange Zeit starrte sie ins Leere und verspürte nur ein schreckliches Gefühl des Verlusts, das Gefühl, verraten worden zu sein. Sie war zu müde für Zorn, zu müde, um nach Entschuldigungen für ihn zu suchen. Ihr blieb nur noch genug Energie, um sich in ihr Schicksal zu fügen. Sie holte tief Luft und stieß sie langsam wieder aus, und mit diesem einen Atemzug ließ sie den letzten Rest ihrer Ergebenheit gegenüber den Göttern entweichen.

45

D*anjin.*

Die Stimme klang träumerisch und traurig. Danjin wurde sich langsam bewusst, dass er nicht länger schlief, doch auch noch nicht hellwach war.

Daaaanjinnnnn.

Er kannte die Stimme. Als er sie zuordnen konnte, verspürte er eine gelinde Überraschung.

Auraya?

Ja, ich bin es. Wie geht es dir?

Ich schlafe.

Nicht ganz. Wir sind wieder in einer Traumvernetzung.

Ach ja? Er erschrak, und seine Gedanken schärften sich. *Wo bist du?*

Immer noch eingesperrt. Ich fühle mich besser. Ich war krank. Um ein Haar wäre ich gestorben, glaube ich. Offensichtlich ist das kein Teil von Nekauns Plänen. Er hat mir Kleidung und besseres Essen bringen lassen.

Kleidung? Ein Stich des Entsetzens und der Sorge durchzuckte Danjin, als ihm klar wurde, was das bedeutete.

Ich wette, du hast nicht erwartet, dass du schon so bald wieder in einen weiteren Krieg ziehen würdest, sagte sie.

Ein warnendes Kribbeln überlief ihn. Woher wusste sie von dem Krieg? Hatten die Stimmen es ihr erzählt? Natürlich hatten sie das getan.

Nein, sagte er wachsam.

Ich habe die Armee beobachtet, erklärte sie. *Ich habe beobachtet, wie ihr alle durch die Wüste marschiert seid, und ich habe beobach-*

tet, wie die Pentadrianer sich auf die Begegnung mit euch vorbereitet haben. Ich wünschte, ich hätte dir etwas zu erzählen.

Mir zu erzählen …?

Ein Geheimnis, das die Pentadrianer betrifft. Etwas Wichtiges, das euch helfen würde, die Schlacht zu gewinnen. Aber die Spione und Ratgeber der Weißen wissen bereits alles.

Wie hast du …?

Ich habe Gedanken abgeschöpft, Danjin. Es gibt nicht viel anderes, was ich tun könnte – außer mit Unfug reden, und du weißt ja, was für ein wunderbarer Gesprächspartner er ist. Ich wünschte, ich könnte häufiger mit dir reden. Wir alle wissen, dass die Stimmen mich töten werden, bevor sie in die Schlacht gegen die Weißen ziehen. Es wäre schön, während meiner letzten Tage jemanden zum Reden zu haben, der nicht ständig gekrault werden will oder mich mit Bröckchen von allem überschüttet, was er fangen und fressen konnte.

Danjin fühlte sich, als würde er ersticken. Wie konnte sie so beiläufig von ihrem Tod sprechen? Vielleicht lag das daran, dass sie das alles nur erfand?

Nein, dachte er. *Da ist noch irgendetwas anderes. Sie tut so, als nähme sie das alles auf die leichte Schulter, aber in Wirklichkeit ist sie verzweifelt.* Trauer und Mitleid überwältigten ihn. *Sie ist allein. Sie weiß, dass sie dazu verdammt ist zu sterben. Wie kann die erstaunlichste Frau, die ich kenne, so enden? Wahrscheinlich besteht die einzige Alternative darin, in irgendeiner aufsehenerregenden magischen Schlacht zu sterben.*

Danjin?

Ich bin hier.

Für den Fall, dass du dies für einen Traum hältst, will ich dir Folgendes erzählen. In Kürze wird ein Bote des sennonischen Kaisers in eurem Lager eintreffen.

Dann verschwand sie aus seinem Bewusstsein. Danjin öffnete die Augen, richtete sich auf und sah sich um. Er griff nach seiner Decke, um sich gegen die kalte Nachtluft der Wüste zu schützen, und verließ sein Zelt.

Die Vorstellung, dass Auraya sie beobachtete, war gleichzeitig beunruhigend und tröstend. Er musste wissen, ob ihre Worte der Wahrheit entsprachen, und zu diesem Zweck ging er am besten in das Zelt der Weißen hinüber und stellte fest, ob tatsächlich ein Bote des Kaisers eingetroffen war.

Im Licht des Mondes wirkten die Zelte des zirklischen Lagers wie eine gewaltige, mystische Geisterarmee. Sie breiteten sich in alle Richtungen aus, beleuchtet von Lampen im Innern oder Feuern von außen. Die Armee war nicht größer als diejenige, die einige Jahre zuvor die Pentadrianer besiegt hatte – tatsächlich war sie sogar kleiner –, aber von dort, wo er stand, schien sie unendlich zu sein.

Der Teil der Wüste, in dem die Armee sich für die Nacht niedergelassen hatte, war relativ flach. Da es hier keine Flüsse oder Hügel gab, auf die sie Rücksicht nehmen mussten, hatten sie die Zelte, die Vorratskarren und die Plattans in einem kreisförmigen Muster aufgestellt: ein Rad, in dem die Weißen und die Anführer ihrer Verbündeten sich in der Nabe versammelten, während die Lücken zwischen den Armeen eines jeden Landes die Speichen bildeten. Danjin wusste nicht, ob diese Anordnung irgendwelche taktischen Vorzüge bot. Vielleicht sollte diese machtvolle Benutzung des Symbols der Götter den Menschen lediglich eine gewisse Sicherheit geben.

Als er das Zelt des Kriegsrats erreichte, wies er den Wachposten an, in seinem Namen um die Erlaubnis zu bitten einzutreten.

Brauchen wir zusätzliche Unterstützung?, fragte sich Danjin. *Beim letzten Mal haben wir gesiegt. Aber allein die Tatsache, dass man die Götter auf seiner Seite hat, ist keine Garantie für einen Sieg. Dafür sind die Pentadrianer der beste Beweis. Außerdem ken-*

nen die Pentadrianer uns jetzt besser. Sie werden nicht dieselben Fehler machen.

»Hier kommt mein stets zweifelnder Danjin«, erklang eine vertraute Stimme aus dem Innern des Zelts.

Die Türlasche wurde aufgezogen, und Ella winkte ihn herein. Juran und Dyara standen neben einem Tisch, auf dem eine Karte lag, die Danjin aus dem letzten Krieg kannte. Mairae und Rian waren abwesend.

Der Anführer der Zirkler sah Danjin an und nickte. Danjin machte das Zeichen des Kreises.

»Also, Danjin. Warum kannst du nicht aufhören, dir Sorgen zu machen?«, fragte Ella.

»Irgendjemand muss es tun«, antwortete er. »Betrachte es als meine persönliche Aufgabe, mir in deinem Namen Sorgen zu machen.«

Sie zog die Augenbrauen hoch und blickte zu Juran hinüber, um dessen Lippen ein schwaches Lächeln spielte.

»Habe ich etwas Falsches gesagt?«, erkundigte sich Danjin.

Ella lachte. »Nein. Juran hat gerade eben etwas ganz Ähnliches bemerkt. Er meinte, du seist mein Gewissen und mein gesunder Menschenverstand.«

»Bin ich das?« Danjin sah Juran an. Er konnte nicht umhin, sich zu fragen, ob das bedeutete, dass Juran glaubte, Ella habe einen Mangel an Gewissen und gesundem Menschenverstand.

Juran lachte leise. »Du vertraust nicht blind darauf, dass die Dinge sich so fügen werden, wie die Götter es wollen«, erklärte er. »Ella kann nichts anderes akzeptieren als Sieg.«

»Warum sollten sie uns nach Südithania schicken, wenn sie nicht dafür sorgen können, dass wir siegen?«, fragte sie.

»Es besteht immer das Risiko eines Scheiterns«, antwortete Juran. »Und sei es auch noch so gering.«

»Warum bringen wir eine Armee mit, wenn die Macht der Götter, kanalisiert durch die Weißen, alles wäre, was notwendig ist?«, fragte Danjin.

Ella schüttelte den Kopf. »Wir wissen alle, dass die Armee nur benötigt wird, um das Land zu beherrschen, das man erobert. Der eigentliche Kampf wird mit Magie ausgetragen. Magie ist die Domäne der Götter, daher ist uns der Sieg gewiss.«

»Es sei denn, die pentadrianischen Götter sind stärker«, bemerkte Juran.

»Wenn das so wäre, hätte der Zirkel uns nicht in den Krieg geschickt.«

Juran lächelte und hob die Hand. »Genug davon. Danjin ist hergekommen, um über andere Dinge zu sprechen.« Danjins Herz setzte einen Schlag aus, als der zirklische Anführer ihn ernsthaft musterte. »Ich sehe, du hast wieder mit Auraya gesprochen.«

Danjin nickte, dann berichtete er alles, woran er sich erinnern konnte. Als er fertig war, tauschten die Weißen schweigend einen Blick und setzten sich auf die ihnen eigene Art miteinander in Verbindung.

»Sie lebt; sie war krank, aber es geht ihr besser«, fasste Dyara Danjins Ausführungen zusammen. »Kann sie uns wirklich sehen?«

Juran zuckte die Achseln. »Wir können nur abwarten, ob dieser Bote auftaucht.« Er wandte sich an Danjin. »Ella hat mir erzählt, dass du unter deinen Sachen den Netzring gefunden hast, den Auraya für dich gemacht hat. Weißt du, warum er dort war?«

Danjin stieg die Röte ins Gesicht. »Ich bin mir nicht sicher … aber ich habe den Verdacht, dass meine Frau ihn dort hingelegt haben könnte.«

»Warum sollte sie ihn verstecken?«

»Oh, sie hat ihn sicher nicht mit Absicht versteckt«, erwiderte Danjin hastig. »Wenn sie für mich packt, legt sie häufig irgendwelche Dinge an eigenartige Orte, damit mehr in mein Gepäck hineinpasst. Wahrscheinlich wollte sie, dass ich den Ring fand, wenn ich das Spiel öffnete, und hat nicht bemerkt, dass er in der Schublade festklemmen würde.«

Juran nickte. »Aber warum hat sie ihn überhaupt eingepackt?«

»Das war wahrscheinlich eine Vorsichtsmaßnahme. Ich habe im Laufe der Jahre viele merkwürdige Dinge in meinem Gepäck gefunden, und wenn ich sie danach frage, antwortet sie im Allgemeinen, sie habe den betreffenden Gegenstand ›für alle Fälle‹ eingepackt.«

»Aber für welchen Fall?«, fragte Juran versonnen. Seine Worte klangen so, als habe er laut nachgedacht und keine Antwort erwartet. Danjin zuckte die Achseln. Der zirklische Anführer nahm etwas aus seiner Robe. Es war ein weißer Ring. Danjin vermutete, dass es sich um den fraglichen Netzring handelte.

Juran hielt ihn ihm hin. »Streif ihn über.«

»Aber …« Ella sah Juran an, der ihren Blick mit undeutbarer Miene erwiderte. Sie biss sich auf die Lippen und sah zu, wie Danjin den Ring entgegennahm.

Die schwachen Spuren der Sorge auf ihrem Gesicht löschten jeden Eifer aus, den Danjin angesichts der Möglichkeit, sich mit Auraya in Verbindung zu setzen, empfunden hatte. Er erwog zu fragen, ob es gefährlich sei, den Ring zu benutzen. Und wenn es so war? Juran hatte es ihm befohlen, und er würde sich nicht weigern.

»Was soll ich sagen?«, fragte er.

Ella zuckte die Achseln. »Sag ihr, wir seien alle erleichtert, dass sie noch lebt.«

Er nickte. Dann holte er tief Luft, streifte den Ring über und schloss die Augen.

Auraya?

Es kam keine Antwort. Er rief noch mehrere Male, dann sah er die Stimmen an und zuckte die Achseln.

»Vielleicht funktioniert er nicht mehr.«

»Nimm den Ring ab, Danjin«, sagte Ella.

Juran streckte die Hand aus. Danjin zog den Ring ab und übergab ihn. Die drei Weißen runzelten die Stirn.

»Das bringt uns nicht weiter, nicht wahr?«, fragte er zaghaft.

Juran sah ihn nachdenklich an. »Der Ring mag uns zwar nicht in die Lage versetzen, mit Auraya zu sprechen, aber eine andere Eigenschaft hat er nicht eingebüßt. Während du ihn am Finger hattest, konnte ich deine Gedanken nicht lesen. Ella konnte es, da du ihren Netzring trägst, daher musste ich dich durch ihren Geist beobachten.«

»Dann ist es also der richtige Ring?«

»Ja, eindeutig. Wir wussten von diesem Fehler, hatten damals aber keine Zeit, einen anderen anzufertigen, da Auraya nach Si aufbrechen musste.«

Juran betrachtete den Ring versonnen, dann blickte er zu Ella hinüber. »Dies könnte ein Vorteil für uns sein. Solange Danjin den Ring trägt, wird niemand außer uns seine Gedanken lesen können.«

»Außer uns – und Auraya«, stellte sie fest.

Seine Lippen wurden schmal. »Ich wünschte, ich wüsste, ob man ihr vertrauen kann.« Er schloss die Finger um den Ring und ließ die Hand sinken.

Der Eingang zum Zelt wurde geöffnet, und ein Wachposten trat ein und machte das Zeichen des Kreises. »Ein Bote des sennonischen Kaisers bittet um eine Audienz bei den Weißen.«

Juran sah Danjin an, aber sein Lächeln wirkte gezwungen. »Danke, dass du uns auf dieses Ereignis aufmerksam gemacht hast, Danjin. Jetzt solltest du wohl besser versuchen, ein wenig Schlaf zu bekommen.«

Als Danjin zur Türlasche hinüberging, berührte Ella ihn sanft am Arm. »Zumindest ist sie am Leben«, sagte sie leise.

Er seufzte. »Ja, aber für wie lange noch?«

»Das liegt in den Händen der Götter«, erwiderte sie.

Er nickte, dann trat er in die Wüstennacht hinaus und ging zu seinem Zelt.

Die Möwe spürte, wie die Macht der Welle sich hinter ihm sammelte. Als sie ihn erreichte, streckte er sich und ritt auf dem Kamm der Welle. Die Felssäule mit ihrer steilen Wand schien auf ihn zuzuschießen. Im letzten Augenblick drehte er ab, fing automatisch den Aufprall ab, spürte die vertrauten Risse unter den Fingern und die schmalen Vorsprünge, die den Füßen Halt gaben. Während die Welle sich zurückzog, begann er zu klettern.

Er hatte dies so viele Male getan, dass er nicht darüber nachzudenken brauchte, wo er sich als Nächstes festhalten konnte. Als er die Höhle erreichte, zog er sich hinein und richtete sich auf.

Er blickte noch einmal hinaus und betrachtete die dunklen Wellen, die den Felssockel umwogten. Er konnte keine Spur von dem Schiffswrack entdecken. Selbst an einem klaren hellen Tag hätte er nicht so weit sehen können. Aber er brachte seinen Geist zur Ruhe und griff hinaus.

Schweigen.

Die Möwe schüttelte den Kopf und seufzte. Sie waren wahrscheinlich alle ertrunken. Die Ironie des Ganzen war, dass er die Absicht gehabt hatte, das Piratenschiff selbst zu versenken, aber zur richtigen Zeit. Nachdem er Gelegenheit gehabt hatte, die Mannschaft kennenzulernen und die Unglücklichen von den Schlechten zu scheiden.

Er hatte keine Zeit gehabt. Wenn er nicht geschlafen hätte, hätte er die herannahenden Elai vielleicht gespürt und jenen Seeleuten, die es wert waren, gerettet zu werden, helfen können. Aber er musste schlafen, geradeso wie jeder Sterbliche es musste.

Doch er vergeudete keine Mühe darauf, sich über die Elai zu ärgern. Ihre Angriffe auf die Schiffe der Seeräuber waren nach allem, was sie erlitten hatten, gerechtfertigt. Er machte sich allerdings Sorgen, wohin ihre neu entdeckte Zuversicht und ihre Vorliebe für das Töten sie führen würde, aber er würde nicht versuchen, sie in irgendeine Richtung zu lenken. Obwohl er und die Elai gleichermaßen berühmt waren für ihre Beziehung zum Meer, hatten sie keine andere Verbindung. Seit Jahrtausenden war er eine legendäre Gestalt in den Märchen der Landgeher, die die Elai hassten. Die Elai waren eine junge Rasse, erschaffen von einer Göttin, die Unsterbliche hasste.

Huan, dachte er düster. Stirnrunzelnd vergegenwärtigte er sich die eigenartigen, entstellten Geschöpfe, tot oder kaum noch am Leben, auf die er vor langer Zeit zufällig gestoßen war. Über ein Jahrhundert lang tauchten immer wieder solche Geschöpfe auf. Erst als gegen Ende dieses Jahrhunderts die frühen Vorfahren der Elai erschienen waren, hatte er die Lösung für dieses Rätsel gefunden. Die missgebildeten Geschöpfe waren Experimente und Fehlschläge der Zauberer gewesen, die Huans großen Ehrgeiz erfüllt hatten, ein an das Leben im Meer angepasstes Volk zu erschaffen. Sie und ihre Anhänger hatten nicht so leiden müssen, wie die Menschen und Tiere es taten. *Zumindest haben die Menschen ihr Schicksal freiwillig gewählt, obwohl sie gewiss nicht erwartet haben, dass man sie ins Meer werfen oder zum Sterben allein lassen würde, wenn ein Experiment scheiterte.*

Zu guter Letzt hatte Huan Erfolg gehabt. Aus der Vision

einer Göttin und der Bereitschaft Sterblicher, ihren Befehlen zu folgen, waren zwei wundersame Völker entstanden, die Elai und die Siyee. Aus Grausamkeit war Schönheit geworden. Dies war auch die Natur des Ozeans. Manchmal waren die schönsten Geschöpfe die tödlichsten. Sternfächerfische waren leuchtend bunt, aber so giftig, dass ein Stich von ihren Stacheln binnen weniger Atemzüge töten konnte. Die Doi waren verspielte, intelligente Geschöpfe, und sie waren treu und liebevoll. Die Seeleute hielten es für ein glückliches Omen, wenn Doi in der Bugwelle ihres Schiffes schwammen. Aber die Möwe hatte Doi ihresgleichen mit einer Grausamkeit behandeln sehen, die er ansonsten nur bei Menschen beobachtet hatte.

Er zuckte die Achseln. Die Götter waren einst Sterbliche gewesen. Sie wurden von denselben Gefühlen und Bedürfnissen getrieben. Daher war es keine Überraschung, dass sie genauso grausam sein konnten wie Menschen. Es gab nur ein Problem: Während nur wenige Menschen geneigt waren, sich schlecht zu benehmen, waren alle Götter irgendwann einmal grausam mit Menschen verfahren.

Nein, nicht alle, korrigierte er sich. *Die alten Götter waren nicht alle schlecht gewesen. Ist es so eigenartig, dass jene, die übrig geblieben sind, zu Grausamkeit neigen? Sie waren es, die die Bereitschaft hatten, die übrigen zu ermorden.*

Seine Gedanken begannen, in alten, vertrauten Kreisen umherzuschweifen. Das störte ihn im Grunde nicht weiter, aber er hatte sich bereitgefunden, sich in dieser Nacht mit den Zwillingen in Verbindung zu setzen. Also zog er sich in den hinteren Teil der Höhle zurück und legte sich auf einige alte Decken. Dann schloss er die Augen und sandte einen Gedankenruf aus.

Möwe, antwortete Tamun. *Du bist spät dran.*

Achte nicht auf sie, warf Surim ein. *Sie hat schlechte Laune.*

Oh? Warum denn?

Es geht alles zu schnell. Das macht ihr Angst.

Ich habe keine Angst!, protestierte Tamun.

Kein bisschen, pflichtete Surim ihr wenig überzeugend bei.

Was geht zu schnell?, fragte die Möwe.

Emerahl will, dass wir nach Diamyane gehen, erklärte Surim. *Und du auch.*

Sie will versuchen, die Götter zu töten?

Nur wenn sich eine Gelegenheit dazu ergibt. Sie hat vollkommen zu Recht darauf hingewiesen, dass es eine Schande wäre, wenn sich eine solche Möglichkeit auftäte und wir nicht da wären, um sie zu nutzen.

Das ist wahr.

Bist du bereit, nach Diamyane zu gehen und dich mitten auf ein Schlachtfeld zu stellen, mit allen Risiken, die ein solches Tun mit sich brächte, nur für den Fall, dass es Auraya irgendwie gelingen sollte zu entkommen und dass sie sich dazu entscheidet, uns zu helfen, ihre geliebten Götter zu töten?

Die Möwe dachte nach. Er konnte erkennen, welche Vorteile es hatte, an einem Ort zu sein, an dem die Weißen und die Stimmen aufeinandertrafen. Die Götter würden gewiss zugegen sein. Sie würden vielleicht in der Lage sein, sie alle gleichzeitig zu töten.

Aber er konnte auch erkennen, dass ihre Chancen auf Erfolg gering waren.

Aber wenn es auch nur die geringste Chance gab …

Ja, sagte er. *Wenn ich mich im Wasser verborgen halte, ist eine Entdeckung unwahrscheinlich.*

Tamun fluchte.

Tut mir leid, Schwester, sagte Surim. *Diesmal hat Emerahl gewonnen. Wir sollten besser anfangen zu packen.*

Und ich habe eine weite Reise vor mir, fügte die Möwe hinzu.

Wirst du es rechtzeitig schaffen?

Ja, falls ich noch heute Nacht aufbreche.

Dann reise wohl. Wir werden morgen Abend wieder zu dir sprechen, beendete Surim ihre Unterhaltung.

Die Möwe schlug die Augen auf und starrte zur Decke der Höhle empor. Er erhob sich und ging zum Höhleneingang hinüber. Nachdem er die Augen abermals geschlossen hatte, sandte er seinen Geist aus und suchte nach einem vertrauten Gedankenmuster.

Er brauchte nicht lange, um es zu finden. Träge, männlich und ruhig erhob sich der Geist bei seiner vertrauten Präsenz. Er stellte eine Frage; sie wurde bejaht.

Erfreut wartete die Möwe.

Einige Zeit später spürte er, dass der gleiche Geist gleich einzutreffen erwartete. Er senkte den Blick und sah den gewaltigen Kopf des Roale, so groß wie ein Fischerboot, aus dem Wasser aufsteigen, sich umwenden und wieder hinunterkrachen. Ein Auge glitzerte im Sternenlicht.

Danke, sagte er zu dem Geschöpf. *Wir werden gemeinsam nach Süden schwimmen, wo das Wasser warm ist und voller Fische.*

Ja, antwortete der Roale. *Nahrung.*

Die Möwe streckte die Arme aus, sprang von dem Felsen und tauchte ins Meer ein.

Wann immer die Stimmen sich in Abwesenheit Nekauns trafen, war Reivan unbehaglich zumute, doch auch in seiner Anwesenheit fühlte sie sich nicht länger wohl.

Die anderen Stimmen hatten sich nicht gegen ihn verschworen, doch in seiner Abwesenheit waren sie eher geneigt, ihre Meinung zum Ausdruck zu bringen. Es machte die Dinge nicht besser, dass sie häufig über Möglichkeiten sprachen, wie sie die Konsequenzen seiner Fehler eindämmen könnten, oder kurz davor standen, sich offen über seine Methoden zu beklagen.

Heute sprachen sie über den letzten verbliebenen Ehrengast des Sanktuariums, den Traumweber Mirar. Obwohl Reivan ihn inzwischen mehrmals gesehen hatte, fiel es ihr schwer zu glauben, dass dieser Mann über tausend Jahre alt war. Es lag nicht daran, dass er keinen Tag älter wirkte als dreißig – Imenja war ebenfalls weit älter, als sie erschien, aber sie hatte eine Ausstrahlung, die auf das Selbstbewusstsein und die Weisheit einer älteren Frau schließen ließ. Mirar gebrach es an der Aura der Macht, die Reivan erwartet hatte. Er wirkte zu bescheiden, um ein großer Zauberer der Legende und der Begründer eines so alten Kultes zu sein, wie die Traumweber es waren.

Die Stimmen machten sich wegen wichtigerer Dinge Sorgen.

»Also, kann Mirar nun Gedanken lesen, oder kann er es nicht?«, fragte Shar.

»Er kann es nicht«, antwortete Genza.

»Aber deine Prüfung hat funktioniert. Er hat reagiert.«

»Er hat eine Gefahr für sich selbst gespürt, aber nicht das Wesen dieser Gefahr«, erklärte Genza. »Wenn er gewusst hätte, worin die Gefahr bestand, wäre er niemals in den Alkoven getreten. Das lässt darauf schließen, dass er die Fähigkeit hat, die Stimmung der Menschen um ihn herum zu spüren, nicht aber, ihre Gedanken zu lesen.«

»Wenn ich tausend Jahre oder länger Menschen beobachtet hätte, wäre ich auch in der Lage, ihre Stimmungen zu spüren«, bemerkte Vervel. »Ist das eine magische Fähigkeit oder lediglich eine gute Beobachtungsgabe?«

»Der gedungene Mörder war außer Sicht«, rief Genza ihm ins Gedächtnis. »Es war keine Beobachtung, sondern Frucht einer Befähigung.«

»Es gibt eine letzte Prüfung, der ich ihn gern noch unterziehen würde«, sagte Imenja. Die anderen wandten sich zu ihr um. »Eine Prüfung, bei der er seine Fähigkeit gewiss verraten würde.«

»Und die wäre?«

»Gewähren wir unseren Gefährten Einblick in das wahre Wesen der Beziehung zwischen Mirar und Auraya.«

Die drei anderen Stimmen tauschten einen Blick.

»Wenn er Gedanken lesen kann, wird er wissen, was wir wissen«, warf Vervel ein.

»Ja. Aber er wird auch wissen, dass wir ihm im Gegenzug für seine Hilfe in der Schlacht etwas zu bieten haben. Solange er weiß, dass wir bereit sind, ihm dieses Angebot zu machen, können wir uns seiner Unterstützung gewiss sein.«

»Die wir aber verlieren könnten, falls Auraya stirbt«, ergänzte Genza.

»Höchstwahrscheinlich«, pflichtete Imenja ihr bei. Die Stimmen tauschten abermals einen eindringlichen Blick, dann nickte sie. Als sie zu sprechen begann, sah sie einen Gefährten nach dem anderen an.

»Die Götter haben uns mitgeteilt, dass Mirar und Auraya früher einmal Liebende waren. Es ist eher wahrscheinlich, dass er den Wunsch hat, sie zu retten, als sie zu töten.«

Liebende? Reivan richtete sich überrascht auf. *Gewiss nicht!*

»Sie huldigt den Göttern, die seinen Tod wollen!«, protestierte Vervels Gefährte, Karkel.

Reivan erinnerte sich noch an etwas anderes. »Mirar sagte, Auraya habe versucht, ihn zu töten. War das eine Lüge?«

»Wahrscheinlich«, antwortete Shar.

»Bedeutet das, dass er ein Spion der Weißen ist?«, fragte Vilvan, Genzas Gefährte.

»Das haben die Götter nicht gesagt.« Imenja breitete die

Hände aus. »Sie haben lediglich davor gewarnt, dass er versuchen würde, sie zu retten.«

»Indem er fragt, ob er Auraya die Nachricht von der Niederlage der Weißen überbringen dürfe, sorgt er dafür, dass sie noch ein Weilchen länger lebt«, sagte Genza.

»Und indem wir andeuten, dass wir ihm Auraya geben werden, stellen wir sicher, dass er uns während der Schlacht hilft«, bemerkte Shar.

Genza runzelte die Stirn. »Wir werden ihm doch Auraya als Gegenleistung für seine Hilfe nicht wirklich geben, oder?«

Imenja seufzte. »Wenn wir unsere guten Beziehungen zu Mirar erhalten wollen, müssen wir das in Erwägung ziehen. Mir gefällt die Idee nicht, aber sobald die Weißen fort sind, dürfte Auraya kaum noch eine Bedrohung für uns sein. Nekaun ist nicht damit einverstanden. Er will Auraya nur so lange am Leben erhalten, wie Mirar uns von Nutzen ist.«

Vervel kicherte. »Mir tut Mirar ein wenig leid. Er scheint ein guter Mann zu sein.«

»Wenn Mirar ein guter Mann ist, wird er seine Anhänger durch seine Taten nicht gefährden wollen«, fügte Shar düster hinzu.

Vervel verzog das Gesicht. »Wenn er Auraya immer noch liebt, so unglaublich das vielleicht wäre, steht ihm eine schwere Entscheidung bevor. Er wird sich vielleicht zwischen seiner Geliebten und seinen Anhängern entscheiden müssen. Jetzt tut er mir erst recht leid.«

Shar schnaubte. »Mir tut niemand leid, der einen solch schlechten Geschmack in Bezug auf Frauen hat«, murmelte er.

Imenjas Lippen formten ein Lächeln, dann wurde ihre Miene wieder ernst. »Ich glaube nicht, dass wir Mirar eine solche Entscheidung aufzwingen sollten. Die Traumweber sind sehr nützliche Leute, die für uns nur eine kleine Bedrohung darstellen. Wir sollten nicht das Risiko eingehen, wegen einer persönlichen Abneigung gegen Auraya oder unseres Verlangens nach Rache unsere Freundschaft mit ihm zu gefährden. Dann wären wir nicht besser als die Zirkler.«

»Ich gebe dir recht«, sagte Vervel. »Dies könnte der Grund sein, warum die Götter sie am Leben erhalten wollen.«

»Fürs Erste. Sollte Auraya sich als Ärgernis erweisen, können wir uns später ihrer entledigen. Und schließlich ist sie nur eine Sterbliche«, bemerkte Shar.

»Aber was ist mit Nekaun?«, fragte Genza. »Wir alle wissen, wie gern er sie töten würde.«

Imenja hielt inne, dann hob sie den Kopf und sah die anderen der Reihe nach an. »Wenn wir in diesem Punkt übereinstimmen, können wir ihn vielleicht vom Gegenteil überzeugen.«

Schweigen senkte sich über den Raum. Reivans Herz raste. Imenja schlug vor, dass sie sich gegen Nekaun zusammentaten. Bis jetzt waren die anderen niemals bereit gewesen, der Ersten Stimme die Stirn zu bieten.

»Ich werde es zumindest versuchen«, sagte Vervel.

»Und ich auch«, fügte Genza hinzu.

Shar zuckte die Achseln. »Er würde den Göttern nicht trotzen, aber wenn er es versucht, habt ihr meine Unterstützung.«

Stille folgte. Imenja senkte den Kopf.

»Danke.« Sie sog scharf die Luft ein, dann stand sie auf. »Reivan und ich werden jetzt prüfen, ob Mirar Gedanken lesen kann. Wenn nicht, sollte ich trotzdem in der Lage sein, dafür zu sorgen, dass Mirar nicht versucht, Auraya zu retten und unsere Pläne zu durchkreuzen.«

»Wie willst du das zuwege bringen?«, fragte Genza.

Imenja lächelte. »Ich werde ihn lediglich wissen lassen, dass wir ihm als Gegenleistung, wenn er uns hilft, diesen

Krieg zu gewinnen, anschließend Auraya übergeben werden, und dass er dann mit ihr verfahren kann, wie er wünscht«

Shar kicherte. »Er wird denken, dass wir ihm direkt in die Hände spielen. Es sei denn natürlich, er kann Gedanken lesen.«

»Ich schätze, das werden wir bald herausfinden«, erklärte Genza.

46

Als Auraya erwachte, erinnerte sie sich, wo sie war, und stöhnte. Es hatte auch seine Nachteile, dass sie ein wenig von ihrer Kraft zurückgewonnen hatte: Sie konnte jetzt mit mehr Energie fühlen und denken. Meistenteils verspürte sie Langeweile und quälende Enttäuschung. Sie beschäftigte sich wieder damit, Gedanken abzuschöpfen, aber in den Gedanken der Menschen außerhalb der Halle gab es nur ein Thema, den Krieg.

Krieg, Krieg, Krieg, ging es ihr durch den Kopf. *Ich kann ihnen keinen Vorwurf machen, dass sie sich so sehr damit beschäftigen, aber ich wünschte mir wirklich, sie könnten an etwas anderes denken oder die Sache zumindest endlich hinter sich bringen. Dieses Warten ist unerträglich.*

Und doch brachte jeder Augenblick sie dem Tod näher. War sie so versessen darauf zu sterben?

Es wäre so viel behaglicher als dies hier, dachte sie ironisch. *Und vielleicht würde Unfug mich dann verlassen und den Weg zu einem sicheren Ort finden.* Ein Stich der Furcht durchzuckte sie. Seit Nekauns letztem Besuch, als die Götterdiener sie mit Heilmitteln behandelt hatten, war Unfug nicht wieder aufgetaucht. Sie streckte ihren Geist aus und rief seinen Namen.

Unfug?

Ein vertrauter Geist berührte den ihren und sandte eine formlose Beruhigung, und Auraya seufzte vor Erleichterung. Wo er auch war, er war nicht verängstigt oder verletzt.

Unfug tut was?

Jagen, erwiderte er.

Sie lächelte. Er hatte einiges Geschick darin entwickelt und schleppte Vögel und kleine Tiere in die Halle hinunter. Manchmal bot er ihr welche an, aber selbst wenn sie sich dazu hätte überwinden können, sie zu essen, wäre es beinahe unmöglich gewesen, das ohne ihre Hände zu bewerkstelligen. Es wäre ihr vielleicht gelungen, die kleineren Tiere im Ganzen herunterzuschlucken, aber bei dem bloßen Gedanken daran drehte sich ihr der Magen um.

Zufriedengestellt, dass der Veez wohlauf war, schloss sie die Augen und sandte ihren Geist aus. Zuerst suchte sie in den Gedanken im Sanktuarium nach Zeichen von Mirar. Sie sah Neuigkeiten, die sich unter den Domestiken ausbreiteten, die zu dieser frühen Stunde wach waren. Mirar hatte sich bereiterklärt, in der Schlacht auf der Seite der Stimmen zu stehen. Er würde ihrer Verteidigung seine Stärke leihen, aber da Traumweber Gewalt verabscheuten, würde er an dem Angriff auf den Feind selbst nicht teilnehmen.

Wie klug von dir, Mirar, dachte sie.

Auraya?

Überrascht ließ sie sich in eine Traumvernetzung sinken.

Mirar? Hast du mich denken hören?

Nein. Woran hast du denn gedacht?

An dich.

Wirklich? Ich hoffe, es waren gute Gedanken.

Mir ist soeben das jüngste Gerücht zu Ohren gekommen. Der legendäre Mirar hat sich bereiterklärt, den Stimmen zu helfen, aber nur bei der Verteidigung.

Ah. Ja. Ein Kompromiss. Ich … es tut mir leid. Wenn ich dies tun könnte, ohne deinen früheren Freunden Schaden zuzufügen, täte ich es.

Als ihr klar wurde, worauf er anspielte, hielt sie inne. Wenn er den Stimmen half, würden die Weißen wahrscheinlich besiegt werden. Juran, Dyara, Mairae und Rian würden sterben – und die neue Weiße, Ellareen.

Ich kann ihm keinen Vorwurf machen, dass er sich für diesen Weg entschieden hat, ging es ihr durch den Kopf. *Er muss sich um seiner Leute willen auch weiter mit den Stimmen gutstellen. Und wenn die Weißen gewinnen, werden die Traumweber in Südithania genauso behandelt werden wie die im Norden. Obwohl sich die Situation im Norden langsam verbessert, wird es noch Jahre dauern, bis die Menschen den Traumwebern dort den Respekt entgegenbringen, den sie bei den Pentadrianern genießen.*

Aber sie wollte nicht, dass die Weißen starben. Oder dass Nordithania von Pentadrianern regiert wurde. Die Vorstellung, dass Nekaun über den Norden herrschte, verursachte ihr Übelkeit.

Wir werden Glymma heute verlassen, erzählte Mirar ihr. *Wir werden weniger als einen Tag brauchen, um die Landenge zu erreichen. Gestern Nacht hat die Zweite Stimme Imenja mir versprochen, dass sie dich mir im Gegenzug für meine Hilfe nach der Schlacht übergeben würden. Ich habe keine Ahnung, wie lange diese Schlacht dauern wird. Auf der Landenge werden sich die Soldaten immer nur in geringer Stärke gegenübertreten können. Die dunwegische Flotte und die pentadrianischen Kriegsschiffe haben dieses Problem natürlich nicht, daher wird es vielleicht eine Seeschlacht werden. Dann sind da noch die Weißen und die Stimmen. Werden sie gleichzeitig auf Schiffen oder auf der Landenge kämpfen, oder werden sie bis später warten?*

Wenn die Stimmen den magischen Vorteil haben, werden sie die Weißen zwingen, von Anfang an gegen sie zu kämpfen, sagte Auraya. *Auf diese Weise werden weniger Menschen ihres eigenen Volkes sterben.*

Das ist wahr.

Wenn deine Hilfe zu einer schnellen Beendigung der Schlacht führt, wirst du zumindest das Leben Sterblicher retten.

Ich hoffe es. Er zögerte. *Ich habe eine Nachricht an meine eigenen Leute geschickt und vorsichtig angedeutet, dass sie ihre Magie zur Verteidigung der Seite nutzen sollten, die sie zu unterstützen wünschen, seien es nun Pentadrianer oder Zirkler.*

Wie werden die Stimmen darauf reagieren? Sie werden argwöhnen, dass du den Befehl dazu gegeben hast!

Ich werde darauf hinweisen, dass ich ihnen zwar keine Befehle geben kann, dass ich meine Leute andererseits aber nicht daran hindern kann, es mir gleichzutun. Ich kann ihnen kaum etwas verbieten, das ich selbst tue. Und der Vorteil läge nach wie vor auf der Seite der Stimmen, denn ich und die Traumweber hier sind stärker als diejenigen, die die Zirkler verteidigen.

Du bist klüger, als gut für dich ist, beschied sie ihm.

Ach ja? Du musst Emerah… warte. Da klopft jemand an meine Tür. Ich muss Schluss machen.

Viel Glück.

Dir auch.

Dann war er fort. Auraya starrte auf den Boden und spürte, wie ihr Herz sich zusammenzog.

Ich hoffe, er weiß, was er tut. Wenn er stirbt… Sie schluckte heftig. *Ich glaube, ich würde es tatsächlich bedauern. Und nicht nur wegen des letzten Restes Leiard, der mit ihm sterben würde. Oder weil ich dann wahrscheinlich ebenfalls sterben werde. Ich denke, ich werde es tatsächlich bedauern zu wissen, dass Mirar der Wilde nicht länger existiert.*

Die breite Promenade außerhalb des Sanktuariums war gut geeignet als Sammelplatz einer Armee. Tausende waren dort zusammengekommen. Götterdiener in schwarzen Roben standen in säuberlichen, disziplinierten Reihen auf der einen Seite, Soldaten in schwarzen Uniformen mit schimmernder Rüstung in starrer Formation auf der anderen. Kunstvoll geschmückte Sänften für die Stimmen und ihre Gefährten und

Ratgeber warteten vor der Treppe. Größere vierrädrige Tarns mit Vorräten bildeten den Abschluss.

Es war ein beeindruckender Anblick. Wenn Mirar nicht ganze Armeen durch eine Handvoll Zauberer hätte umkommen sehen, hätte er geglaubt, der Sieg sei den Pentadrianern sicher.

Wären diese Menschen überhaupt hier, wäre da nicht eine Handvoll Zauberer, die von ihren Göttern angetrieben werden?, fragte er sich. Es war unmöglich, darauf eine Antwort zu finden. Die Welt war nie frei von Göttern gewesen, wer konnte da sagen, wie die Sterblichen sich ohne sie benommen hätten? Er hatte Kriege erlebt, die aus so dürftigen Gründen wie Rache für eine Kränkung oder aus simpler Habgier geführt worden waren. Die Sterblichen brauchten keine Götter, um einander zu töten. Sie waren durchaus in der Lage, selbst Gründe zu finden, um das zu tun.

Die Erste Stimme Nekaun trat vor, um das Wort an die Menge zu richten. Mirar hörte nach wenigen Sätzen nicht mehr zu. Er hatte das alles schon früher gehört.

»Woran denkst du?«, erklang dicht neben ihm eine leise Stimme.

Als er sich umdrehte, sah er die Zweite Stimme an seiner Seite stehen.

»Ich denke über die Sinnlosigkeit des Krieges nach«, antwortete er.

Imenja lächelte. Er fand sie liebenswürdig, aber sie hatte lange genug gelebt, um ihre Fähigkeit, anderen Menschen ein Gefühl der Sicherheit zu geben, so weit zu verfeinern, dass man es nicht wahrnahm.

»Du denkst, dieser Krieg sei sinnlos?«, fragte sie.

Er zuckte die Achseln. »Selbst wenn ihr die Weißen tötet und die Zirkler besiegt, wird der Zirkel der Götter weiter existieren.«

Sie nickte. »Das ist wahr. Was nach dieser Schlacht kommt, wird wichtiger sein als der Krieg selbst. Wir hoffen, dass die Menschen im Norden mit der Zeit einsehen werden, dass unsere Sitten besser und freundlicher sind, und dass sie sich dann ebenfalls den Fünf anschließen werden. Es wird immer jene geben, die auch weiterhin dem Zirkel huldigen, aber die Macht des Zirkels über Nordithania wird verringert sein.«

»Dann ist dieser Krieg in deinen Augen also nicht gänzlich sinnlos«, vollendete er ihre Ausführungen.

Sie lächelte abermals. »Nein. Aber ich würde es verstehen, wenn du wünschtest, dass wir auch die zirklischen Götter töten könnten. Die Welt wäre dann viel sicherer für dich. Weshalb lächelst du?«

Mirar lachte leise. »Allein der Gedanke, dass ihr die zirklischen Götter für mich töten würdet.« *Und noch etwas anderes erheitert mich: Wenn wir Unsterblichen die Stimmen und die Weißen »entdecken« ließen, wie man es angehen muss, könnten wir Unsterblichen uns einfach zurücklehnen und zusehen, wie sie unsere Probleme aus der Welt schaffen.*

Was vielleicht kein schlechter Notfallplan wäre, wenn sich keine Gelegenheit bot, Auraya zu befreien, oder wenn sie sich weigerte, ihnen zu helfen. Er hatte bisher keine andere Möglichkeit zur Befreiung Aurayas finden können, als sich mit Gewalt einen Weg in ihr Gefängnis zu erzwingen, was das gute Verhältnis zwischen den Stimmen und ihm gewiss trüben und vielleicht auch für seine Leute Konsequenzen haben würde. Die beste Möglichkeit für die Traumweber bestand darin zu hoffen, dass Imenja ihr Versprechen halten würde.

Wenn die Stimmen die Schlacht jedoch gewannen, würden vielleicht keine Weißen mehr da sein, die die pentadrianischen Götter angreifen konnten. Trotzdem konnten die Stimmen die zirklischen Götter töten, und das war möglicherweise alles, was die Wilden brauchten. Die pentadrianischen Götter hatten bisher keinen allzu schlechten Eindruck gemacht.

Nekaun verfiel in Schweigen, und die Menge jubelte. Dann bedeutete er Imenja und den anderen Stimmen mit einer weit ausladenden Geste, ihm zu den Sänften hinunterzufolgen. Imenjas Lächeln veränderte sich leicht, und Mirar war davon überzeugt, dass es jetzt ein erzwungenes Lächeln war.

Als die Stimmen hinuntergingen, folgte er ihnen mit einigen Schritten Abstand, zusammen mit ihren Gefährten und Ratgebern. Kurz bevor sie die Wagen erreichten, drehte Genza sich zu ihm um, und ihre Augen waren schmal und nachdenklich.

»Hättest du etwas dagegen, wenn der Traumweber mit mir reisen würde, Erste Stimme?«, fragte sie. »Du weißt, ich finde lange Reisen ermüdend.«

Nekaun blieb stehen, um sie mit hochgezogenen Augenbrauen zu mustern. »Es wird wohl kaum eine lange Reise werden«, sagte er. Dann wandte er sich zu Mirar um und lächelte höflich. »Traumweber Mirar, würdest du mir die Ehre erweisen, mir Gesellschaft zu leisten, wenn wir aufbrechen?«

»Die Ehre ist ganz meinerseits«, erwiderte Mirar glatt.

Genza zuckte die Achseln. »Vielleicht später, wenn all das Gerede über Gewalt und Strategie anfängt, ihn zu langweilen.«

Sie nahmen in den Sänften Platz, die von mehreren muskulösen, in prächtige Gewänder gehüllten Sklaven angehoben wurden. Die Armee konnte ihre Anführer deutlich sehen. *Und mich,* überlegte Mirar grimmig. Er hatte in der vergangenen Nacht die Träume der Traumweber erkundet. Ihre Reaktion auf sein Abkommen mit den Stimmen war gemischt. Einige waren damit einverstanden, andere nicht. Mit wenigen Ausnahmen glaubten sie alle, er sei zu dem Handel gezwungen worden, wahrscheinlich durch die Umstände, vielleicht auch durch eine direktere Drohung.

»Lass dir von Genza nicht das Gefühl geben, du seist zu irgendetwas … verpflichtet«, sagte Nekaun zu ihm, als die Sänfte sich in Bewegung setzte.

»Gewiss nicht«, erwiderte Mirar lächelnd. Als sie im Sanktuarium angekommen waren, hatte Genza aufgehört, mit ihm zu flirten; das brauchte Nekaun allerdings nicht zu wissen.

»Ich finde, ich sollte dich warnen. Sie kann sehr beharrlich sein. Je mehr Widerstand du ihr leistest, umso interessanter wirst du ihr erscheinen.«

»Ich kenne diesen Typ Frau«, versicherte Mirar ihm trocken.

Nekaun kicherte. »Davon bin ich überzeugt. Außerdem weißt du sicher, dass sie dich in Ruhe lassen würde, sobald sie ihre Neugier befriedigt hat. Sie möchte lediglich herausfinden, ob dein Ruf verdient ist, ein Gefühl, das sie gewiss mit vielen Frauen teilt.«

»Ich bin kein Sklave meines Rufs«, erwiderte Mirar.

»Nein, das bist du nicht. Das respektiere ich.« Nekauns Augen leuchteten zufrieden auf. »Du bist ein Mann, der weiß, wann er flexibel sein muss und wann unnachgiebig.«

Mirar verkniff sich eine Grimasse angesichts dieses Hinweises auf seine Bereitschaft, den Stimmen zu helfen. Er lächelte verschlagen. »Ich dachte, es seien nur Frauen, die solche Gerüchte über mich ausstreuen.«

Als die Sänfte sich zwischen den Reihen von Götterdienern und Soldaten hindurchbewegte, hallte die Promenade von Nekauns Gelächter wider.

Als Tamun vom Bug des Bootes aufblickte, lächelte sie. Ihr Bruder stand mit geraden Schultern da, das Haar vom Wind zerzaust. Das Boot schoss durch das Wasser, angetrieben von Magie, geleitet von seiner Willenskraft. Von beiden Seiten des Bugs spritzte Wasser auf, und der Rumpf erzitterte, wann immer er auf eine Welle schlug.

Sie betrachtete die Muskeln seiner Arme, die er sich verdient hatte durch viele Stunden, die er durch den Sumpf gerudert war. Er war männlicher geworden, seit sie hier Quartier genommen hatten. Er war zu einem recht gutaussehenden Bruder geworden. Warum hatte sie das nicht schon vorher bemerkt?

Vielleicht verbrachte sie so viel Zeit mit ihm, dass sie nie zurücktrat und ihn *ansah.* Aber die Veränderungen waren nicht nur körperlicher Natur. Und Surim hatte sich langsam verändert, um ihr Zeit zu geben, sich daran zu gewöhnen. Außerdem war er abenteuerlustiger geworden.

Das war ihm früher wahrscheinlich nicht möglich, dachte sie. Sie waren körperlich wie auch geistig miteinander verbunden gewesen. Tamun strich über die Narbe an ihrer Seite. Wie immer brachten die Erinnerungen an ihre Trennung Schmerz und Kummer, aber es war auch eine Erleichterung gewesen. *Mehr für ihn als für mich,* gestand sie sich. *Wir mögen Zwillinge sein, aber wir unterscheiden uns in vielen Dingen. Ich sitze in unserer Höhle und grolle ihm, dass er mich allein lässt, voller Angst, dass die Götter mich finden werden, wenn mich irgendjemand sieht. Er erkundet den Sumpf und mischt sich unter die Menschen dort, überzeugt davon, dass die Veränderung die Götter daran hindert, ihn zu erkennen.* Und jetzt waren sie weit fort von den Roten Höhlen, weit fort von dem Sumpf, und sie schossen über das Wasser zu ebendem Ort, an dem tausende von Sterblichen und vielleicht einige Unsterbliche sie sehen würden – und die Götter würden sich dort gewiss ebenfalls versammeln. Sie schauderte. Es war Wahnsinn. Aber es war auch unbestreitbar vernünftig. Wenn sie die Götter jemals töten wollten, dann mussten sie in ihrer Nähe sein.

Dass diese Gelegenheit sich während der nächsten Tage bieten würde, war zweifelhaft. Wenn sie allzu viel darüber nachdachte, wurde ihr unangenehm schwindlig. Sie schloss die Augen und streckte ihre Sinne auf der Suche nach anderen Geistern aus.

Zuerst fand sie einige Fischer. Sie kehrten spät von ihrer morgendlichen Arbeit zurück. Als Nächstes begegnete sie der Mannschaft eines Handelsschiffs, das nach Süden fuhr, um Vorräte nach Diamyane zu bringen. Mehrere sennonische Kämpfer und ein zirklischer Priester waren an Bord, und dunwegische Kriegsschiffe segelten ganz in ihrer Nähe. Sie rechneten damit, dass die Pentadrianer versuchen würden zu verhindern, dass die Vorräte die zirklische Armee erreichten.

Sie bewegte sich ein klein wenig weiter, angezogen von dem Summen vieler Geister. Die zirklische Armee marschierte jetzt entlang der Küste. Die Soldaten und ihre Anführer wussten, dass sie nur noch eine Tagesreise von Diamyane entfernt waren. Die erfahreneren Priester, Priesterinnen und Veteranen sahen der Schlacht sowohl mit Grauen als auch mit Entschlossenheit entgegen.

Sie ließ ihren Geist weiter schweifen und gelangte an ihr Ziel. Diamyane war überlaufen von Aasgeiern, Traumwebern und sennonischen Truppen, die man vorausgeschickt hatte, um die Ankunft der Armee vorzubereiten. Sie suchte den Geist der Traumweber, dann forschte sie in ihren Gedanken nach Emerahl. Oder nach der Frau, für die Emerahl sich ausgab.

Da ist sie.

Tamun lächelte über die Gedanken in Bezug auf die rothaarige Fremde. Arleej, die offizielle Anführerin der Traumweber, war sich nicht sicher, was sie von Emmea halten sollte. Mirar hatte sie gebeten, Emmea in alle Gespräche und Pläne mit einzubeziehen. Die Frau war durchaus sympathisch. Wenn auch bisweilen ein wenig ungeduldig.

Arleej berichtete Emerahl, was geschehen war, als sie Juran von den Weißen von Mirars Entscheidung erzählt hatte, dass er und alle Traumweber ihre Gaben benutzen würden, um einer der beiden Parteien beizustehen.

»Er ist schneeweiß geworden«, bemerkte Arleej.

Emerahl kicherte. »Was hat er gesagt?«

»Er hat unser Angebot zu helfen angenommen. Ich vermute, er hätte gern abgelehnt. Er muss Verrat argwöhnen, aber da die Zirkler ohnehin schwächer sind, nachdem Mirar sich auf die Seite des Feindes gestellt hat, muss Juran dieses Risiko eingehen.«

»Du fühlst dich doch nicht versucht, dich gegen die Zirkler zu wenden, oder?«

»Nein, natürlich nicht.« Arleej reagierte mit Erheiterung auf die Frage. »Außerdem hat Juran meinem Vorschlag zugestimmt, dass einige von uns den Weißen folgen, wenn sie zu der Begegnung mit den Stimmen die Landenge hinunterziehen. Das wäre in jedem Fall von Vorteil, da Mirar gewiss zusammen mit dem Feind erscheinen wird.«

»Ich würde gern ein Teil dieser Gruppe sein«, erklärte Emerahl. »Mirar hat mich zu dir geschickt, weil ich stark bin, und ich kann helfen, das Gleichgewicht der Macht, das durcheinanderzubringen er gezwungen war, wieder auszugleichen.«

Arleej dachte kurz nach, dann nickte sie. »Du bist uns herzlich willkommen.«

Das Gespräch wandte sich praktischen Belangen zu, und Tamun konnte keine Traumvernetzung mit Emerahl eingehen, bevor die Frau schlief, daher bewegte sie sich nach Süden, wo sie auf weitere menschliche Geister traf. Die pentadrianische Armee marschierte auf die Landenge zu. Sie war noch einen halben Tag von deren Anfang entfernt, hatte aber nicht die Absicht, sie zu überqueren. Sie brauchte länger, um Mirar zu finden, da in seiner Nähe nur ein einziger Geist unbeschirmt war. Der Name der Frau war Reivan, und sie war die Gefährtin der Zweiten Stimme, Imenja.

Reivan betrachtete Mirar mit wachsamen Respekt. Ihr gefielen seine Ideale und sein Widerwille gegen jedwede Gewalt, obwohl sie beides nicht für praktikabel hielt. Das Wissen, dass sie sich in der Gesellschaft eines Mannes befand, der mehr als tausend Jahre alt war, erfüllte sie mit großer Ehrfurcht. Den pentadrianischen Anführer betrachtete sie mit widersprüchlichen Gefühlen und Gedanken: Da waren noch Reste von Verliebtheit, außerdem Sorge, Wut und ein langsam, aber stetig wachsender Hass.

Tamun? Surim?

Tamun erkannte die Gedankenstimme der Möwe. Sie zog sich widerstrebend von der Gefährtin zurück und konzentrierte sich auf den anderen Unsterblichen.

Sei mir gegrüßt, Möwe. Wo bist du?

Ich nähere mich dem Golf des Grams und werde heute Nacht die Landenge erreichen.

Weißt du von den Tunneln, die Emerahl beschrieben hat?

Ja. Ich habe sie früher oft benutzt, als sie noch offen waren.

Wir können nur hoffen, dass es unter dem Ort, an dem die Weißen und die Stimmen aufeinandertreffen, ebenfalls einen Tunnel gibt.

Mir ist eine Lösung für dieses Problem eingefallen. Wenn ich einen kleinen Teil der Landenge zum Einsturz brächte, müssten die Stimmen und die Weißen auf gegenüberliegenden Seiten stehen, um einander anzusehen.

Ah. Zweifel befielen sie, als sie über diesen Vorschlag nachsann. *Sie werden sich fragen, wer den Einsturz verursacht hat und warum. Das würde vielleicht den Argwohn der Götter erregen.*

Vielleicht, räumte er ein. *Ich könnte es so einrichten, dass es wie ein natürliches Ereignis aussieht.*

Aber es würde trotzdem als ein zu großer Zufall erscheinen.

Dann fällt mir nur eine einzige andere Lösung ein.

Welche?

Ich werde in der Mitte der Landenge, unter der Straße, einen Tunnel ausheben müssen.

Das wird einige Zeit dauern.

Etwa einen Tag. Ich werde in der Mitte beginnen, wo sich die Weißen und die Stimmen höchstwahrscheinlich treffen werden. Die Sache hat nur einen Nachteil.

Und der wäre?

Es könnte dazu führen, dass die Landenge trotzdem einstürzt. Hoffentlich geschieht das erst in einigen Jahren und nicht, während ich mich darin aufhalte.

Dann solltest du vorsichtig sein, Möwe. Falls die Landenge doch einstürzt, werden wir dich finden. Wenn nötig, werden wir dich ausgraben.

Dann sollte ich besser Mirar um einige Lektionen darüber bitten, wie man sein Begräbnis überlebt, erwiderte er trocken. *Ich muss Schluss machen. Der Roale wird vergessen, dass er mich auf dem Rücken trägt, wenn ich ihn nicht von Zeit zu Zeit daran erinnere. Falls er beschließt abzutauchen, werde ich mein Ziel bis heute Abend nicht mehr erreichen.*

Als sein Geist verblasste, holte Tamun einige Male tief Luft. Was sie taten, war in mehr als einer Hinsicht gefährlich. Es würde vielleicht nicht einmal funktionieren. Aber wenn es die Befreiung von den Göttern bedeutete, würde sie es wieder und wieder versuchen.

Einige Risiken lohnten, dass man sie einging.

47

Die Sonne war vor kurzer Zeit hinter dem Horizont verschwunden; sie war mit stetiger Zielstrebigkeit gesunken, als durchliefe sie geduldig die notwendigen Schritte, wohlwissend, dass die morgige Schlacht gewiss kommen würde. Ein Leuchten erfüllte den westlichen Himmel, der an manchen Stellen eine eigenartige Farbe angenommen hatte. Als Reivan darauf zuging, fragte sie sich, ob irgendein Denker wusste, warum der Himmel zu diesen Zeiten so unmögliche Farben wie Grün und Purpur annahm.

Dann erreichte sie Imenja und blieb stehen. Die Zweite Stimme starrte auf die Landenge, die in das unheimliche Licht des glühenden Himmels getaucht war. Das Land streckte sich in der Dunkelheit einem kaum sichtbaren Schatten entgegen.

Sennon. Nordithania.

»Sie sind noch nicht da«, sagte Imenja.

»Werden wir übersetzen und Diamyane einnehmen?«, fragte Reivan. Sie hatten diese Möglichkeit bei verschiedenen Gesprächen erörtert.

»Nein. Wenn wir hierbleiben, sind wir im Vorteil. Die Zirkler können nur in geringer Stärke vordringen, daher können wir uns mühelos einen nach dem anderen vornehmen.«

»Und wenn die Weißen vor der Armee herziehen?«

»Dann werden wir Stimmen gegen sie kämpfen.«

»Und die Soldaten überflüssig machen«, bemerkte Reivan.

Imenja lächelte schief. »Ja. Was gar nicht so schlecht wäre.

Der Krieg ist nicht freundlich zu Sterblichen, die keine Befähigungen besitzen.«

Reivan schauderte. Diese Beschreibung traf auch auf sie zu. Imenja wandte sich um und legte Reivan eine Hand auf die Schulter.

»Keine Sorge. Du wirst geschützt sein.«

»Ich weiß.« Reivan seufzte. »Aber ich werde auch nutzlos sein.«

Das Licht war fahler geworden, und Imenjas Gesicht lag im Schatten. Reivan konnte ihren Ausdruck nicht erkennen.

»Nicht für mich«, sagte Imenja und drückte Reivans Schulter. Dann blickte sie hinter sich. »Das Zelt ist aufgebaut. Wir sollten uns zu den anderen gesellen.«

Sie gingen zurück ins Lager. Was zuvor eine trockene, staubige Ebene gewesen war, war jetzt bedeckt mit schwarzen, spitz zulaufenden Formen, zwischen denen wie orangefarbene Sterne Feuer flackerten. Als Reivan das erste Mal beobachtet hatte, wie die Zelte aufgebaut wurden, war sie entsetzt gewesen. Der fünfkantige Zuschnitt war eine unnötige Komplikation, mit der einige der Domestiken nur mit Mühe zurechtkamen, und der schwarze Stoff zog die Hitze der Sonne gnadenlos auf sich. Manchmal fragte sie sich, ob die Pentadrianer ihren Symbolismus nicht zu weit trieben.

Wenn die Sonne aufging, würden die Krieger nicht in ihren überhitzten Zelten hocken. Sie würden Blut vergießen. Oder mitansehen, wie Zauberer tödliche Magie freisetzten, und hoffen, dass sie nicht zufällig am falschen Ort waren, wenn ein solcher Angriff in die Irre ging. Sie dachte darüber nach, was Imenja gesagt hatte. Ein Kampf einzig zwischen den Stimmen und den Weißen klang zu gut, um wahr zu sein. Aber die Götterdiener und die Priester würden sich nicht aus der Schlacht heraushalten. Sie würden ihre Seite mit zusätzlicher Magie stärken. Sobald die Stimmen die Weißen besiegten oder, die Götter mochten ihnen beistehen, die Weißen den Stimmen eine Niederlage beibrachten, würde es keinen Sinn mehr haben, wenn die Götterdiener oder die Priester den Kampf fortsetzten. Aber sie würden es vielleicht dennoch tun. Einfach aus Ergebenheit ihren Göttern gegenüber.

Und was dann?, fragte sich Reivan. *Was wird mit den Armeen geschehen, wenn eine Seite besiegt ist?*

Sie bezweifelte, dass die Stimmen die Zirkler einfach nach Hause ziehen lassen würden, wie die Weißen es den Pentadrianern nach der letzten Schlacht gestattet hatten. Außerdem wusste sie, dass dies ein Kampf sein würde, in dem weder die Stimmen noch die Weißen die jeweils anderen würden am Leben lassen können.

Imenja hielt inne und seufzte. Als Reivan aufblickte, sah sie, dass sie sich einem großen Zelt näherten. Es war nicht schlicht und fünfseitig wie die übrigen, sondern sternenförmig angelegt. Der Eingang zum Zelt war eine Lücke zwischen zwei Zacken des Sterns. Als sie Imenja hineinfolgte, fand sie sich in einem fünfseitigen Raum wieder. In jede Wand war eine Türlasche eingelassen. Wahrscheinlich führten diese Ausgänge zu den privaten Räumen der Stimmen.

Ein großer Teppich bedeckte den Boden, und mehrere Stühle aus geflochtenem Ried standen bereit. Auf kleinen, niedrigen Tischen warteten Schalen mit Nüssen und getrockneten Früchten und Wasserkrüge. Als Imenja sich einem Götterdiener zuwandte, zeichnete dieser das Symbol des Sterns nach. Dann senkte er den Blick und deutete auf eine Türlasche.

Imenja schob die Lasche beiseite, dann hielt sie sie für Reivan auf, nachdem sie hindurchgetreten war. Auch dieser Raum war mit Teppichen bedeckt, und neben einem großen Bett standen Truhen.

»Wo soll ich schlafen?«, fragte Reivan.

»Es sollte in der Nähe ein Zelt für dich bereitstehen.«

Reivan nickte.

»Ist dein Quartier zu deiner Zufriedenheit?«

Sie drehten sich um und sahen Nekaun lächelnd in der Tür stehen. Bei seinem Anblick bekam Reivan eine Gänsehaut.

»Ich bemerke kaum, dass ich das Sanktuarium verlassen habe«, erwiderte Imenja trocken.

Nekauns Lächeln wurde breiter. »Das wird sich morgen ändern.« Er blickte über seine Schulter. »Das Essen ist da. Kommt und esst.«

Er zog sich von der Tür zurück. Reivan drehte sich wieder zu Imenja um und stellte fest, dass die andere Frau lächelte.

»Schön zu sehen, dass er keine Macht mehr über dich hat«, murmelte sie. »Obwohl ich wünschte, du hättest diesen Zustand auf einem weniger schmerzlichen Weg erreicht.«

Reivan blinzelte überrascht, dann nickte sie, als ihr aufging, dass Imenja recht hatte. Wenn sie Nekaun jetzt sah, verspürte sie nicht länger dieses Prickeln der Erregung und Bewunderung, ebenso wenig wie die Schwäche, die sie früher in Nekauns Gegenwart befallen hatte. Sie ersehnte seine Aufmerksamkeit also nicht länger. Nicht mehr seit …

Sie schauderte, als sie sich an das letzte Mal erinnerte. Er hatte eine grausame, boshafte Seite an sich offenbart, die sie nie wieder vergessen würde, ein Umstand, über den sie einerseits froh war, der ihr andererseits aber auch ein wenig Sorgen machte. Wenn sie ihn jetzt sah, fühlte sie sich abgestoßen.

Imenja klopfte Reivan im Vorbeigehen auf die Schulter.

»Lass uns essen gehen.«

Reivan folgte ihrer Herrin und sah, dass die anderen Stimmen und ihre Gefährten bereits eingetroffen waren. Domestiken trugen Platten mit dampfenden Speisen in den Raum und füllten die Luft mit köstlichen Gerüchen. Sie setzte sich neben Imenja und begann zu essen. Die Ergebenen Götterdiener und selbst ein paar Denker kamen herein. Nekaun hielt eine kleine Ansprache; er berichtete, dass, während sie sich an einem Festmahl gütlich taten, die Zirkler erschöpft ihre letzte Marschetappe in Angriff nahmen, nur um morgen besiegt zu werden.

Die Gespräche drehten sich um den Krieg. Ein Ergebener Götterdiener meldete, dass mehrere zirklische Vorratsschiffe versenkt worden seien. Während des allgemeinen Geplappers bekam Reivan ein Gespräch der Denker mit, in dem es um ein riesiges Meeresgeschöpf ging, das man im Golf des Grams hatte schwimmen sehen. Sie wollten das Tier töten und untersuchen.

»Wenn ihr das tut, werden wir unsere Unterstützung in diesem Krieg aufkündigen«, dröhnte eine laute, tiefe Stimme mit starkem Akzent.

Alle drehten sich zum Eingang um. Reivans Herz tat einen Satz, als sie den Mann erkannte. Als sie sich umschaute, konnte sie sehen, welche Wirkung der imposante König der Elai auf jene unter den Anwesenden hatte, die noch nie zuvor einem Elai begegnet waren.

Selbst wenn König Ais ein Landgeher gewesen wäre, hätten sein hoher Wuchs, die Breite seiner Brust und der Goldschmuck, den er trug, ihn zu einer einschüchternden Gestalt gemacht. Seine blauschwarze Haut, das Fehlen jedweder Körperbehaarung, die mit doppelten Lidern versehenen Augen und die Schwimmhäute zwischen Fingern und Zehen verstärkten nur die Fremdartigkeit, die einige Menschen vielleicht faszinierend und andere abstoßend fanden. Der König trat in den Raum und blickte mit schmalen Augen zu den Denkern hinüber.

»Der Ru-al ist ein uraltes, gütiges Geschöpf des Meeres,

und obwohl wir von einem Tier genug Nahrung gewinnen würden, um viele, viele Familien zu versorgen, machen wir Elai keine Jagd auf sie. Einen Ru-al aus reiner Neugier zu töten wäre…« Der König der Elai schüttelte den Kopf. »Es wäre ebenso verschwenderisch wie grausam.«

»Niemand wird das Geschöpf töten«, versicherte Nekaun und trat auf den König zu. »Willkommen in Avven und im pentadrianischen Kriegslager, König Ais. Ich hoffe, deine Reise war nicht allzu schwierig.«

Während die beiden Anführer weitere steife Höflichkeiten austauschten, wandte Reivan sich wieder ab. Die Menschen starrten den König der Elai voller Faszination an. Nekaun musterte die Anwesenden stirnrunzelnd, und jene, die den Neuankömmling angestarrt hatten, wandten sich hastig ab und verwickelten ihre Nachbarn in ein Gespräch.

»König Ais hat bemerkenswert gut Avvensch gelernt«, sagte Imenja. Reivan nickte. Die Zweite Stimme sah sich im Raum um, dann sprach sie Vervel an. »Wo ist Mirar?«, fragte sie leise.

Vervel zuckte die Achseln. »Er hat sich in sein Zelt zurückgezogen.«

»Die Reise hat ihn erschöpft?«, fragte Shar lächelnd. »Oder war es Genza? Er hat eine lange Zeit mit ihr verbracht.«

Genza musterte die Fünfte Stimme mit verächtlich hochgezogenen Augenbrauen. »In einer Sänfte. In voller Sicht der Armee.«

»Was für ein Glück für ihn.«

»Kann ein Unsterblicher ermüden?«, fragte Vervel nachdenklich. Niemand antwortete.

»Vielleicht hat er sich ins Sanktuarium zurückgeschlichen«, sagte Genza. Als Nekaun sich wieder zu ihnen gesellte, sah sie den Anführer fragend an. »Ist Auraya sicher eingesperrt?«

Die Erste Stimme lächelte unangenehm. »Das ist sie. Keine Sorge. Mirar wird beobachtet. Und ihre Wachen haben Anweisung, sie zu töten, sollte irgendjemand versuchen, sich einzumischen.« Imenja sah ihn scharf an. Er erwiderte ihren Blick, und sein Lächeln wurde breiter. »Ich fühle mich versucht, ihnen auch ohne Anlass den Befehl dazu zu geben und ihren Leichnam dann herbringen zu lassen, um ihn den Weißen zu präsentieren. Das könnte ihnen zu denken geben.«

Die anderen Stimmen tauschten einen Blick, schwiegen jedoch.

»Aber du wirst es nicht tun«, sagte Imenja leise. »Weil sie der Grund ist, warum er uns hilft.«

Nekaun zuckte die Achseln. »Mirar wird es nicht riskieren, die freundlichen Beziehungen mit uns zu trüben.«

»Und wir sollten es ebenfalls nicht tun.«

Die Erste Stimme schnalzte verächtlich mit der Zunge. »Wir brauchen die Traumweber nicht.«

Im Raum war Stille eingekehrt. Alle lauschten und beobachteten die beiden Stimmen mit großer Aufmerksamkeit. Reivan stellte fest, dass ihr Herz hämmerte. Imenja hatte Nekaun noch nie öffentlich herausgefordert.

Imenja schürzte nachdenklich die Lippen. »Vielleicht sollten wir unser Volk befragen, bevor wir eine so weitreichende Entscheidung für die Menschen treffen. Ich möchte nicht, dass wir unnötige Meinungsverschiedenheiten unter ihnen verursachen oder ihnen den Zugang zu den überlegenen Heilkünsten der Traumweber verwehren. Vielleicht könnten wir über die Frage abstimmen.«

Sie sah die anderen Stimmen an. Sie nickten und wandten sich dann mit erwartungsvoller Miene zu Nekaun um.

Er zog die Brauen zusammen, und einen Moment lang glaubte Reivan, er werde eine finstere Miene aufsetzen. Aber er lächelte plötzlich und breitete die Hände aus. »Natürlich werden wir das tun. Nach dem Krieg. Für den Augenblick sollten wir uns auf die gegenwärtige Situation konzentrieren. Kommt und lasst euch Ais vorstellen, den König der Elai.«

Während die Stimmen ihm folgten, blieb Reivan, wo sie war. Sie beobachtete Nekaun. Irgendetwas nagte an ihr.

Dann begriff sie. Nach dem Krieg würde es keinen Sinn mehr haben, das Volk wegen der Traumweber zu befragen. Nekaun würde Auraya bereits getötet haben, oder Mirar würde versucht haben, sie zu retten, wodurch Nekaun gezwungen wäre, seine Drohung wahrzumachen.

Die Zweite Stimme sah Reivan durch den Raum hinweg an und nickte. Es war offenkundig, dass ihre Herrin ihre Gedanken gelesen hatte oder dass sie unabhängig von ihr zu derselben Schlussfolgerung gelangt war. Nekaun wusste von Imenjas Versprechen Mirar gegenüber, dass man ihm Auraya nach dem Krieg übergeben würde. Wollte Nekaun die anderen Stimmen mit seinem Gerede, Auraya zu töten, nur reizen? Oder würde er sie töten, um dem einzigen Versuch der anderen Stimmen, sich in seine Herrschaft einzumischen, zu trotzen?

Reivan schauderte. Sie konnte nicht sagen, was wahrscheinlicher war.

Die endlosen Tage im Plattan hatten Danjins körperliche Verfassung nicht gerade verbessert. Schweiß lief ihm übers Gesicht und durchnässte seine Tunika. Als er die Riemen umfasste, schnitten sich ihm die Ringe an den Fingern ins Fleisch. Seine Schultern schmerzten, und er sehnte sich danach, sich einfach niederzulegen und das Bewusstsein zu verlieren.

»Lass dir Zeit«, hatte Ella gesagt und ihm auf die Schulter geklopft. »Nimm dir die ganze Nacht, wenn es nötig ist. Sorge nur dafür, dass du bis zum Sonnenaufgang weit genug entfernt bist.«

Dann hatte sie ihn und das Boot so weit sie konnte aufs Meer hinausgestoßen. Nach dem Funkeln der Lichter zu beiden Seiten schätzte er, dass sie ihn über die halbe Strecke des Golfs getrieben hatte. Sobald das Boot seine Fahrt verlangsamt hatte, hatte er zu rudern begonnen.

Etwa alle hundert Ruderschläge hielt er inne, um Atem zu schöpfen. Als er das nächste Mal den hundertsten Ruderschlag erreichte – er hatte schon vor langer Zeit den Überblick verloren, wie viele hundert es inzwischen waren –, drehte er sich um und blickte hinter sich. Zu seiner Erleichterung war es ihm gelungen, in die richtige Richtung weiterzurudern. Die Lichter des pentadrianischen Lagers befanden sich zu seiner Linken. Zu seiner Rechten herrschte Dunkelheit. Hinter sich konnte er gerade noch eine dünne, bleiche Linie erkennen: den Strand.

Und während er dorthin schaute, flammte ein winziges, blaues Licht auf und erlosch sofort wieder.

Endlich! Das Signal! Er drehte sich wieder um und legte sich, angespornt von einer zweifelnden Erregung, abermals in die Riemen. Er verspürte sogar eine gewisse Befriedigung darüber, dass er für eine Aufgabe auserwählt worden war, die eigentlich eher einen jüngeren, abenteuerlustigeren Mann erfordert hätte.

»Warum ich?«, hatte er Ella gefragt.

»Du kennst Auraya gut genug, um ihr zu widerstehen, sollte sie sich durch den Ring mit dir in Verbindung setzen und versuchen, dich auf ihre Seite zu ziehen. Außerdem bist du klug genug, um Heldentaten zu vermeiden.«

»Wie dem Versuch, sie zu retten?«

Sie hatte gelächelt. »Ja. Selbst wenn dein Geist abgeschirmt ist, würdest du niemals in das Sanktuarium hineinkommen oder ihre Wachen überwältigen können.«

Natürlich hatte er diese Möglichkeit erwogen. Wenn er die Chance bekommen hätte, Auraya zu befreien, hätte er es getan. Nicht nur aus Sorge und aus Treue ihr gegenüber, sondern auch um der Zirkler willen. Sie brauchten ihre Stärke, um die Waagschale wieder zu ihren Gunsten zu senken.

Aber die Weißen hatten Danjin nicht ausgeschickt, um Auraya zu befreien. Sie hatten ihn fortgeschickt, um sich mit dem zweiten Grund zu treffen, der das Gleichgewicht der Macht störte.

Der Boden des Bootes knirschte über Sand. Danjin zog die Riemen ein und wappnete sich gerade gegen die Schwierigkeit, aufstehen zu müssen, als er um ein Haar von seinem Sitz gefallen wäre, als das Boot von einer unsichtbaren Kraft ans Ufer gezogen wurde. Er hielt sich fest und drehte sich um, wobei er erwartete, jemanden zu sehen, der am Bug zog.

Aber da war nichts. Er bewegte sich auf einen Schatten zu, der die Gestalt eines Mannes hatte. Wohl ein Dutzend Schritte davor blieb das Boot stehen. Danjin erhob sich und stieg aus. Kaltes Wasser umspülte seine Füße und Knöchel. Er blickte stirnrunzelnd hinab, aber nicht wegen seiner durchnässten Hosen und Stiefel.

Ich sollte mich besser gut mit ihm stellen. Ich bin mir nicht sicher, ob ich dieses Boot allein zurück in tieferes Wasser ziehen könnte.

Er blickte zu der Gestalt auf, holte tief Luft und watete darauf zu. Dass er verraten worden und dies ein Götterdiener war, war die schlimmste Möglichkeit, aber nicht die einzige Quelle seiner Furcht. Selbst wenn es der richtige Mann war, und obwohl Danjin schon früher mit ihm gearbeitet hatte, gab es so vieles an ihm, was man fürchten und missbilligen konnte.

Als Danjin sich einige weitere Schritte genähert hatte, blickte er der Gestalt in das immer noch kaum erkennbare Gesicht.

»Willkommen in Südithania, Danjin Speer«, sagte Mirar trocken.

Ein Frösteln überlief Danjin. Die Stimme war allzu vertraut, aber der Tonfall hatte etwas an sich, das er noch nie zuvor bei diesem Mann gehört hatte. Leiard war stets wortkarg und würdevoll gewesen. Wenn er etwas gesagt hatte, dann stets auf eine ruhige, beinahe entschuldigende Weise.

Obwohl leise gesprochen, schrien diese Worte die Zuversicht des Sprechers geradezu heraus. Aber es war keine Arroganz, wie Danjin feststellte. Es lagen einfach hohes Alter und Erfahrung in ihnen. Dies war die Stimme Mirars, des Unsterblichen.

Oder vielleicht höre ich auch nur, was ich zu hören erwarte, dachte er ironisch.

»Vielen Dank, Mirar«, erwiderte Danjin. »Obwohl ich mich fragen muss, ob du die Erlaubnis hast, mich im Namen der Pentadrianer willkommen zu heißen.«

»Was sie nicht wissen, wird sie nicht stören«, erwiderte Mirar.

Hatte da ein Anflug von Verachtung in Mirars Stimme gelegen?, fragte sich Danjin.

»Aber je eher ich zurückkehre, umso geringer ist die Chance, dass meine Abwesenheit bemerkt wird und Fragen aufwirft«, fügte Mirar nach kurzem Schweigen hinzu. »Was willst du mir sagen?«

Danjin straffte sich. »Die Weißen haben mich hergeschickt, um dir ein Angebot zu machen. Ich bin mit ihnen vernetzt. Wenn du also irgendwelche Fragen oder Bitten hast …«

»Sie wollen, dass ich mich aus der Schlacht heraushalte«, unterbrach Mirar ihn. »Dem kann ich nicht zustimmen.«

Danjin schluckte. »Nicht einmal im Gegenzug für die Freiheit deiner Leute?«

Mirar schwieg einen Moment lang. »Machen sie mir ein Angebot, oder drohen sie mir?«

»Es ist keine Drohung«, sagte Danjin hastig. »Sie werden versprechen, deinen Leuten zu gestatten, all ihre Gaben zu benutzen, einschließlich Gedankenvernetzungen – wenn du darauf verzichtest, den Pentadrianern zu helfen.«

»Und als Gegenleistung dafür, dass ich die Pentadrianer im Stich lasse, werden meine Leute hier leiden. Welche Seite wird diesen Krieg wohl eher gewinnen, wenn ich das Angebot der Weißen annehme, Danjin Speer?«

»Das lässt sich unmöglich vorhersagen.«

»Und welche Seite wird den Sieg davontragen, wenn ich bei den Pentadrianern bleibe?«

Danjin seufzte. »Deine.«

Frag ihn, ob Auraya ihm den Tod ihrer Freunde und der Menschen ihres Volkes vergeben würde. Ellas Stimme war ein Flüstern in Danjins Gedanken. Er widerstand dem Drang, ihren Ring zu berühren.

»Wie wird Auraya zu dir stehen, wenn du mithilfst, den Tod ihrer Freunde, ihrer Familie und ihres Volkes herbeizuführen?«, fragte er mit betont sanfter Stimme.

»Oh, sie wird außer sich sein vor Entzücken«, antwortete Mirar, dessen Stimme vor Sarkasmus troff. »Aber zumindest besteht eine geringe Chance, dass sie nicht tot sein wird. Wenn die Weißen siegen, *wird* sie sterben.«

»Ist das der Grund, warum du das tust?«, flüsterte Danjin. *Warum flüstere ich? Denke ich, dass die Weißen mich dann nicht hören?*

Mirar antwortete nicht. Sein Schweigen mochte andeuten, dass er nicht bereit war, irgendetwas zuzugeben. *Dass er noch immer Gefühle für Auraya hat?* Danjin dachte über Mirars Antworten nach. Er hatte nichts preisgegeben. *Vielleicht will er nicht eingestehen, dass seine Gründe nicht gerade nobel sind. Dass er dies aus Rache tut.*

»Gibt es irgendetwas, das die Weißen dir anbieten können?«, fragte Danjin.

Er war überrascht, Mirar seufzen zu hören. »Nein. Aber sei versichert, dass ich keine Zugeständnisse machen werde, was die Einstellung meiner Leute jedweder Gewalt gegenüber betrifft. Es ist ein Jammer, dass dein Volk nicht genauso konsequent geblieben ist. Noch vor wenigen Jahren waren sie erzürnt über die Bereitschaft der Pentadrianer, ein anderes Land anzugreifen. Jetzt trachten sie danach, ihrerseits anzugreifen. Sag den Weißen, dass sie, wenn meine Unterstützung der Pentadrianer den Zirklern zum Nachteil gereicht, ihre Invasionspläne vielleicht fallen lassen sollten. Es wäre besser für alle.«

Ärger flammte in Danjin auf. Wie konnte dieser heidnische Zauberer es wagen zu denken, er könne den Lauf eines Krieges verändern, als sei er ein Gott? Aber dann kam ihm eine Idee, bei der sich seine Entrüstung ein wenig legte.

»Wenn die Weißen also einverstanden wären, auf die Invasion zu verzichten, würdest du dann ebenfalls deine Unterstützung der Pentadrianer zurückziehen?«

Mirar hielt inne. »Ich würde es erwägen.« Er drehte sich abrupt um, um hinter sich zu blicken. »Eine Patrouille nähert sich. Du solltest gehen.«

Ein Stich der Furcht durchzuckte Danjin. »Wie weit?«

»Du hast genug Zeit fortzukommen, wenn du jetzt aufbrichst. Ich werde dein Boot so weit wie möglich aufs Meer hinausschieben.«

Danjin nickte dankbar, dann wurde ihm klar, dass man ihn bei dieser Dunkelheit wahrscheinlich ebenso schlecht sehen konnte wie Mirar.

»Danke«, sagte er.

Er wandte sich ab, eilte zu dem Boot hinüber und ging an Bord. Als er ein Spritzen von Wasser hörte, drehte er sich um und sah, dass Mirar ihm gefolgt war.

»Ich werde für Auraya tun, was ich kann«, sagte Mirar leise. »Aber sei gewarnt. Wenn sie zurückkehrt, wirst du feststellen, dass sie nicht mehr die Frau ist, die du gekannt hast. Die Götter haben sie verraten und sie benutzt wie einen Spielstein in einem Spiel schäbiger Rache untereinander. So etwas durchlebt man nicht und bleibt dabei frei von Verbitterung.«

Danjin schauderte. Diesmal hatte die Stimme des Mannes eindeutig den Klang hohen Alters und großer Erfahrung. Er hielt sich mit beiden Händen fest, als das Boot sich vom Sand befreite. Sobald es im Wasser trieb, drehte es sich, und Danjin blickte zum Ufer hinüber; er war gerade noch in der Lage, die Gestalt zu erkennen, die dort stand. Dann schnellte das Boot abrupt nach vorn. Es bewegte sich immer schneller und schneller, bis zu beiden Seiten die Gischt aufspritzte. Mit hämmerndem Herzen klammerte sich Danjin an die Seiten des Bootes. Er machte sich Sorgen, dass es gegen irgendein Hindernis prallen könnte, hatte aber zu große Angst, sich umzusehen.

Als das Boot endlich langsamer wurde, schlug eine Welle der Erleichterung über Danjin zusammen. Die Lichter der pentadrianischen Küste waren beruhigend weit entfernt. Er wandte sich um und sog die Luft ein. Die Lichter von Diamyane waren unerwartet nah.

Mirar hat mich weiter hinausgeschickt als Ella. Er runzelte die Stirn. *Bedeutet das, dass er stärker ist?*

Einige Minuten grübelte er über diese Frage nach. Das konnte doch gewiss nicht sein. Ella hatte Auraya ersetzt, daher musste sie ungefähr genauso stark sein wie diese. Die

Götter hätten Auraya nicht den Auftrag gegeben, Mirar zu töten, wenn sie schwächer wäre als er.

Ein Spritzen in der Nähe des Bootes lenkte seine Aufmerksamkeit wieder auf seine Umgebung. Er spähte über den Rand, ohne zu erwarten, etwas zu sehen. Doch stattdessen blickte er in ein Paar Augen.

Gelähmt vor Überraschung starrte er zurück. Dann schossen zwei dunkle Hände aus dem Wasser auf seine Kehle zu.

Er wich zurück und stieß die Hände gleichzeitig von sich, wobei er kalte, schlüpfrige Haut berührte. Die Hände packten den Rand des Bootes. Sie waren außerordentlich groß, und zwischen den Fingern spannten sich Schwimmhäute. Er hörte ein Klatschen, und als er sich umdrehte, sah er auf der anderen Seite des Bootes eine weitere Hand auftauchen – mit einer eigenartigen Waffe.

Ella!

Ich sehe sie! Gib mir einen Moment Zeit, um dich zu finden!

Köpfe tauchten auf. Schwarze, kahle Köpfe mit eigenartig trüben Augen. Furcht durchzuckte Danjin. Er griff nach einem der Riemen und schlug auf den ersten Angreifer ein. Der Kopf wurde rechtzeitig eingezogen. Er fuhr herum und attackierte den zweiten Angreifer. Ein befriedigendes Krachen war das Ergebnis.

Der Mann ließ sich ins Wasser sinken, dann verschwand auch der erste Angreifer. Danjin fragte sich, ob er ihm eine tödliche Verletzung beigebracht hatte. Wenn er den Mann verwundet hatte, würde sein Gefährte vielleicht versuchen, ihn fortzubringen. Wenn er ihn nicht verletzt oder ihn getötet hatte, würde zumindest einer der Angreifer zurückkehren, um Rache zu üben.

Zu seinem Entsetzen tauchten ganz in der Nähe zwei Köpfe im Wasser auf. Ein Mann blutete heftig aus der Nase, und sein Gesicht war zu einer Grimasse des Hasses verzerrt. Das Blut schimmerte leuchtend rot auf den weißen Zähnen des Mannes.

Aber gerade eben war es noch zu dunkel, als dass ich so gut hätte sehen können …

Die beiden Männer blickten auf, und als sie sich dem Ufer zuwandten, trat mit einem Mal Furcht in ihre Züge. Sie verschwanden unter Wasser. Danjin drehte sich nun ebenfalls um und sah einen Lichtfunken auf sich zuschnellen. Er wedelte mit den Armen, dann fiel er auf den Boden des Boots, als es sich plötzlich wieder in Bewegung setzte. Mit einem Seufzer der Erleichterung beschloss er, liegen zu bleiben.

Die Fahrt ans Ufer war barmherzig kurz. Als das Boot langsamer wurde, zog er sich wieder auf den Sitz. Ella stand am Strand, eine weiße leuchtende Gestalt der Güte. Als das Boot den Sand hinaufglitt, kam sie ihm entgegen, obwohl sie sich dabei ihr Kleid und den Zirk durchnässte. Eine Welle der Zuneigung zu ihr stieg in ihm auf.

»Ist alles in Ordnung mit dir, Danjin?«

Er stieg aus und blickte an sich hinab. »Mir geht es gut. Ich habe ein paar blaue Flecken abbekommen, aber davon abgesehen bin ich glücklich zu leben.« Er schaute hinter sich. »Was waren das für Geschöpfe?«

»Elai«, antwortete sie stirnrunzelnd. »Heute Nacht sind mehrere unserer Vorratsschiffe und ein dunwegisches Kriegsschiff versenkt worden. Das war keine Waffe, die du gesehen hast. Es war ein Werkzeug, um Löcher zu bohren.«

Danjin nickte. Natürlich. Jetzt, da sie ihn darauf hingewiesen hatte, erkannte er, dass es sich um ein Werkzeug handelte, wie man es für Schiffsreparaturen benutzte. In den Händen des Meeresgeschöpfes hatte es auf exotische Weise bedrohlich gewirkt.

»Wir werden eine Möglichkeit finden müssen, gegen sie

zu kämpfen, oder wir werden hier niemals eine längere Schlacht durchstehen können«, fügte Ella hinzu.

»Nun, ich bin froh, dass er keine Gelegenheit bekommen hat, Löcher in mich hineinzubohren«, sagte er.

Sie lächelte. »Ich bin ebenfalls froh. Ich wünschte, ich hätte dich nicht dorthin schicken müssen, aber wir hätten uns sonst nur durch Arleej mit Mirar in Verbindung setzen können, und vielleicht wäre er auf irgendeinen Vorschlag eingegangen, solange seine Leute nichts davon erfuhren.«

»Hat sich denn irgendetwas daraus ergeben?«, fragte er.

Sie sah ihn an, dann zuckte sie die Achseln. »Möglicherweise. Wir werden darüber sprechen müssen. Und du solltest noch einige Stunden schlafen, bevor die Armee ankommt.«

»Ich glaube nicht, dass ich das tun werde.«

»Nein, aber du wirst es versuchen«, entgegnete sie energisch. »Ich brauche dich morgen gut ausgeruht und in bester Verfassung.«

Mit diesen Worten legte sie ihm eine Hand auf die Schulter und führte ihn auf die Stadt zu.

48

Als Auraya sich ihres schmerzenden Körpers wieder bewusst wurde, hätte sie um ein Haar laut aufgestöhnt.

Zumindest wenn ich schlafe, nehme ich nichts von alledem wahr. Ich verspüre weder Schmerz noch Verzweiflung, ebenso wenig wie Langeweile oder Sorgen oder … was ist das?

Etwas schnupperte an ihrem Ohr. Sie wandte den Kopf. Einen Moment lang waren runde Augen und eine spitze Nase alles, was sie sehen konnte. Eine schmale rosige Zunge leckte ihr über die Wange.

»Owaya«, sagte Unfug leise.

»Du bist wieder da.« Sie schluchzte beinahe vor Erleichterung.

»Unfug jagen. Unfug finden.«

Er steckte sich etwas in den Mund und huschte ihren Arm hinauf.

Als sie ihre Position veränderte, ließ der Schmerz, der ihre Arme durchzuckte, sie erstarren. Sie atmete tief durch und wartete darauf, dass das Blut wieder zu fließen begann.

Das Gewicht des Veez und seine zappelnden Füße machten die Sache nicht besser. Als das Gefühl zurückkehrte, jagte ihr jede seiner Bewegungen einen Schauer der Qual über den Arm.

»Au! Das tut weh!«

Er beachtete sie nicht. Sie beugte sich vor und versuchte zu erkennen, was er tat.

Und eine Woge schwindelerregender Hoffnung raubte ihr den Atem.

Unfug hielt einen Schlüssel im Maul. Er versuchte, ihn in das Schloss der Fessel um ihr Handgelenk zu schieben. Auraya starrte ihn an, aber als sie sah, dass er das falsche Ende des Schlüssels in das Schlüsselloch zu schieben versuchte, wurde sie schlagartig wieder klar im Kopf. Sie sah zu den Wachen hinüber. Die beiden Götterdiener lehnten mit gesenktem Kopf an der Mauer neben dem Tor. Als sie ihren Geist ausstreckte, stellte sie fest, dass beide Männer verdrossen waren, weil man sie zurückgelassen hatte.

Ich bin der stärkste Ergebene Götterdiener in Glymma und ende als Gefängniswärter, dachte einer von ihnen. *Ich muss etwas falsch gemacht haben. Was habe ich getan?*

Auraya wandte sich wieder zu Unfug um, berührte seinen Geist und sandte ihm die Idee, den Schlüssel umzudrehen. Der Veez hielt inne, dann tat er mithilfe von Pfoten und Maul, was sie ihm vorgeschlagen hatte.

Er schien eine Ewigkeit zu brauchen, um den Schlüssel in das Schlüsselloch zu schieben. Als er sein Ziel erreicht hatte, spürte sie, dass er nicht recht wusste, was er als Nächstes tun sollte. Dann fiel ihm wieder ein, wie er normalerweise Schlösser mithilfe von Magie öffnete. Im Allgemeinen gab es etwas darin, das sich drehen ließ. Er versuchte, den Schlüssel anders zu halten, aber seine Pfoten waren nicht an ein solches Vorgehen gewöhnt. Ein leises Geräusch erklang, und Auraya blickte abermals zu den Wachen hinüber. Als sie sah, dass einer sie beobachtete, krampfte ihr Magen sich zusammen.

»Du solltest dich besser beeilen«, sagte sie zu Unfug. »Oder sie werden heute Abend Veez-Braten essen.«

Als der Götterdiener die Hand nach dem Tor ausstreckte, stieg tiefe Verzweiflung in Auraya auf. Unfug musste es gespürt haben, da er plötzlich ihren Arm hinunterlief und ihr Gesicht leckte.

»Nein, nein, nein!«, murmelte sie.

Zu ihrer Erleichterung huschte er zurück zu dem Schloss und begann daran zu schnuppern. Kurz darauf hörte sie, wie das Tor geöffnet wurde und der zweite Wachposten eine Frage stellte. Sie wandte sich ab und beobachtete ängstlich, wie Unfug den Schlüssel anstarrte. Aus den Augenwinkeln sah sie die Wachen in die Halle treten.

Unfug nahm den Schlüssel ins Maul und drehte.

Das Schloss öffnete sich mit einem Klicken, und Unfug sprang auf den Thron. Auraya biss die Zähne zusammen; ihr Handgelenk war so lange in einer Position festgehalten worden, dass jede Bewegung schmerzte. Trotzdem zog sie die Hand aus der Fessel und drehte sie, um nach dem Schlüssel zu greifen.

Die Schritte der beiden Götterdiener wurden lauter und dann schneller, als sie den Schlüssel herauszog und den Arm so weit verbog, bis sie den Schlüssel in die Fessel an ihrem anderen Handgelenk schieben konnte. Sie drehte ihn, und das Schloss sprang auf.

Sie nahm ein Aufblitzen von Licht wahr, das der Wachmann ausgesandt hatte, und warf sich zur Seite. Magie versengte den Sockel des Throns. Keuchend vor Anstrengung und mit rasendem Herzen ging sie hinter dem gewaltigen Stuhl in Deckung.

Ich muss aus dem Leeren Raum herauskommen! Sie konnte Schritte hören, die sich von beiden Seiten näherten. Die Götterdiener gingen um den Thron herum.

Zaghaft griff sie nach Magie – und fand sie. Der Bereich hinter dem Thron lag nicht innerhalb des Leeren Raums! Nachdem sie gierig weitere Magie in sich hineingesogen hatte, umgab sie sich mit einem Schild. Im gleichen Moment kamen die Götterdiener um den Thron herum und griffen an. Einen der Männer warf sie mit einem magischen Schlag zu Boden, dann wandte sie sich dem anderen zu. Die Augen geweitet vor Überraschung und Entsetzen, starrte er sie an.

Sie bedachte ihn mit einem Blick, von dem sie hoffte, dass er ihrem maßlosen Zorn gerecht wurde, dann machte sie einen Schritt auf ihn zu.

Er floh.

Lächelnd richtete sie sich auf, zog abermals Magie in sich hinein und sandte sie in ihren Körper, um ihn zu heilen. Aber noch während sie das tat, spürte sie, dass die Quelle verebbte. Als sie sich weiter von dem Thron entfernte, stellte sie zu ihrer Verwirrung fest, dass sie sich abermals an einer Stelle befand, an der es keine Magie gab.

Dann fiel ihr wieder ein, dass der Leere Raum in der Höhle in Si ebenfalls in seinem Zentrum Magie enthalten hatte. Ein Ring der Leere umgab einen magischen Kern. Hier war es genauso – oder zumindest war es so gewesen, bis sie die letzte Magie verbraucht hatte.

Je schneller sie den Leeren Raum verließ, desto besser. Sie ging um den Thron herum bis zum Rand des Podests und stieg dann herunter. Sie war wieder von Magie umgeben. Sie zog sie in sich hinein und spürte, wie der Schmerz zurückwich, während sie sich heilte.

»Auraya.«

Ihr Herz erstarrte, als sie die Stimme erkannte. Sie drehte sich um, und ihr Mund wurde trocken.

Eine leuchtende Gestalt stand in der Nähe, und in ihren Augen loderten Zorn und Hass.

Huan.

Auraya verstärkte hastig die Barriere um sich herum.

»Tut mir leid, dass ich dir deinen Fluchtversuch verderbe«, sagte die Göttin.

»Nein, es tut dir nicht leid«, stieß Auraya hervor. Das Entsetzen war einer eigenartigen Mischung aus Trotz und Resignation gewichen. »Du hast nach einem Vorwand gesucht, mich zu töten, und jetzt hast du ihn gefunden.«

»Ich will dich nicht töten«, erklärte Huan. »Aber ich werde es tun, wenn es sein muss.« Sie machte einen Schritt auf Auraya zu. »Ich werde einen Handel mit dir schließen.«

»Einen Handel?«

»Ja. Ich bitte nur um eine Kleinigkeit: dass du deinen Geist für mich öffnest. Dafür werde ich dich am Leben lassen.«

Auraya betrachtete die leuchtende Gestalt. Hinter den Zügen der Göttin konnte sie gerade noch den leeren Gesichtsausdruck des Götterdieners erkennen, der ihr seinen Willen überlassen hatte. Es war der Ergebene Götterdiener, der solchen Missmut darüber empfunden hatte, dass er sie bewachen musste. Der mächtigste Ergebene Götterdiener in Glymma. Die Göttin würde seine Kräfte verstärkt haben, aber in welchem Maß? Gewiss würde er nicht so stark sein wie die Stimmen.

Gleichzeitig erwog sie Huans Bitte. *Was würde es schaden, wenn ich ihr meinen Geist offenbarte?* Huan würde wissen, dass Auraya eine Unsterbliche geworden war, aber das vermutete sie wahrscheinlich ohnehin. Sie würde wissen, dass Auraya von Jade – Emerahl – gelernt hatte. Sie würde erfahren, dass es noch andere Wilde gab, die wussten, wie man einen Gott tötete.

Ich weiß ebenfalls, wie man einen Gott tötet. Wenn sie das sieht, wird sie mich auf jeden Fall töten.

Außerdem würde sie erfahren, dass Auraya stark genug war, um eine Göttin zu werden, aber wenn Chaia das wusste, argwöhnte Huan es vermutlich ebenfalls.

Wenn es so ist, dann muss ich stärker sein als dieser Ergebene Götterdiener.

Bei diesem Gedanken trat ein Lächeln in Aurayas Züge.

»Ich glaube nicht, dass du mich daran hindern kannst fortzugehen.«

Huans Augen blitzten auf. »Du irrst dich. Aber wenn es einer Bestätigung bedarf…«

Die leuchtende Gestalt öffnete eine Hand. Weißes Licht flammte auf und prallte gegen Aurayas Barriere. Auraya taumelte rückwärts und zog weitere Magie in sich hinein, um sich zu verteidigen, dann erwiderte sie den Angriff der Göttin.

Sofort entbrannte ein tödlicher Kampf zwischen ihnen, bei dem es um Stärke und Schnelligkeit ging. Sie spürte, wie die Magie um sie herum schwächer wurde, da sie beide danach griffen. Die Luft zwischen ihnen vibrierte. Auraya wehrte Hitze, Blitze und gewaltige, unbarmherzige Stöße ab.

Sie zieht Schlag um Schlag mit mir gleich. Diese Erkenntnis war schlimmer als die ungeheure Wucht von Huans Angriff. *Der Ergebene Götterdiener muss mächtiger sein, als ich gedacht habe. Wenn die Pentadrianer ihre Stimmen wählen, ist es wahrscheinlich möglich, dass es Ergebene Götterdiener gibt, die ebenso mächtig oder mächtiger sind, als die Stimmen es waren, bevor die Götter ihre Kräfte verstärkt haben.*

Huan kam näher, versperrte ihr den Fluchtweg und drängte sie auf eine Seite der Halle hinüber. Auraya kam nicht an ihr vorbei. Langsam verebbte die Magie, die sie erreichen konnte, und sie musste zurückweichen, um mehr Magie in sich hineinziehen zu können. Huan beobachtete sie lächelnd.

Ich habe verloren. Es ist nur noch eine Frage der Zeit.

Aber Auraya kämpfte weiter und weigerte sich aufzugeben. Sie benutzte die Säulen der Halle, um sich zu beschirmen. Huan sprengte große Steinbrocken aus den Säulen, und eine nach der anderen brach zusammen, bis Auraya befürchtete, dass das Dach einstürzen würde. Als die Magie in der Halle so dünn geworden war, dass Auraya ihren Angriff nicht länger aufrechterhalten konnte, verlor sie an Boden. Huan drosch auf ihre Barriere ein, die schließlich nachgab.

Eine eigenartige Macht umschlang Auraya. Sie zog sie nach vorn, bis sie nur noch wenige Schritte von der leuchtenden Gestalt entfernt war.

»Jetzt«, höhnte Huan, »öffnen wir deinen Geist.«

Halsstarriger Trotz flammte in Auraya auf. *Sie wird mich ohnehin töten, ganz gleich, ob ich es tue oder nicht.*

»Nein«, entgegnete sie.

Huan kniff die Augen zusammen. »Du denkst anscheinend, du hättest eine Wahl. Ich werde dich vom Gegenteil überzeugen.«

Magie entströmte der Göttin und umschlang Aurayas Körper. Drang *in* ihren Körper ein. Ein bohrender Schmerz pulsierte in ihren Gliedmaßen und riss an ihrem Innern. Alles um sie herum war in grelles Weiß getaucht, und ihre Augen brannten. Die ganze Welt bestand nur aus Qual.

Dann hörte es auf. Ihre Sehkraft kehrte zurück, und sie stellte fest, dass sie auf dem Boden lag, obwohl sie sich nicht daran erinnern konnte, gefallen zu sein. Sie fühlte sich am ganzen Körper zerschunden und rang nach Luft; wahrscheinlich hatte sie während Huans Angriff zu atmen aufgehört. Unwillkürlich zog sie Magie aus der fast verebbten Quelle in sich hinein und begann, sich zu heilen.

So ist das, dachte sie. *Dann soll es also Folter sein.* Ihre Entschlossenheit geriet ins Wanken, bis ihr plötzlich Mirar und Jade einfielen. *Ich darf sie nicht verraten.* Irgendwo in den Tiefen ihres Wesens fand sie die Kraft, Stillschweigen zu bewahren.

»Siehst du?«, sagte Huan. »Es braucht nicht allzu viel Magie. Ich kann jahrelang so weitermachen, wenn ich will. Und ich kann dir viel, viel Schlimmeres antun. Ich kann dich an Schmerzen sterben lassen. Langsam. *Sehr* langsam.«

Erneut fragte sich Auraya, was in ihrem Geist war, das die Göttin sehen wollte. Jades Identität kam ihr in den Sinn. Die Geheimnisse, die Mirar ihr anvertraut hatte. Die Erkenntnis, dass die Wilden irgendetwas im Schilde führten. Sie wussten, wie man Götter tötete. Wollten sie es selbst versuchen?

Ich könnte Huan das alles sehen lassen und schnell sterben. Wenn ich mich ihr widersetze, wird mir das nur Schmerz eintragen.

Aber wenn ich sie in meinen Geist einlasse, werden die Wilden jedwede Chance verlieren, die Götter zu töten.

Und die Götter verdienen es zu sterben.

Sie dachte an die Geschichten, die Jade ihr erzählt hatte, an die Lügen der Götter, an Huans Intrigen und an die zum Scheitern verurteilte Mission der Siyee. Plötzlich brodelte Zorn in ihr auf. *Ich kann das ertragen. Es wird nicht leicht sein … und ich hoffe inständig, dass die Wilden Erfolg haben werden.* Sie funkelte Huan an. *Ich möchte nicht in dem Wissen sterben, dass ich ihnen die Chance genommen habe, dieses Miststück zu töten.*

Als Huan Aurayas Blick auffing, straffte sie sich, und abermals entströmte ihr Magie. Für eine lange Zeit nahm Auraya nichts wahr als die Qual, die durch ihren Körper kroch, und die Erkenntnis, dass Schmerz ein Brennen sein konnte, eine unerträgliche Kälte, eine Vielzahl schrecklicher Gefühle.

Als es aufhörte, lag sie mit dem Gesicht nach unten auf dem Boden. Ihre Nase blutete, und ihre Stirn pulsierte, als hätte ihr jemand mehrfach gegen den Kopf getreten. Sie versuchte sich zu bewegen, versuchte es mit aller Kraft. Endlich gehorchte ihr Körper ihrem Wunsch, und sie rollte sich auf den Rücken. Tausend verschiedene Schmerzen machten sich bemerkbar, und sie konnte kaum atmen.

Huan, die einige Schritte entfernt stand, sah auf sie herab.

»Du stirbst«, stellte sie fest.

Ihr Götter, wie sehr ich mir wünschte, ich könnte ihr diesen selbstgefälligen Ausdruck aus dem Gesicht schlagen – oder ihr die Augen auskratzen! Aber … Huan kann mich nur durch die Augen eines Sterblichen sehen, ging es Auraya plötzlich durch den Kopf. *Wenn ich sie aus diesem Götterdiener herauslocken kann, wird sie mich zumindest nicht sterben sehen. Ha! Wenn ich sie aus dem Götterdiener herausbekäme, könnte sie mir überhaupt nichts mehr antun!*

»Wirklich Pech«, stieß Auraya mit zusammengebissenen Zähnen hervor. »Selbst wenn Chaia meine Seele nimmt, werde ich dir nicht verraten, was ich weiß.«

Huan lachte. »Chaia ist nicht hier. Und ich will deine Seele nicht. Du wirst aufhören zu existieren.«

Auraya lachte. »Wenn die Götter an dem Ort sein müssten, an dem ein Mensch stirbt, um seine Seele zu nehmen, könnten sie unmöglich alle Seelen aufnehmen. Sie müssten an zu vielen Orten gleichzeitig sein …« Sie hielt inne, um Atem zu schöpfen. »Aber ihr nehmt keine Seelen, nicht wahr? Es ist alles eine Lüge.«

Huans leuchtende Augenbrauen hoben sich. »Tatsächlich? Was macht dich da so sicher?«

»Chaia hat es mir erzählt«, log Auraya.

»Ach ja?« Huans Augen wurden schmal. »Ich glaube nicht, dass er dich so sehr mag, wie er behauptet. Er liefert mir immer neue Gründe, dich zu töten.«

»Dann töte mich.«

Huan schüttelte den Kopf. »Glaubst du wirklich, ich würde dich sterben lassen, ohne vorher in deinen Geist zu blicken? Ich muss wissen, was er sonst noch preisgegeben hat.«

Auraya hatte nur einen Augenblick Zeit, um den bitteren Triumph über die Entdeckung auszukosten, dass Mirars »Geheimnis« der Wahrheit entsprach, bevor der Schmerz von neuem einsetzte. Diesmal war es noch schlimmer, und als der Angriff endete, blieb der Schmerz bestehen. Sie spürte warme Feuchtigkeit hinter dem Kopf, und als sie sich bewegte, knirschte ihr Schädel auf beunruhigende Weise. Ein Stechen in einem ihrer Arme sagte ihr, dass ein Knochen gebrochen war. Ihre Fersen schienen in Flammen zu stehen. Ihr ganzer Körper war zerschunden. Ihr Kiefer tat weh, und sie hatte das Gefühl, dass ihre Zähne sich gelockert hatten.

Huan sah lächelnd auf sie herab. »Öffne mir deinen Geist, Auraya.«

Wenn ich das tue, wird sie den Götterdiener verlassen müssen, dachte Auraya. *Das ist mein Köder. Wenn sie zu mir kommt, werde ich meinen Geist wieder verschließen. Aber ich kann sie nicht daran hindern, in den Götterdiener zurückzukehren …*

Sie stöhnte. Der Schmerz in ihrem Kopf verschlimmerte sich. Sie zog Magie in sich hinein und begann, den Schaden zu heilen, und der Schmerz verebbte ein wenig. *Es ist ein Glück, dass ich nicht in dem Leeren Raum bin.*

Der Leere Raum! Wenn sie Huan dazu bringen konnte, ihn zu betreten … Nein, darauf würde die Göttin niemals hereinfallen.

»Öffne deinen Geist, und der Schmerz wird enden«, gurrte Huan und beugte sich über sie.

Ich brauche einen Leeren Raum. Sie erinnerte sich an ihre Vermutung darüber, wie sie entstanden sein mussten. *Ich muss an einem bestimmten Ort alle Magie abziehen. Wenn Huan es spürt, wird sie sich davon entfernen. Und dann werde ich keine Magie mehr haben, um mich zu heilen. Abgesehen von allem, was ich vorher in mich hineingezogen habe …*

»Lass mich einfach in deinen Geist sehen, und es wird alles vorüber sein.«

Sie fortlocken … einen Leeren Raum schaffen … sie daran hindern, in den Götterdiener zurückzukehren. Plötzlich fügte sich alles zusammen. Auraya schlug die Augen auf und starrte Huan an.

»Also schön«, krächzte sie. »Schau hinein. Schau hinein und sieh, wie sehr ich dich hasse.«

In Huans Augen blitzte Triumph auf. Ihre leuchtenden Züge verschwanden, und das Gesicht des Ergebenen Götterdieners erschien. Er blinzelte überrascht.

Auraya streckte ihren unversehrten Arm aus und packte den Mann am Knöchel. Gleichzeitig zog sie alle Magie in sich hinein, die sie spüren konnte. Macht durchströmte sie. Ihre Sinne ganz und gar auf die Magie der Welt eingestellt, spürte sie, wie eine Präsenz fortgezwungen wurde und dann floh. Sie spürte, wie die Magie um sie herum sich teilte wie ein zerrissener Stoff und eine Sphäre des Nichts zurückließ.

Es war ein Riss in der Welt, etwas Schreckliches. Sie schrie entsetzt auf. Eine andere Stimme erklang, und sie spürte Hände um ihren Arm. Als der Ergebene Götterdiener ihre Hand von seinem Knöchel zog, riss der Schmerz sie zurück in die Welt.

Er wird andere herrufen, falls Huan das nicht bereits getan hat, dachte sie, und Panik stieg in ihr auf. Magie entströmte ihr. Da der Mann sich noch immer in dem Leeren Raum befand, hatte er keine Chance, sich zu beschirmen. Sie hörte seine Knochen bersten, als der Angriff ihn traf. Er flog rückwärts durch den Raum und fiel mit zuckenden Gliedern zu Boden.

Sie verwandte nur einen flüchtigen Augenblick des Mitleids auf ihn, dann schrie ihr Körper wieder nach ihrer Aufmerksamkeit. Sie benutzte alle Magie, die sie in sich hineingezogen hatte, und heilte möglichst viel von dem Schaden in ihrem Körper, bevor sie aus dem Leeren Raum kroch und abermals nach Magie griff. Gebrochene Knochen fügten sich langsam zusammen, Schwellungen gingen zurück, und blaue Flecken verblassten. Schließlich erhob sie sich. Abermals wurde sie von stechenden Schmerzen bestürmt, als die Nerven, die unter Huans Folter bis zum Bersten gespannt worden waren, protestierten.

Sie ging zum Tor, wo stärkere Magie sie umgab. Sie brauchte nur wenig davon, um das Schloss aufzubrechen. Dann drehte sie sich um und ließ den Blick durch die Halle wandern. Ihr kam der Gedanke, dass sie sie mühelos zerstören könnte. Aber dann fiel ihr ein, dass sich noch jemand darin befand, dem sie auf keinen Fall Schaden zufügen wollte.

»Unfug«, rief sie leise. »Unfug!«

Eine kleine pelzige Gestalt sprang vom Thron und kam auf sie zugehüpft. Der Veez schnellte an ihrer blutverschmierten Kleidung empor, hinauf auf ihre Schultern. Auraya kraulte ihn zwischen den Ohren und trat aus der Halle in den Tunnel.

Und fand sich einer Handvoll Götterdienern gegenüber. Sie standen in einer Reihe und blockierten den Durchgang. Einen Moment später spürte sie, wie Huan sich ihnen anschloss.

Bei den Göttern, verflucht soll sie sein!, schoss es ihr durch den Kopf. Dann wurde ihr die Ironie dieses Gedankens bewusst, und sie stieß ein halb ersticktes, irre klingendes Lachen aus.

Sie kann mich nur angreifen, wenn sie von einem Götterdiener Besitz ergriffen hat, aber diese Männer sind wahrscheinlich nicht so stark wie der letzte. Die Starken sind in die Schlacht gezogen.

Als die Götterdiener sie attackierten, stellte Auraya zu ihrer Erleichterung fest, dass sie recht gehabt hatte. Aber weitere würden sich dieser Gruppe anschließen, während sie versuchte, sich einen Weg aus dem Gebäude zu kämpfen.

Muss ich das überhaupt tun?

Abermals verspürte sie den Drang, diesen Ort zu zerstören. Sie wusste, dass sich über der Halle eine dicke Felsschicht befand, auf der die Gebäude des Unteren Sanktuariums standen. Sie entfernte sich einige Schritte von den Götterdienern und zog sich auf die Seite der Halle zurück, in der es noch Magie gab. Die Männer folgten ihr. Als sie direkt innerhalb des Tores stand, wandte sie sich zu dem Raum um, zog Magie in sich hinein und richtete sie gegen die Decke.

Ein ohrenbetäubendes Dröhnen folgte, und der Boden zitterte. Dort, wo ihre Magie eingeschlagen war, wurden Risse sichtbar. Trümmer regneten in die Halle hinab. Der Angriff der Götterdiener stockte. Als Auraya hinter sich blickte, sah sie, dass die Männer entsetzt zurückwichen.

Sie brauchte noch drei weitere Stöße, ein jeder mächtiger als der vorangegangene, um durchzubrechen. Risse durchzogen die Decke der Halle, und schwaches Sonnenlicht sickerte hindurch und schuf Vorhänge aus Licht in dem Staub, der die Trümmer auf dem Boden einhüllte.

Die Götterdiener waren geflohen.

Auraya hielt inne, um den zitternden Unfug zu streicheln, der sich jetzt hinten an ihrem Hemd festklammerte. Dann richtete sie sich auf, sog gierig Magie in sich hinein und ließ sie frei. Mit einem schrecklichen Krachen stürzte ein großes Stück der Decke in die Halle und begrub den Thron unter sich. Trümmer flogen an Auraya vorbei und prasselten auf ihre Barriere. Sie wartete nicht darauf, dass der Staub sich legte, sondern stieg über die Steinbrocken hinweg, wobei sie darauf achtete, keinen der beiden Leeren Räume zu betreten.

Über ihr erschienen weiße Wände, ein Teil des Sanktuariums. Beim Anblick des Himmels darüber sang ihr Herz. Der Himmel war rosafarben. Morgendämmerung.

»Owaya fliegen«, sagte Unfug ihr ins Ohr.

»Ja«, erwiderte sie. »Halt dich gut fest.«

Sie spürte, wie der Veez sich an sie klammerte, dann stieg sie aus dem Loch auf und in den Himmel empor.

Die Sonne geht auf, sagte Tamun. *Schon bald werden die Armeen erwachen. Heute wird sich die Welt abermals verändern, ganz gleich, ob wir Erfolg haben oder nicht.*

Emerahl verbarg ihre Erheiterung. Manchmal redeten die Zwillinge wie Geschichtenerzähler, mit dramatischem Tonfall und nicht minder dramatischen Worten. Sie waren in älteren Zeiten aufgewachsen, und vielleicht war das der Grund, warum sie sprachen wie Figuren in einem historischen Schauspiel.

Nein, ich glaube nicht, dass die Menschen in ferner Vergangenheit so geredet haben, wenn sie die Wäsche wuschen oder eine Mahlzeit zubereiteten, überlegte sie. *Dies ist lediglich die Art der Zwillinge, uns daran zu erinnern, dass unser Plan ebenso riskant ist wie die Taten der Helden aus alter Zeit, und dass unser Vorhaben die Welt dramatisch verändern wird.*

Dann erklang eine neue Stimme in ihrer Vernetzung.

Ich bin fertig, eröffnete die Möwe ihnen. *Ich habe einen Tunnel unter der gesamten Landenge geschaffen und mit dem verbunden, den Emerahl benutzt hat. Außerdem habe ich Tunnel gegraben, die von dem Längstunnel in der Mitte zu beiden Seiten abzweigen und ins Meer führen, so dass Tamun und Surim ein Versteck für sich selbst und ihre Boote haben werden.*

Dazu musst du die ganze Nacht gebraucht haben, sagte Emerahl beeindruckt. *Wenn wir heute unsere Chance nicht bekommen, wird dieser Ort wie geschaffen dafür sein, die Götter zu einem späteren Zeitpunkt dorthin zu locken.*

Nur wenn wir bald einen sechsten Unsterblichen finden, sagte die Möwe warnend. *Nach allem, was ich getan habe, wird die Landenge nicht mehr lange existieren.*

Falls sich keine Gelegenheit bieten sollte – und es sieht nicht danach aus –, müssen wir weiter Ausschau nach neuen Unsterblichen halten, bemerkte Emerahl. *Da die Zirkler und die Pentadrianer mächtige Zauberer schon in jungen Jahren auswählen, müssen wir damit rechnen, in ihren Reihen geeignete Kandidaten zu finden. Es wird allerdings schwer werden, jemanden für unsere Sache zu gewinnen.*

Und sobald es uns gelungen ist, werden wir nach einer Möglichkeit suchen, alle Götter gleichzeitig an einen Ort zu holen, wo wir sie umringen können, fügte Surim hinzu.

Surim? Tamun? Jetzt hatte sich auch Mirar zu ihnen gesellt.

Mirar, antworteten sie.

Die Pentadrianer rüsten sich für die Schlacht. Dies wird meine letzte Gelegenheit sein, mich mit euch zu vernetzen. Seid ihr alle bereit?

Noch nicht ganz, antwortete Surim. *Wir sind in Diamyane eingetroffen. Die Möwe hat die Tunnel angelegt, daher sollten er, Surim und ich in Bälde unsere Positionen eingenommen haben. Emerahl muss auf die Weißen warten. Wie geht es Auraya?*

Ich weiß es nicht. Sie hat nicht geschlafen, als ich mich mit ihr in Verbindung setzen wollte. Ich habe es mit Gedankenabschöpfen versucht, aber es ist niemand dort. Nicht einmal Wachen.

Ich werde es ebenfalls versuchen, erbot sich Surim.

Sie warteten schweigend. Emerahl fragte sich, ob die anderen die gleiche Furcht verspürten. Die Stimmen hatten möglicherweise den Befehl hinterlassen, Auraya zu töten, weil sie dachten, dass Mirar erst nach der Schlacht von dem Verrat erfahren würde. Das würde den Mangel an Wachen erklären. Es hatte keinen Sinn, eine tote Gefangene zu bewachen.

Sie war der einzige Schwachpunkt in unserem Plan, sagte Surim leise. *Wir haben eine perfekte Falle aufgebaut; wir wissen, dass wir Leere Räume schaffen können, da es Tamun gestern gelungen ist. Jetzt hätten wir nur noch Auraya gebraucht.*

Wir mussten trotzdem hier sein, nur für den Fall des Falles, wiederholte Emerahl dieselben Worte zum tausendsten Mal. Ihr wurde flau vor Enttäuschung. *Wenn wir die Geheimnisse der Götter früher entdeckt hätten, hätten wir alle nach einer Möglichkeit suchen können, sie zu befreien.*

AURAYA IST FREI!

Surims Stimme war so laut in Emerahls Geist, dass sie um ein Haar aus der Traumvernetzung herausgerissen worden wäre.

Sie lebt? Sie ist frei? Wie? Wo ist sie? Warum ist sie nicht hier?, fragte Mirar hektisch.

Ah! Ich sehe sie. Sie beraubt gerade einen Kaufmann, bemerkte Tamun trocken. *Sie stiehlt etwas zu essen. Etwas Tuch. Ah, sie hat dem Mann versprochen, zurückzukehren und ihn zu bezahlen, wenn sie kann. Er glaubt ihr natürlich nicht, und ich …*

Das ist ein schönes Stück Tuch, fügte Surim hinzu. *Wer hätte gedacht, dass sie einen so guten Geschmack hat. Ich schätze, dass ihr diese törichten weißen Roben schon lange gegen …*

Sie hat nicht viel Auswahl, rief Tamun ihm ins Gedächtnis. *Sie kann unmöglich mit diesem schmutzigen Lumpen am Leib …*

WO IST SIE?, fragte Mirar.

Die Zwillinge hielten inne.

In der Nähe der Berge.

Das ging aber schnell, warf die Möwe ein. *Die Berge sind mehrere Tagesritte von Glymma entfernt.*

Sie reist sehr schnell, wenn sie will, sagte Mirar stolz.

Das ist gut, denn wenn sie herkommen und uns helfen will, ist Eile geboten, sagte Surim.

Warum ist sie in die Berge gegangen?, fragte Emerahl. *Die Schlacht findet in der entgegengesetzten Richtung statt.*

Sie möchte sich so weit wie möglich von den Stimmen und den Göttern entfernen, mutmaßte Mirar.

Und sie hat sich nicht zu den Weißen gesellt, sagte Tamun.

Du hast ihr erzählt, dass du die Stimmen verteidigen würdest. Sie weiß, dass den Weißen eine sichere Niederlage bevorsteht. Hat sie sich von ihnen abgewandt, oder wartet sie nur auf den richtigen Zeitpunkt?

Darauf habe ich keine Antwort. Aber du kannst dir sicher sein, dass sie eine Möglichkeit zu handeln hat, von der sie gar nichts weiß, weil du mir nicht erlauben wolltest, ihr unsere Pläne mit den Göttern zu eröffnen.

Wir müssen sie einweihen, sagte Surim.

Nein, das ist zu riskant, protestierte Tamun. *Wenn sie uns an die Götter verrät …*

Wir sind in der Hoffnung hergekommen, dass wir eine Chance bekommen könnten. Wenn sie nicht Bescheid weiß, wird es diese Chance nicht geben.

Wie können wir sie erreichen?, fragte Mirar. *Sie ist wach und wird wahrscheinlich auch wach bleiben, bis sie eine noch größere Strecke zurückgelegt hat. Wartet … ich habe eine Idee.*

Sein Geist zog sich aus der Vernetzung zurück.

Wir dürfen es ihr nicht sagen, begann Tamun. *Es ist ein zu großes …*

Tut mir leid, Schwester, unterbrach Surim sie. *Aber du bist überstimmt. Hab ich recht? Emerahl?*

Es ist ein Risiko, antwortete Emerahl. *Aber ich glaube nicht, dass sie uns an die Götter verraten würde. Nicht wenn sie weiß, dass wir ohne sie ohnehin nichts ausrichten können. Sie hat in der Vergangenheit alles darangesetzt, uns keinen Schaden zuzufügen.*

Bist du dir sicher?

Ich bin mir niemals absolut *sicher.*

Möwe?, fragte Tamun.

Emerahl und Mirar kennen sie am besten. Ich stimme den beiden zu.

Ihr seid alle Narren. Wenn sie …

Jade?

Sie alle verstummten, überrascht, Aurayas Stimme zu hören.

Ja, ich bin es, sagte Emerahl hastig, als sich das Schweigen in die Länge zog.

Oder sollte ich sagen, Emerahl?

Das ist mein ältester Name.

Unfug hat gerade angefangen, im Schlaf Namen zu bellen. Da waren Mirar und du und dann noch »Willinge«.

Die Zwillinge.

Also hat sich einer von euch im Traum mit Unfug vernetzt?

Ja, sagte Mirar. *Das war ich.*

Wer sind die anderen?

Wir sind die Zwillinge.

Die Zwillinge, hm? Ich dachte, ihr wärt schon lange tot.

Ganz und gar nicht. Ich bin Surim.

Und ich bin Tamun.

Hallo, sagte Auraya. *Man begegnet nicht jeden Tag einem Mythos. Da war noch ein anderer Name. Klang wie »Löwe«.*

Das war dann wohl ich, die Möwe.

Ah. Ein weiterer lebender Mythos.

Du bist also entkommen, sagte Tamun.

Ja. Was ich zum Teil Unfug verdanke. Er hat mir den Schlüssel gebracht.

Was wirst du jetzt tun?, fragte Mirar.

Ich weiß es nicht.

Wir könnten deine Hilfe gebrauchen.

Seid ihr in Schwierigkeiten?

Nicht direkt ... und keiner von uns würde dir einen Vorwurf machen, wenn du unsere Bitte ablehnst.

Sag mir, worum es geht.

Emerahl erklärte, dass die Leeren Räume Orte seien, an denen Götter ihren Tod gefunden hatten.

Ich weiß. Mirar hat es mir erzählt. Der Zirkel hat die anderen

Götter getötet, indem er die Magie von diesen Stellen abgezogen hat, nicht wahr?

Ja. Hat er dir das erzählt?

Nein. Ich hatte vor kurzem eine interessante Erfahrung mit Huan.

Wirklich?

Sie hat mich angegriffen. Da ist mir wieder eingefallen, was Mirar von Leeren Räumen gesagt hat, und ich habe beschlossen, eine Theorie zu überprüfen, die ich während der langen Stunden der Gefangenschaft in einem Leeren Raum entwickelt habe.

Huan ist tot?, fragte Surim aufgeregt.

Nein. Sie ist mir ausgewichen. Aber das ist vermutlich der Grund, warum ihr mich braucht. Ihr braucht sechs Unsterbliche, um zu verhindern, dass sie entkommen.

Ja, erwiderte Emerahl. *Wirst du uns helfen?*

Ja.

Es folgte ein langes Schweigen. Emerahls Erregung wuchs, als ihr klar wurde, was das bedeutete. Die Chance war gekommen. Es würde funktionieren.

Was ist mit Chaia?, fragte Tamun.

Wieso musstest du jetzt diese Frage stellen!, rief Surim aus.

Weil wir nicht wollen, dass sie im letzten Augenblick ihre Meinung ändert, antwortete Tamun.

Chaia hat versucht, mich zu töten, erklärte Auraya ihnen. *Er ist genauso wie die anderen. Wenn ich ihm nicht trauen kann, dann bin ich genau wie jede andere Wilde …*

Wir wissen, was du meinst, versicherte ihr Surim. *Keinem von uns gefällt die Aussicht, sich über Jahrtausende hinweg wie ein Verbrecher verstecken zu müssen. Deshalb sind wir hier.*

Erklärt mir euren Plan.

Als Tamun diesen zu erläutern begann, hätte irgendetwas – der Klang eines Horns – Emerahl um ein Haar aus dem Schlaf gerissen.

Ich muss Schluss machen, erklärte sie.

Dann kehrte Emerahl jäh ins Bewusstsein zurück und sah sich Arleej gegenüber, die sich über sie beugte.

»Tut mir leid, wenn ich dich bei etwas gestört habe«, sagte die Frau. »Aber der Bote der Weißen steht an der Tür und fragt, warum wir uns ihnen noch nicht angeschlossen haben.«

49

Außerstande, ein Gähnen zu unterdrücken, legte Danjin eine Hand auf den Mund. Trotz Ellas Befehl hatte er nicht gut geschlafen. Als das Horn blies, um die Armee zu wecken, hatte seine Erleichterung darüber, dass die Nacht vorbei war, ihn gerade so weit entspannt, dass er eingeschlafen war. Als er wieder aufwachte und Ellas Zelt erreichte, war sie bereits fort. Ein Diener teilte Danjin mit, wo sie zu finden sei. Diese Nachricht hatte ihn dann endgültig geweckt.

Sie war zu den Weißen auf der Landenge gegangen.

Nachdem er das Zelt verlassen hatte, war er bis zum Beginn der Landenge gerannt. Dort hatte er zu seiner Erleichterung erfahren, dass die Weißen noch nicht weitergezogen waren. Ella lächelte, als sie ihn sah, dann winkte sie ihn zu sich.

»Ich wollte dich nicht wecken«, erklärte sie. »Nach der letzten Nacht brauchtest du dringend Ruhe.«

»Hmpf«, brummte er. »Ich kenne die Wahrheit. Du wolltest dich ohne mich davonstehlen.«

Sie grinste. »Ha! Du bist zu klug für mich.« Dann wurde sie wieder ernst. »Bist du dir sicher, dass du mitkommen willst? Wir nehmen nur eine kleine Gruppe Zeugen mit. Unter ihnen sind mit mächtigen Gaben gesegnete Priester und Priesterinnen, außerdem Traumweber, aber sie werden dich vielleicht nicht schützen können, wenn die Stimmen mit ihrer ganzen Macht angreifen.«

Ein Stich der Furcht durchzuckte Danjin. Er tat ihn mit einem Achselzucken ab.

»Im Krieg gibt es immer Risiken, und du wirst mich vielleicht brauchen.«

Er sagte nicht, warum. Falls Auraya sich dem Feind angeschlossen hatte, bestand eine geringe Chance, dass seine Anwesenheit sie vielleicht dazu bringen könnte, ihre Meinung zu ändern. Es war eine sehr geringe Chance, aber es lohnte sich, wenn sie für diesen Fall bereit waren.

Ella nickte. »Es ist möglich, dass wir dich brauchen, ja.« Sie blickte an ihm vorbei. »Und hier kommen unsere Traumweber. Ich bezweifle, dass sie einen so guten Grund wie du hatten zu verschlafen.«

Als Danjin sich umdrehte, sah er mehrere Männer und Frauen in Traumweberwämsern näher kommen. Er erkannte die Traumweberälteste Arleej und Traumweberratgeberin Raeli. Die beiden entfernten sich von dem Rest der Gruppe und gingen auf Juran zu. Als ihr kurzer Wortwechsel endete, lächelte Ella.

»Es wird Zeit, dass wir unsere Gegner kennenlernen«, sagte sie. »Sei vorsichtig, Danjin.«

»Das werde ich«, versicherte er ihr.

Als sie sich zu den Weißen gesellte, trat er neben Lanren Liedmacher. Der Militärratgeber lächelte grimmig, dann folgten sie den Weißen, die sich auf den Weg über die Landenge machten.

Alle schwiegen. Danjin beobachtete abwechselnd die weißen Gestalten vor ihm, deren Zirks sich im Gehen sanft hin- und herwiegten, und betrachtete mit zusammengekniffenen Augen die Straße vor ihnen, wobei er versuchte, den Feind auszumachen. Die Zeit schleppte sich dahin. Die Sonne stieg höher, und ihre Strahlen verströmten schon jetzt eine Wärme, die einen heißen Tag versprach. Das Wasser schwappte in einem sanften, aber beständigen Rhythmus an die Seiten der Landenge.

Sie mussten bereits über eine Stunde gegangen sein, als Lanren befriedigt mit der Zunge schnalzte. »Da kommen sie.«

Danjin starrte in die Ferne, konnte aber nichts erkennen. Vielleicht waren irgendwo in dem Dunst vor ihnen dunkle Flecken auszumachen.

»Du hast gute Augen, Lanren.«

Der Mann zuckte die Achseln.

Mehrere weitere Minuten verstrichen, bevor die dunklen Punkte in der Ferne zu sich bewegenden Gestalten wurden. Als diese sich in menschliche Umrisse verwandelten, war Danjin davon überzeugt, noch einmal eine Stunde gegangen zu sein.

Langsam wurden weitere Einzelheiten deutlich. Es waren sechs Personen. Fünf davon trugen Schwarz. Der andere verschmolz beinahe mit dem Grau der Straße.

Mirar, dachte Danjin. Er beschwor Erinnerungen an den Mann herauf, mit dem er in der vergangenen Nacht gesprochen hatte, und verspürte eine Mischung aus Sympathie und Verärgerung.

Ich wünschte, Auraya hätte ihn getötet. Ich verstehe, warum sie es nicht getan hat, aber wenn sie ein klein wenig härter gewesen wäre, stünden die Chancen jetzt nicht gegen uns.

Schon bald konnte Danjin feststellen, welche der Stimmen männlich und welche weiblich waren. Vier von ihnen erkannte er, aber er interessierte sich mehr für den einen, den er nicht kannte. Nekaun, die neue Erste Stimme, war auf eine exotische Weise attraktiv. Er verströmte Arroganz und lächelte, während er auf die Weißen zuschritt.

Als Danjin auf die kleine Ansammlung von Menschen blickte, die den Stimmen folgte, erlitt er einen leichten Schock. Ein großer, kahlköpfiger Mann mit dunkler Haut war unter ihnen. Er hatte zu große Ähnlichkeit mit den Meeresmenschen, die Danjin angegriffen hatten, um nicht derselben Rasse anzugehören. Goldener Schmuck glänzte im Licht. In diesem Moment tauchte der Mann ein Tuch in eine große Schale, die ein Diener an seiner Seite trug, und bespritzte sich mit der Flüssigkeit.

Das muss der König der Elai sein, dachte Danjin. Die Weißen hatten die Anführer von Somrey, Toren, Genria, Sennon und Si nicht mitgebracht, für den Fall, dass es zu einem magischen Kampf kam und sie außerstande sein würden, mehr als sich selbst zu schützen. Die Stimmen mussten sich ihrer überlegenen Stärke sehr sicher sein. *Nun, sie haben Mirar auf ihrer Seite, daher sind sie eindeutig im Vorteil.*

Einige Schritte voneinander entfernt blieben die Weißen und die Stimmen stehen und musterten einander wachsam. Danjin hörte hinter sich eine Traumweberin leise sprechen.

»Mirar ist bei den Stimmen. Solange wir hier zurückbleiben, können wir den Vorteil, den sie durch ihn haben, nicht wettmachen.«

»Wir werden uns ihnen anschließen, falls sie zu kämpfen beginnen«, erwiderte Arleej.

»Dann könnte es zu spät sein«, beharrte die Frau.

Er wandte sich um, um festzustellen, wer da gesprochen hatte, hielt dann aber jäh inne, als er sah, dass Lanren zum Himmel emporblickte.

»Ist es das, wofür ich es halte?«, fragte der Mann.

Danjin drehte sich gerade rechtzeitig wieder um, um etwas Blaues über den Himmel huschen zu sehen. Es kam auf sie zu und nahm Gestalt an. Eine weibliche Gestalt. Als ihm klar wurde, wer es war, wurden ihm die Knie schwach, und eine Welle der Erleichterung und des Glücks schlug über ihm zusammen.

Auraya.

Sie war endlich frei, und sie war gekommen, um ihnen zu

helfen. Die Pentadrianer waren nicht länger im Vorteil. Jetzt waren die Zirkler stärker, falls Mirars Behauptung, nicht kämpfen und töten zu wollen, der Wahrheit entsprach. Auraya würde für die Zirkler kämpfen und für die Götter.

Die Weißen hatten sie jetzt ebenfalls bemerkt. Die Stimmen folgten ihrem Blick, und das Lächeln des Anführers verschwand. Auraya ließ sich tiefer sinken, und der blaue Stoff ihres Kleides umwogte sie. Als sie näher kam, sah er, wie dünn und blass sie war. Sie trug gar kein Kleid, sondern hatte sich ein Stück Tuch um den ausgezehrten Leib gewickelt.

Er lächelte in sich hinein. Nach dem Ausdruck auf den Gesichtern der Stimmen zu schließen, gehörte Aurayas Erscheinen nicht zu ihrem Plan.

Dann hielt Auraya abrupt inne und schwebte für eine Weile über den Weißen und den Stimmen. Ihre Miene zeigte etwas, das er noch nie zuvor in ihren Zügen gesehen hatte.

Es waren Zorn und Hass.

Während Auraya von hoch oben beobachtete, wie die Weißen und die Stimmen sich einander näherten, löste sich der Knoten in ihrem Magen. Sie konnte Mirar an der Seite der Stimmen ausmachen. Etwa hundert Schritte hinter den Anführern gingen die Gefährten und Götterdiener. Das Schlusslicht bildeten Ratgeber, Priester, Priesterinnen und Traumweber.

Kann ich wirklich tun, was die anderen Unsterblichen von mir wollen? Wenn sie Huan töten wollten, würde ich ihnen alle Unterstützung geben, um die sie gebeten haben, aber Chaia …

Was war mit Chaia? Er hatte versucht, sie zu töten.

Aber er war in der Vergangenheit so gut zu ihr gewesen.

Das macht seinen Verrat umso schlimmer. Wenn ich seinen Köder geschluckt hätte, wäre ich gestorben, ohne zu wissen, dass er sich gegen mich gewandt hat.

Und die anderen Götter? Sie hatten ihr nichts angetan. *Und sie haben auch nichts getan, um mir zu helfen. Ich habe erlebt, wie sie ganz nach Laune einmal Chaia und dann wieder Huan unterstützt haben.*

Und die pentadrianischen Götter? Sie wusste nichts von ihnen. Aber sie hatten ihr Volk gegen Nordithania in den Krieg ziehen lassen. Sie hatten Nekaun befohlen, seinen Schwur zu brechen und sie unter dem Sanktuarium anzuketten.

Dann kam ihr ein neuer Gedanke.

Sie müssen *ebenfalls* sterben. *Wenn die zirklischen Götter sterben, wird Nordithania verletzbar sein. Die Pentadrianer werden es abermals angreifen. Es wird zu viel Blutvergießen geben.*

Wenn alle Götter an diesem Tag getötet wurden … Es würde keinen Grund mehr für eine Schlacht geben. Sie konnte den Tod vieler Menschen verhindern.

Nur nicht den Tod der Götter natürlich. Aber das erscheint mir gerecht. So lange haben sie uns in dem Glauben gelassen, sie könnten uns ein Leben nach dem Tod geben, obwohl sie uns in Wirklichkeit nur Lügen aufgetischt haben, damit wir ihnen gehorchten. Vielleicht ist es an der Zeit, dass sie das gleiche Schicksal erleiden.

Aber wie würde die Welt ohne Götter sein? Würden die Sterblichen ohne ihre Leitung in Chaos und Barbarei versinken? Würden die Zauberer ihre Macht missbrauchen, wenn es keine Priesterschaft mehr gab, die die mit Gaben gesegneten Menschen ausbildete und leitete?

Und dieser Krieg ist nicht barbarisch? Die Götter missbrauchen ihre Macht nicht ebenfalls?

Die Weißen vor ihr gingen jetzt langsamer. Sie hatten sich den Stimmen bis auf hundert Schritt genähert. Schließlich blieben beide Gruppen etwa ein Dutzend Schritte voneinander entfernt stehen.

Wo sind die Götter? Plötzlich durchzuckte sie die Erkenntnis, dass sie sie nicht spüren konnte, und sie streckte ihre Sinne aus. Dann konnte sie mit einem Mal etwas wahrnehmen – den Zirkel. Die Götter huschten so schnell zwischen den Weißen und den Stimmen hin und her, dass Auraya sie nicht bemerkt hätte, hätte sie nicht nach ihnen Ausschau gehalten. Verwirrt über dieses Verhalten, ließ sie sich tiefer hinabsinken und konzentrierte sich noch mehr auf ihr Tun. Obwohl sie weder die Gedanken der Stimmen noch die der Weißen lesen konnte, konnte sie nach wie vor die Stimmen der Götter hören.

Bruchstücke von Gesprächen erreichten sie.

... wir haben dem niemals zugestimmt.

Sie erkannte Huan.

Natürlich haben wir das getan. Wir wussten, dass es Elemente geben würde, die sich unserer Kontrolle entzogen, entgegnete Chaia.

Kleinigkeiten. Das Wetter oder Krankheiten. Nicht diese verfluchten Unsterblichen, die sich in alles einmischen. Du hast sie ermutigt ...

Ich habe niemals auch nur einen von ihnen zu irgendetwas ermutigt.

Du hast sie uns nicht vom Hals geschafft! Du hast Auraya verraten, dass wir keine Seelen nehmen!

Das habe ich nicht getan.

Würdet ihr endlich aufhören zu streiten? Das war Lore. *Gleich beginnt der beste Teil des Spiels.*

Ein Spiel? Auraya schüttelte den Kopf. *Was für ein Spiel? Und warum sind sie in den Gedanken beider Seiten? Wie können die Götter überhaupt in den Geist der Stimmen eindringen? Gewiss würden die pentadrianischen Götter das verhindern. Und wo* sind *die pentadrianischen Götter überhaupt?*

Dann dämmerte ihr plötzlich die Antwort. Es war so offensichtlich, dass sie sich wie eine Närrin fühlte, weil sie es nicht vorher begriffen hatte.

Die zirklischen Götter sind *die pentadrianischen Götter.*

Als ihr die Wahrheit aufging, begann ihr Körper vor Zorn zu zittern. Sie waren *alle* getäuscht und verraten worden. Die Weißen, die Stimmen, alle Sterblichen, überall. *Chaia hatte sich nicht als Sheyr ausgegeben, als er in die Halle kam. Er* ist *Sheyr.*

Die Götter stritten nach wie vor. Immer noch benommen von der Erkenntnis der Wahrheit, musste Auraya sich dazu zwingen, sich wieder auf das Gespräch der Götter zu konzentrieren.

… nicht interessant!, zischte Huan. *Es ist kein gerechter Wettkampf.*

Die Wilden sind ein unkontrollierbares Element. Das ist doch aufregend, widersprach Lore ihr.

Ich bin Huans Meinung, warf Yranna ein. *Wir haben uns von Anfang an auf gewisse Regeln verständigt. Wenn eine Seite wegen der Wilden den Sieg davontragen sollte, wäre es kein richtiger Wettbewerb.*

Ein plötzlicher Verdacht stieg in Auraya auf. Sie schob ihn beiseite. Diese Möglichkeit war einfach zu furchtbar.

Wir können jetzt nichts mehr daran ändern, sagte Chaia. *Lasst uns einfach die Schlacht genießen.*

Aurayas Herz erstarrte.

Die Schlacht genießen.

Wenn Chaia sie nicht zu töten versucht hätte, hätte sie niemals geglaubt, dass er etwas Derartiges würde sagen können. Aber er hatte es getan, und sie hatte ihn gehört. Ihm war nicht klar, dass sie in der Nähe war und ihn und die anderen Götter belauschte. Sie konnte ihr Gespräch weiter verfolgen. Das Wort »Spiel« fiel wieder und wieder. Und mit jedem Mal brach ein wenig mehr von ihrem Widerstand gegen die Wahrheit weg. Sie betrachtete die Stimmen und die Weißen. Weißgekleidete Männer und Frauen, schwarzgekleidete Männer und Frauen. Spielsteine. Und das Brett war die ganze Welt.

Wir sind nichts weiter als Spielsteine für sie.

Sie ließ sich hinabsinken, auf der Suche nach einer Stelle direkt über den Stimmen, den Weißen und den Göttern, die wie Aasvögel um sie herumschwirrten.

Als Auraya, umwogt von blauem Tuch, vom Himmel herabgekommen war, hatte Mirars Herz kurz zu schlagen aufgehört. Einen Moment lang war er voller Zweifel. Sie würde sich den Weißen anschließen. Sie würde die Unsterblichen verraten.

Jetzt würden sie einander in der Schlacht gegenüberstehen. Und im Gegensatz zu ihm war sie bereit zu töten.

Dann hielt sie inne und schwebte über ihnen. Die Weißen und die Stimmen starrten zu ihr empor.

Jemand stieß ihm in die Rippen. Er drehte sich zu der zweiten Stimme Imenja um. Ihre Miene war grimmig.

»Ich schätze, unser Handel ist geplatzt«, murmelte sie. »Geh, wenn du es wünschst. Ich werde dafür sorgen, dass er dich nicht aufhält.«

Er sah sich um. Alle Stimmen und alle Weißen waren wie gebannt von Aurayas Anblick. Dann nahm Mirar eine Bewegung hinter den Weißen wahr und sah, dass Emerahl mit langen Schritten näher kam, gefolgt von einer verwirrten Arleej. Er wandte den Kopf zur Seite, wo Tamun über den Rand der Straße spähte. Auf der anderen Seite entdeckte er Surim, der in diesem Moment verschwand, damit man ihn nicht sehen konnte.

Alle sind an ihrem Platz, nur ich nicht.

Er zog sich von den Stimmen zurück. Nekaun funkelte ihn

wütend an, aber Imenja trat zwischen sie. Mirar eilte davon, dann drehte er sich noch einmal um und schaute zu Auraya empor.

Sie erwiderte seinen Blick und nickte.

»Jetzt!«, rief sie.

Schneller, als er es jemals zuvor in seinem Leben getan hatte, zog Mirar Magie in sich hinein.

Reivan keuchte auf, als eine leuchtende Sphäre aus Licht die Weißen und die Stimmen umgab. Das Licht war so grell, dass es in den Augen wehtat.

»Was geht da vor?«, rief jemand. Sie erkannte die tiefe Stimme des Elai-Königs.

»Sie greifen einander an!«, entfuhr es einem Götterdiener. »Greift den Feind an!«

»Wie? Wir können sie nicht sehen!«

»Und sie können uns nicht sehen«, stieß Reivan hervor. »Wir können nichts anderes tun, als uns selbst zu schützen und abzuwarten.«

Zu ihrer Überraschung verfielen die Männer und Frauen um sie herum in Schweigen. Mit hämmerndem Herzen hielt sie sich die Augen zu und murmelte ein Gebet an die Götter, dass Imenja lebte und unverletzt war.

Es überraschte Emerahl, wie viel Magie sie in sich hineinziehen und festhalten konnte. Es gab jedoch eine Grenze, und als sie diese erreichte, wandelte sie die Magie in Licht um. Die anderen taten das Gleiche und umgaben die Weißen und die Stimmen mit einer gewaltigen blendenden Sphäre.

Dann war die Magie von einem Moment auf den anderen ausgeschöpft, und das Leuchten verschwand.

Emerahl stellte fest, dass sie sich in unbehaglicher Nähe von zehn verwirrten Zauberern befand. Wachsam und unsicher schauten sie sich um. Eine der Stimmen bedachte sie mit einem durchdringenden Blick.

Zeit zu gehen, sagte sie sich, bewegte sich aber nicht von der Stelle. *Wir wissen nicht, ob es funktioniert hat.*

Dann bildete sich ein Schimmer in der Mitte der Landenge. Emerahls Magen sank ihr in die Knie, als sie Chaia erkannte. Er sah nicht sie an, sondern Auraya. Vier weitere Gestalten erschienen.

Mit trockenem Mund und hämmerndem Herzen nutzte Emerahl die Ablenkung und ging zum Rand der Straße. Niemand machte Anstalten, sie aufzuhalten. Alle waren zu benommen und verwirrt. Zu ihrer Erleichterung saß Surim dort in einem schmalen Boot und wartete auf sie. Sie rutschte den steilen Hang der Landenge hinunter und kletterte an Bord.

»Hat es funktioniert?«, flüsterte er.

Sie schüttelte den Kopf. »Chaia ist erschienen. Er lebt noch.«

»Und ist gefangen in dem Leeren Raum«, bemerkte eine neue Stimme leise. Sie und Surim drehten sich um. Tamun und die Möwe kamen in einem weiteren Boot aus einem Spalt in der Wand der Landenge gepaddelt. »Vergesst nicht, in der Mitte eines Leeren Raums findet sich oft noch Magie. Wir haben nur eine magielose Hülle um sie herum geschaffen.«

»Gefangen für alle Ewigkeit«, sagte Surim achselzuckend, und ein böses Lächeln schimmerte in seinen Augen auf. »Eigentlich gefällt mir das noch besser.«

»Mir gefällt es nicht«, knurrte Emerahl. »Wenn sie leben, besteht eine Chance, dass sie dort drin lange genug aushalten, bis die Magie wieder zurückfließt.«

»Dann werden wir einfach noch einmal herkommen und ihnen den Rest geben müssen, wenn weder die Weißen noch die Stimmen zugegen sind, um uns aufzuhalten«, sagte Surim.

»Damit werden sie rechnen. Sie werden dafür sorgen, dass die Götter gut bewacht sind.«

»Von wem? Wenn die Götter ihre Macht nicht stärken, werden die Weißen und die Stimmen nicht mehr so stark sein«, warf die Möwe ein.

»In dem Leeren Raum werden sie es sein«, entgegnete Emerahl.

»Aber die Götter brauchen diese Macht, um zu überleben.«

»Wo ist Auraya?« Die Möwe spähte zum Ufer der Landenge hinauf.

Emerahl folgte seinem Blick. »Als ich fortgegangen bin, schwebte sie noch immer über ihnen.«

»Sie muss einige Entscheidungen treffen«, sagte Tamun. »Und wenn sie fertig ist, kann sie wegfliegen. Wir können das nicht. Wir sollten aufbrechen.«

»Was ist mit Mirar?«

Tamun betrachtete stirnrunzelnd die Felswand. »Er ist wahrscheinlich geblieben, weil Auraya es auch getan hat.«

Schweigend starrten sie zu der Landenge empor. Emerahl seufzte.

»Ich werde warten«, erbot sie sich. »Ihr drei verschwindet von hier.«

50

Die leuchtende Gestalt Chaias blickte zwischen Auraya und Juran hin und her. Seine Lippen bewegten sich, aber sie konnte ihn nicht hören.

Natürlich, dachte sie. *Ich kann ihn nicht hören, weil zwischen uns ein Leerer Raum ist. Er kann sich nur mittels Gedankenrede verständigen – und seit ich gelernt habe, meinen Geist abzuschirmen, ist ihm diese Möglichkeit verwehrt. Er muss entweder Besitz von einem anderen Menschen ergreifen, oder … ich lasse meinen Gedankenschild sinken.*

Juran nickte und blickte auf. »Chaia bittet darum, dass du herunterkommst und mit uns sprichst«, sagte er stirnrunzelnd. »Er möchte wissen, warum du getan hast … was immer es ist, das du getan hast.«

Auraya erwog seine Bitte, wobei sie sich deutlich bewusst war, dass die Weißen und die Stimmen sie beobachteten. Als sie Nekaun sah, schauderte sie. Sie wollte so weit wie möglich von ihm fortkommen.

Aber die Weißen mussten die Wahrheit erfahren. Selbst wenn sie ihr nicht glaubten.

Können sie, die Stimmen oder die Götter, mir etwas antun? Sie könnten mich angreifen, aber nur indem sie die Magie innerhalb des Leeren Raums verbrauchen. Die Götter würden das nicht wollen. Sie verbrauchen schon Magie, einfach indem sie sich sichtbar machen. Sobald die Quelle erschöpft ist, werden sie aufhören zu existieren.

Sie holte tief Luft und zog Magie in sich hinein, um ihren Schild zu verstärken und damit sie nicht abstürzte, wenn sie durch den Leeren Raum flog. Dann ließ sie sich zu Boden gleiten.

Chaia wandte sich zu ihr um. Sie würde ihn noch immer nicht hören können, es sei denn, sie ließ den Schild sinken, der ihren Geist umgab. Sie sah die Weißen und die Stimmen an und stellte zu ihrer Überraschung fest, dass sie ihre Gedanken lesen konnte. Was bedeutete, dass sie nicht länger über die Gaben verfügten, die die Götter ihnen verliehen hatten. Sie konnten nicht mehr die Gedanken der anderen lesen.

Trotzdem kostete es sie bewusste Anstrengung, den Schleier sinken zu lassen. Sobald sie es getan hatte, begann Chaia zu sprechen.

Einmal mehr haben wir dich unterschätzt, Auraya. Du und deine unsterblichen Freunde, ihr habt uns in eine Falle gelockt. Sag uns zumindest, warum.

»Warum?«, wiederholte sie. »Du weißt, warum.« Ein Stich des Ärgers durchzuckte sie. »Ich nehme an, du wolltest mich von meinem Elend erlösen, als du mir erzählt hast, ich könne aus dem Sanktuarium entkommen, indem ich eine Göttin werde.«

Er runzelte die Stirn.

Ich habe dir niemals vorgeschlagen, eine Göttin zu werden. Ich würde dich nicht in dieser Gestalt gefangen sehen wollen. Es wäre ein Gefängnis für dich.

»Warum hast du mir dann erzählt, wie …« Zweifel regte sich in ihr. Hatte er ihr wirklich vorgeschlagen, es zu tun? Sie war an jenem Tag so krank gewesen. Gewiss hatte sie nicht nur davon geträumt … »Du sagtest, es sei besser für mich, eine Göttin zu werden, als zu sterben. Dass es nicht das Gleiche sei, wenn du meine Seele nehmen würdest.« Sie stieß ein bitteres Lachen aus. »Nun, da Huan zugegeben hat, dass ihr keine Seelen nehmt, hattest du wahrscheinlich recht.«

Chaia sah Huan an. Die anderen Götter wandten sich ebenfalls zu ihr um, und Huan straffte sich und musterte sie trotzig.

Du hast ihr verraten, wie man ein Gott wird?, fragte Yranna anklagend. *Du hast dich als jemand anderer ausgegeben?*

Chaia wandte sich wieder zu Auraya um.

Habe ich unser Schlüsselwort benutzt? Habe ich »Schatten« gesagt?, fragte er.

Sie runzelte die Stirn. Ihre Erinnerung war zu nebelhaft. »Ich weiß es nicht mehr«, gestand sie. »Ich war so krank. Es fiel mir schwer zu denken.«

Huan lachte.

Ja, es war leicht, dich zu täuschen.

Auraya hob den Blick und schauderte, als sie den hämischen Ausdruck in den Zügen der Göttin sah.

Du gibst es also zu?, fragte Chaia Huan. Die Göttin funkelte ihn an und sagte nichts.

Wer hätte es sonst sein können?, warf Lore voller Verbitterung ein. *Keiner von uns hat die Regeln so oft gebrochen wie Huan.*

Regeln! Die Regeln galten für das Spiel, nicht für Bedrohungen unserer Existenz!, brüllte Huan. *Wenn ihr auf mich gehört hättet, als ich euch vor ihr gewarnt habe*, sie zeigte auf Auraya, *wäre dies alles nie geschehen.*

Chaia lächelte grimmig.

Wir alle haben uns irgendwann angewöhnt, dich zu ignorieren, wann immer du deinen törichten, verrückten Unsinn von dir gegeben hast. »Unsterbliche könnten Götter werden! Wenn sie es tun, werden sie uns alle töten! Auraya ist gefährlich!«

Huan hatte offensichtlich recht, stellte Lore fest.

Schweigen machte sich breit. Schließlich stieß Juran einen erstickten Laut aus.

»Ich verstehe nicht. Was ist passiert?«

Die Wilden haben uns das angetan, was wir vor vielen Jahrhunderten mit den anderen Göttern gemacht haben, erklärte Lore. *Sie haben die Magie um uns herum abgezogen und uns in einer kleinen Oase im Zentrum dieses Raums gefangen. Wir können nicht von hier fort.*

Nicht, solange die Magie nicht zurückgeflossen ist, fügte Yranna leise hinzu. *Was tausende von Jahren dauern könnte.*

Juran starrte Auraya an. »Du hast ihnen dabei geholfen?«

Sie zwang sich, seinem Blick standzuhalten. »Ja.«

»*Warum?*«

»Weil sie uns belogen haben. Sie nehmen keine Seelen. Sie spielen Spiele mit uns, als seien wir …«

Unverfrorenes Gelächter übertönte ihre Worte. Alle drehten sich zu Nekaun um.

»Du hast deine *eigenen* Götter in ein Gefängnis gesperrt?« Er schüttelte den Kopf. »Was kann ich dir dafür geben, dass du mir diesen Dienst erwiesen hast? Gold? Land? Einen Platz an meiner Seite?«

Eine Gänsehaut überlief Auraya. Es würde zumindest befriedigend sein, *diesem* einen Menschen die schlechten Neuigkeiten zu überbringen.

»Die zirklischen und die pentadrianischen Götter sind ein und dieselben«, erklärte sie ihm. »Sie haben Doppelrollen gespielt.« Sie sah zuerst Chaia an, dann jeden einzelnen der Weißen und der Stimmen. »Versteht ihr, dies alles ist ein Spiel für sie. Und ihr seid die Spielsteine. Die Toten in diesem Krieg und in dem vorangegangenen waren nichts weiter als Punkte für die eine oder die andere Seite. Punkte, keine *realen* Menschen mit Familien und Freunden. Keine …«

»Sie sind *nicht* ein und dieselben«, knurrte Nekaun mit zorndunklem Gesicht. »Meine Götter sehen nicht so aus wie diese. Sie klingen nicht einmal so wie sie.«

Was Auraya sagt, ist wahr, erklärte Chaia. Seine Gestalt

veränderte sich, und plötzlich war er Sheyr. Die Stimmen starrten ihn entsetzt an.

»Das ist ein Trugbild!«, rief Nekaun aus.

Auraya drehte sich zu ihm um. »Du wirst die Wahrheit schon früh genug erfahren. Wenn die Götter deine magischen Gaben nicht stärken, wirst du schwächer sein. Du kannst nicht länger Gedanken lesen. Und unsterblich bist du ganz gewiss nicht.«

Ein Ausdruck der Unsicherheit trat in Nekauns Augen, und Auraya sah den gleichen Ausdruck auf den Gesichtern der Weißen.

»Es tut mir … leid«, sagte sie. »Aber wenn die Götter euch und die Stimmen weiterhin gegeneinander ausgespielt hätten, hättet ihr ohnehin nicht lange überlebt. Wenn ihr diesen Krieg fortführt, besteht natürlich eine gute Chance, dass ihr trotzdem sterbt.« Sie verzog das Gesicht. »Das ist eure Entscheidung. Ich werde euch weder helfen noch an irgendetwas hindern.«

Juran blickte von Auraya zu Chaia. »Ist das wahr?«

Ja.

Eine der Weißen stieß einen wortlosen Schrei des Zorns aus. Alle wandten sich zu der neuen Weißen, Ellareen, um, die Auraya mit vor Wut schneeweißem Gesicht anstarrte.

»Du«, fauchte sie. »Du *Verräterin*! Du verdienst es nicht zu leben!«

Sie machte eine abrupte Handbewegung, und ein weißes pulsierendes Licht schnellte durch die Luft und prallte von Aurayas Barriere ab.

NEIN! AUFHÖREN!, schrien die Götter wie aus einem Munde. Yranna stellte sich vor Ella hin.

Wir brauchen die Magie, die du für den Angriff auf sie benutzt, um zu überleben, Ellareen. Würdest du uns töten, um uns zu rächen?

Ellareen starrte die Göttin wild an, dann schüttelte sie den Kopf. Sie trat einen Schritt zurück und sah Auraya mit hasserfüllten Augen an.

Dann drosch ein weiterer Angriff auf Aurayas Barriere ein, gefolgt von einem irren Lachen. Menschen und Götter brachen gleichermaßen in Protest aus, als sie sich der Quelle des Angriffs zuwandten. Nekaun lachte abermals, dann sandte er einen Schlag gegen Juran.

»Ihr Narren«, sagte er. »Ihr habt mir soeben erzählt, wie ich eure eigenen Götter töten kann!«

Chaia nahm wieder Sheyrs Gestalt an.

HALT!, befahl er. Nekaun lachte weiter.

»Darauf falle ich nicht noch einmal herein. Ich nehme an, du warst derjenige, der mich aufgehalten hat, als ich mich ein wenig mit Auraya amüsieren wollte. Nun, ich…«

Plötzlich taumelte er zurück, und seine Augen weiteten sich vor Überraschung. Der Schauer, der bei seinen Worten über Aurayas Rücken gekrochen war, verebbte, als sie sah, dass die anderen Stimmen ihn mit ihrer Magie wegzogen. Er leistete ihnen Widerstand, konnte aber wenig ausrichten. Dann durchfuhr ihn plötzlich ein Ruck, als hätte man ihm ins Gesicht geschlagen, und er fiel bewusstlos zu Boden.

Sofort wandten sich die Stimmen wieder den Göttern zu, und alle lächelten befriedigt. Ein kurzes Schweigen folgte, dann sprach Juran Chaia an.

»Was wird aus den Sterblichen werden, wenn wir eure Leitung verlieren? Wie sollen wir verhindern, dass wir in gesetzloses Chaos stürzen?«

Jähe Zuneigung zu ihm stieg in Auraya auf. »Solange es gute Anführer wie dich gibt, Juran, werden die Sterblichen schon zurechtkommen.«

Chaia lächelte.

Sie hat recht.

»Und wenn ich sterbe?«, fragte Juran mit gepresster Stimme.

Der würdige Stellvertreter, den du auswählst, wird deinen Platz einnehmen.

Wir wählen ihn aus, korrigierte Huan ihn und trat vor, um Chaia wütend zu mustern. Dann wandte sie sich zu den Weißen und den Stimmen um. *Eure Götter sind nicht tot. Wir leben! Ihr werdet hier einen Tempel erbauen. Ihr werdet hierherkommen, um unseren Rat zu suchen, was die Führung eurer Länder betrifft.*

Chaia schüttelte den Kopf. *Das Problem beim Krieg ist, dass die Mächtigsten und Skrupellosesten überleben. Sie geben keine angenehme Gesellschaft ab.*

Huan sah ihn höhnisch an.

Du hast ebenfalls überlebt, stellte sie fest und wandte sich dann wieder an die Weißen und die Stimmen. *Eine neue Ära der Zusammenarbeit muss beginnen. Ihr werdet hier einen Tempel errichten und Priester ernennen, die uns dienen. Ihr werdet eure stärksten Zauberer als Wachen hierlassen, während …*

Auraya hörte nicht mehr zu, als sie Chaias Blick auffing.

Sie ist eine Närrin, sagte er. *Wenn nicht einer deiner Freunde zurückkehrt, um uns den Rest zu geben, werden wir irgendwann doch zugrunde gehen. Es kostet nicht viel Energie, um unsere Existenz aufrechtzuerhalten. Wir könnten vielleicht sogar lange genug leben, um diesem Gefängnis zu entrinnen, aber wir wären dann nicht mehr dieselben. Die meisten der Götter, die wir in Leere Räume eingesperrt haben, haben den Verstand verloren, Auraya. Wir brauchen die Sterblichen als Verbindung mit der Welt der Dinge.*

Gewissensbisse durchzuckten sie. »Es tut mir leid, dass ich dir misstraut habe. Ich hätte begreifen müssen, dass du das nicht warst. Aber gib die Hoffnung nicht auf. Viele Sterbliche werden hierherkommen. Sie werden diesen Tempel bauen, den Huan verlangt. Sie werden verhindern, dass du dem Wahnsinn anheimfällst.«

Er nickte.

Ja. Das werden sie tun. Wirst du es ebenfalls tun?

Sie zögerte, dann nickte sie. »Für dich werde ich es tun.«

Chaia lächelte.

Es ist gut, das zu wissen. Wenn Huan nicht wäre, würde ich dir das Versprechen abnehmen zurückzukommen. Aber wir beide wissen, dass Huan dir weiterhin nach dem Leben trachten wird, selbst aus dem Leeren Raum heraus. Was mich betrifft, so bin ich es schon vor tausend Jahren müde geworden, ein Gott ohne Körper zu sein. Ich würde lieber überhaupt nicht existieren, als tausend Jahre hier in ihrer Gesellschaft gefangen zu sein.

Aurayas Herz setzte einen Schlag aus. Ein schrecklicher Verdacht keimte in ihr auf. »Sprich nicht so, als würdest du sterben, Chaia. Ich werde eine Möglichkeit finden, den Leeren Raum zu heilen. Es muss einen Weg geben.«

Chaia streckte die Hand aus und strich über ihre Wange; seine Berührung war gleichzeitig fremd und vertraut.

Tu das, Auraya. Es wäre in jedem Falle gut. Und benutze niemals das Wissen, das Huan dir offenbart hat. Das Leben als Gott ist nicht so herrlich, wie wir es die Sterblichen gern glauben machen. Ich habe schreckliche Dinge getan, aber ich bedaure es nicht, dich geschützt und gefördert zu haben. Lebwohl, Auraya.

Er trat von ihr zurück. Verwirrt konzentrierte sie sich auf die Magie um die Götter herum, weil sie erwartete, dass sie ersterben würde. Aber was übrig blieb, war noch genug, um Chaia und die anderen am Leben zu erhalten. Dann spürte sie, wie alle Magie auf Chaia zuströmte.

Und endlich begriff sie, was er tat.

»Chaia! Nicht!«

Grelles Licht blendete sie. Obwohl sie nichts sehen konnte, konnte sie die Götter immer noch spüren. Sie spürte, wie sie einer nach dem anderen verschwanden, Huan mitten im Satz. Chaia erlosch als Letzter, aber nicht bevor sie seine letzten drei Worte hörte.

Vergiss mich nicht.

51

Als die leuchtenden Gestalten zwischen den Weißen, den Stimmen und Auraya erschienen waren, hatte Reivan zuerst Ehrfurcht, dann Angst verspürt. Sie zweifelte nicht daran, dass sie Götter waren, aber *welche* Götter waren sie?

Mirar war an den Rand der Straße getreten, als wolle er sich ins Meer stürzen, aber dann hatte er innegehalten und gelauscht. Reivan konnte das Gespräch nicht hören. In ihrer Neugier hatte sie sich nach vorn geschoben, aber bevor sie nahe genug herangekommen war, hatte Auraya einen Schrei ausgestoßen, und ein zweiter Lichtblitz durchzuckte die Luft.

Benommen wie sie war, brauchte Reivan eine Weile, bevor sie wieder sehen konnte. Die Weißen und die Stimmen blickten alle zu Auraya hinüber. Die Götter waren verschwunden.

»Sie sind fort!«, rief Auraya. »Chaia hat die anderen Götter und sich selbst getötet!«

Obwohl Reivan nicht hören konnte, was gesprochen wurde, war offenkundig, dass die Weißen und die Stimmen gegen ihre Worte protestierten. Aurayas Gesichtsausdruck war schrecklich. Entsetzen und Trauer verzerrten ihre Züge. Sie presste die Hände an die Stirn, dann schüttelte sie den Kopf und ging davon.

Als sie sich abwandte, starrte der Anführer der Zirkler ihr nach. Plötzlich begann Mirar zu sprechen, und Reivan zuckte zusammen.

»Lasst sie gehen«, sagte er und trat neben Auraya, um ihr eine Hand auf die Schulter zu legen. Sie lehnte sich an ihn.

Eine rührende Szene, dachte Reivan mit einem schiefen Lächeln. *Die Götter hatten recht, was die beiden betrifft. Wer hätte das für möglich gehalten?*

Mirar zog Auraya an den Straßenrand, und Reivan sah eine Frau in einem kleinen Boot herbeirudern. Auraya hielt inne, dann ließ sie sich von Mirar das Ufer hinab und in das Boot helfen.

»Was jetzt?«, fragte einer der Weißen.

»Wir gehen nach Hause«, sagte ihr Anführer.

Als sie sich abwandten, erklang lautes Gelächter. Ein Frösteln überlief Reivan, als ihr klar wurde, dass Nekaun wieder bei Bewusstsein war und sich erhoben hatte.

»Oh, was für ein wunderbarer Trick! Ihr wusstet, dass ihr verlieren würdet, daher haben eure Götter ihren Tod vorgetäuscht, damit ihr nach Hause zurücklaufen könnt, ohne dass euer Stolz dabei Schaden nimmt. Und ihr behauptet, eure Götter und unsere seien dieselben, so dass wir euch nicht verfolgen werden. Ah! Jetzt durchschaue ich euren Plan. Ihr glaubt, ihr könnt uns hinüberlocken und …«

»Halt den Mund, Nekaun«, sagte Imenja.

Nekaun starrte sie mit zornumwölkter Miene an. »Die Götter werden *deinen* Verrat nicht ungesühnt lassen«, begann er.

Imenja verdrehte die Augen und wandte ihm den Rücken zu. Sie und die anderen Stimmen zogen sich von den Weißen zurück, gingen an Nekaun vorbei und kamen auf Reivan und ihre Gefährten zu.

»Kommt *sofort* zurück!« Niemand drehte sich auch nur um, um ihn anzusehen. »Ich *befehle* es euch.«

Die Stimmen ignorierten ihn. Reivan zuckte zusammen, als er die Hand hob, um sie mit Magie anzugreifen, aber nichts geschah. Er starrte seine Finger an, runzelte die Stirn und sah sich verwirrt um.

Imenja blickte lächelnd zu Reivan hinüber. »Er war schon immer ein wenig langsam.«

»Was ist passiert?«

»Das lässt sich nicht so leicht erklären.« Imenja betrachtete die anderen Stimmen, als sie zwischen den Götterdienern, den Ratgebern und dem König der Elai stehen blieb. »Nach dem ersten Lichtblitz habe ich eine Veränderung gespürt. Ein Nachlassen der Magie.« Sie sah ihren Anhänger an und runzelte die Stirn.

»Das … das ergibt keinen Sinn«, sagte Reivan.

»Nein, das tut es nicht.« Imenja seufzte. »Auraya behauptet, die Götter seien tot. Alle Götter. Ich glaube, sie hat recht.«

Reivan musterte sie entgeistert.

»Aber diese leuchtenden Gestalten? Wer waren sie?«, fragte ein Ratgeber.

»Sie waren die Götter. Ihre Götter. Unsere Götter. Ein und dieselben, wie sich herausgestellt hat. Sie sind von irgendetwas, das Auraya und Mirar getan haben, gefangen genommen worden. Aber es hat sie nicht getötet. Das haben die Götter selbst getan. Sie haben irgendetwas getan, und … das hat ihnen den Rest gegeben. Zumindest ist es das, was Auraya vermutet.«

»Und du glaubst ihr?«, fragte der König der Elai.

»Ja.«

Während sie sich auf den Weg zurück nach Avven machten, dämmerten Reivan langsam die Konsequenzen des Geschehenen.

»Du hast deine Befähigungen nicht verloren?«, fragte ein Götterdiener.

»Wahrscheinlich habe ich noch die Befähigungen, über die ich bereits verfügte, bevor ich eine Stimme wurde. Das bedeutet, dass ich meine Unsterblichkeit verloren habe. Wahrscheinlich bin ich nicht mächtiger als unsere stärksten Ergebenen Götterdiener. Nur dass ich … immer noch Gedanken lesen kann.«

Sie hatte ihre *Unsterblichkeit* verloren? Reivans Kehle schnürte sich vor Mitgefühl zusammen.

»Wenn du und die anderen Stimmen nicht mehr so mächtig seid wie früher, werdet ihr dann überhaupt weiter herrschen?«, fragte der König der Elai.

»Werden wir ohne die Götter anfangen, gegeneinander zu kämpfen? Wird die Welt in Chaos versinken?«, fügte ein Götterdiener hinzu, in dessen Stimme ein Anflug von Hysterie durchklang.

Reivan konnte sich eines Lächelns nicht erwehren. »Wir haben doch auch vorher schon gegeneinander gekämpft.«

Imenja lachte leise. »Ja, das ist wahr. Aber werden wir jetzt noch einen Grund dazu haben? Was denkst du, Gefährtin Reivan? Sollen wir uns bemühen, weiterhin über unser Volk zu herrschen, oder sollen wir uns irgendwo auf einem Berg eine stille, kleine Hütte suchen und auf das Ende der Welt warten?«

Reivan sah Imenja an und bemerkte den fragenden Ausdruck in den Augen der Frau. Mit einem Mal wurde ihr klar, dass dies nicht nur ihre Herrin war, die sie um Rat fragte, sondern eine Freundin, die Trost brauchte.

»Ich denke, die Dinge in Südithania werden sich zum Besten fügen, solange du seine Herrscherin bist.«

Imenja lächelte. »Ich hoffe, der Rest des Südens stimmt dir zu, Reivan.«

Reivan nahm eine Bewegung hinter Imenjas Schulter wahr; Nekaun kam auf sie zu, das Gesicht starr vor Zorn.

»Aber ich denke, dir steht zunächst ein Kampf bevor«, murmelte sie.

Imenja lachte. »Oh, ich glaube nicht, dass Nekaun ein

Problem darstellen wird. Er hat in der kurzen Zeit seit seiner Wahl eine bemerkenswerte Anzahl von Menschen vor den Kopf gestoßen.« Sie straffte sich. »Und ich werde es ihm auf keinen Fall durchgehen lassen, dass er dich und die anderen Frauen, die er in jener Nacht verletzt hat, so schlecht behandelt hat.« Sie sah die übrigen Stimmen an. »Was meint ihr dazu?«

Reivan war gleichzeitig überrascht und entsetzt zu erfahren, dass sie nicht die einzige Götterdienerin war, die erlebt hatte, was Nekaun unter »erregender« Liebe verstand.

»Ich finde, wir sollten das strengste unserer Gesetze anwenden«, sagte Genza. Vervel und Shar nickten.

Imenja fuhr zu Nekaun herum.

»Nekaun, ehemals Erste Stimme der Götter, hiermit klage ich dich der Vergewaltigung einer Götterdienerin an, ein Vergehen, dessen du dich, wie ich weiß, dreimal schuldig gemacht hast. Was hast du zu deiner Verteidigung zu sagen?«

Nekaun war mit ungläubiger Miene stehen geblieben. Reivan schaute in die Gesichter der vier anderen Stimmen, und ihr Herz hämmerte vor Furcht, während gleichzeitig eine düstere Hoffnung in ihr aufstieg. Gewiss würden sie nicht … Aber jetzt, da sie Nekaun nicht mehr als ihren Herrscher dulden mussten, würden sie ihm sicher die Stirn bieten.

Nekaun, der sich inzwischen von seiner Überraschung erholt hatte, sah Imenja höhnisch an.

»Das würdest du nicht wagen.«

»Und ob ich es wage«, entgegnete sie.

»Die Götter werden es niemals zulassen.«

»Die Götter sind tot, Nekaun.«

Er verdrehte die Augen. »Du bist wirklich eine Närrin, wenn du das glaubst. Selbst wenn es wahr wäre, wird niemand es glauben – ebenso wenig wie die Anklage, die du erhoben hast. Die Menschen werden denken, es sei nichts als eine bequeme Lüge, um mich loszuwerden. Das Volk hat mich gewählt, vergiss das nicht. Es wird ihm nicht gefallen, wenn du seiner Entscheidung trotzt.«

Imenja sah den König der Elai an. »Würdest du mir den Gefallen tun, ein Wort zu denken? Aber sprich es nicht laut aus.«

Der König runzelte die Stirn, dann zuckte er die Achseln.

»Rebellion«, sagte Imenja. »Hab ich recht?«

Der König nickte.

»Denk ein anderes Wort.« Sie hielt inne. »Vertrag«, erklärte sie. Der König nickte abermals. Nachdem sie diesen Vorgang noch drei weitere Male wiederholt hatte, blickte Imenja zu den Stimmen, den Götterdienern und den Ratgebern hinüber. »Habt ihr alle euch davon überzeugt, dass ich nach wie vor Gedanken lesen kann?«

Sie nickten.

»Glaubt ihr mir, wenn ich sage, dass Nekaun schuldig im Sinne der Anklage ist?«

Wieder nickten sie.

»Werdet ihr dies bezeugen, falls es jemals bestritten werden sollte?«

Auch diese Frage beantworteten sie mit einem Nicken. Solchermaßen zufriedengestellt, drehte Imenja sich wieder zu Nekaun um.

»Wenn ich dich wegen Unfähigkeit anklagen und dasselbe Ergebnis erzielen könnte, würde ich es tun«, erklärte sie. »Aber die Anklage, eine Götterdienerin vergewaltigt zu haben, ist sehr viel schwerwiegender, und es wäre nicht richtig, den Frauen, denen du das angetan hast, Gerechtigkeit zu verwehren.« Sie sah die anderen Stimmen an.

Vervel nickte. »Auf ein einziges Vergehen dieser Art stehen zehn Jahre Sklaverei. Ein zweites wird mit lebenslänglicher Sklaverei bestraft. Ein drittes …«

»... wird mit dem Tod bestraft«, beendete Nekaun Vervels Ausführungen. Er verschränkte die Arme vor der Brust. »Ihr habt keine ...«

Reivans Gesicht wurde sengend heiß. Sie hörte einen Aufschrei des Zorns von Imenja, und plötzlich waren Licht und Lärm um sie herum. Ebenso plötzlich wurde alles wieder still. Reivan sah sich um. Mehrere Götterdiener lagen auf dem Boden, einige stöhnend, einige reglos. Imenja, Vervel, Genza und Shar standen über einem verkohlten, noch zuckenden Körper.

Nekaun, schoss es ihr durch den Kopf. *Davon wird er sich nicht erholen.* Der Gedanke erfüllte sie mit einer unerwartet machtvollen Erleichterung, aber als sie auf das verbrannte Fleisch hinabblickte, begann ihre Wange zu schmerzen. Heftig zu schmerzen. Imenja schaute zu ihr auf, und Mitgefühl ließ ihre Züge weicher erscheinen.

»Es tut mir leid, Reivan«, sagte sie und kam auf sie zugeeilt. »Ich habe dich nicht rechtzeitig geschützt. Ich hatte erwartet, dass er die Stimmen angreifen würde, nicht die Götterdiener.«

Reivan schüttelte den Kopf. »Es ist nichts.« Sie betrachtete Nekaun, der inzwischen aufgehört hatte zu zucken. »Ich nehme an, ihr habt ein hübsches Exempel an ihm statuiert.«

Imenja stieß ein atemloses Lachen aus. »Oh ja, das denke ich auch. Wenn man sich anschickt, die Welt zu beherrschen, muss man das eine oder andere Exempel statuieren. Und für den Anfang kann ich mir niemanden vorstellen, der dafür besser geeignet wäre als unsere ehemalige Erste Stimme.«

Reivan musterte Imenja forschend, konnte aber nicht entscheiden, ob ihre Herrin es ernst meinte oder nicht. Imenja erwiderte ihren Blick. »Was gibt es?«

»Du ... Der Tod der Götter scheint dich nicht allzu sehr aus der Fassung zu bringen.«

»Oh, das ist ein Irrtum«, erwiderte Imenja mit Nachdruck. »Er bringt mich aus der Fassung, und ich bin wütend. Ja, ich werde immer wütender. Aber ich habe noch nicht entschieden, was ich deswegen unternehmen will.«

»Auraya verfolgen und sie töten?«

»Ich bin nicht auf Auraya wütend.«

Reivan zog überrascht die Augenbrauen hoch. Bei der Bewegung spannte sich die Haut auf ihrer Wange, und sie zuckte zusammen.

Imenja runzelte die Stirn. »Ich werde es dir später erklären. Wir müssen dich zu einem Traumweber schaffen.« Sie betrachtete die am Boden liegenden Götterdiener, dann wandte sie sich jenen zu, die noch standen. »Geht zurück und holt Hilfe«, befahl sie ihnen. »Verlasst euch nicht darauf, dass eure Anhänger funktionieren.« Zwei der Götterdiener nickten und eilten davon.

König Ais räusperte sich. »Wenn du mich nicht mehr brauchst, Zweite Stimme, werde ich zu meinem Volk zurückkehren.«

Sie neigte den Kopf. »Ja. Danke für deine Unterstützung, König Ais. Wir wissen deine Hilfe sehr zu schätzen.«

Er lächelte schwach. »Ich vermute, dass sie nicht länger vonnöten ist.«

»Nein. Aber es wäre uns eine Ehre, wenn wir auch in Zukunft weiter mit deinem Volk zusammenarbeiten dürften.«

Er verbeugte sich leicht. »Die Ehre wäre ganz meinerseits. Leb wohl. Und viel Glück.«

Sie sahen ihm nach, während er zum Straßenrand hinüberging. Er verschwand hinter der Böschung, und einen Moment später hörten sie ein leises Spritzen. Imenja wandte sich lächelnd zu Reivan um.

»Wir haben viel zu tun, und ich hoffe, du wirst mir dabei helfen.«

»Natürlich«, erwiderte Reivan. »Was immer geschieht, ich bin nach wie vor deine Gefährtin.«

Imenjas Lächeln wurde breiter, dann nahm sie ihren Arm, und sie gingen zusammen die Landenge hinab, auf ihre Heimat und eine neue, unerwartete Zukunft zu.

Die Weißen kehrten langsam und schweigend nach Diamyane zurück, die Köpfe gesenkt, die Gesichter gezeichnet von Trauer und Schock. Keiner der anderen Ratgeber sprach sie an, daher tat auch Danjin es nicht.

Er verstand nicht, was geschehen war, und die Fragen überschlugen sich in seinem Kopf. Was hatte Auraya getan? Spielten Mirar und die Traumweberin, die trotz Arleejs Protest nach vorn gelaufen war, eine Rolle bei dem Ganzen? Warum war Auraya so erregt gewesen, als sie sie verlassen hatte?

Er dachte daran, wie Mirar sie getröstet und dann zu einem Boot jenseits der Landenge geführt hatte, und Ärger stieg in ihm auf. Irgendetwas war noch immer zwischen den beiden. Das war offenkundig.

Schließlich erreichten die Weißen das Ende der Landenge. Die Hohepriester und -priesterinnen standen erwartungsvoll bereit, darauf gefasst, dass die Schlacht beginnen würde. Die Weißen blieben stehen und tauschten einen Blick. Juran wandte sich zu den Ratgebern und Traumwebern um, die ihnen zu der Begegnung mit dem Feind gefolgt waren, dann hob er die Hand, um den anderen Weißen zu bedeuten, dass sie warten sollten.

Als Danjin und die Übrigen ankamen, ergriff Juran das Wort.

»Die Götter sind tot«, sagte er. »Sowohl der Zirkel als auch die Fünf existieren nicht mehr. Es wird keine Schlacht geben. Packt eure Sachen und bereitet euch auf die Heimreise vor.«

Benommenes Schweigen folgte, dann wurden die Weißen

mit Fragen überhäuft. Sie ignorierten sie, tauschten einige wenige Worte und gingen dann jeder in eine andere Richtung davon. Als Danjin sah, dass Ella sich auf den Weg zu den Schiffen machte, lief er hinter ihr her. »Ellareen!«, rief er, als er sie fast erreicht hatte. Sie hielt inne und drehte sich zu ihm um. Er blieb stehen und stellte erschrocken fest, dass ihr Tränen über die Wangen strömten.

»Hallo, Danjin«, sagte sie und wischte sich das Gesicht ab.

»Was ist passiert?«, hörte er sich fragen.

Sie wandte den Blick ab. »Genau das, was Juran gesagt hat. Die Götter sind tot.«

»Wie?«

»Auraya …« Ellas Stimme bebte vor Erschütterung. Ihr Blick war fest auf die Landenge gerichtet. »Die anderen Wilden. Sie haben sie in eine Falle gelockt. Sie haben sie getötet.«

Blankes Entsetzen verschlug Danjin die Sprache. *Auraya hat uns verraten,* dachte er. *Aber nicht indem sie sich den Pentadrianern angeschlossen hat, wie wir befürchtet haben. Sie hat sich den Wilden angeschlossen.*

Ella ging auf eine Gruppe von Dunwegern zu, die ein Schiff aus dem Wasser gezogen hatten. Sie drehte sich nicht um, um festzustellen, ob er ihr folgte. Er ließ den Blick schweifen und stellte fest, dass alle Schiffe Schlagseite hatten und teils vom Meer überspült wurden. In größerer Entfernung vom Ufer war statt der dunwegischen Kriegsschiffe nur noch ein Wald aus Masten zu sehen.

Die ganze Flotte war gesunken.

Die Elai waren die Einzigen, die bei diesem Krieg Gelegenheit hatten, ihre kämpferischen Fähigkeiten zu erproben, ging es ihm durch den Kopf. *Die Dunweger werden enttäuscht sein zu hören, dass es nun doch nicht zur Schlacht kommen wird.*

Der Krieg war vorüber, noch ehe er begonnen hatte. Danjin hätte erleichtert darüber sein sollen, aber stattdessen fühlte er sich leer. Ella blieb stehen, und es gelang ihm, sie einzuholen.

»Die Elai«, murmelte sie und starrte aufs Wasser hinaus. »Ich muss etwas unternehmen, was sie betrifft.«

Dann ging sie weiter. Danjin bemerkte eine Bewegung auf dem Wasser. Ein winziges Boot mit drei Gestalten an Bord. Etwas leuchtend Blaues blitzte auf.

Auraya, dachte er. *Die Wilden. Die Götter hatten die ganze Zeit über recht. Sie sind gefährlich. Wenn sie Götter töten können, wozu sind sie dann sonst noch imstande?*

Er schauderte, denn er hatte plötzlich zu frieren begonnen. Als er die Hände unter sein Wams schob, stieß er auf einen Gegenstand in einer der Innentaschen. Er griff hinein und zog ihn heraus.

Ein glatter weißer Ring lag auf seiner Hand. Ein Frösteln überlief ihn. Es war Aurayas Netzring. Ella hatte ihn am vergangenen Abend nicht zurückverlangt, daher hatte Danjin ihn eingesteckt in der Absicht, ihn ihr auszuhändigen, sobald sich eine Gelegenheit bot.

Erinnerungen an seine erste Begegnung mit Auraya stiegen in ihm auf. Er hatte gedacht, dass sie eine gute Weiße abgeben würde. Später hatte er sie wie eine Tochter zu lieben gelernt, und er hatte sie für ihr Mitgefühl und ihren scharfen Verstand bewundert. Er hatte hart für sie gearbeitet und sich um sie gesorgt, während sie in Glymma eingekerkert gewesen war. Und er hatte niemals an ihr gezweifelt.

Sie hat uns verraten, dachte er. *Sie hat sich gegen die Götter gewandt. Sie hat sie getötet.*

Er schloss die Finger um den Ring, holte weit aus und warf ihn mit aller Macht von sich. Im nächsten Moment verschwand er im trüben Meerwasser.

Dann drehte er sich um und ging zurück in die Stadt.

Weder Mirar noch Emerahl oder Auraya sprachen während der Fahrt zur sennonischen Küste auch nur ein einziges Wort. Mirar beobachtete Auraya eingehend. Mit verschlossener, reservierter Miene starrte sie auf den Boden des Bootes.

Ich werde den anderen von Huans List erzählen müssen und davon, dass Auraya zu spät erfahren hat, dass Chaia nicht versucht hat, sie zu töten, sagte er sich. *Und dass er sich selbst und die anderen getötet hat. Wenn ich es nicht tue, werden sie nicht verstehen, warum sie trauert.*

Er konnte ihren Kummer nicht teilen. Chaia hatte zu seiner Zeit schreckliche Dinge getan. Die Welt war ohne ihn besser dran. Aber Mirar wusste, dass er Auraya das nicht sagen konnte. Niemals.

Schließlich knirschte der Rumpf des Bootes über den Ufersand. Auraya blickte zum Strand hinüber, während Emerahl das Boot mithilfe von Magie aus dem Wasser hob und neben einem anderen absetzte.

Sie standen auf und stiegen aus. Sie waren an dieser Stelle von Sanddünen umgeben, so dass man sie nur vom Wasser aus sehen konnte. Drei weitere Gestalten saßen am Strand und warteten auf sie. Sie hatten ein kleines Lagerfeuer errichtet. Mirar fing den Geruch von gebratenem Fisch auf.

»Das ist ein schönes Willkommen«, sagte er.

»Die Möwe hat den Fisch beigesteuert«, erwiderte Surim und reichte Mirar einen Becher. »Ich habe den Kahr mitgebracht.«

Mirar nahm einen Schluck von dem starken Alkohol. »Ah!«, seufzte er. »Das habe ich gebraucht. Ich fürchte, ich habe nichts beizusteuern.«

»Du hast uns Auraya gebracht«, sagte Tamun.

Sie alle sahen Auraya an, die nur schweigend ins Feuer starrte.

»Also, was werden wir jetzt tun?«, fragte Surim, während

er einen weiteren Becher mit Kahr füllte und ihn Emerahl reichte. »Irgendwelche Pläne?«

Emerahl zuckte die Achseln. »Ich hatte schon immer den Wunsch, eine Schule für Zauberei und Heilung zu gründen.«

Mirar sah sie überrascht an. »Ich dachte, du wolltest niemals wieder im Mittelpunkt von irgendetwas stehen, nachdem man dir als Hexe gehuldigt hat?«

»Ich wollte tatsächlich nie, dass es so weit kommt, und ich habe fast all meine Kraft aufgewandt, um dieser Gefahr zu entrinnen. Wenn ich selbst etwas anfangen und meine Energie hineinstecken würde, wäre es vielleicht anders. Außerdem …« Sie prostete ihm mit ihrem Becher zu. »Außerdem habe ich einen Experten an meiner Seite, der genau weiß, wie man eine Gruppe von Zauberern organisiert. Wie sehen deine Pläne aus?«

Er zuckte die Achseln. »Ich werde den Traumwebern helfen, sich von den letzten hundert Jahren zu erholen. Diesmal habe ich zwei Kontinente, die ich durchstreifen muss. Ich wusste immer, dass meine Leute sich im Süden ausgebreitet hatten, aber bevor ich dort war, hatte ich keine Ahnung, warum das so war.«

»Weil die Götter damit beschäftigt waren, die Dinge im Norden durcheinanderzubringen«, erwiderte Surim.

»Was ist mit euch beiden?«, fragte Emerahl und sah Surim und Tamun an. »Was werdet ihr tun?«

Surim blickte zu seiner Schwester hinüber. »Zunächst einmal werden wir aufhören, uns zu verstecken. Ich würde gern reisen.«

»Ich möchte auf keinen Fall wieder berühmt werden«, erklärte Tamun. »Außerdem, wie könnten wir den Menschen Ratschläge erteilen? Wir wissen nicht, welche Veränderungen der Tod der Götter mit sich bringen wird.« Sie wandte sich zu ihrem Bruder um. »Und ich möchte auch nicht reisen. Ich glaube …« Sie hielt inne, um nachzudenken. »Ich glaube, ich würde mich gern irgendwo niederlassen. An einem Ort, an dem Menschen Dinge herstellen. Handwerker. Künstler. Irgendetwas in der Art.«

»Und ich werde dich besuchen – vielleicht werde ich die Dinge verkaufen, die deine Leute herstellen!«, rief Surim. »Ich könnte Händler werden!«

Die Möwe kicherte. »Ich schätze, ich werde euch auf dem Wasser sehen.«

»Du willst nichts verändern, nicht wahr?«, sagte Emerahl.

Der Junge schüttelte den Kopf. »Das Meer ist mein Zuhause. Ich habe tausend Jahre gebraucht, um es zu finden, und ich kann keinen Grund erkennen, daran etwas zu ändern.«

Sie verfielen in nachdenkliches Schweigen. *Tausend Jahre, bevor er die Möwe wurde,* ging es Mirar durch den Kopf. *Und er war schon eine Legende, bevor ich unsterblich wurde. Wie alt ist er?*

»Ich werde nach Si zurückkehren«, sagte Auraya, und sie alle sahen sie an.

Mirar wurde mit einem Mal leichter ums Herz. *Sie wird zurechtkommen,* dachte er. *Mit der Zeit wird sie die Götter und Chaia vergessen. Und sie hat reichlich Zeit, das zu tun.*

Auraya runzelte die Stirn. »Nachdem ich Unfug geholt habe«, fügte sie hinzu. Sie berührte den blauen Stoff, den sie um ihren Leib geschlungen hatte. »Und ich muss den Kaufmann für dieses Tuch und das Essen bezahlen, das ich ihm abgenommen habe.«

Emerahl kicherte. »Dann wirst du etwas Geld brauchen.«

Auraya blickte auf. »Ja.«

»Ich habe das Zweitbeste neben Geld. Tatsächlich habe ich es ganz in der Nähe vergraben.«

»Den Schatz«, sagte Surim.

Emerahl lächelte. »Ja. Ich glaube, ich kann ein wenig für Auraya erübrigen. Schließlich hätte sie wohl kaum in Lumpen erscheinen können – oder ganz und gar unbekleidet. Das wäre unpassend gewesen.«

»Ich weiß nicht …«, widersprach Mirar.

»Unfug«, meldete Surim sich zu Wort. »Hat er Auraya nicht befreit? Wer ist dieser Mann?«

»Ein Veez«, antwortete Mirar.

Surim sah Mirar überrascht an, dann grinste er. »Meinst du, dass es nach allem, was du getan hast – oder nicht tun konntest –, um Auraya zu befreien, ein Veez war, dem es gelungen ist?«

»Ja«, erwiderte Emerahl.

Surim lachte. »Ob diesem armen Geschöpf wohl klar ist, dass es dir jede Chance verdorben hat, dass Auraya dir voller Dankbarkeit in die Arme sinken würde?«

Emerahl schnaubte. »Um der Frauen überall auf der Welt willen, sag mir, dass du das ohnehin nicht getan hättest, Auraya.«

Aurayas Mundwinkel zuckten. »Vielleicht. Vielleicht auch nicht.« Sie sah Mirar an. »Ich schätze, wir werden es nie erfahren.«

Er zuckte die Achseln. »An der Vergangenheit lässt sich nichts mehr ändern. Aber die Zukunft sieht gut aus. Voller endloser Möglichkeiten.«

Als er den Blick abwandte, beobachtete er, dass die anderen selbstgefällig grinsten, bevor sie ihre Züge hastig wieder glätteten.

»Und keine Götter«, ergänzte Emerahl.

»Aber immer noch reichlich Sterbliche«, warf die Möwe ein. »Unterschätzt sie nicht. Sie können ebenso gefährlich sein wie Götter. Gefährlicher sogar, da die Götter durch die

Notwendigkeit eingeschränkt waren, willige Anhänger zu finden, die ihr Werk verrichteten.«

Die anderen dachten schweigend über seine Bemerkung nach.

»Wir sollten in Verbindung bleiben«, sagte Emerahl und blickte in die Runde. »Wir sollten einander besuchen – und vielleicht einmal im Jahr zusammenkommen.«

»Ja«, stimmte Surim ihr zu. »Vielleicht in Tamuns neuem Künstlerreich.«

Mirar stellte zu seiner Freude fest, dass Auraya nickte.

»Ich werde euch alle besuchen, solange ihr mir Bescheid gebt, wo ihr seid, da ich die Kontinente bereisen werde«, erklärte er. Dann sah er Auraya an. »Werde ich in Si willkommen sein?«

Sie lächelte beinahe. »Natürlich.«

Hoffnung regte sich in Mirars Herz. *Vorsicht,* sagte er sich. *Zieh keine voreiligen Schlüsse. Du darfst sie nicht drängen. Sie braucht Zeit, um sich von allem zu erholen, was geschehen ist.*

Emerahl erhob sich. »Wenn wir diesen Schatz holen wollen, tun wir es besser, bevor wir zu viel getrunken haben.« Sie wandte sich an Auraya. »Würdest du mir helfen, ihn herzutragen?«

Auraya zuckte die Achseln, dann stand sie auf und folgte Emerahl zu den Sanddünen. Als Mirar ihren ausgezehrten Körper betrachtete, durchzuckte ihn ein Stich der Sorge. *Sie soll ihr helfen, den Schatz zu tragen? Das glaube ich nicht.* Er stand auf und folgte den beiden Frauen.

Kurze Zeit später hatte er Auraya bereits eingeholt. Außer Atem war sie stehen geblieben. Emerahls Fußspuren führten über den Gipfel einer Düne. Auraya drehte sich mit einem kläglichen Lächeln zu ihm um.

»Deine Heilmethode hat ihre Grenzen«, bemerkte sie.

Er nickte. »Man kann nur von den Reserven zehren, die

man angesammelt hat. Aber dem sollten einige gute Mahlzeiten wohl Abhilfe schaffen.«

Auraya nickte und sah stirnrunzelnd zu Boden. Er trat beunruhigt auf sie zu.

»Geht es dir gut?«

Sie hob den Blick, lächelte und kam dann ohne Vorwarnung zu ihm, um ihn auf den Mund zu küssen. Es war mehr als ein freundschaftlicher Kuss, auch wenn die Berührung nur kurz war.

Der kleine Vorfall ließ ihn vor Überraschung erstarren, und sein Herz begann zu hämmern.

»Wofür war der?«, gelang es ihm schließlich zu sagen.

»Das war ein Dankeschön«, antwortete sie. »Während der ganzen Zeit meiner … meiner Gefangenschaft hast du mir Gesellschaft geleistet. Du hast mir Hoffnung und Mut geschenkt.« Sie hielt inne. »Und wie du schon sagtest, die Zukunft ist voller endloser Möglichkeiten.«

Sie lächelte abermals, dann wandte sie sich, ohne auf eine Erwiderung zu warten, um, entschlossen, Emerahl auf die Sanddüne hinaufzufolgen.

Mirar sah sie auf der anderen Seite der Düne verschwinden und ging hinter ihr her, wohlwissend, dass er grinste wie ein Narr. Aber es kümmerte ihn nicht.

Epilog

Der Mann, der zögernd durch die Tür trat, war dünn und hager. Seine Kleider waren schlicht, aber das Tuch war nicht von schlechter Qualität, und seine Sandalen waren neu. Trotz seiner Nervosität bewegte er sich mit der Geschmeidigkeit eines Menschen, der sich seines Platzes in der Welt gewiss war. Sein Haar war grau und seine Stirn runzelig, aber sein Blick war scharf und direkt.

Aus alter Gewohnheit und mit der Erfahrung seines langen Lebens schätzte der auf Kissen gestützte Kaiser von Sennon den Mann ab. Obwohl er Intelligenz und Zuversicht bei ihm wahrnahm, stellte er zu seiner Erleichterung das Fehlen einer gewissen Härte fest, einer Eigenschaft, wie sie Männern eigen war, die ehrgeizig, habgierig oder grausam waren.

Aber er ist *ein Fanatiker,* befand er. *Das kann ich auf hundert Schritte Entfernung erkennen.*

Der Mann nahm das Bett, den Kaiser und seinen Gefährten mit einem einzigen Blick in sich auf, dann ließ er sich auf die Knie fallen und drückte die Stirn auf den Boden.

Und er ist nicht zu stolz, ging es dem Kaiser durch den Kopf. *Diese gottverfluchten Priester und Götterdiener hassen es, sich vor mir zu verbeugen. Dieser Mann ist klug.*

»Erhebe dich.« Der Besucher gehorchte, hielt den Blick jedoch weiter gesenkt. »Du bist also der weise Mann von Karienne«, stellte der Kaiser fest. »Hast du neben deinem Titel auch einen Namen?«

Der weise Mann nickte. »Mein Name ist Eralayo Schreiber. Oder Ero.«

»Du predigst nun schon seit einiger Zeit. Wenn ich nicht in

so …« – der Kaiser deutete auf das Bett – »… in so schlechter Verfassung wäre, würde ich kommen, um dir zuzuhören.«

»Es ist eine Ehre für mich, dass du das sagst.«

»Was der Grund ist, warum ich dich habe herbringen lassen. Erzähl mir von diesem Schöpfer, von dem du sprichst.«

Der weise Mann hob überrascht den Kopf. Er sah den Gefährten des Kaisers an, dann blickte er dem Herrscher wieder in die Augen. Seine Schultern hoben und senkten sich, während er seinen Mut zusammennahm. Dann straffte er sich.

»Wir sind alle Werke des Schöpfers«, erklärte er. »Alles wurde von ihm erschaffen. Jedes Tier, jede Pflanze, jeder Mann und jede Frau. Selbst der Staub unter deinen Füßen. Selbst die Götter.« Er hielt inne und schluckte hörbar. »Der Schöpfer hat die Welt gemacht, und sein Ziel ist ein Rätsel für uns. Wir fragen uns, warum er eine so fehlerhafte Welt geschaffen hat. Der Schöpfer hat Kreaturen gemacht, die wir als böse erachten. Aber warum erachten wir sie als böse? Weil sie töten?« Er breitete die Hände aus. »Ein Reyna frisst Pflanzen. Auch Pflanzen sind lebendige Geschöpfe. Das Reyna tötet die Pflanze, die es frisst. Wir fürchten die Leramer und die Worns, weil sie uns töten können, aber sie tun das nicht aus Bosheit, sondern aus Hunger. Wir verabscheuen sie, weil sie unser Vieh fressen. Das ist nicht böse, nur kostspielig.«

Der Kaiser lächelte.

»Wir fragen uns, warum der Schöpfer Sterbliche gemacht hat, die zum Bösen fähig sind«, fuhr der weise Mann fort. »Es gibt vieles am Schöpfer, was wir nicht verstehen. Wir haben gerade erst begonnen, ihn wahrzunehmen. Vielleicht wird er uns mit der Zeit gestatten, mehr zu verstehen.«

Der weise Mann verfiel in Schweigen, aber seine Miene war erwartungsvoll. *Er hat so viele Male gepredigt, dass er weiß, wie man Menschen dazu anspornt, die richtigen Fragen zu stellen,* dachte der Kaiser.

»Woher weißt du, dass dieser Schöpfer nicht eine Ausgeburt deiner Phantasie ist?«

»Manche Menschen brauchen nur in sich selbst hineinzuschauen. Sie brauchen nur die Augen zu schließen und zu suchen. Das Wissen ist da. Es ist immer da gewesen. Wir haben uns früher nur nie die Mühe gemacht, danach Ausschau zu halten, weil die Beweise für die Existenz der alten Götter so offenkundig waren, dass wir niemals darüber hinausgeblickt haben. Der Schöpfer offenbart seine Existenz nicht durch Magie. Da die Götter Wesen aus Magie waren, ist der Schöpfer ein Wesen aus allem. Aus jedem Einzelnen. Aus der Welt.«

»Du sagst, der Schöpfer habe die Götter gemacht. Wie kommt es dann, dass sie vernichtet wurden?«

Der weise Mann zuckte die Achseln. »Er hat allen Dingen eine Schwäche gegeben, vielleicht um sicherzustellen, dass nichts für immer vorherrschen kann. Zu guter Letzt haben die Schwächen der Götter ihr Ende herbeigeführt.«

»Und werden die Schwächen der Sterblichen auch deren Untergang herbeiführen?«

»Vielleicht. Aber ich vermute, dass es nicht lange so bleiben würde. Wir sind trotz unserer Schwächen eine widerstandsfähige Schöpfung.«

Der Kaiser lächelte. Dann hielt er inne, als das Atmen ihm schwerer fiel. Sein Gefährte schob den Brenner mit reinigenden Kräutern näher an sein Bett. Als seine Lunge ein wenig freier war, sah der Kaiser den weisen Mann wieder an. »Bewahrt der Schöpfer Seelen?«

Abermals zuckte der weise Mann die Achseln. »Ich weiß es nicht. Aber der Schöpfer vergeudet nichts. Wenn wir die Ograsi ernten, töten wir die Pflanze, aber der Stängel verfault und nährt die Erde, und die Samen nähren uns. Unsere Körper mögen auf die gleiche Weise in die Welt zurückkehren, um sie zu bereichern und zu neuem Leben zu werden. Es mag sein, dass es sich mit unseren Seelen genauso verhält.«

Der Kaiser dachte über diese Erklärung nach, dann nickte er. »Das ist für den Augenblick alles«, krächzte er, als er eine neuerliche Atemnot herannahen fühlte. »Lass mich allein.«

Der weise Mann verneigte sich abermals, dann verließ er mit nachdenklicher Miene den Raum. Der Kaiser sank in seine Kissen, atmete einmal mehr die Dämpfe der Kräuter ein und sah dann zu dem einzigen ihm verbliebenen Sohn auf.

»Mir gefallen dieser Mann und sein Schöpfer«, sagte er. »Welchen Eindruck hast du gewonnen?«

Herayla nickte. »Ich kann keine Gefahr in seinen Lehren entdecken, dafür aber viele Möglichkeiten.«

»Dann heißt du diese Lehren gut?«

»Ja.« Herayla zog die Brauen zusammen. »Seit dem Tod der Götter haben wir nun fünfzig Jahre voller Lügen und Aufruhr hinter uns. Wir brauchen etwas, das die Menschen eint. Diese Vorstellung von einem Schöpfer, der alles erschaffen hat, hat viele reizvolle Facetten. Insbesondere die Idee, dass wir alle einige Schwächen besitzen. Es kann den Menschen nicht schaden, wenn sie mit einigen schlechten Charaktereigenschaften rechnen und diese verzeihen können.«

»Verlang nicht zu viel von ihnen«, warnte der Kaiser.

Herayla lächelte. »Du weißt, dass ich das nicht tun werde.«

»Ja, dafür bist du zu klug«, stimmte der Kaiser ihm zu. »Ich muss zugeben, ich bin froh, dass es vorbei ist. Ich muss nur noch lange genug leben, um zu erklären, dass ich, der Kaiser von Sennon, der niemals eine Religion einer anderen vorgezogen hat, zum Kult des Schöpfers übergetreten bin. Es wird eine machtvolle Geste sein. Danach gehört die Welt dir, um darüber zu herrschen.« Er holte mit flachen Atemzügen

Luft und seufzte. »Ich hoffe um deinetwillen, dass es funktionieren wird.«

Herayla lächelte. »Mach dir keine Sorgen, Vater. Ob dieser Schöpfer existiert oder nicht, er kann die Dinge unmöglich in so großem Stil verpfuschen, wie die Götter es getan haben.«

Der Kaiser lachte leise. »Ich hoffe, du hast recht, mein Sohn. Ich hoffe, du hast recht.«

Glossar

Fahrzeuge

Plattan	der; ein zweirädriger Karren
Tarn	der; ein vierrädriger (Plan-)Wagen

Pflanzen

Dembar	der; ein Baum mit magieempfindlichem Saft
Drimma	die; südithanische Frucht
Felfea	die; ein Baum aus dem Land Si
Florrim	das; ein Beruhigungsmittel
Formtane	das; ein Schlafmittel
Fronden	das; eine farnähnliche Pflanze
Garpa	der; ein Baum
	das; die Samen des Garpa, die als Stimulationsmittel dienen
Heybrin	das; Kraut, das angeblich vor Geschlechtskrankheiten schützt
Hroomya	die; Koralle, die einen blauen Farbstoff enthält
Kwee-Knolle	essbare Frucht einer Meerespflanze
Mallin	das; Kraut, das den Blutkreislauf anregt
Mytten	der; Baum mit langsam brennendem Holz
Rauchholz	Baum, dessen Borke als anregende Droge verwendet wird
Rebi	die; Frucht aus dem Land Si
Salzholz	sehr beständiges Holz
Schendel	der; ein auf Waldböden wachsendes Kraut
Schlafrebe	rankende Pflanze, die ihre Opfer verleitet, sich auf ihrem Blätterteppich zum Schlaf zu betten,

	um sie dort zu umschlingen und zu verstümmeln
Seeglocke	Meerespflanze, die als Aphrodisiakum gilt
Wellkraut	Pflanze, aus der ein Mittel gegen Hämorrhoiden gewonnen wird
Wemmin	das; eine Pflanze mit fleischartigen, phallusähnlichen Blüten
Winnet	der; ein Baum, der an Flussläufen wächst
Yan	die; auf Waldboden wachsende Knollenfrucht

Tiere

Aggen	der; mythisches Ungeheuer, das in unterirdischen Hohlräumen leben soll
Amma	das; eine stark riechende Substanz, die bei den Elai als Tränen des Riesenfisches gilt; wird zur Parfümherstellung verwendet
Arem	das; ein schweres Zugtier für Plattans und Tarns
Ark	der; ein Raubvogel
Breem	das; ein kleines Jagdwild der Siyee
Bullenfisch	Schalentier, das auf Felsklippen im Brandungsbereich lebt
Doi	der; ein in Schulen schwimmendes, verspieltes Meerestier
Fanrin	der; ein Raubtier, das den Gauts nachstellt
Flarke	die; ein Salzwasserraubfisch
Garr	der; ein gigantisches Meerestier
Gaut	die; Nutztier, das seines Fleisches und seiner Milch wegen gehalten wird, in den Bergen heimisch
Girri	das; flügelloser, von den Siyee domestizierter Vogel
Holzfisch	ein geschmackloser Fisch

Karmook	das; kleines Haustier der Sennoner
Kiri	der; ein großer Raubvogel
Leramer	der; Raubtier mit telepathischen Fähigkeiten
Lyrim	das; ein Herden-Nutztier
Moohook	der; ein kleines Schoßtier
Ner	der; Nutztier, das seines Fleisches wegen gehalten wird
Pfeilbiene	ein stechendes Insekt der nordöstlichen Berge
Reyna	das; Nutztier zum Reiten und Ziehen von leichten Plattans
Riesenfisch	ein Meereswesen von gewaltiger Größe
Roale	der; ein riesiger Fischfresser des Meeres
Roro	der; ein Fleischfresser des Urwalds von Dekkar
Shem	das; Nutztier, gehalten wegen seiner Milch
Shrimmi	die; Süßwassergarnele
Spinerake	die; Landgehername der Flarke
Stachelmatte	stachelbewehrter Fisch der Korallenbänke
Takker	die; eine große Schlange
Tiwi	die; soziale, schwarmbildende Insekten
Veez	der; anhängliches, telepathisches und sprechendes Schoßtier, meerkatzenähnlich
Worn	der; ein telepathisches, rudelbildendes, wolfsähnliches Raubtier
Yern	das; ein hirschartiges Wild mit begrenzten telepathischen Fähigkeiten
Yeryer	der; ein giftiges Meerestier
Zapper	der; ein stechendes Insekt

Kleidung

Kapas	das; ein Schulterumhang, der vorn am Hals geschlossen wird
Oktavestim	das; Gewand der Priester des Gareilem

Tunika	bei Frauen ein Kleid, bei Männern ein langes Hemd
Unterkleid	von Frauen unter der Tunika getragen
Zirk	der; ein von Zirklerpriestern und -priesterinnen getragener runder Überwurf

Speisen

Coopa	ein dunwegisches Eintopfgericht
Feuerkraut	ein Gewürzkraut aus dem Land Toren
Fladenlaib	ein festes Brot
Kuchenoblate	ein Gebäck aus trockenem Blätterteig
Nusspaste	ein Gericht aus Nüssen, im Land Si gebräuchlich

Getränke

Ahm	der; ein Getränk aus dem Land Somrey, gewöhnlich warm und gewürzt genossen
Drai	der; Getränk der Elai
Fwa	ein dunwegisches Getränk
Jamya	Zeremonialgetränk der Pentadrianer
Kahr	der; sennonisches Getränk
Maita	die; ein anregendes, nichtalkoholisches Getränk
Teepi	der; Getränk der Siyee
Teho	der; Getränk aus dem Land Sennon
Tintra	die; Getränk aus dem Land Hania
Tipli	der; starkes Getränk aus dem Land Toren

Krankheiten

Herzzehre
Lungenfäule
Wundfäule

Mein Dank gilt den »zwei Pauls« und Fran Bryson, die die roheste aller Rohfassungen gelesen haben, und außerdem Jennifer Fallon, Russell Kirkpatrick, Glenda Larke, Fiona McLennan, Kaaren Sutcliffe und Tessa Kum für ihr Feedback. Natürlich danke ich wieder allen meinen Lesern, vor allem meinen Freunden auf *Voyager Online*. Und zum Abschluss ein Dankeschön an Stephanie Smith und das *Voyager*-Team.

Die hinreißende Fantasy-Trilogie um die Zauberschülerin Sonea – das spektakuläre Debüt der Weltbestsellerautorin!

ISBN 978-3-442-24394-5

ISBN 978-3-442-24395-2

ISBN 978-3-442-24396-9

Lesen Sie mehr unter: **www.blanvalet.de**